"博学而笃志，切问而近思。"
(《论语》)

博晓古今，可立一家之说；
学贯中西，或成经国之才。

复旦博学·复旦博学·复旦博学·复旦博学·复旦博学·复旦博学

作者简介

王岳川，北京大学中文系教授、博士生导师，北京大学书法研究所所长，享受国务院特殊津贴专家，中国作家协会会员，中国书法家协会会员，中国中外文艺理论学会副会长，中国文化书院客座教授，复旦大学等10所大学的客座教授，中南大学特聘讲座教授，澳门大学人文学院客座教授，日本金泽大学客座教授。

西方文论和美学研究学术著作（包括主编）：《后现代主义文化研究》，《后现代主义文化与美学》，《西方文艺理论名著教程》，《文艺现象学》，《艺术本体论》，《文艺学美学方法论》，《后殖民与新历史主义文论》，《现象学与解释学文论》，《二十世纪西方哲性诗学》，《后现代后殖民主义在中国》，《王岳川文集》（韩国，4卷本），《中国后现代话语》，《西方艺术精神》，《20世纪西方文艺理论丛书》（主编，9卷本），《当代西方最新文论教程》。

中国思想文化研究学术著作：《中国镜像》，《目击道存》，《中国文艺美学研究》（韩国版），《本体反思与文化批评》，《全球化与中国》，《发现东方》，《文艺美学讲演录》，《大学中庸讲演录》，《文化输出：王岳川访谈录》，《中国思想精神史论》（4卷本：《中国文化精神》、《中国哲思精神》、《中国美学精神》、《中国艺术精神》），《书法艺术美学》，《中国书法文化大观》，《书法文化精神》，《书法身份》，《二十世纪中国学术文化随笔大系》（主编，60卷）。发表学术论文300余篇。

新闻出版总署"十一五"国家重点图书

复旦博学·文/学/系/列·精华版

当代西方最新文论教程

王岳川 /著

复旦大学出版社
http://www.fudanpress.com.cn

内容提要

本书是作者王岳川教授近年在西方文论和批评研究中的最新成果。

本书对当代西方文论进行梳理，尤其重视展示20世纪后半叶的新理论。作者认为当代西方文论流派众多、错综复杂，各种理论独标新说，不断创新和发展，相互排斥又彼此补充。20世纪的西方文艺理论引人注目的方面主要有四个：一是注重作者心理表现研究；二是注重作品本体研究；三是注重读者阐释接受研究；四是注重文艺的社会文化批判。

本书在梳理各流派思想时，提纲挈领地从总体上描述了其历史走向及基本特点，并具体分列各章，详细分析了最有代表性的文论流派：心理分析及其诗学模式、现象学文论、存在主义文论、解释学与接受美学文论、结构主义与后结构主义文论、西方马克思主义文论、后现代主义文论、后殖民主义文论、女权主义文论、 新历史主义文论、文化研究的文论、生态文学与生态批评文论等。

目 录

序言 ………………………………………………………………………… 1
绪论 ………………………………………………………………………… 1
  一、文论背景:美学潮流与语言转向 ………………………………… 1
  二、标举体验:作家心理奥秘的洞悉 ………………………………… 3
  三、本体崇拜:艺术作品本体论研究 ………………………………… 5
  四、读者中心:艺术的阐释与接受 …………………………………… 9
  五、批判美学:文艺的社会价值取向 ………………………………… 11
  六、新趋向:"后学"思潮与文化研究 ………………………………… 16
  七、文化对话:研究当代西方文论的意义 …………………………… 24

第一章 心理分析及其文论模式 …………………………………… 29
  第一节 荣格:分析心理学与艺术象征理论 ……………………… 29
    一、无意识的理论推进:从个体无意识到集体无意识 ……………… 31
    二、艺术象征的原始意象 ……………………………………………… 36
    三、人格类型与艺术创作动力 ………………………………………… 41
    四、神秘参与与人格的二重性 ………………………………………… 45
    五、艺术唤醒与灵魂拯救 ……………………………………………… 48
  第二节 拉康:无意识理论与语言结构 …………………………… 54
    一、无意识:语言与主体 ……………………………………………… 55
    二、无意识语言结构:他者与欲望 …………………………………… 60
    三、文本阅读与叙事抑制 ……………………………………………… 63
  第三节 德勒兹与居塔里:欲望生产 ……………………………… 66

第二章 现象学文论 ………………………………………………… 71
  第一节 胡塞尔:现象学哲学的创立与理论意识 ………………… 71
  第二节 现象学的拓展:从哲学到美学、文论 …………………… 75
  第三节 梅洛-庞蒂:知觉现象学文论 …………………………… 77
    一、从心理学到知觉现象学 …………………………………………… 78
    二、语言问题 …………………………………………………………… 81
    三、超越的审美 ………………………………………………………… 83
  第四节 英伽登:现象学美学视域 ………………………………… 88
    一、多维度的艺术作品本体论 ………………………………………… 88
    二、意向性艺术认识论 ………………………………………………… 95
    三、艺术审美价值论 …………………………………………………… 99

第五节　杜夫海纳：审美经验现象学 ··· 103
　　一、法国现象学的高峰与审美经验现象学的深拓 ················· 104
　　二、审美对象与审美知觉的互动性 ······································ 106
　　三、自然审美经验与现代艺术命运 ······································ 112
第六节　日内瓦学派:现象学文学批评 ··· 118
　　一、多元理论影响与意识批评 ··· 118
　　二、文学现象学批评实践 ·· 119
　　三、普莱：阅读现象学与文学批评 ······································ 125
　　四、现象学文学批评的特征与意义 ······································ 129

第三章　存在主义文论 ·· 133
　第一节　尼采:存在主义思想先驱 ··· 133
　　一、悲剧精神与现代文化批判 ··· 134
　　二、生命意志与价值重估的哲学构想 ·································· 136
　第二节　海德格尔:存在论文论 ·· 139
　　一、存在与此在 ··· 140
　　二、真理·艺术·技术 ··· 144
　　三、语言存在论与思想召唤 ·· 148
　第三节　萨特:存在主义文论 ··· 154
　　一、存在主义哲学思想发展的三个阶段 ······························· 155
　　二、"文学介入观"与写作的本质与价值 ····························· 160
　　三、文学成就与文学理论的影响 ··· 163

第四章　解释学与接受美学文论 ·· 166
　第一节　解释学的两次转向与现代解释学谱系 ··························· 166
　第二节　狄尔泰:精神科学与方法论解释学 ································ 169
　　一、精神科学与自然科学的划界 ··· 169
　　二、体验与生命意向 ·· 171
　　三、意义"表达"与精神世界 ··· 172
　　四、理解的可能性与解释循环 ··· 175
　第三节　伽达默尔:哲学解释学与审美理解 ································ 179
　　一、理解的历史性与文本性 ·· 179
　　二、审美理解与艺术真理 ·· 185
　　三、艺术本体构成：游戏、象征与节日 ······························· 187
　　四、实践哲学转向与文化反思 ··· 190
　第四节　批判的解释学与解释学的现象学 ·································· 191
　　一、哈贝马斯:批判解释学的实践向度 ································ 191
　　二、利科:方法论与本体论的融合 ······································· 196
　第五节　解释学的影响与理论特征 ··· 200

第六节 "理解—解释—运用"的解释学方法构成 …… 203
第七节 接受美学的兴起与理论基础 …… 208
第八节 姚斯:接受理论与审美经验论 …… 211
　一、接受主体的突出与文学意义效果生成 …… 211
　二、对否定性美学的超越 …… 219
　三、对审美经验的考察 …… 221
　四、文本理解的主体交往性 …… 224
第九节 接受美学的理论推进及其局限性 …… 226

第五章　结构主义与后结构主义文论 …… 232
第一节 结构主义:作品本体结构与深层意蕴分析 …… 232
第二节 巴特:从结构主义到后结构主义的转向 …… 236
　一、结构主义符号学方法与东方文化解读 …… 237
　二、反传统批评与可写文本阐扬 …… 240
　三、作者死亡与文本欢欣 …… 242
第三节 德里达:解构策略与意义改写 …… 246
　一、消解结构的解构策略 …… 246
　二、解构学文本观 …… 248
　三、解构主义文论的方法论意义与问题 …… 250

第六章　西方马克思主义文论 …… 257
第一节 文化批判:法兰克福学派 …… 257
　一、本雅明:机械复制时代的艺术症候分析 …… 257
　二、阿多诺:现代文化工业批判 …… 259
　三、马尔库塞:单维社会与审美解放 …… 261
第二节 布洛赫与弗洛姆:希望与自由 …… 263
　一、布洛赫:"未然"与"希望美学" …… 263
　二、弗洛姆:从逃避自由到积极自由 …… 266
第三节 西方马克思主义的法国派 …… 269
　一、萨特:穿过存在虚无的思考 …… 269
　二、阿尔都塞:症候阅读与理论框架寻绎 …… 271
第四节 从现代到后现代:批判理论的语境转换 …… 273
第五节 西方马克思主义的英美派 …… 277
　一、威廉斯:文化与文学的社会属性 …… 277
　二、伊格尔顿:文学解构与意识形态分析 …… 278

第七章　后现代主义文论 …… 287
第一节 后现代主义的理论景观 …… 287
　一、后现代主义的源起与文化症候 …… 287
　二、反理性的后现代性价值取向 …… 289

第二节　重振现代性与后现代知识危机 …………………… 291
　　一、哈贝马斯:现代性审理与交往理性 …………………… 291
　　二、利奥塔:后现代知识状况分析及其文化精神 ………… 293
第三节　杰姆逊:后现代文化美学逻辑 ……………………… 296
第四节　审美品格与诗学特征 ………………………………… 302
　　一、哈桑:后现代主义审美特征透视 ……………………… 302
　　二、斯潘诺斯:后现代主义诗学理论 ……………………… 305
第五节　后现代话语膨胀与表征危机 ………………………… 309
第六节　反文化策略与文学处境 ……………………………… 311
第七节　后现代的写作与阅读 ………………………………… 314
　　一、后现代写作的意义消散 ………………………………… 314
　　二、后现代文学解读悖论 …………………………………… 318

第八章　后殖民主义文论 ……………………………………… 322
　第一节　后殖民主义的文化语境与理论资源 ………………… 322
　　一、葛兰西:文化领导权及其争夺 ………………………… 323
　　二、法农:殖民合法性批判与民族文化精神 ……………… 325
　第二节　福柯的意义:谱系学与权力话语分析 ……………… 329
　第三节　赛义德:东方主义与后殖民文化理论 ……………… 335
　　一、东方主义与文化批评 …………………………………… 335
　　二、文本理论的文化策略 …………………………………… 338
　第四节　斯皮瓦克:后殖民处境解析与文化身份书写 ……… 340
　第五节　霍米·巴巴:文化定位 ……………………………… 343
　第六节　亨廷顿:文明冲突论的视野转换意义 ……………… 346
　　一、后冷战时代文明的冲突 ………………………………… 346
　　二、西方与非西方对立的世界图景 ………………………… 349
　　三、本土化与全球化冲突融合的新趋势 …………………… 355
　第七节　杰姆逊:后现代主义与后殖民主义的汇合 ………… 358
　　一、后现代后殖民主义文化 ………………………………… 359
　　二、后殖民主义与第三世界文化 …………………………… 361
　第八节　汤姆林森:文化帝国主义研究 ……………………… 364
　　一、文化帝国主义话语 ……………………………………… 365
　　二、现代性批判与文化全球化反思 ………………………… 368

第九章　女权主义文论 ………………………………………… 372
　第一节　女权主义:缘起与发展 ……………………………… 372
　第二节　女权主义文学批评:流派与旨趣 …………………… 375
　第三节　第三世界的女性话语 ………………………………… 382
　　一、斯皮瓦克:第三世界妇女的"命名"与"发言" …… 382

二、莫汉蒂:虚幻的"女性共同体"与"身份书写" …………………… 385

第十章　新历史主义文论 ……………………………………………… 389
第一节　新历史主义的语境 …………………………………………… 389
第二节　格林布拉特:文艺复兴的自我塑造 …………………………… 392
第三节　蒙特洛斯:历史与文本 ………………………………………… 400
一、文学与世界 …………………………………………………… 400
二、历史与理论 …………………………………………………… 402
三、文本与历史 …………………………………………………… 403
第四节　多利莫尔:文学与历史 ………………………………………… 407
一、文化唯物主义与意识形态 …………………………………… 408
二、新历史主义与权力话语 ……………………………………… 410
第五节　海登·怀特:元历史理论 ……………………………………… 414
一、元历史话语 …………………………………………………… 414
二、话语转义学 …………………………………………………… 417
第六节　新历史主义的批评者 ………………………………………… 419
一、理查·勒翰:新历史主义的局限 …………………………… 419
二、卡瑞利·伯特:新历史主义之后 …………………………… 423

第十一章　文化研究的文论旨趣 ………………………………………… 427
第一节　文化研究:理论源头与命名 …………………………………… 427
一、文艺社会学 …………………………………………………… 427
二、"文化研究"的命名和理论向度 ……………………………… 428
第二节　布迪厄:文化研究的当代拓展 ………………………………… 432
一、理论风格与特征 ……………………………………………… 432
二、场域理论与文化习性 ………………………………………… 434
三、文化资本与象征资本 ………………………………………… 436
四、反思性的社会理论 …………………………………………… 440
五、身体视域与诗性精神 ………………………………………… 442
六、文化反思与理论意义 ………………………………………… 445

第三节　博德里亚:消费文化理论 ……………………………………… 447
一、现代性问题与"完美的罪行" ………………………………… 447
二、消费社会中的日常生活精神颓败 …………………………… 451
三、商品拜物教中的人文审美生态危机 ………………………… 456
四、白色社会中的后现代镜像 …………………………………… 462
五、意义与局限 …………………………………………………… 465

第十二章　生态文学与生态批评文论 …………………………………… 470
第一节　生态文化的发端及其现实针对性 …………………………… 470
一、现代性文化断根和消费主义症候 …………………………… 470

二、直面人类自然生态危机和精神生态危机…………………474
　　三、生态理论的发生与发展…………………475
　第二节　生态文学的特征与价值取向…………………477
　第三节　生态批评的发展与基本特征…………………480
　第四节　深生态学的理论张力与价值…………………484
　　一、深生态学的发展…………………484
　　二、深生态学的现实语境…………………486
　第五节　生态批评对当代文论的意义…………………489
　　一、人类性价值中断与东西方前沿话语整合…………………489
　　二、生态文化聆听物种灭绝的警钟…………………490
　　三、生态文化对人的生存意义的新导向…………………491
　　四、生态文化的启示与精神价值整体创新…………………492
结语…………………495
跋…………………510

序　言

　　20世纪西方文艺理论流派众多,大体上可分为:形式主义文论、精神分析文论、现象学文论、解释学文论、存在主义文论、接受反应文论、后结构主义文论、新马克思主义文论、女权主义文论、后现代主义文论、后殖民主义文论、新历史主义文论、文化研究理论、生态批评文论等。

　　相对于20世纪以前的文艺理论,20世纪的西方文论有了较大的差异,其表现为以下几大趋势。

　　文学理论已不再局限于狭隘的文学自身的内部研究,而是具有了广阔的文化视野,并同社会学理论、心理学理论、哲学理论、政治学理论、文化学理论、生态学理论关系紧密,吸收其学术文化资源,使自身达到与其他人文社会科学同步发展的前沿学术境地;实现了理论和批评的话语转型,无论是现代性问题,还是后现代性问题,都深入到文艺思维和批评话语中,问题意识使得文艺理论在变动不居的时代去多维多向地反观这个时代,因而出现了流派众多、思潮迭起的局面;以国际性的眼光来看世界文论的发展,不管是西方文论还是东方文论,都不可能再局限于某一地区和国家,而是成为人类共同面对现代性问题和后现代问题的一种理论话语,就此而言,文艺理论已然成为当代思潮中具有国际特性的先锋话语,一个解读文化性格、民族文学精神和现代性发展的重要理论尺度;由大理论到小理论,即从"大写哲学家"到"小写哲学家",从"大写的人"到"小写的人",从"大世界"到"小世界",从"大历史"到"小历史"等,这种由"大"到"小"的学术路数,在后结构主义、后现代主义、后殖民主义、新历史主义、文化研究等领域获得清楚的理论呈现;出现了从理性思维向语言学和文化研究转向的文化策略,同时使话语的呈现方式和言说方式上升到文艺理论的重要地位,使得20世纪文艺理论具有了非体系性、消解性、形式性、非主体性、非理性化和语言转向、文化转向等特征;强调文艺基本问题的审理,这类基本问题往往与国家、民族、种族、性别、写作、文本、阅读、批评和文化策略紧密相关,这构成了20世纪文艺理论的泛化品格和向文化领域渗透的宽泛视域。

　　就文艺理论而言,20世纪不仅是文艺批评的时代,也是文艺理论建构的时代。因此,我们有可能从中国当代文论建设的语境,来审理所面对的当代西方文论,同时通过对当代西方文论发生发展的研究,来更新我们自己的文艺理论思维和话语言说的方式。

　　在后现代和后殖民语境中,我们在研究各种西学"主义"时,有必要弄清其思想文化"语境",即我们面对的是方法论问题还是本体论问题?这些问题是怎么来的?属于哪个话语层面的问题?是新问题还是旧问题甚或旧题新出?是西方的问题还是人类的共同问题?是国家民族的本土问题还是全球性问题?是现代性文论问题还是后现代性文论问题?

仅关注当代文化问题还不行,还要找到当代文艺理论的思想"地基",寻找到审理文论问题的哲学本体论立足点,进而把握剖析当代文艺问题的方法论新角度。实际上,当代西方文艺理论不仅是当代西方思想学术发展新问题的表征,也是人类20世纪所面临的文化转型的话语处境。汉语思想与西语思想的关系,并非是东西方之间的话语紧张关系,而是在现代性和后现代性问题上的面对人类未来发展的共同境遇。

因此,我们必须关注以下问题:一个世纪以来,尤其是20世纪末,西方文论出现了怎样的问题?形式主义文论、结构主义文论具有何种结构性转型?精神分析文论在文艺批评中具有怎样的深度和误区?现象学解释学文论具有怎样的意向性和意义解释维度?存在主义文论和接受反应文论是如何强调文学主体性的?新马克思主义文论和女权主义文论是怎样从政治诗学角度展开自己的文化批判的?后现代主义使中国文化在思维论和价值论层面为怎样的"现代性问题"所撕扯?后殖民主义文化理论和文学理论的出现,带来的关于文化霸权、权力话语、第三世界文化的前景等问题,其学术应答的可能性何在?新历史主义文论中的"历史"是主观的还是历史事实?历史在阐释中是被无意误读还是有意误读?被解读为政治意识形态史、权力话语史,还是文化"稗史"?生态批评文论是否能够创造一个自身相对独立的体系?文艺这种感性化形式,怎样在世俗关怀和终极意义关怀之间找到一条较好的联通之路?它在既不可能"代宗教",也不可能成为"欲望的表征"之时,如何确立自己的本体?"文化研究"时代的审美文化、大众传媒问题和盲点何在?这些问题,都需要认真地加以审理。

就西方文艺理论研究而言,如果说,哲学逻辑话语是整个文艺理论研究的灵魂而体现出文艺研究的共性的话,那么,一般的文艺理论模式则是文艺研究方法的当代运用,体现出文学研究不同侧重点的思想个性,而具体的文艺理论研究则是介于当代文艺理论模式与古代文艺理论研究之间,可以借用一些新方法补充文学研究的方法论。总之,"理论模式"是当代西方文论研究的主体部分,它一方面受哲学美学逻辑方法的指导和制约,另一方面又不断从其他学科吸收新的思想资源,并在具体的文学现象研究中不断完善自身。因此,在对不同的文学理论模式进行探讨时,弄清这一理论的源起及其历史背景,阐述其重要代表人物的主要思想,指出其理论方法论特征,并通过其理论的具体实践运用,看其当代意义和局限之所在,就成为了本书写作的方法论原则。

当代西方文艺理论是一个有机的整体,它处在不断发展演变之中。理论方法毕竟只是研究西方现代性或后现代性文化艺术的手段,而不是研究的目的。当代西方文艺理论研究,只是我探索20世纪文学艺术奥秘的中介形式。没有凝定不变的文艺理论研究模式,也没有终极真理的文论体系,真正具有生命力的文艺理论批评方法是随着实践和思维的不断前进而发展的。因此,研究现代西方文艺理论,有必要把握以下几个关键性问题。

在文化理论层面上总体把握当代西方文论的意向性。在文化开放和寻求对话的时代,文艺研究要从当代学术思想话语中吸收精神资源,使自我具有广阔的视野和学术眼光。在整个文化艺术话语转型时期,运用新方法分析作品结构、人物心态、语码符号、意义增殖等问题,具有"范式转换"的重要意义。话语转型时期的文论研究,对门类繁多的"新理论"加以具体分析和学术批判,在推动文论研究的不断更新和向前发展的前提下,充分发挥各种理论的长处,进行多角度、多层面的综合性研究,可以使文论研究获得一种宏观的视野。

分析现代文艺理论需注意其哲学语境和诗学特征。研究文艺理论和批评方法,其目的并非盲目套用西方话语模式或将其"移植"到中国文学研究中,而是力求拓展传统的思维格局,给当代文学以新的启示。如果仅仅满足于一些新名词、新术语的分析,而背离其文学特性这一价值诉求,就会忽略文学的特性,而只重视它同一般社会科学和自然科学的共同性。只有当研究对象与具体理论模式相统一时,才会获得其他理论模式所不能取代的意义解释效果,从而在新的视界中揭示出文学对象所蕴含的特殊规律。

注重各流派文艺理论研究方法之间的互补性和有效性。文艺理论研究的是文艺的整体,面对这一整体,运用不同方法进行研究时,一方面要从具体理论模式出发对其加以把握,另一方面也应看到文艺作为一个有机整体,需要各种方法互相补充,互相协调,才有可能窥到文艺的价值特征之所在。现代文艺理论研究的一个重要职能是充当读者与批评对象之间的中介,通过全新角度的探索,见人之所未见,言人之所未能言。优化的文艺理论研究和文化批评,是将已经清理和消化了的新理论批评方法变成自己的精神内核,去尽可能准确地传达出对文艺现象的灵思和解悟,达到对当代文学作品、现象和思潮的多元多层意义的解读。

总体上看,西方思想强调"致知",真理的客观参照性摆在了第一位;中国思想强调"致良知",探求生命的完整性。良知是对知识论的超越,艺术是人生的终极体验,在人类审美的路途上,艺术经典以其追忆和解放的信念,引领个体从功利境界经由艺术境界回归天地境界,而在中西之争的背后,两种生命体验模式的冲突贯穿于前现代—现代—后现代的时间序列。

然而问题依然存在,为什么在现代性高度发达的时代,艺术开始变丑了?为什么在人类上天入地遍求真理的同时,会有那么多艺术家、诗人和哲人对理性的滥用展开了痛苦的追问,用带血的头颅去撞击理性主义的大门?为什么冷冰冰的知识中心主义为人类创造了数不清的物质财富,与此同时艺术却迷失了自己的家园?人类的生命活感性和审美意向性被遮蔽而沦为消费社会的点缀景观?我不禁要追问:艺术还能够承担寻求与拯救的使命吗?被抛置于茫茫大地的人,还能否求诸沦为边缘的艺术,来抗拒理性机器对感性自我的奴役和异化?

在20世纪思想的张力和价值论的诉求中不难发现,经典的魅力并不会因为多数人的漠然而飘逝。历史是减法,吹尽黄沙,在日常语言枯竭之后,如骆驼般踟蹰跋涉于文化荒漠许久的人类整体,必能重新回归诗思和哲性之途,艺术语言将重新奏响黄钟大吕。

在全球化时代,在西化的普世化时代,如何在现代性造成人的断片化时代,重新促使个体良知的复苏,以价值论之理想来对抗理性中心主义之冷漠,昭示后现代社会独特的文化悖论,从而以回归经典的方式来提出自己的立场,显得重要而紧迫。这一点尤需关注:艺术之理想在于超越,失去了理想的艺术必将沦为廉价的消费品,而人类生命之光也将如风中之烛。先天悲剧化的人生,如果再丧失了以艺术感性对抗荒凉的尼采式希望,必将无可置疑地陷入永劫。

随着人类从现代社会进入后现代社会,文学艺术也经历了诗歌—小说—散文—读图时代的历史降解,随着语言走向世俗化,诗性在枯竭,价值在跌落,而良知也被遮蔽。在此意义上,诗意栖居不再是一种奢华的点缀,而是脚踏大地背靠虚无的执著守候,即使在理性时代艺术的追问与置疑变得不合时宜,即使时空的碎片化使得个体沦为丧失面孔代以面具的犬儒,但只要伟大的艺术存在,其独特召唤结构必将拂去覆盖在诗歌语言之上的尘埃,带我们回归经典的文化审美家园。

绪　论

一、文论背景：美学潮流与语言转向

20世纪文艺理论具有鲜明的时代特征，它是时代艺术精神和审美文化价值取向的重要标志。当代文艺理论与当代美学理论有着不可分割的联系。

当代文论与美学流派众多，大致说来可分为两大思潮：一是标举"体验"性的人文主义文论与美学思潮，一是注重实证的科学主义文论与美学思潮。人文主义文论与美学思潮，将人的体验、感性、直觉放在本体论的地位加以考察，通过对人精神内涵的揭示去探寻艺术的本质和世界的审美本性。这一思潮主要包括狄尔泰的生命美学、尼采的唯意志主义美学、弗洛伊德和荣格的精神分析美学、海德格尔的存在主义美学、英伽登和杜夫海纳的现象学美学、伽达默尔的解释学美学、姚斯的接受美学和西方马克思主义美学等。它们尽管理论出发点各个不同，研究问题的侧重面不同，所达到的理论深度也不同，但为发掘"世界图景"中人类生存本体，为使人的诗意和思情从日常生活的遮蔽中解放出来，为打破语言逻辑的功能以返回思和诗这更原初的本质、返回语言的具体性和诗意性，都做出了不懈的努力。人文主义文论与美学流派往往强调对审美活动中主体审美体验的研究，注重审美的终极价值超越功能和艺术的生命自由超越本质。科学主义文论与美学思潮大致包括阿恩海姆的完形心理学美学、乔治·桑塔耶那的自然主义美学、杜威的实用主义美学、瑞恰兹的新实证主义美学、维特根斯坦的分析美学和卡西尔的符号学美学等。这一思潮在方法论上一般偏重于归纳法，更重视科学性、实证性。在具体研究中，注重语言的逻辑功能，要求概念的确定性、表达的明晰性、意义的可证实性。甚至，分析美学从其"真实"的意义系统出发，求证对象的明晰性和一致性，检验出形而上学思考的不真实，从而要取消这种思考。于是，它们运用语义检验标准对一切超验价值加以清理，将美的本质连同善的本质，以及关乎"人生总态度"的形而上学逐出其研究领域。这种竭力标举科学理性的做法，既是对传统哲学和美学的打击，也使得"思想"在重新寻找自己的路途中与艺术相遇。

美学研究上的人文主义向度与科学理性向度，到80年代出现了互相融合的趋势。因而，当代美学将人的存在及其意义作为自己的重心，而将艺术本体论重新推向文论和美学研究的前台。可以说，艺术本体论在当代美学中的突出地位，正是当代美学主潮演化的必然结果。因此，以本体论为底蕴的整个20世纪的现代文论、现代文艺美学、现代诗学极为发达兴盛，已超越科学理性主义与人本主义在美学问题上的分歧对立，达到新的交叉融合。

当代文艺理论与美学发展的相关相契，使文艺理论研究出现了偏重主体的作者和读者审美体验研究与偏重作品文本研究两个方面。同时，当代文艺理论也与当代艺术本身的发展关系紧密。当代艺术使理论家们感到艺术与非艺术的界线发生了变化。文艺理论也逐渐从纯诗学的封闭圈子里走出来,不再局限于对美和艺术的内在特征和形态的研究,而扩展为对艺术和社会以及人类存在中的意义和功能的探索。理论家越来越注重将人与艺术的本体关系、艺术品的本源、艺术的超越性价值和艺术品的存在方式与基本结构等问题的研究,放到文艺理论研究的中心,同时也注意到艺术与语言符号的本体关系。这使得当代文论更为注重从艺术语言入手,去把握艺术的本质。

对现代艺术语言的重视,形成当代文论的一个重要内容。海德格尔说:"语言乃是存在的家园。"①伽达默尔说:"能被领悟的存在就是语言。"②人们认识到,艺术中的语言是人类本真生命的敞开,这种语言不仅是比逻辑思维更本源,而且是比认识、反思、我思以至内省、体验都更深一层的东西。人们正是通过艺术语言的多义性、表达的隐喻性、意义的阐释增生性,而领悟人生存在的诗意性。艺术语言弱化和消解了语言的逻辑功能,从而将人的生命体验带入流动和开放状态,使人生意义进入澄明之境。语言是人存在的边界,没有什么不能被艺术的语言穿透和把握。人们注意到,语言具有既澄明又遮蔽的双重性。一方面语言是人存在的"家园",另一方面又因语言的局限性而构成人存在的"牢笼"。然而,艺术语言却能打破语言的牢笼:一方面,它将人的深层体验和生命激情化为具体的场景人物固定下来;另一方面,它又不断求新求异求变,使语言本身处于不断否定自我的过程中。艺术语言的本性在于力避陈言、标新立异、化腐朽为神奇。正是在此意义上,荷尔德林才说诗的语言"是最纯真的活动"③。

现代艺术语言的不确定性和多样性,不仅标示出艺术存在与生命流变同形同构,而且标示出以艺术语言所代表的新感性对日常感性的超越。艺术以其感性生命所带来的鲜活流动和生生不息,造成人类生命力永不衰竭的冲击力。艺术以其追求着变换的新语言、新感性,去撞击理性主义的铁门,渴求以新的艺术语言为人类开辟一片无限广阔的自由天地。我们可以透过现代艺术的躁动不安、透过其对艺术新形式的拼命追求及对自由生命把握的焦渴,看到人类力图打破文化传统经年累月所积淀的固有模式和审美心理结构,从而确定某种可为生命所把握的新生价值,并从中开发出艺术新的生机。这就是现代文艺理论在现代艺术冲击下进行的新思考。

20世纪西方文艺理论不仅受当代美学研究、艺术实践的影响,而且也受各种文化思潮、新兴学科的冲击,因而出现流派众多、错综复杂的情况。各种理论独标新说,不断创新和发展,相互排斥又彼此补充,很难对其作简单的概括。但如果清理爬梳,提纲挈领,还是能从总体上宏观地描述其历史走向及基本特点。

---

① Heidegger, M. *Poetry*, *Language*, *Thought*, New York: Harper and Row, 1971, p. 132.

② Gadamer, H. G. *Truth and Method*, New York: The Continuum Publishing Co., 1975, p. 432.

③ Heidegger, M. "Hölderlin and the Essence of Poetry", in *Existence and Being*, London: Vision Press, 1956.

20世纪西方文艺理论引人注目的主要有四个方面：一是注重作者心理表现研究方面，主要有表现主义、象征主义、文艺心理学派、原型批评等。二是注重作品本体研究方面，主要有俄国形式主义、英美新批评派、结构主义、现象学作品本体论研究等。三是注重读者阐释接受的研究方面，主要有阅读现象学、文艺解释学、接受美学、读者反应批评等。四是注重文艺的社会文化批判方面，主要有西方马克思主义文艺理论、新历史主义、后殖民主义、文化研究、生态文化美学研究等。

二、标举体验：作家心理奥秘的洞悉

20世纪初叶，狄尔泰和尼采的生命哲学美学思想因其新颖独特而独树一帜。狄尔泰上承施莱尔马赫、叔本华，下启海德格尔，在思想史、文论史等领域有不少开创性建树。他通过对人文科学与自然科学的"划界"，为人文科学争得地盘。在他看来，自然和生命构成自然科学与人文科学的根本区别，而生命是一种处于盲目却有秩序的、不断流变中不可抑制的永恒冲动，只有从生活体验出发方能对生命意义作出解释。对于生命，人们只能依赖于个人的体验、表达和理解去把握。狄尔泰标举体验美学，认为体验与人的生命之谜有非此不可的关系，唯有体验才能将活生生的生命意义和本质穷尽；体验打通了人与我、我与世界的障碍，使人的当下存在与人类历史相遇。他认为："诗的问题就是生命的问题，就是通过体验生活而获得生命价值超越的问题。"① 也就是说，体验关乎人的生活方式，体验即人生诗意化问题。人通过体验去把握生命的价值；诗能穿透生活晦暗不明的现象，把心灵从现实的重负下解放出来，揭示出生命的超越性意义。直言之，诗就是体验的外化形式，诗能将一种特殊的体验突出到对其意义反思的高度。

弗利德里希·尼采
(1844—1900)

狄尔泰不仅将艺术体验论作为自己美学思想的基石，而且还从符号"表达"这一人的精神世界互通性及"理解"这一"阐释的循环"上，进一步涉及文艺解释学的本质。人的生命"体验"和诗意"表达"只有通过"理解"，才能由一个生命进入另一个生命之中，使人类生命之流融合沟通。理解使个体生命体验得以延续和扩展，使表达具有普遍意义，使精神世界成为相关性与互通性的统一体，使历史在阐释中成为现实、个体之人成为人类，使生命获得超越而臻达永恒。艺术集中体现了人类理解的本质，是"理解生活的工具"，因其显示了历史的真理和保存主体生命体验信息而具有本真意义。尽管

---

① Dilthey, W. *Selected Writings*, Cambridge: Cambridge University Press, 1976, p.114.

狄尔泰从客观主义立场出发对"阐释的循环"困惑过,但他后来对这个谜作出了回答:"历史之谜"的谜底是人,这个循环之谜源于人自身,在于人的有限性。狄尔泰的生命文艺美学对20世纪西方文论的影响不容忽视,他对人文科学的贡献,对艺术体验和想象的研究,对解释学的奠基,使他成为20世纪哲学、美学的重要人物。20世纪60年代,经哈贝马斯重新阐释和倡导,西方思想界出现了"狄尔泰复兴"运动。

尼采的美学思想对20世纪初的文论也产生了重大影响。20世纪30年代以来,西方思想界兴起重新认识尼采的态势。尼采的悲剧理论是其思想大厦的基石,《悲剧的诞生》则预示了他以后思想发展的轨迹。在这部著作中他表现出"重估一切价值"的勇气,批判地考察了前人的悲剧理论,第一次将日神和酒神看作相互对立、相互依存的矛盾对立面。他认为日神和酒神的斗争构成了整个希腊艺术发展的基础,也是悲剧诞生的基础。他用日神和酒神的象征来说明艺术的起源、本质和功用乃至人生的意义。希腊艺术的繁荣并非缘于希腊人的内心和谐,相反,是缘于他们内心的冲突和痛苦。正因为将人生的悲剧性质看得太清,所以产生出日神和酒神两种艺术冲动,希求以艺术来拯救人生。日神精神沉溺于外观的幻觉,反对追究本体,企图用美的面纱遮盖人生的悲剧面目,流连于稍纵即逝的欢乐;酒神精神则打破外观幻觉,揭开生命悲剧的面纱,直视人生痛苦而与本体相沟通。用唯理性的目光审视人生,人生必然无意义,只能得出悲观主义结论。因而要从审美角度看世界人生,赋予一种审美的意义。《悲剧的诞生》强调,整个世界和人生只有作为审美现象才合理,也只有在审美目光凝视中,被理性所窒息的生命才重新变得充满生机和光彩。尼采进而指出,艺术是生命力丰盈充满的表现,艺术家是生命力极其旺盛的人,受内在活力丰盈的逼迫,不得不给予。而生命力衰竭的人是毫无美感的人,与艺术无缘。尼采不仅对美、美感和艺术有深刻的看法,而且对音乐和诗也有独到的见解。尼采的文艺观和美学观对20世纪文艺理论影响深远,可以说,尼采和狄尔泰的生命哲学美学观构成了当代西方文艺理论一个不可或缺的维度。

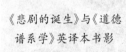

《悲剧的诞生》与《道德谱系学》英译本书影

表现主义和象征主义理论在上世纪初也曾引起很大反响。表现主义文论代表人物是意大利美学家克罗齐,他认为艺术即直觉,直觉即是"表现"。在克罗齐看来,人人都有直觉,每个人就都是艺术家。真正的艺术家与普通人相比只是直觉的不同而已。艺术作品是作者心灵直觉"外射",而借物理媒介的"翻译"的结果。象征主义在精神上与直觉主义相通。兴起于法国的、具有神秘主义倾向的象征主义诗学认为,客观世界是主观世界的象征,因此可用有声有色的物象来象征内心世界这一"最高的真实"。唯有心灵世界才是真实的、美的,这是个超现实的"世界",不能被理性把握,只能通过隐晦曲折的"意象"、"形象"加以暗示,只有通过意识和潜意识的共同作用,才能传达出心灵世界的奥秘。因而,象征是沟通主观客观两个世界的媒介。

弗洛伊德的心理分析学理论认为,艺术是"原欲"的升华。所谓"原欲",是人的基本欲望"爱的本能"。人格结构有三个层次:本我、自我、超我;心理结构也有三个层次:无意识、前意识、显意识。本我是人格结构的最底层,处于无意识状态,"原欲"就蕴藏在"本我"中,是人类活动最原始的内驱动力。"本我"要避苦求乐,获得快乐是人类一切行动的基本动机。但是,这享乐原则常与现实环境发生矛盾,就要由"自我"加以调节。前意识就是用以控制"自我"的本能,使它处于意识与无意识之间。"超我"则是体现社会利益的心理机制,运用社会原则来压抑"本我"冲动。但是,"本我"的"原欲"是人的终极动力,在现实中得不到满足,长期压抑就会使人毁灭。于是,自我和超我就力求让"原欲"在梦幻、想象和文学艺术中得到发泄。文学艺术的创作就是用一种社会可以接受的文化现象,来补偿无法在现实中满足的"原欲",使之在想象中得到满足。这样,文学艺术的发生导源于本我的"原欲",归结为无意识本能。

荣格在弗洛伊德精神分析学基础上建立分析心理学理论,反对弗洛伊德片面夸大人的个体本能并将本能统统归结于性的作用。荣格认为,不同时代和社会的艺术作品中反复出现的问题乃是各民族的各种集体无意识原型观念,人们因其被唤醒这种沉睡在心中的集体无意识原型而获得审美愉悦。无意识有两个层次:一层是个人无意识,一层是集体无意识。荣格用集体无意识来解释文学艺术,形成一种新的研究方法即原始类型研究或神话原型研究。集体无意识是个人意识(无意识和意识)的基础,保存在个人意识中。集体无意识包含着种属的"原始类型"或"原始意象",神话就是古代种属无意识的原始类型或原始意象。在神话之后发展起来的文学都保存了这种神话原型,因而可以从中找到原型类型或原始意象。艺术家具有双重的身份,一方面他因具有个人性而有其个性和人格;另一方面,他又必须忠实地做这种"集体无意识"的传达工具,代表整个人类共同的意愿说话。荣格对艺术的象征功能及作家、作品与读者关系的揭示,对艺术意义的阐释,对现代艺术"补偿调节"人的精神、拯救灵魂并使人重返故里、重返童真的作用,做了令人信服的说明。

在文艺心理学研究方面还有安海姆的完形心理学派。安海姆认为,艺术是受视知觉形态和方式决定的合理认识过程,客观世界的线条、色彩、音响等形式由于与人体的活动状态和内在心理有张力的同构关系,从而相互对应而产生如感情表现、情感移入现象。另外,立普斯、谷鲁斯、浮龙·李的移情说、布洛的"心理距离说"、闵斯特堡的"艺术孤立"说,以及皮亚杰的建构心理学等,都受到广泛重视,并在文艺理论方面取得了一定的成绩。

三、本体崇拜:艺术作品本体论研究

当代西方美学注重作品本体论研究,这一点对当代文艺理论有很大的影响。

因此,考察作品本体论必得先考察当代美学对这个核心问题的看法。

面对艺术与非艺术界限逐渐消失这一事实,20世纪文艺理论家感到,什么是艺术品与什么是艺术同样难以回答。因为艺术作品本体论的重要问题难以绕过去,于是产生林林总总的确定艺术品本体地位的说法。W·肯尼克认为所谓艺术就是一个共有名称联系起来的作品,这与维特根斯坦的"家族相似"观点极为相似,即作品仅仅如同家族成员彼此相像而联在一起。萨特认为"艺术品只是艺术家通过创造出头脑中意象的物质模拟物而形成的非现实的客体。"① 乔治·迪基认为:"一件艺术品就是某人说我叫这个东西为艺术品的客体。"② 这与美学家丹托认为的,艺术品与非艺术品的区别在于人描述此物体所使用的语言上的差异,有相当惊人的一致。人们在"什么是艺术品"上遇到的障碍,使得N·古德曼调转提问的角度,提出一个更基本的问题:"一个事物在什么时候是一件艺术品?"他认为一件物品可以在特定时空中成为一件艺术品,正如一块浮漂木在水中只是一块朽木,但将其放在展厅时,由于处于一特定时空而使之具有象征功能,于是成为一件艺术品。

路德维希·维特根斯坦
（1889—1951）

不难看出,20世纪文论对什么是艺术品这一问题进行了多种角度的探索,但尚未能有使人服膺的结论,不管是"家族相似"理论(维特根斯坦、肯尼克),还是"非现实客体"理论(萨特),或"语言指称"论(迪基、丹托),"特定时空环境"观(古德曼),都没有完全解决艺术品与非艺术品划界的问题。艺术品本体研究于是出现一些明显转向:由定性逐渐变为定点(对特定时空,或语言指定);由艺术品是什么(质的规定性),变为艺术品在何处(现实的确定性)。进而,艺术品本体自身(存在)的研究,逐步转向主体如何规定艺术品的特质。艺术品本体由客观物质自主性(自然存在论)向主体的人的价值主体性(生命本体论)转向,从消极方面看,可能会在艺术品界定上走向主观性和随意性,取消艺术品的客观标准;从积极角度看,真正的艺术品本体不应再是传统美学所谓的本体(即艺术品存在、实在之源),而应将人的生命、人的灵性上升到本体论地位。另一方面,当代艺术本体论具有偏重形式(作品本体存在)的趋向。新批评、结构主义、心理分析和符号学美学都反对近代意义上的"内容",而重艺术形式。因为"内容"一词不仅含有具体形象,还包括逻辑、理念、伦理、社会、历史等非艺术因素。

20世纪初期出现的俄国形式主义诗学把文学作品看作一个独立自足体,同作

---

① Sartre, J. P. *The Psychology of Imagination*, London: Methuen, 1972, Chap. 4.
② Dickie, G. *Art and the Aesthetic: An Institutional Analysis*, Ithaca, N. Y.: Cornell University Press, 1974, p. 69.

品以外的因素无关。作家、读者、社会都是同作品无关的外在因素,不能用社会学、心理学等来研究文学。文学作品就是运用语言技巧制作出来的语言体,因而只能用语言学特别是语音学来研究。俄国形式主义诗学基本上是语言工艺学,注意语言的声音层次,其最著名的代表雅克布逊将之称作"功能音位学"。30年代以后,俄国形式主义诗学渐趋消沉,在捷克却有很大影响,形成布拉格学派,后来发展成为结构主义诗学。

阿瑟·C·丹托(1924—)

新批评派是形式主义文论中的重要流派,在英美风行一时,影响弥深。其重要人物是艾略特、瑞恰兹、兰色姆、韦勒克等人。新批评派致力于文学作品本体研究,兴趣在于探索文学的"特异性",即区别于其他文体的特点。"特异性"就存在于作品本身:"诗作为一种文体,其特异性是本体的"(兰色姆)。新批评派并不绝对否定文学的功能可引起读者的情感反应,但作品本身并不表现感情,艾略特说:"诗不是放纵感情,而是逃避感情,不是表现个性,而是逃避个性。"兰色姆认为,诗歌和科学都表达真理,但科学是抽象表达,有构架而无肌质,诗歌则是具体表达,把肌质还给构架。燕卜荪的见解是:科学语言的语义单纯,而文学语言的语义复杂。布鲁克斯的观点是:科学语言的语境单一,文学语言的语境则包容多种经验,乃至冲突的经验。具体说法不同,但基本方法一致,都是从文学的语言本身探索文学的特异性。新批评只注意文学作品本身,不顾作家传记、读者反应和社会背景。作品本身的意义和价值不应同作家的意图和读者的反应相混淆。将作品本身同其产生过程混淆,会产生"意图谬误";把作品本身与其效果相混淆,则产生"动情谬误"。对文学的研究,只应注目于"本体",作品本体的意义,不依作者意图和读者反应为转移。

如果说新批评的作品本体论立足于作品的抽象与具体关系,强调通过语言分析、细读法寻绎作品的本意(象征之网),那么,结构主义则批判继承了作品内容、形式的关系,并努力挖掘形式内容下面的深层意蕴。

结构主义诗学把结构主义语言学引入文学研究领域,借助于结构主义语法分析解剖叙事作品,创造了一门新的文论科学:叙事学。当代影响最大的结构主义文学理论家罗兰·巴特在其代表作《叙事作品结构分析导论》中,运用语言学理论来解释作品结构,研究了叙事作品的三个层次:功能层(研究基本的叙述单位及其相互关系)、行动层(研究人物分类问题)、叙述层(研究叙述人物、作者和读者关系)。巴特研究叙事作品的层次,不是从众多文学作品中归纳出来,而是从假设的模式演绎,显得抽象难懂。后期巴特逐渐转向阅读现象学,区分"可写文本"和"可读文本":"可写文本"是读者读不懂的作品,而"可读文本"是读者能读懂的作品。要使"可写文本"为读者读懂,需读者发挥主观能动作用,因为"文本的意义并不在它本身,而在读者接触文本时的体会中"。

结构主义诗学的兴趣并不在于分析个别作品,而是寻找叙事作品的普遍结构。所谓"文学性"对结构主义诗学来说,就是文学语言的特殊性。因此,托多罗夫致力于分析文学语言的语法结构。他把句子分成两种基本成分:施动者和谓语(动词、形容词),从谓语的不同组合引出许多叙事类型。进而把话语手段分为三部分:叙事时间(表达故事时间和话语时间之间的关系),叙事体态(叙述者观察故事的方式),叙事语式(叙述者使读者了解故事所运用的话语类型)。话语手段的组合变化形成叙事的多种类型。结构主义诗学将文学和语言等同起来,视文学作品为封闭的语言结构自足体,是另一种形式主义。

现象学家英伽登认为,艺术作品是一个具有多层次结构的有机整体。他不同意新批评将艺术作品视为一种创造出来的、独立存在的客体,也不赞同日内瓦学派仅仅研究艺术作品本身。他认为艺术作品并非独立存在体,而是意识的一部分。作品只有呈现在意识之中时才存在,并且客体只有作为意向性意识的相关物才能得到认识。因此,文学本体论应着重探讨在个人经验中得以具体化的审美客体。在英伽登看来,一首诗是一种"意向性客体",它既不同于"理念的实体"(如抽象的数),也非"现存的实体"(如纸、笔、油墨),此"意向性客体"只有在读者的直接阅读经验中方能得以"具体化"。

值得注意的是,在文艺现象学那里,艺术并不是对世界的模仿。相反,艺术是意识的重塑,即艺术把个人对经验世界所抱的自然态度,转变为对世界感受的审美沉思态度。因此,每一次审美经验就是一次现象学还原,每次创作都可以说在完成一种"悬搁"——通过暂时"中断"对现实时空世界所抱的信念,进入纯粹意识领域,并以全新方式直观事物本身。正是基于这种艺术作品存在方式的看法,英伽登提出其作品层次论①。一部文学作品是一个"多层次的结构":①语音层次;②意义单位;③图式化观相;④被表现的客体。其后又提出一个最高审美属性层次——"形而上品质",如崇高、神圣、悲剧性等显出生命存在的更深意义功能,这种最高审美属性渗透整个作品,成为作品的灵魂。并且,作品诸层次构成多种类型审美价值,多层次之间的多样性产生变调和谐。英伽登声称,文学作品不仅是一个客观存在的实体,而且也是一个意向性对象。从本体论观点看,文学作品只是一种图式化结构,其构成要素大部分都处于潜在状态。只有在阅读中被读者"具体化",文学作品才能成为丰满具体的审美对象。

现象学文论另一重要代表是梅洛-庞蒂,在对哲学和艺术的现象学探讨中,不仅批评萨特和海德格尔的理论,对胡塞尔的理论也进行扬弃,在学术的严谨和思想的深度上超过萨特,成为法国现象学和存在主义的重要理论家。梅洛-庞蒂不仅对格式塔现象学、知觉现象学和"新的本体论"(身体本体论)作出自己的阐释,还对

---

① Ingarden R. W. *The Literary Work of Art*, trans. G. Garbowiez, Evanston: Northwestern University Press, 1973, Chap. 2.

政治哲学、意识形态理论、语言哲学提出自己的理论和看法①。他的问题是敞开的,邀请我们共同面对这个世界和人生,来思考曾经苦恼过他的问题。因为他相信语言、意识形态、艺术和审美、现实和知觉,是人与世界非常本真的一种体现。艺术传达了不可传达者,而不可传达者正是哲学和思想的界限。

梅洛-庞蒂的艺术观在现象学美学家中独具个性,使我们重新关注知觉的重要性,关注知觉与意义的感性。同时,他使我们注视身体的意义,因为"我以我的整个存在在一种总体方法中知觉到,我把握住事物的一种独特结构,存在这种独特的方式就在瞬间向我呈现出来。"②这样,肉体就通过感觉的综合活动去把握世界,并把世界明确地表达为一种意义。

当代西方文艺理论在作者、作品、读者的总体活动中,已经从作品一端即作品研究而逐步移向读者一端。从西方作品本体研究重心转移看英伽登的作品本体论,可以说它正处于结构主义与解释接受美学之间。英伽登一方面坚持作品层次论,指出作品本体的确定性,另一方面又认为被表现的客体充满"未定点"和"空白",需要读者加以具体化,从而展示出作品的不确定性和开放性。英伽登正是从现象学出发,坚持了作品本体确定与不确定的统一。因而,英伽登作品本体论是作品研究向读者研究的过渡,是重心转移的中介点。

四、读者中心:艺术的阐释与接受

注重对读者审美经验、读者对文本的理解和阐释、读者的接受效果研究的西方文论,主要有文艺现象学、文艺解释学和接受美学理论。

英伽登的现象学文论认为,必须区分文学作品与作品的具体化。他在作品本体论上建立自己的文学认识论。在他看来,文学作品只是一种图式化的构造,只有通过读者的阅读才能转化为现实的存在。"具体化"是"作品被理解的具体形式",具体化是阅读中构成的直接关联物,构成作品的显现形式③。但英伽登认为,具体化既非心理的也非经验性的,相反,读者阅读一篇文学作品时,并非内省自己的内在心理活动,而是集中注意力于文学作品本身,这是一种现象学本质直观活动。英伽登坚持,不仅具体化赋予文学作品以生命,而且文学作品的生命会在具体化过程的影响下产生变化④。因此,具体化是与原作保持同一性和读者创新的变异性统一。作品与作者的意向、读者与作品的意向之间的相符或相背,都会在再现客体层造成明显变化。但作品在变化中仍保持其自身的同一性(不会真正变成一部"新作品"),因

---

① Albert Rabil, *Merleau-Ponty, Existentialist of the Social World*, New York: Columbia University Press, 1967; Spurling, Laurie *Phenomenology and the Social World: The Philosophy of Merleau-Ponty*. London: Routledge and Kegen Paul, 1977.

② Merleau-Ponty, M. *Sense and Non-Sense*, Evanston, Ill.: Northwestern University Press, 1971, p. 50.

③ Ingarden R. W. *The Literary Work of Art*, trans. G. Garbowiez, Evanston: Northwestern University Press, 1973, Chap. 11-12

④ Ibid, Chap. 64.

此,同一文学作品会发生变异,而变异的历史构成艺术作品的生命。

杜夫海纳的《审美经验现象学》研究读者的审美经验,成为"法国现象学美学的最高成果"。在这部巨著中,杜夫海纳将审美对象与审美知觉的相互关联作为论述中心。他明确表示,他对观赏者审美经验描述的步骤是:首先加以现象学描述,然后进行先验的分析,最后从中引出形而上学的意义。他认为,不能从审美知觉出发考察审美对象,只能从审美对象出发考察审美知觉,以使经验从属于对象。他进一步将审美对象设定为被感知的艺术作品,因为在他看来,直接来自艺术作品的审美经验是最本真、最纯粹的。

杜夫海纳强调审美对象与艺术作品的区别,艺术作品是外在于人的意识,是一种具有永久物态结构的存在。只有在艺术作品上增加审美知觉,才能出现审美对象。因此,读者既是知觉对象的完成者,又是作品的见证人。他说:"不同的知觉者在艺术品中发现的意义是不同的,但不管什么意义,总是他在作品中发现的,而非他自己外在赋予作品的。"① 艺术是人类意义赋予活动的最重要方式。审美对象作为"准主体",具有意向性特征,"当主体全身心投入作品之中时,作品的意义与我融汇为一。"② 主体与对象的完美融一,使主体通过对象把握住自我的深层存在。因而,审美对象是一种人生的表达,它呈现、展示出"人的内在和外在的意义"。

以伽达默尔为代表的文学解释学,是在施莱尔马赫、狄尔泰为代表的传统解释学和海德格尔"理解论"、意义论基础上发展起来的。伽达默尔注重读者理解文本的历史性。他认为,任何一个人都存在着历史性,在文本的理解活动中,不可能揭示某个文本的原意,只能带有理解者自身的印痕。伽达默尔强调对象意义的历史性、相对性以及理解活动的历史性、相对性。理解的历史性同时也构成理解者的主观前见,而主观前见又构成解释者的特殊视域。理解者的视域与对象内容包蕴的过去视域在理解中达到"视域融合",使得理解者和理解对象都超越原来的视域,达到一个崭新的视域。艺术解释活动就是主体参与的理解和体验活动,必然带有一定主观性,这种主观性是理解艺术作品文本不可缺少的"前结构"。正因为这个"前结构"所蕴含的主观性,作为解释活动结果的"意义"不可能是纯然客观的,一定会有主体的"前见"。也就是说,在理解活动中,作品产生新的意义。伽达默尔坚持,艺术作品的意义不能脱离接受者,它依赖于理解者的理解传导。他在《美学与解释学》一文中指出:艺术作品"对每个人诉说,似乎是专为他而说"。正是对理解者或接受者的重视,正是对作品意义的寻求中强调理解者与作品的"视域融合",正是把读者的体验和理解看作对艺术作品本真意义的揭示,他才提出"效果历史"这一重要范畴。

以姚斯和伊塞尔为代表的接受美学在20世纪60年代末、70年代初迅速崛起,

---

① Dufrenne, M. *The Phenomenology of Aesthetic Experience*, Evanston: Northwestern University Press, 1973, p. 59.

② Ibid, p. 393.

向作品内部研究这一沸沸扬扬的美学思潮提出挑战,对文本中心论进行反拨,确立了以读者为中心的美学理论,实现了文学研究的根本转向。接受美学的理论基础主要是现象学、解释学美学。姚斯和伊塞尔采用的一些重要概念和范畴,如"期待视野"、"效果史"、"未定点"、"具体化"等均从海德格尔的"先在结构"、"理解视野",伽达默尔的"前见"、"视域融合"及英伽登的"具体化"等概念范畴中衍化而来。

接受美学有着全新的文学研究范式,形成了从文学总体活动过程进行研究的新思路:首先,接受美学注重艺术交流活动研究。姚斯认为,人总是通过文本与潜在地存在于文本中的作者进行"对话"。将人与文本的关系变成"我与你"的关系,变成心灵对话、灵魂问答的关系。因此,文本的意义存在于解释它的人的理解意识之中,文本是人的理解的文学效果史中永无止境的显现,而效果史和接受史都具有社会历史意义上的规定性。其次,确定了读者中心地位。在接受美学看来,作品总为读者而创作,文学的唯一对象是读者,未被阅读的作品仅仅是一种"可能的存在",只有读者能赋予作品以现实的意义①。姚斯认为,作品的意义来源于两个方面:一是作品本身,一是读者的赋予。他认为读者对作品意义的填充是能动的、决定性的,因此作品的意义等于作者赋予的意义和接受所赋予意义的总和。再次,突出艺术接受中审美经验的重要性。姚斯认为,通过艺术接受所产生的艺术经验,使日常感性得以净化,同时人们凭借艺术经验才得以拒绝意识形态对世界的歪曲或解释,而坚持自己在本质直观中形成的本真解释,达到对自我和世界重新审视、感悟的高度②。

接受美学的兴起对当代文艺理论起了转变视野的作用,影响了诸多文艺理论流派。美国的读者反应批评学派、法国的"新"新批评学派深受影响,几乎取消文本的地位,片面地发展接受美学中主观性的一面,将读者的能动作用推到极点。

五、批判美学:文艺的社会价值取向

注意艺术与社会的关系,对现实与艺术的关系作出全新解释的西方文论,有西方马克思主义美学和新历史主义诗学。

西方马克思主义并不是一个统一的理论流派,其内部存在两种相互对立的倾向,在许多重大问题上存在尖锐的分歧。这种分歧表现为两种根本对立的倾向:把马克思主义人本主义化和把马克思主义科学主义化。归属于人本主义倾向的西方马克思主义理论家主要有:①早期"西方马克思主义",代表人物有卢卡契、柯尔施、葛兰西、布洛赫。主要特点是强调用黑格尔哲学重新解释马克思主义,又被称为"黑格尔派的马克思主义"。②法兰克福学派,代表人物有霍克海默、阿多诺、马

---

① Walning, R. ed. *Rezeptionsaesthetik*: *Theorie und Praxis*, München: Wilhelm Fink Verlag, 1974, S.129.
② Jauss, H. R. *Aesthetic Experience and Literary Hermeneutics*, "Introduction", Minneapolis: University of Minnesota Press, 1982.

乔治·卢卡契(1885—1971)

尔库塞、弗洛姆、哈贝马斯、施密特等。他们主张把弗洛伊德的精神分析学"补充"到马克思主义中去,把人的解放归结为人"爱欲"的解放,并系统地建立社会批判理论。③存在主义的马克思主义,代表人物有列斐伏尔、梅洛-庞蒂、萨特等。他们提出马克思主义应当是一种真正的人学,强调要把存在主义同马克思主义结合起来。而归属科学主义倾向的西方马克思主义理论家主要有:①新实证主义的马克思主义,代表人物为德拉-沃尔佩、科莱蒂,主张恢复马克思主义的"科学"性质;②结构主义的马克思主义,代表人物是阿尔都塞,主张将结构主义方法引入马克思主义研究。

总体而言,西方马克思主义美学是股激进的社会美学思潮,尤其法兰克福学派更是以社会批判理论作为自己的旗帜,对现存社会抱批判的否定态度。因此,西方马克思主义美学理论有不同于传统文艺社会学理论的全新价值取向。并且,西方马克思主义美学在自身发展中呈现出不同面貌和特点,形成不同理论模式:①卢卡契的"艺术反映论"模式;②本雅明和马歇雷的"艺术生产论"模式;③马尔库塞的"弗洛伊德马克思主义"模式;④阿多诺的"否定性知识说"模式;⑤戈德曼的"发生结构主义"模式;⑥萨特的"存在主义马克思主义"模式;⑦伊格尔顿的"意识形态理论"模式等。这些不同的理论模式开拓了新的美学维度,值得深入研究。

卢卡契认为,马克思主义美学是对以前美学、特别是黑格尔美学的扬弃和根本改造,艺术的审美本质和美学价值只有在社会的历史过程中才能得到正确的理解和评价。文艺创作在整个意识形态有着非此不可的关系,但是不能将文艺纳入意识形态的部门,而应把文艺放在一定社会的意识形态中进行研究,使文艺创作对意识形态起作用。文学作品只有放在整个社会现实中其意义才能得到深刻理解,如果将作品与社会的纽带斩断,文学的意义就无法得到正确解释。在艺术与社会的关系上,文学作品并非如自然主义所说如镜子般死板地反映事物,相反,文学作品中反映的现实社会是一种自主的结构。同时,文学作品必须通过作家赋予形式的创造才能反映真实的世界,正是作品形式的客观规律才使得作品能正确反映现实。

卢卡契的现实主义理论是其美学思想的重要方面,他运用马克思的现实主义美学理论对艺术现象加以深入分析研究,提出"总体性"、"真实性"、"客观性"、"直接性"、"典型性"、"倾向性"等一系列美学范畴,建构起现实主义美学体系。在卢卡契看来,典型是文艺特质所在,"一切真正的文学用来反映生活的、运动着的统一体,其一切突出特征都在典型中凝聚成一个矛盾的统一体,这些矛盾——一个时代最重要的社会、道德和灵魂的矛盾——在典型中交织成一个活生生的统一体。"典型是本质和现象矛盾辩证关系在艺术上的审美解决,同时又是对社会历史过程的准确反映。典型论的特点在于展示出典型的流动性、发展性、矛盾性和统一性。典型的艺术形象使时代和社会的所有本质因素都交织在一起,并在最高发展阶段上最充分地呈现出来。卢卡契的一个重要美学思想是坚持把人道主义作为现实主义理论的核心。"人道"是艺术的本质内容,因而艺术的首要任务是写人,从整体上本质上描写人的精神,表现人的本质力量,守护人性的完整性。

　　阿多诺理论最明显的特点是强调绝对的否定性。他把自己的哲学看作"批判的反思",对传统和现实的一切均持怀疑批判的否定态度。在对现代文化的批判中,阿多诺深化了马克思的资本主义社会不利于艺术发展的观点:在资本主义商品交换中,全社会都在交换之中硬结成一种交换金钱的尺度,艺术生产变成纯粹的商品生产。艺术成了一种交换,而不是为了满足人的精神需要,艺术创作中的作家灵感和活生生的生命被商品铁腕扼杀。因而,抗争异化的现代艺术最终成为"非审美"的反艺术——艺术坚持自身之为艺术,反对把自己变为商品和消费品,为此它把自己变成反艺术。

　　阿多诺的《美学理论》认为,现代主义艺术是现代社会灾难的产物,也是对未来不幸的预感,它于绝望之中给现代人痛苦的灵魂以拯救的希望和慰藉。现代艺术的审美效用产生于它对传统、对既存现实的否定。这种否定构成一种新的乌托邦。对人具有拯救绝望之功的艺术在现代社会中不可或缺,消解艺术便是助长野蛮。"艺术在与现实的关系中,使其自身所有方面都处于拯救之中。"①正是在此意义上阿多诺强调,艺术、文学和音乐表达的见识和真理是任何其他形式无力表达的。美学形式是一个既不受现实压抑,也无须理会现实禁忌的全新领域。

　　阿多诺认为,艺术就要追求现实社会中没有的东西,艺术不是对现实的模仿,而是对未来的启示性呈现。因此,艺术具有超越性、精神性、无概念性特征,"最完美表现的艺术也不可能与现实叠合,艺术具有超越性,不升华和超越,就没有光芒照在世间众生和万事万物上"②。《美学理论》突出地强调了艺术的批判职能。艺术成为社会的东西毋宁说是因其同社会对抗的立场,它不逢迎现存社会的规范,通过自己成为非艺术和反艺术这一事实批判和抗议这个社会,在这种极端造反形式中也宣告了艺术的危机。然而,只有危机才能重新自我审视,正如"只是因为绝望的缘故我们才被施予希望"一样。阿多诺甚至认为:"否定性,意即在艺术作品上没有任何东西是属于既存事物的,甚至作品的用词遣字也非现实既有的。"③因此,为彻底反抗权力结构对个人的巨大控制和操纵,阿多诺在著述行文上同一般写作方式"决裂",其句法、语法、词汇乃至标点符号"决不与人相似",实行语汇的"逆转或否定"。这种艺术上、理论上的"异样化",使得任何对他理解的同时就是对他的曲解。阿多诺在艺术和美学上提出的一系列问题具有重要的当代意义,值得我们对现代艺术和后现代艺术作更深一步研究。

---

① Adorno, T. W. *Aesthetic Theory*, London: Boston, Routledge & K. Paul, 1984, p. 24.
② Adorno, T. W. *Negative Dialectics*, New York: Seabury Press, 1973, pp. 404-405.
③ Adorno, T. W. *Aesthetic Theory*, London: Boston, Routledge & K. Paul, 1984, p. 135.

法兰克福学派的另一位主将马尔库塞始终关注现代人的境遇及其审美解放，并把否定现实的批判思维作为废除异化的根本前提。在此基础上，他还对艺术和社会、艺术与人的关系作过深刻阐释。其理论的突出特征是，首先确立感性及现实社会的本体论优先地位，进而予以社会历史批判，从而以艺术去达到人的感性及其现实社会的审美解放。艺术独立于既定现实原则，它召唤的是人们对解放形象的向往。也就是说，真正的文学艺术具有双重使命：一方面是对现存社会的批判，另一方面是对解放的期望。

　　马尔库塞认为，现代工业社会中极权主义和消费主义的融合、"单面社会"和"单面思维"的融合造成现代人全面异化，产生单面人。这是一种完全僵化的物，是按技术理性行事的工具，是被动接受而无主动创造的人，是只屈从现实而不能批判、改变现实的人①。艺术可以拯救人僵化了的感性，因为艺术本质上与现实疏远，艺术就是对异化世界的拒斥、控诉和反抗。艺术在反抗现实非人境遇的同时，又永恒祝福人的激情、回忆、渴望、爱恋，并创造一个属人的世界，使人的感性得到审美解放。在马尔库塞看来，"艺术虽不能变革世界，但却可以为变革那可能变革世界的男人和女人们的内驱力作出贡献。"②只有通过审美，人才能臻达自由境界。只有经过心理结构革命，重塑人的新感性，现实社会的革命才有可能完成。马尔库塞呼唤新的感受性，这种新感性使人超出现存社会关系和社会技术的系统，进入一个灵性和鲜活的生命境域。他非常看重艺术想象和想象所创造的理想世界，认为它可以给人类普遍被压抑的本能一个瞬间的满足，从而"获得摆脱现实原则的高度自由"③。

　　马尔库塞的艺术革命理论由诉诸美的本体论、想象的认识论、审美形式的革命论构成。他提出艺术成为现实的形式这一主张，即通过艺术建造一个完全不同、与既定现实对抗的现实，使艺术的规范性成为现实的内容和质，使现实社会转换成另一种自由的社会。马尔库塞强调艺术对现实的变革，强调艺术对新人的塑造，同时又对失去颠覆现状和批判现实力量的"大众文化"表示深深不满。他认为这种大众流行艺术浸入灵魂，人变成整个文化机器中的小零件，在卑微的感官享乐中以一种所谓"幸福意识"取代"不幸意识"，即沉沦和屈从取代了觉醒和反抗，最终掩盖人的异化这一真相，重新阻断人对现实怀疑和反思的道路。马尔库塞呼唤一种灵性高级艺术文化，以反抗工业社会对人的扭曲，对抗"大众文艺"的麻木和"卑俗"。这虽有明显的贵族气息，但其重塑人的新感性这一真切意图却不应加以忽略。

　　瓦尔特·本雅明作为法兰克福学派最早的文化理论家，尽管在世时鲜为人知，今天却受到西方哲学界、美学界的热切关注，形成所谓"本雅明复兴"。深受新康德主义影响的本雅明十分注重语言哲学，提出"纯粹语言"这一术语，认为客体寓

---

① Marcuse, H. *One-dimensional Man*, Boston: Beacon Press, 1966.
② Marcuse, H. *The Aesthetic Dimension*, 1970, p. 32.
③ Marcuse, H. *Eros and Civilization*, Boston: Beacon Press, 1974, p. 127.

于语言而非通过语言传达自己。也就是说,语言不再是传达客体意义的工具,其自身就是被传达的客体。纯粹语言因其与神圣的创造之"道"的内在关联,成为救赎的启示的最直接形式。

《德国悲悼剧的起源》的中心概念——"寓言",是本雅明最基本的文艺理论思想。寓言并非一种隐意的道德训导,相反,寓言是一种体现救赎功能的东西,它通过舞台所显示的废墟、尸体、死亡形象,通过对一切尘世存在的悲惨、世俗性和无意义的彻底确信,使人有可能透视一种从废墟中升起的、通向拯救的天国远景。因此,在寓言的深层意义中呈现出整个悲剧时代与"震惊"体验的内在真实图景:只有苦难和死亡,人的灵魂才能获得拯救。悲剧本身就是"废墟",其寓言性形式就是美的幻象被彻底打破。现实形式与艺术形式在悲剧中达到一种奇妙对应。

本雅明的思考走在现实内层和时代前头,其思想始终处于马克思主义与现代主义的交叉点。其《作者作为生产者》有着鲜明的马克思主义印痕,他从"剩余价值论"生产性劳动的论述得到有益启发,形成自己的艺术生产观念:"艺术是一种社会生产形式"。他认为马克思主义中经济基础与上层建筑关系的理论,在当代具体表现在技术与文学的关系上,艺术决定于其时代生产的社会关系——技术,文学作品已被深深内嵌入生存的社会情境,其功能直接关联着时代的生产的文学关系。因此可以说,将艺术创作技巧同生产的技术加以本体化地同一,构成本雅明美学思想的重要内容。

布洛赫的主要领域是哲学,仅旁涉美学及艺术理论,但在美学上仍取得重大成就。他揭示了人类精神活动的幻想功能及其在艺术活动中的表现,推出以幻想为核心的乌托邦式艺术论。布洛赫美学思想的出发点是描述人类精神活动状态的"生命瞬间混沌",其理论基础是以"未然"的存在论为典型表现的幻想哲学论。在思想渊源上,布洛赫的美学既与弗洛伊德的白日梦说有关,又表现出存在主义倾向,同时透过其丰富著作可明显感到浓厚的犹太—基督教救世主义气息。布洛赫认为艺术与现实不一致,要求艺术超越经验现实,到尚处于未然状态的事物中寻求世界的本质。这给马克思主义美学的当代发展提供了一个非反映论的观点——艺术与现实相分离,对后起的一些西方马克思主义美学家产生重大影响。

近年在美国出现的"新历史主义批评"十分注重艺术与历史现实的关系。理论家不满于"新批评"仅仅将目光停留在文本内在结构和语言技巧,也不满结构主义诗学"从一粒蚕豆里见出世界、以单一结构概括天下作品"的做法,甚至也不满后结构主义以形式分析瓦解传统作家与文本的权威,把文学批评变成揭示符号差异本质和语言的含混歧义、无休止的逆向消解的循环运动游戏。理论家感到,尽管社会历史批评过分强调美学的社会功利和人为价值判断,将作品看作现实的直接模仿和反映而无视作品自身审美价值,有其严重局限,但它仍触及了文艺的根本特性和本质规律。因此,近年来,西方文艺理论又每每回到诸如"何谓文学"、"文学史何用"这样根本性的问题,有关艺术价值(恒常性)与批评标准(现时性)、方法论上的共时态与历时态、文学特性与史学意义等问题变得日益尖锐醒目,批评家开始告别独标异说的解构消解游戏,向历史意识迈出一大步。人们重新谈论起历史、思想、意识形态等久已生疏的批评词汇,"新历史主义"诗学终于应历史的要求而生。

美国哈佛大学教授萨克凡·勃克维奇(Sacvan Bercovitch)在其新编《重建美国文学史》中指出,一批新兴的美国文学史家有一个大致相同的基点,即把问题丛生的文学研究置于历史基础之上,把对作品的文学分析和对作品的历史背景研究结合起来,使历史成为美学中的一个重要概念。可以认为,新历史主义重新呼唤历史意识,从解释学和接受美学那里获得启发,将理解阐释构成作品的意义和价值这一命题作为理论基石,从而认为,一部文学史与其说是追溯文学的发展和流变,不如说是总结一代人对以往文学的见解。他们的立足点是历史和理解,旗帜上写着"文化"和"意识形态"。

六、新趋向:"后学"思潮与文化研究

20世纪后半叶,西方文论出现诸种社会性和文化性新动向,如女权主义文论、解构主义文论、后现代主义文论、后殖民主义文论、文化研究、生态文化美学等,在全球化语境中,成为西方文论最新走向和前沿话语。这些与"后学"(post-ism)紧密相关的新问题新视角,使得西方文论十分活跃。

女权主义文论是60年代末欧美知识界兴起的一种新型话语。女权主义涉猎的问题具有跨学科性质,这意味着任何单一学科很难完全解决女权主义文论的多层问题。女权主义文论的产生既有社会历史的原因,也与精神分析、解构主义和新马克思主义等思潮有密切关系。女权主义文论不再仅仅重视文本研究,而是在文学研究中关注与女性话语相关的国家、地区、种族、阶级、宗教、性倾向等问题,并在多学科范围内展开学科之间的对话。女性主义关注女性的政治权利争求和性别差异。在一系列激进姿态和行动之后,女权主义文论不再仅仅倡导"女性价值",而是力图展现一种超越于纯粹男性化和女性化之上的"第三态"思维,使原本作为文艺理论和文学批评的女权主义表现出较强意识形态色彩和实践特征。

女权主义文论主要由两大分支组成,英美学派和法国学派。其哲学观念、研究方法和关注对象各有不同,但都对女权文论的社会性格外强调。女权主义英美学派经历了从60年代"女性美学"到80年代"差异比较"的发展演变。女权主义法国学派受解构主义和拉康精神分析影响很大,其理论带有明显的解构痕迹。法国女权主义者认为男权中心话语必须解构,因为长期以来父权制度确立男权中心时只表达了一个性别,在力比多机制的象征投射中放逐了女性。只有中断象征秩序,才能产生具有女性历史性别意识的革命。因此法国学派更为激进,把女性写作当作反抗工具和革命实践,试图借助语言的重组来抗拒乃至颠覆不合理秩序。女权主义以批判的眼光对全部传统文艺观、批评观和价值观加以质疑,暴露所有文本中潜藏的"性歧视"。它不仅要阐述女性形象中的政治含义,而且要通过文学与社会惯例的研究,以全新的理论视点发掘被遗忘的女性文学史。可以说,女权主义文论注意男性写作对女性形象的臆想、歪曲和性别歧视,开启了对女性文学创作传统的找寻,清算了男权社会对女性的全面压抑和再造,完成了从"女性美学"到"性别批评"的转型。

80年代的女性主义文论十分重视"性别差异"比较,表现出自我找寻自我确证的趋势。一些理论界的新锐采用结构主义、解构主义、后殖民理论和文化研究的方法来推进一度陷入"平权"或"特质"认识误区的女权主义文论,使之发展成探讨意识形态的印记以及性(sex)与性别(gender)系统效果的性别理论(gender theory),在讨论性别差异问题时,用社会学分析取代原有生物决定论,在具体命题讨论中建立性别比较前提,把性别升格为范畴而非某种旧式范例。尤其值得关注的是,当后现代主义思潮席卷欧美知识界,女权主义文论也出现跨学科的趋向,显示出越来越明显的否定性、流动性症候,使原本就不遵从一定之规的女权主义益发显出起伏变化的状态。

如果说第三世界在第一世界的"被看"中发生了历史变形,那么,第三世界妇女则在"变形"中沉入历史地表。随着女权运动的高涨,第三世界妇女开始进入西方的"视域"之中,无论是朱莉亚·克里斯蒂娃对中国妇女"默默无言注视"自己的描写①,还是莫汉蒂《在西方的注视下:女性主义的学术研究和殖民话语》中对第三世界妇女在男权主义主观臆断中变形的描写,既注意到在东方妇女注视下的西方妇女自我"身份问题"(克里斯蒂娃),又注意到在西方注视下的东方妇女被看作抹平了文化历史和政治经济特殊语境的"一个同质的群体"的"身份问题"(莫汉蒂)。

解构主义在20世纪下半叶风靡欧美,到80年代,这一反传统、反形而上学的激进方法论已普遍渗透到当代文化评论和学术思维中。解构主义的词汇:消解、颠覆、反二元论、书写、话语、分延、踪迹、播撒等已被广泛运用到哲学、文学、美学、语言学研究中。它实现了文艺理论研究的话语转型,刷新了人们对语言与表达、书写与阅读、语言与文化、文学与社会等方面的认识,同时影响和重塑文学评论的品格,开拓了文学批评和文学作品阐释新领域。福柯的话语分析和德里达的权力颠覆思想成为解构主义思想的中坚。

福柯的考古学方法对当代人文科学有重要启示作用。而他在时代文化思潮所展开的理论的关键,即在于"知识型"、"人之死"、"话语权力"、"谱系学"等重要问题。福柯的《疯狂与文明》、《词与物》、《知识考古学》、《监禁与惩罚》及《性史》等,对整个后现代思维转向产生了重要影响。这些著作试图分析疯狂、性、犯罪如何变成真理的游戏,而在这些人类的行为实践中,主体自身又如何通过真理的游戏获得改变。福柯不仅从人文科学考古学角度,而且从监禁、惩罚和性的权力禁忌压抑角度,揭示主体的存在及其现代问题。在对疯狂、性、文明、权力、压抑等关键问题的探讨中,福柯要去发现在现实权力机构和权力压抑网络中被确认和隔离的一系列问题,关注人类文明中那些异端和边缘的东西,注重研究现代权力机构复杂系统包容的知识和经过调整的日常实践活动话语。福柯问题的核心是,弄清某种知识通

---

① Kristeva, J. *About Chinese Women*, New York: Urizen, 1981.

过何种方式得以在文明中产生转换和发展,同时又为科学理论提出新的观察领域,提出未曾涉及的问题和尚未发现的对象。因此,权力、真理、话语和考古学,成为他挖掘那些被掩盖被压抑的问题和"知识型"的方法。这些思想对当代文论产生了全面的影响,使人不再仅仅从文本形式中看文化症候,而是从知识话语背后看权力运作。

福柯尤其关注通过构成社会制度背后看不见的权力规约,去观察主体的人形成过程中的正负面效应。他并不把历史看作一个"谱系化"的并不断总体化的图景,而是把历史打散拆开,使之与现在、过去、未来相隔离,让人们意识到历史的异己性疏离性。这样,通过历史的解构,发现历史中人疏离的、非总体性的性格,使"现代合法性"真正遭到质疑,进而挖掘出非连续性、非合法性的知识,使一种谱系学中的反常规性升上历史地平线,使非常数、非本质、非等级秩序等,成为人文科学尤其是人文科学考古学研究的真正对象。

德里达是解构主义的代表人物,其激进的思想对当代世界的思想学术界产生了重要影响。解构即消解逻各斯中心主义、语音中心主义、在场形而上学话语,以思想和语言游戏对"中心化"的结构主义加以拆解。强调意义是历史地形成的,是一个历史的结构,所以意义自身并不能在言语中或在写下来的文本中呈现。相反,意义由于时间关系产生的种种概念和种种差异而被推延。

解构形而上学二元对立的策略,使德里达通过颠倒说话和书写的次序,移动中心和边缘的位置来消解形而上学。德里达颠覆了言语对书写的优先地位,使说话(言语)从中心移位到了边缘。中心的解除,使说话与书写具有相同的本性,二者不存在任何中心和从属关系,也不存在二元对立关系,而是一种平等互补关系:书写是说话的记录保存的形式,说话是书写的补充形式,书写与说话都是思想的意义表达形式,二者互相依存,缺一不可①。进而,德里达将这一解拆说话与书写关系的解构策略扩展到整个形而上学大厦,去解拆一切不平等的对立概念,从而颠倒本质与现象、内容与表现、隐含与显现、物质与运动关系上的传统观念,对绝对理性、终极价值、本真、本源、本质等有碍于自由游戏的观念提出质疑。于是,德里达的解构策略:"分延"、"播撒"、"踪迹"、"替补"等概念,就成为与"定义"的单一固定含义相对的、具有双重意义的不断运动的模糊词汇。可以说,德里达通过分延、播撒、踪迹、替补等模棱两可、具有双重意味的词,所要达到的目的无非是:追问自诩为绝对真理的形而上学大厦赖以建立的根基是什么?这一根基的先验虚幻性是怎样有效逃脱一代又一代哲人的质疑?破除形而上学神话的基本方略怎样才能有效地避免自身重陷泥淖?德里达所创造的术语可收到揭形而上学虚假之底的功效。因为,分延、播撒、踪迹、替补等概念,是一种亦此亦彼、亦是亦非,或者既非亦非(neither nor)、既是亦是(at once-at once)的非概念或反概念。这些模棱两可的概念的

---

① Derrida, J. *Of Grammatology*, trans. G. C. Spivak, Baltimore: Johns Hopkins University Press, 1976, p.158.

目的在于：揭露形而上学二元对立的虚构性，打破语言中心的历史虚假执行语，以分延的意义不定取代理解的意义确定性，以播撒揭穿文本的裂缝，并从这一"裂口"得到文本字面上没有的甚或更多的东西，以踪迹和替补说明始源的迷失和根本的空缺。德里达用这些概念构成一张网状结构，宣称了本源的不复存在，文本的永不完整性，对"原"文的阅读是一种误读，是以新的不完整性取代文本原有不完整性，因为替补成为另一种根本上不完整的文本。

就正面价值而言，解构主义在整个思维上进行本体论革命的同时，在文化界产生一场方法论革命，解除人们头脑中根深蒂固的传统一元论，消解人们习惯的思维定势，从新的角度反观文学和自身，从而发现许多过去难以见到的新问题和新意义。解构批评热衷于在文学文本中探索世界文本的潜隐逻辑，它不为表面的中心、秩序和二元对立所迷惑，而从边缘对中心消解、从"裂缝"对秩序颠覆，从表象弄清事情本来的面目，从文本无字处说出潜藏的压抑话语。就解构批评的负面价值而言，解构批评以过激的言词和调侃的态度，彻底否定秩序、体系、权威、中心，主张变化、消解、差异是一切，这是另一种意义上的"语言暴政"。这种充满政治意味的解构方法使整个文学评论界的兴趣离文学自身越来越远，以致有人认为解构主义在毁灭文学，使整个文学研究和评论界陷入意义和学科危机。

后现代主义是一种汇集了多种文化、哲学、艺术流派的庞杂思潮。就文化哲学而言，新解释学、解构主义、西方马克思主义、女权主义、后殖民主义构成了后现代主义论争的文化景观。对后现代主义的不同观点，构成思想家的不同身份认同：积极推进后现代主义的，往往以做一个后现代哲人为荣，可以称之为后现代主义者，如德里达、利奥塔、斯潘诺斯、伊哈布·哈桑等；严肃批判、抵制后现代主义的思想家，则以后现代批判者的身份出现在思想论坛，如哈贝马斯、杰姆逊、伊格尔顿等；以学者身份对后现代主义进行客观研究，无意做后现代主义者，对后现代主义保持清醒认识的，如理查德·罗蒂、佛克马、赛义德等。正是这种"推进"、"批判"、"研究"的合力，构成起伏跌宕的后现代文化思潮。后现代主义张扬一种"文化批评"精神，力图打破传统形而上学的中心性、整体性，倡导综合性、无主导性的文化哲学。后现代性的显著标志是：反乌托邦、反历史决定论、反体系性、反本质主义、反意义确定性，倡导多元主义、世俗化、历史偶然性、非体系性、语言游戏、意义不确定性。

法国后现代哲学家利奥塔以独特的"解中心"视域，将后现代是否可能的问题转化为后现代时期知识状态的研究。他对合法性问题进行广泛研究，认为传统的合法化因时过境迁而失效，只有通过"解"合法化（delegitimation），走向后现代话语游戏的合法化。换言之，那种以单一标准去裁定所有差异、统一所有话语的"元叙事"（metanarrative）已被瓦解，自由解放和追求本真的"两大合法性神话"，或两套"宏伟叙事"已消逝。如此一来，科学真理只不过是多种话语中的一种"话语"而已，与人文科学"话语"一样，不再是"绝对真理"。后现代境况不同往昔，使后现代文艺理论发生了变化。利奥塔认为，"后现代属于现代的一个组成部分"，"如想成为现代作品,必须先是后现代的才行。因此,后现代主义并不是现代主义的末期,而是现代主义的初期。而且,这一状况是不断地持续下去的。"这一论点表面上似乎矛盾,其实包含一个非常深刻的思想,是其后现代精神的集中体现。利奥塔认为存在两个划分后现代的标准:一是历时态标准,后现代主义是不同于现实主义、现代主义的一个历史时期,它于60年代发生发展,随历史而不断地向后延展。二是共时态标准,后现代是"一种精神",一套"价值模式"。它表征为:消解、解中心、非同一性、多元论、解"元话语"、解"元叙事",即专事反叛,冲破旧范式,不断追新逐后。这种后现代文化精神是利奥塔衡量任何文化现象是否具有后现代性的标准。

利奥塔认为,科学在追求真理的要求中,一方面逐步解拆牛顿式宇宙论殿堂,同时更进一步占领人文科学的地盘,宣告作为其同源叙事的人文最高范式和整体叙事失效。随着后现代来临,知识领域悄悄进行着一场哥白尼式革命:①研究范式发生逆转:由外在呼唤人生解放、理想、正义等宏伟叙事转入人的意识拓进、语言游戏和结构分析,由追求传统同一性辩证法转到否定辩证法;②学者的使命变了:不再有"元话语",而是转向日趋精细的剖解与局部论证;由知识启蒙变为知识专家控制信息;③教育的本质变了:学生不再是关切社会解放的"自由精英分子"(liberal elite),而是在终端机前获取新型知识的聆听者;教师再也不是传统传道授业解惑的精神导师,其地位将被电脑信息库取代,出现在学生面前的不再是教师,而是终端机;学校中心场所不再是教室和图书馆,相反,数据库成了明日的百科全书,其所存信息超过了任何听者的容量和接受力。数据库成为后现代人的本性[①]。

后现代主义往往通过边缘、外在、异己,对中心、内在、秩序加以嘲弄、颠倒、斥责,以贬损正统、消解中心、否定等级、上下移位、前后错置,并在对各种文本的新阐释中强调比喻性文字。这表明后现代批评家通过比喻性语言将作者和读者引到文本深隐的另一面,揭示被洞见蒙蔽的矛盾焦点和习焉不察的自我否定意义,从而瓦解原意的向心性,打破作品形式束缚,超越一切逻辑链条桎梏。以一种全新视域,一种自由创新形式,使文本语言活泼起来,达到巴赫金的"狂欢"境界,使代表不同意识形态和文化背景的解读,真正秉有"文化差异性"和"多音谐调"的后现代性。

后殖民主义是多种文化政治理论和批评方法的集合性话语。它与后现代理论呼应,在其消解中心、消解权威、倡导多元文化研究的潮流中崭露头角,并以意识形态性和文化政治批评性纠正20世纪上半叶纯文本形式研究的偏颇,具有更广阔的文化视域和研究策略。殖民主义诸理论旨在考察昔日欧洲帝国殖民地的文化(包括文学、政治、历史等),以及这些地区与世界其他地区的关系。也就是说,这种理论主要研究殖民时期之后,宗主国与殖民地之间的文化话语权力关系,揭露帝国主义对第三世界文化霸权的实质,探讨"后"殖民时期东西方之间由对抗到对话的新型关系。后殖民主义理论受葛兰西"文化领导

---

① Lyotard, J. F. *The Postmodern Condition: A Report on Knowledge*, trans. Geoff Bennington and Brian Massumi: Manchester University Press, 1984, Chap. 11-12.

权"、"文化霸权"理论影响很大。同时,弗朗茨·法农《黑皮肤,白面具》和《地球上的不幸者》对后殖民理论的兴起有重要的开创作用。当然,福柯的话语理论则成为后殖民主义思潮中的核心话题。

赛义德的东方主义研究有明显的意识形态分析和政治权力批判倾向。他在这个世界的话语权力结构中看到宗主国与边缘国的政治、经济、文化、观念间的明显二元对立,在这种对立的权力话语模式中,边缘国往往仅作为宗主国"强大神话"的一个虚弱陪衬,一种面对文化霸权的自我贬损。这种强权政治虚设或虚构一种"东方神话",以显示其文化的无上优越感。这就是"东方主义"作为西方控制东方所设定的政治镜像。

东方主义概念的宽泛性,使得对这一概念的解释充满误读。误读者有以下几种:有持第一世界(西方)立场,制造"看"东方或使东方"被看"的话语权力操作者;有第三世界的民族主义者,强烈的民族情绪使其日益强化东西方文化冲突论,并以此作为东方形象和东方作为西方的"他者"而存在的理由;有既是第一世界文化圈中的白领或教授,却又具有第三世界血统的"夹缝人"、"香蕉人"(外黄里白)。他们在东西冲突中颇感尴尬,面对西方经常处于一种失语与无根状态,但面对东方时又具有西方人的优越感。而赛义德所谓消除误读的"正读",是要超越非此即彼的、二元对立的东西方文化冲突模式,强调那种东西方对垒的传统观念应该让位于新的你中有我、我中有你的"第三条道路"。这种超越传统"不是东风压倒西风,就是西风压倒东风"的僵化对立模式的新路,正是赛义德纠正东方主义权力话语的意图所在。他并不是要人们走极端搞一个"西方主义"(东方人虚构或解魅化的"西方"),正如德里达解构"中心"的目的不是要使某"边缘"成为新的中心,而是要取消中心达到多元并生一样,赛义德要消除的是形而上学的本质主义,并力求超越东西方对抗的基本立场,解构这种权力话语神话,从而使东方和西方成为对话、互渗、共生的新型关系构成。

"东方主义"虚构了一个"东方",使东方(orient)与西方(occident)具有本体论上的差异,并使西方得以用新奇和带偏见的眼光去看东方,从而"创造"一种与自己完全不同的民族本质,使之最终能把握"异己者"。但这种"想象的地理和表述形式",这种人为杜撰的"真实",这种"东方主义者"在学术文化上研究产生的异域文化美妙色彩,使得帝国主义权力者就此对"东方"产生征服的利益心或据为己有的"野心",使西方可以从远处居高临下地观察东方,进而剥夺东方。赛义德认为,这种东方主义者的所谓纯学术研究、纯科学研究其实已勾起权力者的贪欲,无异于成为帝国主义的跟随者。这种制造"帝国语境"强权征服的东方主义,已不再是纯学术,而成为强权政治的理论基础。正如拿破仑1798年入侵埃及在全世界拉开西方对东方掠夺的帝国主义阶段一样,当19世纪初几位德国的东方主义学者初次见到一尊奇妙的印度塑像时,他们对东方的欣赏情趣立即被占有欲所置换。因此,"东方主义"有可能在制造西方攫取东方的好胃口的同时,又不惜编造神话美化"东方"清白的受害者形象,制造出又一轮不平等的"被看"方式。

赛义德强调,一种文化总趋于对另一种文化加以改头换面,而不是真实地接纳这种文化,即总为了接受者的利益接受篡改过的内容。东方主义者总是改变东方的本来面目而使其神秘化,这种做法是为了自己和自己的工作,也是为其所信仰的那个东方。东方主义将东方打碎后,按西方的趣味和利益重组一个容易被驾驭的"单位"。因此,这种东方主义研究是"偏执狂"的一种形式,是一种知识—权力运作的结果。"它创造了一种永恒不变的东方精神乌托邦。"①在赛义德看来,西方为自己的经济、政治、文化利益编造一整套重构东方的战术,并规定了西方对东方的理解,通过文学、历史、学术著作描写的东方形象,为其帝国主义政治、军事、统治服务。这意味着作为一种权力和控制形式的东方主义在内容上是有效的,这种有效建立于"白人"优越论的种族主义思想,同时使从事东方主义研究的知识分子陷入一种"失败"主义情绪中:"东方主义的失败是知识分子的失败,也是人类的失败。东方主义站在与世界一个地区完全对立的立场上,认为这个地区同自己所在的地区不同,因此它没有看清人类的经验,没有将东方看成人类的经验"②。也就是说,作为东方主义者的西方知识分子利用文化研究并未增进人类总体经验,并未消除民族主义和宗主国中心主义的前见而去解释人类文化的总体体系。通过对东方的文化研究,他们参与着种族歧视、文化霸权和精神垄断。赛义德质疑这种文化研究的内在矛盾和困境,要削弱这种唯心主义式的文化特权,因为对文化霸权的"抵抗"同权力运作一样,也是文化的组成部分。

文化研究理论在后殖民语境中,成为世纪之交西方文化界的一个重要景观,其中纠结着诸多当代问题的难点和疑点。法国思想家博德里亚的后现代消费社会理论,对这些前沿问题进行了深度剖析。为完成对后现代社会的总体性分析,博德里亚借助诸多新术语如:"类像"(simulacrum)、"内爆"(imposion)、"超真实"(hyperreality)、"消费"(consume)、"致命"(deadliness)等,进行新一轮后现代社会学美学批判。其重要著作《生产之镜》、《类像与模拟》、《冷酷的回忆》、《完美的罪行》、《物自体》等,对消费社会、传播媒体、符码交换系统理论、白色社会形态的研究,对当代"文化研究"和"文化批评"有着理论奠基意义:一方面通过电视传播正负面效应的研究,为当代信息播撒和心灵整合的研究提供一个值得重视的文化视点;另一方面对消费社会中身体与自我问题,身体与他者问题,肉体取代灵魂而灵魂在肉体中沉睡问题的审理,敞开当代文化研究关注的精神救赎与身体解放问题。

博德里亚认为,在后现代时期,消费社会已进入一种文化身份的符号争斗。商品权力话语消解了高雅文化的壁垒而与通俗文化合谋,轻而易举通过大众传媒侵入当代文化神经。商品权力话语将日常生活作为市场需求和世俗文化模式,设定为当下社会文化的普遍原则,并企图将消费主义作为当代人生活的合法性底线。于是在哲学"元话语"失效和中心性、同一性话语消失后,人们在焦虑、绝望中寻找

---

① Said, E. W. *Orientalism*, New York: Pantheon, 1978, p. 246.
② Ibid, p. 328.

到解决信仰危机的方法。

在后现代"新类像时代",全球计算机信息处理、媒体和自动控制系统,以及按类像符码和模型形成的社会组织,正取代生产的地位成为社会的组织原则。在这个由模型、符码和控制论支配的信息与符号时代,商品化消费(包括文化艺术)都成为消费者社会心理实现及标示其社会地位、文化品位、区别生活水准高下的文化符号。日益重要的媒体重新界定传播的形式和内容,并打破表层与深层意义二元对立的深度模式。各种信息图像纷至沓来,人们购物消费、感受世界、关注问题或参加社会活动,受传媒越来越多的同步性信息获得的制约。镜头的意向代替个体的价值判断,知识分子的精神导向性变得愈加微弱,新闻报纸和电视板块的导向成为人们的"人生指南"。于是,一些知识分子逐渐放弃独立的思考写作,成为大众传媒中的不断言说者。

博德里亚对后现代性的反思,对消费社会生产之镜的社会文化分析,在当代世界思想界有相当影响力。他已洞悉后现代传媒在加剧人们心灵的异化、肢解社会心理和个体心性的健全方面造成的严重威胁,进而对传媒在"文化工业"生产中销蚀意义的功能加以清算①,颇具独到眼光。

可以认为,后殖民理论虽充满歧义和差异,但化约化处理后可以看到,其实质无非是东方主义或西方主义的"看"、"被看"或"对看"问题。所谓"东方主义"大致上可表述为西方人眼中想象性的"东方":既有西方人中心主义式地"凝视"东方的文化渗透或文明冲突论,又有东方边缘迎合西方主流话语设定"被看"甚至"制造被看";既有民族主义文化拒斥的"说不",又有东方学者进入第一世界学术圈成为西化了的东方人,并以获取的西方理论去反映自身处境的尴尬——获得中心权力精英身份的同时,忘记母语边缘文化身份,在分享中心话语权的同时,却无力找回历史记忆中"沉默"的话语。与上述话语理论相对,所谓"西方主义",即东方人眼中想象性的"西方"——既制造西方神话将现代化等同于西化,又主张走出现代性而走向民族性;既强调东方精神化而西方物质化进而对西方加以解魅,又宣扬西方衰亡而东亚崛起论。

在这种复杂的东方主义和西方主义的话语纠缠中,学者们的谈论往往顾此失彼,难以得出清晰结论,而且,在谈论问题时因对象的多元性,使问题很难在一个平台上获得某种"主体间性"。而这种复杂的语境又添上网络文化传播的新动向。于是,在把真正的思想家、艺术家视为"无用"的后现代"快餐文学"写作中,在跨国资本运作的现代性和后现代性语境中,在传媒和满填"类像"的世俗化空间和欲望化氛围中,知识传播和阐释的权威性受到质疑。而且,伴随着全球化出现的知识分子写作和传播有重要的转变——新的电子群体或电脑空间群体的发展,导致感知经验变异并产生新的网络交流空间:传媒文化以其强大力量淹没日渐衰退的书文本化,新的电子阅读方式在文学研究域引起变革,电脑写作使文学研究文本永远处

---

① Baudrillard, J. *The Mirror of Production*, St. Louis: Telos Press, 1975.

于敞开之中而难以完成,网上杂志的增加改变着文学研究出版的合法条件。不断被阐释的网络文本仅仅对人产生某种暂时性记忆,不仅改变了文学作品对于批评家的存在方式,而且削弱了批评家昔日的重要地位。这一切使得当代西方文论的意义阐释变得更扑朔迷离、难以定位,需要深加分析。

于是,一种新的文论出现了——生态文化美学。

七、文化对话:研究当代西方文论的意义

研究20世纪西方文艺理论对我们有何意义? 通过对其历史脉络的把握,对名家名篇的深入研究,会对我们有何启发? 这些都必须深入探讨。

20世纪是文化解构与重建的时代,面对神性的坍塌,人类必得重新认识自己,而且任何民族和个人均不能逃避这一自我身份重塑的历史节点。20世纪的文艺不断换新变幻,愈演愈烈;20世纪文论的不断推演创新,流派迭出。为什么会出现这种状况? 这种不断创新求变的背后有何深刻意义? 它标明了人类怎样一种处境? 它指涉出诗学的反思担当了何种使命? 当代西方文艺理论不断花样翻新、不断发生话语转型这一事实,值得我们往深处思考。

阿尔贝·加缪
(1913—1960)

当西方哲学的逻辑经验主义将黑格尔、费希特、谢林、海德格尔的哲学宣判为"连错误都不是,而是一无所有"①时,当一切关乎人的灵性和生命的终极价值问题——仁义、温爱、自由、幸福等等,在分析哲学的一系列承诺——拯救思维混乱、摒弃形而上学、清除哲学的超越性与想象力等等中遭到可怕放逐时,哲学面临着文化与生存两极间的深渊。因而,在哲学忘掉自己的天命而走入逻辑、计算之时,文艺理论主动出来担当反思人生意义的使命;而当西方科技理性精神全面冲击各个领域之后,西方哲学许多重要流派纷纷涉足文论和美学,现象学(英伽登、杜夫海纳)、解释学(海德格尔、伽达默尔)、存在主义(萨特、加缪)、西方马克思主义(本雅明、马尔库塞、阿多诺、布洛赫)如此,结构主义(穆卡洛夫斯基、什克洛夫斯基)、新托马斯主义(马利坦)、解构主义(德里达)、后现代主义(哈桑、斯潘诺斯)、后殖民主义(赛义德、斯皮瓦克)、文化研究(布迪厄、博德里亚)亦如此。可以说,当西方世界精神生态失去平衡,人处于尖锐的心与物、人与世界分离之时,当人的灵魂、人的根基虚无化而无所依恃时,人们急切地渴盼栖居在艺术之家,使人在感性的个体形式中把握绝对,并通过艺术使世界转换成一幅形式图画,使骚动不安的灵魂得到宁静的栖息。因此,艺术和文论作为人的活动方式和反思方式,在当代世

---

① 卡尔那普:《通过语言的逻辑分析清除形而上学》,见《逻辑经验主义》(上卷),北京:商务印书馆,1982年版,第33页。

界具有"生命精神化"的价值。

不仅如此,当神性消退而价值虚无时,个体感性生命的归依问题也由艺术和文论解决。当尼采宣布"上帝已死"而举起审美主义大旗,经由康德、席勒呼吁的审美之路得到空前高扬,诗化哲学家们(席勒、尼采、狄尔泰、诺瓦利斯)都相信艺术可以代替宗教,因为在神性根基遭到摧毁后,审美主义才会成为代偿品提出来。终于,以柏拉图、普罗丁、黑格尔、克尔凯戈尔为代表的西方传统哲学美学中,感性的审美低于超验的神性这一状况整个地改观。于是,在狄尔泰那里,艺术获得了与宗教相同的地位;在瑞恰兹那里,"只有诗可以救助我们";在海德格尔那里,诗(艺术)终于成了思的源头;马尔库塞更是把艺术作为昭示新存在(New Being)的唯一通途。因为在绝对价值虚无

维克多·什克洛夫斯基
(1893—1984)

中,在终极意义失落中,必得有某种给人以希望的路径、给人以肯定的方式。不肯定超验神性,就得肯定生命感性;不肯定极乐的彼岸,就得肯定苦难而超拔的此岸,非此即彼。这是西方文论和美学最终不得不出来填补价值空虚的根本原因所在,也是其本性和使命所在。

当代艺术担当起拯救人感性审美生成的使命,而当代西方文艺理论也担当起诗意地反思人生意义和生命价值的使命。文论反思在某种程度上标示出当代艺术的文艺本体论深度。因此,艺术和文论反思在当代以其对主流话语反抗的坚毅,照亮自己存在的家园。艺术的深度成为人性的深度,成为人性觉醒的向度。它使人对自身灵魂和精神世界因痛苦而吁求,并在人格化的自然沉思中加以感悟。文艺无法回避,也无意回避爱、孤独、忧虑、荒诞、死亡等人类命定的深层意识和灵魂骚动。伟大的艺术和对艺术的理论反思,为抵御人性深度的沦丧,为打破日常感觉因停留在生活表面和外围而带来的平庸委琐、浅薄无聊,而付出艰难探索的代价。

当代文艺理论将当代艺术上升到对人本体反思的高度,它对传统自明的文艺观念、文艺范畴加以悬搁和批判,对僵化的研究方法和文艺研究模式加以反思和创新,从而张扬诗学的勃勃生命,标举出文论的现代意识。无疑,当代西方文艺理论所关注的问题已不仅仅是艺术的认识方式和审美特性问题,而是上升到艺术存在论水平,表征出当代人的价值存在方式问题。当代文论的真正意义在于:将艺术转化为人类生存意义的揭示,成为人类永恒超越的诗意栖居的家园,使本体的批判成为对自我的批判,领悟的反思成为对自己的领悟和反思,从而使人的混沌存在成为明朗的价值存在。

清楚了20世纪西方文艺理论之所以空前活跃的终极原因和根本意义,还需要追问:研究当代西方文论的意义究竟何在? 在我们看来,从中国文化身份立场审理20世纪西方文艺理论,具有重要话语转型和理论重建意义。

其一,研究当代西方文论是文化互动中的中西前沿思想对话。这意味着,不应

仅从知识论和认识论着手,因为这一研究不是对西方文化和西方文论品头论足。相反,从生态美学上看,这种西方文论思想的考察,是中西文论和文化的一场本体论意义上的对话。正是在这种对话中,中西文论的真实意义在当下语境中呈现出来。对当代西方文论研究,一方面可使我们从现代文化的高度看西方文化美学困境和诗学精神的张扬,另一方面也可使我们看到中国文论和美学还因袭传统重负,未能达到真正的反思。这种文艺理论研究的反思和自省,并非通过比较来贬扬某一文论,文论对话的目的在于更深一层探问人类审美文化的共同价值取向。因而,对西方文论的研究只能以相互启示、相互生发为共同基础。只有去除自身遮蔽,只有将探索人类审美文化的真实意义作为共同尺度,我们的研究才可能在一个新基点上达到对西方诗学的深刻反思。

其二,对当代西方文艺理论的研究不能用孤立的、静止的观点,而应用具体的、发展的观点分析和研究。我们不应照搬和移植西方文论,而应在参照对比中整理、分析、总结中国当代文艺理论,进而建设中国当代文艺理论体系。当我们真正把握了20世纪西方文艺理论的真实意义,真正厘清当代文论下潜藏的存在本体论意义时,我们的知识型将有全新的结构。在文艺理论和美学研究的深层,涉及一个远为深邃且相当重要的问题,即中西文化精神的走向问题。因为,诗学研究不仅涉及诗意的思维方式(诸如改变思维模式,引进新方法论等),更重要的是人生意义和价值存在的重新确立,是人生审美化即生命的审美生成问题。因此,建立当代中国的文艺理论体系,必须首先清楚西方文化和诗学的主要趋势和价值取向。只有真正弄清西方诗学的正负面价值,同时也认清中国文艺理论亟待体系重建之处,方能取长补短,扬优弃劣。

其三,在全球化的多元文化色彩和"政治正确"意向中,中国文论界对第一世界和第三世界文化的研究中,注意到后殖民主义在批判资本主义生产和消费关系时,往往强调第三世界对第一世界的"文化拿来",而没有清醒地意识到新世纪中国"文化对话"的重要性。这事实上提出了全球化语境下中国文化和文论研究中知识分子的文化身份立场问题。"全球化"不是一个全球同质化、单一化过程,而是一个逐渐尊重差异性的过程——科技一体化、制度并轨化、思想对话化、信仰差异化①。尽管差异性面临的处境很艰难,但必须尊重它。我不认为全球化时代全世界所有语言都消失了,只剩下英语;全世界所有文化都慢慢被整合,只剩下西方文化;全世界一切意识、一切文明都慢慢被同质化,多元的历史终结了。相反,全球化是一个学会尊重差异性的多元化过程,是东方西方共同组成人类性的过程,也是西方中心主义习惯自己成为多元中一元的过程。在后殖民语境中,中国学者的批

---

① 亨廷顿提出"文明的冲突",人们已经耳熟能详。近年来正走红西方的思想家哲学家齐泽克(Slavoj Zizek)提出:文明的冲突不是发生在不同文明之间,而是发生在同一文明背景下。在西方,这种观点备受重视。那么我们需要关注的是,同一种文明内部是什么原因使它发生重大的断裂和冲突,而且,在全球化中为什么要将尊重差异性看成非此不可的?事实上,全球化时代是尊重差异性的时代,这一多元化的过程相当漫长。

评精神不可或缺,本土学者应从自己喉咙发声,用自己的方式介入第一世界的话语中心,使话语成为可"分享"的,理论成为可"旅行"的,价值标准成为可"互补"的。处于边缘的第三世界知识分子的文化理论介入及对中心主义的警惕,这对抵制第一世界思想家的文化帝国主义霸权话语,并使之开始考虑不同历史文化和社会所造成的观念差异,审理以西方现代性作为全球发展唯一标准或道路的知识侫妄,有着不可缺乏的纠偏功能。全球化时代为中国从"西学东渐"走向"东学西渐"提供了基础。东西方知识分子平等地对话,在多元宽松的文化语境中将成为可能。因此,全球化时代对知识分子不仅意味要不断创造新的思想,而且要找到新的传播自己新思想的途径。新思想新观念的含量、传播的广度决定学者在"学术文化链"上的位置。那些原创性的思想家创造了一个时代,其他人却仅仅在消费他们的思想,浅化甚至消泯其思想。当今时代需要新的阐释,全球学术话语"文化链"一端的波动,会使得处于另一端的我们措手不及。我们思想的命脉与西方"他者"紧密相关,这是一个非常尴尬的现实,也是一个急需改变和超越的全球化时代知识分子命运的现实。

其四,文化转型中的前现代、现代、后现代价值判断问题。这方面文论界认识的差异很大:有从时间矢量角度分为线性发展的过程,也有从超越层面分为新就是好的,还有站在前现代立场反对现代性和后现代性的,也有对前现代、现代、后现代进行同步批判的,等等。可以说,走向现代化的中国同时存在着传统性、现代性、后现代性文化和经验杂糅。于是,一方面有全球化意识中的后现代文化视野与跨文化经验,另一方面又有后殖民氛围中的文化身份认同与历史阐释焦虑,同时还存在着全球化文化霸权中的历史记忆和民族寓言问题。问题的重叠化,语境的杂糅化,场域的错综化,使得"后学"从文化批评进入政治批评领域,并在解构与建构、时尚与守成、虚无与信仰、悲观与乐观中重新书写自我文化身份,当代性的"文本政治"问题因之得以敞开。这些问题值得从两个角度加以分梳。一是"后现代后殖民主义在中国"主要强调西方后学进入中国后,中国学者在文化冲突中的具体理论反应,一种多元并存的纳受、抵抗、整合、消融的过程;二是"中国后现代后殖民",是一种具有某种全球化意义的后学思维,逐渐进入中国学者的学术经纬,并成为一种看世界的新角度方法,甚至成为一种新的思想平台或流派。这两个问题有着内在不可分离的联系,又可以看成一个问题的两面,彼此相依,互为因果。后学问题上的"西学东渐",表明当代中国在哲学思想和文化观念上同世界保持了灵动的联系,并使西方的学院派问题进入中国后不再是纯理论问题,而成为理论与实践的双重问题。对中国而言,不是全面植入后现代问题,而是在现代性全面展开中择优而行。因此,对政治层面、经济层面、信息传播层面的前现代、现代与后现代的差异,当从更高价值理论层面加以分析。应该用一个更高、更远的视野来看如今同时态呈现在面前的前现代、现代和后现代,在神性和兽性之间找到人性的基本价值平台。说到底,选择什么样的角度,作出怎样的具有合法性的价值判断,与我们的文化身份和中国立场紧密相关。

其五,文学发展中的文化身份问题。后现代主义、现代主义、批判现代主义,与后殖民主义紧密相关。后殖民主义的引入,使得后现代主义的中心与边缘问题、价值平面问题、反权威问题变得更加地缘政治化和意识形态化,并使中国文论界共时性地遭遇到以下问题:后学研究的阐释中国的焦虑,后现代中的语言学转向及汉语思想的当代言说方式,后现代哲学与中国哲学审理以及哲学新方向,后现代主义与现代西方哲学关系,后现代主义与社会科学的复杂状态,后现代主义与新实用主义、科学主义、女权主义,形而上学的命运与后现代实在论,后现代问题与当代宗教神学思想,后现代主义与文学艺术的危机,后现代主义之后的东方后现代问题,当代诗学与后现代审美文化,日常生活与后现代性,后现代后殖民与文化保守主义,公共领域与公共舆论关系以及共识性与公共性的丧失,人文精神的困境与价值反思,后殖民语境中的知识分子与精神家园,后殖民主义的发展与中国文化思想的内在矛盾,东方主义与西方主义的对抗性态度,后殖民场域中的第三世界文学和批评,后殖民话语叙事碎片与时尚怀旧,后殖民主义与民族主义,妖魔化中国与知识的买办化批评等等。在一系列彼此缠绕、互相牵连的话语中,中国文论学界进行了持续不断的研究,并取得一些不容忽视的成果。面对这种后学大面积的思想消解性活动,在传统价值遭到合法性的困境时,只有通过理论和实践层面的不懈探索,通过后殖民时期知识分子的边缘性思考,在获得自身的个体独立性中,将对知识体系的更新和对学术思想的创新,作为自身存在的理由和中国思想延伸的契机。赛义德认为:"作为知识分子,最困难的是要以自己的作品介入想宣传的事物,而又不僵化为一种体制或为了某系统或方法服务的机制。"①我坚持认为,批判是学术发展的生命,但如果批判仅仅是将知识消解为零散的碎片,仅仅不断复制自身的"批判话语",而无视问题本身的深度和广度,就难以出现人类知识的新增长,致使话语批判变成时代知识主流的泡沫。从事真正的思想批判和问题揭示,就是重新创造自我身份,并以自己平实的工作为时代做一个真实注脚,进而成为这个变革的社会肌体中一种反思性微量元素,或许是对新世纪中国思想知识增长的有意义的工作。

在当代文论转型与文化重建中,只能是尽可能多地遵守不断超越的"人类性"的共同价值和基本共识,遵循一定的国际审美共识(无论文学的还是艺术的),同时加上经由中国知识分子审理过的中国文化精华部分的"文化财"(狄尔泰),才有可能重新创化整合成为新世纪的中国新文化形态和新文论形态。只有这样的差异性和多元化文化的可持续发展,才能维持整个世界文化的精神生态平衡。

---

① Said, E. W. *Representations of the Intellectual: The 1993 Reith Lectures*, London: Vintage, 1994, p.90.

第一章 心理分析及其文论模式

精神分析学是20世纪影响深远的文化心理研究,其影响遍及心理学、人类学、哲学、社会学、美学、诗学和文学艺术各领域。无论是弗洛伊德还是后弗洛伊德都未能终结这一思潮的持续嬗变。总体上看,这一思潮对现代西方文论有不可低估的影响,并勾画出弗洛伊德、荣格、拉康、德勒兹这样一条清晰的轨迹①。

人类之梦就是返身寻找自己的本源。人类总在寻找自己的根,总在对自身的领悟中唤醒一缕远古的记忆。人在寻找自己,也在寻求对神话的理解。尽管今天人类向外开拓已进入计算机、宇宙飞船时代,但人们反观自身时,却发现自己陷身于技术统治与理性化之中,沉沦于日常生活而招致人性残缺和生命欲望焦虑,丧失生命的诗意光辉和本真形态。人类开始不再以对外在的无限追求来自我标榜,而是面对处身的世界去反省现代人的灵魂归宿。他们开始转向那些曾被理性嘲笑的远古神话、仪式、梦和幻觉,试图在意识与无意识混沌未开之源中,重新发现救治现代人类社会痼疾的希望。西方现代艺术所表露出的"寻根意识",与原始文化精神相连的本原分不开。这样返身自我的寻根意识,伴随着人类寻求生存意义活动的永恒冲动。哲人总想通过语言符号、文学艺术的诗性解悟去把握人类心灵的奥秘。而心理学家却力求通过无意识的发现而呈现人的内心世界的深层,并通过作家人格的分析,为文学研究的拓展提供令人服膺的新依据。

第一节 荣格:分析心理学与艺术象征理论

弗洛伊德(Sigmund Freud,1856—1939),奥地利精神病学家、心理学家,精神分析学派创始人,著有《梦的解释》、《精神分析引论》、《自我和本我》等。弗洛伊德的精神分析学说实际上是关于人格结构及其内部冲突的学说,大致可分为个体本能论、人格结构论、心理解剖学三大方面。

弗洛伊德的心理分析学理论强调个体无意识,强调一切用于人格作用的能都出自本能,本能决定了一切心理活动过程的方向的先天状态。本能的主要根源是人体的需要,亦即人体组织或器官的兴奋过程,这一过程将储存在体内的能量释放出来。本能的最终目的就是缓解或消除人体的需要状态。本能不止一种,有多少需要,就有多少本能。不过我们可以总括为生命本能和死亡本能及其由这两者各自派生出的诸本能两大类。

---

① 因学界对弗洛伊德研究已有多部学术专著出版,因此,论者在此仅仅提纲挈领地指出其理论概要,而将分析重心放在荣格、拉康、德勒兹等人的思想维度上。

根据本能的能量投注和转移,形成了人格的内部结构。它分为三个层次:本我(id)、自我(ego)、超我(super ego)。本我是储存本能的地方,是各种本能的驱动力。本我的唯一机能就是直接消除由外部或内部刺激引起的机体的兴奋状态,它履行生命的第一原则——快乐原则。自我是协调本能要求与现实社会要求之间不平衡的机能,它依据现实原则去调节、压制本能活动,以避免不愉快和遭受痛苦。超我是通过父母的奖惩权威树立起来的良心、道德律令和自我理想,它阻止本能能量直接在冲动性行为和愿望满足中释放出来,或间接地在自我机制中释放出来,竭力中止行使快乐原则和现实原则。作为超我的社会属性总是压抑本我和自我。本我和自我只有借助于梦和语误来间接宣泄、表达,并通过文学艺术创造来升华本我的欲望,使无意识本能通过艺术想象而成为社会认可的文化审美形态。

同样,人的心理的三个意识层次,即无意识、前意识和意识。无意识是不为人知的,无意识和本能密切相关。无意识内藏有被压制的观念和情感,这些观念和情感部分来自过去生活中的已遗忘了的事例,而更重要的是儿童性发育过程中的创伤性经验。前意识在无意识与意识之间,在儿童期发展起来,其作用在于保持对欲望和需要的控制,延缓本能的满足,以避免遭受痛苦。

在弗洛伊德看来,艺术是原欲的升华,艺术作品不过是艺术家在原欲支配下制造的幻想,这一幻想的王国是作家的避难所,它是由于人们必须放弃生活中某些本

西格蒙德·弗洛伊德
(1856—1939)

能的需要,痛苦地从享乐主义转到现实主义时建立起来的。而现实生活中又充满缺陷,于是要在幻想中弥补,文艺由此诞生。艺术家的活动是在本能推动下进行的一种非理性的直觉活动。但艺术家的伟大恰恰在于能够摒弃精神病而找到一条回到现实的道路,从而在理智的控制下去实现一个象征的体系。这样,艺术便成为一个象征和符号的世界,在这个喧嚣的世界中,艺术家和欣赏者进行着潜意识的最高度真实的交流,艺术就成为一条从幻想回到现实的合法道路。艺术家只是介于梦幻者与精神病人之间,只是由于艺术才得以排除于精神病人之外,他们的特征在于能把某些普遍性的人类冲突以社会公认的形式表现出来。在弗洛伊德那里,索福克勒斯写作俄狄浦斯的悲剧,达·芬奇创作《蒙娜丽莎》等都是儿子对母亲的本能的永恒之爱(和对父亲的恨)的流露。弗洛伊德把这类"情结"的艺术反映称为"俄狄浦斯复合体",观赏者从欣赏这类作品中得到享受,也就是"恋母情结"得到满足的结果。

可以说,弗洛伊德开拓了新的心理领域,使现代主义作家热衷于表现人的无意识活动,其文论思想在20世纪文论史中正负面影响都同样巨大而深远。

当弗洛伊德的精神分析理论产生强大冲击力时,荣格以其分析心理学异军突

起,成为与之齐名的心理学家。荣格在诸多方面修正了弗洛伊德的精神分析理论,其分析心理学从新的层次进一步奠定心理分析在当代西方文化中的地位。可以说,荣格是现代思潮中重要的变革者和推动者之一①。

荣格对心理学诗学问题倾注了不小的热情。他思索和探求艺术创作活动的奥秘,分析作家的人格和心理类型,并运用分析心理学理论来重新解释文艺的心理源泉和艺术的社会意义。

一、无意识的理论推进:从个体无意识到集体无意识

卡尔·荣格(C. G. Jung,1875—1961)读了弗洛伊德《梦的解析》后对精神分析产生了兴趣,并写了一本题为《早发性效果心理学》的专著。1906 年,荣格与弗洛伊德建立了通讯关系,并很快成为挚友,互相通信一直延续了七年之久。

然而,荣格逐渐对弗洛伊德强调性动机表示不满,进一步发展到对弗洛伊德把力比多能量解释为原始性欲的观点公开表示怀疑。荣格认为,力比多的本质并非如弗氏认为的,是由压抑的性欲和攻击性冲动产生的人格驱动力。相反,力比多是生物的普遍生命能量。这种创造性的生命能量,为个人的心理发展提供能源,是隐藏在精神后面的内驱力。这种由怀疑而导致的争论,使荣格与弗洛伊德的关系变得相当紧张,终于使通信 7 年的挚友终止往来。与弗洛伊德的决裂引起了已近不惑之年的荣格的精神痛苦,进入被其称之为"黑暗岁月"的时期。在持续 3 年隐身静修、苦苦思索的时期,他终于跳出弗氏理论框架,形成具有自己鲜明特色的理论体系。

事实上,荣格与弗洛伊德的基本分歧不仅在于对力比多本质的解释,更深一层表现在对无意识的实质和结构的不同理解。正是对力比多的实质、对无意识结构的不同理解,荣格才提出"集体无意识"概念。对集体无意识的发现,使荣格成为颇有影响的学者,同时也成为颇有争议的人物。

荣格的文艺和美学观是其心理学理论的应用,因此,有必要首先较为全面地了解其理论构架。荣格的分析心理学实际上是关于人格结构、动力和心理类型的学说,大致可分为人格结构论和心理类型论两个方面。

卡尔·荣格(1875—1961)

人格作为一个整体被称为精神。精神包括所有思想、感情和行为,不管其是意识到的或是无意识的。精神对个体起调节和控制作用,使之适应周遭环境。因此,精神这一概念表明荣格一个基本思想,即个人从

---

① Fordham, F. *An Introduction to Jung's Psychology*, Harmondsworth, Middleest: Penguin Books,1; L. Foey Rohn, *From Freud to Jung*. New York: Purnam, 1974.

一开始就是一个为精神所统领制约的整体,这种人格原始统一性观点是对那种人为拼凑的人格理论的反拨。精神由自我、个人无意识和集体无意识这几种相互区别又相互作用的系统和层次组成。

自我(ego)这一概念,荣格用来命名自觉意识的组织,即我们意识到的一切东西。它包括思维、情感、记忆和知觉。自我构成意识领域的中心,使日常生活机能正常运转,对我们的同一性延续感的内在节奏负有责任。正是由于自我的存在,我们才能够感觉今日之我与昨天之我是同一个人。荣格的自我概念十分近似于弗洛伊德的自我概念。

那些曾为我们所深切体验的东西并未在我们的脑海中彻底消失,相反,它们储存和潜藏于个人无意识。个人无意识包括一切在个人经历中曾被意识但又被压抑或遗忘,或在一开始就没有形成意识印象的属于知觉阈下的东西。也就是说,所有那些微弱得不能到达意识,或微弱得不能存留在意识中的体验,都被储存在个人无意识中。值得注意的是,荣格的无意识概念尽管与弗氏无意识概念有某种程度的相近,但仍有质的区别。在弗洛伊德看来,无意识主要来自个人早期生活特别是童年时期创伤性经验,主要指那种受压抑被遗忘的心理内容的集合场所,因而具有个人的、后天的特性。而在荣格看来,无意识与自我相互作用,但无意识并非都具有性压抑特征,也并非都具后天特性。这里,荣格在弗洛伊德止步之处前进了一步,不再将无意识看成是单一混沌的东西,而是将无意识分为两个层面:表层无意识只关系到个人,可称为"个体无意识",深层无意识不是来自个人的体验,而是与生俱来,因此称为"集体无意识"。

处于无意识表层的个体无意识有一个重要特征,即可将一组心理内容聚集起来形成一个情结(complex)。所谓情结,指富于情绪色彩的一组组相互联系的观念或思想,它们受到个体的高度重视,并存在于个体的潜意识之中。换言之,它们犹如完整人格中的一个个彼此分离的小人格而具有自主性,有自己的驱动力,甚至可以强有力地控制人的思想和行为。当某人具有某种情绪而执意沉溺某种东西不能自拔,这时"情结"并不一定成为人调节机制中的障碍,也可能恰恰相反,成为灵感和动力的源泉。就像沉迷于创作冲动的凡·高,会在自己内心深处不可遏止的激情推动下,被巨大的使命感攫住,以致牺牲自己的一切,去执著地创造最高的美,创作完美的艺术品。荣格将艺术家这种"对于创作而言的残酷的激情"①,将这种"他命定要牺牲幸福和一切普通人生活中的乐趣"以及对完美艺术境界的追求,归因于作者具有的一种极度强烈的情结,这样就使情结阻碍和激发的双重功能突现出来。

那么,情结是怎样产生形成的?从个人无意识再往深一层挖掘,一个新的层面就被发现。情结必定源于人性中某种比童年经验更深邃、更本源的东西,即"集体无意识"。集体无意识的发现打破心理学上人格结构中严格的环境决定论,说明正是进化和遗传为心理结构提供蓝图。集体无意识理论无疑是心理学发展史上的一

---

① Jung, C. G. *Collected Works of C. G. Jung*, Princeton University Press, 1979, Vol. 15, pp. 101-102.

座里程碑,对医学、哲学、文学艺术等学科的拓展产生了深远的影响。

集体无意识是荣格理论中大胆神秘、引起争议的概念,也是其理论的核心部分。集体无意识反映了人类在以往历史进程中的集体经验。荣格在《四个原型》中说:"我之所以选择'集体的'这个术语,因为无意识的这一部分不是个体的,而是普通的。同个人心灵相比较而言,它或多或少地具有在所有个体中所具有的内容和行为模式。换言之,由于它在每一个人身上都是相同的,因此它构成了一种超个性的共同心理基础,而且普遍存在于我们每个人的身上。"对个体无意识而言,它只能达到婴儿最早的记忆,不能再往前迈进一步。集体无意识则包括婴儿记忆开始以前的全部时间,实际上是人类大家庭全体成员所继承下来并使现代人与原始祖先相联系的种族记忆。"个人无意识的内容主要由带感情色彩的情绪所组成,它们构成心理生活中个人和私人的一面。而集体无意识的内容则是所说的原型。"①因此,集体无意识是无意识的深层结构,它是先天的、普遍一致的。也就是说,每个人都继承相同的基本原型意象,犹如每个婴儿都天生秉有母亲原型一样。

那么,需要进一步追问的是,集体无意识的内容和性质是什么? 如果说,个体无意识的内容构成个人心灵生活的多种"感情倾向的情结",那么,集体无意识的主要内容则是"原型"或"原始意象"。在荣格看来,人的心理通过进化而预先确定了,个人因而同往昔联结在一起,不仅与自己童年的往昔,更重要的是与种族的往昔联结在一起,甚至更为推前,与有机界进化的漫长进程联结在一起。可以说,从个体出生之日起,集体无意识内容就给个人的行为提供了一套预先形成的形式。"一个人出生后将要进入的那个世界的形式,作为一种心灵意象,已先天地为人所具备。"②这些印在人们脑海中的祖先经验被称为"种族记忆"、"原始意象",而通常被称为"原型"。

原型的意思即最初的模式,可以解释为一种对世界的某些方面作出反应的先天倾向。"原型即领悟的典型模式。每当我们面对普遍一致和反复发生的领悟模式,我们就是在与原型相遇。"③荣格还认为:"人生中有多少典型情境就有多少原型,这些经验由于不断重复而被深深地镂刻在我们的心理结构之中。这种镂刻,不是以充满内容的意象形式,而是最初作为没有内容的形式,它所代表的不过是某种类型的知觉和行为的可能性而已。"④因此,荣格在论著中描述过众多原型,诸如:再生原型、死亡原型、巫术原型、受难原型、上帝原型、魔鬼原型、太阳原型、月亮原型、动物原型、圆圈原型等。

虽然存在着许多原型,但在每个人的人格中都具重要意义的是以下四种原型。

人格面具(persona)。Persona源于希腊语,意为面具,荣格用它描绘个人公布

---

① Jung, C. G. *Collected Works of C. G. Jung*, Princeton University Press, 1979, Vol.9, p.4.
② Ibid, Vol.7, p.188.
③ Ibid, Vol.8, pp.137-138.
④ Ibid, Vol.9, p.48.

于众的自我。人格面具原型是由人必须在社会中扮演某种角色发展起来的,它是别人据以了解我们的那部分精神。有些人把其人格面具与其整个精神等同起来,这是错误的。在某种意义上,人格面具被认为具有欺骗性。因为它向别人显现的仅仅是一个人精神中的很少的一部分。但是,如果一个人认为他就是他所装出的那个人,那么他就是在欺骗自己,这样是危险的。

阿尼玛(anima)和阿尼玛斯(animus)。阿尼玛是男性精神中的女性特征,产生于男性在漫长岁月中与女性交往所获得的经验。这种原型一方面可使男性获得女性特征,另一方面,提供一个男性和女性相互交往的参照系。既然此原型被看作一种思想的化身,那么现实中的女性就很难与它完全一致。如果某位男性坚持某一特定现实中的女性与他先天的女性意象一致,那么他们之间的关系就会终止。阿尼玛斯是女性精神中的男性特征,给女性提供男性特质,也提供一种指导她与男性交往的参照系。如同阿尼玛为男性提供一个理想化的女性形象一样,阿尼玛斯也为女性提供一个理想化的男性形象。如果某位女性坚持把某个特定现实的男性与理想化的意象相一致,则会导致内在的冲突和幻觉的破灭。

阴影(shadow)。阴影是心灵中最黑暗、最深入的部分,是集体无意识中由人类祖先遗传而来的,包括所有动物本能的部分。它使人有激情、攻击和狂烈的倾向。过分压抑阴影,将削弱人强烈的情感和深邃的直觉。同时也可以说,阴影原型使人格具有整体性和丰满性。这些本能使人富有活力、朝气、创造性和生命力,排斥和压制阴影会使人格变得平庸苍白。

自身(self)是协调心灵中其他部分的部分。自我的表现就是人为达到人格统一和整合而做的努力。人格的整合达到了,个人便处于自我实现的境界。因此,这是人格的中心点,其他部分都围聚在自身四周。自身将这一系统集合起来,导致人格的统一、平衡和稳定。自身原型概念是荣格研究集体无意识的最重要成果,因为"自身是我的生命的目标,它是那种我们称之为个性的命中注定的组合的最完整的表现。"①

值得注意的是,原型不同于人生中经历过的若干往事所留下的记忆表象,不能看作是心中已充分形成的明晰画面。因为"就内容方面而言,原始意象只有当其被意识到并因而被意识经验所充满时,它方才成为确定的"②。同时,尽管荣格将原型同原始意象相提并论,甚至不少学者将之看作等值概念,但细细揣摩,二者之间仍有微妙差别:原型指一种与生俱来的心理模式,所有原型的集合构成集体无意识;原始意象则介于原型与意象等感性材料之间,可以规范和限定意象,因此二者构成一种潜在与外显的关系。

作为构成集体无意识最为重要的原型,具有一切心理反应所具有的普遍一致的先验形式。荣格从心理学角度将原型理解为心理结构的基本模式,认为心理活

---

① Jung, C. G. *Collected Works of C. G. Jung*, Princeton University Press, 1979, Vol. 7, p. 238.
② Ibid, Vol. 9, p. 79.

动的这种基本模式(原型),是从难以计数的、千百万年来人类祖先经验的沉积物,是一种每个世纪仅增加极小、极少变化的史前社会生活经历的回声。那么,人们不禁要问,难道人的文化心理结构的积淀是先天决定的吗?对决定论和独断论深恶痛绝的荣格,不会同意这种推演和答案。于是,他从生物本能的演化、从生命的内在性质和演化规律去寻求答案。作为集体无意识内容的原型并非是外部经验的产物,相反,人类心理本身具有自主性和某些先天综合能力。心理这种自主性、统一性和先天综合能力应归因于生物体的固有性质和内在规律。荣格没有把自己约束在人的社会环境范围内,而是从人的遗传进化角度说明原型的性质。

作为无意识深层结构的集体无意识,是精神中最重要和最有影响的一部分,并且它的各方面内容寻求着各自的外在表现形式。当集体无意识的内容在意识中不被认识时,就通过梦、幻觉、想象和象征表现出来。正因为很少有人能完全认识其集体无意识内容,所以大多数人只能通过研究梦与幻觉来了解自己。借此,荣格推断:正如神经病患者的梦、幻觉和想象揭示了病人的无意识心理,这种"集体的"梦、幻觉和想象,这种反复出现的超个人的原始意象也揭示出人类共同普遍的深层意识心理结构。既然这些梦和幻觉象征基本的人性,那么,人类就能通过研究它们来充分了解自己的未来,并有希望终有一朝能认识自己的真实面目。就这个意义而言,集体无意识比任何一代人的知识更丰富。

毋庸讳言,荣格的集体无意识假设在方法论上有新的突破。集体无意识概念既非思辨性的,也非哲学的,它是一种经验质料。集体无意识假设的主要依据既非凭空思辨推演,又不完全拘泥医疗实践,而是依据考古学、人类学和神话学。他尊重精神现象,强调梦、幻觉和想象等心理现象同物理现象相比,其重要性和真实性毫不逊色。他采用释梦、积极想象(病人全神贯注于形成意象)、绘画、象征的放大,以及语词联想等等自己发现的方法,逐步揭示集体无意识之谜。同时,他对心理治疗中仅仅重视因果论(即在心理治疗中人们总是在病人过去的生活中寻找他今天患病的原因)不满,标举"目的论"方法,即坚持认为人们当前的行为由未来而非由过去所决定。他的许多精神发展的思想(个性化、整合、个性形成等)都是目的论的,甚至"梦"也往往是对未来的憧憬和展望。荣格在研究方法中同时采用因果论和目的论,并最早提出同步性原理,认为原型既可在人内心中获得心理的表现,也可在人内心中获得物理的表现。原型并未导致这种表现,它既非心理事件也非物理事件的原因,因而心理事件与物理事件是一种同步对应关系。

荣格的人格理论是在对柏拉图的灵魂说和理念说批判的基础上,对康德"把原型还原为有限的几个知性范畴"[①]的扬弃上逐步完善的。他不再对自我(ego)加以狭窄地理解,也不仅仅将原型看作是理性的"我思",而是更接近存在主义的"我在",因而具有现代哲学强调人血肉之躯的感性生命色调。荣格所提出的自身(self)这一概念以取代自我(ego),使自我表征的意识主体还原为自身代表的人格

---

① Jung, C. G. *Collected Works of C. G. Jung*, Princeton University Press, 1979, Vol. 8, p.136.

主体。"自身"在集体无意识中是核心的原型。这样,荣格通过对想象、情感等一切心理活动的强调,而标举感性的生命主体,为包括无意识在内的人的感性争得地位,把人的心理联结为一个整体并从而深入追寻其基础,以获得人的自然本能和具有普遍一致性的原始心理结构。就此而言,"人格是个体生命天赋特质的最高实现。人格的实现取决于直面人生的具有高度勇气的行动,是对于所有那些构成个体生命的要素的全面肯定,是个体对普遍存在状况的最成功的适应,以及伴随着进行自我选择的最大限度的自由"①。

二、艺术象征的原始意象

纵观人类艺术史可发现,象征作为一种手法或许是艺术的最早形式构成,而象征作为一种艺术思潮,在西方文学史中出现过两次:一次是在中世纪,泛神论者爱留根纳认为艺术即象征,因而一切艺术作品都具有表层意义和象征意义两个层次;另一次是在19世纪末20世纪初,波德莱尔和马拉美是其代表。马拉美认为,诗就是启示,就是梦幻,就是神秘,就是通过象征去崭露心灵的状态。象征的美学特征即"藉有形寓无形,藉有限表无限,藉刹那抓住永恒,使人只在梦中或出神底瞬间瞥见的遥遥的宇宙变成近在咫尺的现实世界,正如一个蓓蕾蓄着炫熳芳菲的春信,一片落叶预奏那弥天漫地的秋声一样"②。可以说,象征往往透过艺术意象表达艺术意象背后的深邃意义。

夏尔·皮埃尔·波德莱尔
（1821—1867）

现代艺术中象征具有某种深层意蕴,仅仅从形象的寓意上把握艺术象征的美学特征是浅层次的。只有深入揭示集体无意识的奥秘,将象征与原型紧密联系起来,才能真正揭示象征的本质。荣格认为,尽管象征在某种程度上表达和再现了一种受到挫折的本能冲动,和渴望得到满足的愿望（这一点与弗洛伊德关于象征是欲望的伪装的解释一致）,但象征不仅仅是欲望的伪装,它同时也是原始本能驱力的转化。这些象征试图把人的本能能量引导到文化价值和精神价值（如文学、艺术和宗教等）中去。比如,原始人的舞蹈并非仅仅是性行为的一种代替,相反这种原始舞蹈是某种超越了纯粹性行为的东西。因此,"象征不是一种用来把人人皆知的东西加以遮蔽的符号,这绝非象征的本真含义。恰恰相反,象征借助于与某种东西的相似性,而力图阐明和揭示某种完全属于未知领域的东西,或者某种尚在形成过程中的东西"③。

---

① Jung, C. G. *Collected Works of C. G. Jung*, Princeton University Press, 1979, Vol. 7, p. 171.
② 梁宗岱:《象征主义》,见《诗与真·诗与真二集》,北京:外国文学出版社,1984年版,第69—70页。
③ Jung, C. G. *Collected Works of C. G. Jung*, Princeton University Press, 1979, Vol. 7, p. 287.

原型和象征是荣格理论体系中最为重要又彼此紧密关联的两个基本概念。象征是原型的外在化显现，原型只有通过象征来表现自己。象征所要表达的所谓"未知领域的东西"是深藏在集体无意识中的原型。一种象征，就是原型的一种表现，而人类的历史就是不断寻求更好的象征。荣格在早期著作《转变的象征》中，通过对一位美国姑娘各种幻想的分析，去揭示幻想中鲜明生动意象背后的象征意义，借此理解梦、幻想、幻觉、诗歌及一切人类精神产物的象征意义和原型根基。荣格对姑娘所写的题为《逐日的飞蛾》的诗中的意象进行放大，对诗中只想要从太阳获得"销魂的青睐"的一瞬间，就宁可心甘情愿幸福地死去的飞蛾的艺术意象进行分析，指出："在太阳与飞蛾的象征中，我们经过深深挖掘，一直向下接触到人类精神的历史断层。在这种挖掘过程中，我们发现了一个深深埋藏着的偶像——太阳英雄，'他年轻英俊，头戴金光灿烂的王冠，长着明亮闪光的头发'。对于一个人短促有限的一生来说，太阳英雄是永远不可企及的；他围绕大地旋转，给人类带来白昼与黑夜、春夏与秋冬、生命与死亡；他带着再生的重返童贞的辉煌，日复一日地从大地上升起，把他的光芒洒向新的世纪。我们这位梦想家正是以她全部灵魂向往和憧憬着这位太阳英雄，他的'灵魂的飞蛾'为了他而焚毁自己的羽翅。"①

荣格从飞蛾逐日的艺术意象中，挖掘出"太阳英雄"的象征，并使我们看到此象征所显现的原型。这个太阳原型意象，源于人类无数世代所共同经历，即体验到太阳的灿烂光芒和伟大力量，源于人类的集体无意识。这一太阳象征同时在许多方面满足和实现了人的天性。象征的本质即体现在它作为艺术意象背后的原始意象（原型）。

原始意象理论不仅涉及艺术幻觉和审美体验，而且涉及神话和艺术起源，因此是把握荣格文艺思想的重要之维。"每一个原始意象中都有着人类精神和人类命运的一块碎片，都有着在我们祖先的历史中无数次重复的悲欢的残余，而且总体上始终循着同样的路径发展。它犹如心理上的一道深掘的河床，生命之流在其中突然奔涌成一条大江。"②伟大的艺术作品必然在其艺术意象中体现出全人类的生活经验，必然回复到人类精神的那些原型。荣格不同意弗洛伊德将哈姆雷特、蒙娜丽莎、浮士德、卡拉马佐夫兄弟看作莎翁、达·芬奇、歌德、陀思妥耶夫斯基个人心理冲突产物的看法。他认为，这种简单地将艺术形象与作家个性心理对应的做法，忽视了文艺作品同人类精神、原始意象的内在联系。荣格强调："要了解艺术创作与艺术效果之秘密，唯一的办法是，回复到所谓的'神秘参与'状况——回复到并非只有个人，而是那人人共同感受的经验，那种个人之苦乐失去了重要性，只有全人类的生活经验。这就是为什么每部伟大的艺术作品都是客观的、无我的，然而其感动力却不因之而减少的原因。"③为进一步说明艺术创作中个人审美体验及审美体

---

① Jung C. G. *Collected Works of C. G. Jung*, Princeton University Press, 1979, Vol. 5, p. 109.
② Ibid, Vol. 15, p. 81.
③ 荣格：《现代灵魂的自我拯救》，北京：工人出版社，1987年版，第261页。

著名画作《蒙娜丽莎的微笑》

验深层所潜存的原始意象，荣格将艺术创作分为两种模式。

一是"心理的"模式，其创作素材来自人类意识领域，诸如人生教训、情感体验，以及人类普遍命运。艺术家在心理体验中同化这类素材，将其从一般地位提高到诗意体验的水平并使其得到表现，以使读者更深刻地洞察人的内心世界。荣格认为，这类文学作品包括爱情小说、环境小说、家庭小说、犯罪小说、社会小说及大部分抒情诗和悲喜剧。其根本特点在于：这类心理模式创作的题材总是来自人类意识经验这一广阔领域，来自生动的生活前景，其包含的所有意义，都能够为人们所理解，都未超越心理学所能理解的范围。

二是"幻觉"模式。与心理模式恰恰相反，幻觉式的创作素材"来自人类心灵深处的某种陌生东西，它仿佛来自人类史前时代的深渊，又仿佛来自光明与黑暗相对的超人世界"。"那是一种人类无法理解的原始经验，因人自身的软弱而受其驱使的危险。原始经验的价值和力量在于它广大无边。它从永恒中崛起，显得陌生、阴冷、无边、超凡、怪异。它是永恒混沌中奇特荒谬的写照。它彻底粉碎了我们人类的价值标准和艺术体裁标准。……原始经验能把那幅有一个秩序井然的世界帷幕彻底掀开，使我们能瞥见那尚未形成的事物的无底深渊。"①

在但丁的《贺马斯的牧人》里，在歌德的《浮士德》的第二部分，在尼采的《酒神的狂欢》里，在瓦格纳的《尼伯龙根之歌》里，在威廉·布莱克的诗行里，在波墨的哲性及诗意的呓语中，我们到处可发现这类幻象。这种艺术创作中的幻觉模式，不是使我们回忆起任何与人类日常生活相关的东西，而是使我们回忆起梦、黑夜的恐惧和心灵深处的黑暗。尤其在诗歌中，文艺作品的幻觉性表现得最为鲜明。诗人常常瞥见夜色世界的幽灵、魔鬼与神祇。这表明，原始体验是其创造力的深层源泉。原始意象是艺术意象的深层原型。

象征与隐喻相区别，象征不是隐喻、不是符号，而是很大程度上超越了意识内

---

① Jung, C.G. *Collected Works of C. G. Jung*, Princeton University Press, 1979, Vol. 15, pp. 90-91.

容的意象。这种超越意识内容、已深达无意识领域的意象不再是对外部世界的反映,而是经由内心体验产生的幻想。这类幻想产生的艺术作品似乎根本不涉及任何外部经验对象(如毕加索"非客观艺术"绘画),因而往往难以使人明确地加以理解。然而在荣格看来,这类不可理解的艺术品,不是没有意义,而是有不同寻常的意义,甚至表达一种今天不为人知的意义。这是一种象征艺术,它象征不同于日常经验世界的另一陌生世界,标示出令人战栗的灵魂深渊的一个维度。这个象征的世界,只能感觉它的无穷无涯,却始终无法准确把握,正唯此,才深邃得令人神往。同时,"这种幻想只是间接地与对外部事物的知觉相联系,

歌德的诗剧《浮士德》手稿

威廉·布莱克(1757—1827 年)为其诗作《坟墓》所作的插图

但丁《神曲》插图

事实上,意象更多地依赖无意识的幻觉活动,并作为这一活动的结果,或多或少是突然地显现于意识之中。"①这说明,艺术意象与外部世界审美对象只有间接的关系。艺术是一种幻想,这种"更多地依赖于无意识的幻觉活动的"意象,不仅与无意识有关,而且与意识也有关。准确地说,艺术意象是无意识与意识在瞬间情境中沟通的结晶。正因为它更多地依赖无意识,所以成为一种象征,一种原始意象的显现。

这种瞬间的沟通只能在混茫的刹那感觉中完成,只有借助于幻觉、直觉、想象和梦才能实现。只有这样,作者才能超越个人意识的局限,深潜入远古以来的集体无意识领域,以其原始意象作为创作的深层意

---

① Jung, C. G. *Collected Works of C. G. Jung*, Princeton University Press, 1979, Vol. 6, p. 442.

毕加索的画作

蕴。这时，艺术家已不仅仅作为个人抒发小我的一己情感，而是作为人类的灵魂对人类全体说话。这时，每位诗人都为千万人道出心声，为其时代意识观的变化说出预言。而艺术欣赏为这"心声"、"预言"所打动，瞬间感悟而忘记自己作为个人的存在，使自己从喧嚣现实世界退却，沉浸在一片宁静的冥思，以整个心灵纳受灵魂深处唤醒的具有集体性质的审美意象，以活泼的直觉指向未知的、隐藏的事物，从而领悟一种前所未有、深不可测的人类情感体验，聆听到一种神秘的声音，并进而认清现代人无家可归的精神灾难，重返故里，重返童真，重返精神家园。正是在此意义上，荣格对艺术意象背后原始意象的象征意义十分重视，甚至认为："伟大的诗篇都取材自广大的人生，要是我们不顾及此，仅想从作品里发觉其个人因素，我们便将全然失落该剧作的含义。一旦集体潜意识是一种活生生的经验，而且亦是该时代意识观之象征的话，那么它便可算是一部对当代人民生活有影响力的作品。……这完全是受集体无意识之影响而促成的，因为一位诗人、先知或一位领袖不知不觉间都要受到当代使命之托，他以语言或行动指出一条每个人冥冥之中所渴望，所期以达成的目标和大道。"①

不难看到，这一艺术象征理论是对弗洛伊德的原始本能驱力转化说的扬弃，是力图将人的本能能量导向人类文化价值和精神价值的一种尝试。艺术象征不仅是人类集体无意识原型的表现，也是人类不断超越自我的表征。更为重要的是，艺术象征是人的精神的集中体现，是人的天性的各个不同侧面的投影。它不仅通过但丁、歌德、布莱克、卡夫卡、毕加索等艺术家成功表现那种真实的、尚未知晓的陌生世界，而且力图表现人类群体积淀的和个体获得的智慧，甚至还冀能表现个人未来注定臻达的完美之境。正是"艺术这种特别的灵丹妙药"，使人的个体性和社会性能重新回复到和谐状态。当原始意象在伟大的艺术作品中出现，我们的心灵就会突然获得一种奇妙的解脱感，甚至感到一种摄人心魄的伟力。在与这种与集体

---

① 荣格：《现代灵魂的自我拯救》，北京：工人出版社，1987年版，第251—252页。

无意识沟通的瞬间,一种最深刻的生命原动力展现在我们面前,我们终于把捉住了象征的本真含义。正是在此意义上,象征是以一种隐含深蕴的方式,传达一种在当代人看来难以解读的意义,预示由超越人格这一终极目标指引的未来全新境界。

三、人格类型与艺术创作动力

艺术家的人格类型和创作冲动问题,是艺术创作心理的重要问题。然而,从某种意义上说,要准确划出作家人格类型和直接观察作家创作灵感状态难度极大。这是因为作家的人格往往有二重性,处于创作激情中的作家与平时作为"常人"(das Man)的他,其差异有时可能达到判若两人的程度,而作家的创作灵感和动力结构发生在作家个人心灵中,是一种无形的、极复杂的个体精神活动,研究者很难直接面对其具体创作心态,更无法追踪创作活动的全过程。

正是因为上述困难,使作家人格类型与创作动力的研究往往只能是一种间接推测:或者根据创作的产品——作品去追溯创作活动,在作品的凝定形式(时空)中复现艺术家鲜活的生命活动进程;或者根据作家"创作经验谈"进行研究,即以作家理性化的事后追忆试图去重建那一次性的、不可重复的活生生的生命沉醉创作之境,以意识的理性之光烛照迷狂的无意识审美超理性渊源;或者根据心理学原理进行观察研究。荣格从其分析心理学理论出发,选择了第三条途径,但他也清醒认识到这样做的危险。他承认在艺术范围内,心理学的探索目标是在复杂的创作过程中,寻绎到心理事实中的因果关系,但又感到这一目标无法真正达到。因为在其他心理事实中,刺激的反应可根据因果关系的法则加以解释,唯独艺术审美创造活动是一种作家自我灵魂的搏斗和心灵的对话,一种处于"酒神状态"的灵肉震荡的生命活动,这与单纯对刺激的反应有完全不同的地位和形态,因而作家人格心理与创作灵感冲动成为一个永远诱人却永无确解之谜。荣格在《献给分析心理学》中坦率地说:"真正的艺术是一种创造,而所有创造总超越于一切理论。这也就是我为什么总是要对初学艺术的人说:'尽管你可以尽你的所能去学习理论,但要记住,当你接触到活生生的灵魂动荡的奇迹时,你应将理论抛到一边,这时除了你个人的创造力的沛然勃发外,理论是无能为力的。'"

尽管艺术创作活动难以透彻解释,但荣格仍以"心理的"和"幻觉的"两种创作模式界定两种不同的创作活动心态。他反复申说,艺术幻觉是一种深不可测的原始意象的曲折反映,伟大的艺术作品是一个人类的梦。而且,他还进一步根据力比多理论把人的心理类型分为各种不同形态的尝试,甚至不无自负地说:"发现人的心理有着多么巨大的差别,这是我一生中最了不起的经验之一。"①

精神在与世界的联系中朝两个主要倾向发展:一是朝向个人主观世界的内部倾向,一是朝向外部环境的外部倾向。荣格把这两种倾向称为"心态"(attitude),即内倾与外倾。内倾是一种主观的心态,以优柔寡断、深思熟虑、孤僻内向、不愿抛

---

① Jung, C.G. *Collected Works of C. G. Jung*, Princeton University Press, 1979, Vol. 10, p.137.

头露面为特征。外倾是一种客观的心态,以开朗、正直、适应力强、善交际、喜冒险为特征。除了这种"心态"概念外,荣格还提出四种思想"功能"(functions of thought)的概念,认为这种功能与个人如何观察世界、处理信息与经验有关。荣格在《人及其象征》中给四种心理功能下的定义十分简练:"这四种心理功能符合于四种明显的意识方式,意识通过这些方式使经验获得某种方向。感觉告诉我们存在着某种东西;思维告诉你它是什么;情感告诉你它是否令人满意;而直觉则告诉你它来自何处和去往何方。"其中,思维与情感对立,感觉和直觉对立。每个人都是一种功能和一种心态占优势,其他的都处于无意识之中。理想状态应是这四种功能与两种态度相协调。按照两种态度与四种功能的组合,荣格描述了人格的八种类型,即:①外倾思维型;②内倾思维型;③外倾情感型;④内倾情感型;⑤外倾感觉型;⑥内倾感觉性;⑦外倾直觉性;⑧内倾直觉型。艺术家大都属于"内倾直觉型"和"内倾感觉型"。

艺术家往往是"内倾直觉型"的典型。这些人往往不为一般人所理解,而他们又将自己看作不为人知的天才。由于与现实和传统都不发生直接功利联系,艺术家无法有效地同他人交流沟通,而退回内心进行自我独白。他禁闭在一个充满原始意象的世界里,而对那些令人战栗的原始意向的含义却又并不理解,只是感受到人类远古的裂缝。他想传达那不可传达者,他内心的痛苦和骚动迫使他从一个意象跳跃到另一个意象,他不断告别一切已成之局,始终追寻着那无限新的可能性。尽管他也有常人不能超越的界限,但他却拥有可供别人思考、整理并加以发展的瑰丽多彩和瞬间感悟的直觉。借此,他方能天启般地说警彻的生命预言。同样,作为"内倾感觉型"的艺术家,也往往远离外部客观世界,而沉浸在自己的主观感觉之中,他的内心世界层次丰富,思接千载,意象迭出,因而感到外部世界苍白喧嚣,了无生趣。除了艺术之外,他没有别的办法表现自己。然而因为他完全退回内心,斩断与世界联系的纽带,因此其作品往往缺乏恢宏的力度和气象,缺乏一种直面人类苦难的终极价值关怀。他于低吟浅唱中,使自己的思想情感愈加贫乏,从而使生命和生活也苍白起来。

尽管某些心理学家对荣格心理类型学进行严厉批评,认为人不能截然划分为八种或几十种类型,因为每个人都是独特而不可重复的。但我们认为,荣格的心理类型学因其强调使人与人彼此不同的性格特点,并为区别这些特点提供一个体系而有其自身价值。而且他对艺术家人格类型的界定,有其不可忽略的创新价值。尽管弗洛伊德也认为艺术家是内倾性格者,但荣格比弗氏前进了一步。荣格认为,有些作家常常显示出他们的反类型(anti-type),即这些艺术家所创造的人物,常常与自己的性格类型完全相反。因此,荣格坚决反对弗氏将艺术作品看作艺术家个体心灵和自身性格的再现,认为艺术家在创作活动中往往超越其心理个性局限,而为千万人道出心声。

进一步将内倾和外倾心态运用于审美活动,尤其是用于作家艺术创作心态的分析,使荣格十分重视德国美学家立普斯的"移情说"和法国艺术史家沃林格(W.

Worringer)在其《抽象与移情》中提出的"抽象说",即认为抽象与移情的区别,也就是内倾与外倾心态的分别。移情作用预先设定对象是空洞的并且企图对其灌注生命。与之相反,抽象作用却预先设定对象是有生命的、活动的,并企图从它的影响下退缩出来。抽象的态度是向心的即内倾的,而移情的心态是外倾的。具有移情心态的人发现自己置身于这样一个世界,这世界需要他用自己的主观感情给予生命和灵魂。因而他希望自己可以使这个世界更加美好、充满生气。相反,具有抽象心态的人却在对象的神秘前感到空间恐惧,因此退缩回自身,建造起一种用抽象构成的、具有保护性的、与之相抗衡的世界。因此,抽象的目的是把无秩序的、变化无常的事物限制在固定的范围之内。而这种本质上属于巫术的操作,其全盛时期是在原始艺术之中。荣格在抽象的动因问题上,十分赞同列维-布留尔的"神秘参与",即原始人共同参加的神秘活动如巫术仪式等等。因为这种"神秘参与"确切地表述了原始人和对象世界的原始关系。抽象恰好具有同神秘参与的原始状态进行战斗的心理功能,其目的就在于打破对象对主体的控制。抽象一方面可以导致艺术形式的创造,另一方面可以导致对对象的认识。抽象型的人往往把自己转向和投入到一种抽象物之中,使自己同这一意象的持久效应融为一体,以致成为一种重要拯救的方式。他放弃真实的自我,将自己全部生命置入抽象之物,在其中他自身完全结晶化了。与此相同,移情型的人也将自身生命移入对象中,他变成了对象,因与对象化为一体而将自己客观化。

通过对内倾与外倾、抽象与移情的分析,荣格强调,两种审美心态都是基于人的无意识自发活动。抽象与移情、内倾与外倾是人适应外部世界和自我调节的机制。就其有利于适应而言,它们给人提供保护以避开外部危险;就其定向功能而言,它们把人从偶然的冲动下解救出来。人可能使自己具有明显的外倾(移情)或内倾(抽象)的心理倾向,但他越是把自己其他心理功能压榨掉,而将其中一种心理功能发展到极致,那么,就越需要把力比多投入其中,也就越要把力比多从其他心理功能中抽取出来(因为在荣格看来人的力比多基本上是一个恒量),那些被剥夺了力比多而逐渐枯竭的"功能",逐渐沉沦于意识阈限之下,丧失与意识的联系并最终消逝于无意识中。这种"逆向"的发展,乃是精神返回到童年并最终向远古的复归。

事实上,如果任何一种心态或心理功能不见于人的自觉意识,那么肯定躲藏在无意识中。处在无意识中的东西不可能获得个性化,因而将始终停留在不发达的未开化原始状态。艺术家往往是一些无法完全适应外部世界以致与现实社会疏离的人,他们对外部生活的自觉兴趣日渐衰减,越来越退回内心,沉醉在自己的内心世界中,其精神发展表现出"退行"、"逆行"倾向,但这并非如弗洛伊德所说回到个人的童年(个人无意识),而是回到远古即人类的童年(集体无意识)。而无意识暗中制约和影响意识,或凌驾和压倒意识。这里,荣格从内倾与外倾、抽象与移情这两种心理类型、两种审美态度出发,最终追溯到人的无意识自发活动,看到人的审美态度下潜藏的集体无意识。人是一个整体,他的精神是由意识和无意识共同构成的。甚至人的自然本能、感情需要和原型都是构成集体无意识的基本内容,对人的审美活动和艺术创作心理起着不可忽视的作用。

同弗洛伊德一样,在艺术创作动力问题上,荣格也把无意识看作艺术创作的推动力,认为艺术创作是由一种原始意象的无意识活动所组成。经过艺术家呕心沥血的创作,将原型意象用艺术形象表现出来,转换为一种能为人们接受的语言,这样,也就可以使人们隐约地追溯到生命起源时最深奥的境界。因此,"艺术是一种天赋的动力,它抓住一个人,使他成为它的工具。艺术家不是拥有自由意志、寻求实现其个人目的的人,而是一个允许艺术通过自己实现艺术目的的人"①。艺术创作的动力来自无意识中的"自主情结",而艺术创作是一种自发活动。这种活动"无情地奴役艺术家去完成自己的作品,甚至不惜牺牲其健康和普通人的幸福"②。艺术家只是艺术作品实现的工具,他必须服从艺术的调遣。这种作家受无意识操纵而成为自发创作俘虏的理论,与柏拉图所说的诗人因"神灵凭附"产生"迷狂"而"代神立言"有内在的一致性,只不过荣格强调"代无意识立言"罢了。而他的"无意识命令"也类似于康德的"绝对命令"。总之,艺术家必须消融个人的激情,而秉受无意识的冲动,并无条件地服从这一命令。因为这种来源于无意识的创作冲动和激情是一种超越艺术家个人的强大力量,艺术家不能自已地听从召唤而完成其艺术作品。正如荣格所说:"诗人们深信自己是在绝对自由中进行创造,其实都不过是一种幻想:他想象他是在游泳,但实际上却是一股看不见的暗流在把他卷走。"③

需要指出的是,荣格的艺术创作动力无疑比弗洛伊德向前推进了一步。弗氏认为艺术创作是性欲的升华,是未能满足的欲望的"代用品",这就将艺术创作的动力归结为某种隐秘的本能欲望。荣格不同意这种创作动力源于性欲的解释,提出源于集体无意识的观点。然而荣格似乎过分强调"无意识命令",无视艺术家个人的苦心独运和艰辛创造。过分强调创作进程的非自觉性,而无视其自觉的、有目的深度的审美体验,甚至完全割裂作家与作品的关系,将作品与作家对立起来。荣格说:这些作品专横地把自己强加给作家,他的手被捉住了,他的笔写的是他惊奇地沉浸于其中的事情。这些作品有着自己与生俱来的形式,他想要增加任何一点东西都遭到拒绝,而他自己想要拒绝的东西却再次被强加给他。在他的自觉精神面对这一现象处于惊奇和闲置状态的同时,他被洪水一般涌来的思想和意象所淹没,而这些思想和意象是他从未打算创造,也绝不可能由他自己的意志来加以实现的,他只能服从他自己这种异己的冲动。他感到他的作品大于他自己,行使着一种不属于他,不能被他掌握的权力。在这里,艺术家并不与创作进程保持一致,他知道他从属于自己的作品,置身于作品之外,就好像是一个局外人,或者,好像是一个

---

① Jung, C. G. *Collected Works of C. G. Jung*, Princeton University Press, 1979, Vol. 15, p. 101.
② Ibid, Vol. 15, p. 75.
③ 荣格:《心理学与文学》,北京:三联书店,1987年版,第113页。

与己无关的人。荣格对创作自发性强调到偏激的程度,使艺术家与个人无足轻重。他一方面要艺术家不去体验和观察生活,而是从生活退回内心,回到人类族类的远古记忆,人类灵魂的家园——集体无意识;另一方面,他又认为一旦回归人类精神原初之源,艺术家就受到无意识原型的制约而"自身异化"为一个工具。这样使得艺术家与社会、艺术家与作品之间的关系变得模糊不清,这与荣格使个人与集体、意识与无意识处于尖锐对立而无法弥合的偏颇是分不开的。

在作家人格类型与创作冲动方面荣格作了自己的探索,他对内倾与外倾、抽象与移情的审美心态的划分有重要意义。他主张文学作品应将创作之锚投入到人类精神之流,以从单纯个人心理冲突中超越出来,是值得人们重视的。然而他理论上的偏颇,也不应忽略。因为任何将艺术家与社会、艺术家与作品对立起来的做法,都无法真正洞悉艺术家心理的"黑箱",也无法真正窥见艺术创作的奥秘。

四、神秘参与与人格的二重性

艺术创作关涉艺术本质,是窥探艺术奥秘的窗口。荣格正是通过对艺术创作心理奥秘的揭示,通过对艺术作品象征意义的揭示,通过对艺术社会意义的揭示,而鲜明地提出自己的艺术本质观。

艺术是一门科学吗?或者,艺术作品是作家心理疾病的记录吗?荣格的回答是否定的。艺术本质上并非科学,而科学本质上也非艺术,心灵的这两种领域各自保持着某种对它们自己说来独特的东西。同样,艺术作品也并非疾病,这就使得从心理学角度研究艺术必须采取一种全新的不同于对待疾病的态度。这是因为,一部艺术作品并不是一个人的世界,而是某种超越个人的东西。它是某种东西而不是某种人格,因此不能用人格标准衡量。的确,一部真正的艺术作品的特殊意义正在于:它避免了个人的局限并且超越于作者个人的考虑之外。

循此出发,荣格分析了两种艺术作品类型和创作方法。一种作品类型是"心理的",即完全从作者想要达到某种特殊效果的意图中创作出来。他让自己的创作素材服从于自己的鲜明主题,并对其进行精心的自由加工。这使艺术作品表现出艺术家自我的意志和趣味。艺术家的审美意识与作品相符合,他的意向和才华完全倾注在作品之中,作品成为艺术家的心灵写照。而另一种作品类型是"幻觉的"。这类作品中,作者只是一种无意识的代言人,作者感到自己被令人目眩的洪水般涌来的奇异思想和幽昧意象淹没。"这些作品或多或少完美无缺地从作者笔下涌出。它们好像是完全打扮好了才来到这个世界,就像雅典娜从宙斯的脑袋中跳出来那样。"荣格从自身理论出发,认为两种作品类型的区别与两种创作方式——"内倾"与"外倾"有紧密关系。荣格将席勒的"感伤的"艺术称为"内倾的"艺术,而把"素朴的"艺术称为"外倾的"艺术。内倾态度的特征是主体反客观要求的自觉意向和目的的主观主张,相反,外倾态度则以主体对作用于自己的客观要求的主观服从为其特征。

在对艺术作品和创作方式进行分类以后,荣格研究的重心不再停留在作为个人的诗人身上,而转向那推着诗人进行创造的本源问题。在诗人表面的意志自由后面,隐藏着一种更高的命令,一旦诗人自愿放弃其创造活动,它就会再一次提出它专横的要求。孕育在艺术家心中的作品是一种自然力,它以自然本身固有的狂暴和机敏狡猾去实现其目的,完全不考虑作为其载体的艺术家的个人命运。创作冲动从艺术家那里得到养育,就像一棵树从它赖以汲取养料的土壤中得到养育一样。艺术家创作作品时,表面看来是主体的目的和意志起主导作用,实际上却受无意识的操纵,仍受自发创作进程的制约。

"自主情结"这一概念对创作的自发性进行了界定。自主情结是心理中分裂的一部分,在意识的统治集团之外过着自己的生活。艺术家在创作冲动下神圣的迷狂,不可自已、不吐不快的强烈精神变态,甚至孕育在艺术家心灵中的作品就是一种自主情结。自主情结指一种维持在意识阈下,直到其能量负荷足够运载它越过并进入意识门槛的心理形式。它同意识的联系并不意味着它已被意识同化,而仅仅意味着它能够被意识觉察。它并不隶属于意识的控制,因而既不能被禁止,也不能自愿地控制再生产。

自主情结的自主性表现为:独立于自觉意志之外,按照自身固有的倾向显现或消逝。也就是说,艺术家创作时,并非只听从个人心灵情感的呼唤,并非遵从灵性的真实,而是听从植根于无意识原型的"自主情结"的操纵,并使其精神表现为"逆行"、"下降"的退向性发展,返回远古集体无意识之中。只有遵从自主情结凌驾和压倒意识,将意识功能的低级部分推到前台,使人格中本能的方面压倒道德伦理的方面,童年的方面压倒了成熟的方面,不适应的方面压倒了适应的方面,艺术家才能从现实生活中退出来,进入一种"神秘参与"之中,成为集体无意识的代言人。因此可以说,自主情结靠从人格自觉控制中汲取的能量得到发展。艺术家的存在,只不过以一种新的艺术意象符号形式,将勾魂摄魄的远古记忆和族类体验转换成恒定的存在,使飘忽不定的梦和沉郁深邃的童年无意识灵思,簇拥着新的意识进入"有"的领域。艺术家在其迷狂的灵感之中,在一种最内在的骚动、最惨痛的吁求、最自由的神思、最恬美的心境中,感悟到整个人类数万年生命进程积淀的经验,他不过用自己的手、用艺术符号把那陌生的世界,把尚处于无声无言的"无"引入"有",使幽暗的闪烁之光在现有艺术域中敞亮出来。

事实上,艺术家殚思竭虑、沉迷癫狂展示出来的并非个人的浅吟低唱。相反,那是对不可言说的言说,对所有包括感性在内的无意识欲上升为意识的想说之物的把持,对感性的每一个力图显现的意味及其深蕴的固结和持存。因此,自主情结成为艺术家生命创作的动力,使他必得冲破现实理性的固结和钳制,排挞社会伦理给定的现实境遇,从意识之礁退回人类无意识之海,从而以一种前所未见的艺术新形式,将艺术家体验到的前语言的东西、无声无言的无意识之海的东西固定下来,使不可说的成为可说的,使混沌化为明晰,使瞬间化为永恒。

自主的创作情结存在于何处?在荣格看来,隐藏在作品艺术意象后面的恰恰不是艺术家个人的情感,而是原始意象。自主创作情结就存在于这种原始意象的象征主义中,因此,如果在作品中我们没有发现任何它所象征的价值,那么这部作品就没有什么言外之意,甚至也无多大价值。只有那种具有象征意味,只有那种"诗在词汇中唤起对原始意象的共鸣"(霍普特曼语)的作品,才被荣格认为是有价值的。因为,艺术作品作为一种象征,不仅在艺术家个人无意识中,而且也在无意识神话学领域中有其源泉。

然而,作为个人无意识的心理内容和心理过程能够并常常成为意识,但因不受意识欢迎被压抑而停留在意识水平之下。因而艺术从中汲取能量时,它们的强大优势只能使艺术作品成为一种病症,而不可能使其成为一种象征。相反,作为一种潜能的集体无意识,能以特殊形式的记忆表象,从原始时代一直传递给我们,或者以大脑解剖学上的结构遗传给我们。原型是一种形象,它在历史进程中不断发生并显现于创造性幻想得到自由表现的任何地方。因此,它本质上是一种神话形象,同时为我们祖先无数类型的经验提供形式,如故乡即母亲的譬喻,祖国即父亲的譬喻。这种象征一旦出现,就从心灵深处升腾起一种比我们自身强大得多的声音,仿佛有谁拨动了我们生命的心弦,仿佛那种我们从未怀疑其存在的力量得到了释放。一个在自主创作情结驱使下的作家,一个用原始意象说话的人,同时就在用千万人的声音说话。他吸引、压倒并提升他正在寻找表现的观念,使这些观念超出偶然的、暂时的意义而进入永恒王国。正是艺术家身不由己地对永恒和无限的渴求,使其对神秘的陌生世界的寻找成为一种永恒的内在冲动,从而使感性的血肉之躯内聚着人类历史连续统一性。

艺术家是命运极为特殊的人。他们身陷迷狂,满怀的忧患吞噬着他,激情撞击着他,深陷于痛苦的境遇将自己的最尖锐、最独特的感受铸成新的艺术语言,凝为新的艺术形式。艺术家犹如永远流浪的浪子,生存于没有恒定模式的飞蓬漂泊状态中。他们身在物质域中挣扎,却又将诗思纯情投向符号域,他们置身于"有"却拼命追寻着"无",因而永远处于从此岸向彼岸过渡流浪的境遇,永恒地处于焦虑、烦躁、苦闷之中。他们的人生境遇鲜明体现了人类的真实境遇,同时也体现了人类超越自身、呼唤未来新生活的心声。康德把真正的艺术家称为天才,这是一种天生的心灵禀赋,通过它,自然将规律赋予艺术。弗洛伊德则认为,艺术家通过创作活动使原欲得到升华,因此作家创作的动因是幻想,是受到压抑的愿望在无意识中的实现,对受创经验的回忆是创作的契机,因而作家与作品中的人物同一。荣格既不赞同天才说,也不同意原欲升华说。荣格认为艺术家具有二重性,其外表与灵魂、意识与无意识原型没有什么关系,甚至个人生活与其作品也没有什么关联。

艺术家人格具有二重性:一方面是作为艺术家的个人对于幸福、满足和宁静生活的向往,另一方面是作为个人的艺术家残酷无情甚至践踏一切个人欲望的创作激情。作为一个艺术家,他必得听从召唤去完成较之普通人更伟大的使命。这样一来,他的特殊才能需要在特殊方面上耗费巨大的精力,而必然使个人生命相应枯竭痛苦。作为艺术家的人已不是个体的人,而是一个负荷并造就人类无意识精神的"集体的人"。在这个意义上,荣格指出:"诗人的个人生活对于他的艺术是非本质的,它至多只是帮助或阻碍他的艺术使命而已。艺术家在个人生活中也许是市侩、循规蹈矩的公民、精神病患者、傻瓜或罪犯。他的个人生活可能索然无味或十分有趣,然而这并不能解释作为诗人的人。"荣格对作为艺术家的个人和作为个人的艺术家的划分,对艺术家人格二重性和现代艺术家人格分裂的界说,独具只眼。其艺术创作不仅是艺术家心灵的表现,更是一种"自我超越"、一种人类共同命运永恒象征的见解,是有新意的。但他对作家个人情感、生活体验和灵思的绝然否定,又使艺术创作和作家人格的心理蒙上一层朦胧的面纱,给神秘留下地盘。

艺术是否具有永恒的意义?荣格的回答是肯定的。文学史学术史常有这样的情况,一个已经过时的诗人,常常突然被重新发现其全新的价值。这是什么原因呢?荣格从两方面解答这一问题。首先,作品本身就具有某种象征意义、一种超越作品表层意义的深层意义;其次,这种深刻的象征不为作品诞生的时代所理解,而只有人类意识发展到更高水平,只有时代精神的更迭,其意义才能得以揭示。因此,真正的艺术作品不仅属于那个时代,而且也超越其时代的局限。真正的艺术是万古常新的,艺术的魅力在于不断以新的审美体验眼光去重新发现,因为旧的审美趣味只能从作品中获得司空见惯的东西。艺术作为一种象征,以其朦胧多义、含蓄蕴藉,暗含着某些超越人类理解力的东西,刺激不同时代的人们进行新的体验、想象,以解答艺术之谜和人生之谜。因为艺术象征揭示了人类灵魂中最深邃、最广阔无垠的世界。艺术以其自身的存在使人类不断超越自身,在瞬间感悟和体验中找到自己赖以立足于世的根基,从而将自己的感性生命、心性意义呈现出来。同时,将自己与族类无意识相联系的根、自己的有限历史性和无限可能性敞开来。于是,自我的狭窄藩篱被打破,个人融入人类历史的大潮,被提升到人类的高度而达到生命的超越。

荣格从分析心理学角度提出了一系列文学与心理学相联系的重要问题,并在艺术类型与创作方式、艺术创作"自主情结"、艺术的意义三个方面作了相当深入的探讨。尽管一些观点较为偏颇,但对艺术奥秘作了可贵的探索,极富启迪意义。荣格的结论并非问题解答的终点,而是我们重新思考的起点。

五、艺术唤醒与灵魂拯救

艺术是什么?艺术与人是一种什么关系?现代艺术与现代人的关系如何?如何在现代社会心与物尖锐分裂对立中,达到人类灵魂的拯救?这些问题,苦恼着荣格,促使他在艺术与现代人灵魂的拯救上往深里思。

近现代人空前惨烈地体味着科技与美学、感性与理性、意识与无意识、经验与超验、有限与无限、自由与必然的分裂。这种生活现实与理想世界尖锐对立,使哲人慧者为寻找一条中介桥梁达到同一而殚思竭虑。康德在理性与道德之间,以审美为中介将其沟通;费希特从无限设定有限,从绝对出发设定个别;狄尔泰将审美与道德、哲学并置;席勒和尼采以审美取代宗教,认为由必然达到自由只能走审美之路;柏格森把本质看成时间性存在,人在艺术中直觉到自己最内在的自我就是生命本身；而弗洛伊德则认为只要将被压抑的原欲宣泄和升华，就可超越个体的焦虑而达到艺术境界。荣格并非简单寻找一条弥合分裂的中介，相反，他从自己的理论体系出发，将现代人的人格问题以及艺术的超越功能放入文化这一大范围中来谈。荣格尤其重视神话，因为神话"不仅代表而且确实是原始民族的心理生活。原始民族失去了它的神话遗产，就会像一个失去灵魂的人那样即刻趋于毁灭。一个民族的神话是这个民族的活的宗教。失掉了神话，无论在哪里，即使在文明社会中，也总是一场道德灾难"①。

约翰·哥特利普·费希特
（1762—1814）

约翰·克·弗·席勒
（1759—1805）

神话作为现代艺术、科学、哲学、宗教的起源，是人类精神现象的原初整体表征，是原始人类灵魂所在。而历史发展到科技发达的今天，技术至上造成了神话的退位和隐遁，人类鲜活的灵魂丧失了，现代人自身异化而成为科技的附庸，从此陷入没有终结的苦痛的精神分裂之中。要解救人类，要使人类重新寻觅到自己的魂灵，荣格吁求呼唤神话，希冀借此补偿西方现代文明所带来的心理失调，使现代人重返自己的故乡。

艺术是人生的梦。正因为现代人对现代文明的深深失望，对现实生活的"不满足"，才导致人们周期性地从现世抽身出来，远离尘嚣，返回艺术之梦中的集体无意识，并在那里寻觅到能够满足自己精神需要的东西。现代人把自己的人格面具极度片面发展，以致自身异化为丧失自主性、几乎完全按社会舆论和传统行事的机器人。其结果是他逐渐变得沉闷乏味，心不在焉、牢骚满腹、急躁易怒、抑郁寡欢。而当他通过艺术，使他从喧嚣的尘世退却出来，沉浸在一种艺术梦幻的静谧遐思中，回归人类集体的神话原型中，他目睹自己本真的风貌，看到庸俗虚伪生活的窒息性，从而卸下自己逢迎社会的刻板面具，在自己无意识深处发现隐蔽的富藏。这样，当他重返日常生活时，获得了新的生命活力，变得朝气蓬勃、精力充沛，成为一个富于创造力和自主性的人，不再是一个按他人意志行事的玩偶。艺术通过艺术意象传达出集体无意识，通过象征而达到阿尼玛、人格面具、阴影和其他原型的个性化，从而统一为和谐平衡的整体。

艺术之梦的确可以使人沉入过去的岁月，唤醒和复活昔日记忆。但更重要的在于，它们是对生命灵性和真血性、真情怀的呼唤，是实现人格发展这一最终目标的蓝图。在这一点上，荣格遭到不少研究者误解。有人认为，荣格所说的审美超

---

① Jung, C. G. *Collected Works of C. G. Jung*, Princeton University Press, 1979, Vol. 9, p. 154.

越,不是走向未来,而是回到过去,不是对自我的积极肯定即上升到人类整体的高度,而是对自我的消极否定即主体意识泯于蒙昧混沌。其实荣格的审美超越和艺术之梦既指向过去也指向未来,既是传达给我们的本真生命信息,又是我们所遵循的向导。"这种展望的功能,是在无意识中对未来成就的预测和期待,是某种预演,某种蓝图,或事先匆匆拟就的计划。它的象征性内容有时会勾画出来某处冲突的解决。"①

现代文明社会的高速高效使人变成社会机器的一个零件,造成人身心的无限焦虑。焦虑成为世纪病,引起人的精神内部分离,而触发神经官能症。补救的办法是使意识和无意识重新达到和谐。整个人类个体化过程需要人与人之间进入一种适当的关系中,使人们到内心中寻找自己同他人关系的答案,因此当我们与他人相处时总将自己的精神状态投射到他人身上。正唯此,通过调节个人心理和群体关系,使每个个体都能充分了解"我不仅是我自己,而且一定会与他人产生关系"。这种人我交流与人际交流,只有让个人精神能量在原始的集体人格的神话中自由流露才有可能,而艺术就是这种综合治疗的强有力工具。通过艺术,人的个体性和社会性必能重新回归一种和谐状态,因此荣格十分重视艺术对现代人精神焦虑的"治疗"作用。他认为"一种特别的灵丹妙药便是艺术,对艺术的分析表明这一看法的真实性"。正是因为艺术为现代的心理分裂提供弥合的可能性,成为现代人渴望返身回归的故乡,成为现代人抵御人性深度沦丧的家园,所以荣格才说,艺术在现代生活中发挥着类似宗教的功能。

现代艺术犹如当代人类灵魂苦闷和追求超越的突破口。现代艺术的勃发,是对"技术主义的行星时代"(海德格尔语)的反抗和对人的境况的深切关注。处于文化虚无和价值虚无之中的艺术,必得在上帝不存在的世界担当起创造的使命,必得成为一束人生意义之光,必得去寻找和持存一片人性的空间。现代艺术不仅成为一种生存的抗争,也不仅只是人生的表达和呼求,而且直接成为生存的一种方式,甚至成为生存本身。

然而,更进一层看,问题似乎并没有如此简单。因为,当个体生命因超验世界的消逝而获得此在的绝对性后,生命本体得到空前的肯定和张扬。这样,在艺术感性生命的呼唤中,在自由生命活力冲撞下,生命本身的活力,连带其僵化的一面:丑恶、昏昧、混沌,都一齐得到肯定。生命本身成为终极价值,再没有另一个终极价值——神性的眼睛,盯视着生命本身没有涤净的原始性。于是,人生命中的原始力量和野性都可徜徉于市,都可得到生命的沉醉和梦境。荣格正是看到这一点而一针见血指出:"这样一来,问题就滞留在美学的水平上了——丑也是美,即便是兽性和邪恶,也会在迷惑人的审美光辉中发出诱人的光芒。"②

荣格没有仅仅从表面去理解美丑问题,相反,他的眼光始终落在现代人的灵魂

---

① Jung, C. G. *Collected Works of C. G. Jung*, Princeton University Press, 1979, Vol. 8, p. 255.
② Ibid, Vol. 6, p. 140.

归宿上。并从人的灵肉分裂、感性理性的对立去看待现代艺术,去评价现代艺术的"丑"。当今世界,存在太多做出一副现代模样的"无根的人","他们所表现出来的空虚令人误认为是现代人的落寞,因此也就令人觉得很恶心。他们少数一群人带上一副假面具,躲在令人觉察不出来的人群中,他们便是一群伪现代人"①。另一方面,那些将自己天性压抑的人,可能变得十分文雅,却也因此付出高昂代价——他们削弱了自己的自然活力和创造精神,削弱了自己强烈的情感和深邃的直觉。他们使自己丧失了源于本能天性的智慧,而这种智慧比任何文明所能提供的智慧更为深厚。因而,具有真血性的艺术家是现代人的代表,因为艺术家是唯一具有现代感性的人,而且是唯一发觉随波逐流的生活方式极为无聊的人。他因"已经漫步到世界的边缘"而对当下感性生命的悲欢体味极深。"他须把一切被人留下来的腐朽之物完全加以遗弃,而承认,他现在仍伫立在一片会长出万事万物的空旷原野前。"②

那么,艺术家在"世界的边缘"看到的是什么? 他看到人类正"濒临几千年来之期望与希望的绝望边缘";看到"科学甚至已经把内心生活的避难所都摧毁了,昔日是避风港的地方,如今已成为恐怖之乡";看到"人类理性已遭惨败,那挥之不去的东西却像幽灵般接踵而来。人类在物质财富方面取得巨大成果,然而也给自己制造了巨大的深渊。那对世界黄金时代的许诺,已为无限荒凉、无比丑陋的世界所取代"③。现代人所受到的各种各样的心理打击是致命的,因而最后陷入痛苦和困惑的深渊。而正是在对自身本性的困惑中,人类"已把本性一切最丑恶的部分都表现在世界上了——而当我们向内心作探求时,我们所发现的却是如此破烂不堪,如此懦弱无能"④。

从文化与人的生命发展角度看,正因为人类标榜理性,而无视感性,标榜精神而无视肉体,标榜意识而无视无意识,才使得人类失去了生机,失去了生命力,在"这片白茫茫的世界,一切都显得那么荒凉陈腐",正因为"肉体过去一向都在精神之欺负下渡过漫长岁月",才使"肉体得到了向精神复仇的机会"⑤。这是感性向理性的挑战,是无意识向意识的冲击。艺术家是这种向旧世界和旧艺术挑战的先锋。

现代艺术家以一种陌生的眼光看待现实人生,通过荒谬古怪的物质现实和非现实来歪曲那曾被歪曲的美和意义,他在人格疯狂的毁灭中找到了艺术人格的统一。靡菲斯特式的美丑倒置与有意和无意义的相互颠倒带有非常夸张的色彩,这种方法使无意义几乎被赋予意义,使丑具有一种刺激血性的美。这是一个创造性的成就,它在人类文化史上从未像今天这般被推到如此极端的地步。荣格高度评价詹姆斯·乔伊斯的《尤利西斯》,认为这类现代艺

---

① 荣格:《现代灵魂的自我拯救》,北京:工人出版社,1987年版,第296页。
② 同上书,第295页。
③ Jung, C. G. *Collected Works of C. G. Jung*, Princeton University Press, 1979, Vol.9, p.253.
④ 荣格:《现代灵魂的自我拯救》,北京:工人出版社,1987年版,第322页。
⑤ 同上书,第327、330页。

术所具有的独特的积极创造性价值的意义就在于：在对统领至今的那些美和意义的标准的摧毁中，完成了奇迹的创造。它侮辱了我们所有的传统情感，它野蛮地让我们对意义与内容的期待归于失望，它对一切命题都嗤之以鼻。只有现代人才真正成功地创造出了一门反向性艺术。它不事逢迎，只径直指出我们的错误所在：操着反叛的姿态，去违背常理与天伦。正是现代艺术形式的追求中，人类直面整个现代人的普遍"重新积淀"问题。正是艺术以其惨痛的面容和无声的呼号使人类从现实原则醒来，重新审视自己的灵肉，逐渐摆脱已经陈旧的世界和旧世的桎梏。

情感萎缩是现代人的一个特征，而现代艺术正作为对泛滥而虚伪的情感的反动而出现。人类精神史的历程，是要唤醒流淌在人类血液中的记忆，向完整的人复归。然而，禀有鲜活生命力的"完整的人"由于当代人在其单向性中迷失自身而被遗忘，但正是这个完整的人在所有动荡、激变的时代，曾经并将继续在精神世界引起震撼。而处在震撼中心的现代艺术家，一方面向着创始之穴沉落，另一方面摆脱灵肉的繁杂纠纷而以超脱的意识将意象沉思凝想为造物之神，从而在轮回的盲目纷乱之后最终返回自己神圣的家园。他们巨大的创造力源于深不可测的原始经验，使其作品往往象征着通往地狱的旅程，象征着向无意识的沉沦以及对人世的辞别。因此，荣格认为毕加索的人格现代意义在于：这个人因不肯转入白昼的世界而注定被吸入黑暗；这个人不肯遵循既成的善与美的理想而着魔般地迷恋丑和恶。在现代人心底涌起的正是这样一些反基督的、魔鬼的力量。从这些力量中产生出一种弥漫着一切的毁灭感，它以地狱的毒雾笼罩白日的光明世界，传染着、腐蚀着这个世界，最后像地震一样将它震撼坍塌为残垣断壁、碎石断瓦。

把握住现代艺术灵魂的艺术家透过"丑的光辉"看到的，正是现代人在重新觉醒中产生的、新的生命力的巨大冲击力。艺术家以丑的意象揭示人类的处境，以带血的头颅撞击理性主义的大门，从而将人被异化这一现实撕开。正是在此意义上可认为，艺术成了人性觉醒的向度。因为只有在荒诞的生活中，在彼此疏离的众生相中，在人人丧失自己的根、自己精神家园的异化世界中，唯有发现自己、发现人类变形的艺术家才是清醒的，发现荒诞、骚乱、丑陋、冷漠、死亡的艺术家才是正常的人。可以说，在回归精神家园的途中，艺术的深度直接成为人性的深度和觉醒的深度，它使人对自身灵魂和精神世界因丑陋和痛苦而呼求。

现代艺术以丑的形式去消解美，以感性的形式去向理性的尺度挑战，其意并非"以丑为美"。恰恰相反，当艺术表现出丑，这其上却凝结着艺术家对丑恶现实和丑恶"伪现代人"的否定性体验。对丑的昭示反过来肯定了生命的价值，肯定了艺术对人的灵性、情思、生命力的看护。艺术不再是人把握的对象，它担任了人类良心的仲裁者，成为人存在意义的给予者。伟大的艺术为抵御人性的沦丧，为打破日常感觉因停留在生活表面和外围带来的平庸猥琐、浅薄无聊而付出惨烈代价。它的存在，使人在价值虚无感中感受一线天国的白光，一缕远古的记忆。艺术的眼睛在人类遭受科技飞速发展和心理急遽紊乱之时，深情冷眼睁着，它不仅仅在广漠不毛的价值荒原吹响一哨绿笛,也以惨烈的面容直面现代人自身的丑陋。艺术本质上是某种超越了个人、象征和代表着人类共同命运的永恒的东西。艺术并非宗教,但艺术作为一束神圣的光源,旨在显示、象征神圣,使人感领从未感受的爱的目光,从而使艺术成为灵性的一种启示。艺术在拯救现代人的灵魂上,具有宗教的功能。这就是荣格透过其文艺观向我们述说的,也是其真实意图所在。

荣格在《回忆·梦·反思》中说:"我的一生是无意识自我实现的一生。"作为一个始终不懈探索人类精神的人,荣格留给人们一笔可贵的财富,其分析心理学理论被誉为人格理论中诸原始概念的摇篮。荣格是讨论自然实现过程的第一位理论家,他的理论首次强调了未来决定人类行为的重要性。与此相关的是,他十分注重人性的目的和意义,并在人类心灵奥秘的探索上付出了巨大的劳动。荣格对待人类命运的看法是乐观的,不像弗洛伊德那样持悲观态度。同时,荣格不同意弗洛伊德过分看重性冲动和早期经验,相反强调人自身的展现是人类行为的主要动机。荣格避免了理论的狭隘性,在弗洛伊德止步之处,大步向前。

荣格建立在分析心理学理论基础上的文化观,在当代西方有较大影响。他对艺术的象征功能,对作家、作品与读者关系的揭示,对艺术意义的阐释,对现代艺术对人的精神的"补偿调节"和拯救人的灵魂而使人重返故里的作用,进行了颇具新意的说明。赫伯特·里德在《现代艺术哲学》一书中对荣格评价很高,认为"心理分析学的理论是荣格学派而非弗德伊德学派潜心研究的结果。荣格向我们展示了精神上不仅存在形象一类的重要符号,也有更多抽象结构的形式。如荣格所说,无意识在整个历史中不断地呈现出它自身,他称之为曼德拉(mandala)的正式形式,一种区分为等份的相当复杂的设计"。霍尔也认为:"荣格是现代思潮中最重要的变革者和推动者之一","荣格的许多观点成为后来许多作家的指南。心理学领域以及其他与之相关的领域的许多新趋势新潮流,都应追溯到荣格,因为正是他最先给人们指出了路径和方向"①。荣格的理论无论在深度还是广度上,都把弗洛伊德开创的精神分析学说向前推进了一大步。荣格理论的核心——集体无意识标明这样一个心理事实:现代人与原始人的心灵之间有超越历史长河的同一深层结构,而上帝、神祇、魔鬼等原始意象不断地复现在现代人的精神生活中,正说明每个人与人类远古神话相通。

尽管荣格提出了令人瞩目的一套理论,但也应指出,其分析心理学和文艺观仍有神秘主义倾向。他对神话原型、艺术幻觉的解释,对艺术创作冲动的"无意识命令"的说明,对艺术创作主体性的否定,以至将创作过程的非自觉性强调到极端的地步,都值得商榷。我们在荣格理论中要注意其风光之中的神秘色彩。荣格曾说:"不是歌德创造了《浮士德》,而是《浮士德》创造了歌德。"同样,他谈自己一生的理论建树时也说:"观念的诞生并非在人的短短一生中便可创造出来。我们并不创造

---

① 霍尔:《荣格心理学入门》,北京:三联书店:1987年版,第1,195—196页。

观念,而是观念创造了我们。"①这是他集体无意识理论的一种哲理表达。

关键词:

力比多(libido)
精神(psyche)
集体无意识(collective unconsciousness)
原型(archetype)
原始意象(primordial image)
神秘参与(participation)
同步性(synchronicity)
自主情结(autonomous complex)
重新积淀(restratification)

思考题:

一、弗洛伊德的精神分析理论要点是什么?荣格在哪些地方与之不同?
二、荣格的分析心理学大致可分为哪两大方面?
三、"原型"与"原始意象"有什么细微区别?原型有哪四种类型?
四、象征与原型有什么紧密联系和区别?
五、人格类型有哪几种?作家一般属于什么类型?
六、艺术作品类型与创作方法有哪两种?它们与"内倾"、"外倾"有何联系?
七、"自主情结"与"双重人格"对艺术家的创作有何意义?
八、在荣格看来,艺术有何功用?

第二节 拉康:无意识理论与语言结构

如果说荣格的分析心理学与弗洛伊德的精神分析学已有相当不同,那么,法国著名精神分析学家拉康(Jacques Lacan,1901—1980)却在众人纷纷背离弗洛伊德之时,呼唤"回到弗洛伊德"。

拉康作为一位震撼20世纪学术界的著名思想家,在学术思想的多方面都有所拓进。他反对英美新弗洛伊德主义从外部即社会文化方面来阐释弗洛伊德,同时也反对荣格心理化倾向和集体无意识化的神秘倾向,认为这些观点使弗氏学说平庸无奇地"精神病学化"。

与其他法国结构主义者重视弗氏精神分析学尤其无意识理论的不同之处在于,拉康一以贯之地把精神分析学作为结构主义研究的对象,并强调借助结构语言学模式,用科学的术语对"无意识"加以描述,将之纳入现代人文科学的领域。

---

① 荣格:《现代灵魂的自我拯救》,北京:工人出版社,1987年版,第179页。

雅克·拉康(1901—1980)

拉康不断创立学派,又不断背离其学派——独立不羁、极富个性、喜好论战的学术风格,使其学术生涯成为与他曾隶属过的学会和团体粗暴决裂的历程。他的著作充满了玄虚概念和极富抽象色彩的言述,文风相当晦涩,借此反抗把精神分析学作为一种日常语言分析的做法,并与纯粹运用于心理治疗的美国精神分析学划清界限。因此,拉康理论出现后,获得了相当一部分追随者,受到作家、电影评论家、女权论者、哲学家、人类学家、历史学家的广泛注意和重视。拉康作为一位主要的结构主义乃至后结构主义思想家,活跃于20世纪思想舞台。

一般认为,拉康的一生分为三个时期:早期主要是从精神病学逐渐走向精神分析学,其代表作是1932年发表的博士论文《论偏执狂病态心理及其与人格的关系》,以及1936年首次提出的"主体形成阶段"学说,即"镜像阶段"理论。中期是发表著名的《罗马讲演》并形成自己精神分析学派的时期,其代表作是《言语和言语活动在精神分析学中的功能和范围》,为其未来的思想学术方向勾画了大致轮廓。期间,他还于1953年倡导"回到弗洛伊德去"的学术意向,并向公众开放长达20多年的"拉康研究班"。晚期的拉康与国际精神分析学会决裂,进入结构主义精神分析学。这一时期,他逐渐从精神分析学上升到结构主义理论,甚至最终上升到对哲学基本问题的思考,如关于人类主体的思想,关于能指优先地位的主体观念,关于欲望需求本质的探讨等。他甚至还提出后启蒙(post-enlightenment)运动,从现代语言学、哲学、人类学等更广泛的思想维度转向结构主义哲学,为其新文化话语寻求新的语汇。在后期他与萨特就"他者"(other)这一概念展开论战,与梅洛-庞蒂就"肉体"(body)概念展开争论。晚年他还将海德格尔的后期著作译为法语,并十分赞赏海德格尔关于语言、诗歌和真理的观点。这些思想倾向使其在文本解读和叙事抑制的意义揭示方面有不俗见解,并影响了阿尔都塞、福柯和德里达。

一、无意识:语言与主体

"无意识"是精神分析学中一个重要的概念,弗洛伊德强调的是"个体无意识"，荣格强调的是"集体无意识"，拉康则将语言导入无意识中，强调"无意识作为主体的语言生成和主体的生成"，包括镜像阶段、主体的想象·象征·现实三层次。拉康在《形成"我"的功能的镜像阶段》①一文强调，并不是无意识产生语言，而是语言产生无意识。人这一主体是在婴儿期通过对外在"他者"的接受而逐渐认识自我的。

1. 镜像阶段

镜像阶段指人的心理形成过程中的主体分化阶段。拉康根据幼儿心理学的研究指出，婴儿入世时本是一个"未分化"、"非主体"的存在物，无物无我，混沌一片。"婴儿的经验是一种混乱，是一种形状不定的一团。"②从6个月到18个月期间才达到其生存史上第一个重要转折点——"镜像阶段"。这期间婴儿首次在镜中看见自己的形象并"认出自己"，发现自己的肢体原来是一个整体。他认出镜中的自己，感到欢喜，紧偎着在镜子面前抱着他的大人③。这是主体形成的开始。在此之前，世界好比一个母体，婴儿尚不能使自己同母体分开。拉康认为，婴儿在镜前的自我认识就是"自我"的首次出现，这个过程称为"首次同化"，即婴儿与镜像的"合一"。"首次同化"也就是第一次"自我异化"，因为此时发生了自我与镜中之我的对立，原始的"我"似乎被分裂。当婴儿企图触摸镜像时发现像并不存在，这种发现作为整体的自我之像而"像"又不存在，这一内在矛盾就是"自我"的异化。大人形象与其他婴儿具有和婴儿自己镜像相同的功能，婴儿可以从他们的形象中比拟出，自己在世界中与其他存在物组成了"双边关系"。拉康把这一关系归结为"母子双边关系"，因为母亲是此时婴儿世界唯一重要的"他者"。

《拉康文选》英译本书影

镜像阶段虽然展开了主体形成的前景，却并未使"主体"真正出现，或者说，"意识"虽然分解为自身的"像"，却未能与其保持认知上的间距，彼此间还存在着无中介的对立。因而婴儿此时所找到的自己，还只是一个幻象或想象。

拉康将"俄狄浦斯情结时期"划为三个阶段。

第一阶段为母子双边关系期，此时父亲还未介入，孩子在这一阶段与母亲直接相对，想成为她的"一切"，即成为母亲欲望的欲望，想与母亲同化。

在第二阶段，父亲介入，从此开始三边关系，孩子遭遇了异己的父法。在镜像阶段形成了"想象界"。然而，形象既是"想象界"，同时也是"象征界"。因为在这

---

① Lacan, J. *Ecrits: A Selection*, trans. by Alan Sheridan, New York: W. W. Norton and Company Inc., 1977, pp. 1-7.

② Lacan, J. *The Four Fundamental Concepts of Psychoanalysis*, trans. by Alan Sheridan, London, 1977, p.177.

③ Ibid, p.2.

里,婴儿已经开始接触外在的语言和异己的文化习惯。在"象征界"形成中起决定作用的,是从镜像阶段向俄狄浦斯情结阶段的过渡。在这个阶段,婴儿开始服从由"父亲"带来的现实生活之"法"。父亲的真正职能是将欲望和法结合起来。"俄狄浦斯"是孩子通过意识到自己、他者和世界并逐渐使自身"人化"或"立体化"的时期。可以说,由非主体向主体的伸展,孩子开始意识到他在成长并与社会、文化、语言相协调。俄狄浦斯情结中区分为三个不同的因素:法、楷模和许诺。父亲所代表的社会言语就是"法","法"是精神的疏离性和承诺性间的协调。从此,孩子完成了与父亲的"第二次同化"。

在第三阶段,孩子开始与父亲同化,牺牲自己的真实欲望,而完成建立合法主体的过程。这时,孩子由于接受父亲的权威而在家庭的坐标中获得自我的名字与位置,名字与位置就是主体性的原初"能指"。于是,孩子克服与母同化而与父同化,开始进入语言秩序,并随着自我主体的生成,从自然状态进入文化秩序中。在此意义上可说,"主体"只有在幼儿进入社会和文化时才会逐渐实现,这一重要转换过程与语言的出现分不开。社会文化结构与语言象征结构先已存在,当自我进入其中之后将"按该秩序的结构成型",即"主体将被俄狄浦斯情结和语言结构模塑"。

镜像期是第一次认同,理想之我则是第二次认同。主体借以在幻觉中预想自己力量成熟的身体形式,这种身体形式是构成性的,人将自身外投于一个对象上,而这又包含将"我"与这个对象维系在一起的种种幻觉。拉康认为,镜像期的作用应该看作"心像"功能的一个例证,因为这种功能力图在有机体与实在间、内心世界与客观世界间建立一种关系,所以这种发展被体验为一种时间的辩证法①,它使个体的形成进入历史生成过程之中,使"自我"能与社会中的复杂文化境遇结合在一起。

可以说,拉康的"镜像理论"将主体心理结构的形成与社会文化结构与语言象征结构结合起来,从而引申出主体三层结构(想象界、象征界、实在界)理论,对"后弗洛伊德"精神分析理论有重要推进,对审美心理结构的形成、主体心理的构成及其运动方式、作家作品心理文化意蕴的把握,都有新的启迪。

2. 想象·象征·现实结构

在拉康的"主体理论"中,想象、象征和现实三个结构具有重要意义。

"主体心理结构"指主体的心理构成及层次结构。"主体"是拉康学说中最具哲学意味又最玄虚的概念。在他看来,自我与主体之间存在着区别:自我不是主体,自我与人、与显像、与功能的距离比意识或主体本位更近。自我位于想象界一侧,主体则位于象征界一侧。自我是主体想象的同化场所。拉康所说的"主体",是指个体的言语、语言的等价物。主体是在精神分析治疗中提供给精神分析学家

---

① Lacan, J. *Ecrits: A Selection*, trans. by Alan Sheridan, New York: W. W. Norton and Company Inc., 1977, pp.3-5.

的文本。主体和行为的一般结构,存在于与"象征界"相联系的语言中。话语的象征功能具有一种主体间社会文化的因素,它对心理"想象"层次所形成的人的主体性而言是重要的。

拉康不像弗洛伊德那样把心理结构分为"本我"、"自我"、"超我"三层,而是把主体心理分为三个层面,即"想象界"、"象征界"、"实在界"。"想象界"是人的个体生活、人的主观性。它是现实界前驱行动的结果,是在主体个体史的生成基础上形成的。

"想象界"一词包含"映象"与"想象"双重含义,也包括与躯体、感情、动作、意志等种种直觉经验有关的幻想之物。它是一个欲望、想象与幻想的世界,是主体构成中基本层次之一,是一种个别化与个体化的秩序,因而具有丰富性和多样性。"想象界"不受现实原则支配,作为欲望的主体,在"想象界"出现并自己创造其"自我"。因此,在"想象界"水平上的个性自我设计是虚幻的。"想象界"的"幻想功能"使人在非现实中与幻想整合。建立在想象基础上的"我",并未形成真正的主体,而是预先设定它。"想象界"不受现实原则支配,但也非自由无边的幻想。"想象界"与"象征界"有着紧密联系。

拉康将"象征界"界定为一种秩序,是支配个体生命活动的规律,很像弗洛伊德的"超我"。但与"超我"不同,"象征界"不实行强制。"象征界"同语言联系,并通过语言同整个现有文化体系联系。语言把人的主观性注入普遍事物的领域,个体依靠象征界接触文化环境,同"他者"建立关系,在此关系基础上客体化,开始作为主体存在。幼儿只有进入象征界才成为主体,才由自然人变成文化人。象征界的作用就是人社会性与文化性的实现,以及人的性与侵略本能的规范化。

"现实界"(即"实在界")永远"在这里",永远在现在。"现实界"似可比之于弗洛伊德的"需要"范畴,有"本我"的意味。现实界是语言对其起作用的东西,或者是"语言达到范围之外的东西"①。但"实在界"不是指客观现实界,而指主观现实界,它是"欲望"的渊薮。

拉康的"主体层次"虽各属不同逻辑类型,但想象界与象征界却包含在实在界之内。这三个层次具有使主体与他者和世界发生联系的功能,其中任何一层次内秩序的改变都将影响其他两个层次。经过拉康的转换,"主体"不再是弗氏本我、自我、超我的心理层次叠加,不再是认知过程的基础或本源,而只不过是各种心理功能之统一,是想象界、象征界、实在界组成的系统。它并非与生俱来,也不必然存在。主体的存在取决于象征层功能的正常发挥。

因此,拉康的主体心理结构就是对主体性质所作的结构分析。他把"能指"看作意识言语,而把"所指"看作无意识过程,并断言无意识操纵着主体的言语表征,而且是绕过"我思"功能操纵的。拉康纠正了弗洛伊德无意识在语言生效前已存

---

① Lacan, J. *The Four Fundamental Concepts of Psychoanalysis*, trans. by Alan Sheridan, London, 1977, pp. 53-54.

在的说法,强调无意识与语言同时产生,当语言与欲望配合不好之际,无意识便浮现出来,并由于话语的存在而强加给主体,因为话语主体要使主体通过"能指的狭窄之路"①。

这三者是从现实到想象、从想象到象征的梯级发展,是由低级到高级,由较窄视野到更广阔的视域推进。因为拉康自己说,这是人类现实性的三大阶段,而现实只是作为想象与象征的前提和界限而存在,因为,"在现实面前,词语被迫终止"。可以说,正是这三者构成了人活生生的心理结构模式。

但需要指出的是,真正的"主体"即无意识主体,仅仅是一种观念的抽象,在现实中并不存在。因此,过分夸大主体与自我的区分并将之对立起来,会导致许多纠缠不清的问题。

3. 争论与问题

拉康的"无意识话语"和"主体理论",已在弗洛伊德的个体无意识理论和荣格的集体无意识理论基础上推进一步,有其文化语言特点。但拉康的无意识主体理论却受到著名精神分析学家诺曼·N·霍兰德的严厉批评。

霍兰德的《后现代精神分析》书中"拉康理论的弊病"一文,对拉康理论进行了清理。他认为镜像阶段说是错误的。因为在这种镜像阶段阐释中,拉康并未提出任何实证的论据,而仅仅是一种假设。霍兰德根据自己的观察发现,婴儿从6个月到18个月的照镜行为并非像拉康声称的是个一成不变的过程。婴儿从3个月到24个月的阶段中,无一例外都对自己的镜像感兴趣并作出反应。霍兰德记述了布鲁克斯-根恩和米切尔·路易斯做的一项实验:他们趁一个婴儿不注意时将口红涂在其鼻尖上,当孩子照镜子并看到红点,如果他摸摸自己的鼻子,证明他知道镜中的映象就是他自己的形象。这项研究显示,"孩子要到15个月而不是在此之前,才开始认识到镜像等同于自己。那时他们才开始表现出自我意识的行为,比如在镜子面前摆了种种姿势,而不是拉康所说的喜气洋洋。简而言之,在15个月之前,没有一个孩子能通过口红测试,而到了24个月时,所有正常孩子都通过了口红测试。这与拉康所描绘的图画截然不同,等到孩子能够认出镜中映像就是自己时,大部分孩子已经开始使用语言了。当孩子们辨认出自己的镜像时,他们显得紧张和局促不安,而非如拉康所说是喜气洋洋"②。

霍兰德对拉康的这一纠正具有对话意义,但这也并不能证明拉康的镜像理论毫无意义。拉康在医学实证上也许有疏漏,但他提出这一理论的目的,并非确认到底孩子在18个月还是24个月时才能辨认自己。相反,拉康意在从理论上阐明"非主体"向"主体"的生成,并且是不断生成的活生生的主体性。时间的某些误差并不导致理论的倾覆。

---

① Lacan, J. *Ecrits*: *A Selection*, trans. by Alan Sheridan, New York: W. W. Norton and Company Inc., 1977, pp.1-7.

② 诺曼·N·霍兰德:《后现代精神分析》,潘国庆译,上海:上海文艺出版社,1995年版,第196页。

拉康的根本目的在于将语言学研究引入心理分析理论。他强调,所有自我形象,包括组成自我(ego)的那些形象,基本上都是幻想性的。他通过镜像阶段想说明的是想象的自居作用,进而可辨认出象征的自居作用。就此他认为,纽约学派把强化的"自我"作为心理分析的中心目标时,已经不可挽回地混淆了主格的"我"(I)和宾格的"我"(me),从而混淆了想象的自居作用与象征的自居作用。因而不可否认的是,想象和象征的区别确是拉康镜像阶段的一个重要区别,也是其主体学说的关键。从这个层面看,霍兰德的批评有些以偏概全的味道。

二、无意识语言结构:他者与欲望

拉康 1953 年秋在罗马国际精神分析大会上发表《罗马讲演》。此文主要是对索绪尔的结构主义加以修正,进而提出一个公式:能指/所指(S/s)。这样,能指和所指作为两种不同秩序的位置,就被一道抵制意指的屏障隔离开①。于是,在拉康的公式中,能指和所指不再像索绪尔所说的如一张纸的两面彼此依存。相反,能指和所指的纽带已经被切断,它们成了独立的存在。所以,能指必须以意指的名义来证明自己的存在。于是我们就看到"滑动的所指"和"飘浮的能指","能指"什么也不表征,它只是自由地飘浮。

这种"滑动的所指"和"飘浮的能指"说明了什么?拉康认为,"能指"就是弗洛伊德理论中的意识,"所指"就是无意识,而无意识是语言的总体结构。所以,精神分析就是通过"能指"对无意识作出修辞性解释。

1. 无意识具有语言的结构

拉康指认,无意识具有语言的结构。无意识本身的探讨必须从结构语言学的层次进行,而不能简单地从生物学的层面进行。因为说到底,无意识是隐藏在意识层背后的东西,只有潜藏在人类心灵深处的无意识,才具有一种内视语言的意义结构。事实上,弗洛伊德早已发现这种内视语言的结构,他是发现"梦"、"玩笑"中的"凝缩"(condensation)和"易位"(displacement),可以用"隐喻"(metaphor)和"换喻"(metonymy)来描述。拉康借鉴弗氏理论,认为无意识像语言学的隐喻和换喻一样,其形式方式应参照"语境"(context),运用语言的规则来解读其含义。不妨说,"能指"是意识,"所指"是无意识;"能指"是外显的梦,"所指"是内隐的梦;"能指"是症状,"所指"是欲望。它们共同构成具有专门意义的"能指链条"。

拉康强调其精神分析学与美国精神心理学不同,因为精神分析学研究能指的结合方式,研究一个句子中意指背后词义的词,并构造能指链条,而所有这些能指链条都以无意识为基础。只有通过能指与所指复杂关系的分析,才可发现语言结构与无意识间的内在联系。从此意义上说,无意识存在于意识话语的空白处,内视于意识话语或文本。无意识是另一种文字系统,它在意识话语的空隙间穿行,可以

---

① Lacan, J. *Ecrits*: *A Selection*, trans. by Alan Sheridan, New York: W. W. Norton and Company Inc., 1977, p.149.

透过意识话语洞察无意识本身。当然,除了具有语言般的结构,无意识还可通过隐喻和换喻的象征来表达,因而可对弗氏有关梦的解释进行重新描述和阐释。

2. 无意识作为他者的话语

拉康将无意识定义为话语,甚至看作"他者"的话语。这一命题是拉康的主体与无意识理论的关键。无意识集中在心理结构上层(想象界、象征界),它不是生物的需要,而是某种文化性和社会化的东西。无意识并不是无序的或不可控制的,而是有序的、具有文化性质的话语结构。拉康不仅看到无意识结构的核心内容即移位与压缩机制,而且从语言学角度重新加以描述。认为在"症状"、"梦"、"动作倒错"与"笑话"中有同态结构。在它们之间有同样的"压缩"与"移位"的结构法则起作用。这些无意识法则与语言中形成意义的法则是相同的。所谓语言学法则即隐喻与换喻的法则。隐喻用一能指代替被抑制的另一能指,换喻则使一能指代表另一能指。

在拉康那里,"他者"是一个独特的概念。"他者"不仅指其他的人,而且也指仿佛由主体角度体现到的语言秩序。语言秩序既创造了贯通个人的文化,又创造了主体的无意识。"他者"是一个陌生的场所,而所有语言都诞生于此。"独立的主体"是不存在的。人向"他者"屈服,人的每一行为,包括最利他的行为,最终都来自要求被"他者"承认和自我承认的愿望。拉康为了不使"主体"概念孤立,而使其与"他者"共存,甚至为了破坏传统的主体概念扩张而采用"他者"概念,并用"主体与他者"的辩证依存来颠覆主体的同一性。拉康一反笛卡儿的命题"我思故我在",而说:"我思处我不在,我不在处我思。"

"话语"在拉康那里,只是指语言中话语的某种分词或某种结构机制。这种机制遍布于心理结构的所有层次,使一切层次的比较或从一个层次到相邻另一层次的过渡成为可能。话语是一般分解原则,它既先于语言的各种形式主义,也先于实现这些形式主义的言语功能。言语实践是语词活动和认识活动的条件,就其本源意义而言,处在前符号、前概念、前语言、前心理的层次上。拉康认为,心理、文化、语言三者密不可分,在这个意义上,话语原则、文字书写,也就是以个体心理的东西和社会文化的东西为中介的形式形成机制是一种空间,在此空间中,思想的表达方式在本体论上植根于存在,躯体的生命则由原初结构而充满活力。

拉康将语言与对象割裂,因为在精神分析治疗过程中,现实性完全被归结为人为的无意识结构的话语呈现。将无意识语言化,使拉康能利用语言学通用的专门科学方法。然而,既然无意识被说成是研究任何问题的起始原则,所以这种方法就被绝对化了,其结果必然走向语言中心主义。

不难看到,拉康提出的"无意识作为他者的话语"的根本意义在于,他力求在人文知识体系中实现一场话语体系的根本变革。如今,这一理论对哲学、美学、文学的影响日益深远,并成为现代文艺"欲望分析"的重要范畴。

3. 欲望的分析

拉康把"欲望"问题放到思考的中心,后期尤其如此。

"欲望"是与"需要"相区别的概念,因为"需要"总是对某个特定对象的需要,"欲望"则与匮乏相联系,即欲望是超越了需要层面而产生出来的。欲望只能在与他人的关系中才能产生,主体的欲望是对他人的欲望,这样,具有象征意义的欲望便成了主体和个人形成与社会发展的一个动力。"欲望具有干扰和震动的力量"①。虽然欲望支配一个人,但是又能自我逃避能指系统的严密逻辑。

无意识是语言赋予欲望以结构的结果,语词没有把握住能指的实质,因为被命名的只是表面上的命名,欲望能给予能指以意义。但意义只为主体所感,所以无意识是一种呈现,是对未被指认的欲望的呈现。拉康强调,婴儿对身外的母亲的认同受到阻碍,因为,这种母子"双边结构"注定要被父母子"三边结构"所取代。孩子从父亲身上的"法"认识到还存在着一种更广阔的家庭与社会的网络,他仅是其中一维。只有当孩子承认父亲所象征的戒律或禁令,他才抑制了自己的欲望,而这种欲望就是无意识。

在拉康著作中,一个关键术语代表了父亲这种符号——菲勒斯(phallus),指一种性别的含义。拉康从语言方面重写了弗洛伊德对俄狄浦斯情结的言述。正由于父亲的介入,孩子被抛入"后结构主义式焦虑"之中。他无穷趋近欲望,却不能满足欲望,而这种欲望受到外在戒律的抑制,被压缩凝聚成为无意识。因此,他在接受外在语言和文化结构的同时,从想象界转入象征性的秩序。于是,从一个能指转向另一个能指的可能性,是没有终结的欲望运动。

所有欲望都肇因于匮乏,欲望不断蠕动,以求获得匮乏的满足。人们的语言正依靠这种匮乏产生作用,因为,符号表示的恰好是真实对象的进入,而词语仅仅因为他者的进入或拒斥才具有意义张力。所以拉康说,进入语言就等于变成了欲望的牺牲品,语言被挖空而成为欲望之物,在欲望中语言遭到分裂。沉入语言就等于脱离拉康所说的真实世界,而永远无法接近这个领域。因而,人们只能用一些替换物代替另一些替换物,用一些隐喻代替另一些隐喻,这样使自我在想象和虚构中得到完成。

有一种超验的意义或客体来支撑这种无穷尽的欲望焦渴,拉康认为这就是菲勒斯本身,即一种超验能指。他只不过是一个空洞的指示器,是把我们分离出想象态,置于象征秩序中的那个预定符号而已。

可以说,无意识就是那些遭到"抑制"的欲望。之所以成为无意识,是因为人在孩童时代学会了语言。拉康因此指出,学习语言就是暴力、抑制和异化的开端,而人要进入社会,领到社会通行的语言身份证,他就必须学会自己的名字而自我命名,这就是异化的开端。

进一层看,"隐喻"就是以一个能指代替另一个能指,"转喻"则是通过连接性来表达意义。隐喻是欲望的症状,这一症状在一隐喻性结构中取代欲望;转喻就是

---

① Lacan, J. *The Four Fundamental Concepts of Psychoanalysis*, trans. by Alan Sheridan, London, 1977, p. 68.

欲望的显现,因为后来所有欲望都是对最初欲望的连接性替代,每一个欲望之间都有连接的关系。拉康进一步引申说,现代艺术中具有的精神分裂,恰好就是能指和所指之间的关系,隐喻性或转喻性都消失了,是表意链(能指与所指)的彻底崩溃,只留下一连串能指。这就是一种沉醉于现实中的感觉,把现实的一切都看成是破碎的、零散化的能指系统。

4. 分析与批评

对无意识的语言结构,霍兰德同样作出尖锐批评。他认为,首先,拉康竟然毫无批判地依靠索绪尔的能指所指语言观作为其理论的核心范畴,而今天的语言学家已不再使用显得过时的索绪尔模型,这样用语言来理解无意识的过程,只能使无意识理论更加晦涩神秘。霍兰德认为拉康的唯一重要性在于,他使法兰西意识到了精神分析。其次,他还强调拉康另一方面的弊病,即心理语言学。因为拉康将索绪尔语言学"心理学化"过程中,"犯了一个更根本的错误",他将语言实体转化为心理实体即"能指和所指",并将能指等同于所指,而将索绪尔的所指等同于弗洛伊德的无意识。索绪尔放在能指和所指之间的那道杠,被拉康等同于弗洛伊德的抑制。这样,"拉康把全部心理决定论都化作单一的语言过程,能指与指称另一能指。他竟然让现代语言学怀疑其存在的这一过程扮演如此重要的角色"①。霍兰德指出,当拉康试图从心理学方面证实索绪尔的语言形式模型时,是将其思想建立在自我经营的语言之上,那会使他的思想深深陷入反心理分析的泥淖中。所以,拉康是一个完全的反心理分析者,一个行为主义者。

霍兰德的批评有一定道理,但他从英美语言分析病理学派的角度出发,对拉康的攻击却并不具有完全的说服力。在这一点上,杰姆逊的说法比较公允。杰姆逊指出,拉康转进一种语言学现象,把恋母情结指定为主体对"父亲的名字"的发现。换言之,它包含在想象关系向一种特殊形象的转换中,这是实在的双亲转换为一种新的恶意的父亲角色,这种父亲是以母亲占有者和以法律地位出现的。所以,无意识通过无非是获得语言的压抑而产生的东西,在作为一个整体的交际环境中被拉康重新阐释过了。因此杰姆逊说:"主体的移置和把无意识重新定义为语言,欲望的地形学和类型学及其具体化——这就是'拉康主义'的梗概。"②

杰姆逊既对拉康理论偏激之处不满,同时也对其建树作了比较中肯的评价。当然,拉康的理论提出了人们习焉不察的问题,他对无意识理论的全新的揭示,已然超越了弗洛伊德理论视域。他对语言的话语结构的洞悉,对欲望的深入分析,无疑有着知识增长和学术推进的功效。

三、文本阅读与叙事抑制

文本解读与叙事抑制紧密相关。民间故事和神话对"凝视"做了很好的符号

---

① 诺曼·N·霍兰德:《后现代精神分析》,潘国庆译,上海:上海文艺出版社,1995年版,第191页。
② 刘小枫、王岳川、弥维礼主编:《东西方文化评论》第三辑,北京:北京大学出版社,1991年版,第257页。

学解释,凝视即转换整个系统的官能作用来窥视。拉康认为,在视觉经验中,凝视表现在视线和无意识欲望的轨迹交汇点上,凝视的主体恰恰就是被无意识的话语所察看的人。因此,凝视超出从一个位置到另一个位置的转换,超越替代而起的作用①。

将精神分析学理论运用于"文本"分析,拉康注意到这样一个问题:在文本里,词语本身只存在于有意识的系统,在这个系统中,能指和所指具有一种上下文的语境关系②。拉康提出"隐喻性替代"的说法,即无意识话语反过来将意识置于能指系统中,换位或位移叙述的是无意识欲望的位移。也就是说,叙述具有位移的表层意义和深层意义,这是在文艺作品系统位移活动中确立的法则。

拉康对文本阅读阐释颇有新颖之处,其中对爱伦·坡《被窃的信》的阐释尤为突出。这个故事的框架非常简单:王后刚收到一封密信,国王突然回来,王后匆忙间只好把信堂而皇之放在桌子上,希望这样反而不至引起疑心。恰好这时大臣到来,他巧妙地在王后眼皮下偷走了这封信,在原处放了另一封信。由于国王在场,王后无计可施,只好后来找警察总长去找回这封信。警察总长仔细搜查大臣的住宅,但未能找到信,只好去请教业余侦探杜品(Dupin)。杜品于是只身造访大臣。他推测大臣也会像王后一样,不会将信藏匿起来而会放在明处,因为放在明处恰恰是最好的隐藏方法。果然,杜品发现信随便插在挂在壁炉架上的袋里,等大臣的注意力一被引开便偷走了信,又在原处放了一封相似的信。

拉康认为,这个故事揭示出一种"结构的重复"。在这种结构中,首先是发生在王宫的大臣窃信,而第二场发生在大臣家,杜品又偷了信,这是对第一场的重复。他指出,其中有两个场面,第一个他称为主要场面,引起了全部故事③。在第一个场面有三个窥视者(凝视者)。即第一位(国王)的窥察没有见到什么;第二位(王后)的窥察知道国王没有发现而自以为保住了秘密;第三位(大臣)的窥察知道国王的茫然和王后的焦急,于是大臣拿走了王后的信,在原处放了一封空白的信④。第二场是第一场的重复,同样显示出"三种窥察(凝视)":第一种是见而无所见的窥察,也就是国王和警长的看,他们对明处和暗处都视而不见;第二种是看到第一种看所看不到的,但是自己又被隐藏的秘密欺骗的一瞥,这是王后和大臣的窥察;第三种是前两种窥察都应该是隐蔽的东西,都让这一种窥察看到了,这就是杜品。

拉康就此展开分析说,在"场景重复"中,"主体间的位移"具有一种特殊的关系,也就是说,那封信(letter)一词构成了双关语,在小说中字面义是"信",而它的隐喻义是一种结构体系中的"能指"。这是一种精神分析的寓言,被窃的信成为代

---

① Lacan, J. *The Four Fundamental Concepts of Psychoanalysis*, trans. by Alan Sheridan, London, 1977, p.78.

② Lacan, J. *Ecrits: A Selection*, trans. by Alan Sheridan, New York: W. W. Norton and Company Inc., 1977, p.163.

③ Lacan, J. *Seminar on The Purloined Letter*, Yale French Studies 48, 1976, p.41.

④ Ibid, p.44.

替无意识的隐喻。于是,那封不知内容的信,作为一个纯粹的能指,控制了主体群的行动意向。那个纯粹的能指,在主体中构成的微妙关系促使主体间的不断"位移"。所以国王和警长视而不见,是因为他们处在"能指的极限的位置"。而王后和大臣被双边关系所迷惑,在其中他们虽能看见,但由于处身其间而又不能完全看见,所以仍然具有盲点。只有第三个视点——杜品的位置才是全知全视的位置。但是,拉康马上就进行了补充,并对弗洛伊德主义的理论加以修正,认为杜品处于一个分析者的位置,也不应该是知道一切的主体①。他认为,杜品也应该陷入圈套之中,因为没有留下一封与大臣相关的信,以此报复大臣。即杜品也偷了这封信,向大臣表明自己也暂时得到大臣所希望的控制王后的力量。这个故事作为主体的位移,使拉康感兴趣的是"欲望的结构"。这个结构要求挑出一些人,把他们置于三角形的位置上,在这种位置上不断地替换人物,表示出"结构的重复"。当人物活动的时候,信也移动到另一位置,所以,小说要说明的是能指的传递在无意识的交换过程中所产生的效果,因而谁也不知道信的内容或发信的人。

这事实上意指存在着三类不同的文本阅读者,一是像国王和警长那样对文本一无所知的阅读者,他们只能读表面的含义;二是像大臣和王后那样可以在文本中看到他们所能够看到的部分明显和隐在的意义;三是杜品这样的最高解读,他可以打乱篇章限制,使欲望在篇章中重新定向,这种无意识使语言重新具有活力。所以无意识在其结构里会显示出创造力,他是可以发现更多的意义的"超文本阅读"。

拉康以爱伦·坡的《被窃的信件》为例来说明这样一种观点:在作品中有着当事人所不知道的内容的信件(能指)成为行为的原因。因此,主体不是全知表述的主体,它是被事件或话语决定的说话的主体。由此拉康得出结论:人只是会说话的主体。人的本质在于:人只是会说话。这种非主体性的"主体理论",在"后弗洛伊德"精神分析理论中具有重要影响,直接影响到现代作家和后现代作家的创作心态和人物心理结构分析。

拉康对文学解释和批评划了三层界限,即有限的阅读、两面性的阅读和全方位的阅读。他所称赞的是第三种——全方位的阅读。因为,对拉康式的精神分析批评家来说,这种阅读强调的不是擅用作者的意义,而是读者将作者的意义化归为己有,作全方位的阐释。因而,这第三个位置是意义分解者的位置,也是读者的最佳位置,能产生一种"革新的阅读法"。但这种阅读法,在德里达看来却是"一种真理的供应者"。德里达说拉康把能指理想化,给能指本身不具有的实质性,而且过分地将"信"看成是一种"性"(欲望)的主要能指,对文本施暴而犯了"性中心论"错误。对此,霍兰德在《找回〈被窃的信〉:作为个人交流活动的阅读》中也认为,爱伦·坡的故事其实就是把信反过来,把隐秘重要的内部反出来,使它显得无关紧要。他同意德里达对拉康的批评,认为拉康所分析的最后是一种"无",但是这种

---

① Lacan, J. *The Four Fundamental Concepts of Psychoanalysis*, trans. by Alan Sheridan, London, 1977, p. 230.

"无"本身就是一种"有",因为怀疑本身就是一种对怀疑的信仰。霍兰德认为,拉康把视角的变动重复和变化变成了一种信条、一种方法,被他的信徒们机械地运用,就像曾经的新批评或拉康所谓能指的滑动一样。

尽管对拉康的文艺批评有多种意见,但拉康强调"无意识的欲望结构"是一种"重复的结构",而且这一结构经常使能指失去意义,这一说法还是有新意的。同时,拉康将他的精神分析阅读施于文学作品,推进了文艺理论的发展,拓展了思维空间。他从弗洛伊德式"泛性主义"作品分析中走出来,而使文本分析具有当代文化和语言学色彩,功不可没。

关键词:

镜像阶段(the mirror stage)
主体(subject)
他者(other)
想象·象征·实在(the imaginary, the symbolic, the real)
菲勒斯(phallus)
能指/所指(S/s)
欲望结构(structure of desire)

思考题:

一、拉康的思想发展主要有哪几个阶段?
二、拉康的无意识理论与弗洛伊德、荣格有什么不同?
三、为什么说无意识具有语言的结构?
四、镜像阶段与主体的形成有何密切关系?
五、"想象·象征·实在"三层次的划分有何意义?
六、为什么说能指是"滑动的"和"飘浮的"?
七、拉康将精神分析理论运用于文本分析,有何创见和新意?
八、霍兰德对拉康的批评有何洞见和不足?

第三节 德勒兹与居塔里:欲望生产

现代性社会以时空的快速转换和权力压抑使现代人心灵出现一系列变态、变形,这不仅在文化上有着权力话语的投影,在西方文艺理论上也有相当清晰的现代性危机表征。如何深入展示病态社会的"切片"? 如何指认现代人的精神状况,进而揭示现代性危机问题? 这方面的研究,不可能不提及德勒兹(Gilles Deleuze, 1925—1995)与居塔里(Felix Guattari, 1930—1992)。

1972年德勒兹和居塔里出版了《资本主义和精神分裂症》第一卷——《反俄狄浦斯》,意在批判资本主义使人总体性地非自然化,割裂人同自然界的自然联系,使人同社会相异化。他们认为,"精神分裂者"不是患精神病的人,而是对资产阶级社会的一切都厌烦的人,是否定这个社会的准则并按自然的"生产"欲望规律而生活的人。这种"精神分裂者"是无产者、复仇者和资本主义的毁灭性化身。弗洛伊德发现了"欲望机",重视"欲望生产"的研究,然而在这个问题上的不彻底解决,最后不是有利于"欲望生产"。因为它破坏了欲望生产的这一秩序,使欲望生产变成"表象",即通过把无意识规定为纯主观的象征界,而把无意识说成是和人的梦、幻想相同的想象界。他们得出结论说,精神分析不去真实地研究精神病理学的社会政治因素,因此就难以找到精神病产生的原因,也就不可能获得精神病的治疗方法。弗洛伊德竭力给个体的欲望提供活动场所,然而却扼杀了"欲望生产",他歪曲了欲望的实质,把欲

吉尔·德勒兹(1925—1995)
与费里克斯·居塔里
(1930—1992)

望变成幻想生产,使欲望失去了社会内容。因而,精神分析的一个最大缺点是它同资本主义的联系,直接参与资产阶级的"压制"。这种联系不仅带有意识形态性质,而且是一种更紧密的经济和政治联系。精神分析使资本主义得以操纵欲望,使欲望变成剩余价值,使精神分析本身成为剩余价值消费的机制,并不亚于官僚主义机构或军事机关,它整体性地具有这种社会权力功能。据此,德勒兹和居塔里提出,应当使无意识摆脱俄狄浦斯情结和与它相关的一切特征,把"无意识"作为"欲望生产"来研究,彻底发挥无意识的"革命精神分裂潜力"。

"欲望生产"理论是以"新欲望观"为基础的。他们同传统研究方法决裂,拒绝通过人的需要来给欲望下定义。因为:"欲望不是感到需要什么东西,也不是感到自己的对象的缺乏。"无论是弗洛伊德主义,还是弗洛伊德—马克思主义,其局限性都在于不能理解"人的欲望的生产能力"的意义。因此应借助马克思的"生产理论"来克服这一局限性。他们断言,欲望和任何生产一样,创造现实、人的存在的世界。"欲望生产"在产生个体同自然界和社会的深刻联系的同时,"欲望生产"也创造个体本身。人成为欲望的主体,获得了对外部环境和对自身固有本性关系上的自由。为此,人应当顺从自己的自然力量,完全信赖自己的欲望。欲望就像自然界创造的机制那样,自动地使人从异化世界回复到自然的"正常"生活的轨道。由于过分强调"欲望"生产和社会生产的统一是由力比多决定的,这使得勒德兹和居塔里在揭示人的生命活动的社会参数方面陷入重重困境。"欲望生产"的研究,变成了既把人的欲望、也把物质生产实践非理性化的方式,从而使自己对抗理性社会的规约,并拥有一种丧失合法性的文化特征。

强调"欲望生产"的机械的"无人称"性质,意在说明"欲望生产"是"欲望机"的操作的总和。每一架"欲望机"均由三个部分组成:"工作器官"、"无器官的躯体"和衔接部分——"主体"。"工作器官"之所以存在,是因为欲望首先是生存、行

动和创造的欲望。然而,欲望同时也是死亡和停止的欲望,这就导致"无器官的躯体"的产生。在现代社会生产中,同"欲望机"一样,也有"无器官的躯体",其类似物就是按德勒兹的历史分期观划分的三个基本社会发展阶段:蒙昧阶段、野蛮阶段和文明阶段,以及与之相应产生的土地、专制制度、资本这些"躯体"。在"无器官的躯体"里,包含未来发展的趋势、可能实现的一大批生产联系以及各种各样的活动。"欲望机"的第三个组成部分"主体"同"工作器官"相衔接,在主体的水平上,建立起"工作器官"和"无器官的躯体"之间的真正关系。"欲望机"和"无器官的躯体"之间的关系发展经历了几个阶段。其一,在"欲望机"和"无器官的躯体之间"存在着冲突和相互排斥力。其二,在"无器官的躯体"和"工作器官"之间存在着吸引力。"欲望机"和"无器官的躯体"之间的永久调和,吸引力和排斥力之间的对立的消解,是在新的生产机的水平上展开的。

德勒兹和居塔里强调应努力保护个体,因为在现代资本主义社会的整个体系中,包括意识形态、经济制度、政治和社会的设施乃至学校等都变得反人道化了。在这种状况下,许多激进的文化活动家关心的是,如何使人摆脱外部世界的压抑影响。在现代或后现代社会,德勒兹和居塔里把人等同于机器,想要在个体身上规定人的"自我",以及同"超我"无关的"前个性"特性。这种考察本能之人的方法,使人失去一切个体心理的和精神伦理的普遍社会性特点。可以说,德勒兹和居塔里主要继承了拉康的研究方式,把人看作"无意识的主体"。当然,这不是语言的主体,而是无意识的"欲望生产"的主体。"唯一的主体就是'无器官的躯体'的欲望本身。"人是向外部世界开放的,而且是以这样的方式开放的:通过"欲望生产"过程,同自然界发生不可分割的联系。人一开始就是自然人,同时人又是历史人。人作为"欲望生产"的主体,在实现自身的可能性时无意识地"消耗着"历史,从而获得自己存在的社会参数。德勒兹和居塔里坚持应该把生产注入欲望,把欲望注入生产。为了治愈精神疾病,就必须实现理应等同于社会生产的"欲望生产"。只有"生产"和"欲望"整合并成为现代社会的文化表征时,人的欲望才能在一个世俗化社会中获得生产和再生产。

《反俄狄浦斯》认为:艺术在欲望生产中具有重要意义。"正是艺术从达到它自身的伟大、完美之时起,就创造了非规则化和非地域化的链锁,这些链锁产生欲望机并让欲望机运转起来。"艺术和科学具有现代社会中最强的"精神分裂力",不仅促进了社会的精神分裂化,而且产生了不接受既定的事物秩序的"精神分裂者"。于是,艺术成了疏离主流意识权力最为便捷的形式。

欲望生产理论对后现代艺术及其审美心理产生了强烈的冲击力。后现代主义艺术家,企图以游戏的艺术对社会和心理施以批判和消解,并对先锋派所开拓的新审美体验和经验的可能性加以运用。德勒兹认为,只有释放人们的欲望,才能塑造"新的人性"。他鼓动艺术家打破现代社会的控制,创造一个不同于现存秩序的新秩序,以显示精神的断裂性和非连续性。在我看来,正因为现代艺术世界与现实世界不一致,才深刻地揭示了现实世界的荒谬本质:现代社会以虚假整体的完整来否定个人的个性完整性,个人就以自我破碎和集体的精神分裂来否定社会的完整,并以此揭示出社会本质和群体心理的破碎性。

德勒兹和居塔里的"欲望生产"理论的目的,是以释放人的一切欲望来复兴文明,这种"休克疗法"无疑具有浓厚的虚无主义色彩。而且,他们尽管看到现代或后现代社会对人的心理的压抑,却没有找到解决的办法,而是到人的欲望域中去寻找精神性神经症的终极原因和解决途径,这最终只能走向唯心主义和玩世主义。

或许,仅有欲望的力度是不够的,必须同时具有精神的力度。这个世界权力挤压和话语斗争,已不容许我们无所驻心沉醉于欲望或理论的语言游戏,而必得言有所依,心有所驻。

《反俄狄浦斯》
英译本书影

关键词:

　　精神分裂分析(schizoanalysis)
　　精神分裂者(schizophrene)
　　欲望(desire)
　　非规则化(decoding)
　　非地域化(deterritorialization)

思考题:

　　一、德勒兹和居塔里对"精神分裂者"有何新的阐释?
　　二、德勒兹和居塔里如何重新阐释弗洛伊德的"欲望生产"?
　　三、什么是"新欲望观"?它与"欲望生产"的关系是什么?
　　四、为什么德勒兹和居塔里强调应努力保护个体?
　　五、艺术在欲望生产中有什么作用?
　　六、欲望生产理论的意义和局限是什么?

阅读书目:

[1] Deleuze, G. & Guattari, F. *Anti-Oedipus:Capitalism And Schizophrenia*, Minneapolis:University of Minnesota Press, 1983.

[2] Jung, C. G. *Collected Works of C. G. Jung*, Princeton University Press, 1979.

[3] Lacan, J. *Seminar on The Purloined Letter*, Yale French Studies 48, 1976.

[4] Lacan, J. *Ecrits:A Selection*, trans. by Alan Sheridan, New York:W. W. Norton and Company Inc., 1977.

[5] Lacan, J. *The Four Fundamental Concepts of Psychoanalysis*, trans. by Alan Sheridan,

London, 1977.

[6] Rohn, L. F. *From Freud to Jung*, New York: Purnam, 1974.

[7] 弗洛伊德:《弗洛伊德后期著作选》,林尘等译,上海:上海译文出版社,2005年版。

[8] 弗洛伊德:《弗洛伊德文选:论无意识与艺术》,北京:中国人民大学出版社,1998年版。

[9] 霍尔:《荣格心理学入门》,冯川译,北京:三联书店,1987年版。

[10] 拉康:《拉康选集》,褚孝泉译,上海:上海三联书店,2001年版。

[11] 诺曼·N·霍兰德:《后现代精神分析》,潘国庆译,上海:上海文艺出版社,1995年版。

[12] 荣格:《现代灵魂的自我拯救》,黄奇铭译,北京:工人出版社,1987年版。

[13] 荣格:《心理学与文学》,冯川、苏克译,北京:三联书店,1987年版。

[14] 荣格:《人,艺术和文学中的精神》,孔长安、丁刚译,北京:华夏出版社,1989年版。

[15] 荣格:《让我们重返精神的家园》,冯川、苏克译,北京:改革出版社,1997年版。

[16] 德勒兹:《哲学与权力的谈判:德勒兹访谈录》,刘汉全译,北京:商务印书馆,2000年版。

[17] 德勒兹,居塔里:《游牧思想》,陈永国编译,长春:吉林人民出版社,2003年版。

第二章 现象学文论

第一节 胡塞尔:现象学哲学的创立与理论意识

现象学是伴随一代代哲人对绝对确定性、明晰性的追求而产生的。如果说德国哲学家 H·朗贝尔特、康德、黑格尔是这一学科的先驱,那么,胡塞尔(Edmund Husserl,1859—1938)则使现象学真正作为一个哲学派别发展起来。

现象学家们或同或异地运用现象学方法对"现象"加以直观把握和描述,研究一般本质和理解诸本质之间的关系,关注现象的独特显现方式和在意识中的构成形式,将对于现象存在的信念加以悬搁,去本真地阐释现象的真实意义,从而突出了主体的经验构成功能和对现象呈现方式的重视,使我们得以摆脱遮蔽,去透视人的存在现象问题、意识问题、语言问题、审美经验问题、人文科学问题、艺术问题、宗教问题,等等。

埃德蒙德·胡塞尔
(1859—1938)

现象学的产生与时代氛围有着十分紧密的关系,它是西方社会政治经济思想危机的体现,也是随着自然科学的发展而出现的精神危机在哲学上的反映。现代科学的发展使人文科学遭受空前危机。19 世纪下半叶是欧洲思想界急剧动荡的时期,数学和自然科学的发展使社会与人文科学重新考虑自己的发展方向。许多政治学、经济学、法学、社会学、心理学研究者,纷纷用自然科学的实证原则和归纳法来研究社会现象,不断混淆和抹杀"人文科学"的独特性——以实证的、自然的、物理的方式取代哲学的、人文的、精神的方式。对此,德国人文学者认为,面对自然科学的无限扩张,应当发展一门"精神科学",以此抗衡自然科学的侵凌,为人文科学和自然科学划界。精神与自然,精神科学与自然科学之间界域的划分,使"万学之学"的哲学备受分裂之苦。在此背景下,胡塞尔认为应建立一门作为严格科学的哲学——现象学,澄清和批判一系列基本概念,使哲学摆脱危机。

《现象学的观念》
英译本书影

同样,意识形态危机使人类存在的意义问题空前尖锐。人们对许多一向认为最确定的"价值"观念发生怀疑,甚至对启蒙理性也失去信心。上帝死了,人应当对自己的一切负责。在这个人被"物质化"和"工具化"了的文明时代,在这个繁花似锦、物欲横流的世界,"人"的独立价值开始失落。

哲学自身的危机使其忘掉"思"之天命,自然主义、历史主义、心理主义日渐风行,这使得哲学有丧失其科学性的危机。因此,只有建立现象学才有可能摆脱哲学危机。因为,"我们的生活目标一般来说有两种,一种是暂时性的,一种是永久性的。一种目标是为了使我们自己及同代人生活完美,另一种目标则为了造福于子孙后代。科学是代表一种绝对的、无时间性的价值称号"①。被胡塞尔称作"严格的科学"的现象学,就是这样一种追求"永久性哲学理想"的事业。

在胡塞尔看来,整个哲学史在心与物两极间摇摆不定,在古代希腊这个欧洲文明的摇篮中,已有"自然哲学"与"理念哲学"的对立;在中世纪有唯名论与唯实论的对立;在近代有经验主义与先验主义的对立。胡塞尔认为,哲学的本性是先验主义的,但历史上的先验主义都不够彻底,不免陷入心、物二元论,即从一种抽象的、孤立的观点看心与物的区别,把"心"归结为一种"物"(实体),或"物"之功能。只有现象学,才把欧洲哲学上的先验主义贯彻到底,"心"才完全摆脱了"物"而独立出来,成为一门严格的科学。这样,"人"也才真正摆脱了自然的个别性,成为普遍的绝对精神。

胡塞尔在哲学上反对"心"、"物"二元论,而努力寻求绝对的确定性。19 世纪末,当尼采竭力摒弃绝对确定性,追求不确定性时,胡塞尔却反其道而行之,将绝对确定性的追求看作是自己生命的意义之所在。1906 年,他在一篇日记中写道:"我正由于欠缺明晰而萦绕不散的怀疑而备觉痛苦……我必须赢得明晰性,否则我就不能生活下去了……"②他写信给老师布伦坦诺说:"我为自己选择课题,走自己的路,这么做不是为了殉道,而是出于不可违抗的必要性。"可以说,尼采和胡塞尔这两位对 20 世纪西方思想影响甚大的哲学家,一位从事破坏,另一位从事建设,象征了 20 世纪西方思想界无法调和的冲突。尼采刚一去世,胡塞尔的现象学就宣告诞生了。

哲学的真正任务是寻求绝对真理。胡塞尔说,作为真正科学的哲学,其目的就在于寻求超越于一切相对性的绝对、终极的有效真理。但是他又认为,在他以前的哲学家中没有人能够提供这种真理,相反,却在这个问题上制造了许多混乱,从而使整个科学,以至于整个欧洲文明深深地陷入了困境。因而,他的哲学的任务,就在于批判种种有关真理的谬论,为人类提供永恒的绝对真理,以拯救科学的危机和欧洲文明的危机。

胡塞尔哲学思想发展经历了半个世纪,他的观点在发展中不断修正改变,前后期思想有相当大的变化。

---

① Husserl, E. *Phenomenology and the Crisis of Philosophy*, ed. by Quentin Lauer, New York, 1965, p.136.
② Spiegelberg, Herbert. *The Phenomenological Movement*: A Historical Introduction, The Hague: Martinus Nijhoff, 1960, p.81.

胡塞尔档案馆所在地

现象学史家斯皮格伯格认为,胡塞尔的思想可以分为三个时期①,一是前现象学时期,主要的是《算术哲学》(1891)和《逻辑研究》第一卷(1900)中所反映的思想。他所接受的是当时流行的所谓"心理主义",其特点是企图用心理规律来说明数学、逻辑的规律。

二是早期现象学或描述现象学时期,主要的体现是《逻辑研究》第二卷(1901)的思想。这段时期,胡塞尔转向批判心理主义,认为数学、逻辑规律是纯粹观念之间的联系规律,而纯粹观念(本质、共相)既是实在的,又是先验的,既不依赖于经验的自我而存在,也不能用经验归纳的方法从个别之中抽象出来。他提出用现象学还原的方法,即通过反省主观意识的方法,从呈现在每个经验自我的意识现象之中揭示出本质。这是创建、形成现象学的阶段。在前两个阶段中,胡塞尔试图靠引入意向性的概念,淡化意识和对象的区别,如对意识对象(noema)和意识活动(noesis)的关系的讨论,以解决存在与意识的关系这个哲学基本问题。到了弗莱堡阶段,原先就具有某些唯心主义色彩的观点就完全转向,例如:"回到事物中去"成了"回到自我中去",意识对象和意识活动的讨论成了对"我思我的思的对象"的探讨,而一般的认识意义上的"悬搁"成了具有本体论意义的先验还原(transcendental reduction),这种还原成了达到绝对自我的方法或手段。

《笛卡儿的沉思》
英译本书影

三是纯粹现象学或先验现象学时期,这是胡塞尔现象学成熟的时期。这一时期的代表著作有:《纯粹现象学和现象学哲学的观念》(第一卷出版于1913年,第

---

① Spiegelberg, Herbert. *The Phenomenological Movement*: A Historical Introduction, The Hague: Martinus Nijhoff, 1960, p.74.

二、三卷于逝世后出版),《作为严格科学的哲学》(1911),《笛卡儿的沉思》(1913),《形式的和先验的逻辑》(1929)等。后期胡塞尔认为,意识活动总是包括着我思(cogito)和我思对象(cogitatum)的紧密联系,以及思的活动(cogitationes)综合对象。对象受意向性的支配,由思的活动所蕴含。思的意识活动构建、形成、构成对象。但这种构成活动在外界的干扰下是靠不住的,我们只是最后通过成功的还原,使我们的注意力远远地摆脱各种思的对象(cogitata)的影响,甚至绕过我思的活动,达到自我本身。当达到理解的终极部分,即绝对的主体性时,我们就可理解和体验到知识和构成的真实源泉。真实的源泉就是"超越的自我"。

在胡塞尔看来,认识到所有存在背后存在着的先验自我或先验主体性的存在,是"所有发现之中最伟大的发现。"以至现象学家劳尔认为,胡塞尔这极端唯心主义的思想,其实是以不变应万变的"主体性的胜利"。胡塞尔在晚年还提出了"主体间性"和"生活世界"的概念,试图克服先验现象学中的某些困境,并且把现象学与人生问题、社会问题联系起来。胡塞尔生前写成的最后一部著作《欧洲科学的危机与先验现象学》(1936)正是这方面的代表作。

总体上看,胡塞尔的现象学基本方法是:在寻求绝对真理时,首先将一切可疑的偶然的非本质的成分都暂时排除出去,剩下的就是必然之物,即"绝对意识"或"绝对真理"。可以说,现象学要义在于:必须摆脱、抛弃一些非本质的东西,真理才能彰显出来。因而,现象学的着力点主要是在否定和破除的方面——"悬搁"、"还原",即通过悬搁历史、理性等先入为主之物,在还原中回到现象学剩余的"绝对意识"。

胡塞尔的现象学是一种影响深远的哲学观念,它已经深深渗透进整个西方人文哲学和文化精神领域。胡塞尔是个理性主义者,他将自己毕生工作的任务设定为"拯救人的理性"。胡塞尔这样标划自己的事业:现象学"是这样一种方法,我想凭借它来反对神秘主义与非理性主义,从而建立一种超越旧的理性主义的超理性主义(überrationalismus),并且阐明旧的理性主义的最内在的目标"①。可以认为,胡塞尔以不懈的思考和深邃而明晰的写作作为自己的唯一生活方式,他为追求哲学作为一门严格科学的理想奋斗了一生。他曾说:"我的工作不是建造而是深掘,深掘那些最晦暗的角落,发现那些隐蔽的、未曾解决的问题。"

在胡塞尔之后,现象学这门学科在20世纪日益成为一门显学,在本体论和方法论层面改变着近百年的包括美学文论在内的人文社会科学的品格。

关键词:

作为严格科学的哲学(philosophy as rigorous science)

现象学还原(phenomenological reduction)

---

① Spiegelberg, Herbert. *The Phenomenological Movement*: A Historical Introduction, The Hague: Martinus Nijhoff, 1960, p.78.

悬搁（Epoché）
意向性（intentionality）
纯粹意识（pure consciousness）
主体间性（intersubjectivity）
生活世界（Lebenswelt，life-world）

思考题：

一、胡塞尔的现象学是在什么背景下诞生的？
二、为什么胡塞尔要追求一门作为严格科学的哲学？
三、胡塞尔的现象学思想如何分期，其主要特征是什么？
四、现象学的基本方法是什么？
五、"现象学的剩余"是什么？胡塞尔的结论有何创见和局限？

第二节　现象学的拓展：从哲学到美学、文论

胡塞尔的悬搁法、还原法、意向性理论和主体间性理论，对20世纪美学发展产生了深远的影响。在胡塞尔现象学理论基础上，德国美学家莫里茨·盖格首先于20世纪20年代将现象学运用于美学研究，对人的审美感受加以现象学阐释。盖格着重于审美感受的分析，他在划分主客体界限的基础上，对审美欣赏进行现象描述：欣赏行为乃是向心的体验，这种体验不同于立普斯的"移情"说，而是主体被动地洗耳恭听于客体①。艺术对人生的特殊意义不在于表面的感触，而在于作品的深层意义，在这个意义上，作品的审美特性是由其审美价值决定的。

盖格在《审美享受的现象学》中认为，审美享受具有一般情感享受所不具备的生动性、直觉性和体验性特点，这是一种超越了功利目的"对于对象丰盈性的无利害感的观照享受"。在盖格看来，真正的审美观照是一种主客体间的交流，它不同于那种情感的单向投注。同时，对美和艺术的现象学态度，决定了艺术和美具有形式价值、模仿价值、内容价值。以谐调性为特性的形式价值，不仅是呈现内在美的中介形式，而且形式本身也具有自身的审美意义，以本真性为特征的模仿价值并不讲究对对象的死板描摹，而是通过现象的本质直观达到对事物的内在本真把握。以精神性为特征的内容价值，不仅存在于被再现了的对象内容之中，而且也存在于艺术家把握和表现对象的方式之中，因此，这一重要的精神性价值又可称为艺术的人格性价值。现象学美学，即通过艺术作品这一现象直观精神的普遍本质。换言

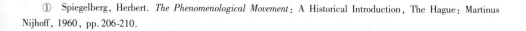

① Spiegelberg, Herbert. *The Phenomenological Movement*: A Historical Introduction, The Hague: Martinus Nijhoff, 1960, pp. 206-210.

之,艺术审美就是对这种人格性价值的本质描述[①]。

值得注意的是,盖格在其《美学入门》导言中写道:"美学的门径最终在于我们自己的审美经验","只有净化经验我们才能再次打开美学之门"。只是在《艺术的心理意义》和《现象学美学》这两篇论文中,盖格才清楚地论及艺术作品,并专门讨论了把艺术作品本质和审美价值本质作为美学研究主题的问题。他把审美价值,即某种内在于作品本身的东西,当作界定美学研究范围的统一性的东西,但重点还是落在经验上。

德国的R·欧德布莱希特进一步对艺术价值的审美体验活动加以现象学分析,在推进现象学的主观意识研究方面迈出了一步。他在《确定审美价值论的基础》一书中,以后期胡塞尔的先验现象学为基础,认为无论是审美价值体验,还是伦理价值、真理价值,乃至实用价值体验,其基础都是先验意识。这种先验意识是包括审美体验在内的人类一切体验形式所共有的创造性综合原理,借此,人类拥有了共同的人性尺度,使整体性情感体验得以确立。欧德布莱希特认为,人的情感既使人与对象昵近又使二者区别开来。感性对象与知觉对象共同构成审美对象的因素,同时,也形成整体性体验的不可或缺的双元。对象的存在只有通过艺术家的意识投射,才能转化为对人自身具有审美意识的精神形式。人的审美意识也只能在对象化的过程中,才能照亮对象和人自身的内在存在方式。

现象学"哥廷根小组"

如果说盖格、欧德布莱希特张扬人的意识的主观能动性,发展了现象学美学的主观方面,那么,H·J·冯·阿莱斯和H·吕采勒则将注意力集中在艺术作品存在形式的本体分析,发展了现象学美学的客观方面。阿莱斯的研究较之于盖格具有更浓郁的现象学气息。在阿莱斯看来,人对艺术作品的意向性,一方面使作品的结构层次向主体呈现出来,另一方面,人也因作品的多层次构成而使审美评价成为一

[①] 值得提及的是,胡塞尔并不认为盖格的现象学美学是完全遵循自己的现象学思路的,他认为,盖格并没有真正确立自己的现象学立场,因而,他的"美学"中只有"四分之一的现象学"。

种受对象制约的活动。审美只能是对对象结构层次的整体把握,这一把握不可能是主观随意的,只能是按一定尺度法则进行的。吕采勒从另一个侧面指出,艺术认识活动并不是一种自我迷狂的情感活动,而是聚集了认识、意志、情感的统一精神活动,只有无偏见的直观对象,才能臻达科学的和历史的审美认识。在《艺术的基本样式》中,他转向意向性对象方面,着重研究艺术作品的本体存在形式,标划出作品本体的不同层面和结构,借以说明作品结构对主体审美的制约性,从而站稳了客观现象学美学的立场。

30年代至40年代波兰美学家英伽登受胡塞尔和盖格的影响,在艺术本体论、艺术认识论、艺术价值论方面推进了现象学美学的研究。到了50年代,法国美学家米盖尔·杜夫海纳则在审美经验的现象学研究方面取得了令人瞩目的成就。

到了60年代,奥地利美学家汉斯·泽德迈尔作为现象学美学新秀异军突起。泽德迈尔自认为是继承胡塞尔的工作,他试图揭示"欧洲精神"危机的本质并预测人类的未来。在他看来,现象学美学的主要目标是进行艺术本体特性的研究,将艺术史看作精神发展史,从而通过对个别艺术文本的结构分析,去阐释包括整个艺术在内的当代精神存在。文艺作品作为审美对象只存在于知觉行为之中。文艺作品被视为理想的客体,它不是物,而是审美感知的现象,审美感知即文艺作品的注释。这样,注释的过程即文艺作品的再创造,也就是文艺作品在有形象视觉才能的观众的感知中获得新生。对艺术作品完整性的理解是在对其注释的行为中完成的,这注释不仅是达到研究目的的手段,也是艺术史独立完成的任务。泽德迈尔所陈述的现象学注释的主要原则:第一,是文学作品的自主性;第二,是它的完整性;第三,是它具备中心性。他认为现象学注释的基本任务是确定艺术作品的个性和独特性。这样,泽德迈尔就将艺术作品的本体存在特性,转化为现象学直观中的结构构成,同时在艺术形象的多层次结构中,把握其恒定不变的中心。

思考题:

一、胡塞尔现象学的哪些主要观点对现象学美学产生了直接影响?
二、盖格的主要现象学美学观点是什么?
三、欧德布莱希特主要的现象学美学观点是什么?
四、阿莱斯和吕采勒的客观现象学美学有什么特点?
五、泽德迈尔对艺术本体特性有何看法?

第三节 梅洛-庞蒂:知觉现象学文论

梅洛-庞蒂的学术思想大致可分为三个时期:早期主要从事格式塔心理学的研究,也可以称之为"心理学现象学"研究阶段;中期是"知觉现象学"研究阶段;晚期则转向人的解放、发展和"艺术问题"的研究。

一、从心理学到知觉现象学

梅洛-庞蒂(Maurice Merleau-Ponty,1908—1961)早期是从"格式塔心理学"出发,通过对心理反射学说、行为主义心理学的分析和批判,进而抵达"格式塔现象学"。在其第一部著作《行为的结构》中,就已经展开他主要的工作平台——《知觉现象学》中的某些方面。他在这本书中不仅讨论了格式塔心理学的基本概念和观点,而且扩展了格式塔心理学的应用范围,并进入格式塔现象学阶段。

莫里斯·梅洛-庞蒂
(1908—1961)

梅洛-庞蒂反对行为主义心理学把心理活动仅仅归结于人的生理器官的活动,否认这种因果律或量的分析能够证明人的心理活动,但却从中注意并吸收了关于"躯体"作为人的"存在"的本体论依据。他在批判条件反射学说的基础上,划分出物理层次、生命层次和人的存在三层次的关系,并进一步讨论了"身心问题"。他认为身体作为一种基础性研究对象,只有在一定的限度内才可能使身体视阈获得体认,如果离开了身体和心灵的统一,身体也就失去了意义,而心灵也就无所依附。

当梅洛-庞蒂推进到知觉现象学阶段时,受到了现象学创始人胡塞尔的很大影响。在诸多关键性观念方面,他都接受了胡塞尔的理论意向,当然,他仍然与胡塞尔的现象学的观念有着一些差距。尽管他像胡塞尔那样,把哲学的主题解释为意义或意思(Sense),然而,二者之间的差异在于,梅洛-庞蒂扬弃了胡塞尔形而上学的唯心论观点,而坚持将现象学的意义和人的存在尤其是人的躯体存在联系起来。所以,在他看来,"意义"总是与"缺少意义或无意义"现象交织在一起的,理性的观点也只有同非理性观点相依存,形而上的观点不能忽视形而下的存在。

梅洛-庞蒂并不打算做一个书斋哲学家,相反,他充分地关心现实问题。他给"知觉"以特殊的地位,并把"意象"和"存在"这两个概念,重新解释为本体论意义上的"身体或肉体",从而设定自己的"新本体论"①。既从现象学逻辑层面探讨存在问题,也从现实层面探讨身体问题,使其少了一些德国学派的形而上学抽象推理,更多一些法国式的感性存在性意味。

他与胡塞尔另一个根本性的区别在于,胡塞尔的核心是"现象学还原",这一点正是他所不能同意的。他认为,没有"自在之物",只有被人的意识所接受之物,任何知觉概念都与超越的意识世界有一种本质的联系。这种本质联系能够使自身成为反思的对象,而就成为"为意识的存在"。但是,这种现象学还原并不是还原

---

① Spiegelberg, Herbert. *The Phenomenological Movement: A Historical Introduction*, The Hague: Martinus Nijhoff, 1960, p.557.

到"纯粹意识"或纯粹意识的"剩余物"上去,或还原到"纯粹的主观性"。梅洛-庞蒂并不希望构造这种完全独立于世的"现象世界",相反,他将"现象学还原"或"本质直观"成功运用于"知觉分析"。他相信,思想和世界不仅受纯粹的逻辑还原影响,而且也受知觉者存在本身影响。梅洛-庞蒂强调"知觉因素"的重要性,因为一个人的知觉是接受世界、社会、现实和自己的一种基本模式,知觉与超越于意识之外的世界有着无可分离的内在联系。这正是梅洛-庞蒂知觉现象学的关键之处。

严格地说,知觉现象学是一种人类存在的本体论研究。它以知觉为对象,透过知觉去发现本能、自我与他人的联系,以及自我意识、气质、语言等存在的根基。梅洛-庞蒂认为,现象学并非仅仅是一种逻辑的本质直观,它还包括试图回忆起科学认识建立于其上的前科学的"体验",而这种体验或经验,常常被把科学知识绝对化的错误观念忽略。因此他认为,"现象学反思"不是把自我认识理解为与世界相脱离的"先验意识",而是理解为"我们存在于世界之中",并在其中"去知觉和反思自己的活生生的生命经验"。为此,要重新对感觉、知觉、联想、投射等加以定位。

在梅洛-庞蒂看来,"知觉"并非是一种孤立的、外部刺激的结果,而是知觉者所经历的内在状态的总和。感觉是我们通向外部世界的一个窗口,而知觉是一种内在体验,具有意向性、体验方向性和超越性。"联想"和"记忆"不是一种盲目的感觉,而是在感觉知觉之上的一种判断力。感觉和知觉是"反思"的前奏,是用理性构筑世界和自我的真实联系的链条。知觉现象学的"基本任务",就是讨论人体(肉体)这一关键性的论域①。

中世纪以来,"人体"在世界中仅仅作为一种物质客体存在而被严重歪曲,今天应重申人体或躯体的重要意义,因为人体的概念是从具体的活生生的人体中抽象出来的,它是人存在的本体论基础。梅洛-庞蒂反对把人体的存在完全看作一种物质对象的客体,这一看法仅仅是一种机械的、对人体非本体论研究的主观性误见。人体是意识自我投射的实际环境,是"在世界之中"的存在,是我们精神地、具体地把握世界的"身心统一体"。人体不是单纯的物,它是一种"人体—主体",是我们的体验、经验、语境、心境向世界敞开的载体。人的感觉和知觉是人向世界开放的第一个器官,也是世界向人进入的第一道关口。人的精神和生命的勃发,很大程度上是人的感性的勃发和知觉的敏锐。如果是否弃了人的躯体的生命力和精神的能量,把人仅仅看成是单纯的物,将是人的窒息和人的死亡。

梅洛-庞蒂讨论过人的本能,他认为不能像弗洛伊德那样,将性解释成一种普遍性的人生存在结构,甚至用它来解释一切文化现象。但也不能完全排斥性的内在结构意义,因为它既不仅是单纯的生理学问题,也不仅是心理学问题,而是我们知觉感知世界和自我的一种存在方式,一种基本生命行为。

在分析了知觉世界的结构以后,梅洛-庞蒂阐述了我们感觉到的外部世界的性

---

① Merleau-Ponty, M. *Phenomenology of Perception*, Evanston, Ill.: Northwestern University Press, 1962, Charp. 1-2.

质、空间位置、深度和运动的具体经验,以及展开我们所有经验的最终范围的外部世界。在此问题上,他既批判了经验主义那种纯粹的讲求经验的局限,也批判了理性主义的误区,因为这二者都设想了一种完全确定的客观世界。梅洛-庞蒂没有把人作为单纯的存在物或自然物来研究,而是把人纳入到社会文化语境中进行现象学分析。他强调,人的最基本的自然对象是他的躯体,而躯体是在社会文化中进化而成的,是文化世界的一部分。把主体仅仅作为自为的、纯粹的自我意识和精神进行考察,可能会丧失人的丰满的精神性,而把人变成一种本能的存在。他认为,人不是一个纯粹的自为体,也不是一个所谓的客观自足的本能存在,而是一个具体的、知觉着的、活动着的主体,而这个主体对他人而言不是物,他人对我来说也不是物,自我和他人既是意识和意识之间的把握,也是躯体和躯体语言之间的交流,所以我们才可能与他人在一种知觉的世界中,达到一种完美的、超语言的交流。

　　当然,仅仅有躯体和"躯体姿态"是远远不够的。存在的躯体之所以具有一种知觉超越性,最重要的是"语言"。语言和对话在人的交流中起着非此不可的重要作用,因为思想毕竟是在活生生的语言中被编织、被传达、被理解和被塑形的。人只有身临其境地去知觉他人,并从语言中去判断他人,交流才成为可能。梅洛-庞蒂甚至认为,他人简单的"凝视"会使人难以忍受,因为这种凝视将是一种非语言的、剥离了精神层面的注视。只有有语言性的、精神性的交流,保持在这种凝视中,凝视才具有一种温情和人性。因而,语言之意的交流与躯体之态的交流是分不开的。

　　知觉现象学的另一个重要维度,是研究"自为存在"在世界中的存在。主体不是一个纯粹的自我显现的非现世的自我,而是一个属于世界的存在物。知觉是知识和思想的根基,而思想与语言是不可分的,纯粹的思想是没有的,思维的主体依赖于存在的主体,就这个意义上说,观念和事物是从一种原初的世界中通过知觉显现出来的。

　　世界是一个巨大无比的个体,它是一个开放的整体,是无穷多的个人的肉体与这个整体结合在一起,在世界上达成一种"生命本原的契约",每个人都是时间的显现和见证。世界与主体是不可分的,但这个与之不可分的主体,只不过是世界存在的投影。同时,主体与世界也不是可分的,这个与之不可分的世界只是通过语言投射出的主体世界。所以,人在语言中构造世界,世界也因为语言而成为一个不断地向着世界终极目标迈进的过程。

　　梅洛-庞蒂认为,笛卡儿所谓的"我思",只是当它被表现出来的时候才是我思,而作为肉体的"主体",是作为世界的投影而存在于世界之中的,是作为一种世界的存在而思考着的。世界单一而开放,而主体开放又单一,它们相互间具有一种"主体间性"。只有二者统一起来,即世界和躯体联系起来,这个世界才是完整的。

　　不妨说,梅洛-庞蒂的知觉现象学是将知觉作为人的反省的基础,而将肉体升华为世界中存在并生成为世界的一部分,这样,就把那种唯理性的、唯心论的、唯精神性的东西撕裂开来,而将人的存在变成肉体的、知觉性的存在。同时,他又把萨特的"自我"和"他人"分裂为二的东西合为一体,因为,他认为,自我和他人都是作为人类的语境而存在,都是知觉之间的联系——"非思想"是思想中所固有的,"我思"是从非反省或潜反省出发的。因此,他把"我思"与存在等同起来,维护作为根本思想存在的实在性和作为观察与认识世界手段的非概念化知觉的重要性。他这样说:"真正的哲学知识就是知觉"。

无论如何,知觉现象学回到了一种简单的要素去思考人类存在的奥秘,并通过知觉反射出外部世界和内部世界的根本性奥秘。《知觉现象学》认为,哲学的第一个行动,应该是深入到先在客观世界的生动世界,去重新发现现象,重新唤醒知觉,并私下使他自身作为一种事实和一种知觉而被遗忘的假面具。这样,肉体就不仅仅是肉体,而是一种既在知觉中又被知觉到的主体,即知觉的中心。而"我思"和"我在"这一超验的运动结合在一起,即意识把存在重新结合在一起。因而,肉体就是一种对世界开放并与世界联系的结构,它存在于世界之中,是我们在世界上的支撑点,也是我们和世界之间的中介。

《知觉现象学》主要由三个部分组成,即"身体"、"被感知的世界"、"自为的存在"存在于世界上。尽管梅洛-庞蒂想为知觉、为躯体、为肉体证明其合法性,而避免胡塞尔纯粹的先验还原和现象学还原逻辑性,但是,他把人等同

《知觉现象学》英译本书影

于人体甚至更广泛意义上的"肉体",这种做法,说明他想打破心灵和肉体间传统的界限而证明人的具体的存在,但是,他的研究仍然是欠明晰的,缺乏最终的说服力,使其影响力大大削减。

二、语言问题

梅洛-庞蒂的哲学是以"知觉"为其研究中心的,他的知觉研究意味着知觉构成了一切知识的基本层次,对知觉的研究必须先于所有其他层次的研究(如文化领域等)。知觉研究与语言研究紧密相关,当知觉运用于社会领域,即言语和语言的时候,凝视和言说就必得对整个社会形式的关联结构。换言之,在交往以及交往的变态关联中进行考察,这种关联就势必包含着不可忽略的文化现象,尤其是"言语和语言"的文化现象。

文化现象中最重要的是"语言"。梅洛-庞蒂将语言看作是与躯体或肉体同样重要的现象学问题。他在《知觉现象学》中认为,语言首先产生在对话形式中,在这个语境中,个体的思想与他者的思想嵌入共同的社会结构和思维网络中,因为,在一种恰当的文化交流中,个体与他者双方是交流的合作者,我们的视域彼此向对方滑入,通过同一个世界而共同存在。在当下的直接"对话"中,个体从自身解放出来,并把握了他者的思想,或预见到了他者思想的存在和自我思想的诞生。如果我提供给他一些思想,他也会反过来使我思考。

到了梅洛-庞蒂的晚期思想的代表作《看得见的与看不见的》一书的结尾,又重新出现了这一主题,甚至以"语言"作为自己"哲学的宗旨"。他认为,在某种意义上,正如胡塞尔所说的那样,整个哲学就在于重新创造出一种揭示事物意义的力量,一种使意义略见端倪的曙光,或者一种尚未探明的意义,或通过经验这一阐明语言特殊领域对经验的表达,所以,或许语言就是一切。也就是说,语言和世界之间并没有一种绝对的界限。语言是哲学探索的工具,哲学是对意义的揭示,这种揭示就是对存在的一种透视感悟。在这种感悟中,人所进行的文化力量的运作,必得把语言作为揭示的中介。甚至可以说,没有语言的介入,哲学思考和意义揭示几乎是不可能的。

梅洛-庞蒂在《看得见的与看不见的》中追问道:最充满哲学意味的那些言语,并不一定包括在哲人所说的话语中。因为,哲学作为一种对不可测量的存在的发现,究竟是用逻辑语言表达最合适呢?还是用日常语言或非逻辑语言作为传达直接的中介意义的手段呢?梅洛-庞蒂不仅强调语言是产生在对话中的形式,而且指明全新意义的揭示或原意的传达的确定性、完整性,是不可能的。因此,语言不应仅仅是作为一种交流的等价中介物,而应该通过语言去进行一种意义的创造,语言不仅仅是交流的工具,而更是创造的工具。在这个意义上,梅洛-庞蒂在他的《论语言现象学》(1951)一文中说:"当我说话或当我理解时,我体验到他者在我之中出现,和我在他者之中出现,这种出现是主体间性理论的基石。"

语言等同于思想的对应物,因为说话是对思想的表达。思想不是内心的自语,思想不在世界语词之外,而在世界语词之内。所以,无论我们是在说话,还是默不作声,在内心生活都有一种内在语言的潜流。说话具有"意向性",是一个真实意义的运作。言说包含着意义,而且又赋予一种新的意义。语言自己描绘出意义,而说话的意思操纵着这个语言世界的方式,它能够像一个动作那样把意思表达在一个共同的心理根基上。梅洛-庞蒂从知觉、肉体的现实状态,强调关于母语的重要性,认为只有"母语"源于我们的生命之根,揭示出一个表现灵魂的话语体系,其他的语言只能作为母语表达思想的补充。一种语言的充分意义永远不可能在另一种语言中得到翻译,人们可以用几种语言说话,但其中只有一种是其永远生活于其中并能完全领会的语言。人必须安于这种语言所表达的世界,因为他永远不会同时属于两个世界。

这里,触及两个重要问题:一个是"语言交流"问题,它属于深层文化内核,触及文化的魂;一个是"语言传统"问题,即这种传统赋予人的表达的意义,及其意义的转移准确地衡量着这种语言的表达能力。人掌握语言,同时,语言也以它独特的结构方式使人处于文化的掌握之中。语言的明晰是建立在语言义幽暗的意义背景中的,所以语言不说任何外在之物,只说它自己的本体状态,语言的意义与它本身不可分离。

语言是一种症候,它表达思想,传达身体话语,传达生命内在的骚动。语言是人的身体的衍生运用,是思想和文化精神世界的呈现物。丧失了这种文化的把握和言说能力,人就只能处于"失语症"之中。人把握了语言,人就把握了这个世界,操纵语言就是操纵人。一切语言操作都以理解意义为前提,然而这个意义无论是在此还是在彼,都要特殊指明。所以,"语言的本质"在于说话的意向性只能在一种开放的经验中获得,意向性的出现使得语言成为生存的显示和宣泄,也使人与世界整合在同一个意义体系之中。

梅洛-庞蒂还在《符号》一书中,分析了符号的语言问题。语言活动使"符号"成为能指,意义就只能交叉地出现,并似乎只能在词的间隙当中出现。如果"符号"只有在其他符号上面呈现出某种东西,那么它的意思就进入到语言之中。言语永远作用于言语的底蕴,它只是说话中的一个浪花,为了理解它,人无须向某种内在语汇求教,只要我们顺从它的内在逻辑,就可以揭示语言的晦暗不明的意思。同样,我们分析思想问题,在找到表达的词语之前,思想就已经成型了,我们只需要找到词语把它"翻译"出来。但是困难在于,一个思想者很难找到一种语言将他所思完全表达出来,而只能通过有限的语言慢慢引导思想的生成。因而,意义是语言的全面运动,人的思想永远游荡在言语活动中,思想透过言语活动,就如同动作越过它的运动轨迹的原因。

就现象学意义而言,言语活动是自我显示意义。显示它的晦暗不明,它对自身顽固地参与,它的重复和重叠,它自己揭示出自己的秘密,并把它变成一种精神的参照物。语言具有一种"自我还原"功能,它让事物赤裸裸地呈现在语言当中,而这种"呈现"所呈现的是它难以言传的意义。哲人和艺术家是为意义的传达而设定自己的存在价值的,他与世界相遇只有通过语言,因为他只能通过这扇大门,才能通向另一个世界。他看到了那个世界,他用自己说的语言去呈现那个世界,从而在语言与世界相遇之时,把自己解放出来。这就是梅洛-庞蒂的关于现象学视域下的"语言呈现论"。

三、超越的审美

梅洛-庞蒂反对任何永恒的、绝对的真理,拒斥任何超越的、现成的真理。在他看来,在现实中,人最迫切地感觉到的真实状况是人总是要死的。解决这个问题的一个重要方法,是通过艺术,通过表达人的逻各斯的语言,来完成人生的超越性。

对意识和知觉化的解释,使梅洛-庞蒂终于走向超越的审美问题,集中去分析诗的魅力、艺术形态、人生实现等问题。他对文艺表现出相当的激情,认为哲学可以被看成是一种深刻的艺术,而文学和艺术是对各种事物真相的有深度的揭示。只有通过知觉感觉到的,才能体验到;只有知觉到的,才能被把握到。如果人处于知觉、感觉和体验之外,那么他就与真理和真理的认识无缘。事物的真相或者是现象的本质直观,永远是因其隐蔽而葆有其神圣的状态,只有人的知觉才能赋予人的灵魂以光辉。肉体不是观念,也不是事物,而是二者兼而有之的,围绕着它的各种事物的度量,形成新阐释话语。观念不是虚无,是一种不可见的东西,而正是它使观念成为可见的东西的世界,因为它是存在之物的存在。在作了这样的关于艺术

青年时代的梅洛-庞蒂

和审美的本体论的界定以后,梅洛-庞蒂在他的最后的一部书《眼与心》中全面阐释了"自由"的艺术观念。因此,这部书又被称为他的"哲学遗言"。

梅洛-庞蒂关于艺术、审美的思想,在其《意义与非意义》中已较深刻地触及。他通过论述画家塞尚而得出了自己的现象学美学的观念。在他看来,画家是用画笔进行创造的人,他总是对世界增添一些新意义和新形象。艺术家透过现实对象所揭示的事物,重新获得并恰到好处地将一些"不可见之物"转化为"可见之物"。艺术家永远处于抒情和感觉的再造中,因为,没有艺术家,人类将脱离意识的生命摇篮,而对很多不可见之物难以把握。

艺术家是这样的人,他决定场景,让场景能为大家所理解。在真正的艺术家那里,并不存在所谓"消遣的艺术",甚至真正的艺术家不满足做一个"文化动物",他在文化中承担着文化的创建和文化的重建的重任。他在言说,就像第一次对世界加以言说;他画画,好像世界上从来没有画过,即以全新的生命、感觉和知觉去画心灵中的那个新我,而为世界增添一些新的艺术和对艺术的理解①。在这个意义上,艺术家的感觉并不能够先于他的画笔,他在表现以前,这一切都不存在,只有当他作品完成并被理解的时候,他才找到了某种神秘之物,这就是"艺术真理"。一切艺术文化和思想交流,就建立在这种全新的创造之中。艺术家面临的最大困难是说出全新话语的困难,他不是上帝,却企图创造世界,并要通过世界的改变来感动我们。一个艺术家或哲学家应该不仅创造和表现一种思想,还要唤醒那些把思想植根于他人意识的体验,而艺术品就是将那些散开的生命结合起来,而不是存在于这些生命中的一个。换言之,作品只与真实的心灵共存。

艺术家创造,他总是赋予艺术材料以一种有形的意义,并使我们透视到生命的含义。而作品使得生命变成了一种"审美历险"。它只针对我们的感觉和知觉并包容我们,使艺术品像实际经验那样充盈着我们的心灵。艺术家用感官来接近世界,并用独特的语言来谈论这个时代,揭示那个不可言的世界,所以,每个时代都通过自己的艺术幻想,为自己寻找自己的历史之根,寻找自己家园的原始意象。

梅洛-庞蒂对"现代艺术"提出了自己的独特看法。在他看来,一切文化都延续着过去,现代作品不会使传统作品成为无用之物,新作品并不明显地拒斥老作品,而只是与其竞争市场。现代绘画等现代作品断然否定过去,以致自己不能够真正从过去解放出来。现代绘画、现代艺术只能在享用历史中遗忘历史,它狂热地追求新奇,其带来的后果是它之前的艺术像是一种失败过时的图景。而这种追新的艺

---

① Merleau-Ponty, Maurice. *Sense and Non-Sense*, trans. by Hubert Evanston: Northwestern University Press, 1964, p.17.

术，又将使今日的新奇变成一种明日失败的状况。

就真正意义上而言，文学的写作和艺术的创作，需要向我们展示其最持久的意义和永恒的魅力。独立不倚的写作者，敢于破坏板滞的公共语言而以自己独特的语言击穿了这个世界的真相，语言在向我们提供真实的同时，并不满足于让自己置身世界之中去改塑日常语言的含义。而绘画则将它的魅力置于梦幻之中，它所产生出来的持续的时间感悟给人一种直接的冲击。在这个意义上可以说，文学是说出来的语言，而绘画是沉默的声音。艺术正在于它以有限之物（形象和画面）去表现那种无限之物，它所抵达的不是意义的顶点，而是意义的起源。因此，语言并不以符号的意蕴为终点，而是以呈现"事情本身"为旨归。当然，这种呈现是暧昧的，如果把一个事情说穿而达到语言的直接性，则是整个艺术符号的破灭。我们永远是对一种历史感受的澄清，永远只能通过我们的躯体、我们的知觉去言说我们的有限以呈现无限。只有那种通过自然、清新和独创性的语言进行创作的人，才会获得真正的自由，才会获得真实的思想的艺术价值。

《眼与心》尽管只有几万字，却是其一生哲学的浓缩，是其美学思想的总结。他在开篇说："思想就是常识、作用与变形，但唯一的条件是进行一种实验性的控制，而各类飘忽不定的意志和愿望就从这里开始。"身体世界是艺术奥秘的谜底，因为身体既是能见的，又是所见的。我的身体之眼注视着一切事物，它也能注视自己，并在它当时所见之中，认出它表现的另一面。所以，身体在看的时候能自视，在触摸的时候能自触，是自为的"见"与"感"。躯体领会自身，构成自身并把自身改造为思想的形式，这也许就是"躯体的悖论"。

艺术也同样如此。当艺术家作画的时候，他是在实践一种视觉的独特理论。画家让事物从他身体里面走进去，灵魂又从眼睛中飘出来，到那些事物上面去游荡，因为他要在那上面不断验证他那超人的内在视力。真正的艺术家，就是通过形形色色的艺术方法去表现那不可表现者，去把人们所忽略的自明之理，揭示为一种可见的、以一种几乎荒诞的方式去表现现实，而完整地呈现这个被人们见惯不惊的世界。所以，阴影的作用是隐藏自己，而隐藏正是为了显示事物的物体。隐藏与显示是艺术的辩证法中最为精妙之处。艺术家的"凝视"是一个生命的诞生和延续的过程，人们在创作的同时，就在寻找一种形象化的视觉哲学。这种具有人类普遍意义的"凝视"，成为艺术家凝视世界的象征和自我生命的升华。

艺术的"变形"，是艺术家肉身的确定和他们对外在世界把握的统一。只有通过这种变形，才能把握世界变化的瞬间，并把这种瞬间投向自己的心灵。我们通过这种变形，可以直观到物质本身的无声意蕴和那梦幻般深沉的宇宙精神。绘画中的"透视"被梅洛-庞蒂拿来说明一个重要的道理，即艺术家在一个二维平面上，做了一个虚假的三维深度。梅洛-庞蒂就此展开论述：我看见了深度，而它并不是真实可见的，因为深度是从我们身体开始，到物体的距离来计算的。这个奥秘是一个虚假的奥秘，我并不是真正看见了深度，即使我看见了它，也是另外一种深度，是人的视觉本身遮隐了一些东西，而又向我们敞开了一些东西。是否可以这样说，这里的本体论已经把存在的特点上升为存在的本体结构,于是本体论便既伪又真,真在他所否定的东西中,而伪在他所肯定的东西中。

梅洛-庞蒂通过艺术的感性知觉的对象化,说明了对象背后深沉的本体论依据。就画家而言,他对深度的体验和在二维平面上对深度的表示,其实是对存在自我深度的表现,尽管这种表现是一种虚拟的方式。正因为这种"表现的虚拟性",所以在我们面对艺术品时需要凝视,没有思想的凝视只是为了看,而有了思考还不够,凝视是一种有条件的思想,他直观到精神从身体中诞生,他通过身体引发思考。"凝视"既不选择存在,也不选择不存在,更不思考这个存在或者不存在,它只在凝视之所见所想的一切中去表达他的思想。

物体是思想的漫延,是思想向事情本身的伸展。身体空间是思想居住的空间,思想所支配的身体,对思想而言并非对象中的一个,思想并不从中提取空间的全部剩余作为附带的前提。进一步说,思想并不依附自我,而是依据身体来思考,即把思想统一于身体的自然法则中。肉体对于灵魂,是灵魂诞生的空间和所有其他现有空间的模式。

通过艺术,梅洛-庞蒂进一步论证了自己的知觉论,即肉体穿透并囊括我们,使我们在艺术维度中去思考。艺术的深度是一个全新的课题,是新的灵感新的艺术思想的生长点。正是因为肉体和艺术具有一种不解之缘,所以艺术总是一个有关光线、色彩、质感的逻各斯,一个超概念的普遍存在的表现,一个通过表现肉体而传达不可言说思想的话语谱系。

艺术中没有自在可见的"线条",线条总是一种对事物的指明和强调,线条并非事物本身,它是人对物体边缘界限抽象的结果。线条创造着潜在的思想,创造想象的空间位移,它使得人们的创作逐渐脱离了具象,而具有启示性、抽象性、深化性。于是,在线条中,肉体和精神完美地"面对事物",而使整个生命呈现出新的层面。

不妨说,梅洛-庞蒂的艺术观在现象学美学家中是独具个性的,他使我们关注知觉的重要性,知觉与意义的感性遭遇。同时,他使我们注视身体的意义,因为"我以我的整个存在一种总体的方法中知觉到,我把握住事物的一种独特的结构,存在这种独特的方式就在瞬间向我呈现出来。"① 肉体通过感觉的综合活动去把握世界,并把世界明确地表达为一种意义。

知觉是创造的,知觉是艺术创造的关键,因为它将"可见的"转换为"不可见的",同时又把不可见的转换为可见的,它实现了两个世界的"双重转换"。正因为知觉和肉体的重要性,梅洛-庞蒂进一步强调了艺术作品具有的语义性质。作品通过人工的塑造而与其他的人工品相区别,艺术品及其视觉是自身的暗喻的逻辑,通过知觉以后,所塑造的全新的、有血有肉的活生生的生命,而一般的人工制品则是

---

① Merleau-Ponty, Maurice. *Sense and Non-Sense*, trans. by Hubert Evanston: Northwestern University Press, 1964, p.50.

获取了一些存在的轮廓而已,却无法表现它的真实存在。这种语义性质使得艺术总是通过书写而表达一些超越物体本身的东西。知觉转换为了精神,精神又转化为精神,这就是艺术的双重奥妙之所在。

艺术品要求我们对其主题加以解释或评价,因此,知觉总是要提供一种感性的解释,在艺术中我们可能会直观到一些不可见之物,以此赋予世界以更丰富的内蕴。梅洛-庞蒂说,没有人比普鲁斯特更深入地去确定可见和不可见之间的关系,描写与感觉并不相悖,知觉是描写具有深度的关键①。艺术作品表现现实世界中已有之物和将有之物,它传达的是艺术家和人们所拥有的世界整体与个人的关系;艺术作品在知觉和反思之间占据一个独特的中介地位,艺术总是要显示传统哲学试图言说的东西,所以,在艺术中,总是有一种"准诗性"的性质,总是要传达出人与存在的一种本体论的关系。在《眼与心》中,梅洛-庞蒂断言:"艺术给予那种世俗眼光视而不见的东西以存在的可能性"。

梅洛-庞蒂将艺术与哲学紧密相联,因为艺术可以揭示哲学中最为深邃的东西,同时,它又将艺术看作人的存在的完满性体现,因为艺术在知觉形式中肯定了躯体的优先地位。

关键词:

 知觉(perception)
 知觉现象学(phenomenology of perception)
 躯体(flesh)
 躯体本体论(ontology of flesh)
 出神(ecstasy)
 自为存在(being-for-itself)
 被知觉的世界(perceived world)
 暧昧(ambiguity)

思考题:

 一、"知觉"在梅洛-庞蒂现象学中占有什么位置,有何特别的意义?
 二、为何梅洛-庞蒂要强调"肉体"?
 三、语言问题在梅洛-庞蒂哲学探讨中占据什么地位,其要点是什么?
 四、梅洛-庞蒂如何过渡到超越的审美问题?
 五、梅洛-庞蒂对艺术的看法与其知觉现象学有何联系,有何独特之处?

---

① Merleau-Ponty, Maurice. *Sense and Non-Sense*, trans. by Hubert Evanston: Northwestern University Press, 1964, p.149.

第四节 英伽登:现象学美学视域

就整个现象学美学与文论思潮而言,真正在20世纪现象学美学与文论领域颇有建树的,首推英伽登。英伽登(Roman Ingarden,1893—1970)作为胡塞尔的学生,创造性地将现象学理论运用到美学与艺术研究领域,在艺术本体论、文学认识论和审美价值论方面作出了理论突破。

在德国哥廷根大学留学期间,英伽登对老师胡塞尔的《逻辑研究》(1900)十分推崇,认为它标志着整个20世纪哲学的基本倾向,既开科学主义的先河,又成为人文主义哲学的先声。英伽登对胡塞尔的本质直观思想很感兴趣,并为"把意识作为关于某物的意识提到哲学研究的中心"的做法感到振奋。

在弗赖堡大学期间,英伽登与胡塞尔就作为先验现象学中心的"意向性"问题进行过多次讨论。英伽登进而认为,意向性是意识的本质所在,它构成了主客体之间的介质,使意识的本质和对象本质呈现出来。现象学强调意识主体与被意识客体之间的关系结构的意向方式(mode of intending)问题,有着重要的意义。但他不同意通过"悬搁"而不再关心被意指的客体本身,从而变相否认客体客观存在的立场。他不同意先验唯心论理论,反对把意识的能力看成是真实世界呈现的条件,反对将真实世界归结为意识活动的唯一结果。因为,独立于认识主体的物质客体是存在着的,世界的实在性是不可回避的。英伽登试图通过研究知识对象的物质构成和物质存在方式,分析各种实在的与可能的客体的基本结构,最终解决现象学内部的先验实在论与唯心论之间的争论。于是,他从认识论研究转向本体论研究,建立起自己由物质、形式、存在三个方面组成的本体论。

英伽登认为,现象学的本质直观方法是重要的哲学方法,而"意向性"是哲学中最基本的概念。存在着两种意向性对象:一种是认知行为的意向性对象,如实在对象和观念性对象,这类对象具有不依赖认识主体而独立的"自足性"。另一种是纯意向性对象(如艺术品),这类对象除了部分特性可以借作品加以呈现以外,则必须依赖于观赏者的想象力去加以填充,因而纯意向性对象就不是自足的,无法将其还原为观念性的东西。

英伽登意识到自己与胡塞尔先验唯心主义的根本区别,决定走自己独特的道路。他为自己确立了新的研究方向:紧紧围绕意向性对象,走一条本体论研究之路。

一、多维度的艺术作品本体论

1931年《文学的艺术作品》出版,这部重点研究"文学艺术作品的基本结构和存在方式"①的美学著作,以其对艺术本体论的独到新颖的研究,引起现象学界的关注。

在艺术本体论研究中,英伽登接受了胡塞尔现象学方法的可取部分。首先,他将作品是对外在世界的反映还是对主观世界的表现问题"悬搁"起来,直接从作品本身出发,强调艺术作品的本体论地位,从而建立起自己的现象学美学和诗学理论。其次,他将现象学还原方法运用到美学研究上,对艺术作品的本质结构和审美经验的完整过程加以描述,对呈现在意识的"本质直观"中的自明的艺术作品本体进行详细的分析。再次,他强调意识的意向性行为,将艺术看作纯意向性客体,将艺术活动看作纯粹意向性活动,但同时,他又不同意胡塞尔那种否定有独立于主体意识的客观对象的说法,而坚持作品尽管是一个意向性对象,但也是一种客观存在的实体。因为,艺术作品本体同观者意识的"具体化"既相联系,又有本质的不同。

英伽登首先提出文学艺术作品的存在方式是什么的问题。文学作品是一种独特的存在领域,它既不是实在的客体,亦非观念的客体。因为,如果把文艺作品当作实在的客体,就无法说明作品是由句子构成这一事实,如果将其当作观念的客体,那就不能说明为什么文学作品产生于某一特定的时间,并在其存在过程中发生变化。文艺作品既带有实在客体性质(任何艺术作品必须以文字、音符、石膏、油彩等材料为物质基础),又带有观念客体的性质,是一种"意向性客体",是文艺作品的基本存在方式,这种意向性客体完全不同于心理主义将作品等同于作者创作的内心体验或读者阅读时的心理感受,因为艺术作品以物质存在的方式与世界相联系,而物质又借作品本体论基础呈现自身。英伽登不满长期以来人们将文学作品本体论与文艺创造心理学两个领域混为一谈的看法,主张文学理论应集中研究文学作品本体,而作品本体只有在作品完成之后才真正诞生。

作者与作品具有亲缘关系,同时,二者又存在着差异性。"作者的全部经历、经验和心态完全外在于文学作品,而且,需要指出的是,作者在创作作品过程中的体验并不构成作品的任何一部分。也许会发生这样的情况:作品与心理生活和作者的个性之间存在着种种密切联系,文学作品的产生,尤其可能取决于作者的根本经验,或许作品的整个结构及其个体特性在职能上取决于作者的心理特性和才能,以及世界观和情感类型,作品因而或多或少地透露出他全部人格的迹象,并以独特方式'传达'出来。但所有这些都根本不能改变那常常得不到认同的事实,即作者及其作品构成了两种异质客体,它们具有根本的差异。只有这一事实的确立,才会使我们正确地展示多方面的关系,以及存在于它们之间的依赖性。"②

1. 艺术作品的四个层次

在本体论上把文学作品的存在方式界定为"意向性客体"后,进而详细描述文

---

① Ingarden, R. W. *The Cognition of the Literary Work of Art*, trans. by G. Grabowiez, Evanston: Northwestern University Press, 1973.

② Ibid, p.22.

学作品的艺术结构。文学作品是由四个异质的层次构成的一个整体结构。这四个有机的层次是：①语音和更高级的语音组合层次；②不同等级的意义单元层次；③再现的客体层次；④图式化观相层次。

语音层次是文学作品最基本的层次。任何一部文学作品都包括语音成分，都由字词、句子组成，而其中的语音素材（语调、音的力度等）在每一次语音活动中都不同。英伽登将文学作品中的语音素材与字音区别开来。他认为，一个字的语音，就是指说出这个字时借以确定语音素材的那种"不变的语音形式"，即典型化的语音（typical word sound）。字音负载字的意义，并通过语音素材而得以具体化，字词就是被赋予意义的和具体化的字音。诗歌语词的一大特点是具有"活生生"的词，因而不仅表达一种意象意义，而且还使说话者"显现"出来。真正具有独立性的语音构成不是词而是句子。句子的意义使得从属于该句子的字词与字音结合起来。从语音层与其他层次的存在关系这一本体论角度看，语音层次和意义层次有着必然的联系，意义在本质上同字音紧密相连，意义就是字音的意义，没有字音，意义就无所依附而不能存在。语音层次为文学作品其他三个层次提供了物质基础。从语音层对读者接受作品所起作用的现象学观点看，语音层次的作用在于显现其他层次，特别是意义层次，因为字音使得读者能直接领会字音所负载的意义。

文学作品的第二层次是意义单位层。这个层次在构成文学作品其他层次上具有决定性作用，它影响着以下几个层次意义的正确性。英伽登几乎用了近一半的篇幅来讨论有关意义的现象学问题，进而将"意义"定义为"一切受制于字音的东西，它在与字音的联系中构成词语"①。在他看来，意义层次依赖于人的主观意识活动，一个字的意义指这个字通过意向性所指称的客体，即与该字字音结合在一起的"意向性对应物"。一个词的意义并不是固定不变的，"同一个字，意义相同，在不同的场合会有不同的用法，尽管存在着词意的同一性，但其变化却是难免的"②。在每一种词义中实现的该概念的某一方面都创造出一种意义，而且，这种具体化还创造出意义的物质和形式内容。"以新的方式具体化的含义在给定的表达意义中宜获得明显的表现。"③英伽登进一步指出，一旦某个词与句子的其他的词相互联系，词的意义就会发生变化，但这个词的原始意义并没有完全消失，只是成为更大的意义单位，并作为整体的句子的功能性成分。但是，在句子中，该词与其他词之间的界限一旦被打破，该意义也必然会发生变化。确定的意识作用规定了句子的存在方式和句子的内容与形式，意识的意向性活动开启了一系列意义发展过程。主体的意义授予活动中包含的意向性思考，规定着意识投射，而词义正是由意向投射完成的。

---

① Ingarden, R. W. *The Cognition of the Literary Work of Art*, trans. by G. Grabowiez, Evanston: Northwestern University Press, 1973, p. 63.

② Ibid, p. 85.

③ Ibid, p. 88.

句子的意义也是意向性的，它指向某种不同于自身的事情并指示出其"意向性关联物"。正如个别的词与意向对象相关，句子则与意向的"事物状态"相关，意向性对象和意向性的事态都称为意向关联物。句子关联物往往是"纯粹的意向性关联物"，即句子关联物是由意义单位的意向性所意指，并超越意义单位的意向性。"句子纯粹的意向关联物以一种特有方式意向性地介入现实，它不仅与现实真正存在的事物相一致，而且还要认识与现实同在的意向性关联物。"①文学作品中的句子与科学著作中的句子是不同的。科学著作中的句子不真即伪，因而是"真判断"，而文学作品中的句子只是"准判断"，"我们并不断言其事态的真实与否，而只是将其看作纯意向性事态"②。

英伽登进而对"原本的纯粹意向性"（originally purely intentional）客体和"派生的纯粹意向性"（derived purely intentional）客体加以区别。前者是作者置于意识之时的纯意向客体，它直接从意识的具体活动中获取其存在和本质，并超越了这些活动。后者则是产生于读者的纯意向客体，其存在和本质归于语言的构成，特别是归于那些包含一个"引鉴"（borrowed）的意向性的具有不同程序的意义单元。然而，英伽登确认由于这些语言的构成，使追溯作者意识活动的原初意向性成为可能，因此，甚至是派生的纯粹意向客体也在这些活动中有其"终极根源"。

在"纯粹意向客体性状况"的探讨中，英伽登提出一个论断，纯意向客体性是一种"本体虚无"（ontic nothing）③。由于只有作者或感知者能够构成一种意向客体性，这种意向客体性是被创造而非自生的。纯意向客体也像意义单元一样，是一种"幻象"。英伽登将原初的纯粹意向与意义单元派生的纯粹意向性相互联系起来考察，指出意义单元有一种从作者的意识活动"借鉴"而来的意识性。当根本的纯粹意向性相互关系只受创造它们的有意识的主体影响时，派生的纯粹意向性客体却完全处于作者的意识活动之外而自身独立，它们缺少只有主体性活动能够提供的想象的丰富性及其直观内容。

文学作品的句子作为纯粹意向的关联物，与现实事物的完整性、明确性相比，是不完全确定的、图式化的、意义含混的。而文学作品的"基本特征和特殊魅力"，正在于作品中包含的意义含混性。这些含混"使人们能够欣赏朦胧与空灵的审美境界"，如果文学作品失去了含混多义性，也就失去了它的独特魅力。

英伽登还注意到并开始"改写"狄尔泰的"解释学循环"问题。他认为，单独的词意在与其他的词组成一个句子时词意会发生变化，句子也如此。当一个句子与其他句子构成复合句时，意义也会发生变化，其结果是产生一个"全新的整体"。"整体"决定并构成单句的意义，整体使单句拥有自己本来不具有的新意义。但另

---

① Ingarden, R. W. *The Cognition of the Literary Work of Art*, trans. by G. Grabowiez, Evanston: Northwestern University Press, 1973, p.110.

② Ibid, p.142.

③ Ibid, p.122.

一方面,单独的句子又决定并建立了"整体"。这样,要对整体加以把握则必须首先对单句加以把握,并按恰当的顺序解读。

文学作品第三层是再现的客体层次。再现的客体,指作者在文学作品中虚构的对象,这些虚构的对象组成一个想象的世界。文学作品中再现客体具有一种现实的"外在形态",它们是具有一种现实特征的模拟物,但绝不是现实的。"被想象的客体"(imagined objects)不同于"想象的客体"(imaginational objects)。前者超越了想象活动,却又是这种活动通向意向性内省过的目标。后者不必经过一种意向活动的内省,相反,它们具有自己特殊性质规定的和自己的秩序,即它们可以不被意指而自由存在。

由再现的客体层次描绘的"再现的实在",具有空间和时间两个方面。文学作品中再现空间并不是几何抽象的空间或现实的客观空间,也不同于心理主义的想象空间,这是一种再现的实在空间,因而具有空间连续性特征。再现空间的中心是作品的再现世界,被再现的丰富多样的世界的中心位置可能发生变化:在某些作品中,中心是某个被再现的叙述者的自我(ego),其存在是不变的。在其他作品中,中心逐渐从人物移向另一人物。当读者理解被再现的空间时,他们就虚幻地把自己转化为文学作品的中心,以致忘了自己现实存在的中心。如果文学空间是想象性的话,那么对这一想象空间的认识将出现读者中心化,而他们自己的中心也必然置换为文学空间的中心。再现的时间具有文学作品的时间性特点,它既不同于现实的客观时间,也不同于意识主体的主观时间。在内在主观的时间流程中,我们全部生活本质凝聚化了,而成为一种绝对主观时间。再现的时间是一种类推,而且仅仅是具体的主体间性时间或主观时间的一种类推,像主体间性时间和主观时间一样,再现的时间被与相联系的特殊事件的本质赋予特殊色彩。在现实的时间中,现在始终比过去和将来具有更大的实体优越性,而在文学作品的再现时间中,现在、过去、未来根据再现事件的秩序依次排列;现在的时间是绵延而连续性的,而作品再现的时间则表现为一系列各自独立的断片;在现在的时间中过去是不可复返的,而作品再现的时间则能使过去和现在都活生生地呈现在人们面前,甚至过去的时间也可以表现为"现在"。

在"再现的客体层次"中,英伽登提出一个关键性的概念——"未定点"。未定点是再现客体的重要特点,需要读者填充这些不确定的点,通过读者的具体化,作品才能完成表达的形式意向。只有当真实客体的确定性通过主体的观察区别于其他确定性,并使它们在自身中得到理解时,它们才能够被有意识地从其原始混沌状态中显现出来,也只有在这个时候,它们才获得一种无限而不可穷尽的呈现。无论某个客体在某一时刻被我们掌握了多少确定性,现实的客体的确定性都是难以穷尽的。因此,在原初的认识中我们不可能知道真实客体如何被确定。现实的客体是完全确立不容含混的,不存在任何同时是 A 又是非 A 的未定点,因而是有具体的统一性。而文学作品再现的客体都充满未定点,是不确定的,其意义永远无法穷尽,因此,再现的客体性只是由不同类型的未定点构成的图式化观相。在许多不定点中,有能够完全基于文本的补充而被"填充"或具体化的,也有并非如此容易就能填充的。实际上,反映一种纯属虚构的荒诞不经的文学作品所具有的难测的深度和无所羁绊的丰富性内容,能够在读者充分自由的具体化中造成一种特殊真实的审美效应。然而,英伽登还有其附加条件:这样一个"纯属虚构"的世界能被展示到何种程度? 它给予何种审美价值特性和价值? 这无疑需要为未定点正确填空制定严格的界限。这样,英伽登的讨论就推到第四层次上了。

第四层是图式化观相层次。英伽登首先探讨图式化观相与现实客观性的联系,然后讨论观相与再现客体的联系。观相与客体之间的区别在于,某物作为客体不管是否为人所意识到,其自身都存在着。而某物的观相的存在却离不开意识主体,如果主体闭目不看,物体的观相就不存在。因此,"观相"也就是客体向主体显示的方式,实在的客体向主体显示(被主体知觉)为客体的观相内容[①]。观相不是心理的,但又依赖于主体的行为。观相是一种观念化的东西,它是对于这种观相的不同感知的"图式"。这个层次不是由一个精神个体的体验创造的,相反,它在意义单元所投射的再现客体中潜在地存在着,这种有着先定范围的潜在性在每一个读者那里得到不同程度的实现。

换言之,读者在先定的范围内,将不定点的"图式化观相"转化为丰富生动的"具体化观相"。这些具体化观相因读者不同的意向性填空而各异其趣。英伽登举例说:罗曼·罗兰在小说《欣悦的灵魂》中,再现了巴黎各种各样的街道。对巴黎有感性认识的读者会根据自己对这些街道的独特经验和先前的了解,而使这些相关的图式化观相具体化。这样,他们超越了文本所限的规定性,而依照产生于先前对该城市的感受和体验的具体问题使街道重新丰富化、具体化。而不熟悉巴黎的读者只有就书中提供的描述,在图式化和预先规定的范围有限地了解它们,他们对这些图式化观相的进一步具体化,则仅仅只能凭借类似经验加以想象。可见,这两类读者所进行的具体化各不相同。图式化观相一方面要区别于观察的主体,另一方面又要区别于被观察的客体。在文学的感性认识更是如此,图式化观相分别区别于观者与被再现的客观性。文学作品要把再现的客体显示为实在之物,就必须使读者对这些客体获得直观的认识。潜在的图式化观相的实现,尽管有其自身的先在规定性,但仍然是根据读者的不同,实现的图式化观相也有所不同。也就是说,作品中的实在客体只是出现于某个方面,因为有限的文句只能提供有限的观相,这些有限的"观相"所组成的层次只是骨架式或图式化的,其中充满许多"未定点",有待读者去想象性连接和填充,使文学客体丰满具体化。

存在于被再现客体之外的因素,对图式观相的具体化来说是必需的。对一部文学作品而言,完美的修辞语言和凝练的语音构成(如声词、韵律等等),引起实现期待状态中把握图式化观相的因素虽不至关重要,但这种实现期待(preparedness)

---

① Ingarden, R. W. *The Cognition of the Literary Work of Art*, trans. by G. Grabowiez, Evanston: Northwestern University Press, 1973, pp. 256-257.

却标志着一部作品自身的成功,因为缺少它文学就变得没有血肉和僵死抽象。英伽登对"内在观相"加以概括,认为就如同无生命之物的观相显示了该事物僵死的特性一样,内在观相显示了生命鲜活的状态。如果相关的内在观相不把握在实现期待状态中,一部作品的人物就变成了"没有生命的'纸'人"。

2. 艺术作品的"形而上质"

英伽登在对文学作品的四个基本层次进行分析以后,提出了文学作品的"形而上质"问题,并指出四层次理论的一个难点:文学作品的其他三个层次的主要目的和功能在于,共同作用于客体的再现性,并积极地构建再现的客观性。而再现的客体功能却言人人殊,有人认为再现的客体产生某种"情绪",或伦理教诲,或观念表达。再现的客体所指涉的是一种"形而上质"。所谓"形而上质"是指"崇高、悲剧、恐惧、动人、丑恶、神圣、悲悯"的性质,这些性质不是客体的属性,也非心态特征,但"通常在复杂而又往往根本不同的情境或事件中显露出来,作为一种氛围弥漫于该情境中的人与物之上,并以其光芒穿透万物而使之显现"①。形而上品质不是对象物的特性、品性或精神状态,但在环境和事件中表现出它们的存在。实际上,显示于文学作品之中的形而上属性呈现了再现客体的本体层次,并像这些客体一样成为了纯粹意向性的。形而上属性所具有的特别的本体层次在文学中的作用实际上有利于读者,在现实中实现的形而上属性则可使人在相对宁静中去静观默想。当然,形而上属性并不组成一种必不可少的文学层次,它们仅仅在一些伟大的作品中出现,是伟大文学作品的一个标志。作品的形而上质使我们不可能用纯理智的方式去把握它们,只能在生活情境中去体验和感悟,在一种近乎迷狂中"领悟"那种"使生活值得一过"的意义。

这些不可言传的性质揭示出生命和存在的深层意义。"当我们领悟到生命意义时,恰如海德格尔说过的那样,'我们往往忽略的在日常生活中几乎没有感受到的存在之深度和本源,向我们的心灵的本性突然敞开'。"②作品的形而上质如此重要,但又难以具体把握,我们只能渴盼和沉思默想它们,当它突然来临之时,它便成为生存全部行为的最终源泉。因此,再现的客体层次最有意义的功能是显现作品的形而上质,通过显现形而上质进而去"实现自身"。这些属性在得到具体化时就获得了审美价值。文学作品中的"真理"就是形而上质在文学文本中的显现。而文学作品的"观念"建立在一种"原初的对应上,它是直觉性自身显现的,存在于确定性的再现的生活环境与形而上质之间。'观念'是作品发展的极致"③。

英伽登标举文学形而上质和文学作品"观念",认为文艺的重要功能就在于显现这种形而上质,形而上质成为了文学艺术作品的最高的审美价值属性,它同作品

---

① Ingarden, R. W. *The Cognition of the Literary Work of Art*, trans. by G. Grabowiez, Evanston: Northwestern University Press, 1973, p. 291.

② Ibid, p. 291.

③ Ibid, p. 304

各层次的审美价值属性相互关联，构成作品的复调和谐。文学作品层次不仅是作品的存在基础，而且是其基本组成部分。这些层次构成多种类型的审美价值，各层次之间的多样性产生复调和谐。文学艺术作品正因其具有复调和谐性质，才得以成为审美对象。

现象学艺术本体论强调，文学作品不仅是一个客观存在的实体，而且也是一个意向性对象。从本体论观点看文学作品只是一种图式化结构，其构成要素大部分都处于潜在状态。只有在阅读中被读者具体化之后，文学作品才成为审美对象。

在《文学的艺术作品》中第三部分，英伽登研究了文学作品和具体化之间的区别，考察了具体化与文学作品和读者主观意向之间的关系，并涉及文学的有效意义问题。但这些问题都仅仅是初步提出来，并未系统地加以解决。可以说，《文学的艺术作品》集中解决了文学艺术作品的存在方式和本体结构问题，而人们怎样认识文学艺术作品的问题，则是英伽登在另一部著作《文学艺术作品的认识》中加以解决的。

二、意向性艺术认识论

1937年，英伽登出版了《文学的艺术作品》的姊妹篇《文学艺术作品的认识》。这部用波兰语写成的著作，集中讨论了作为纯意向性客体的文艺作品怎样被我们认识，分析了这个认识对象的接受意向，论述了对象如何呈现于意识，我们怎样得到关于它的知识和得到何种认识结果，以及我们如何得以评价它们的有效性。

英伽登的文学认识论，建立在他的艺术本体论基础之上。他认为，必须将文学作品与作品的具体化区分开来。文学作品只是一种图式化的构造，它永远不可能通过有限的词句把某个对象的无限丰富的性质完全表现出来。文学作品是一种"纯意向性的客体"，未经阅读的作品只是"潜在的存在"或"可能的存在"。文学作品中包含了许多"未定点"和"空白"，有待于读者在阅读过程中予以填充和具体化，因此，文学作品只有通过阅读才能转化为现实的存在。"具体化"是"作品被理解的具体形式"，具体化是阅读中构成的直接关联物，构成作品的显现形式①。但英伽登认为，具体化既非心理的，又非经验性的，读者阅读一篇文学作品时，并不是内省自己的内在心理活动，而是集中注意力于文学作品本身，这是一种现象学本质直观活动。英伽登严厉地批判了用心理因素解释具体化的做法，"只有那些靠吃理论饭的文学批评家才会别出心裁，钻到读者头脑中去寻找文学作品"。

在《文学艺术作品的认识》一书中，英伽登没有考察包含在了解和认识一部作品中的个性心理学，而是考察一种经验，并进而把握文学艺术作品认识经验中必然存在的本质特征。他为"认识"下了一个宽泛的定义，甚至把通过普通阅读对作品的了解也包括在内。同时，他把他的分析限于区别同文学研究以及各种对象相关

---

① Ingarden, R. W. *The Cognition of the Literary Work of Art*, trans. by G. Grabowiez, Evanston: Northwestern University Press, 1973, Chap. 11-12.

的认识,诸如文学艺术作品本身、文学作品的重构、文学作品的具体化、审美对象等。

就文学作品所具有的语音层、意义单位层、图式化观相层和被表现的客体层而言,语词意义既不是观念的,也不是实在的。英伽登把它描述为心理行为客观的意向性关联物,只要意向有同样的意义,它们就有同样的结构。理解一个句子意味着在那个句子中现实化它的意义意向。由于语言层次的主体间性的可趋近性,所以一个人的理解总是可以根据同一语言社会其他成员的理解来检验的,当一个词不是被意向为模糊状态时,由阅读句子前几个词造成的句子的语境就基本上排除了歧义性问题,而以前意指的意义也影响着人们以后的阅读。

读者在进入作品语音层和意义单位层以后,必须遵循语义层次的线索,以便在想象中投射作品世界,再现客体并获得一种整体意义。每个句子意义都投射一个事态而成为它的意向性关联物。事态投射构成作品世界的客体,但是为了从互不联系的事态物过渡到一个综合构成的再现客体世界,必须对再现世界的事态所提供的信息加以概括和贮存。

文学作品与具体化之间存在着差别。文学作品既是主体间性可理解的,又是可以重构再创的。而在具体化过程中,每个读者总是按自己的知觉方式和审美情趣进行,不同读者对同一作品具体化不可避免地会出现各种差异,甚至同一读者每次阅读同一作品时所完成的具体化也不会完全相同。英伽登在详细论述了文学作品在四层次上与具体化活动的区别后,指出具体化有两种不同形式。

第一种是忠于原作者意向的"恰当的具体化"方式。要完全与作者意向一模一样是既不可能又无必要的,因此,在阅读中没有哪一个读者能够在一次阅读中将一部作品的全部质量发掘出来。所以,这类具体化最多也只能接近正确地理解和认识作品。可以说,恰当的具体化构成了科学地阐释作品的外部极限,而文学批评家通过多次阅读也许能够接近这个极限。

具体化的第二种形式是"虚假的具体化"。某一具体化可能会由读者自己想象和虚构去任意对未定点和空白加以填充,从而背离作品原意,甚至成为一部面目全非的"新作品"①,而仅仅与原作存在或多或少的一点联系。这种"具体化"会导致原作品质量的丧失和对作品的错误理解。一部作品的真相"可能被一种虚假的具体化迷惑,掩盖几个世纪之久。最后终于有人发现自己对这部作品的理解才是正确的,自己恰当地观察了它,并以某种方式揭示了作品的真实形式,并将其公之于世"。这就是文学批评的重要性所在,正是文学批评可以使作品的本真意图得到重新呈现。当然,作品本身所包含的丰富潜能,任何一个读者或批评家的阅读都不可能全部实现,只有通过所有读者的共同的"具体化"活动空间,才能充分得到实现。就这个意义而言,文学作品的"意义"是恒定的,而因不同人的具体化而拥有

---

① Ingarden, R. W. *The Cognition of the Literary Work of Art*, trans. by G. Grabowiez, Evanston: Northwestern University Press, 1973, p.340.

不同的"意思"。在文本所允许的范围内,每个人的理解和具体化都具有合理性。

文学作品一经诞生便拥有了自己的"生命",拥有自己的生命"历史"。一方面,作品在具体化的多面复合体中得到表现时,它才能生存。具体化通过想象将作品活生生地呈现出来,作品通过具体化获得鲜活的生命,而没有具体化的作品只具有图式化形式,缺乏血肉丰满的生命意味。具体化的历史,归根到底是文学作品的意义增殖的历史,即活生生的存在所遭遇到的一切事件的总和。另一方面,当作品的生命随着新的具体化而不断变化时,它才真正存在。不仅具体化能赋予文学作品以生命,而且文学作品的生命会在具体化过程的影响下产生变化。具体化是与原作保持同一性与读者创新的变异性的统一。作品与作者的意向,读者与作品的意向之间的相符与相悖的实现,都会在再现客体层造成明显的变化。但作品在变化中仍保持其自身的同一性(即不会真正变成一部"新作品"),同一部文学作品会发生变异,而变化的历史则构成艺术作品的生命。这种生命既是永恒的,又是历史的。它的永恒性显现为它具有某种不变的基本结构,而不会在历史变迁中完全改变。它的历史性表征在作品结构所体现的意义在不同历史时代的读者将其具体化时出现的差异上。这种永恒与历史的统一形成作品的动态本质结构。

艺术作品与审美对象之间存在着差别。作品主要靠意义层次才成为一种主体间性客体,但文学艺术作品本身还不是审美对象,要使作品这个包含诸多潜在因素和不定点的客体成为审美对象,必须加以读者的具体化。就阅读而言,人们可以以各种不同态度对待文学艺术作品。有文学消费者的态度,这类人将作品作为自己想入非非的支点,或干脆就沉湎于作品情调之中打发时间。还有一种文学研究者的态度,他们总是想象到作品后面所隐藏的东西,或者将作品看成作者隐晦曲折的自白,或者在作品中表达百科全书式的知识体系,或干脆将其当作某种文献加以考察。英伽登对这两种态度均加上括号,不予考虑。他更为关心以下三种"态度":(一)构成审美对象的审美态度。只有在这种审美态度中,具体化才会达到与原初呈现给艺术家心灵的东西相似或相符,观赏者的填充才能与艺术家的创造达到完美融合①。(二)获得关于文学艺术作品本身而非其具体化认识的前审美态度。(三)获得关于具体化审美对象的认识的后审美态度。英伽登根据不同的对象分析这三种态度,并考察了使对象呈现于意识的经验的本质特性,以及每种态度可以提供何种认识结果的可能性。

英伽登从文学认识论角度进一步考察了文学作品在具体化中显示的时间背景问题。在《文学的艺术作品》中,他曾认为,文学作品本身是"各部分共时性地存在着","这些部分根本不存在时间上的先后早晚,而读者对文学作品的领悟是时间

---

① Ingarden, R. W. "Artistic and Aesthetic Values", in *British Journal of Aesthetics*, 1964, Vol.4, pp.198-213.

性伸展过程,由此产生的具体化也是时间延续的"①。在《文学艺术作品的认识》第二章,英伽登进一步讨论这个问题,声称文学艺术作品是一种完成了的客体,共时性地拥有其所有部分,而读者却只能凭借一系列在时间中延续的意向性行为来接近作品。作品的各个部分在具体化过程中就成为阅读的各个阶段,随着阅读的进行,靠前的阅读阶段由于时间透视角度拥有的各个部分,而每部分都因时间透视而发生了某种变化。随着具体化的构成,只有一个作品阶段生动地呈现给我们,它占据了我们的当下时刻并使它具有质的确定性。

在《文学艺术作品的认识》第三章,英伽登考察了对科学著作的认识和对文学作品认识之间的差异,认为科学著作的功能是传达一个独立于作品存在的客体知识,文学艺术作品的功能是为审美经验提供基础。科学著作中的所有陈述句都是真正的判断,即旨在尽可能精确地确定一个独立存在的对象,就像在现实中被确定的那样。而艺术作品描绘的对象之所以存在,仅仅因为句子的意向性关联物与事态结合而把它投射出来。审美性质对于科学著作是无关紧要的,并且甚至可能对它的主要功能是无益的。在科学著作中再现客体层次应当是透明的,语义层次则应当把读者直接引向外在对象。理解科学著作,比理解文学的艺术作品要简单。它主要限于理解语义层次,而对于文学的艺术作品则必须考虑到所有的层次,因而所有层次都可能包含着审美价值性质。

《文学艺术作品的认识》第四章是全书的重点。英伽登描述各种认识对象的方式,其目的是为建立文学研究的认识论铺平道路。他根据认识活动的意向以及它所涉及的对象,来划分对文学的艺术作品或其具体化的认识种类。英伽登主要考察两种态度:其一,学者的态度,他们为了研究的目的而阅读;其二,读者的态度,他们希望形成作品的审美具体化。如果以第一种态度为主,那就可能有两种对作品的认识,即以艺术作品本身为对象的前审美研究认识,以及对作品审美具体化的反思认识。在文学研究的更高阶段上,这两种认识可以结合起来,以评价作品本身与其具体化的关系。

关于文学的艺术作品的各种认识成果的认识论的价值问题是《文学艺术作品的认识》第五章所要解决的问题。有两种解读作品的方式,其一是普通阅读,它促使人们提出各种有关艺术作品本身的确定性和特性问题,以及有关艺术创作的问题,从而导致了对艺术作品的反思认识。另一种是对艺术作品的反思认识,这促使人们重新专心地和慎重地阅读艺术作品,这种阅读反过来使我们更精确地并以一种更恰当的方式进行反思认识,并且在分析的考察之后进入到对作品的综合理解。

在对文学的艺术作品认识的前审美方式的认识论考察中,核心问题是这种认识的客观性以及通过它得到的判断的真实性问题。审美经验的客观性问题在自足的审美经验中并没有什么意义。反之,其他三个问题占据了突出的地位:①审美经

---

① Ingarden, R. W. *The Cognition of the Literary Work of Art*, trans. by G. Grabowiez, Evanston: Northwestern University Press, 1973, pp. 308-309.

验的有效性问题;②读者和同一部文学的艺术作品相联系而产生的审美经验接受的可变性和多样性问题,它又带来了审美经验,以及构成这种经验的来源的艺术作品的关系问题;③审美经验在人类的生活中所起的作用及这种作用如何根据经验的实际能力而改变的问题。

对文学的艺术作品的审美具体化的认识没有终结于对具体化直接的和直观的理解。文学研究作为一门学科的可能性,取决于我们在何种程度上成功地把这种认识固定在判断和概念之中。

如果说,英伽登文学作品本体论解释对现代西方文艺中新批评派和布拉格结构主义产生过影响的话,那么,他的文学认识论对当代艺术阐释学和接受美学也产生过影响。在《文学的艺术作品》和《文学艺术作品的认识》中,英伽登虽然论及艺术价值和审美价值论问题,但真正深入系统研究,却是在其晚期。可以说,英伽登晚年美学研究的重要特点是从作品结构描述和审美具体化方面扩展到价值论领域。他的主要工作是进行作品结构与审美价值关系的考察。

三、艺术审美价值论

1956年,英伽登出席了在威尼斯召开的第三届国际美学会议。会上,英伽登认为,审美价值已经在美学研究中成为不可忽略的重要课题,因此,他提出应将下列事实作为研究美学的出发点,即艺术家或观察家与某种客体尤其是艺术品的独特接触和交流。这种接触一方面导致作为审美对象的艺术作品的出现;另一方面导致艺术家或审美体验着的观察者或批评家的诞生。英伽登强调,只要当已被理解的和重构的艺术作品刺激欣赏者从观照阶段过渡到审美经验阶段,那么,在这种审美经验中理解的主体就超越了艺术作品本身的图式化并以创造的方式完成它,这时,欣赏者就从他经验开始时的被动性接受阶段转移到主动性创造阶段。他用由作品发展的"审美意味性"(aesthetically significant qualities)来充盈包容作品,进而构成作品的审美价值。英伽登的观点表明了建立一种新美学或进行一项新的美学定义的勇气和开拓精神。

1962年,英伽登出版了新著《艺术作品本体论:音乐、绘画、建筑、电影》①。英伽登晚年,越来越注意把审美价值问题作为自己美学研究的核心。1962年底,在波兰克拉考美学分会会议上,英伽登说,自己早年写作《文学的艺术作品》及其姊妹篇时,就曾考虑过价值问题,尽管那时主要偏重本体论方面,但没有否认而且也不想抛开价值问题,只不过打算一步一步地完成全部工作,显然,在这一本体论基础上审美意味和艺术意味性(artistically significant qualities)将显现出来,甚至会进而产生价值。也就是说,自己的研究程序是先考虑艺术作品本体论层次结构和认识论("具体化"及"重建"理论),然后研究作品的价值体系,即"审美意味性"。

---

① Ingarden, R. W. *Untersuchungen zur Ontologie der Kunst: Mudilertk, Bild, Architektur, Film*, Tubingen, 1962.

1964年英伽登在阿姆斯特丹国际美学会议上，首次提出审美价值意味性系统的概念和审美意味性图式表。并在同年发表《艺术价值与审美价值》，全面系统地阐述自己的价值论问题。1966年，发表《美学上存在的价值意味性系统问题》。1968年9月英伽登出席在维也纳召开的第十四届国际哲学会议美学部第二次会议，并作了题为《哲学美学论》的讲演。他非常自信地说，自己的作品本体论层次结构研究开拓了美学研究的一个新维度，同时，对近来一直考虑的艺术的审美的价值问题的有效性和科学性是深信不疑的。他认为，探索的道路是漫长而充满障碍的，但这是唯一之途，不然，就无法对艺术品的价值和它的审美具体化作出精确而充分的评价。1969年，英伽登出版了他最后一部著作《体验、艺术作品和价值》。这部书从不同的侧面讨论了作品本体结构同价值的关系问题。可以说，英伽登为致力于寻找艺术作品对人产生功效和价值结构的基础，试图建立艺术价值的形式结构系统而终身作了不懈的努力。

英伽登的艺术价值论的基础是奠定在发现和确立艺术品的价值与其结构形式的对应关系上，他以这种客观的、科学的价值论体系去反对那种从人的主观方面去考察艺术的价值体系，将"审美意味性"和"艺术意味性"作为价值论的中心范畴。为了说明这两个概念，英伽登先对几个与此关系紧密的概念加以区别。

将艺术作品本身与它在阅读过程中作为读者的审美对象性质相区别。艺术作品是一种客观存在，而审美对象则在欣赏者的具体化中才能转化和形成，因而就不全是客观的。由观赏者所诞生的审美对象，在诸多关键的细节方面与艺术作品本身有别，正唯此，在对同一部作品的不同的构建中，作品的基本特性就会发生变化。审美对象是由主体的审美态度所"构建"的，由于具体化方式不同，同一文学作品可以演化为诸多不同的审美对象。审美对象既与作品具有同一性，同时二者之间又有差异性，审美对象比不以主体为转移的客观存在着的作品更为丰富。

将艺术价值与审美价值相区别。艺术价值即在艺术品本身中呈现的、并存在于作品之中的某种东西。而审美价值则是某种仅仅在审美对象中，在决定对象整体性质的特定时刻才显现自身的东西。也就是说，存在着两种价值，在作品本身是艺术价值，在审美具体化则是审美价值。但是，由于作品本身作为骨骼包含在具体化的具体躯体之中，在具体化本身中骨骼的艺术价值以及具体化的整体的审美价值都可以揭示出来。艺术价值属于艺术作品，它包含着一种同它有质的区别的价值，即审美价值现实化必要的但非充足的条件。审美价值出现在艺术作品的具体化中。艺术价值是一种手段、一种工具的价值，如果条件许可的话，它有能力使审美价值呈现出来。艺术价值处于文学作品的"艺术极"，而审美价值则处于文学作品的另一极"审美极"。艺术价值存在于作品所创造的文本中并自身呈现出来，而审美价值则存在于读者的审美具体化中。审美价值只能在忠实地"建构"作品特性时，才可能同作品价值具有同一性，对现实中大多数审美接受活动而言，审美价值一般只能体现作品的部分艺术价值。艺术价值是否实际属于作品，是以读者的行为为条件的。但是另一方面，读者也不能完全独立于艺术作品的确定性这一事实,这增加了审美价值依赖艺术作品的程度。艺术作品的艺术价值存在于那些影响着审美观赏者的性质中,它们推动他在具体化中建构审美价值的实体基础缺少的部分。如果艺术作品缺乏艺术魅力,那么在一个特定的具体化中构成审美价值,就有依赖于读者的能力了。

将艺术价值和审美愉悦相区别。艺术价值属于艺术作品本身,并主要在于作品本身的某种功能及其某些要素和特性。而审美愉悦,是完全存在于作品之外的人的主观感受,是一种主体的心理状态。英伽登批评那种价值主观论的观点,认为这种将主观审美愉悦等于艺术价值本身的做法,无异于将不属于艺术作品本身的价值归属于艺术作品,这样就不能真正探索作品所具有的客观价值。正是基于上述的区别,英伽登提出他的艺术价值结构系统理论。而这一理论关注的焦点在于:作品本体结构与作品价值结构之间的关系。这样,审美价值问题就被归结为审美意味性和审美价值如何建立在作品本身属性上的问题。艺术价值结构系统包括"有价值特性的"和"非价值特性的"(即中性的)两个方面。"有价值特性的",即构成作品的价值特性部分,这部分又可分为"审美意味性"和"艺术意味性"。所谓审美意味性,即作品审美中的形而上质,也就是指作品中直接引起美感的性质,如"漂亮""纤美"等。而艺术意味性就是指作品中不直接引起美感,却构成审美意味性基础的一些形而上学的性质,如语言表达中的"清晰"、"透彻"等性质。作品的价值系统存在着不同的意味特性层次。如一件艺术品,可以有审美的、道德的、或经济的、功利的等多种价值,而正是借艺术意味性和审美意味性,才能把艺术作品的艺术价值和审美价值类型同其他道德、功利、价值类型区分开来。

"非价值特性的"即艺术作品中在艺术技巧性上或美学上是呈中性的,这些成分组成了文学艺术作品的"中性骨架",审美意味性和艺术意味性就依凭在这中性骨架中。这种"意味特性"包括各门艺术的类型特征,如文学作品是一个时间的多层次结构,因为它的各部门在时间的顺序中互相连接,这使其能够在它所描绘的世界的时间里来叙述事件。还有另一层的中性特征,即文学作品的语言、语词、语法的组织结构等。这些中性特征被英伽登称为"作品价值论上的中性骨架"。如果缺乏这种骨架,这部作品就不作为只是唯一的而非其他的艺术作品而存在,但是,这骨架并不构成完整的艺术作品。尽管那些属于艺术作品骨架的特性在价值论上是中性的,但它们对于价值论上有意味的一整系列特性并非无关紧要。只要恰当地赋予这骨架,它的特性就会导致种种似乎本来属于艺术作品而其实不同的全新特征出现,因为这些特征是在价值论上有意义的和艺术上有价值的特征,它们在这个或那个集合体中出现,并赋予作品以种种艺术价值。

艺术作品意味属性结构概念,为审美价值的研究提出了一种全新的方法。但这一方法的难点在于两种意味特性系统的自身组合和相互组合的方式,以及这个系统同作品中四个层次结构的关系。英伽登在晚年尽管制定过"审美意味性图表",企图为繁多的审美意味性找出一些简洁的共同性因素,但他十分清楚地罗列的各种派生的审美意味性:精湛、新颖、自然、真实、实在等以及这些属性范畴只不过是临时性和假定性的,是不能真正加以科学地考察的。英伽登想寻找出艺术作品"客观的"价值属性,然而他又无法使作品离开人的"审美经验"。他感到所谓离开主体的孤立的审美价值是不存在的,因为审美价值属性是因作品类型、作品诸意味属性间关系的类型、作品结构的紧凑性类型而改变的。正由于读者的介入,使得艺术作品的存在是"开放性"的,作品意味性结构成为"可变的"。

晚年英伽登孜孜不倦地研究艺术价值和审美价值问题,其目的在于建立一般艺术价值论。但由于他企图在价值与作品形式结构之间建立一一对应关系的机械立场,以及他强调价值脱离主体的"纯客观"态度,使他无视审美主体的能动性,在主体客体两个极点上走向了"客体"一极。这使得他的艺术价值论中有浓厚的新实证论色彩。

英伽登并不缺乏明晰性,也不缺乏孤独地走自己的路的意志力,但他缺乏精细的审美鉴赏力。他属于康德式的审美鉴赏力匮乏而哲学天分颇高的美学家,因此,他以其艺术本体论、认识论和价值论为当代美学作出了自己的贡献。

在艺术本体论方面,英伽登依据胡塞尔的"意向性"原则,从艺术本体论之维将文学艺术的存在方式界定为不同于实在客体和观念客体的"意向性对象",并对作品加以本体层次结构的划分。认为作品层次构成多种类型的审美价值,各层次之间的多样性产生复调和谐。文学作品正因其具有复调和谐性质,才得以成为审美对象。本体层次的划分展示出艺术本体论由传统二元论走向当代多元层次论的历史轨迹。

在艺术认识论方面,英伽登依据胡塞尔的现象学"还原"理论,对直接呈现于意识中的东西作出非因果性的描述。他将审美活动看作一种特殊的"还原",即排除一切前定的东西而凝神直观直接呈现的审美对象。同时,审美主体又是一种能动的创造主体,他可以通过阅读,将文学作品这一"潜在存在"中的"未定点"加以"填空"和"具体化",从而使作品在阅读活动中转化为现实的存在。这种极大调动阅读主体重建"创造"力的艺术认识论,对20世纪美学的重心转移(从作家中心、作品中心向读者中心转移)起了相当重要的作用。

在艺术价值论方面,英伽登致力于寻找艺术作品对人产生功效和价值结构的基础,试图建立艺术价值的形式结构系统。艺术价值论奠定在发现和确立艺术品的价值与其结构形式的对应关系上,他以这种客观的、科学的价值论体系去反对那种从人的主观方面去考察艺术的价值体系。这样,在区分艺术价值与审美价值、审美愉悦的同时,将"审美意味性"和"艺术意味性"作为艺术价值论的中心范畴,强调艺术作品审美价值的客观性,认为作品中存在着的种种审美价值属性同作品的"中性骨架"相结合,形成作品的审美价值和艺术价值。英伽登晚年以不懈的努力去建立一般艺术价值论,这对20世纪下半叶西方美学热衷于谈论审美价值论无疑有着积极影响。

英伽登的现象学美学对后世具有重大的影响。就美学思潮而言,他对法国现象学美学家杜夫海纳、利科起了不可忽视的作用。同时,他的美学思想对存在主义美学、日内瓦学派、结构主义美学、解释学美学、接受美学等也产生过影响,使艺术本体论、艺术价值论成为20世纪美学的热门话题,使作者中心让位于作品中心和读者中心,实现了文学艺术审美研究的精密化和系统化。

关键词:

　　意向性客体(intentional object)
　　内在观相(internal aspects)
　　形而上质(metaphysical quality)
　　未定点(spots of indeterminacy)
　　本体虚无(ontic nothing)

思考题:

　　一、英伽登认为现象学最根本的东西是什么?
　　二、英伽登的现象学艺术本体论的要义是什么?
　　三、文学作品的四个层次各有什么内容?
　　四、什么叫作"形而上质"?为何要在四层次之外提出"形而上质"?
　　五、英伽登的文学认识论的要义是什么?
　　六、英伽登的审美价值论的要义是什么?

第五节　杜夫海纳:审美经验现象学

　　杜夫海纳(Mikel Dufrenne,1910—1995)一生在现象学哲学和美学领域辛勤耕耘,取得令人瞩目的成就。其《审美经验现象学》成为当代美学重要著作,被认为是"现象学美学中写得最为有趣和值得研读的著作"。

米盖尔·杜夫海纳(1910—1995)

一、法国现象学的高峰与审美经验现象学的深拓

杜夫海纳的文论和美学思想,是伴随着现象学中心由德国向法国的转移而不断发展成形的。杜夫海纳以其清晰的思维把握到了从德国现象学阶段向法国现象学阶段转移的不同方向和态势。

法国现象学阶段的开端,以 1943 年《存在与虚无》的出版为标志。萨特不赞同胡塞尔将存在本身悬搁起来忽略不计的做法,认为具体的存在无法忽略,而人的实际存在先于其理论上的本质处理。所以萨特调和胡塞尔(现象学方法)与海德格尔(基本本体论),以实现自己的一种处境中的意识本体论。梅洛-庞蒂从人是活的机体出发,认为主体是灵与肉的统一,因而是"身体—主体"。要描述和认识人的意识和行动的结构,就必须研究人的知觉,知觉即主体对世界的总体视觉。萨特和梅洛-庞蒂对杜夫海纳影响很大,甚至可以说,杜夫海纳接受的是经过萨特和梅洛-庞蒂"法国化"了的胡塞尔现象学。

杜夫海纳的主要理论来源是《纯粹现象学和现象学哲学观念》(而英伽登主要是《逻辑研究》),他对胡塞尔先验现象学和描述心理学的现象学的不同特征有清晰了解。他的现象学美学研究在主客体二元对立之中,趋向于"主体与客体一起构成一个完整形体"①的一元论。他同意梅洛-庞蒂的看法:"感觉引导我们理解主体与客体之间的关系,主客体互为存在条件,主体依赖于客体,同样,客体也依赖于主体。"杜夫海纳坚持唯实论,认为审美客体先于主体知觉活动,知觉仅仅是对客体的依存性接受。同时又认为,审美对象物的存在依赖于感觉活动。因此,美国现象学家 R·麦格奥拉认为杜夫海纳往往比英伽登更唯心,他想统合唯实论和唯心论,但终究未能尽如人意,这种矛盾贯穿其《审美经验现象学》一书的始终②。杜夫海纳认为,现象学是将现象看作对本质的描述,而本质又内在于现象并与之一同呈现出来。但他不满萨特忽略知觉、过分注重想象和情绪的做法,而将知觉作为美学研究的核心,这使其更接近梅洛-庞蒂。但杜夫海纳并不像梅洛-庞蒂那样认为现象与哲学是一而二、二而一的,他认为二者仍有区别。同样,杜夫海纳更为强调被知觉物体的客观真理,强调这个物体在它与知觉行为关系中的自律。

亨利·柏格森(1859—1941)

杜夫海纳对海德格尔审美体验本体论的意义和艺术作为对存在的敞开的观点

---

① Dufrenne, M. *The Phenomenology of Aesthetic Experience*, trans. by Edmard S. Casey, etc. Evanston: Northwestern University Press, 1973, p.221.

② Magliola, R. *Phenomenology and Literature: An Introduction*, Indiana: Purdue University Press, 1977, p.160.

深为赞同,将海德格尔的现象学融合在自己的审美经验描述中。描述审美经验中那些有生命的、可以被感知的方面,是现象学美学的起点。这种对人的活生生知觉和具体事物的描述,意味着追溯到鲍姆嘉通 Aesthetik(感性学)的本意上去,同时也意味着返回希腊人称之为 aisthēsis(即"知觉经验")那种基本的和具体的人类原初经验上去。杜夫海纳认为,康德以后,"审美"的本源失落了,审美具有了崇高、独特、怪诞等多种意义,审美经验离人的感觉、知觉经验,离人的根本生命体验越来越远,越来越隔膜。杜夫海纳坚决反对这种丧失了本源的"美学",而力主返回感性之根的审美经验现象学。通过强调感觉和知觉的意义,以给审美经验提供一个坚实的基础,在重新设立的审美尺度上,去探测古希腊中的 aisthēsis 的本真含义。因而,回到感性之根成为杜夫海纳现象学美学的出发点。

法国现象学尽管硕果累累,但大多描述的是人类的其他经验——诸如身体、意志、情绪等,而没有注意到人生中最为重要的经验——审美经验。审美经验在很大程度上成为被现象学遗忘而尚未开拓的领域。甚至,尽管法国巴黎历来是现代艺术的摇篮,但在现象学的"黄金时代"却没有对艺术现象进行真正深入的研究。这不能不说是一个缺憾。这种状况同现象学创始人胡塞尔本人轻视审美现象的态度有关。胡塞尔为自己的哲学所设定的任务是建立一种"新式的科学",一种精确的哲学,因而他对严密和精确哲学的追求使他很少注意艺术,以至于有人认为胡塞尔有一种"反艺术的态度"。艺术在胡塞尔那里仅仅被归属于生活世界中的一个分概念。当然,不能说杜夫海纳之前现象学就没有研究审美经验与艺术。德国现象学家盖格(M. Geiger)1913 年曾发表过《对审美欣赏现象学的贡献》,又在 1928 年发表《美学入门》。盖格对审美经验曾作过研究,但基本上是关于艺术普通欣赏方面的描述。而后,英伽登 1931 年出版《文学的艺术作品》,1937 年出版《文学艺术作品的认识》。杜夫海纳没有表示自己受过盖格的影响,但却认真读过英伽登的几部重要著作。杜夫海纳认为,英伽登过分狭隘地理解艺术作品,仅仅将其看作纯粹意向性客体,不具有自主性,只有凭借意识,才能实现自身的具体化。杜夫海纳将各样艺术纳入现象学探讨范围,并强调艺术作品具有自主性,坚持审美对象和其他对象在基本结构方面的根本差异,从而产生了一种更为广泛、具有普遍意义的理论。

现象学还原与审美经验具有内在一致性。现象学还原乃是将一些关于实在的常识性假定加以"悬搁",尤其是将经验现象或存在的本体特征用"括号"括起来,中止决定着意识经验的过程和内容的那些方面的效力,从而将注意力集中起来以便直观到该现象中显示为本质的东西(本质还原),或进而直观到纯粹意识本身中显示为本质的东西(先验还原)。这种还原十分类似艺术作品的审美经验描述,因为欣赏者对正在发生的审美经验内容所抱持信任的态度而"自愿中止怀疑"。因而可以认为,得到一次审美经验就是完成一次现象学还原。如同弗里茨·考夫曼(Fritz Kaufman)所说:艺术即意识的现象学重塑。艺术与现象学是情趣一致的。因为艺术把个人对于经验世界所抱的自然态度转变为对于世界的感受所抱持的审美沉思态度,即为在纯粹意识中直观审美对象而暂时中断自己对外部时空世界所抱的信念。这种专心注视直接呈现的审美客体的审美经验,在杜夫海纳看来是一种确实可靠的知识、一种自我顿悟。

杜夫海纳在批判和吸收前人成果的基础上,独辟蹊径,通过对审美经验和审美对象的深入研究,建立起自己的现象学美学体系。1953年,《审美经验现象学》的出版达到了法国现象学研究的高峰。如果说,萨特和梅洛-庞蒂开创了法国现象学的10年,那么杜夫海纳则以这一著作终结了这10年。

二、审美对象与审美知觉的互动性

杜夫海纳将审美对象与审美知觉相互关联作为《审美经验现象学》的中心,明确表示要描述的审美经验主要是欣赏者而非艺术家本人的审美经验,其步骤是先加以现象学描述,然后进行先验的分析,最后从中引出形而上学的意义。

现象学观念认为,理解着的主体是一种有意向性的意识,一切意识都是关于某种事物的意识,而客体总是意向性的客体。客体为意识而存在,通过意识而存在,意识给客体世界以意义。意识能够在给对象以意义的活动中理解自己。杜夫海纳循此出发,认为必须用审美经验所感受的"审美对象"来界定审美经验,同时,审美对象又只能作为审美经验的关联物而界定自己。但是杜夫海纳马上发现自己陷入了审美经验与审美对象互相界定的"循环的圆圈"之中,既要用审美经验界定审美对象,又要用审美对象界定审美经验。这个主体—客体关系的循环,表明了主客体关系具有一种本体同一性。

事实上这个循环给杜夫海纳在理论上和方法上造成了双重困难:如何能够将具有统一性的审美对象和审美知觉分别加以研究?在方法上进行单独考察时,是仅仅分析审美对象,还是仅仅分析审美知觉?杜夫海纳在相当一段时间内为这个难题所阻,最后他感到,在联结审美对象和知觉的审美经验里面,可以区分对象和知觉,以便分别研究。而且,要达到对审美经验描述的准确性,不能从审美知觉出发考察审美对象,因为这样会使审美对象从属于知觉并染上心理主义色彩,相反,只能从审美对象出发来考察审美知觉,以使经验从属于对象。涉及审美对象的理由是:从欣赏者角度考察观众所经验的是审美对象,它作为一个封闭的整体呈现于欣赏者的知觉,容易对其作出准确的描述,而且也比解释与作者经验相互作用的审美对象要可靠得多。同时,从现象学角度看,涉及对象或经验的内容本身比涉及经验活动更好些,考察起来也更方便。而杜夫海纳又将审美对象设定为被感知的艺术作品,因为在他看来,直接来自艺术作品的审美经验是最本真、最纯粹的。这样就排除了其他诸如生命对象、自然对象、功用对象、有意义的对象等,以便直接考察感知艺术作品这一审美对象的独特的审美经验。

分析审美对象与艺术作品的区别,使杜夫海纳相信,艺术作品并不构成全部审美对象,它只是审美对象受到特殊对待而范围有限的维度。也就是说,艺术作品处于意识之外,外在于人的意识,是众多物中的一类。这种具有永久的结构不依赖经验的存在物,仅仅在与一种意识相关时才能存在,才有意义。而意识作用不同,其意义也不同。如当观看演出时心不在焉,或读小说只求低级本能宣泄,则艺术品的审美属性就被忽视而仅仅产生其他功用、意义。

而审美对象,可归之于审美的被感知的艺术作品。这一艺术作品获得了它所要求的在欣赏者的意识中完成的知觉。审美知觉是审美对象的本体论基础,只有在艺术作品上面叠加审美知觉,才能出现审美对象。这种变化取决于一种特殊的知觉活动。审美知觉以某种感知方式精细而集中地投注在对象上,它完善审美对象,但并不创造审美对象。这并不意味着艺术作品是实的,审美对象是观念的;也不意味艺术作品作为物存在于世界,审美对象作为意识中的表现或意蕴存在于世界。相反,任何对象都是意识的对象,任何东西要想被承认为物,它必得存在并呈现于意识中。因此,艺术作品作为一种物化存在,既可以被看作是艺术品(特殊物),也可以被看作一般物。艺术作品既可以成为审美知觉的对象,也可以是非审美知觉的对象,犹如墙上的画对鉴赏者而言是审美对象,对搬运工而言则是物。因此,处于日常时空中的审美对象总是受到一种特殊对待,从而超越于其他对象之上。犹如一曲美妙的乐曲拒绝消融于日常时空背景一样,审美对象因拥有知觉的凝注集中而使自己从日常世界中凸现出来。它不仅处于现实时空之中,而且,它还有着自己的世界,一个双重的世界。它不仅是一个存在物,具有物的形态,而且也是一个被知觉的对象,具有意识的观念意味,它联结了呈现出来的对象自身的存在和被意识到的对象自身的存在。

知觉是艺术作品向审美对象转化的关键。艺术品是由文字、声音、颜料、石头等材料构成,但我们在感知作品时,并不关心材料本身,相反,我们注意的是由文字、色彩、音调或雕刻构成的特殊形式。也就是说,审美感知中,我们与之打交道的不是原来的物质材料,而是作品材料被审美感知时所新生成的"审美要素"。"审美对象就是这种审美要素的组合。"①就审美对象而言,审美要素成为不可或缺的东西。甚至,"艺术作品只有通过呈现为审美要素才能存在。审美要素的呈现使我们可以把艺术作品理解为审美对象"②。杜夫海纳提出这个在他思想中日趋重要的论题:"审美要素是针对感性存在和知觉对象的一种普遍的活动。"就文学而言,审美要素产生自作品符号与读者声音的通力合作。这就意味着意向活动的审美要素与意向对象的审美要素相互关联。

杜夫海纳坚持知觉的重要性,将审美重点从想象对象转到知觉对象上去。他认为读者并不是外在于作品对象的主体,读者既是知觉对象的完成者,又是作品的见证人。读者内在于作品,因为读者将自我投入到作品世界中去,甚至达到一种忘我的状态,使作品审美对象的内在品质和魅力与自身同在。但读者又外在于作品,

---

① Dufrenne, M. *The Phenomenology of Aesthetic Experience*, trans. by Edmard S. Casey, etc. Evanston: Northwestern University Press, 1973, p. 13.

② Ibid, p. 44.

因为读者的意义不是随意自生的,而从属于作品并为作品所给定。杜夫海纳说:"不同的知觉者在艺术品中发现意义和作品的深度是不同的,但不管什么意义,总是在作品中发现的,而非他自己外在赋予作品的。"①这样,杜夫海纳就找到除"审美要素"以外的构成审美对象的另一个重要因素:意义。

审美要素保证审美对象具有完满充实性,而意义使审美对象不仅充满直觉的丰富性,而且成为具有丰富深刻意义的对象。在审美活动中,意义使我们集中注意审美要素自身并显示审美要素的内在结构,因而艺术所包含的意义既不是非存在性的,也不是超验性的,它是审美要素自身具有的真正结构。同时,作为受知觉制约的意义是预先给定的,审美对象的所有意义都是在审美要素中给定的,任何一种意义都不可能在审美要素范围以外或超出审美要素范围而存在。当知觉指向作品而构成审美对象时,这个具有存在者意向性深度的对象,就"提供了多重意义,各种意义不仅并行不悖,而且在一个共同的体系中相互制约。意义的多重性证明了作品的深度"②。

意义使作为自在存在的审美对象具有自为存在的特征。艺术家和欣赏者的人性原因,使审美对象成为一种为我们而存在的自在自为的对象。杜夫海纳将意义看作主体与客体之间的相互包容,认为审美对象"具有一个我们能够把握的客观的存在,而且任何知识都源于知觉,因而知觉的自在不可避免是为我们而存在"③。但作为一个唯实论者,他一直强调审美客体先于知觉活动,所以知觉不过是一种服从性的接受。审美对象的存在就是为了能被人们所知觉,它自身也只能仅仅在感觉中才能被真正了解。它的存在需要我们去知觉,我们作为它的观众就是它的本质的一种证明,它的自主性向人们召唤它的确定性。另一方面,杜夫海纳又强调:艺术作品"绝不是单纯为我们而存在,而是我们为艺术作品而存在"。意义也不在于知觉者,而是既内在于审美要素,又投合于审美要素,意义是审美要素的形式。

任何艺术都以某种特殊的方式占有时间和空间,这是艺术存在的本体论依据。意义也是通过时空的"先验图式"来安排审美要素的。时间和空间互相联结,甚至互相承续,致使每个审美对象的空间实现了时间化,它的时间实现了空间化。审美对象成为了一个包容人物、地域和事物的、自在自为的"被表现的世界"。尽管审美对象作为对象物有其从创造到毁灭的历史特性,但它所秉有的精神性使其依然保持着一种超越时间的姿态而傲然挺立,这种"享有特权"的审美对象,因其将时空内部关系蕴藏于自身的存在而成为一种"准主体"。正是空间和时间使审美对象成为能够构成它所表现的那个世界的准主体。作为准主体,审美对象可以被看作具有独特方式的自为存在。然而,正是通过审美要素,审美对象才近乎人类存在

---

① Dufrenne, M. *The Phenomenology of Aesthetic Experience*, trans. by Edmard S. Casey, etc. Evanston: Northwestern University Press, 1973, p.59.

② Ibid, p.319.

③ Ibid, p.221.

经验中的根本自在。审美对象那难以测定的深度和无穷的丰富内容,使这个具有主体生命意向的"准主体"拥有了一种特殊的真实性和独特的存在的意义。主体赋予现实对象以意义,艺术是人类的意义授予活动的最重要方式。审美对象作为"准主体",具有意向性特征,这样"当我全身心投入作品中时,作品的意义与我融汇为一"①。这种我与对象的完美融一,使主体通过对象把握到自我的深层存在。深层存在既是审美作品的特征,又是感知者的特征。"把握深层存在,意味着拒绝把存在当作一种物的观点,物是外在于存在的,流逝在过去的时间中。把握深层存在,意味着对自身内在生命的把握,将自身统一协调起来。"②没有审美对象,现实的意义就不会呈现,因此,审美对象是一种人生的表达,它呈现和展示出人的内在和外在的意义。意义就是存在,存在迫使人们追寻新的意义。杜夫海纳说:"通过赋予审美经验以本体论意义,我们领悟到,情思前设性的宇宙论和实存论方面的意义都建立在存在之上,存在是意义的负载体,它将自己呈现在现实之上,并促使人们表达意义。"③正因为审美对象同时含有自身本体世界和知觉意向,并体现了自身和自为的真正结合,才传达出一种存在的"准主体"意义。

其实,杜夫海纳从现象学角度出发考察审美对象时,已不可避免地涉及知觉问题。杜夫海纳指出:"审美对象的现象学现在必须让位给审美知觉现象学。"因为审美对象作为为我们而存在的自在自为体时,其存在本身就是为了被感知。因而,审美对象的存在方式既非观念意义的存在方式,也非纯粹意向对象的存在方式。杜夫海纳的知觉论受梅洛-庞蒂《知觉现象学》影响很大,甚至可以说《审美经验现象学》是梅洛-庞蒂关于"知觉第一性"论点在审美经验方面的发展。审美对象需要被我们所感知,需要我们的知觉完成审美对象的确立,因为"只有通过知觉方能实现其感觉物的存在",甚至可以说:"审美对象只有在欣赏者的意识中才能完成为审美对象"④。因而,艺术并非单纯地让人去静观把握,相反,它需要人通过知觉去作为艺术品的基本见证,通过唤来知觉以证实它的独立自主性。也就是说,需要欣赏者集中意识积极投入对象本身,甚至臻达心醉神迷、物我不分之境,并借此呈现出审美对象的独特意义。

知觉的重要性是杜夫海纳反复强调的,因为只有通过知觉,审美对象才会使我们感动和沉醉,就这个意义上说,审美经验只能是一种知觉经验的形式。杜夫海纳提出自己的"总体知觉理论"。这一理论认为,知觉过程包括三个阶段:①呈现;②再现和想象;③反思和情感。

"呈现"阶段。知觉作为整体的前反思的和与身体并行的东西大量发生。感受者的躯体(我思之躯)率先体验并调节审美对象的"呈现",在这一呈现的前反思

---

① Dufrenne, M. *The Phenomenology of Aesthetic Experience*, trans. by Edward S. Casey, etc. Evanston: Northwestern University Press, 1973, p. 393.

② Ibid, p. 404.

③ Ibid, p. 539.

④ Ibid, pp. 204-218.

的我思阶段。主体(知觉者)与对象(艺术品)之间交流相融仍是初级的。

再现和想象阶段,知觉倾向于客体化,把被感知的存在的初步内容形成明显的实体和事件。想象是"超验性的",它预示着可能的再现的时间和空间;同时想象又是"经验性的",它赋予现实作品以充实的意义。"就其超验性一面而言,想象预先设定了一种既定的存在,并赋予它以丰富的可能性和意义。"但是,想象尽管重要,但在审美经验中并不起关键作用,因为,"再现的客体并非真是想象出来的"①。杜夫海纳不同意浪漫主义过分强调想象的作用,认为应该将想象置于审美经验中的一个较低的地位,甚至必须将其严格局限于审美对象的呈现中。因为作者表达的意思就是"基础",欣赏者只需感觉作者原意就可以了。因此,"只有审美对象才能将凭空神思的想象遏制下来,使我们澎湃的情感重归纯洁状态",而"真正的艺术作品可以使我们丰富的想象力加以节敛"②。这里,杜夫海纳将知觉置于想象之上,认为阅读作品时,作品中的事件早已历历在目,无需我们再去想象。这与英伽登认为的再现的对象是由若干"未定点"的"图式化"构成,并与读者意识活动(想象)的具体化形成鲜明的对照。

伴随着"情感"的反思阶段。"反思即对情感的反思,通过反思,情感本身得以实现。"而所谓情感,是一种接受能力,一种对特定世界的感受力和感觉这个世界的感悟力,情感成为感觉表达的"新的直接性"。当知觉正常进行时,它会变成客体分析性反思形式,而进入理解和认识:"首先是探讨审美对象的结构的反思;其次是探讨再现的客体的感知活动的反思。"③或者,知觉也可以转向另一种"同情性"(sympathetic)的反思。通过同情性的反思,我投入作品之中,而不是作品听凭我的仲裁,作品的意义与我相融合贯一。因为,从知觉主体内心产生的情感与审美对象的深度即被表现世界保持谐调,这时,我们通过情感与审美对象的固有的表现性建立了联系,知觉成为了特定的审美知觉。因此,审美知觉的真正的最高点存在于情感之中,情感揭示作品的表现性。如此一来,情感作为"深层存在"变成为了主体成全审美对象的最终方面,而呈现为审美作品的特征(情感是作者的情感)。循此出发,杜夫海纳强调,审美批评没有必要去关注作者意图、传统影响和时代背景,因为,作者相关的意向性已经转化到作品中,批评自然无须到作品之外谋求什么东西。

情感是朝向主体一极运动的,然而,情感的终点都与客体一极相联结。客体对主体的依赖不是为了被观察,而是为了它的表现性被主体所发现。一个自在自为的客体,仅仅处于未被展开的层次上,并不具有审美有效性。只有当主体的情感介入渗透客体,并通过全身心投入而产生共鸣时,对象才深刻地揭示出人的主观方

---

① Dufrenne, M. *The Phenomenology of Aesthetic Experience*, trans. by Edmard S. Casey, etc. Evanston: Northwestern University Press, 1973, pp.348-365.

② Ibid, p.366.

③ Ibid, p.388.

面。因此,"审美经验在解读表现的情感中达到顶点"①。因为,情感总是某人的情感,它不能脱离人的活生生肌体,不能成为非人,而是表现人这一主体的人性深度。人这一主体正是通过感觉,也仅仅通过感觉才呈现于审美对象的。可以说,情感作为一个中介环节沟通了主体和客体这两种审美深度,因此,情感即两种深度——被表现世界的深度和这一世界观察者的深度的相互作用。

在论述了知觉主体特性以后,杜夫海纳集中讨论了主客体的谐调统一问题,并认为情感不仅是审美知觉的顶点,而且也是它的节点。主体和对象在节点上合并为审美经验,从而实现了主体与对象的特有谐调。

杜夫海纳进一步揭示了审美活动中出现的各种情感的"先验"方面。杜夫海纳认为,"先验性既是主体的确定性,又是客体的确定性。先验性具有存在的特征,它先于主体和客体而在,并将主客体谐调统合为一。"②先验性贯穿于知觉的三个阶段,而情感的先验性,既是实存主义意义上的,即它是构成活生生的具体生命主体不可或缺的因素,同时,它又是本体论意义上的,即它是从本体存在基础产生的,并直接构成对象。同样,知觉主体也表现着先验的特征,因为只有主体先在地拥有"高雅"、"悲悯"、"崇高"等情感范畴,他才能把握或领会这些范畴的先验结构。杜夫海纳明确指出,诸审美范畴都是先验性的,不管世界上会出现何种先验知识,不管相互之间差异多大,都没有例外地是人所持有态度的先验知识。审美范畴是"人文范畴",我们对审美范畴的认识本身就是一种特征的先验,它是潜在地存在着的,是原本就有的,因为如果我们与它压根儿就没有关系,那么,也就永远不可能认识它。杜夫海纳把对这种潜在的认识看成主体的整个存在即他的"存在的"先验的一个重要维度。那么,主体怎样运用普遍的审美范畴去认识特殊的艺术品呢?杜夫海纳认为,"一般寓于特殊之中,每个人都有自身独特的生存方式,但在本质上又与他具有普遍共同性。"③在先验阶段,个人的经验模式和共同普遍的审美范畴达到了统一,主体和对象实现了高度的谐调。这样,杜夫海纳通过张扬其"情感的先验知识"理论,阐述了自己的"纯粹美学"理论。

《审美经验现象学》的思路是,从现象学问题出发,经过先验问题,走向本体论问题。他认为人类(存在论)和世界(宇宙论)的存在统一,是本体论的最高境界,而向本体论维度的上升构成杜夫海纳的艺术真实论的基础。

考察审美对象的真实问题,使杜夫海纳确信审美对象是真实的,它要求具有现实性。因为,超越了表达自身个别存在意义的审美对象意指活动的最后归宿是现实世界,艺术和存在的真实取决于现实的真实。审美对象的真实包括三个方面:(一)作品自身存在的独特完美之真;(二)作品与艺术家之间的关系——审美体验

---

① Dufrenne, M. *The Phenomenology of Aesthetic Experience*, trans. by Edmard S. Casey, etc. Evanston: Northwestern University Press, 1973, p.437.

② Ibid, p.455.

③ Ibid, p.479.

之真;(三)审美对象与现实之间关系的真实,而后者是杜夫海纳考察的中心。

艺术存在和现实本身只不过是那个无所不在、无所不包的根本存在的不同表征。艺术表现现实,因为艺术和现实都是归汇于存在。艺术不能脱离现实生活,而是对现实意义的阐释,但只有通过揭示现实的"情感本质"的主体情思才能达到。因此,艺术作品的真实不仅在于它再现或模仿了现实世界,更在于它真切地表达了情思。

这样,杜夫海纳在再现论和表现论方面走了强调主体情思表现的一端,他进而认为现实世界的意义来自主观性。现实是"取之不尽的意义之核,然而它却没有自身的意义"①。只有主体才会发现世界和存在的意义,只有生命存在才能驱使人表达存在的意蕴,只有人才能在自身和现实中发现意义,并使这意义通过艺术作品表达出来。现实存在这一意义的负载体,需要审美世界这一意义的表征体。审美对象展示了人类深度生存的意义,艺术家成为真理的敞开者。艺术家尝试着说出本真,他的真诚性必须与现实在艺术中展示的真实直接同一。杜夫海纳坚持,现实模仿艺术,因为艺术启迪现实去重新发现被遮蔽的真理,即去发现人自身存在的根基。艺术同存在的关系是一个重要的本体论问题,是人类的永恒之谜。艺术审美现象同本体论现象——即艺术与存在,在人类经验中紧密相契,相生相发。艺术是一种比理性的论证更为普遍的语言,它力图否定那个毁灭文明的时代。通过艺术,人们不仅同现实世界恢复了本真的联系,而且他还可以在艺术中超越现实,预感全新的存在。杜夫海纳从现象学出发,并超越了现象学本身,最终走向艺术本体论。在本体论问题中,他始终将注意力集中在人这一审美经验主体身上,并从审美经验本体论角度去解释艺术存在本体。当然,这些论述无一例外地也得益于审美经验现象学,因为"审美经验本体论发现自己可以根据审美经验现象学研究的基本课题得到阐释"②。

三、自然审美经验与现代艺术命运

50年代中期,杜夫海纳发表《自然界的审美经验》。这篇文章集中阐发了这位现象学美学家关于"自然审美化"的思想,还在写作《审美经验现象学》时,杜夫海纳就说过:研究自然界的审美对象留待以后再进行……因为自然审美化会涉及心理学和宇宙论的问题,有超出审美经验现象学范围的危险。现在,杜夫海纳动手解决自然审美化这一难题。

艺术审美经验与自然审美经验是有区别的,艺术充分发挥趣味并引起最纯粹的审美知觉。艺术作品刺激目光,目光把艺术作品改变成审美对象。但是,在自然面前,审美经验不能具有在艺术作品面前所具有的那种纯粹性和严格性。同时,当

---

① Dufrenne, M. *The Phenomenology of Aesthetic Experience*, trans. by Edmard S. Casey, etc. Evanston: Northwestern University Press, 1973, p.531.

② Ibid, p.556.

主体同自然(自然物)与艺术(人工品)打交道时也有完全不同的风格。在对艺术的意向性活动中,我们存在于艺术品之中,我们本真地成了我们自己,被我们的过去所填满,并全身心地进入凝神静观的当下存在之中。而在自然的意向性过程中,我们存在于自然就犹如存在于世界一样,我们被指向自然对象并受其包围和牵连,因而,自然审美意向性不那么纯粹,它更趋向自然,它针对的对象更属于自然。但是,杜夫海纳并不认为自然审美经验比艺术经验要低,因为,真正的艺术永远带有自然的外表,甚至突出自然运动本身的必然性,并从人的身体的深处觅其源泉。真正艺术不属于自然的原因在于,它服从于人体的生理结构,所以它服从于事物的实际情况。而当人面对山峰的高耸,大海的浩瀚所感到伟大和崇高时,这并非是自然本身所具有的"品德",相反,"伟大和崇高是自然本身品德的投射,精神在自然身上认识到并通过自然感到被召唤而返回自身。这样,自然把我自己的形象反射给我。对我而言它的深渊就是我的地狱,它的天穹就是我的高尚,它的鲜花就是我的纯洁"。这里,杜夫海纳从哲学维度上把握到自然美是人的审美意向性投射的自我观照这一重要思想。同时,他没有走向黑格尔的理念论,而是坚持人的活生生的生命投注,坚持了现象学立场。

　　自然物与人工物相对立,但自然与艺术却相互谐调。自然只有在通过一件艺术品辐射性地呈现于自身中而审美化时才是审美的。任何对象只要具有隐喻性意义,都可以成为审美对象。同样,具有审美意义的自然也可以变成审美对象,不管自然是否"人化",只要是具有表现力又具有自然的必然性,它就成为审美对象。落日的余晖并不服从画家用于调色板上的规律,同样,林间的风声鸟啼也不服从旋律和声的规律。自然与艺术的差距就存在于自然的必然性与艺术的必然性之中,必然性自己表现自己。自然尽管千变万化,但它永远处在现在,它没有历史,它是与自身的同一,而不是与自身的决裂或对自身的扬弃。面对自然时,我们感到我们所处身的世界的永恒和无限。在自然的审美经验中,情感向我们揭示了存在的完满,而我们便是虚无。"杜夫海纳意味深长地说,我们正出现在这个现在之中。自然所激起的审美经验给我们上了一堂在世界之中存在的课。这样,杜夫海纳就通过自然审美经验揭示出人类与世界的最深刻和最亲密的关系。

　　自然审美经验尽管不如艺术经验纯粹,但它在使我们与事物浑然一体而使知觉向世界敞开方面有不可取代的价值。因为,现象学还原在自然审美这里,只能宣称自己是不可还原的,只能产生对世界的信仰,而不是中止这种存在的信仰。它肯定了与自然的一种共同天性,指明人越深刻地与事物在一起,他的存在也越深刻。杜夫海纳说,当我面对自然时,自然对我说话,我听得见它,它比艺术对我说得少,但至少它告诉我它自己的必然性,在对我谈论它自己时,它向我谈论了我自身。它告诉我这星空的无边无际的呈现是一种为我的呈现,我在冥冥之中与这无限永恒的呈现相协调一致。"在这世界里,人在美的指导下体验到他与自然共同实体性,又仿佛体验到一种先定和谐的效果。这种和谐不需要上帝去预先设定,因为它就是上帝,上帝就是自然。自然的审美化是人与自然的重要联结之维,因此,自然美不是一个简单的美学问题,而是生命(有限)与世界(无限)的把握和超越的哲学问题。

50年代后期,杜夫海纳在继续思考自然与生命的关系的同时,又将《审美经验现象学》中关于"先验"问题作为自己的研究的重点。因为,在《审美经验现象学》中,杜夫海纳的"先验只有在经验中才能显示出来"①的命题并未完全展开,很多问题都悬而未决。诸如:先验是怎样显示出来的? 显示出的是些什么? 是作为现象的特征或作为本体论意义显现于经验之中? 这些问题留待这位现象学家去解决。为此,他写下了《先验的概念》这部书,并于1959年出版。在阐述过程中,杜夫海纳把人类主体放到广阔的自然和历史中,将其与世界置于同等地位。这里我们仍能看出,杜夫海纳的这一思想与审美对象和知觉主体所达到的谐调统一思想是一脉相承的。或许可以说,《先验的概念》一书是杜夫海纳前期向后期思想转折的关节点。

1963年,杜夫海纳的另一部重要著作《诗学》出版,《诗学》的主题,是关于"自然审美化"命题。这一命题在《自然界的审美经验》中已经初步展开,而《诗学》则进一步确定了"被审美地感知的自然具有本质上的必然性"这一思想。杜夫海纳在书中没有在把诗本身归结为作为审美经验顶点的诗境上多费笔墨,而是努力确立关于自然这一基本力量的观点。自然是大美无言的,它本身沉默不语,却首先通过山水、天空、黑暗和光明这些基本形象向我们言说。具有原型身份的这些基本形象进入艺术,表现自然中的东西,所有艺术都像自然一样富有表现力,但艺术表现自然,而自然表现自己。可以说,所有的艺术都模仿自然,艺术把自然变成世界,变成与人类同在的东西。"自然正是在对象身上并通过艺术家这个中间人来表现自我和其他事物。"

值得注意的是,《诗学》在两方面突破了《审美经验现象学》的格局,而开拓了新的研究空间。首先,《诗学》不再将自己局限于欣赏者对自我封闭的审美对象的审美经验的研究,而是涉及艺术家的审美经验和意向性活动。并尽可能清晰而全面地阐述诗人的作用和诗歌创作中灵感和想象的特性。这种论述,使杜夫海纳的"审美经验"的现象学描述更为全面。其次,《诗学》"完成了从先验到本体论的跃进"。而这种向本源复归式的"跃进",是《审美经验现象学》中曾经提出而未能真正完成的。也就是说,《诗学》从人类与世界的平衡基点上返身回到这一基点的本源——自然(大全)。正是在这个意义上,杜夫海纳坚持,自然是人类和世界永不枯竭的源泉,也是艺术永难穷尽的本源。但是,自然需要艺术,而不管自己在本体论上处于优先地位,犹如审美对象需要欣赏者一样,二者目的皆是:辉煌的呈现。需要指出的是,杜夫海纳在《诗学》中较《审美经验现象学》中更明确地认识到人这一主体的关键作用。《诗学》不但把人描述为自然的"共同实体",而且认为,只要

---

① Dufrenne, M. *The Phenomenology of Aesthetic Experience*, trans. by Edmard S. Casey, etc. Evanston: Northwestern University Press, 1973, p.492.

自然与人类一起出现,只要自然出现在人类面前,那么,自然就是为了自我出现而创造人类。其实,自然在杜夫海纳那里,已经不是与人类毫不相干的自然,而是成了"人类中心的"自然。

　　1964年至1974年,杜夫海纳出版了《里程碑》(1966年)、《为了人类》(1968年)两部著作以外,还陆续发表了大量论文,这些论文先后被收入《美学与哲学》(两卷集,1967—1976年)。《美学与哲学》是杜夫海纳晚期文论与美学思想的重要体现,其主题内容包括美的本质、审美价值、现代艺术、艺术的消亡等。其鲜明特点是对艺术领域的突出重视。

　　美学的主要任务是研究审美经验。审美经验以感性形式肯定对象的审美价值,在这种感性形式中,人类意识的各种能力达到了某种协调。杜夫海纳认为,美的本质与审美价值问题,在当代美学中并不是被摈弃和消解了,相反,我们无法回避,必须作出回答。他在分析康德和黑格尔的美学理论以后,明确指出,那种认为美这个词已经消失了的看法,是一种虚伪的或懒惰的态度。因为事实上艺术本身并没有抛弃美,艺术的目的仍是追求美。"美不是一个观念,也不是一种模式,而是存在于某些让我们感知的对象中的一种特质,这些对象永远是特殊的。美是被感知的存在在被感知时直接被感受到的完满。"①在杜夫海纳那里,美的本质包括彼此相联的两个方面:一是以必然面目出现的感性的完满,二是完全蕴含在感性中的意义。这构成杜夫海纳美学思想的重要基点。

　　所谓价值就是存在,就是完善的存在。而审美价值是一种审美对象所具有的内在价值,它意味着在感性形式中实现的感性与意义的高度统一。凡·高所画的椅子并不向我叙述椅子的故事,而是把凡·高的世界交付于我。这一审美对象不是向我提出有关世界的一种真理,而是对我打开作为真理泉源的世界。审美对象的价值把世界包含在自身之中,使我理解了世界。同时通过它我在认识世界之前就认出了世界。在我存在于世界之前,我又回到了世界。杜夫海纳强调:价值就是对象;创造价值就是创造对象;创造审美价值就是生产具有新意义并传达新世界信息的新作品。审美对象所显示的和在显示中所具有的价值,就是所揭示的世界的情感性质,这种情感所暗示的世界是迫切而短暂的经验,是人们完全进入这一感受时突然发现自己命运的意义的经验。当作者通过作品揭示一个世界时,这就是世界在自我揭示,它是一切真理的家园。

　　不难看出,杜夫海纳的美学思想受海德格尔影响的痕迹,但这位现象学美学家没有像海氏那样去追问存在的意义问题,而是返回到事物本身,从人与世界相互关系中去探讨审美对象的价值。因此,杜夫海纳认为,在世界上存在就是成为世界的一部分。世界不是原来没有我,后来才加上我的世界,我不是世界的外人,我存在于相互关系之中,我便是相互关系的诸多项中的一项。通过艺术,我发现了自己的世界(凡·高的世界或莫扎特的世界),这是一个可能的世界。审美价值是人与世

---

① 杜夫海纳:《美学与哲学》,孙非译,北京:中国社会科学出版社,1985年版,第19页。

界之间不可分割的纽带。"根据这种纽带,人在自我创造的同时进行创造,因为他是被创造出来的,他身负世界而又献身于世界,直到在审美经验中自我异化为止。"①

杜夫海纳的渊博才识使其能在文学、电影、绘画、音乐等不同艺术种类领域作得心应手的研究和分析。他坚持,艺术不是语言。在艺术中没有语言所具有的"要素",艺术中的单元如色彩、线条、音符、话语等都并没有自己的独立存在,它们同艺术品的整体融合在一起,而只有在这时才获得自身的存在。杜夫海纳强调:"没有母艺术。"因为,艺术家不在艺术作品之中,而是在艺术作品之前。而且,艺术总是内在于艺术家的,它的语言不和艺术家结合在一起,它就是他的身体,他的独特本质。因为,真正的艺术总是产生出它自己的语言,真正的艺术家只能是他自身。杜夫海纳不同意符号学将艺术等同于语言,把艺术的单元等同于指号,从而造成内容与形式割裂的做法。他认为在艺术中,内容内在于形式,意义内在于感性。"艺术没有元语言",因为,艺术语言并不真正是语言,它不断地发明自己的句法。它是自由的,因为它对自身来说就是它自己的必然性,一个存在的必然性的表现。

每一件艺术作品自身就是一个自在自为的整体,它自己说明、显示自己。杜夫海纳认为,符号学应该划分出如下三个领域:(一)次语言学领域,即尚未具有意义的系统;(二)语言学领域,即利用代码传递信息的系统;(三)超语言学领域,即不用代码却传递信息的系统。"艺术似乎是超语言学的最佳代表。"杜夫海纳不同意把艺术看作语言,而通过语言去理解艺术的观点,认为应该进行相反的"转向",即通过艺术去理解语言。因为语言通过表现能力证实自己的语义功能并实现了自己的存在。我们通过表现能力向世界开放并且被卷进了语言,每当语言出现于世界,世界就闯入了语言。

杜夫海纳提出现象学文学批评的概念,认为批评家有三项任务,即说明、解释和判断。而三种活动之间并不保持某些必然的关系。"说明"就是"回到事物本身"、"回到作品去",不受外加概念的干扰,客观地描述作品的意义。而解释和判断要引进外在于作品的因素,如作家的心理背景、人生历程、历史环境等。批评家应将作品当作一个完满的整体来看待,把作品作为它自身的标准,而不要掺杂其他不属于作品本身的东西,更不能以外在的标准来衡量作品。解释和判断与现象学无涉,现象学肯定"说明","说明"应指引解释和判断。但杜夫海纳不排斥后两项任务,并承认实际的文学批评不能全盘接受现象学方法。

对现代艺术的命运和意义的关注,使杜夫海纳在《美学与哲学》一书中,对"艺术消亡"问题提出了自己的见解。不难看到,当代世界笼罩着一种形式化的气氛,人变得空虚并被异化了,印刷品泛滥,使人们不再思考而把思的任务交给了科学家和政治家。对整体性普遍性的追求导致形式化思想对人的异化,艺术家从来没有如此强烈地感受过正投身于一种空前的精神冒险之中。艺术被思考,直至成了自

---

① 杜夫海纳:《美学与哲学》,孙非译,北京:中国社会科学出版社,1985年版,第33页。

省艺术。当代艺术变成了不断求新的过程,作品也成为一种没有尽头的尝试,于是艺术家渴望着一种不可能的纯粹,一种令人窒息的深刻。创作的结果是沉默,是对尘世的弃绝,是一种死的愿望。自然对象的诗意被瓦解了,世界沦为散文。现代艺术广泛地成为非对象的艺术,成为走极端的形式。

那么,艺术真的走到了它的末路吗?艺术会灭亡吗?对这些问题,杜夫海纳并不悲观。他认为,艺术与现代文明面临同一个历史困境。如果说艺术失去自我,那是因为它在不断寻找新的自我;如果它应该死亡,那是因为它的生命力太旺盛。杜夫海纳坚信,艺术还将在世界上继续存在下去,将重返世界的本源。艺术永远能表现这个世界。"艺术永远是人对自然的第一声回答。像这样经过挣扎和痛苦,躁动在即将临盆的世界的腹中,艺术可能仍然是幸运的,而且有着美好的未来。"①杜夫海纳对现代艺术的发展持乐观态度,他相信现代艺术并非艺术的末日,而是呼唤重新协调人与世界关系的开端。

关键词:

审美经验现象学(phenomenology of aesthetic experience)

审美对象(aesthetic object)

被表现的世界(expressed world)

呈现(presence)

再现(representation)

想象(imagination)

反思(reflection)

情感(feeling)

艺术消亡(death of art)

思考题:

一、为何说杜夫海纳的现象学是一种法国化了的现象学?

二、杜夫海纳对"美学"的理解是怎样的?

三、杜夫海纳如何解决审美经验与审美对象相互界定的循环?

四、为何要区分审美对象与艺术品?

五、杜夫海纳主体知觉论的要点是什么?

六、为什么杜夫海纳要从现象学问题出发,经由先验问题最终达到本体论问题?

七、杜夫海纳对自然的审美化有何见解?

八、在杜夫海纳看来,现代艺术的命运和意义是什么?

---

① 杜夫海纳:《美学与哲学》,孙非译,北京:中国社会科学出版社,1985年版,第202页。

第六节　日内瓦学派:现象学文学批评

现象学文学批评,即将现象学的哲学理论运用于美学和文学批评之中的实践活动。广义上说,凡源于胡塞尔现象学观念的文学理论或文学批评都可称为现象学文学批评。当然,真正将现象学理论作为自己的理论基础,并全面直接运用现象学理论于文学批评实践的当推日内瓦学派。

一、多元理论影响与意识批评

日内瓦学派批评家又被称或自称为生成批评家(genetic critics)、主题批评家(thematic critics)、意识批评家(critics of consciousness)等①。一般而言,日内瓦学派在哲学和文学传统上大致受卢梭的浪漫主义传统、狄尔泰的历史主义解释学,以及胡塞尔、海德格尔尤其是梅洛-庞蒂的现象学方法的影响,是一个杂色纷呈的学派。

受浪漫主义精神影响,日内瓦学派强调,对作品的阅读是一种心灵进入另一种心灵的叠合,是读者的体验与作者的体验的"再体验"和"再创造"。因此,这一文学批评流派强调浓郁而浪漫的心灵亲和因素。

受狄尔泰历史主义解释学影响,日内瓦学派强调对本质的研究,即一种反形而上学逻辑推理的研究,重视对文本的细读和作出新的阐释。批评家努力追寻作家深层的生命意识和内在的文化意蕴,将其作为生命体验和审美意识的根源,并通过自己的批评语言深入作家所创造的世界、人物、情节、结构中去,批评家的精神与作家的精神历程相遇,使阅读之维上升为文学的主线,打破作家和作品的单一模式,使作家、作品、读者、批评成为一个综合的整体结构。

受胡塞尔、海德格尔和梅洛-庞蒂现象学的影响,日内瓦学派强调文学作品是人的意识的一种集中表现形式,文学批评是通过对这种人的意识的"现象学还原"而达到一种"本质直观",并在这种意识批评中获得还原之后的"纯粹意识"②。

在日内瓦学派看来,意识不是被反映的东西,相反,意识总是与意识的对象紧密相关。因此,在批评中主体和客体不能截然二分,而是一种主客体合一交融的存在。人在面对他的对象时,就面对了自身,人在面对了他人的世界时,也就面对了他人的意识。在这种主客体合一的现象学本质直观中,文学作品作为一种"精神历险",获得了这种精神历险的完成和完美的传达。这种精神历险传达出的正是作家隐藏于作品中的意识和无意识。正是"意识批评"使生命意识与无意识得以显露和呈现出来。

---

① Lawall, S. N. *Critics of Consciousness*: *The Existential Structures of Literature*, Cambridge, Mass.: Harvard University Press, 1968.

② Husserl, E. *The Idea of Phenomenology*, trans. by William P. Alston and George Nakhnikian, The Hague: Martinus Nijhoff, 1964.

文学作品是作者的精神意识的还原以及对历史事件的根本性把握,在这个意义上,批评就是通过文学媒介的层层揭示而去彰显这种经验的意识模式,以及这种经验意识模式中所深藏的人类母题和艺术意象的网络。批评家在重新阐释人的意识模式的同时,掌握了作家把握世界和言说世界的方式,并通过作家与世界的这种现象学关系,揭示出人与物、心灵与作品的最为内在的现实意识模式。

梅洛-庞蒂在语言学领域为日内瓦学派提供了有力的理论支持,其关于"沉默"的思想直接影响了日内瓦学派。思维即沉默的内在语言,沉默的思想并不比语言优先,却存在于语言之中,并与语言相伴而生。语言及其沉默是一种意向性存在物,或是一种姿态,它表达了作者所言说的字面意、字内意和未曾言说的象征意。正是这层象征意,使得文学现象成为一个永远阐释不尽的本体结构。

日内瓦学派受到了浪漫主义、历史主义解释学、现象学的影响,使得它既重视浪漫的心灵的重叠,又重视历史的阐释和再体验,同时还重视本质的还原和对语言结构的本体论意义揭示。这样,现象学批评就成为对文学作品和作家意识的参与,它要求排除自己的文化和历史的前见,本真地投入作品世界中,再次体验和思考别人已经体验过的经验和观念。批评就成为关于文学、意识、历史的再度体验和更新意识。作为一种"第二体验",对于"原生体验"即对于作品、作者的体验进行再度体验的契机,并通过这个契机,使建立在作家作品基础上的批评成为表达世界和人生的全新感受,以及把握意识的新创作和新阐释的重合。

如此一来,文学作品中所蕴含的创作和批评的相互介入和契合,通常包含着自我与社会之间无法分离的新意义的相互渗透。意义分别由创作主题和批评主体产生,双方作为意义之一元又彼此不可分。当然,日内瓦学派一再重申阐释特征的被动感受性,而坚持去掉自己的偏见杂念,去体验作者深邃的灵性。也就是说,诗意地在情感共鸣中体验作者的现象学自我或出现于文学作品中的自我,并进而揭示这个自我与批评文体自我,同时,描绘这种双重自我叠合的体验,使这种描述尽可能地成为准确、客观、恰当的阐释。

事实上,就现象学而言,知识是对客体的把握,然而客体同时也把握了我们。知识不仅仅是把握的对象,也是对客体的重新建构。所以,现象学是不可能纯粹客观的,日内瓦批评也同样不可能变成"纯粹科学的批评",它仍然具有心理的、历史的和解释学的痕迹。因为不管怎么说,再度体验至少部分地由人的心灵与外部世界共同生成,获得的情感乃是作者自我与批评家的再度阐释和相互蕴含而再生出来的。

二、文学现象学批评实践

作为现象学理论和文学批评的实践者,日内瓦批评家可以说是将现象学的观念和方法成功地运用于文学作品阅读和批评的典范。

日内瓦学派大致可分为三代。雷蒙(Marcel Raymond)和贝甘(Albenrt Béguin)是日内瓦学派的第一代,处于传统批评与现代现象学批评之间。雷蒙的

《从波德莱尔到超现实主义》可以说是日内瓦学派的起源之作,但还有浓郁的19世纪学院派批评气息。而在《诗与真理》一书中,可以看到雷蒙已成为意识形态论的批评者。

雷蒙的批评首要特点是,总是将作家的个人生平和社会关系减少到最低的程度,而以批评家自己的意识去追寻作家的深层意识,要像作家一样全面地融入生命。因此,雷蒙的批评是一种张扬了文学"参与"活动的批评,这种"参与"并不是以我为主体对客体加以全面把握,而是通过一种"自愿的忘我"和"彻底的中立"的现象学还原,获得对一种激进意识和思想张力的等待,批评主体和创作主体相互蕴含而实现批评的真正的参与化。他在批评中总是以自己的意识去把握和获得作者意识的回应,这种自身意识行为脱离了一切对象,进而推进到两种经验整合进而参与到"人类的初始经验"。这使得雷蒙的文学批评通过自身与人类的经验联系起来,使经验获得某种普遍性。因此,又可将这种"参与性的普遍经验"称之为"认同性"批评。批评家是这样的人,他以获取作者感悟而进行"共同体验"为开始,在精神上过着与他自己生活不同的再度体验的生活。在这种参与中,他就通过另一种生命的本质呈现,而领悟到生命的普遍性。批评家在心灵中改变着自己,而与那些言说着的作者加以认同,从而使批评家成了"创作主体",他既关涉到本质,又关涉到再度的体验。"再度体验"使得批评家在自己身上重新唤起作者曾经拥有和体验过的那些激情、思想、观念和意识,这种价值只有在重新诞生的精神中才能完整地存在,并通过客体传达给他者。这就是雷蒙的"参与性批评"。这种批评源于一种生命意识转化,这种转化彻底到无法将批评主体和批评客体相分离。相反,这种,"参与"使得批评变成主体对作品的新介入,成为作品的再生,使得"意识原本"通过行动着的客体而重新确立自己的位置。

雷蒙批评的第二个特点在于他批评的创新性和严谨性。他彻底荡涤了19世纪以后那种历史的或客观的批评,而将诗人的思想获得再现、批评家在作者思想中的意识叠合和自我呈露作为自己批评的目的。他通过放弃自己的思想偏见而建立起一种纯粹的、他者意识的、初始的空白意识,从而使他者能在自己的意识中真实地呈现出来。因此,这种批评是一种现象学意识的叠合式批评。他在进入他者的意识之时,先清理了自己的意识偏见,从而使自己的阅读和批评成为自我批评的行为,同时也是对他者精神的揭示行为,这与过去的印象式批评和经验式批评有鲜明差异。可以说,在这种重客观性、准确性的批评中,雷蒙排除了一切自我的思虑和偏见,将主体带回到一种原始未分的状态,使主体不是在其分别之中,而是在其初始的无分别之中获得自身,于是,意识自身成形而被本真地浮现出来。

雷蒙批评的第三个特点是强调对"沉默"的本质性的把握。真理有时并不言说,相反是在言说之后而沉默地呈现出来。雷蒙正是把握了这一点,因而,他对本质的把握具有相当的模糊性和神秘性。在雷蒙的批评文章中,再也看不到圣佩韦那种平易通达的语言,相反,他的思想和表达有一种神奇的语言,甚至是一种模糊的、晦涩的语言,他在写作这些语言后最终进入了"沉默"。他在《柏格森和最近的诗》中说:"可能有另一种性质的意识,它不生于客体反映在思想着的主体的镜子中那个点上,而是一种晦暗的意识,或者是一种潜意识。"也许,批评家在揭示本质之时,本质的"大象无言"使得他只能通过晦暗不明的朦胧神秘感觉,去无限地接近这种难以言传的意识;也许,只有这种言说奥秘的现象学意识,才能真正从作品的朦胧意味中领悟其重要而丰富的启示性意义。我想,正是参与性、朦胧性、沉默性构成了雷蒙批评的基本要素,也是他的意识批评所表现的多维性之所在。

贝甘的批评表现出思想的多维性,而其主导性倾向是在批评中将文学文本屈从于一个更高的真理,因此,作为日内瓦学派的批评家,贝甘的现象学色彩较少。他强调自己要进入作者所创造的世界中,与诗人精神历险相融合,而使自己的批评具有相当浓郁的主观色彩。他在《关于在场的诗》中说:"诗人的语言坚实,充满着尘世间物的滋味,令人愉快的、在其坚实的语言中被人钟爱的物,他们在其词语的展现中,保留了全部的在场的力量、全部的重力。"

贝甘反对形式主义和理想主义,强调通过语言去把握作者或诗人的超验精神。他在《浪漫派的心灵和梦》中说:"精神可以重新处在纯朴和惊奇的状态中,其存在与自然的和谐可以被感知。这不是我们现实所知道的那个自然,而是时间之初、处于原初混乱之中的自然。"在自然中,在艺术中重新呼唤那种上帝的光,以及神秘的原初本源,成为了贝甘的批评特征。贝甘强调"物的在场"、"物中的上帝在场"、"时间和人的在场"、"时间中和人之中的在场"。认为诗是关于"此处的诗"和关于"彼处的诗",或者是关于"在场之中"和"不在场"的诗。艺术和批评仅仅是一种对于在场的揭示过程。诗是一种标志,标志着精神的真实而与尘世的物相分离,因为,诗在尘世之物上发现了显示和呈现超越之物的合法途径。

贝甘的现象学批评具有浓郁的唯心论宗教色彩。他将文学经验和神秘经验相整合,希冀通过文学经验去体会其背后的神秘的彼岸经验。因此和雷蒙一样,他仅作为日内瓦学派的初阶而启示后来者。

著名批评家普莱(Georges Poulet)是处于第一代和第三代之间的重要人物,他的批评可以称之为真正的现象学批评。

让-皮埃尔·理夏尔(Jean-Pierre Richard)、让·卢塞(Jean Rousset)和让·斯塔洛宾斯基(Jean Starobainski)及米勒(J. H. Miller)[①]可称为第三代的日内瓦学派批评家。在作品本体论方面,理夏尔强调作品结构是批评家的首要工作,注意从结构出发去分析作品的语言组织和想象构成,并通过诗意的语言描述使人联想到一种有机体,而将文学作品体现为完整的意向性客体的总体。因此,他力求通过语言去表现通往世界之途的感觉和情感,并且在对对象进行分析时,充分激发批评家主体的情思,即通过外部世界和作品世界来探测意向性问题。就这一点而言,他受梅洛-庞蒂的影响是很深的。

---

① Miller, J. H. "The Geneva School: The Criticism of Marcel Raymond, Albert Beguin, Georges Poulet, Jean Rousset, Jean Pierre Richard, and Jean Starobinski", *Critical Quarterly*, Vol. 8, pp. 305-321.

从现象学层面来看艺术作品的存在，可以发现，作品不是一个独立自主的语言实体，而是一个"意向性客体"，在它的语言结构中，留下了作者意识的独特符号。因而，只有通过批评才能从作品中寻找出作者的独特意识。在理夏尔看来，现象学批评就是在文学结构中进行整合，这种整合是本质性的，其本质性表现与新批评截然相反。新批评总是要力求斩断作者情感的介入和接受批评情感的介入，而日内瓦学派却认为，意向性即作者与世界之间多种模式之间的相互介入，只有通过文本的内在分析，才可能将批评在作品中的丰富多样的意向性揭示出来。这样一来，揭示作品的意向性就成为理夏尔的主要工作。

卢塞强调，现象学批评具有一种批评的普遍性，即成为一种综合性的文学阐释学，它既要阐释形式，又要阐释主体，同时还要阐释结构。卢塞在《形式与意义》中认为，"模式与语言"的关系是相当重要的，应该将作家的情感与其形式联系起来。风格的模式建立在言辞与思想的统一之上，如果选择得当，作品内在凝聚的作者情感中心就会显露出来，所有的细节在与整体的关系中都具有相同的重要性。风格与灵魂是作品必不可少的两个前提，也是实质上被人为地分开的同一内在现象中的两个方面。

换言之，艺术家没有外在的风格，他就是他的风格。他只能谨慎地排除只为某一种现象所独有的东西，而达到一种普遍的"本质直观"。卢塞致力于对系统体验模式的描述，以从中寻求普遍的本质。他要发现在"形式和意义"这种体验模式中的总体系统，即通过自己的批评去贯穿作者全部著作中反复出现的形式模式、结构模式和阐释模式，由此逼近作品的真实本质。

卢塞在解释自己的现象学方法时申明，探求作者整体创作中的共同本质和精神本质是其主要的工作。他在《法国巴洛克时期的文学》中说："人物和场景中的流动性意味着一种关于间断和变动的心理学，本质只能在其表象的瞬间反应中被把握，并在其躲避隐蔽中呈现。"批评是参与一种结构和结构的阐释，是通过解放的思想而投入到精神生活的运动中。没有作品对象，批评意识将不能在此获得开端，不摆脱对象形式的束缚，意识也不可能感知到作品自身的意义。因此，形式的生命是导致意识生命的关键。

当然，仅仅满足于形式的意义生命是不行的，因为形式通过阐释而不断显现出它的精神痕迹。没有意识的结构化就没有结构，结构的意义体现在结构所呈现出的整体意识的意义中。理解一部作品就是理解作者是如何创作它，实现它所需要的那些过程，研究的客观性所能发现的东西也就是回归到意识这一主观性上。发现"主观的意识结构"，既是现象学批评的原则，又是现象学批评的结果。就此而言，从作品形式的客观性到作品意识体验的主观性，事实上是由批评家完成的。批评家不断地在自我意识中重新思考、重新体验原初的体验，进而弥合主观和客观的鸿沟。这也许就是卢塞所称之为"双重语调"的那种存在之物的"在场"。

卢塞的现象学批评，使我们得以看到作品是如何一段段地接近它的意义的终点，而这种终点不仅仅是无穷的"新理解行为"的开始。可以说，作品的意义总是指明在作品之外的那个更大的东西,那就是关于作品的意识。在现象学的思维中,作品是意义的起源,而非它的终结,它在自身创造过程中又一次次地不断地被创造,在批评中重新塑造着自己的未来。作品之所以是常新常青,关键在于作家、读者、批评家的批评精神。只有有了新的精神,才会使得死的形式和结构获得了某种再生,获得了一种独特的精神性生命。在这个意义上,批评是一种自我意识的推演,它随着作品的成形而获得一种精神性,并在作品的阐释中不断地扩散——意识批评与作品意识成为一个完美的整体。

斯塔洛宾斯基认为现象学批评不仅能够探讨浪漫主义和后期浪漫主义文学,而且还可以有效地分析新古典主义文学。他将自己研究的重点凝聚在"主体间性"以及主客体之间的"意向性"领域,着重研究由理性和意志引起的形态学意识。因而,他又被称之为日内瓦学派中最具方法论特色的批评家。

斯塔洛宾斯基强调批评是一种"凝视"。这种"凝视"建立在对主体之间关系的把握上,是批评主体与批评对象之间不断地生发出新意义的前提。没有超越现实环境之外的所谓的客体和主体,而只有处于一种关系构架之中的主体,这个主体可能是独立的,同时又处于一种关系网络之中。他不断地"凝视"自我与世界,又不断地"度量"着他与对象之间的距离,同时,他还在"发现"自己与对象复杂的关系中,"领悟"到自己与对象的联系。他处在事物的核心,在其现实环境中参与对普遍混乱的分析。他既处在自身之外,又处在他人之外,只能感觉到自己的精神被现实所排斥和疏离。在这种独特的"卡夫卡式的悲剧命运"中,人是很难把握自己的命运和处境的,因此,只能在这种"尴尬状态"中去思想,或思想自己的"尴尬",同时以现象学之眼"凝视"自己的处境。

斯塔洛宾斯基总是面对这样一个根本性问题,即自身封闭的思想必须离开自身,尽可能找到一条不同对象之路。可是,精神是否有如此大的可能显示出自身无力触及这种对象呢?而且,这种对象是否真的就存在呢?它与我们生成的精神意识的共同点何在呢?它是否属于我们这个世界并能为我们的"凝视"呢?

面对这些根本性困惑,斯塔洛宾斯基呼吁要回到存在,回到世界,回到当下,去理解自身存在和世界的双重奥秘,通过意识和精神去触及存在得以完成的方式,并且透过精神本身去直面世界与自我。意识注定是对存在的纯粹的、外在的,甚至遥远的理解,意识不是存在之物,只是对存在之物的一种"凝视"。这样,文学批评成为人类的精神之眼和心灵之镜,因为批评家将任何对象化的鸿沟填平,而通过凝视存在,使它展现出来的世界图景和人生图景更为清晰。通过它的记录,使人的精神作用于对象,使人不再逃离精神,使作品不再背离意识,使意识寻找自己的本质。

然而,表象掩盖本质,观者和批评者很难把握本质,本质的捷径变成了对本质的背离和掩盖。这在斯塔洛宾斯基《透明与障碍》一书中被称为"澄澈的蛊惑"。作家正是在逐渐修饰得透明的宇宙中存在而享有自己的"透明",同时也在这种人为的透明中掩盖着自己的真实本质。批评家希望通过现象学的本质还原而使本质呈现为精神,在人"瞬间凝视"的本质直观中,使意识通过作品而获得新生,使得精神本真地感受到了宇宙之秘。但是,面对真实使"世界的末日"临近了,在谎言时代之后,将会到来真正的"人的悲剧时代"。

这就是斯塔洛宾斯基在《活的眼》一书中,对现象学"批评凝视"的本质直观。通过凝视,精神可能把握到自己;通过凝视,主体和客体终于合并为主体间性;通过凝视,精神终于重新获得了自己的自主性。正是由于被凝视的对象的不透明性,凝视的主体才与凝视的对象相区别,并终于意识到,只有在与外在世界的接触中,人的内在性才得以形成,才开始真切意识到自身的本体存在。

强调批评的"凝视",使得主体之间获得了意识的亲和性,因此,理解是一种逐步地接近完全的契合关系,是创作主体与批评主体的精神体验与意识参与。凝视是建立批评的距离,同时也是建立主体间的融合。可以说,批评成为了一种使本质和思想得以互相渗透的方式,并终止了一切排斥精神而执著于文学创作和批评形式的企图。

希利斯·米勒(1928—)

米勒早年是日内瓦学派的代表人物,后期则是"耶鲁四人帮"的主将。他的现象学著作把日内瓦的批评实践在英美文学批评中广泛推行,并且为日内瓦学派赢得了众多的读者。米勒的现象学批评坚决拒斥历史实证主义,而使批评有向精神史回归的趋势,从而体现了现象学批评的根本特点,即去发现意识所沉淀在人类共同意识之中的那种本质。他在《乔治·普莱的文学批评》①一文中说,在任何时候,个体意识无论如何特殊,总参与了一般意识,其特殊性仅在于它对那个时代的共同思想的再现和组织中,而不在于它构想在那个时代、那个地方闻所未闻的思想力量。也就是说,一个时代的意识构成一个封闭的统一体,一个非常像纯粹精神般的透明体。这样一个透明体能够为开拓一位作者心灵的意识所把握,并且在其结构的展开过程中,将被同一种辩证的路线所修改。

批评家个体意识的特殊性,在于描述和组织那个时代的特殊方式。因此,要探讨作家的特殊性,则必须洞悉这种特殊性的内在本质,因为这种形式体现了作者的创造精神的原初统一性。文学作品有种"不可回复"的特殊性,在文学研究中,首要的物质基础就是书页上的文字,它处于阅读行为这一独特性的不可重复的时间之中。当批评家拿一本书阅读时,就面对了这种物质性,并通过这种物质性还原为

---

① Miller, J. H. "The Literary Criticism of Georges Poulet", *Modern Language Notes*, Vol. 78, pp. 471-488.

一种精神性。因此,"批评体验的性质将由意识自身的性质来决定"①。尽管70、80年代时,米勒已经转变为一个解构主义者,但同样可以看出日内瓦批评对他的重要影响,那就是他重新强调了"阅读的责任"和"阅读的道德",即细致耐心地用研究的态度阅读,在阅读中要作出基本的设想,如文本说了哪些人们不曾料想的东西,说了哪些人们想说的东西,其中关于文化、历史、语言或符号系统的物质基础表示什么意思等②。在这个意义上或许可以说,现象学的批评方法通过解释学理论而伸展到解构理论中。因此,把米勒看成是前后判若两人并非事实,我倒宁愿把他的现象学时期和解构时期看作是一个思想不断展开、扩充和发展转型的完整过程。

总体上看,无论是雷蒙、贝甘、理夏尔、卢塞、斯塔洛宾斯基、米勒或巴什拉,他们的批评都是一种意识认同和"在场"的批评,不管是意识批评也罢,深层精神的分析批评也罢,都强调文学作品是人类意识的集中表现形式,而文学批评就是对这种意识的集中表现的批评形态。通过意识的揭示,显露意识背后的意识对象,从而使意识和对象不再是二元对立的,而是一元性的你中有我、我中有你的本体蕴含关系。

雷蒙、贝甘、理夏尔、卢塞、斯塔洛宾斯基、米勒等人的现象学批评集中表现为对作品固有的意识活动的把握,注意通过对作品的意向性把握而揭示作者与批评意识活动的主体间性。日内瓦批评是一种"主体性批评",其最终目的在于重建文学主体性,并通过批评式的阅读,使作品的感觉和思想被人感觉和思考,并通过这种感觉和思考,使得世界在作品中本真呈现出来③。

三、普莱:阅读现象学与文学批评

如果说上述批评家为现象学的批评做了前导性和承接性工作,那么,普莱才是真正使日内瓦学派获得坚实的哲学基础的重要代表人物。

普莱1902生于比利时,一生主要对批评主体与创作主体的主体间性进行研究,对法国"新批评派"有很大的影响。其代表作有《人类时间研究》④、《循环的变形》⑤、《普鲁斯特的空间》(1963)、《内在距离》⑥、《批评意识》(1971)、《爆炸的诗》(1980)等。《批评意识》一书为日内瓦学派的宣言式代表作。

---

① Miller, J. H. "The Geneva School: The Criticism of Marcel Raymond, Albert Béguin, Georges Poulet, Jean-Rousset, Jean Pierre Rixhard, and Jean Starobinski", in *Critical Quarterly*, Vol.8, p.308.

② Miller, J. H. *The Ethics of Reading*, 1987; J. H. Miller, *Poets of Reality*, Cambridge, Mass.: Harvard University Press, 1965.

③ Magowan, R. Criticism of Sensation, *Criticism*, Vol.6, pp.156-164.

④ Poulet, G. *Studies in Human Time*, Trans. by E. Coleman, Baltimore: Johns Hopkins University Press, 1959.

⑤ Poulet, G. *The Metamorphoses of the Circle*, trans. by C. Dawson and E. Coleman, Baltimore: Johns Hopkins University Press, 1967.

⑥ Poulet, G. *The Interior Distance*, trans. by E. Coleman, Baltimore: Johns Hopkins University Press, 1959.

日内瓦学派代表人物
乔治·普莱(1902—1991)

日内瓦学派批评家在阅读一部文学作品时,将其看作作者独特意识模式的形象化语言描述。在普莱看来,与作者自传式的自我相关而不相同的作者意识,渗透在一部作品之中,成为作品内容的主观对应物。文学作品的读者通过"悬搁"和"现象学还原",从自己头脑中清除掉个人的预先印象(成见)和个人的先入为主性,使自己处于一种所谓纯粹中立地通过作品的呈现介入作者的内在意识的状态中,体验到作者的意识模式,然后在批评家自己的写作中再度投射这种意识模式。

在《阅读现象学》①中,普莱反复申说,书和雕像或花瓶的不同之处在于,它是纯精神性的产品。也就是说,书籍作为一个物质的客体,除了文字、油墨、纸张等符号以外,还充盈着大量的精神和思想,使这些符号载体不再是客体之物,而是有意识、有心灵的存在,是一种"意向性对象"。它是有思想、有形象的新存在,一种来自于读者自我内心的新存在。

一本书会向人们展现自身,书的意识超出自己的物性存在,使人存在于它们之中。书的特征是消除人与书之间的隔阂,人在书中,书在人中,你中有我,我中有你。这使普莱将书看作是被作者所创造、凝定了作者意识的"准主体"。他认为:每当我拿起书来读时产生的是这样一种现象,当我从手中的这个客体里获得了大量的思想,就意识到这件东西不再是客体,甚至也不仅是活动本身,它有心灵、有意识。书本的意识和我们在常人身上所见的意识性质上并无差异,不同的只是书本的意识向我开放,欢迎我深究它的话语,甚至以难以置信的大度容许我分享它的思想感情。

书本的文字、形象和思想,是在阅读过程中依赖阅读者的意识而存在的。这种从物质向精神性生产的转变,使形象、思想成为精神客体,成为主体化了的客体。由于每一个客体都借助语言与读者的心灵融为一体,主客体之间距离大大缩短以至于消失,从而使主体之间产生一种奇异的转化。就读者而言,他的阅读过程是一种现象学还原的过程,是一个从不知到知、从生疏到熟悉、从外在到内在的过程,也就是从无意识的深处浮上意识层进而被意识到的过程。就书籍而言,它不仅是书本,而且保存了作者的思想情感、生活方式和精神信念,并使作者的精神性存在得以永恒保存。作为读者来说,就是通过对作品的阅读而使之成为一个活生生的世界,成为了作者的鲜活生命与读者二度体验所进行的对话场。作者只能生活在作品中,而读者只能通过作品与作者进行交流。

读者一旦读书,书就不再成为物质实体对人产生作用,而是还原为一种思想和形象,而这种"新的存在"变成了"精神客体",其产生的根源在于自我的内心。反

---

① Poulet, G. "Phenomenology of Reading", *New Literary History*, Vol.1, pp.53-68.

过来,一个人一旦中止对现实世界的经验而进入书这一阅读经验世界之内,就告别了现实世界和相似的虚幻世界。虚构的事物充斥人的头脑,人成为语言的俘虏。语言构成幻景包围着他,它不可抗拒地占领了现实原有的地位。同时,这个语言构成的世界成为一种主观化的客体,从而大大缩短了主客体之间的距离,在这个意义上,普莱断言:文学的最大长处是它能使人信服地抛开平日那种主观意识与客观事物的不可调和之感。

　　那么,读者所读的意思与作者的意思有一种什么关系?读者阅读出来的意思与作者原意互相叠合,还是面目全非?普莱认为:在阅读中"我在想别人的思想",作者思想透过作品向读者入侵,使读者能沿着别人的思路思考,从而成为他人思想的主体,自己的意识像一个外人的意识那样工作。甚至,书中的思想对每一个人说话,属于每一个人。就像货币在人们手中流通一样,思想在人们的心灵中流通。阅读就成为这样一个过程:由于我称作"我"的主体原则所经历的改变,我已无权把它看成我自身,我被借与一个在我内心思维、感受和行动的他者。而阅读的本质,即理解一部分文学作品就是要让作者通过我们自身向我们披露他自己。在阅读中读者只能生活在作品中,并与作品融为一体。"我感到一种理性的存在,一种意识是另一个人的意识,我自然认为存在遇见的每个人的意识大同小异,在此种状况下,这个意识向我敞开,甚至赋予我前所未有的自由,去思其所思,去感其所感。"①

　　从根本上说,批评家是一种特殊的读者,在对一部作品进行批评时,应力求细读这位作家的其他主要作品,并通过现象学的"沉思",泯灭自我的先入之见,借以排除"自然态度","而换一种纯粹态度去直观作品意义","暂时忘却作品的客观因素,使自我升华,进而领会一种无客体性的主体性"②。文艺批评只能摇摆于下列两种可能性之间:其一是没有重复性的一致,其二是没有一致性的复杂。与作品的距离太近或太远都会妨碍"我"进行完全的批评活动,也就是说,会妨碍"我"探讨那种通过语言和阅读在"我"和作品之间形成的互相满足的神秘关系。只有这种纯粹中立态度,才能直观作家在作品中所流露出来的主体意识,把握到作家的意识的意向性活动。

　　普莱在《批评意识》③中区分了文学作品的三类认识方式。其一为现象直观方式,在作品中有一种被恰当地称作精神的意识因素,它深深地融汇于客观形式中,同时,这种客观形式又在揭示并且吸收着它。普莱强调,批评家应使作者的体验在作品的认识中复活,并从主体出发穿过客体,再复归主体。其二为笛卡儿的认识论,文学作品中存在一种不同的、更高的层次:它抛弃了形式,意识通过超越反映模式而在其中显示意识自身。其三为类似于禅宗的直觉体认方式。然而,究其实质,第三种方式更为"空灵",没有一个客体能够表达它,没有一种结构能确定它,它在

---

①　Poulet, G. "Phenomenology of Reading", *New Literary History*, Vol. 1, p. 54.
②　Ibid, p. 68.
③　Hazard Adams ed. *Critical Theory Since Plato*, New York: Harcourt Brace Jovanovich, 1971.

自己的空灵飘忽之中,在自己的绝然不确定性之中展露自身。这种空灵的认识论,其实已超出作品认识的范围而难以确立,而前两种认识论仍然具有浓厚的现象学气息。不妨说,普莱的批评理论和实践的现象学之维,使他的批评描述了一个自我与外界互相包容、浸透的生活世界。

意识批评与作品具有相通的情感,这种相通并非相同,而是意识到与作品的距离,总是在保持适当距离中去"审视"和"自审",并与作品趋同。对批评家而言,就意味着从根本上经历同一体验,这一体验是借助于文学或文本语言获得的。批评意识与作品的同一,在实现的具体化中离不开语言。与作品的距离太近或太远,都会妨碍批评者进行完整的批评活动,都会阻碍批评者通过语言和阅读探讨其与作品之间的一种互补互涉关系。而对作品研究的"过分感性"和"过分理性"化,都将丧失客观性而变得不合法。理想的批评应是感性和理性的统一。

受梅洛-庞蒂的影响,普莱强调,批评不仅是阅读心灵,而且同等重要的是阅读身体,因为只有通过感性身体和理性精神的阅读批评,才会是丰满而客观的,也只有通过这种"感性肉体的阅读"和"精神心灵的阅读",主客体之间才会建立一种真正的相互联系的关系,作品的主体才能脱离周围一切而向我言说。于此,阅读现象学的根本意义显现出来,即作品总是通过自己不对言传和不可决定性来显露自己,同时主体在这种阅读中开拓并提升了自己的"主体性"。

那么,如何在自我意识和他人意识之间获得一种主体间性呢?如何在作家的作品中体验渗入我的体验而获得主体间性呢?普莱指出,文学是生动的,却也是一种不确定的存在,缺少的恰恰是某种秩序。它要求阅读者或个体审美批评重新赋予它,总是要塞入某个读者个人赋予它的"他者意义"。也就是说,通过丰富的阅读,使自己将生命体验重新赋予作品,从而使我阅读的东西成为我自己先行塞入的东西。

但是,问题接踵而至,批评者有什么权力在他人的思想上添加源于自己思想的形式呢?或者为什么批评者可以放弃任何属于自我的思想,而使其思想成为一种内在的虚空以留待他人的思想来填充呢?普莱认为,在文学的形式结构和语词后面,有一种具有空框形式的思想,希望有一种新的阅读来使语词充满生机和活力。所以阅读和批评的意识就变成了一种精神之流,流入作者凝固在文本中的思想。据此,批评也就成为某种思想和感觉方式的无限延续。这种方式虽然产生自他人的思想,却可以在我希望的任何时候成为我自己的思想方式,以至从一种精神到另一种精神的过渡中,内心之流并没有中断,也没有从内到外的滑动。

于是,在批评式的阅读中,可以看到思想反复地重新开始,可以目睹新思想的诞生,思想朝这个世界睁开眼睛,发现了他自己和这个世界。因此,阅读式的批评或者意识批评的阅读就是发现"我思"思想在自我身上流过,滋润着个体不断活跃着的思想,并使整个人焕然一新。从这时起,自我显露出来,世界也通过自我而显露出来。

文学批评的重要性在于,它是一种思想行为的模仿性重复,是内心深处重新开始一位作家或一位哲学家的"我思",它总是将作家建立的精神秩序变为批评家观察到的那种精神秩序,并重新回溯到源头,在文学文本的一致性中,重新抓住批评文本的一致性。所以,文学批评作为意识行为是一种自我意识,或者是自我意识的重审,它是通过自我意识面对世界意识。总之,谁以独特的方式透过作品感知到了自己,他就感知到了这个独特的世界①。

对作品的思考,包容了一种自我对自我完整存在和世界面对自身完整存在的思考。一个人在思考和自审自己的时候,他就在赋予他的存在以一种新的形式。歪曲作者的思想,误读作者思想的危险性就在于,他将误解人类精神的导向和自身精神的地基。因为对作品的阅读就是对自我的检阅,就是"回忆"起原初的自我。

现象学批评从根本上说是一种"意识批评",只有将这种意识加以本真的现象学还原,才能通过自我揭示他人、他者以及整个世界的思想。

四、现象学文学批评的特征与意义

日内瓦学派人数众多,观点不一,其批评方式仅仅具有大致的意向性和大致相同的意旨,但也具有以下一些相似的特征。

第一,是对"意向性"的特殊关注。批评家特别强调作者的意向性和作品语言所表现出来的作者的意向性问题。他们借用杜夫海纳的审美经验现象学的观点,认为文学作品就是呈现作者独特的意识方式,而欣赏就是复制和再现作者富于意义的行为,阅读是对于作者体验模式的同构性表现。当然,作者的体验模式制约着欣赏者的体验模式,而欣赏者的体验模式又反作用于作者融注于作品中的体验模式。

体验模式提供了思想和意识批评的可能性。体验模式支撑了文学作品本身并通过现象学的研究展现出来,因而具有不确定性。不确定性表明体验总是特殊的、个体的、独特的,具有不可重复性。同时,体验又是通过自己不断地叠加、冲撞、对话、感应和汰变,形成了新的对话、新的体验和体验的共同体。在这一临界点上,它又构成了主客体之间的"主体间性"关系,是两个主体体验的融合。在我看来,体验模式具有潜在性和拓展性,它从根本上是从两人的体验中推及他人、群体、社会和人与世界的关系。据此,美国文论家R·玛格欧纳认为,体验模式在人的意识中扮演了一个必不可少的角色,它们是人的统一性的真正原因。文学的重要性是显而易见的,即体验模式统一了想象的虚构的构建物与构建物的文学语言化,整体性体验在此意味着一种有机统一体,由各部分之间相互关系所构成②。

第二,日内瓦学派具有独特的"批评方法论"。日内瓦学派以胡塞尔现象学所要求的方法的严格性,来使自己的批评秉有客观有效性。他们反对那种先入之见

① Poulet, G. *The Interior Distance*, trans. by E. Coleman, Baltimore: Johns Hopkins University Press, 1959.
② Magliola, Robert R. *Phenomenology and Literature: An Introduction*, West Lafayette, Ind.: Purdue University Press, 1977 Chap. 2.

的主观精神,在阐释文学作品时,努力抛弃自己的前见,而力求达到一种本质的直观,获取一种客观有效的中立性,使其具有一整套严整的方法论体系。尽管这一承诺并未完全兑现。

日内瓦学派将胡塞尔"现象学还原"方法运用到文学批评中去,强调排除意识的先验因素,进而反对先验论。在解释文学时,努力排除个人世界观的成见,通过意向性描述意识。在他们看来,任何意识都是关于对象的意识,而对象总是意向性的对象。主体与对象相互包容,必须要以自我的存在与世界的存在为前提。通过意向性的分析而探讨作家的意识模式。区分"内在批评"与"外在批评"在实践上的差别,强调以一种"居中性"态度去进行描述作者意识经验的"内在"批评,从而"直观"到作者的意向性意识、潜在的经验模式。

值得注意的是,日内瓦学派批评从初期到晚期都有一个明显的变化,即从早期拒斥历史主义批评,斩断文学与历史、环境的存在性关联,反对为某种文化中的文学精神寻找文化背景(诸如雷蒙、贝甘、普莱、卢塞皆是如此),到50年代,日内瓦学派这种独断态度有所变化,开始认为时代因素与个人意识有不可忽略的关系。这种向"精神史"回归的趋势,显示了20世纪以来现象学文学批评的一次根本性的转变。

一般而言,日内瓦学派批评的主要任务有:批评家通过细读作品,考察其提供的"世界"(人物、主题、情节)是否通过语言表现出来,给读者想象一个活生生的世界,乃至作品的表现情节与现实经验、生活方式是否相符,只有获得肯定的答案,作品的语言才会具有审美意义。其在上述基础上进一步描述作品的经验世界、发掘作者表现于作品的统一性。日内瓦批评家提倡"细察"或"直觉"文学作品,目的在于有意识地把握作品体验形式的结晶。因此可以说,日内瓦学派探索经验模式主要从三个方面入手:①文学作品意识方式的经验模式;②文学作品表现的意识内容的经验模式;③文学作品语言的经验模式。从这三个方面由浅入深,日内瓦批评家分别进行文学方式的区分、内容范畴的分类和语言学的类型学研究。上述三种批评方法,基本上包括了日内瓦文学批评的具体实践。

第三,日内瓦学派反对形而上学,而是尽可能通过一种还原,去直观意向性意识和潜在地体验模式,以及文学作品的本质等。在这样做的时候,他们强调"个人批评"中的"超个人批评",因为所谓"个人批评"指的是描述现象学自我的批评实践,即出现于文本中被语言化了的意识,而"超个人批评"指的是不根据现象学自我来描述文本事件的批评实践。然而,麻烦在于,这种反形而上学的批评实践本身就预设了自己潜在的困难,这种反形而上学的现象学还原本身也是形而上学的。在我看来,从根本上说,所谓个人批评与超个人批评及其形而上学的共同性是一致的。不管怎样批评与阐释,都要根据作者的思想去描述作者体现于语言中的事实,或者是通过作品语言去展现作者的原初意识,这样,原本、本源和真实性就成为明显的形而上学设定。

需要指出的是,日内瓦学派的批评实践,确实将现象学理论原则贯穿于文学批评的过程中,而与"新批评"有了相当的差异。无论是他们强调现象学还原以把握那种原初的意向,还是强调通过批评阐释阅读与作者进行的全新对话,甚至强调透过对非本质的剥离而达到一种深层心灵的对话,都已经趋近于主体意识的主观性。

"意识批评家"强调通过意识模式、意识内容和体验模式、语言结构去发掘意象和语言之外的言外之意,甚于通过一个作品的整体对其心灵世界和精神世界加以阐释,试图将批评的主体性和主体阐释的有效公正性确立起来,无疑都是大大加强了批评的力度,使得批评家的形象在20世纪获得了前所未有的升华,同时也向传统的批评模式,即纯粹客观的,以作者原意为主导的批评模式作出了挑战。

不妨说,尽管日内瓦学派的批评尚存在一些理论盲点,但是,它开辟了一个全新的研究层面,为"内在批评"打开了一条新路,其创新之处,无疑对解释学理论、接受美学理论和读者反应批评,都具有不可忽略的启示意义。

现象学哲学诗学经过一个世纪的发展,已经深入到文化哲学研究和文艺批评领域的各个方面,它的一些重要范畴和术语已经广泛地运用于各类艺术研究中,诸如音乐现象学①、绘画现象学、电影现象学②等新兴学科已经出现,并引起学者们的广泛注意。

总之,现象学文论与美学的意义在于,它不将研究范围设定在作家或作品单维上,而是将作品看作作家的创作意向性客体,而这一客体必须通过读者的解读(具体化)方能实现审美意义和艺术价值。这样突出了艺术过程的主体性,将作家—作品—读者看作一个主体间性过程,这个过程以作品本体论为支点,连接了作者与读者的精神和情思,使作品的展开直接成为现象学追问和解释学问答过程。艺术的中心不是客体(作品),而是人(作家与读者的对话)。艺术作品只是一个图式化框架,读者在对其加以"填空"的活动中,领悟的不仅仅是作品的含义,而且是自身存在意义的现象学直观。阅读成为人性深度的一种标示,成为生命存在意义的探索。无疑,这为20世纪文艺理论提供一个视域,一个审美意义追问的支点。

现象学文论所标举的作品本体论和审美体验本体论,作为对艺术奥秘的透视,是文学理论的当代拓展。正是在这个意义上,可以认为,胡塞尔的现象学标举的"精神性"在西方文艺理论领域正在成为变革现代人的审美感性的重要力量。

关键词:

现象学批评(phenomenological criticism)

阅读现象学(phenomenology of reading)

再体验(re-experience)

---

① 代表人物是德国的克雷奇玛尔、拉赫、舍林格。他们认为,音乐具有一种本质直观性,通过对音乐语言的释义,可以构成一种新的审美理解维度。

② 电影现象学的代表人物有法国电影理论家巴赞、艾费和艾吉尔等。他们指出,在电影的影像中,世界本身向人们透露信息,而不是人们将自己的模式强加于世界,人们通过电影的纯粹性描述进入世界,主张电影应保留现实的多向性意义,反对将个人的意志以"银幕暴力"的方式强加给观众。

意识批评（consciousness criticism）

思考题：

一、日内瓦学派的主要理论资源有哪些？
二、日内瓦学派的三代代表人物有哪些，各自的主要观点是什么？
三、普莱的阅读现象学要义是什么？
四、日内瓦学派文学理论的特征是什么？
五、日内瓦学派的意义和局限是什么？

阅读书目：

[1] Dufrenne, M. *The Phenomenology of Aesthetic Experience*, trans. by Edmard S. Casey, etc. Evanston: Northwestern University Press, 1973.

[2] Husserl, E. *Ideas: General Introduction to Pure Phenomenology*, trans. by W. R Boyce Gibson, New York: The Macmillan Company, 1960.

[3] Husserl, E. *Cartesian Meditations: An Introduction to Phenomenology*, The Hague: Martinus Nijhoff, 1966.

[4] Husserl, E. *The Crisis of European Sciences and Transcendental Phenomenology: An Introduction to Phenomenological Philosophy*, Evanston: Northwestern University Press, 1970.

[5] Ingarden R. W. "Artistic and Aesthetic Values", in *British Journal of Aesthetics*, Vol. 4, 1964.

[6] Ingarden R. W. *The Cognition of the Literary Work of Art*, trans. by G. Garbowiez, Evanston: Northwestern University Press, 1973.

[7] Poulet, G. "Phenomenology of Reading", *New Loterary History*, Vol. 1.

[8] Spiegelberg, H. *The Phenomenological Movement: A Historical Introduction*, The Hague: Martinus Nijhoff, 1960.

[9] 杜夫海纳：《美学与哲学》，孙非译，北京：中国社会科学出版社，1985年版。

[10] 杜夫海纳：《审美经验现象学》，韩树站译，北京：文化艺术出版社，1992年版。

[11] 胡塞尔：《胡塞儿选集》，倪梁康选编，上海：上海三联书店，1997年版。

[12] 胡塞尔：《纯粹现象学通论》，李幼蒸译，北京：商务印书馆，1992年版。

[13] 胡塞尔：《笛卡儿式的沉思》，张廷国译，北京：中国城市出版社，2002年版。

[14] 梅洛-庞蒂：《知觉现象学》，姜志辉译，北京：商务印书馆，2001年版。

[15] 梅洛-庞蒂：《行为的结构》，杨大春、张尧均译，北京：商务印书馆，2005年版。

[16] 梅洛-庞蒂：《世界的散文》，杨大春译，北京：商务印书馆，2005年版。

[17] 英伽登：《对文学的艺术作品的认识》，陈燕谷译，北京：中国文联出版公司，1988年版。

第三章　存在主义文论

存在主义文论是在存在主义哲学基础上产生的,存在主义文学与存在主义哲学有密切的关系。存在主义的思想先驱有基尔凯郭尔(S. Kierkegaard)和尼采(F. W. Nietzsche),而海德格尔、萨特、加缪是存在主义文学谱系中的重要人物。尽管存在主义哲学家的理论十分复杂,对其关键词"存在"、"存在主义"的理解角度各不相同,但在其宣布"上帝已死",人必得面对这个世界承担个体因虚无而产生的存在焦虑视域上,具有相当的思想共识。

两次世界大战摧毁了人类精神价值和信仰,传统观念、理性尊严、美好信仰都被无情的现代性恶果所中断。两次世界大战使西方人看到现代性并没有给西方乃至整个人类带来美好的承诺,相反资本的扩张和霸权的形成,正在将作为主体的人的存在变成"非存在",人们对现代性制度和现代性产生了深深的怀疑。面对战争满目疮痍,哲人们痛定思痛,一系列关乎人的生存意义与生命本体价值的根本性问题被重新提出来。人们开始反思并追问:存在的意义和尺度是什么?什么才是人的真正的自主存在?个体在世界中究竟是虚无的还是存在的?人在面对生存焦虑时能够寻找到生存勇气并发现存在的意义吗?存在主义直面这些问题,并力求解答这些问题。这使得存在主义哲学思想具有了以下特征:发现"虚无"和"非在"的生存处境,提出"存在先于本质"的命题;强调处在虚无中的人的存在,是痛苦而有限的,存在是偶然而荒谬的;人是自由的,因此要不断地行动和选择;体认到社会的荒谬和世界的荒诞,只有个人的存在价值才高于一切。

存在主义文论注重表达个体存在与荒谬世界中孤独失望,以及他们恐惧、战栗、厌世、悲观的阴暗心理,强调艺术创作的主要动机之一是某种感觉上的需要,那就是感觉到在人与世界的关系中,人是本质的。所有文学艺术作品都是一种吁求,写作就是作者向读者发出的本体吁求,阅读也是作者与读者之间的一个慷慨大度的契约。存在主义文论倡导"介入"文学,反对现代作家在哲学和政治范围内采取置身局外的态度。作为一种文艺思潮,存在主义对战后欧美知识界产生了重要影响。

第一节　尼采:存在主义思想先驱

作为存在主义思想先驱的尼采(F. W. Nietzsche,1844—1900),生于19世纪中叶,逝世于20世纪开端,其本身就是一个现代思想的"象征",一个交织着新世纪问题的"寓言"。尽管尼采的思想斑驳复杂,难于用"存在主义"的框架来限定。但是,在人的存在思想根源和理论的精神共鸣上,尼采无疑对存在主义有着不可忽略的精神先导和理论滋养之功。

然而吊诡的是,尽管尼采在哲学上、思想上对19世纪的哲学传统进行坚决地抨击和叛逆而表现出一位哲人的魅力,但是他的思想在19世纪哲学中却被大多数人所拒斥。相反,在20世纪,尼采的思想得到普遍的认同,他成为古典哲学的终结者,又成为现代哲学的开创者。他以其对"意志"、"生命"的绝对推崇开创了人本主义哲学,并影响到生命哲学、存在主义、弗洛伊德主义。这位站在世纪交点上高呼"上帝已死"的"新世纪哲学家",给传统的理性主义哲学和基督教道德以致命的打击,并告诫人们应当重估一切价值,让人成为个体,遵照自己的意愿行事,并力求克服普通人的信念和习俗而成为超人①。

就尼采对20世纪的重大影响而言,他是可以同黑格尔、基尔凯郭尔和叔本华相匹敌的。他远远地超越了同时代人,没有他和他的著作,20世纪的思想舞台也许就是另一番景象了。同样,尼采批判和自我批判,怀疑和自我怀疑所造成的精神分裂和疯狂,预示了20世纪现代思想者的悲剧性结局。他率先为自己的思想付出了生命的代价。

同时,尼采又是一位时代的批判者。从他的处女作《悲剧的诞生》,到中期的重要著作《查拉斯图拉如是说》,再到晚期的未完成作品《权力意志》,他对时代的尖锐批判,都获得了对现代文明深感绝望的人们的青睐。尼采更是一位超人哲学家,他坚信:人类的未来是由超人掌握的,超人是有道德的,尽管他不再相信上帝并放弃来世的希望。超人为贱民所厌恶和扼杀,他的快乐是由于超越了依靠虚假希望和信念生活的人。

尼采的思想发展可以分为两期,每期约为10年左右。第一期(1870—1882)的主要作品有《悲剧的诞生》(*Die Geburt der Tragodie aus dem Geiste der Musik*, 1872)、《不合时宜的考察》(*Unzeitgemasse Betrachtungen*, 1873)、《人性的、太人性的》(*Menschliches, Allzumenschiches*, 1876—1878)、《曙光》(*Morgenrote*, 1881)、《快乐的科学》(*Die frohliche Wissenschaft*, 1882)。第二期(1882—1889)主要著作有《查拉斯图拉如是说》(*Also Sprach Zarathustra*, 1883—1885)、《善恶的彼岸》(*Jenseits Von Gut und Bose*, 1886)、《论道德的谱系》(*Zur Genealogie der Moral*, 1887)、《偶像的黄昏》(*Gotzendommerung*, 1889)、《权力意志》(*Der Will Zur Macht*, 1885—1901)。

一、悲剧精神与现代文化批判

第一时期的尼采,崇尚叔本华的悲剧哲学。他十分赞赏叔本华的"生命意志说",即强调理性不能认识事物的真正本质,也不能给人设立目标,因此,人只有通过两种方式得到自我解脱:一是道德(Morals)行为即放弃意志,二是美的直观。而最终却只有通过自我意志的泯灭才能脱离生存中的不幸处境。这种非理性主义,

---

① Lowell H. R, *Heidegger and Jaspers on Nietzsch*, Hague, Martinus Nijhoff, 1973; Danto, A. *Nietzsche: as Philosopher*, New York, 1980; Stern, J. P. *A Study of Nietzsche*, Cambridge University Press, 1979.

非道德主义的悲观主义,对尼采具有巨大的吸引力,尽管他后来扬弃其悲观主义而张扬"权力意志"(Will to Power)。

同时,尼采也一度十分欣赏音乐家瓦格纳,但其后不久,就日益不满瓦格纳浪漫主义音乐所表现出的现代文化的病症:做戏和煽情。这种矫情的现代文化颓废和衰弱症,使得尼采不再把时代得到拯救的希望寄托在悲剧文化的复兴上,而是寄托在超人的"改进人类"上。尼采的这一思想轨迹清晰地反映在《悲剧的诞生》一书中,可以说,这是他全部著作的一个基调。

《悲剧的诞生》试图为古希腊文化作出新解释,即论述由祭祷酒神狄奥尼索斯(Dionysus)仪式中的合唱歌舞而发展成为希腊悲剧(Tragedy)。于是,尼采借用希腊神话中的日神阿波罗(Apollo)和酒神狄奥尼索斯两个形象,来譬喻使艺术得以形成和发展的两种根本力量。日神和酒神都是自然界本身生命意志强大、力量充溢的表现,他们都植根于人的深层本能。日神是光明之神,它的光辉使世间万物呈现出美的外观。日神精神表征为一种超现实的梦幻精神,它使人沉湎于外观的幻觉,以美的面纱掩盖人生的悲剧本质,将人生当成梦境去观赏,而不去追究世界和人生的本真面目。

就二元对立模式而言,日神精神表现为梦,酒神精神表现为醉。梦和醉形成两个完全不同的世界。梦是主观幻觉,醉是情感迷狂。作为对幻象世界美的体现的日神与对世界本质的直观把握的酒神之间的对立统一关系,构成艺术发展的原始动力。日神精神体现在造型艺术和史诗中,酒神精神在音乐和舞蹈中得到表现,而二者的和谐统一则产生了悲剧。在尼采看来,一个艺术家或者是日神精神式的梦境艺术家,或者是酒神精神式的迷狂艺术家,或者将两种艺术精神和谐地统一于自身。酒神精神和日神精神是两种根本的艺术冲动。日神精神产生、肯定和美化了个体生命,而酒神精神则毁掉和否定个体生命。更为原始的酒神精神正是通过否定"个体化原理"而对世界的生命意志的肯定,从而使人体验到复归自然界原始统一的欢悦。醉和梦是两种互斥互补的审美状态。尤其是酒神精神使之醉,使人在这种"神秘的自弃"状态中,感到生命的狂喜,忘记人生的惨痛。醉是一种情感心性放纵,是"情绪的总激发和总释放",是日常生活中一种痛苦与狂喜交织的生命状态,它使人领略到一种解除个体束缚,复归本真自我的神秘体验。

尼采的日神、酒神二元冲动说渊源于叔本华哲学,前者源于作为表象的世界,后者源于作为意志的世界,而后者对于前者的本原关系也脱胎于意志对于表象的本原关系。尼采将两者的二元对立发展为一种艺术哲学,认为艺术的价值在于战胜人生的悲剧性,生命的痛苦由审美化为欢乐。因而艺术的本质在于:生命通过艺术而获得拯救。

酒神精神与日神精神分别产生悲壮和优美。悲壮的艺术是一种力的艺术,是冲突、激情和灵感的表现,而优美的艺术则是和谐、适度的表现。酒神精神以破除外观的幻觉,与本体相融合而直视人生悲剧为己任,教人直面人生的痛苦而超脱人生,向往永恒,因而较之日神精神更带有悲剧色彩,更具有形而上学性质。

在尼采看来,希腊艺术中,狄奥尼索斯的狂喜被阿波罗的形式所束缚并以这种方式被从衰弱无力中拯救出来。因此,悲剧是从酒神的合唱中产生的。但是,希腊启蒙哲学的批判精神张扬理性主义,以及苏格拉底的对话式的纯问题分析精神,成为悲剧乃至一切文化的敌人。苏格拉底精神即一种科学地限定的世界观使西方文化变得肤浅,而必须由音乐精神使悲剧性传说克服基督教的迷信并把人引向一种新形式的生活。尼采以反苏格拉底和反基督教的"时代的批判者"自居,从张扬酒神精神,发现悲剧的起源到成为德国文化精神的批判者,显示了巨大的理论勇气和真正的学者眼光。

在《不合时宜的考察》中,尼采精辟地指出了现代文化的弊端,认为现代教育和科学活动侵蚀和毒害了生命因素,使活生生的生命受到非人化机械论、非人格化、劳动分工这种伪经济学的损毁。人类失去了目标,文化沦为手段,现代科学变得野蛮化了,因此必须重建文化的概念,以治疗当代沾沾自喜的"进步"信念带来的困境。就此可以看到,尼采的狄奥尼索斯、反道德的和反理性的生命哲学的批判之剑,已指向欧洲人文主义的启蒙传统,这在思想史上对"现代性"批判的先导作用不可低估。

其后的《人性的,太人性的》,标志着尼采同瓦格纳告别。他已经坚决地抛弃现代性中的"高级骗术"、"浪漫情操"之类的东西,并在两个方面有了新突破:作为思想家的尼采对人性、人生有了全新的认识,作为作家的尼采发现了最适合自己表达的以警句为主的写作方式。除了《悲剧的诞生》和《瞧,这个人》以外,其他各书均用格言警句写成,尼采也成为一名警句哲学家。

在《曙光》一书中,尼采开始反对道德,认为曙光(daybreak)照耀的全新世界只有到重估一切价值中去寻找,到摆脱一切道德的价值中寻找,到肯定和相信一切迄今为止被禁锢、受轻视、遭诅咒的东西中去寻找。道德的起源问题对尼采来说是根本性的问题,因为它决定着人类的未来。尼采以此书为开端,开始了自己对非我化道德的战斗,其后,在《快乐的科学》这部书中,开始在一些精练的警句中隐约发现"时代命运"的思想火花,因此,这部书成为《查拉斯图拉如是说》一书的序曲。

二、生命意志与价值重估的哲学构想

就总体而言,第二时期的写作对尼采来说是决定性的。不仅这一时期有里程碑式的著作《查拉斯图拉如是说》和《权力意志:重估一切价值的尝试》,而且还对善(good)恶(evil)、道德(morals)、偶像(idol)加以分析批判的其他成熟著作。因此,这一时期可以说是尼采思想鼎盛发展时期。

《查拉斯图拉如是说》在内容上几乎容纳了尼采的全部思想,并以"超人"和"永恒轮回"的思想为其全书的重要主题。对尼采而言,生命实质上是权力意志,即感受到支配自己和支配未来的意志。人们在控制未来的过程中,发现大多数人接受的价值已不适用,必须采取一套新的价值甚至是相反的价值。然而,根本没有什么最终目的。权力和重新估定价值本身就是善,因此,没有终极和至善,只有人和物以及问题的永远循环。

孤独的个体自己掌握命运是第一部的论旨。个体将不再希冀获得他人的帮助,更不可能指望超自然的帮助,因为上帝死了[①]。但上帝并不是尼采杀死的,而是大家杀死的。尼采因此不断批判那个时代的人:许多昏睡者将睡眠当作遁世的工具而类似于死亡;还有的遁世者是蔑视肉体而赞美灵魂,这种看法是一种放弃生活的愚蠢;还有一种遁世,即相信生活充满了苦难;国家是逃避现实的另一种方式,是个人主义的敌人,它支配控制公民做什么和如何生活,以专制取代人的自由个性。尼采想达到的目的是,通过查拉斯图拉的教诲使人在成为先知的信徒的同时学会理解自己,并力求在神死以后,自己成为超人而生活。

张扬权力意志是第二部的主要内容。尼采坚持,上帝的假设毫无意义,因为上帝难以想象,而超人的假设却在人类心灵的范围内。基督教的原罪说是荒谬的,它只不过是上帝来同情人类的借口而已,甚至可以说,上帝对人类的爱是以假定人类有罪和渺小为条件的。基督教对生命加以否定,宣扬宽恕和自我牺牲的处世原则,是弃强就弱的奴隶道德;基督教张扬虚伪、平庸、怯懦的病态,是一种颓废的道德。而权力意志就是要确立"超人"的新型人格:超越自身、超越弱者并充分表现自己,自由自足,成为真理与道德的准绳。敢于面对人类最大的痛苦和希望,是充实丰富,伟大完全的人。

第三部的主题是"永恒轮回"论。尼采认为,一个孤独者无论走到何处所经验到的都只是自己,这样,个体便超越善恶之外,因为善恶皆需要某种绝对的判断标准。于是人生活的世界只是偶然的、机遇性的。尼采强调,恶原本也是善,肉欲为人诅咒但其本身却无邪而自由,权欲摧毁文明,对于超人却是恰当的行为。首要的戒律是爱你自己,基本法则是"不要宽恕你的邻人",人是必须克服的东西。进一步,尼采指出:万物方来,万物方去;存在之轻,永恒轮回。世界上伟大事物轮回,渺小事物也轮回,所有的一切最好的和最坏的都一起回复。

第四部考察部分接受教诲的后果,结果发现除了查拉斯图拉,没有人按照本来的面貌看待尘世。不过超人即将来临,于是查拉斯图拉再次转向世界,寻找超人并使他尽善尽美。在尼采那里,永恒轮回学说是一种"酒神信仰"。超人把自己的生活变为美妙的整体,他在证实自己存在的过程中也要证实一切:现在的、过去的、将来的。达到自我完善的人,出于自身的圆满和欢娱的时刻而要求永恒轮回。

尼采写毕这部书以后,变得有些自我赞扬和自我崇拜:"用自己的翅膀飞上自己的天空",这标志着尼采的晚期的来临。在他精神错乱的最后四年中,尼采以疯狂的创造力全力写作,写出了《善恶的彼岸》、《偶像的黄昏》、《反基督徒》、《瞧,这个人》和《尼采反对瓦格纳》,以及未完成的遗作《权力意志》,构成了尼采哲学思想瑰丽的晚霞。

[①] 在《快乐的知识》中,尼采以寓言的形式,借"狂人"之口宣称:"上帝死了!上帝真的死了!是我们杀害了他……你和我,我们都是凶手!"

晚期著作中的一个重要主题就是"重估一切价值",以"批判之锤"评估旧有的一切偶像(真理)。他的许多著作,如《偶像的黄昏》、《论道德的谱系》、《善恶的彼岸》等,皆围绕这一主题展开。对现代性的批判,包括现代科学、现代艺术、现代政治的批判,是尼采"未来哲学的序曲",也是通过道德"谱系"(genealogy)使人窥见一种新真理。而这也就是陈旧真理行将灭亡的末日——偶像的黄昏。

晚年尼采开始独创自己的哲学体系,即用"权力意志"、"同一物的永恒轮回"等命题取代怀疑论和否定论,而开始"重估一切价值"这一"伟大的形而上学"设计。尼采终于从消解的怀疑否定走上了重估和建构的新路。

对虚无主义——颓废的逻辑的分析,使尼采坚持,虚无主义的最高形式是这样的认识:任何信仰,任何信以为真必然是错误的,因为根本没有一个真实的世界,有的只是未来的假象。存在本身没有意义和目的,只是不可避免地轮回,没有终结,永恒轮回,这是虚无主义的最高形式:永远虚无。正因为虚无主义是颓废的一种后果,因此人们不能阻止一种衰败过程,重估价值是在将来取代那完全的虚无主义的一种运动,它以虚无主义为前提,它只能趋向虚无主义和由虚无主义产生。现代虚无主义的兴起之所以是必然的,是因为我们至今的价值本身是在虚无主义中得出其最后结论的,虚无主义是我们的巨大价值和理想的彻底思考的逻辑。因此我们必须先经验虚无主义,以便发现到底什么是这些价值的价值,以及所需要的新的价值。

尼采在重新估价一切价值中设定新的价值,他想成为享受特权的未来少数精华的预言家,并成为欧洲虚无主义最大的诊断家。但是,新的价值在"现代性"危机中似乎越来越难捉摸,时代预言家也被不少人看作是哲学破坏者,虚无主义的诊断家被看作最大的虚无主义者,这恐怕是尼采始料未及的。或许正是这样,尼采自称是时代"继父之子"而非"时代之子",因为在他二十年写作生涯中他从未获得过所处时代的恩惠,相反却遭到各种攻击和打击,因此,他也以更为决绝的态度加倍报复自己的"继父",使之在尖锐的现代批判中,在虚无的揭示中,在基督教的揭露中无藏身之处。

尼采在写作精力最旺盛时中断了思想,而成为精神错乱症缠身达10年之久的病人。但是,不管他生命多么落寞孤寂,他的身影都在20世纪变得越来越高大,而成为一位世界著名哲学家,并给西方现代哲学带来震撼。西方20世纪一流的哲学家几乎都受其影响,如狄尔泰、西美尔、斯宾格斯、马克斯·舍勒、弗洛伊德、海德格尔、萨特等。

尼采的狂放人格、叛逆精神、"知其不可为而为之"的信念和"斯人独憔悴"的结局,致使对他的评价成为一系列持续性的争论。但尼采对上帝已死后个体存在价值的肯定,对思想史上"重估一切价值"的张扬,对虚无主义的现代诊断和揭示,无疑激发了海德格尔和萨特对于存在的入思热情,并使20世纪出现追问存在坚持赋予存在以本质的哲学思考,转化为一场轰轰烈烈的存在主义实践运动。

关键词：

曙光（daybreak）
悲剧（tragedy）
谱系（genealogy）
道德（morals）
善（good）
恶（evil）
偶像（idol）
酒神（Dionysus）
日神（Apollo）
人性的（Human）
权力意志（Will to Power）

思考题：

一、为什么说尼采是古典哲学的终结者，又是现代哲学的开创者？
二、尼采的"上帝已死"是什么意思？
三、尼采的"权力意志"具有怎样的结构？
四、为什么说酒神精神与日神精神分别产生了悲壮和优美？
五、尼采的"重估一切价值"的意义何在？

第二节 海德格尔：存在论文论

海德格尔（Martin Heidegger，1889—1976）是一位"运伟大之思，必行伟大之迷途"的思想者。海德格尔一生都处于悖论中：他思考着几千年来哲学所思考的"存在"问题，而在走向存在分析之途中，却遭遇到存在意义的疏离流失；他想为人类提供一个"诗意栖居的家园"，却又遭遇到生命无根的漂泊；他在成为存在之意义的"还乡者"时，却因对形而上学的批判而只能抵达"虚无"；他在贯彻自己存在论思想于实践之中时，却不期然地进入了纳粹的思想阵营，因之受到学界持续不断的批判；他总是想为解决哲学的世界性难题提供一个"基本本体论"的地基，然而其代表作《存在与时间》却写了半部而终；他从现象学入手努力解决现代问题，却又被师门认为背离了导师胡塞尔和现象学精神。海德格尔直面这些困惑，尽管这些困惑是致命的。

胡塞尔与海德格尔

马丁·海德格尔(1889—1976)

海德格尔重视研究方法论,想通过哲学对"存在"加以执著地追问,而追问的方法就是"词源学分析"。也就是说,他要在希腊词源的考辨中重新发现希腊人的本真语言,探明词语的本真含意,从而使我们了解了希腊人对存在的"惊奇"。这种对存在的惊奇导致了对存在的深度思考,以此来推翻从柏拉图、亚里士多德以来统治西方思想和历史的形而上学传统。

海德格尔所探寻的"问题"并没有成为过去,而是我们面对或即将面对的"问题"。我们现在和将来所探讨的问题,也许与海德格尔所探寻和追问的基础相关。无可讳言,海德格尔有一段与纳粹合作的不光彩历史,这是其不可原宥的终身污点。但我们仍只能"面对事情本身",既不为其开脱,也不因事废言,而是重视海德格尔对存在问题和现代性问题说了些什么,重视他的思想本身对现代人的启迪意义,尤其是重视他那种提出问题,又走向一个又一个的新问题,进而把每个终点变成一次新探索起点的入思角度。因为,海德格尔作为思想家,其思想出发点不是一般性地对哲学问题的怀疑,而是对哲学"基础"和"前提"的怀疑,这正如其"问题"一样,也是我们所不可忽略的。

一、存在与此在

海德格尔思想的核心是对"存在"的探索。他认为自柏拉图以来,整个西方哲学本体论所讨论的"存在"并没有弄清其真实含义,而自己的任务就是要厘清"存在的意义"。而对"存在"意义的揭示必须以人的存在为其前提。

"存在"(Sein)是什么,这是一个难题。我们可以观察到石头存在或物品存在,但它与自己没有关系,它不能与自己产生关系。而人却不同,不仅存在着还能发展与自己的关系,也发展与他人和物的存在关系。就此,海德格尔得出结论:人不仅存在,而且不得不存在,其存在是被赋予的使命。他就是去存在,是一种称为"此在"的存在者,肩负存在的使命。这一点,后来被萨特大大发扬了一番。

人的存在是具体的、原初的、在世的活动及其方式。换言之,人存在于世界之中,而非存在于自己的意识中。人"在世界中"的存在活动,不是思辨的,而是具有直观意识和形式体验的交往活动。人的存在是"在此"(Da)存在,即"此在"(Dasein)。

《存在与时间》英译本书影

1. 此在的基本本体论

"此在"的根本特征可以说是"忧心"或"烦",它有三个基本特点:其一是此在的"事实",即被放逐、被抛弃的存在。未经他同意,他就被抛到这个世界上来。因此,他是一个偶然的事实,必须在这个给定的情境生存直至死亡,所以他是"忧心"的本体论存在。其二是"存在性",表明人自身具有一种自我设计的可能性。人在"被抛"到世界上以后,可以体验到一种改变自己和世界的责任,他在"忧心"中重新定义自己,而把自己理解为趋向未来的可能性存在。其三是"沉沦",即是当下的存在,放弃那种总是贯穿他的过去和未来的唯一的自我幻象。这样,"事实性"是一种过去的模式,"存在性"是将来的可能性模式,"沉沦"则是当下的现实模式。"事实性"说明了此在是从过去而来的早已在世的存在;"存在性"表明个体是有目的或具有超越自身的可能性存在;而"沉沦"则表明自己的日常生活关注中的当前的在世状态。

海德格尔在《存在与时间》中说:"只有这样一种存在者,他就其存在来说,本质上是将来的,因而能够自由地面对死,而让自己以撞碎在死上的方式,反抛回其实际的死之上。"[1]因此,人是面向死亡的存在,是先行看见自己未来状况之在者。

在德国古典哲学中,Dasein 一词主要用于某种确定于具体时空中的存在物,曾被译为"限有"、"定在"、"亲在"。海德格尔强调 Dasein 的"Da"(在此)是"存在本身"。事实上,整个西方哲学史把"在"的问题作为"在者"的问题处理而导致"在的遗忘",迄今为止的本体论都是"无根的本体论"。因此,海德格尔要求重新把"在"从"在者"中凸现出来,对人的"此在状态"进行分析。

海德格尔用 Dasein 去指人的存在。人作为一个存在者,总是一个在此之在。此在本质上就是"去在","去在"总是自我的在。此在生存着就是人生在世,此在在世表明此在和世界融为一体:一方面,此在是世界的此在,"此在存在着就是他的世界";另一方面,世界是此在的世界,"若无此在生存,亦无世界在此"。海德格尔将这种关于此在存在的本体论分析称为"基本本体论"。

"在"的意义在于人的"此在"的"此",即"在世"。"在世"当下最常见的方式不是那种静观认识,而是那忙碌着使用着器具的"烦忙"。这种操持在世的世界是"周围世界",这种操持着器具的"应手"状态是原初地在世存在。此在在世不仅与器具打交道,而且还与他人打交道,因此,此在在世首先是共同在世。这样,

海德格尔手稿

---

[1] Heidegger, M. *Being and Time*, trans. by J. Macquarrie and Robinson, London, 1962, p.437.

此在世界就不仅是周围世界,而且是共同世界,这种与他人照面的存在方式称之为"烦神"。海德格尔强调人与器具之间的关联是由此在随缘的烦忙、烦神活动所赋予揭示出来的。这种此在的展露进程即"赋予意义"。其所赋予的意蕴,表明此在的生存作为在世是"在意蕴世界中"的一种"烦"。"烦"展示着此在在世生存的全部本质。在这种烦忙、烦神即烦的过程中,此在不断地领会自身,不断超出自身去存在,而进入为领会自身的筹划同时又是一种在情绪中的处身状态。只要此在在此,就已经被"抛入"这种状态。正是在为此在本身而"烦",此在才得以展开自己,并揭示出世界中存在者的存在方式。

此在的生存是一个由"非本真生存"走向"本真生存"的过程。此在在世总是被抛入世界。对生存之"畏"展开了此在的实际被抛状态,在畏的存在方式中,"无"的境界向此在展现。此在感到万有空寂,唯有自我存在的虚无,于是坠入一种不可名状的恐惧,逃避并消融于"中性的""常人"状态。这种处于非本真生存的状态,就是此在的"沉沦"。

"沉沦"表现为"闲谈"(无独立思考的人云亦云)、"好奇"(放弃独立创造精神追逐时尚)、"两可"(缺乏本真的选择而莫衷一是)。由非本真的在世通往本真在世的桥梁由对本真之死的领会铺成。死启示着空,澄明着无。只有死这一大限,把消融于日常浑噩烦心之中的此在从异化状态中唤醒,从"常人"那里夺回,带回到本真的个别性的在世的可能性面前,从而由大畏转向大无畏,并洞明在世之真谛:立足于自己而去超越生存在世,去自由地畏着向死而在。

此在的在世生存过程就是这样一个不断从非本真的沉沦在世状态中醒悟、觌面虚无、走向本真在世,然后又再度陷入沉沦的过程——一个不断处于遮蔽之中,又不断走向澄明之境的进程。海德格尔认为,这是人生在世的"天命",而诗人的任务,就在于使人们领悟此在自身所肩负的"存在之天命"。将存在归结为个人的存在(此在),使得海德格尔认为,事物的本真意义只有通过人才能显示出来,人是事物的呈现者。而此在在此的人作为感性个体存在具有"时间性",只有在畏、焦虑和死亡的趋近状态中,才能领悟此在的意义。

个体生命的感性领悟和本源的追忆之思是重要的。就内心性而言,感性存在的存在方式是处身性的,即他在世界之中是通过内在的情绪和心情来实现的,心情浸透于所有与人交往的存在物。处在某种心绪情境中的人的整个存在,就具有了某种独特的情调。因此,此在总是个体以某种方式在世,存在本身只能通过感性个体的生存方式来显明。此在的"在",就是"解蔽"和"澄明"。

海德格尔的"此在"作为存在哲学的核心范畴,对现象学和解释学影响很大。以"此在"为本的"基本本体论",注重现代社会语境中人的存在的状况,注重人的心理状态、情感意绪和生存方式,对于揭示现代人的心灵焦虑、精神危机,以及呼唤艺术的"诗意地栖居"之所,无疑具有新的意义。

2. 理解:解释学的现象学

在海德格尔看来,"此在"的现象学就是解释学,因此,《存在与时间》又被称之为"解释学的现象学"。"现象学"既不是一种观点,也不是一个流派,而只是一种发现真正问题的方法——"面向事物本身"。所以,现象学是使人看见隐蔽起来的东西,并从隐蔽中找出被隐藏之物,进而发现其敞开之物——"真理"的重要方法。现象学的真正含义,是发现隐藏之物并解释其意义。它要描述和发现的重要"现象"是"存在",因为哲学本身不过是以人的"此在"的解释学为基础的普遍的现象学本体论。解释的目的在于得出被解释事物的根本性意义,这无疑使解释学的现象学超越了直接给予之物的狭隘范围。

理解的本质是作为"此在"的人对存在的理解,理解不再被看作一种认识的方法,而是看作"此在"的存在方式本身。海德格尔指出:"理解的循环,并非一个由随意的认识方式活动于其中的圆圈,这个词表达的乃是此在本身的生存论的先行结构。"①换言之,理解不可能是客观的,不可能具有客观有效性,理解不仅是主观的,理解本身还受制于决定它的所谓"前理解"。一切解释都必须产生于一种在先的理解,解释的目的是为了达到一种新的理解,这种新的理解可作为进一步解释的基础,也就是说,理解的结构以理解的"前结构"为前提。海德格尔将理解看成人的存在方式本身,因而,理解就不是去把握一个事实,而是去理解一种存在的潜在性和可能性。理解不是为了寻求新的知识,而是为了解释我们存身其间的世界。于是,理解构成在世间的呈现方式,而知识则成为"此在"存在的一种方式。一切理解都是自我理解,理解不再是找出文本式的内在意义,而是在超越中返回的去蔽活动,并敞开揭示出文本所表征的存在的可能性。

尽管海德格尔一再强调:"决定性的东西不是摆脱解释的循环,而是以正确的方式进入这一循环"②,然而,他却并未一劳永逸地解除解释学这一中心困境。甚至,海德格尔所力求在存在的在世结构中用生成的可能性抹去在场的先验论痕迹的企图,却难以完全实现,而在摆脱此在前理解结构的内在性束缚中部分地落空了。海德格尔的转向仅仅是开始,他后期逐渐转向语言问题,而"言谈具有一种特殊的世界存在方式"③,已预示着海德格尔向后期哲学过渡。

然而,海德格尔后期哲学已显示出"解释学的危机",即解释学所要解释的恰恰是不可解释的。海德格尔对狄尔泰"解释的循环"困境似乎并未完全解决,利科尔认为:"这个难题没有被解决,而仅仅是被转移到别处,甚至因而变得倍加难解"④。

可以认为,海德格尔对存在的诗化的张扬,由生存之"畏"转向"诗意的栖居",不过是"无"的不可理解的理解罢了。后期海德格尔抛弃了解释学的概念,抛弃了"此在"的释义结构中的理解的循环。因为,在他看来,理解循环中"前理解"是此

---

① Heidegger, M. *Being and Time*, trans. by J. Macquarrie and Robinson, London, 1962, p.195.
② Ibid, p.195.
③ Ibid, p.204.
④ Ricoeur, P. *Hermeneutics and the Human Sciences*, Cambridge University Press, 1981, p.59.

在难以摆脱的先验图式,它体现为既与的语言构成我们理解的边界,成为我们存在的有限性。甚至可以说,语言只要对存在意义加以解释,就必得滞留于时间维度中,既摆脱不掉"前理解"这一先验自明性,又摆脱不掉"解释的循环"这一内在性。因此,将语言的诗化本质同存在的"缺席"联系起来,是海德格尔在语言的诗化中寻求的新途径。

二、真理·艺术·技术

一般认为,海德格尔在30年代至40年代出现了"前后期的转向",即前期主要是关注"此在"的生存状态及其"烦"、"畏"、"操心"等的分析,后期则转向语言的分析、诗歌文本的沉思。在转折过程中,真理问题、艺术问题和技术问题成为他关注的焦点。

后期海德格尔确乎不再注重"此在"的分析,而直接从"语言"入手,集中探讨的问题有:追寻希腊语源和希腊式思维的原始魅力,确立整个哲学思想和世界的本源,以重新书写西方哲学史;找出"抵达存在之真理"的路途,转向将在与思诗化;分析现代技术框架,清理现代性问题中的科学和技术的扩张问题;通过语言分析之途,在"哲学终结"之时进入真正的"思想"域。

1. 真理与去蔽

传统西方所谓的真理即陈述与事实的"符合"。海德格尔认为,他与文学的对话和对艺术的探究不是把艺术作为客体来研究①,而是对存在诗意的敞亮或在存在的客观体验中展示自己。真理不再是所谓的"再现性真理",真理不是真实或主客体的一致性,而是"存在的澄明"。存在是存在物的根基,或者准确地说,是存在物的存在。"只有存在本身是真正的在场——存在,就像同一个东西,居于它自己的中心。"②

海德格尔对真理的探讨,在《存在与时间》中对"此在"的存在方式的分析得到一种结论,即"真理"的现象恰恰就是构成此在之作为此在的东西,对"此在"作为"在世与生存"的现象学分析必然要引向"真理的本质"。在《论真理的本质》中,海德格尔得出了类似的结论。同时,他在《同一与差异》中也试图从存在澄明的历史进程出发,从真理在科学、艺术、技术以及哲学领域中所引发的本质出发,来澄清真理的本质③。因为,只有在一个判断或表述显示并揭示出事物本来面目的时候,真理才是真实的。而暗示出真即是揭示着存在,"此在"自身展开状态是真理的最原初的现象,只有"此在"自身处在真理之中。

那么,在"此在"之在的真理中,意味着展开状态属于"此在"的存在方式。我们所陈述的真理源于此在的展开状态,判断真理就是将真理预设为存在者的"无蔽

---

① Heidegger, M. *Existence and Being*, ed. by Werner Broch, Chicago, 1965, p.232.
② Heidegger, M. *Poetry, Language, Thought*, Harper and Row, 1971, p.123.
③ Heidegger, M. *Identity and Difference*, trans. by J. Stambaugh, New York, 1965, p.51.

状态",以及作为对事物有所揭示的人类生存的现实。真理即预示了人的根本性敞开,处于遮蔽状态的是有意义的真理的标志和本性。因而,人不是真理的胁迫者或开启者,而是它的"林中空地"。

换言之,真理的隐蔽性在人这里显示出来,人是真理从有蔽到无蔽的"场所"。那么,真理是通过什么样的方式而发生的呢?人又如何进入这种存在的澄明境界的呢?这正是海德格尔前后期转换的一个关键性问题。在海德格尔看来,只有通过艺术或诗,才可以去发现存在之真理的原始本源性。

凡·高画作《农鞋》

存在者存在的过程中产生了真理,真理就是对存在者的去蔽,通过这种去蔽,使敞开状态呈现出来。真理的本质并非抽象意义上的空洞的普遍性,而是那种除去历史中遮蔽物的独特之物。真理的本质,即本质的真理。追问存在问题和追问真理问题,事实上是一个问题的两个方面。本质的真理表明,只有思考存在本身的时候,才能思考什么是真理。真理作为存在的根本特征,就是在进入"澄明"之同时又对存在加以"遮蔽"。为了使进入澄明又不至于被遮蔽,只有进入诗性艺术中才可能。

2. 艺术与真理

海德格尔强调个体存在的此在性、有限性和独特性,认为只有从感性个体的本真生存状态出发去考察艺术作品,才能把握艺术的真髓。因为艺术作品的存在,就是此在进入本真生存状态而显现的真理。艺术与思从存在之中延展出来,并进入存在的真理之中。

海德格尔深谙语言的幽妙之处在于,它显示于语言自身的深不可测的无意识原生域。诗不是"在"本身,而是在的"缺席",同时也是在的"召唤"。这样,由"言"而"思"、由"思"而"诗"之途,实现了可说与不可说之间的生成转换,以及意义与非意义间的内在审视。

对艺术的总体论述,集中体现在海德格尔的《艺术作品的本源》一文中。在这篇论文中,他提到了关于"艺术与真理"方面的几个论断:

其一,"在艺术品中,存在者的真理将自己植入作品。"①艺术的本性是存在者的真理将自身设入作品,艺术品以自己的方式敞开了存在者的存在,这种敞开即显露,存在者的真理产生于艺术品中。

其二,确立世界和建立大地是作品最为本质的特征。在海德格尔看来,世界已经世界化了,它比我们自以为十分亲近的那些可把握可认识之物在存在中更加完整,世界从来不是立于我们面前让我们观看的对象,"只要诞生与死亡、祝福与诅咒的途径,使我们失魂落魄地把持存在,世界就永远不会成为我们的对象,而我们永远也不会成为它的主体"②。所以,真理仅仅意味着真理的本性或真实的本性,而不是与命题相重合。

其三,真理的本质本身即是一种始源的斗争,真理发生的一种重要方式是作品的存在。作品是斗争的承担者,在斗争中存在着整体的显露并产生真理。海德格尔以凡·高画的《农鞋》为例,真理并非在于凡·高对农鞋的正确描绘,而在于器具存在的自我呈示之中,在冲突的世界和大地上作为整体而敞开③。

其四,"这种显现在作品中的光亮就是美,美是真理显示的一种方式。"④艺术是艺术品和艺术家的本源。真理发生在作为澄明和双重遮蔽的对立中,真理是原初的抗争。真理的发生,只有靠真理在自身敞开的冲突中建立自己。真理的本性在存在物中建立自己,所以,这一本性存在着作品的特性,作品是真理存在者自身中存在的具体可能性。

其五,真理将自身设入作品,真理只是在世界和大地的对立中、照亮和遮蔽的冲突中现身。艺术将真理的创造性保存于作品之中,艺术因而是真理的生成和发生。"真理从来不是现存的和一般对象的聚集,而是存在的敞开,是所视的澄明,是作为投射描画出的敞开的发生。"⑤

其六,"全部艺术作为存在者真理的显现本质上是诗意的"⑥。诗意只是真理光明投射的一种方式,一种广义上的诗意创造形式。语言本身在根本意义上也是诗,诗在其基本意义上是诗意的最本源形式。语言不是诗歌,因为语言是"原诗"。诗歌在语言中产生,因而语言保存了诗意的原初本性,保留了它自己的真理要求和自身进入作品的方式。诗的本性是真理的建立,真理的诗意投射将自身作为形象设入作品。"艺术使真理起源,在作品中,创建保藏的艺术是跃向在之者的真理的原动力。通过这种飞跃,而使某种事物诞生,并在其本质的来源处将事物引向在之

---

① Heidegger, M. *Poetry*, *Language*, *Thought*, Harper and Row, 1971, p.36.
② Ibid, p.44.
③ Ibid, p.54.
④ Ibid, p.56.
⑤ Ibid, pp.62-63.
⑥ Ibid, p.72.

中,这就是本源一词的含义。"①艺术作品的本源是艺术,艺术在本质上是本源性存在。

海德格尔强调真理的无蔽性。真理即存在,只有当真理自行设入作品中的时候,美才会产生。这一看法,根本上扭转了传统的艺术观和真理观。在对艺术真理的追求中,海德格尔并不用传统的清晰概念和符合逻辑的推论去得到众所周知的哲学结论,他认为,这样反而会导致误解和误读。他避免使用惯常系列那一整套哲学术语,而是不断寻找"隐喻性话语",寻找艺术、真理、物质、物品等带有隐喻性的"词汇",注意词语和语言本身对哲学思考的限制,不断地深入到"哲学的起源"以及"词的源头"中去寻找新意。

海德格尔运用新的思维方式,即从真理的本质出发,来思索艺术的原初本质,并于其过程中发现真理观念的改变,并通过特殊的语言方式来得出自己的结论。因此,海德格尔通过对"存在者"之无蔽状态的探讨,转变为对"存在"之无蔽状态的探讨,包括了从"存在者"之真理到"存在"之真理,或者从存在者本身之真理到无蔽状态的过渡。其关注的内容是丰富而新颖的。

3. 技术的分析与批判

海德格尔后期对技术问题的分析,可以说是对人类未来和拯救地球的一种呼求。他出于对朴素自然界的深切依恋和对原初的人与自然和谐关系的向往,而对技术充满着忧虑,并对现代技术那种肆无忌惮地扩张加以拒斥。

海德格尔在《还只有一个上帝能救渡我们》中说:"我们根本不需要原子弹。现在,人已经被连根拔起,我们现在只还有纯粹的技术关系。这已经不再是人今天生活于其上的地球了。"②在海德格尔看来,当代世界遭遇到技术时代的威胁,技术日益把人从地球上剥离开来,人丧失了存在的根。现代悖论在于,人类在科学技术非常昌盛的阶段,却无法把握自己的命运,人们在对天地万物实行绝对地统治和支配的时候,却将地球变成了日益荒芜的星球。人类前途面临严重的危险和挑战。在《技术的追问》③一文中,海德格尔详尽地讨论了关于技术存在的一系列问题,指出这是现代技术的"框架"出现了问题。也就是说,技术有着越来越强烈的脱离人类制约的危险。人对技术控制的意愿越迫切,人创造的一系列的新技术就越使人受制于技术的控制。谁也无法控制技术的未来。因此,人通过从事技术,而参与到作为一种解蔽方式的构造中,人在被技术占有的同时,也占有了技术。这样,人在获得了一些现时利益的同时,却遭遇到很大的危险,甚至"是所有危险中最危险的危险本身"。

人类越是临近于危险,进入救渡的道路便越是开始明亮地闪烁,人类便变得越

---

① Heidegger, M. *Poetry*, *Language*, *Thought*, Harper and Row, 1971, pp.77-78.
② 《外国哲学资料》第五辑,北京:商务印书馆 1980 年版,第 175 页。
③ Heidegger, M. *The Question Concerning Technology*: *Heidegger's Critique of the Modern Age*, trans. by William Lovitt, New York, 1977.

来越具有追问的企图,因为追问是"思"是前奏。然而,海德格尔并不悲观,他引用荷尔德林的诗说:"哪里有危险,哪里就有救。"他相信人类将在努力控制技术的同时,最终克服其负面效应,而造福于自己。

海德格尔并不完全反对技术,但他反对技术的失控,反对人本身也受制于技术或变成技术的附庸。在技术世界,人类尽管能够获得一时的利益,但它却对人和事物、对世界的存在造成巨大的威胁。技术世界的人是一种缺乏伟大思想的人。说到底,技术仅仅是工具和手段,而人却不是技术的工具和手段。人应该超越于技术时代,而去谋划自己的未来,应该在技术时代形成自己的主导地位,并反抗技术的异化和偏执。

因此,海德格尔反对在现代科技中占统治地位的"对象性思维"(工具性思维),认为在艺术中才有"非对象性思维"(思想之思)。只有艺术才能拯救技术时代的危机,才能通向事物更本源的真理和本质。

三、语言存在论与思想召唤

在讨论了技术的危险以后,海德格尔寄希望于"艺术的拯救"。然而,他感到现代世界"言说"的困难愈加显著。如何抛弃传统的语言,如何消解传统的主客体对立的问题,如何理解人的新的言说方式,已然成为其思考的中心问题。后期的海德格尔实现了对语言的审理,即从"诗"到"思想"到"语言"。从《存在与时间》,到《艺术作品的本源》、《荷尔德林和诗的本质》、《通向语言之路》,以及《语言的本质》、《语言》等,都可以看出他对"语言"问题的关注是一以贯之的。

1. 语言的诗性结构

由"言—思—诗"之途,海德格尔实现了语言向无限自身的拓展,实现了由存在的处身性向"诗意的栖居"的思与诗的转型。

海德格尔强调语言的本质,意在使人们注意与语言的关系,去感受语言并逗留在语言之中。为了摆脱语言的技术化和信息工具化的现代魔力,海德格尔求助于诗人。因为在他看来,诗人与语言具有一种非常特殊的关系。诗人和思想家的共同基础是语言,他们通过思想来理解诗,通过语言来阐明思想和诗,而使人获得存在的栖居之所。海德格尔说:"只有当人受到语言的光顾的时候,为语言所用而说语言的时候,人才成其为人。"①

语言的本质是本质的语言,也是人的本质。海德格尔在一系列关于"语言"的论文中,不仅讨论了"人的言说","人的语言","沉默的语言"和"思想的言说方式"的多种问题,而且还反复强调,说话的人之所以能说话,是因为他"倾听语言"。他之所以倾听语言,是因为他隶属于语言,只有语言之说,才能给予听者听语言。真正的语言中的说,不是单纯的说话,而是由事件产生的可敞开的一种场景,从而使人能够自我去蔽和自我呈现。在这个意义上,"语言就是语言","我们居住在语

---

① Heidegger, M. *Poetry*, *Language*, *Thought*, Harper and Row, 1971, p.189.

言的家园之中"①。

语言说出存在。语言在说"此在"的时候,也说出了人类存在者的相互关系,语言因此标划出人类历史。海德格尔说:"我们是一种对话,而这同时永远意味着我们是一种单纯的对话。但是,一种对话的统一性在于这样的事实:在实质性的话语中,总表明我们赞同那完全相同的东西。以此为基础,我们被整合了,并在本质上成为我们自己。对话与对话的统一性支持了我们的存在。"②

海德格尔强调语言的诗化语义功能,而反对日常生活中那种平庸单调的语言,"语言是境域,即存在之家(the house of Being)。语言的本质并不在表达意思中穷尽自己,也不仅仅只是某种具有符号或暗示特性的东西。因为,语言是存在的家园,所以我们通过不断地穿越这个家园而抵达存在"③。语言不是通过指向存在而对存在具有参照价值的东西,相反,语言是通过在言语中展示存在,而对存在具有重要意义,它把外部世界携带进语言之家。因此,我们穿过这个家园,即语言达到了存在。语言不是存在本身,而是存在之域。

语言以其说(Sagen)呼唤物,使物物化,在天、地、人、神四重根中形成为世界,使物从遮蔽状态走入澄明。在这个意义上,语言具有对事物和世界命名的力量,使各个在者呈现出来,是其所是,而词语本身不是物,无名可循。词语不存在,它只给予着。人不可能在语言之外从本质整体上把握语言,人一直参与着语言的本质,只能在语言关涉到我们存在之域中直观到语言的本质。语言为一切提供道路(Weg),它是原初的"道"。语言之说把"在"(ist)植入到澄明的敞开境界之中。同时,语言在给出世界四域之时,自身总是退隐到幕后,遮掩住自己而成为隐蔽者,成为不可说的秘密。对此,海德格尔意味深长地说,人的言语必须保持沉默,而思应该以此为己任。

存在归汇于语言,在语言中觅得居所。人永远得倾听语言,并在倾听和言说中或显现、或遮蔽、或晦暗、或澄明。人的本质一直参与语言的本质,因为这种参与,才能使语言对我们言说,我们才能应答语言。人的本质以语言为基础,人是对存在亦即对语言之说的言说者。语言是人的存在状态的表征,言语是存在的自身本体显露。语言的贫乏显示人的存在的贫乏。

日常语言使语言的本真性被遮蔽,而以虚妄为真实。人的本体成为漂泊的无根状态而飘浮在日常的言谈中,语言被表面化和平面化。于是,日常的语词取代了原来居住的语言及其定居的词。日常的言谈成了"流行的言谈"。人处处与它打照面,把它视为对所有人来说都共同具有的东西,而且作为唯一的标准尺度。凡要逃离这种日常性,居住到早先定居的真正的语言言谈中去,马上就会被看作对公共标准的忤逆。

---

① Heidegger, M. *Poetry*, *Language*, *Thought*, Harper and Row, 1971, 191-192.
② Heidegger, M. *Existence and Being*, ed. by Werner Broch, Chicago, 1965, p.278.
③ Heidegger, M. *Poetry*, *Language*, *Thought*, Harper and Row, 1971, p.132.

日常言谈成为存在的遮蔽,它囿于成见而追逐老生常谈,陶醉于喋喋不休地重复司空见惯的事情,流连于那些易于为人的弱点所接受的世俗琐屑的东西。日常言谈无视一切具有新意和启迪意义之事,断然拒绝倾听真理的声音,对一切未经验的可能性统统拒斥。因此,"日常语言是一种被人忘却的、因而是枯竭的诗,在那里几乎不再有召唤在回响"①。只有诗与思才是人的语言的本真方式,因为通过诗与思而抵达原初之思,使存在进入语言并保持在语言之中。思与诗共同把存在带入语言,使存在得以彰显。"在纯粹被言说之中,被言说独有的言说的完成是一种言说的本源。纯粹被言说的是诗。"②

诗是存在的语言和人的语言的契合点,是一种本真的语言。诗使存在的语言成为人的词语,诗是人进入存在的开端,是穿透人的历史的诗性启悟。思,本源地思着语言之说,使存在的语言在思中形成。存在之思是诗的原初方式,正是在此思中,语言才第一次成为语言,亦即进入自己的本质。存在之思是原诗(Urdichtung),一切诗歌由它生发,哪怕是艺术的诗的作品,只要它们是属于语言的范围成为作品的,都是如此。广义和狭义上所有诗,从其根基来看就是思。思的诗化的本质维系着存在的真理的统辖,因为"真理思地诗化"。

思的使命并不在于超越形而上学,相反,必须返回到它曾逗留过的原初居所,才能避免形而上学之弊。思是对存在显现的本真的领悟。人们谈论得太多,而思得太少,至今尚未走向思。因此,应走向思之途去真正"入思",使思得其"所"。

诗与思以不同的方式对同一本源加以言说。诗为物和世界命名,思则思考存在与语言本身。一切伟大的诗篇总是沉醉于一种"本源之思"中,诗的本质以思为依据。一切冥思的思是诗,一切诗作是思。诗与思在语言中成为存在的无蔽显现。诗是一种神奇的思的语言,它使死去的语言复活。诗是意义和生命的世界,通过诗而敞开圆融的生命。思是人对世界本源的揭示,进入诗就是进入世界本真状态的揭示过程,使人存在于其中的世界成为世界本身③。语言不仅是存在的家,而且,语言也因遮蔽思而成为"危险"。海德格尔在《荷尔德林与诗歌的本质》中解释语言的危险时说:"危险就是存在者对存在的威胁……正是语言最先成了威胁并扰乱存在的明显条件,从而造成了遗失存在的可能性。"在人日益焦虑不安的生活中,后现代式的语言污染日益浸入生存领域,无聊的烦语、圆滑的文字、漫不经心地国骂、充斥世界的广告语言,已经使语言丧失了清新自然的本来面目,而成为思想贫乏时代人们卑浊处境与心态的表征。人们没有看到语言垃圾的大量出现,反而以自己为怪异语言创造者而沾沾自喜,更进一步将语言作为单纯的拆解工具或只涉及本能刺激的代码。

语言的危险迫使哲人寻找拯救语言的救赎之途:恢复语言的原初状态,将语言

---

① Heidegger, M. *Poetry*, *Language*, *Thought*, Harper and Row, 1971, p.208.
② Ibid, p. 194.
③ Heidegger, M. *On the Way to Language*, New York, 1971.

从语法中解放出来,淡化和消解语言的逻辑功能,使语言具有诗一般的多义性、隐喻性,以及意义的张力结构。

2. 思想召唤与意义生成

海德格尔的后期哲学已经越来越多地强调走向"思"(Denken)本身。他将思想作为存在与真理的主要对应物引进来以后,"思"成为其后期著作的重要主题。

思想被理解为不仅仅是一种接受的过程,而是主动地来到我们面前。我们将某物纳入我的本质呈现中,并保留它本真呈现的状态,就可以称之为思。而后期海德格尔并不简单地去谈论思想,而是越来越多地提到关于"思想的道路",只有通过思想的道路才能抵达目的地。思想处于旅途之中,是正在开辟和建筑之路,也是人迹稀少之路。思想意味着独行。

在海德格尔看来,"哲学的终结",并非是哲学的消逝或终止,而是其全部哲学史以其最大的可能性聚集在其中。终结仅仅是完成和达到终点,其后将开辟新的道路——"思想"①。在思想的道路上,存在者被重新追问,追问的当然是存在和真理的无蔽问题。

海德格尔在《什么召唤思》中反复追问,为何召唤思? 这一总体追问将人引到了"思"中去,去追问那些与自己生命紧密相关的东西,并把人呼唤到自己的本质中去②。人与思考的对象紧密相关,进入问题中并通过问题而被作为问题。海德格尔反对文字游戏式的玩弄文字,他强调,语言玩弄言谈的恶果在于,它使我们的言谈飘游到词语的表面肤浅意义上去,因而必得破除这种日常语言的游戏语言,与语言真正居住在一起。因此,召唤思、学会思、进入思,才会将我们呼唤进入思之物。那种激发我们思考的思,将使我们的思想获得了丰厚的馈赠。

海德格尔在《泰然任之》一文中,更进一步区分了思想贫乏时代的无思状态,以"计算性思维"和"沉思之思"的区分。事实上,无思状态如今在世界上迅速漫延,人们以最快的速度和最廉价的方式去获取知识,又飞速地抛弃和忘却一切。于是,思想贫乏成为时代的写照,无思状态成了人们的日常状态。无思使人们的思想"闲置""变聋",使人类正在丧失和丢掉思想中最珍贵的东西。

日益增长的"无思状态",正在消耗着人类最为内在的精神。人类空前地在逃避思想,甚至抛弃思想本身。海德格尔进一步分析了"计算性思维"和"沉思之思"的根本区别,认为逃避思想并非是逃避计算性思维,相反,"计算性思维"在当今世界空前地占领了所有的角落。人们逃避的是"沉思之思",即对根基、本源、道路的思考。人们在学会单维的计算性思考并为自己精心谋划计算时,却丧失了最本源的关于思想本身的思考。人是思想和沉思的生命存在,失去了这种生命思想的鲜活能力,人就失去了自己的本质和自己对于真理的追求的可能性。哲学终结之后,如果不进入"思",那么,等待人类的也许就是"人的终结"。

---

① Heidegger, M. *The End of Philosophy*, trans. By J. Stambaugh, London, 1975.
② Heidegger, M. *What is Called Thinking?* trans. by F. D. Wieck and J. G. Gray, New York, 1968.

当"真正的思"丧失了以后,有朝一日,整个世界就只剩下了计算性思维作为唯一的思维,那么,"巨大的危险"就会来临。因为,人类对沉思的冷漠状态,将会是"总体的无思想状态",人终将否定和抛弃他最本真的东西,即他是一个深思的生命本体。当前最重要的工作是挽救人的"沉思本质",因为,"思"是人之为人、人类之为人类的本质。当哲学终结以后,思想的任务必然就变成了世纪的新任务。

总体上看,海德格尔作为存在主义的代表人物,在时间性中重新把"在"从"在者"中烘托出来,建立"有根的本体论"。他为本体论寻找到根基——人的"此在",并对"此在"进行了"存在状态"的分析。"此在"是"在世之在"、我之在、我周遭。同时周围的世界就在此,故世界是人之世界,人是世界之人。他认为情感比认识更早地领悟存在,情感是人的基本存在状态。最根本的情感是"畏",畏是没有确定对象的,"畏启示着无",畏死,也就是要"为死而在",人总是从其存在的可能性方面筹划他的存在,人永远处于可能性中,对存在的筹划或领悟永远领先于人的现成状态,人总是处于不断超越的状态中。

前期的海德格尔注重于对此在在世的生存状态的分析,力求在"时间"领会的境域内,打破存在者的晦蔽,奔向"存在的澄明";而后期的海德格尔则更注重于对存在本身性质的解释,以期说明存在为何势必走向存在者,走向存在的"晦蔽"。就研究的侧重点而言,前期放在作为此在的存在者上,后期则放在存在本身上;就研究的方法而言,前期侧重于此在在世生存的"现象学还原",后期则侧重于存在本身的"解释学释义"。

可以说,前期海德格尔是在"时间"的境域内,通过分析此在在世生存的途径达到存在的敞亮澄明,而对在世的沉沦,敲响死亡的时钟,唤醒存在的勇气。然而"死"是人无法超越的,置之死地而无法复生,人是不可得救的,可救的只是"思",于是后期海德格尔的思想是用"思"和"诗"的分析取代了"此在在世"的分析,"语言是存在的家"取代了"时间是存在的境域"。沉默是"思"的沉沦,只有唤醒"思"、拯救"思",才能达到"存在的澄明"。要拯救"思",首要的事情就是分析语言、探究语言的本质。"语言是存在的家",存在在语言中"给出",这种"给出"具有双重性,即它是存在"既澄明又遮蔽的到来"。日常语言的暴政是一只无形的手,它扼杀着"思",从而也就遮蔽了"存在"。"思是存在的思",存在总是在来到语言的途中。"思"就是把存在在"说"中领入语言。因此,"一切思着的思都是诗的活动,而一切作诗则都是一种思"。

正是通过"思着的诗"或"诗化的思",存在在语言中进入敞亮,走向澄明。诗是语言的本质,只有诗意地去思存在,才能找到存在的居所,走向本真的人生。海德格尔的文学美学思想与其哲学思想紧密相连,他的诗思独悟之深,似乎进入一个超出人们的思想和语言的表达限度的领域。

海德格尔作为人类命运的当代思想诊断者,不仅描绘了人类生存状态和"此在"的状态,探究了真理、艺术和技术的危机,以及语言和思想的问题,并且,他已经看到了"世界之暗夜的来临"、技术的扩张和思想的逃避的种种危机。因此,他强调,哲人和诗人应该最深切地意识到"时代的贫困",领会自己存在的意义和发现诸神的远逝,并且深情地寻觅思想和意义的"踪迹"。

关键词:

  在世存在(In-der-Welt-sein, being-in-the-world)
  烦(Sorge, care)
  畏(Angst, anxiety)
  言谈(Rede, discourse)
  语言(Sprache, language)
  诗(Dichtung, poetry)
  思(Denken, thought)
  真理(Wahrheit, truth)
  澄明(Lichtung, clearing)
  技术/艺术(tekhnē)
  无蔽(aletheia)

思考题:

  一、为何海德格尔要将"此在"作为基本本体论提出?"此在"的三个基本特点是什么?
  二、为什么说存在的现象学就是解释学?海德格尔解释学的要义是什么?
  三、海德格尔如何看待解释的循环问题?
  四、海德格尔如何看待真理的本质?真理与艺术的关系是什么?
  五、技术与艺术有什么紧密联系?
  六、海德格尔对语言的看法有何发展?后期海德格尔的语言观有何重要意义?
  七、诗与思有何关系?
  八、为什么海德格尔后期强调"思"的重要性?

阅读书目:

[1] Heidegger, M. "Hölderlin and the Essence of Poetry", in *Existence and Being*, London: Vision Press, 1956.
[2] Heidegger, M. *Being and Time*, trans. by J. Macquarrie and Robinson, London: SCM Press Ltd., 1962.
[3] Heidegger, M. *Poetry, Language, Thought*, New York: Harper and Row, 1971.
[4] Heidegger, M. *On the Way to Language*, trans. by Peter D Hertz, New York: Harper and Row, 1971.
[5] Heidegger, M. *On Time and Being*, New York: Harper and Row, 1972.

[6] Heidegger, M. "Letter on Humanism", in *Basic Writings*, ed. by David Krell, New York: Harper and Row, 1977.

[7] 海德格尔:《诗·语言·思》,彭富春译,北京:文化艺术出版社,1990年版。

[8] 海德格尔:《在通向语言的途中》,孙周兴译,北京:商务印书馆,1997年版。

[9] 海德格尔:《荷尔德林诗的阐释》,孙周兴译,北京:商务印书馆,2000年版。

[10] 海德格尔:《林中路》,孙周兴译,上海:上海译文出版社,2004年版。

[11] 海德格尔:《演讲与论文集》,孙周兴译,北京:三联书店,2005年版。

[12] 海德格尔:《存在与时间》,陈嘉映、王庆节译,北京:三联书店,2006年版。

第三节 萨特:存在主义文论

萨特(Jean-Paul Sartre,1905—1980)是法国著名的存在主义(Existentialism)哲学家、小说家、戏剧家。他在面对世界和人生存在时,与传统思想有了重大区分:在哲学研究的对象论上,萨特不再像苏格拉底那样对客观对象加以哲学思考,而是运用现象学思考"呈现在意识中的世界";在哲学研究方法论上,从客观世界抽身而出转向主观世界,把个人的非理性意识活动作为唯一真实的存在,重建存在主义对世界的认识;在存在的本质论上,反对笛卡儿的"我思故我在",而坚持存在主义的"我在故我思",强调存在先于本质;在文学理论上,强调文学作品不在于描写什么,而在于强调内心复杂而虚无的感受,体验没有意义与荒诞痛苦的人生。

萨特(1905—1980)

波伏娃(1908—1986)

萨特一生充满了悖论:名气如日中天,影响巨大,却终身只是一个中学教师而未能在大学谋得教席;他是法国获诺贝尔文学奖为数不多的作家之一,但却拒绝领奖而一度传为佳话;他坚持认为自己是存在主义者,却不被包括海德格尔在内的多数存在哲学家所认同;他终生对女性保持热情并泛爱太多被人诟病,却只有波伏娃一人对他矢志不渝;他一生疯狂写作著作等身,却因为横跨哲学和文学两界并倡导介入政治和现实,而不被学院派承认其是纯粹的哲学家;他醉心于精英写作并在逻辑论证和概念推演中过文字生涯,却又将存在主义普及为一种大众紧密相关的人生哲学;他在生前孤独奋斗以至同好友加缪决裂而孤独万分①,但死后却有五万人自发为其送葬②。总之,萨特的一生是充满疑问和非议的一生③,他的文艺理论思想尽管有诸多矛盾,但却最深刻地表征出他那个时代的文化症候。

一、存在主义哲学思想发展的三个阶段

最初,萨特是以创作小说《恶心》(1930)开始思考人的存在问题的,并以文学形式提出了存在主义哲学的基本命题:"没有本质的存在等于虚无"④。1933年,萨特在一次知识界的聚会中受到阿隆的影响,于是决定到柏林学习胡塞尔的现象学,这对他以后全面进入哲学领域至关重要。1934年,萨特在柏林写《论自我的超越性》(Transcendance de l'Ego)一文,开始具有法国现象学的思维特征。1936年发表《影像论》

法国作家加缪

(L'Imagination)表现出萨特受到现象学影响以后的"现象学转折"的精神走向。1939年萨特发表短篇小说集《墙》⑤,提出了存在主义哲学的另一个基本命题:"人是自由的,人的命运取决于自己的选择。"这一年,法国对德国宣战,萨特入伍不久就当了德军俘虏。而在战俘营期间,萨特读了马丁·海德格尔的《存在与时间》,使其对存在的思考更为体系化。

1943年,萨特出版重要的哲学代表作《存在与虚无》,认定在"上帝已死"后,人类生活处于虚无意义之中,这种背靠虚无的青壮必然产生生存的焦虑。《存在与虚无》出版以后,哲学界正统权威对其论点感到难以接受,认为这本书对法国哲学传统离经叛道。1945年萨特做《存在主义是一种人道主义》讲座。1947年2月在《现代》上连载《什么是文学?》⑥开始关注文学介入的问题。1960年萨特第二部重要的哲学著作《辨证理性批判》出版,力求将马克思主义

---

① 1943年,阿尔贝·加缪和让-保尔·萨特于德占法期间首次谋面,从而结成思想和政治的盟友。其后由于思想的分裂和对东西方不同的看法,二人在政治变革的道路、哲学的观念、知识分子责任、文学的功能等方面出现的全面裂痕,导致了1952年公开决裂和相互攻讦,这一势不两立的立场一直持续到1960年加缪逝世。

② 1980年4月19日萨特的葬礼中,跟在灵柩车后的是5万多自发地为萨特送葬的巨大人流。其后,尽管有人对萨特的生活有非议,但萨特给人类文化思想的贡献仍是主要的。

③ 萨特是"左岸"知识分子中的重要人物,但后来同雷蒙·阿隆、阿尔贝·加缪、亚瑟·凯斯特莱、莫里斯·梅洛-庞蒂等好友一直争论不休,关系持续恶化。

④ 《恶心》于1938年3月由伽利玛出版社出版后,评论界反应良好,有评论家甚至称赞萨特是法国的卡夫卡。

⑤ 1939年出版的短篇小说《墙》,是萨特一部典型的存在主义小说。主题是表现这个世界的荒诞不经:"我"的本意是牺牲自己保护战友,而结果却莫名其妙地出卖了他而成了"叛徒",人的命运的轨迹变得难以理喻。"我"勘破生死障碍,了悟生死之间仅一"墙"之隔,于是"我"获得了自由。

⑥ 萨特:《萨特文集》(八卷本),沈志明、艾珉主编,北京:人民文学出版社,2000年版。

与弗洛伊德主义相结合,将个人自由与社会实践相结合,进而揭示社会发展的历史规律。1964年出版《词语》并获诺贝尔奖(萨特拒绝接受该奖)。萨特的文学著作主要有《恶心》(1938)、《墙》(1939),长篇《自由之路》三部曲:《理性的时代》(1945)、《缓期执行》(1945)和《心灵之死》(1949)①;剧本《苍蝇》(1943)、《禁闭》②(1944)、《死无葬身之地》(1946)、《可敬的妓女》(1946)、《肮脏的手》(1948)、《魔鬼与上帝》(1951)、《托洛亚妇女》(1960)等。其作品被翻译成多国文字,影响深远③。

1973年以后,萨特因为眼疾处于半失明状态,只得停止阅读和写作。1980年4月15日与世长辞。萨特的一生是全力思考和疯狂写作的一生④。其作品众多涉及面很广,可以说,萨特每天存在的方式就是写作,无论是小说、戏剧、评论,还是哲学、自传、主编刊物,他都全力以赴,每天都要写上万的文字,"无日不写"是其座右铭。他曾不无自负地说:"写作不仅是我的习惯,也是我的职业。"

"存在先于本质"意味着人的生存是第一位的。人是由他的行动来定义的,需要解决的问题仅仅是自我本质的选择。在我的世界里因没有上帝而被判定为自由的,当我被偶然抛到这个世界时就获得绝对的自由,这种自由要求我承担起我选择的责任。由于"存在先于本质",人只有在实践活动中,把环境和对象"内在化"才获得自己的本质,并开始实现存在与本质相统一的总体化,人是命定在自由中展开自我潜力与可能性的。可以说,萨特的存在主义哲学思想尽管非常复杂,但是为了便于阐释,大体上可以将其看做三个相对清晰的发展阶段。

其一,现象学的存在主义阶段(1934—1944)。

萨特对现象学曾经花了不少工夫加以研究,并试图把胡塞尔的现象学方法与海德格尔的存在本体论相结合,在此基础上建立自己的"现象学的存在主义"理论⑤。他将这种思考融进了被称为"法国存在主义运动的奠基之作"的《存在与虚无》中。本书问世后销量很小,几乎没有什么影响。直到战后萨特爆得大名,这部著作才重新引起人们的注意,此后长期受到研究和评论不衰。随着众多的读者成为本书的追随者,存在主义影响迅速扩大,成为20世纪法国哲学颇具影响的思潮。

《存在与虚无》对精神现象学的重新审视,他采用现象学的重要思想方法——

---

① 二战后萨特三部曲长篇小说《自由之路》从存在主义哲学的角度,表现了几个青年人的"成长"历程。血腥的战争改变了他们的人生轨迹,使其被迫放弃原有的生存方式作出各自艰难的抉择,在不断选择中完成了生命的超越,并在选择和超越中获得了自己的存在本质。

② 在《禁闭》(又译为《间隔》)中,萨特提出了著名的"他人就是地狱"说法,认为因人们的绝对自由,会导致彼此相互冲突和关系的扭曲。

③ 《萨特文集》主要收录萨特的文学作品。从某种意义上说,了解萨特的文艺创作思想是认识其哲学思想的重要途径,因萨特存在主义哲学观直接呈现在他的文学作品中。

④ 在写作的疯狂状态中,萨特甚至经常大剂量地服用兴奋剂,来刺激自己写作中的灵感,这无疑极大地伤害他的神经和身体。

⑤ 当然,萨特对胡塞尔的现象学仍是采取扬弃态度,当他看到自己过去一本著作有些地方因袭胡塞尔思想时,就大笔一挥悉数删除,只留下属于他自己的见解。

意识是某物的意识对存在加以考察。萨特找到了解决存在根本难题的哲学表达的三个方式:第一方面从胡塞尔现象学中获得自己的方法论,第二方面从笛卡儿的理性哲学获得理性透视立场;第三方面,通过对生命体验尤其是关于自由和偶然性的思考,把现象学方法论、理性本体论、身体体验论整合起来,用哲学体系形式阐释意识同存在的新关系。存在与意识、虚无与存在、自在与自为、世界与形式、偶然与自由、当下与超越等在存在主义哲学视野中得到新的组合,产生新的意义。正是由于虚无性,使人的存在成为不断获得本质的存在,存在是偶然的又是对超越偶然的。这样,萨特的《存在与虚无》就在海德格尔《存在与时间》之后,开辟了一个关于哲学本体论、关于意识理论、关于人的自由学说、关于人的心理分析的存在研究体系。当然,尽管萨特在写《存在与虚无》时受到海德格尔哲学的影响,但萨特的这本书与海德格尔《存在与时间》的哲学思想有着根本差异,并非是对海德格尔哲学阐释①。

"存在先于本质"标明人的存在是特殊的、单独的、非重复的,只有揭示个人存在方式,才能理解其他一切事物的意义。存在的状态是孤独、烦恼、痛苦、畏惧、绝望、死亡。《存在与虚无》的基本理论意向是,从消解二元论建构现象一元论进入,描述反思前的纯粹意识如何超越自身而指向对象并显现世界,借此说明"自为存在"与"自在存在"的差异性,然后进一步揭示"自为存在"在选择和行动中所体现的不可避免的"自由",最后论证人的存在的本体地位。萨特认为,人在"上帝已死"的时代人具有了绝对自由而成为自由的人。但在上帝不存在世界,人无法用任何方式说明自我的行为是正当合理的,人是被判定为自由的,他必须对自己所做的一切负责。于是,人在世上处于无限的自由、无限的责任和虚无的存在的混杂中,人必须面对存在焦虑才能激发自我勇气而重新发现人生的意义,使人从虚无中不断赋予自己以本质,最终成为生成自己。

无疑,萨特这些观点,受到了存在主义哲学家基尔凯郭尔(S. Kierkegaard)、尼采、海德格尔的影响,并有新的拓展。萨特说:"人的自由先于人的本质并且使人的本质成为可能,人的存在的本质悬置在人的自由之中。因此我们称为自由的东西是不可能区别于'人的实在'之存在的。人并不是首先存在以便后来成为自由的,人的存在和他'是自由的'这两者之间没有区别。"那么,存在先于本质到底是什么意思呢?人首先存在着并碰到各种际遇,活动于世界之中,然后开始限定了自己。人除了自我塑造之外什么也不是,因而人必须对自己负责。存在主义强调每一个人要成为自己的主宰,他不可能将责任推卸给上帝或者他人,他的存在使其将个体责任和群体责任放在自己肩上。萨特的"存在即自由"论述意味着,自为的存在因其虚无而自由。"虚无只有在被明确地虚无化为世界的虚无时,才能成为虚无;即,只有当它在虚无化中

---

① 海德格尔对人们将他和萨特都称为存在主义者,颇以为然,认为两者思维向度决然不同,不可混为一谈。

明确地指向这个世界以把自己确立为对这个世界的否认时,才能成为虚无。"①人只有不断超越,使得自己获得自己的本质。人的存在先于人的本质,人的本质是自己的选择行动造成的。事实上,人的自由需要在实践中实现,在实践中实现。

其二,人道主义的存在主义阶段(1945—1960)。

1945年10月,萨特在现代俱乐部做了"存在主义是一种人道主义"(L'Existentialisme est un humanisme)的演讲②。萨特一方面重申自己的"存在先于本质"说,另一方面尽力拓展出"人道主义的存在主义"维度。他认为:"如果上帝不存在,那么至少有一种东西它的存在是先于它的本质的,它是在可能被任何概念所界定以前就已存在了的,这样的东西,就是人,也就是如海德格尔所说的人的实在性。我们所说的存在先于本质到底是什么意思呢?我们的意思是:人首先存在着,首先碰到各种际遇,首先活动于这世界——然后,开始限定了自己。若依存在主义者看来,一个人如果无法予以限定,那是因为人在开始的时候还没有成为什么。只是到了后来,他才成了某种东西,他才把自己创造成他所要成为的东西。因此,就无所谓人的天性,因为没有上帝来给予它一个概念。人赤裸裸地存在着,他之赤裸裸并不是他自己所想象的,而是他是他自己所意欲的——他跃进存在之后,他才意欲自己成为什么东西。人除了自我塑造之外,什么也不是。这是存在主义的第一个原则。"③

人的本质是自己的选择行动造成的,现成的供人选择的价值标准是矛盾的、相对的,因此人的选择是自由的,人必须对自己的行为负责。人在自由、选择和责任面前,必定处于孤独、烦恼、绝望的存在状态,这是一些积极的状态,因为它们引发了行动。萨特的人道主义的存在主义承认,人处在焦虑之中。人必须承担焦虑(anguish),舍弃(abandonment)和绝望(despair)。存在主义的目的不是使人进入焦虑绝望之中,而是强调一个人有所行动,他就应该选择他所意愿选择的。"这种构成人之要素的超越关系(不是说上帝是超越的,而是说是自我超越的)和主观性(意即人不是自我隔绝而是永远呈现于人的世界之中)才是我们所说的存在意义的人文主义,这就是人文主义,因为我们提醒人,除了他自己之外别无立法者。他本身在这样被弃的情况下,必须自我决定。也因为我们指出由于我们经常追求我们自身以外的一个目的,这个目的就是一种解说或者某种特殊的体认,而不是由于回返自己,人才会自觉为真正的人。"④人所需要的是去重新发现他自己,是去了解

---

① 萨特:《存在与虚无》,陈宣良等译,北京:三联书店,1987年版,第48页。
② 当年萨特做《存在主义是一种人道主义》演讲时,狂热的听众蜂拥如潮。由于人太多,一些听众甚至被挤昏在地。最初萨特被人称为存在主义者时,他竭力拒绝这个称号,他从不认为自己的思想是别人必须接受的东西:"我的哲学是关于人的生存的哲学;存在主义?我不知道这是个什么玩意儿!"但人们先入为主仍然如此称呼,萨特只好接受了"存在主义"这一称谓。
③ 萨特:《存在主义是一种人道主义》,周煦良、汤永宽译,上海:上海译文出版社,1988年版。
④ 同上。

没有什么东西能够从他的自身中拯救他。于是,萨特终于在胡塞尔现象学方法论基础上构筑出自己的新本体论,一种使经验能够综合超验物,理性能够包容非理性的实在论哲学。在这个意义上说,存在主义不仅是思想的学说,而且是关于行动的学说。

其三,存在主义的马克思主义阶段(1960 后)。

以《辩证理性批判》(1960)出版为标志,萨特提出了他的建立在"人学辩证法"基础上的"存在主义的马克思主义"理论。他认为个人与社会在现代性中陷于异化又反抗异化,历史就是在异化与反异化的对抗中展开。《辩证理性批判》是萨特第二部重要的哲学著作,在这部精心撰写的著作中,他认为马克思主义理论尽管很全面,但是仍然存在着"人学空场",因而企图建立"人学辩证法"的思想体系,以取代马克思主义的唯物辩证法和历史唯物主义。萨特认为:"生成的辩证法(dialectique constituante)(当它以自身的半透明性在个体的实践中把握自身时)在它自己的工作中发现了它的局限,并被转化成一种反辩证法(antidialectique)。这种反辩证法,或者叫做反对辩证法的辩证法(消极性的辩证法)必须向我们揭示出群(séries)是一种人类集合(rassemblement)和异化,异化表现为在群性成分中同他人和劳动对象的中介关系,表现为共同存在的群的模式。"①

事实上,萨特打算建构的"人学辩证法",将人的内心世界夸大为整个世界,除了人的内心世界之外他甚至不相信有其他的存在。个人的行动不是孤立的,而是与集体进而与整个社会联系在一起的。个人的行动反映了集体的愿望和要求,同时这种愿望和要求又包含着社会深层的历史趋势,因而个人的行动就成了历史运动的象征。这就意味着,辩证法如果存在的话,那就只能是总体化过程中许多的个别性所造成的许多具体的总体化的活动。人在社会历史中的存在,即人的社会存在对于个人来说只是种异化,他是人必须加以接受的本质,但却是人的自由的障碍。所以,萨特自始至终都是悲观的、苦闷的、无可奈何的存在主义者,而不是一个马克思主义者。

终其一生,萨特都将他的存在主义看成自由的自我不断进行"自我选择"的努力,因为人的未来并非已经命定,而取决于人们自己的选择,而"选择"的自由恰恰是人的存在的权利所在。越是在艰难的环境中,人越是需要不放弃选择,而是按自己的意志独立思考并进行选择,因为"存在"即"自我","本质"是由"存在"的不断展开而获得。获得自我本质成型的过程,就是维护人的尊严和自我存在的意义的过程。作为写作高手的萨特,善于运用文学的方式传达自己的哲学思考,尤其是善于运用小说和戏剧的形象化优势图解其思想学说,使其传播面更为广泛。萨特善于以文学作品直接介入当代社会生活和人们的精神世界,通过哲理性极强的戏剧冲突,将生命虚无和个体选择的两难置于戏剧冲突的中心,具有存在主义的对抗性和强烈的艺术效果。

---

① 萨特:《辩证理性批判》,合肥:安徽文艺出版社,1998 年版,第 201—202 页。

二、"文学介入观"与写作的本质与价值

萨特的文学观与其哲学观紧密相连。1947年萨特发表的《什么是文学?》①当是最能代表其文论立场的著作。在书中,萨特进一步体系化了"文学介入说",坚持作家必须通过作品对当代社会、政治事件表态,从而保卫日常生活中的自由精神。"介入"既是哲学概念又是政治学概念,萨特在文学领域中推进"介入"观念,事实上是将文学纳入了哲学政治学范围进行思考②。

在萨特看来,作家写作和读者阅读都是自我自由的选择。写作和阅读是主体的人双方之间的"一个慷慨大度的契约"。真正有责任心的作家向他者的自由发出吁求,而读者在阅读中通过自己的选择展示自己的自由,也再度体现和实现了作家的自由。创作是一种引导读者的创造,阅读是在作者引导下的二度创造。文学创造过程具有二维性——作者与读者共同体验并完成了作品的意义。

对知识分子而言,介入就是表达自己的感受,必须为他本人和所有人要求一种具体的自由,赋予自由一种具体的内容,使之成为既是质料又是形式的自由。今天,文学比任何时候都更必须介入,作家与小说家所能够做的唯一事情,就是表现为人的解放而努力的过程,揭示人所处的环境危险及其改变环境的可能性。文学必须干预当代生活并成为生活的向导,作家对当代重大问题走向必须表明自己的立场并采取的个体的行动。

萨特反对"为艺术而艺术",而主张"为他人的艺术",认为写作便是揭露,揭露带来变革,因而写作就是介入。介入文学与自由紧密相关:从写作动机看,写作是某种寻求自由的方式,是人为完成自由而进行的努力;从创作主体看,写作是作家主体自由通过作品中介吁请读者主体的自由;从作品的意义欣赏看,作品须有读者参与才最后完成,作家只有通过读者阅读才能感受到作品的本质呈现,进而使自己成为本质的存在;从文学价值看,作家的目的是创造属于自己的艺术世界,并从中传达哲学思想和审美感受,这使得存在主义文学总是通过主体心理的感受,去表现荒谬世界中个人的孤独失望、痛苦恐惧、烦闷恶心等情绪③。这种状态其实是由《什么是文学》的四个文学本体论命题所构成的各章中呈示出来。

其一,在"什么是写作?"一章中追问的是"写什么"。萨特区分了文学与绘画、雕塑和音乐等其他艺术之间的不同,说明文学与诗歌和散文在介入上的差异,坚持散文介入的精神性和确定性,使其具有明确的精神指向性和明晰的文学意义,为文

---

① 萨特:《什么是文学?》,施康强译,载《萨特文集》第7卷,北京:人民文学出版社,2005年版。

② 萨特对当代社会政治抱有一种积极介入的姿态:他在20世纪30年代声援保卫西班牙的斗争,在二战期间应征入伍,被俘获释后参与"社会主义与自由"的抵抗运动,二战后他反对美国侵略印度支那和朝鲜,反对法国在阿尔及利亚进行殖民战争,参加罗素组织的"战犯审判法庭",1968年法国"五月风暴"支持学生造反等。

③ 萨特存在主义的"选择"与"介入"文艺理论还在其戏剧作品得到充分体现。萨特的许多剧本上演时都曾引起一时轰动,其中尤以《苍蝇》(1943)、《禁闭》(1944)和《死无葬身之地》(1946)等作品影响很大。

50年代初萨特等在巴黎剧院审排剧作《魔鬼和上帝》

学介入奠定了基础。在对进行介入的散文和非介入的诗歌、音乐、绘画等进行区分时,必须清楚介入意味着自我意识到话语的力量。比如,诗歌只抒情而没有明确的提问和回答,因此也不能介入;而散文必须介入,散文作者的行动方式就是通过揭露而行动,而揭露就是介入。其他艺术形式因其意义的模糊性和理解的朦胧性,使人们在理解意义中难以准确无误地把捉意义,因而在介入问题上具有不确定性。

语词作为符号往往具有一种行动的意向,语言是行动的某一特殊瞬间,不能离开行动去简单地理解它。"既然我们主张作家应该把整个身心投入他的作品,不是使自己处于一种腐败的被动状态,陈列自己的恶习、不幸和弱点,而是把自己当作一个坚毅的意志,一种选择,当作生存这项总体事业——我们每个人都是这项事业——,那么我们就应该从头捡起这个问题,并我们也应该自问:人们为什么写作?"①可以说,萨特的"介入"说,一方面要求知识分子的责任和当代意义承担,另一方面,要求文学知识分子对人类苦难和精神痛苦的勇毅担当。面对写什么的问题,萨特的回答是"写今天!"

其二,在"为什么写作?"一章中追问"为谁写"。在写作实践中有一个根本性问题需要明晰:作家究竟写什么与为谁写? 因为作家不可能为自己写作或者自己阅读,他呕心沥血写出作品需要被读者阅读,只有为了他人才有艺术创作的激情,只有通过他人才有艺术交流对话。"作家作出的选择是召唤其他人的自由,它们各有要求通过这些要求在双方引起的牵连,他们就把存在的整体归还给人,并用人性去包笼世界"②。在萨特那里,不仅写作小说和散文意味着介入社会生活的方方面面,而且介入本身就意味着放弃了作品永恒的幻想,在抵制为后世写作的诱惑中坚

---

① 萨特:《什么是文学?》,施康强译,载《萨特文集》第7卷,北京:人民文学出版社,2005年版,第116页。

② 同上书,第136页。

持只为今天写作。作家是为诉诸读者的自由而写作，反过来也要求读者承认他的创作自由。散文介入只有在民主制度下才有意义，写作就是某种要求自由的方式。"在写作行动里包含着阅读行动，后者与前者辩证地相互依存，这两个相关联的行为需要两个不同的施动者。精神产品这个即使具体的优势想象出来的客体只有在作者和读者的联合努力之下才能出现。只有为了别人，才有艺术；只有通过别人，才有艺术。"①艺术品是价值，因为它总是召唤人们的参与。介入意味着必须为时代而写作，而且在创作方法上主张写真实，写出人物的最真实而不是最典型化的方面。

　　萨特认为，"我们越是感到我们自己的自由，我们就越承认别人的自由；别人要求于我们越多，我们要求于他们的就越多。"②因此，当一个作家开始用语词进行写作时，他借着犀利的语言权力开始了自己的政治介入行动。这个时候甚至沉默也是在说话，因为沉默也是一种姿态，是在拒绝言说中表达自己独特精神意向："不管你是以什么方式来到文学界的，不管你曾经宣扬过什么观点，文学把你投入战斗；写作，这是某种要求自由的方式；一旦你开始写作，不管你愿意不愿意，你已经介入了。"③换言之，写作既是揭示世界又是把世界当作任务提供给读者，写作是求助于别人的意识以便使自己的自由被承认，写作是通过其他人为媒介而体验自由的重要方式。作家会使文字和事物具有一种新维度，作家说的每句话都会有助于揭露世界，而揭露世界就是改变世界的开始。介入的作家之所以坚持介入行动，就是说明他已经抛弃扬名的幻想，只为今天而写。萨特对"为谁写"的回答是：为今天而写！

　　其三，在"为谁写作？"一章中，萨特提出的问题是"写给谁看"？一般而言，作家是为自己的读者而写作的。从中世纪到17世纪，都可以看到作家依附于当时的意识形态，作家和读者形成良好的对话交流；18世纪的作家们有了贵族阶级和资产阶级这两个同样真实的读者群，他可以随意依靠其中的一个或另一个；19世纪20年代出现了"人民"这样一个潜在的庞大的读者群。"写作的自由包含着公民的自由，人们不能为奴隶写作。散文艺术与民主制度休戚相关，只有在民主制度下散文才有一个意义。"④

　　萨特不满意以往贵族文学和资产阶级文学脱离现实生活而无视读者大众的现象，他鼓励作家关注时代，为广大的公众写作。"作家的真正读者权的范围若能扩大到他潜在的读者群的边缘，这就会在他的意识里调和敌对的倾向，于是文学获得彻底解放，将代表作为介入过程中一个必要瞬间的否定性。但是据我所知这一类型的社会目前还不存在，而且人们可以怀疑他是否可能存在。所以冲突仍然存在，

---

① 萨特：《什么是文学？》，施康强译，载《萨特文集》第7卷，北京：人民文学出版社，2005年版，第124页。
② 同上书，第131页。
③ 同上书，第142页。
④ 同上。

他就是我称之为作家及其负疚的良心的种种灾难的根源"①。那么,作家究竟为谁写作? 萨特的回答是:写给多数人看。

其四,在《1947年作家的处境》一章中,萨特将论述的话题同法国的具体实践结合起来。"介入"或"介入文学"之类的概念在此部分内容中突然消失了,取而代之的是"处境"、"处境文学"、"实践文学"等概念。萨特分析了20世纪法国作家分为三代的基本情况:第一代创作层很早就已功成名就依附于资产阶级;第二代作家创作层主要是超现实主义作家们群;而包括萨特在内的第三代作家群,意识到工人阶级成为了潜在的读者群,但是作家与工人之间却有一道铁幕彼此隔开。作家应该使文学从抽象否定性过渡到具体的建设性,重新使文学纳入社会整体而深化写作的本质。介入的作家不仅思想的形式自由与政治民主是重合的,他的风格本可以重新得到某种内在张力,他应对所有大众读者群说话。

萨特相当珍惜文学语词的健康,提出:"作家以直言不讳为职能。如果词语得了病,治愈他们是我们的责任。许多作家思不及此,却以词语的疾病为生,现代文学在许多场合是词语的癌症……如果我们要使词语恢复其能力,那就必须做双重工作:一方面是分析性的扫除,以便清除词语的蔓生意义,另一方面是综合性的扩展,以便它们适应于历史形势。加入单独一位作者现身于这项任务,他毕生的精力也不够用。如果我们一起动手,我们不必费多大劲就能达到目的。"②归根结底,写作就是选择自由并获得自己的本质。如果写作艺术变成纯粹宣传或纯粹娱乐,那么,社会就会再次坠入感官直接性和意义虚无的困境之中。

不妨说,当萨特在"介入"的层面上思考问题时,他的立场在哲学家和政治家之间滑动。通过概念的转换,萨特在文学平台上已悄悄完成了从抽象哲学思考到具体政治关注的位移。萨特逐渐从理论体系建立的热情中淡化出来,摆脱了对文学的痴迷状态,不再认为文学具有不朽价值,而是更多地进入介入实践的进程,开始了自己的从理论到实践的转折。他意识到,文学不能拯救人,但抛弃文学而投身政治活动,也不能够解决自我存在意义问题。萨特的文学介入说,事实上部分地落空了。1968年,萨特提出"新知识分子"概念,意味着萨特经历了文学的迷狂和政治介入热情以后,在国际形势瞬息万变中明确了知识分子身份立场。

三、文学成就与文学理论的影响

总体上看,萨特的存在主义哲学和文学理论,影响了20世纪后半叶的文坛,具有以下一些特征:关注"虚无"和"非在"的内在关系,坚持"存在先于本质";凸显了人的存在的痛苦有限,用文学表达存在的偶然荒谬;强调"人是自由的",要不断地行动和选择;主张"文学介入"说,坚持文学和社会生活和政治的关系。

---

① 萨特:《什么是文学?》,施康强译,载《萨特文集》第7卷,北京:人民文学出版社,2005年版,第154页。

② 同上书,第300页。

巴黎的"萨特-波伏瓦"大街

萨特在文学理论上的建树并未为他赢来多少声誉,而让萨特名声大噪的倒是他拒领诺贝尔文学奖一事。1964年,萨特凭自传体小说《词语》获得诺贝尔文学奖。瑞典文学院授予萨特诺贝尔文学奖的理由是:"他那思想丰富,充满自由气息和真理精神的作品,已对我们时代产生了深远的影响。"

然而,当萨特确切地知道这一消息以后,拒绝了诺贝尔奖。其理由是"谢绝一切来自官方的荣誉",同时还认为诺贝尔文学奖存在着明显的政治倾向性问题。萨特为此发表拒领诺贝尔奖声明《我为什么拒绝诺贝尔文学奖》:"我一向谢绝来自官方的荣誉。这种态度来自我对作家的工作所抱的看法。一个对政治、社会、文学表明其态度的作家,他只有运用他的手段,即写下来的文字来行动。他所能够获得的一切荣誉都会使其读者产生一种压力,我认为这种压力是不可取的……作家应该拒绝被转变成机构,哪怕是以接受诺贝尔奖这样令人尊敬的荣誉为其形式。"①在萨特看来,文学写作是个人的选择,写出好作品是作家的职责,不需要他人的赞赏来为之增光添彩。这一清醒的看法和拒绝诺贝尔奖的行动,萨特获得比得奖更大的名声,在社会公众中具有了更大的影响力。

萨特作为法国存在主义代表人物,享有"世纪的良心"的赞誉。其存在主义学说一度对欧美思想文化界产生了不小的影响。但是,60年代后,存在主义思潮被解构主义、女权主义等新文论流派所掩盖,其影响大打折扣。晚年的萨特被告知,当时的法国青年知识分子更多阅读德里达、福柯、拉康、德勒兹等解构主义者的著作。解构主义不再把"行动介入"作为自己的纲领,而是在文本世界和心理世界中掀起一场话语风暴。

---

① 后来萨特还说:"这些荣誉是一些人给另一些人的,我无法想象谁有权利给康德、笛卡儿或歌德一项奖,这奖意味着现在你属于某一个等级。我们把文学变成了一种有等级的实在,在这种文学中你处于这种或那种地位。我拒绝这样做。"

萨特被边缘化了。在萨特死后,批评之声不绝于耳,对他的存在哲学论、文学介入论、政治造反论、私生活问题、与加缪、梅洛-庞蒂之间的恩怨纠葛等,一一加以严厉地批评,有的尖锐到几乎全盘否定的地步。当然,这也是不够客观而有欠历史公允的。

关键词:

  焦虑(anguish)
  舍弃(abandonment)
  绝望(despair)
  介入文学(committed writing)
  整体化(totalisation)
  社会世界(social world)
  人的实践(human praxis)
  制度结构(institutional structure)
  辩证理性(Dialectical Reason)
  缺乏(scarcity)
  文学介入(literary commitment)
  政治介入(political commitment)
  作家(writer)
  知识分子(intellectual)

思考题:

  一、怎样理解萨特的"存在先于本质"?
  二、为什么说存在主义哲学与存在主义文学紧密相关?
  三、怎样看待萨特的"文学介入观"与现代写作的本质?
  四、萨特的文学与文论有何影响?

阅读书目:

[1] 萨特:《萨特文集》,沈志明、艾珉主编,北京:人民文学出版社,2005年版。
[2] 波伏瓦:《萨特传》,黄忠晶译,南昌:百花洲文艺出版社,1996年版。
[3] 萨特:《存在与虚无》,陈宣良等译,北京:三联书店,1997年版。
[4] 萨特:《词语》,潘培庆译,北京:三联书店,1989年版。

第四章　解释学与接受美学文论

现代解释学是现代西方一种重要的文化哲学思潮。它产生于德法两国,20世纪60、70年代以来在欧美各国迅速传播和发展,并广泛渗透到人文学科乃至科学哲学研究中去。

解释学可以宽泛地定义为关于理解和解释"文本"意义的理论或哲学。这里的"文本"一般地解释为,一切以书面文字和口头语言表达的人类语义交往的形式。而"意义"是一个抽象且难以明确统一定义的概念,它体现了人与社会、人与自然、人与他人、人与自我的种种复杂交错的文化关系、历史关系、心理关系和实践关系。对"文本"意义解释的范围大致包括:对文本作者、文本的结构和意义、读者接受文本等的理解和说明。解释学的核心是"理解"问题,它通过作者、文本和读者的意义关系的研究,考察解释过程中整体与部分的关系,弄清历史传统对理解的影响,区分说与听以及写与读这两种对话模式,探讨作者心态对原文意义的涉入,释明理解原文意义以及读者自我理解的关系。

解释学不同于具体的注释学、训诂学,它是从总体上对理解和说明文本问题进行综合的理论研究。在当代社会,解释学主要是作为社会科学的哲学、艺术和综合哲学、文化哲学及文学批判理论出现的,它通过解释文本而寻求意义,进而成为人类全部意识形态的一种哲学反思,成为一种解释世界本体的世界观。

现代解释学主要吸收了生命哲学、现象学、存在主义、语言分析哲学、结构主义乃至后结构主义思想,突出表现出试图融合人文哲学和科学主义的趋势。它作为"当代思想的十字路口",为各学科研究开辟了新的途径和新的可能性,从而极大影响了20世纪人文社会科学的发展,使"现象学追问"和"解释学逻辑"成为当代文论透视"现象"和揭示"意义"的有效途径。

第一节　解释学的两次转向与现代解释学谱系

解释学的历史源远流长,其起源可以追溯到古希腊时代。解释学一词源于古希腊神话中赫尔墨斯(Hermes)神之名。传说他是宙斯之子,宙斯委任他为信使之神,给诸神和人间传达宙斯的旨意。他不仅传达神谕而且还担任解释者的角色,对神谕加以解释而使之变得明晰和有意义。因此解释学一词最初的含义是"解释",即一方面确定词、句、篇的确切含义,另一方面使隐藏的意义显现出来,使不清楚的东西变得明晰。亚里士多德认为"解释"的目的在于排除歧义,以保证词与命题、判断的一义性。到中世纪后期,出于对《圣经》经文、法典内容的考证和意义阐发的需要,逐步形成有关圣经的法律条文的"释义学"(exegesis)和考证古典资料的

"文献学"(philology)。总体上说,这一时期的解释学仍限于对不同类别的古典文献做一些技术性的诠释工作。

19世纪上半叶,德国浪漫主义宗教哲学大师施莱尔马赫(F. Schleiermacher,1768—1834)将解释学运用于哲学史研究,希冀通过批判的解释来揭示某个文本的作者原意,从而使古典解释学成为一门有一定哲学理论基础、系统的理论法则,适用于诠释各种人文学科的学问。他确定了解释学的基本范畴:对文本的"理解"和"说明"。施莱尔马赫的解释学既继承了德国浪漫主义精神,又带有费希特哲学的印记。他坚持人类历史中能动的"自我"(ego)这个绝对的精神主体的创造性,并强调文本的作者和解释者都用"自我"这个绝对的精神主体相关联。在他看来,完全可以具

赫尔墨斯与帕里斯

有一些普遍适用的理解规则保证避免误解。由于时间距离和历史环境造成的词义变化,以及对作者个性心理的不了解而形成的隔膜,使解释必然产生误解。研究者必须通过批判的解释来恢复文本产生的历史情境和揭示原作者的心理体验,从而达到对文本的真正理解。他有两句格言:一句是"哪里有误解,哪里就有解释学"①;另一句是"理解一位作者要像作者理解自己一样好,甚至比他对本人的理解还要好"。因此,可以说,在施莱尔马赫看来,避免误解和对文本的创造性解释是解释学的核心问题。

施莱尔马赫从语法的解释和心理学的解释两个方面将古典解释学系统化了。所谓语法的解释,就是暂时忘记作者仅仅根据某种文化上共通的语言特性来分析作者的语言特性,并通过个体性和整体性相互比较或对照,确定词的真正意义。对此,他建立了44条解释学法则,作为理解和说明一切历史文本的基本理解原则。其中头两条最为重要:①在一篇给定的文本中需要充分确定其含义的每一内容,必须根据文本作者及当时公众所处的语言情势来加以确定;②在给定段落中每个词的意义,必须参照其周围共存的其他词的意义来确定。这两条规则一是强调了理解的语言性,二是强调了个别与整体的解释学循环原则。这种语法的解释又被称为"客观的"解释,因为它涉及的是作者特有的语言特性,并显示出这种通过语言去理解的局限性之所在。

所谓心理学的解释(又称"技术的解释"),即把语言当作作者表现个性的工具,忘记语言的共通性和中介性,通过读者与作者心理上的同质性,用直观方法从总体上把握作者。施莱尔马赫更重视这种类型的解释。在他看来,文本的作者和解释者具有内在心灵的互通性,尽管人们因其禀性、品质、心理的差异而各有不同,但人却因具有一种普遍的人性而能达到心灵互通和情感交流。这种普遍的人性互相沟通表现在成功的语义交往之中。这就是解释者可理解和说明历史文本的根

---

① Schleiermacher, F. *Hermeneutik*, Hrsg. Von H. Kimmerle, Heidelberg,1959, SS.15-16.

据。文本的作者与解释者由于时空的分隔,对文本的意义的理解肯定存在着差异。施莱尔马赫认为,解释者如果有丰富的历史知识和语言学知识,通过创造性的直觉重建作者的创造过程,他就可以比作者本人更好地理解作者。因而,理解和说明文本,既有一定的普通法则,又富有个体创造性。

施莱尔马赫以其所建立的系统的古典解释学理论,在解释学的历史发展中占有重要地位。他从语法学和心理学两方面为解释学设立的解释法则,给重建所解释的文本作者原初的创造过程这一解释学的目的的实现提供了基础。他作为古典解释学向现代解释学过渡的人物,已经开始注意分析理解的过程这一重要环节。他研究的重心不再是被理解的文本,而是转到理解这一活动本身。这使其解释学理论具有了认识论的倾向,并对现代解释学具有重要的影响。可以说,施莱尔马赫的解释学理论启示了狄尔泰,使其将解释学这一研究解释历史文本的学问,上升成为研究精神科学①的哲学方法论。法国现象学、解释学家利科对此深刻指出:施莱尔马赫"这种使注释学与文献学的某些具体原则纳入一门有关理解的普遍研究,形成一次完全类似于康德哲学在主要与自然科学相关的其他领域中所完成的革命……即使施莱尔马赫自己没有意识到在释义学和文献学领域中所产生的类似康德在自然哲学方面所完成的那种哥白尼式的革命,但生活在19世纪新康德主义氛围中的狄尔泰对此却有充分的意识"②。

方法论解释学的代表人物是狄尔泰,他不仅是德国现代生命哲学家,也是"解释学之父"。狄尔泰把握住了施莱尔马赫解释学中的认识论倾向,并将其进一步推进到方法论层次。这样,狄尔泰的解释学就成为其生命哲学的有机组成部分,并直接成为其人文科学的方法论。这对后来解释学演变成为一种独立的哲学体系迈出了重要的一步。

方法论解释学向本体论解释学的转向是解释学的重大革命。这一革命的先驱人物是海德格尔,而集大成者是伽达默尔。施莱尔马赫和狄尔泰的"一般解释学"对古代解释学的革命的意义殊为重大,但是,他们的认识论取向和对客观性的标榜,使得这一问题在其理论中硬结成一个不可避免同时又不可解决的问题。尽管狄尔泰比施氏进了一步,没有把文本所说的"东西"而是把文本所说的"人"看作是解释的终极目的,并使解释学的对象不断地从文本,从文本的意义和指谓转到文本所表达的生命体验上来。但狄尔泰仍在自己的研究中遇到了潜在的冲突,即生命哲学与意义哲学的冲突。如果说,从古典解释学向一般解释学的转变,使文献考据问题从属于基本方法论问题,是一次哥白尼式的革命,那么,从一般解释学向本体解释学的转向,"使方法论问题从属于基本本体论"③问题,则是"第二次哥白尼式的革命"。这一转变是由海德格尔在《存在与时间》中开始的。海德格尔强调人的存在和理解的历史性,注重人们理解的普遍性。他不是在旧解释学的意义上将"解释的循环"看作整体和部分的循

---

① 精神科学英译有两种译法,一为 the science of spirit(精神科学),一为 the humanistic sciences(人文科学),即与自然科学相对的哲学、宗教、文学、社会学、教育学等人文科学。

② Ricoeur, P. *Hermeneutics and the Human Sciences*, Cambridge University Press, 1981, pp. 45-46.

③ Ibid, p. 54.

环,而是从本体论角度认为这个循环揭示了存在和认识的根本条件,是此在的本体论特性之一。从此,解释学走到一个更高的层次,不仅是文本(text),而且整个世界和人生,以及存在和世界的一般关系,都成为解释学的对象。

关键词:

解释学(hermeneutics)
理解(Verstehen,understanding)
说明(Erklaren,explanation)
语法理解(grammatical understanding)
心理学理解(psychological understanding)
方法论解释学(methodological hermeneutics)
本体论解释学(ontological hermeneutics)

思考题:

一、古典解释学的含义是什么?
二、从古典解释学到哲学解释学的发展脉络是什么?
三、作为古典解释学和现代解释学之间的过渡人物,施莱尔马赫有何贡献?
四、施莱尔马赫与狄尔泰的"一般解释学"有何意义?其局限是什么?
五、解释学的"第二次哥白尼革命"指什么?

第二节 狄尔泰:精神科学与方法论解释学

德国现代生命哲学家、解释学美学家狄尔泰(Wilhelm Dilthey,1833—1911),上承施莱尔马赫、叔本华,下启海德格尔,在思想史和文艺史等领域有不少开创性建树,其思想对20世纪产生了不可磨灭的影响。当代西方出现的"狄尔泰复兴"现象使人们深切地感受到,狄尔泰的时代所苦恼、所追寻的人的哲学问题,人的生命价值和艺术体验理解的价值取向问题,在当代哲学和美学中仍未得到解决,相反,有的问题变得更加尖锐,更令人困惑。因而,通过狄尔泰的生命哲学观和诗学解释学理论研究,将艺术问题与人生问题以及人的现实历史境遇问题联系起来,会让我们重新解开艺术本体之谜和人类生命价值之谜,更好地体验生命和理解世界。

维尔海姆·狄尔泰
(1833—1911)

一、精神科学与自然科学的划界

狄尔泰深受康德、黑格尔的唯心主义和浪漫主义哲学以及英国经验主义的影响。他给自己选定的目标是要进行"历史理性批判"。他遵循的道路是"认识论之途",而非西方"传统的形而上学之途",以认识论来证明人文科学特殊的方法论特征,为自然科学和精神科学"划界"。如果说,康德通过他的"纯粹理性批判"为自然科学奠定了可靠的认识论与方法论基础,那么,狄尔泰也想通过他的"历史理性批判"使精神科学(即人文科学)关于人类历史知识的确定性和客观性成为可能。

伊曼纽尔·康德
(1724—1804)

乔治·威廉·弗里德里希·
黑格尔(1770—1831)

狄尔泰采用"批判"一词标出与康德哲学的紧密联系,而与形而上学划清界限。在西方哲学中,那种非批判的、对一个东西不加考察便接受下来作为自己理论的根基或出发点的态度,被斥之为"形而上学"。狄尔泰走的是一条"批判"的道路。但他不考察"纯粹理性"或"纯粹知识",而是考察"历史理性"和"历史知识"。也就是说,将人的生命的具体存在作为自己哲学考察的核心,去考察人认识他自己以及人所创造的社会和历史的能力。狄尔泰循此出发去追问:人如何认识自己?如何认识他人?如何认识人自身所创造的人类文化?如何认识由人本身的生存所构成的人类历史?如何认识人自身的再创造?甚至还要追问:精神科学的知识如何可能?这种认识基础和条件何在?这种知识的可靠性、有效性如何?

狄尔泰的"历史理性批判"的根本旨归,是要研究"总体的人"(ganzen Menschen),即根据人是有意志、有情感、有想象的存在物这种能力来阐明认识及其概念在这总体的人中,"知、情、意只是真实的生活过程(realer Lebensprozeβ)的不同方面",是"血管中流着真正的血"的、有血有肉的活生生的"认识主体"①。这样,强调科学认识中人文科学(精神科学)与自然科学的区别,强调认识主体的有血有肉的、知情意活生生的统一与无生命的"主体"的区别,在这一区别过程中使人文科学的独特性、人的"主体性"问题鲜明地凸现出来。

---

① Dilthey, W. *Gesammelte Schriften*, Band 1, Stuttgart, S. XVIII.

只有将精神世界与物理世界分开,只有将精神科学与自然科学分开,才能使精神世界确立自己独立的统一领地,使精神科学有自己的地盘,才能够卓有成效地探索人类精神生活和生命意识的底蕴,才能对何谓世界统一性的基础、何谓人类生命的意义、何谓人的内在本质这些问题加以回答。这样狄尔泰就将精神科学与自然科学的"划界问题"推到哲学前台,并成为其整个体系的核心部分。狄尔泰认为:"我们不能只是靠着把自然科学家们的研究方法直接移植到我们人文科学的领域中来,这丝毫也不表明我们就成为大科学家的真正门人。我们必须使自己的知识适应于我们的研究对象的本性,只有以此为基点,才是科学家们对待他们的研究对象的方式。"①狄尔泰进而认为,精神科学的标志在于,所有这一类科学都是从不同的方面来研究"同一个大事实",这就是人(das Menschengeschlechte),或更确切地说是"人—社会—历史的实在",而无论如何,只有活生生的人才是精神科学分析的起点和终点。狄尔泰在科学大潮中将人的科学推到潮头并强调要研究"人这一整体"事实,澄清了对自然科学和人文科学混为一谈的谬误,突出了二者的根本差异性,从而使人们凝视在自然物质上的目光在更多层次上转换成凝视自己,反思人自身,从而将古希腊名言"认识你自己"变成有一整套严密方法的具体实践。

狄尔泰正是从人的全部身心发展、从人的心灵的内宇宙出发,去发展作为主体的人是怎样感受世界、体验生活世界、表达自我意识、理解人类历史,从而追问人如何获得自己潜能的全面伸张,最终成为"整体的人"。因此,"体验—表达—理解"是狄尔泰精神科学的理论构架和方法论基础,也是他全部体系的核心范畴。精神科学与自然科学"划界"的意义在于:区分了自然本体论和生命本体论,并进一步确立了与生命本体论相适应的认识论,指出认识人自身——生命本体,只能是体验、表达和理解。

二、体验与生命意向

狄尔泰将"生活体验"看成人类真正的"生活地基"(Untergrund des Lebens)②。人不仅生活在一个现实的物理世界中,而且生活在自己的世界之中,生活在由生活体验构成的境界中,一个只对有灵魂的人才敞开的"生活世界"中。只有这种生活才是真正意义上的"人的生活"(das Leben)。通过体验,人从物理世界走向"生活世界"和艺术世界。因为,"诗的问题就是生命(生活)的问题,就是通过体验生活而获得生命价值超越的问题"③。在狄尔泰那里,生命关联域具有本体论上的优先性,本体论问题就是生命之谜的问题。而生命即生活,生活即生命,其核心关联是体验。人体验自己的历史境遇,因为人是自己的历史;人表现自己的情感,因为人就是情感体验本身。

---

① Rickman, H. P. ed. *Selected Works of Welhelm Dilthey*, Led. Wouthampton,1976,p. 89.
② Dilthey, W. *Gesammelte Schriften*. Band 7,Stuttgart,S. 131.
③ Rickman, H. P. ed. *Selected Works of Welhelm Dilthey*, Led. Wouthampton, 1976,p. 114.

体验是感性个体本身的规定性,是要使人直面人生之真去解人生之谜,使人的生命达到一种透明性。因此,狄尔泰说:"诗揭示出生活的本质"。通过艺术体验去把捉生命的价值,通过艺术活动,去穿透生活晦暗不明的现象,揭示生命的超越性意义。艺术体验与生命诗化问题在狄尔泰那里有着特殊的地位。他认为:诗把心灵从现实的重负下解放出来,激发起心灵对自身价值的认识。通过诗的媒介,从意志的关联中提取出机缘,从而在这一现象世界中,诗意的表达成了生活本质的表达。诗扩大了对人的解放效果,以及人的生命体验的视域,因为它满足了人的内在渴求:当命运以及它自己的选择仍然将他束缚在既定的生活秩序上时,他的想象使他去过他永不能实现的生活。诗开启了一个更高更强大的世界,展示出新的远景。在狄尔泰看来,诗(艺术)是关于生命本体的,是生命本体艺术化的中介。简言之,诗就是体验的外化形式。当艺术家将自身内在的孤独、痛苦、渴望、希冀凝定为艺术的形式时,读者就可以通过"再度体验"去同诗人的灵魂相沟通,并悟出一些诗人似未说出,但确已通过其已说的而在读者心中唤起的东西。因此,诗的结构将人的行为置于命运的裁决之下,这种方式向读者暴露了生活的一个侧面。读者把自己与诗中的内容联系起来,就像联系生活本身一样。"生命本体在于此,它是自身的证明。"①

体验具有意向性,正是这种意向性结构使人的体验成为一种"意向性"体验,成为一种赋予意义、指向意义、寻求意义的体验活动。体验的意向性使艺术世界的意义建构成为可能。体验就是创造生命的意义,使自己达到一种诗意的自由之境,让生活成为自身的命运,而不至于使自己在日常生活的惯性中麻痹和委琐,失掉其内在灵性。作为狄尔泰精神科学基石的体验,是对人生之谜的解答。狄尔泰认为,诗与生活的关系是:个体从对自己的生存、对象世界和自然的关系的体验出发,把它转化为诗的创作的内在核心。于是,生活的普遍精神状态就可以溯源于总括由生活关系引起的体验的需要。但所有这一切体验的主要内容是诗人自己对生活意义的反思。

三、意义"表达"与精神世界

当狄尔泰在为精神科学立下"体验"这块基石时,却遇到一个十分棘手的问题:每个人都有不同的内心世界,且有自己独特的"生活体验",那么这种"体验"具有客观性和普遍有效性吗?我们又怎样去客观有效地把握、认识这种"生活体验"?

狄尔泰谨慎地使自己免于滑向心理主义,认为体验必须外化而成为一种"生活的客观性",因为"生活的客观性是与体验的主观性相对立的"②。这样,主观色彩很浓的体验可以把自己固定化在一个客观的、物理的表达上,也即是说人的心灵内涵的体验通过"表达"(不管语言、姿态、文字或艺术符号、科学符号、行为符号等)

---

① Dilthey, W. *Gesammelte Schriften*, Band 8, Stuttgart, S. 225.
② Ibid, Band 7, Stuttgart, S. 146.

来使人们得到"理解"。在表达符号上,人们不仅注意这一表达,而且超越这符号本身,而进入一种符号的内层面,直接感受它所"意味着"的、所"代表指称"的东西(本体)①。这一"表达"符号系统既与一般物质现象不同(如油画这种艺术符号,不能说这幅画是画布加油彩的物质构成),同时也与一般的心理现象有别(心理现象只体验,而符号是不仅要向内体验,而且要向外"表达"),它只能是一种传达心理世界的符号化过程。

这样,"精神科学"定义实际上已由研究"生活体验"更进一层地化为研究"表达",亦即"生活的客观化"了。"质言之,精神科学把生活的客观化作为它的包罗万象的题材。这样,精神科学的疆域就是由生活的外部世界的客观化所规定的。"②

狄尔泰借助于"表达"这一客观范畴使个人的非理性体验超出了狭窄的心理流程,进入人与人、人与社会、人与自我、人与自然的多重关系中,同时使人不仅生活在现在,而且在现在中把握过去和未来,以至于在表达中,使过去、现在、未来瞬间整合为一体,个体的深邃"体验世界"与人类历史的广袤"表达世界"豁然贯通,使个体融入人类大全。"表达世界"赋予人类生活以"历史性"的本质和深度,正是在此意义上,狄尔泰才极力强调"人是什么,只有历史才能告诉他"③,"人能理解历史,正因为他本身就是一个历史的存在物"④。

狄尔泰有一句名言:"我们说明自然,但我们理解内心生活。"⑤"表达",使人不仅能认识自己,更能认识自己的历史、人类的文化历史。"表达"不仅使"社会人"成为可能,更为重要的是,"表达"使"历史人"成为可能。

一个对象如能被理解,那么,这个对象一定是认识主体本身创造出来的。而人之所以能理解自己、理解他人,进而理解自己族类的文化历史,就在于人能通过对象的表达对其进行同化。也就是说,解释的理解打开了一个广阔的、在解释者个人生活中新的可能性的领域。任何个人的生活体验都是有限的,但人的文化与时间有限性造成的人类存在的种种局限可以为扩大历史研究所克服,因为这种研究揭示了生活的整体统一。我们与过去的他人都是人,作为人,当然有无限的可能性,历史上他人的现实情况,对同样作为人的我们来说就是一种可能性。通过研究过去,人文科学家认识或激起了他潜在的可能性。"每一种人类的东西对我们都成了一种表现我们存在的无穷可能性之一的文件。"⑥每一个人都可说是一般人的缩影,人们之间的个别差异只是程度问题。每个人在人生的过程中发展的某些精神

---

① 当代语义学、解释学以及解释学教育学对这一点进行了深刻研究,成果几乎遍及整个人文科学界,因此,人们又对狄尔泰称为"解释学之父"。
② 同注释①, S. 148.
③ Dilthey, W. *Gesammelte Schriften*, Band 8, Stuttgart, S. 224.
④ Ibid, S. 151.
⑤ Ibid, S. 114.
⑥ Ibid, S. 247.

特征,潜在地是每一个人都具有的。

因此,在理解过去时,理解他人加强了对自我的理解。重新体验所得到的知识是一个积极地再创造他人经验,从而给认识者的精神留下深刻印象的过程。文化历史丰富了我们在思想与感情成长方面的经验,体验式的身临其境地参与不同的经验扩大了人自身的眼界。

毋庸讳言,"表达"是一个重要的哲学概念,是把人所生活的可见的、具体的文化世界看作一种内在力量——有意识的生命的产物。整个具体文化世界好比一个有意识的生命或精神表达自己的文本。生命在流逝,只是留下了许多物质载体——"文本",它们表达了运动着的人类体验。这些文本的意义可以被他人所理解。

音乐、诗歌、宗教、历史都表达了精神世界的内容,因而,它们本身就是这世界意义的表达。正是通过这种表达,人类生活才成为可以认识的对象。同时,狄尔泰还将生命表达分为三种类型,即①语言的表达。这属于概念、哲学判断和逻辑思维的抽象体系。狄尔泰认为,这些都属于纯粹理性,因为它们同经验没有直接关系,只要抽象而清晰,这些纯粹理性的表达式就可以完全确定地加以理解。②行为的表达。行为总是朝向一个目的,但并不总是向别人传达一种意向。然而,它们是有意义的,因为它们由一种意向推动。它只是行为者生活的一个象征,研究者不仅得知道行为,还得知道环境、目的、方法和产生它的背景,在这个基础上,研究者才能理解他研究的这个行为。③经验的表达。这类表达式属于精神的对象化——人类行为可见的产物,像宗教和哲学体系、艺术作品、纪念物和各种风俗制度。这种表达式能包含的东西比它们的创造者所认识到的还多。因为,"他把(它们)从(生活的)深奥之处提了出来,而这些深奥之处是意识无法说明的"①。

表达的创造性、完备性和有效性是表达的重要特点。所谓表达的创造性即指其能以自身表达出自身以外的信息;所谓表达的完备性即指其表达是尽可能充分的;所谓表达的有效性即指这种表达能为人们所接受。诗的表达这三个特点最为明显,狄尔泰十分推崇莎士比亚的诗、歌德的诗、荷尔德林的诗、浪漫派的诗。因为诗的表达是对世界意义和生命之谜最神秘的显现和展示,而且诗的表达历史地揭示出人们体验和领会生活意义的无限可能性,以及人性与世界关系的真实价值。

"表达"使"体验"超出个体心理境界进入人类历史的大潮,但这又给人设定一个新的疑问:作为必须站在历史之中来认识历史本身的我们真的能够认识历史吗?他本身是历史之中的一部分,这个部分

威廉·莎士比亚(1564—1616)

---

① Dilthey, W. *Gesammelte Schriften*, Band 7, Stuttgart, S. 206.

能把握住把他包卷在其中的整体吗？作为历史的主体，我们已置身于历史之中，并永远也无法跳出这整体。于是刚刚使体验的主体染上"表达"的客观性、有效性的我们，又进入一个更深不可测的"解释的循环"这一大谜之中。

四、理解的可能性与解释循环

寻求意义的形而上学冲动，是人类精神生活的质素。"意义"使生活充盈着一种形而上学的神秘光彩，"表达"只是生活的一个媒介，因为表达的价值正在于它所表达的意义。狄尔泰认为，通过表达而对意义的把握需要一种特殊而复杂的精神活动——理解。

精神科学的根本方法是"理解"的方法。人的生命体验和诗意表达不能借助逻辑思维，而只能由一个生命进入另一个生命之中，使生命之流融合在一起。一切与人的生命相关的科学现象（社会文化）和艺术现象，都是用符号、语言固定下来的生命的表现。因此，理解这些符号的传达也就是理解生命，为了达到这种深层理解，只有通过符号和语言中介而感悟其所表现的生命本体。

那么，什么是理解？理解究竟怎样成为可能的呢？

精神科学研究人和人的生活的意义。人有自己的心灵世界，有着自己的历史。理解乃是进入人类精神生活世界的过程，历史也只有通过理解才能成为人的现实。如果没有理解，便不能构成人类历史，精神世界便是荒芜的，便谈不上生命的可能性，表达和意义都不复存在。因此，理解使个体生命体验得以延续和扩展，使表达具有普遍意义，使精神世界成为具有相关性和互通性的统一体，使历史在人的阐释中成为现实，使个体之人成为人类，使生命获得超越而臻达永恒。所以理解活动是人类活动质的规定性。

所谓"理解"即是"我们理解体现在一个物质符号中的精神现象的活动"，或者"在外部世界的物质符号基础上"理解"内在的东西"的活动，其结果是以自身体验使对象感悟，在"你"之中发现了"我"。理解就是一个人与另一个人（包括一个人对自我的理解）的交流过程。一个人向另一个人开放，便是向他说的话开放。因此，理解就是一种对话的形式。过去的世界是一个他人的世界，一个独立的他人在各种产物中表达他们的世界。他们用象征来揭示自己的意向、感情、心绪、洞见与欲望。而解释者则希望在理解与解释的过程中扩展自己的眼界，获得对自己有益的异己世界的知识。

理解的本质在于，它不仅是一个人与另一个人之间情感、理智的交流，它就是我的存在、我的存在方式。它带动着我的意识和我的原始活力中的全部无意识去追逐新的生命。在每一个瞬息，我都不再是我，但也不只是我的"你"，而是我与你，我与人类相交融。因此，解释的理解，就是个人与普遍历史知识的融合，即个人的普遍化。

理解之所以成为可能，狄尔泰认为，这是因为一方面人类有着共同的心灵结构，人类的心灵能够理解它所创造的东西；另一方面，不同时代的人的体验内容不同,蕴含的意义不同,但人类体验的形式相同,因而能通过表达而理解,进而再度体验到表达中的意义,从"你"中发现同一个"我"。

艺术作品集中体现了人类理解的本质。艺术品最真实地呈现出人类灵魂的巅峰体验和深渊体验,最真实地揭示生命和生活历史的意义。艺术作品自足地存在着,它能够完全独立于它的创作者与研究者而存在。艺术品是"理解生活的工具",显示历史的真理,因其保存了主体的灵魂和生命体的复杂意义和信息而具有本真的意义。艺术家避免为生存而斗争,他真切地体验灵魂的痛苦而不欺骗和作假,艺术家是"未来生活意义的预言者"。

狄尔泰说:"生命包含着在意义表现中超越自身的力量。"生命解释着自身,它有一种解释学结构。生命只有通过意义单元的媒介作用才能把握生命,这些意义是超出历史长河之上的。艺术作品凝定着主体的生命,因而,艺术品更像主体而非客体。它们是意义的独立的源泉,以它们自己的方式向人说话。它揭示了一种意义,表达了生活。对于狄尔泰来说,最真实的文本不是能抄写或更改的东西,而是坚固独特的物体——雕塑、绘画或建筑,它们通过象征向研究者——历史学家传达真理。

"理解"的根本意义在于,任何一种作品"文本"一经理解,其文化产物就失去了它陌生与不可思议的特点,它开始有意义,而我们则发展了同它的关系。它成为一个"你",而不是一个"它"。当我们与它保持距离时,每一个文化对象都是一个异己的"它"——只是一个对象,当我们试图要真正理解一个异己的文化产物,异己的它就成了一个"你"。潜在的"你"并不仅仅在我们自己传统中存在,它们也存在于其他文明与它们的过去中。当我们转向它们时,就可以把它们认出来,它们也会向我们说话。当我们不去理解或解释它们的时候,它们只是作为一个纯粹的客体存在于那里。一旦我们去理解或解释它们时,我们就同它们建立起一种类似对话的关系。

人是有目的的,人就是目的。人与他的精神外化产品——艺术、文学、宗教,得"从里面来理解"。通过理解和解释,我们可以发现过去文化和现在异己文化对于实在的认识和对于真理的表达,或者说,这些文化在向我们诉说它们对于世界的理解和看法。因此,正是在"理解"中,人类文化产物给人以新的意义,"理解"就不是一个单纯的主体对客体的单向涉入,而是对象作为另一个人(你)同我的对话过程,一个自我揭示的行为和价值生成过程。于此,人通过理解,投入到历史文化的进程之中,并以自身的理解重新构成一种新的"文本"。

然而,问题似乎并不那么简单。理解和解释的有效性与客观性问题仍未能解决。因为,我们在理解某个文本时,作为解释者,是自己的时代活动的一部分,我们自己也是这历史进程的参与者,我们的精神是由个人经验与文化经验整合而成的。我们何以能超越历史去进行研究? 如果我们在理解和解释中带有自身的局限性和经验色彩,那么这种解释怎么可能说是揭示过去艺术家的生活或其精神的意义存在? 狄尔泰面对的艺术解释的难题陷入了"解释的循环"的困境中。

"解释的循环"这个概念大致包含三方面内容:(一)人的现实存在与认识历史的关系;(二)传统的整体与部分的关系;(三)解释活动中理解与经验的关系。

我们首先面对的是"历史之谜"。人是历史的存在,是以"历史性"为本质的主体。历史意识拯救了人的灵魂的一致性。人们渴望理解,其深刻的哲学的认识才能达到,而理解他人却极不容易,舍斯托夫在《开端与终结》中说:"俯身于别人灵魂之上,你们将什么也看不见,在那巨大而又幽暗的深渊中,结果只体验了晕眩。我们只能据外部情况推断内心体验,从眼泪推断痛苦,由苍白推断惊惧,由微笑推断喜悦。然而他人的灵魂仍然不可见,只能领悟而已——只能以自己同样深不可测的陌生的眸子去推测深渊。"对他人的理解只能通过他的"生活表达"才能领会。而"只有将我与他人相比较,并且意识到我与他人不同,我才能经验到自身的个性。"①如果说认识自我,只有认识他人才有可能,那么,认识自我,同样必须先认识历史。狄尔泰说:"人是什么,只有他的历史才会讲清楚。若人们把过去置诸脑后,以便重新开始生活,就会完全徒劳无益。人们无法摆脱过去之神,因为这些神已变成了一群游荡的幽灵。我们生活的音调取决于伴随着过去的声音。"②因此,解释的循环的历史之谜在于:人在认识之前,先置自身于历史之中,他决无可能跳出这个大圆(Zirkel),他必须处身于历史之中去认识历史本身。他是历史整体的一部分,但这"部分"能把握住把他包容在其中的整体吗?

列夫·舍斯托夫
(1866—1938)

狄尔泰对于"解释的循环"充满了困惑。在长期艰苦的研究后,他认为自己解答了这个大谜,宣称:"'历史之谜'的谜底是人","我本身在就是一个历史存在物。探索历史与创作历史是同一个人。"③"在我们成为历史的观察者以前,我们首先已是历史的存在物,而且只因为我们是历史的存在物,我们才成为历史的观察者。"④可以说,历史之谜的起源在人自身,在于人的有限性,而不在有意义的客体或生活。客体或生活本身都不是谜,它们表现得并不神秘,它们没有任何能动性,它们就是它们所是的,是我们自己在面对它们时感到困惑不解。因此,作为有意志、有目的的人面对自己的历史,如他在过去与现在建立的社会世界,他的艺术作品、文学、科学和宗教,得通过"体验"来理解。正因为我们生活在"历史"与"生活"中,所以我们就已理解了它。我们之所以能理解,是因为历史与个体在根本上是具有同质性,可互通性的。

---

① Rickman, H. P. ed. *Selected Works of Welhelm Dilthey*, led. Wouthampton, 1976, p.247.
② Dilthey, W. *Gesammelte Schriften*, Band 8, Stuttgart, S.224.
③ Ibid, Band 7, Stuttgart, S.27.
④ Dilthey, W. *Gesammelte Schriften*, Band 7, Stuttgart, S.274.

就文艺作品而言,解释的循环包括互相依赖的三种关系:单个词与作品整体之间的关系,作品本身与作者心理状态的关系,作品与它所属的种类与类型的关系。狄尔泰遇到了各种解释的一个共同困难:整个句子应当根据个别的词及其组合来理解,而充分理解个别部分又必须以对整体的理解为前提。在文学作品研究中,他把词与句子、句子与全篇看成部分与整体相互作用的关系,把意义视为由于这个相互作用而理解到的东西。个别部分的意义保证对整体意义的理解,整体也改变着句子在表述和思维图式中词的含糊不清之处,并使之得到明确。一言以蔽之,整体的意义是由个别部分的意义构成的,部分的已知的东西必须同更大的未知的背景联系起来,正是整体这个大背景关系给予已知(部分)的东西以意义。

解释活动中理解与经验的关系不容忽视。解释者看到的东西,都是他的经验准备让他看到的东西,解释者总是根据自身体验来理解和解释作品,总是将作品与自身的经验联系起来,因而对同一部作品,深者不觉其浅,浅者不觉其深的情况到处可见。作品意义不会一成不变,因为解释者每次都对它进行多种多样的具体化。作品意义在解释者个人的活生生的体验中,它是内在的,而文本只等待着解释者,只是一个共同感受和体验的条件和源泉。与此同时,理解过程本身的任务则因主体心灵的复杂而不断地复杂化,甚至渐趋主观化。这是因为,人们用眼睛外在地观察自然现象世界,而人们用心灵的眼睛去理解反思人类本体世界。解释者与其说在理解文本,不如说在体验自身。因此,在"解释的循环"框架中进行的理解,这本身"总是相对的,永远不可能完成"。

狄尔泰企图通过体验—表达—理解,去追求人文世界中的客观知识。他竭力避免解释的主观性、相对性,想超越认识者本身的历史特定的生活处境,而把握文本或历史事件的真实意义,使理解具有客观有效性。他的这种观念,显然是想让精神科学具有自然科学的那种中立观察者的态度和客观性理想,因此,狄尔泰的困惑是必然的。海德格尔、伽达默尔等对狄尔泰的困惑提出过深刻的意见,他们认为,这其实表明,狄尔泰一方面竭尽全力为精神科学和自然科学划界,但又未能将已发现的"困惑"看作是精神科学不同于自然科学的特性所在,反而不自觉地用自然科学的标准、方式和客观性要求精神科学。因此,伽达默尔在《真理与方法》中认为,"应使我们自己摆脱狄尔泰的重大影响",而海德格尔的《存在与时间》的哲学解释学早就迈出重要变革的一步,将理解不再看作一种认识方法,而是作为人类存在的一个基本结构,从而确认理解的循环并非一个由随意的认识方式活动于其间的圆圈,这个词表达的是此在本身的生存论的先行结构。

作为解释学之父,狄尔泰提出了解释学中的一系列重要问题,他在20世纪来临之际出版的《解释学的起源》(1900年)一书,全面评述了解释学的源起、发展并着重阐述了施莱尔马赫的解释学思想。狄尔泰虽然强调解释的客观性立场,但他也感到必须将解释学的范围扩大到人类生活的全部领域,因此,他在实践中实际上坚持了理解的历史性和主观性,而在理论上却无法解决"圆圈"的矛盾,也未能真正确定解释的"普遍有效性"的标准。尽管狄尔泰真诚地追求过、痛苦过,但痛苦和困惑始终伴随着他。

关键词：

精神科学、人文科学（Geisteswissenschaften, human science）
经验（Erfahrung, scientific experience）
体验（Erlebnis, lived experience）
生活、生命（Leben, life）
表达（Ausdruck, expression）
理解（Verstehen, understanding）
解释循环（hermeneutic circle）

思考题：

一、狄尔泰为何提出"历史理性批判"，其目的和意义是什么？
二、狄尔泰为何要建立"精神科学"？精神科学与自然科学划界的意义何在？
三、精神科学的理论构架和方法论基础是什么？
四、狄尔泰为何特别强调"体验"？
五、"表达"与"体验"为何紧密相关？生命表达有哪三种类型？
六、狄尔泰如何看待理解和解释的循环问题？
七、狄尔泰生命哲学美学意义何在？

第三节 伽达默尔：哲学解释学与审美理解

海德格尔的学生伽达默尔（Hans-Georg Gadamer, 1900—2002）系统地建立了作为存在本体论的哲学解释学，引发了一场"意义阐释革命"，并在学术界引起一系列学术论战。

一、理解的历史性与文本性

伽达默尔曾坚信，以胡塞尔为代表的现象学运动会给德国哲学带来新的希望。伽达默尔赞同胡塞尔让对象直接呈现在人的意识中，通过内心体验去研究对象在人的意识中直接呈现的经验的思想，但不同意胡塞尔的先验唯心主义观点。这时，他更多地倾心于海德格尔。海德格尔在《存在与时间》出版之前，就已经在课堂上向伽达默尔这些青年学生讲述了自己的观点，他对"此在"的分析中揭示了存在的时间性，彻底破除了旧的形而上学，一举改变了时代的哲学意识，这些给学生们留下了深刻的印象。伽达默尔经常拜望海德格尔，受到海德格尔的哲学思想的影响。伽达默尔晚年回忆说："当时我们期待着一种全新的哲学方向，这种哲学方向尤其是与现象学这充满魅力的词连在一起的，但是胡塞尔……仍停留在具有新康德主

汉斯-格奥尔格·伽达默尔(1900—2002)

义印记的先验唯心主义上,正是海德格尔给我们带来了哲学思维的全新帮助。"[1]

伽达默尔将海德格尔后期哲学所显露出的解释学的危机看作一个"谜",他没有在这个谜前止步,而是沿着海德格尔反心理学和反方法论的哲学方向,进一步推进了本体论解释学,并建立起自己的哲学解释学体系。

建立解释学的普遍性,是伽达默尔的主要工作。在他看来,理解的能力是人的一项基本限定,人正是凭借彼此的理解才能生活在一起。这种限定首先在言语和对话的共同性中得以实现,也就是说,人们的说、写和交往,甚至潜意识活动和内心独白,都是寻求理解或自我理解。渗透于对话中的语言和理解,总是超越对话中的任何一方理解而扩展着已表达的和未表达的无限可能的关联域。

解释的普遍性从某种特殊经验开始,就美学经验而言,人们发现"它自身永远不能由概念所确定形式而彻底终结";在时间之维中,它永远敞开着期待你的期待;就历史经验而言,"我们处在历史的变化之中,不知目前发生些什么,只是事后才把握发生了些什么,这就是历史永远要被每一个新的现在重写的缘故"。然而,理解毕竟不是对语言的理解,而是通过语言对存在所进行的理解。

伽达默尔注意到事情的另一方面,即言语的理解基础也构成一种不可克服的疑难。德国浪漫主义第一次揭示了其形而上学的限度,这个限度可以用"个体性不可言喻"加以表达。这意味着语言永远达不到个人的最高奥妙,因而也无法解除这个奥秘。

所谓"解释学循环",其实是转向世界的存在自身的结构,即转向主客体分裂的扬弃。而主客体分裂则是海德格尔提出的有关存在的先验分析的基础。

在《真理与方法》中,海德格尔所未能解决的问题——"在基本解释学的框架内如何能说明一般'批判'的问题"——变成了伽达默尔解释学的中心问题。伽达默尔在该书第二版序言中开宗明义地说:"我的研究的目的并不是要提供一种关于

---

[1] Gadamer, H.-G. *Kleine Schriften*, Band 2, Tubingen, 1972, S.483.

解释的一般理论和对解释学方法的独特说明,而是要揭示所有理解方式所共有的东西,并进而说明,理解从来不是对于某种给定'对象'的主观行为,而是对于对象的效果历史的主体行为,换言之,理解属于被理解物的存在。"① 解释学并非是一个方法论问题,它并不追求"一般解释学"所标榜的那种科学方法的"客观性",相反,哲学解释学的中心关注人的存在和人与世界的最基本的状态,关注人类理解活动这一人存在的最基本模式,去发现一切理解模式的共同属性。正是在这个意义上,伽达默尔说:"我认为,海德格尔对此在的时间性分析令人信服地指出:理解不只是主体的诸多可能行为之一,而是此在本身的存在方式。本书中的解释学一词就是在这个意义上使用的。它表示此在在基本的运动中的存在,这种存在构成此在的有限性和历史性,从而包括了此在对世界的总体经验。"②

《真理与方法》英译本书影

不妨说,"解释学现象基本上不是一个方法论问题",意在说明哲学解释学研究的是本体论问题。《真理与方法》这一书名本身就包含了海德格尔真理概念和狄尔泰的方法概念的对立③,其含义实际上是个二难推理:要真理,就不能要方法,要方法就不能要真理,任何方法都不能与真理画等号,要追求真理必须深入到方法论背后的本体论上去。哲学解释学关涉到一个远为根本的问题,即关于真理的问题。传统认识论将真理看作是那种以命题形式出现的判断与对象的符合。这种以求知为目的手段的活动中的真理观,在认识论领域内有其合法性,但推到极点,那种以认识对象为唯一标准、作为实践的工具(方法)的真理,则可能与人的存在相隔膜,甚至成为一种与人怎样立身处世这一生命意义无关的真理,使真理丧失了本体论意义。伽达默尔坚决抛弃这种异化真理观,确信真理就是存在的敞亮,即展露自身并随之揭示他者的澄明过程。质言之,真理就是去蔽,就是对人生意义的本真阐明④。因此,伽达默尔标举真理论,而反对狄尔泰的方法论,因为在他看来,狄尔泰想用自然科学方法原则要求人文科学,企图站在对象之外,用外在于对象的一套"方法"去认识对象,不仅不能"去蔽",而且只能歪曲对象的"真实"本性。伽达默尔寻求的是超越科学方法控制范围的真理的经验,这种关于人生意义的真理,是用科学手段所无法证实或证伪的。

---

① Gadamer, H-G. *Truth and Method*, New York: The Continuum Publishing Co., 1975, p. XIX.
② Ibid, p. XVIII.
③ 利科认为伽加默尔的《真理与方法》,准确地说,应被名为《真理或方法》,意即在真理与方法之间必须加以抉择。Ricoeur, P. *Hermeneutics and the Human Sciences*, Cambridge University Press, 1981, pp.60-61.
④ 伽达默尔所谓的真理(Wahrheit),是一种本体论意义上的真,即"本真"。伽达默尔的"真理"与胡塞尔的"面向事情本身"(Zu den Sachen selbst!)以及海德格尔所谓"在的遗忘"中的"在"(Sein),有着不可割裂的渊源关系,这一点是理解伽氏理论的关键。

从自己的真理观出发,伽达默尔强调艺术、历史、语言中的"真理"的经验,进而将解释学分成三个领域,即美学领域、历史领域和语言领域。艺术、历史、语言中的"真理"的经验包含着比单纯的"方法"更多的丰富性和生动性,伽达默尔因此将这些丰富而生动的意义内容,纳入了一条逻辑道路,并展开了他著名的"理解的历史性"、"视域融合"、"效果历史"等解释学原则。

哲学解释学的出发点,是反对一般解释学和以贝蒂为代表的现代"解释学理论"学派所坚持的客观主义立场。伽达默尔强调理解的历史性,认为"历史性"是人类生存的基本事实。人总是历史地存在着,因而有其无法消除的历史特殊性和历史局限性。无论是认识主体或对象,都内在地嵌于历史性之中,真正的理解不是去克服历史的局限,而是去正确地评价和适应它。

一般而言,理解的历史性包含三方面因素:其一,在理解之前已存在的社会历史因素;其二,理解对象的构成;其三,由社会实践决定的价值观。理解的历史性构成了我们的前见(Vorurteil)。所谓前见指理解过程中,人无法根据某种特殊的客观立场,超越历史时空的现实境遇去对文本加以"客观"理解。伽达默尔声称:"不是我们的判断,而是我们的前见构成了我们的在。……前见未必就是不合理的和错误的,实际上,我们存在的历史性产生着前见,前见实实在在地构成了我的全部体验能力的最初直接性。前见即我们对世界敞开的倾向性。"①问题并不在于抛弃前见,而是将促进理解的正确前见(合法的前见)和歪曲理解的错误前见加以区别,因为合法的前见是进行理解的前提和出发点,为解释者提供视域,使过去和现在交织融合。

前见是一种积极的因素,它是在历史和传统下形成的。传统是先于我们,使我们不得不接受的东西。传统总是在历史变化中有选择地保存,因此,我们与传统有一种无法割裂的关系,不仅我们始终处在传统之中,而且传统也是我们的一部分。没有超出传统之外的理解者,也没有与传统无涉的文本,人与文本都处在世界之内,处在传统之中。因此,"理解是把自身置身于传统的进程中,在这一过程中过去和现在不断地融合"②。然而,理解不仅以前见为基础。同时在理解的过程中,又会不断地产生新的前见。也就是说,不仅传统决定我们,同时,我们也决定传统。

前见构成了解释者的特殊视域(Horizont),而"视域属于视力范围,它包括从一个特殊的观点到能见到的一切"③。视域指人的前判断,即对意义和真理的预期。视域具有敞开运动的特点,人的前判断产生了变化,视域也会产生变化,反之亦然。人类生活的历史运动在于如下事实,即它绝不会完全束缚于任何一种观点,因此,绝不可能有所谓真正封闭的视域。视域是我们悠游其间,而又随我们移动的东西。理解者与他所要理解的对象都各自具有自己的视域。文本总是含有作者原初的视

---

① Gadamer, H-G. *Truth and Method*, New York: The Continuum Publishing Co., 1975, p. 262.
② Ibid, p. 268.
③ Ibid, p. 269.

域(亦称"初始的视域"),而去对这文本进行理解的人,具有现今的具体时代氛围中形成的视域(亦称"现今的视域")。蕴含于文本中的作者原初的视域与对文本进行解读的理解者"现今的视域"之间存在着各种差距,这种由时间间距和历史情景变化引起的差距是任何理解者都不可能消除的。伽达默尔主张,应在理解过程中,将两种"视域"交融在一起,达到"视域融合",从而使理解者和理解对象都超越原来的视域,达到一个全新的视域。这个更高、更优越的新视域,既包含了文本和理解者的视域,又超越了这两个视域,而给新的经验和新的理解提供了可能性。

文本的意义是和理解者一起处于不断形成过程之中,伽达默尔将这种过程历史称为"效果历史":"真正的历史对象不是一个客体,而是自身和他者的统一,是一种关系。在这种关系中,同时存在着历史的真实和历史理解的真实。一种正当的解释学必须在理解本身中显示历史的真实。因此,我就把所需要的这样一种历史叫做'效果历史'。理解本质上是一种效果历史的关系。"①理解意味着对自己不熟悉之物的理解,即通过解释活动去消除理解者与理解对象之间的陌生性和疏远性,克服由于时间间距和历史情景造成的差距。

解释学经验具有一个对话模式,理解就是一个对话事件,对话使问题得以揭示敞开,使新的理解成为可能,对话具有一种问答逻辑形式。伽达默尔说:"传统不仅仅是我的学习认识和体验把握的过程,它是一种语言。它像一个'你'一样表达自己。这个'你'不是一个客体,而是处于同我们的关系之中。"②文本是一个"准主体",只有破除了那种生硬的主客体之间的认识关系,代之以我与你(主体与主体)之间的平等对话和问答关系,我们才能倾听他者向我们说的话。这样,文本好像不断向理解者提一个又一个问题,而为了理解文本所提出的问题,理解者又必须提出文本业已回答的那些问题。通过这种互相问答过程,理解者也不断超越了自己的视域。伽达默尔说:"理解一个问题意味着问这个问题,理解一个观点就是把它理解为一个问题的答案。"③在问与答的对话过程中,文本向理解者敞开,它向我们言说,而理解为了理解他人和理解自己,又必须使文本说话,问题问得越多,文本也说得越多,一个答案意味着又一个新问题和无穷的新答案的产生。

人类通过与文本的"解释学相遇"来达到理解的真实。而效果历史代表了进行积极和创新理解的可能性。解释者在效果历史中发现自身的情境,他必须在这种情境中凭借继承传统而来的前见去理解和追问传统,因为"预期一个答案就假定了问问题的人是传统的一部分,并将自己看作是它的听众,这就是效果历史的真理"④。也就是说,对历史现象的任何认识都是以效果历史的结果为指导的,因为效果历史先在决定了什么是值得去认识的。人类在不断理解中不断超越自身,人

---

① Gadamer, H-G. *Truth and Method*, New York: The Continuum Publishing Co., 1975, p. 267.
② Ibid, p. 321.
③ Ibid, p. 338.
④ Ibid, p. 340.

类在不断更新着发展着的"效果历史"中,始终不断地重新书写自己的历史。

对语言的重视,使伽达默尔从解释对话的问答逻辑中,更深一层地发现了"语言与世界"的本体论关系,并在《真理与方法》第三部分中,着重阐述了语言在理解活动中的重要性。因为哲学解释学的"对话"逻辑是不同于科学的"独白"逻辑和黑格尔绝对唯心论的"辩证"逻辑的,解释学的理解从根本上说就是理解者与文本之间的对话过程。语言是理解的普遍媒介,是过去与现在实际互渗的介质。理解本质上说是语言的,艺术文本或其他文本形式的解释都是语言的解释。

人的本质是语言性的,语言不只是工具或表意符号系统,而是我们遭际世界的方式,它揭示着我们的世界。伽氏指出:"能理解的存在就是语言"①,也就是说,只有语言才能本真地表达人与世界的内在关系。人永远是以语言的方式拥有世界的,语言给予人一种对于世界特有的态度或世界观。"人类世界经验的无限完满性意味着,无论我们用什么语言,我们获得的只是一个更为扩大的方面,一种世界观。"②更进一步说,因为语言与世界是不可分的,理解的界限也就是语言的界限。不仅世界只有进入语言中才是世界,而且语言也只有在世界中得以表现这一事实中才有它真正的在,因此,语言本源的属人性质,同时意味着人在世的基本的语言性。伽达默尔十分重视语言对世界的揭示作用,正是基于这样一种认识,即语言是"我"与世界的交接点。语言把"我"与世界连在一起,不可分割,不可离弃。人只有掌握语言才能理解世界,因为我们所认识的世界是语言的世界,世界在语言中呈现自己。然而,我们掌握语言,我们同时也为语言所掌握。伽达默尔强调语言与世界的本体论关系,力图打通语言本体到世界的道路,使解释学获得在"对话"逻辑和"语言游戏"中,扬弃"主—客"而又包含"主—客"于自身的事实性,使存在的意义直接从语言"背后"产生出来③。

伽达默尔提出了自己的"语言游戏"说,这一点与后期维特根斯坦相近④。伽达默尔认为,对话就犹如在游戏之中一样,呈现游戏般的"没有主体的、自行呈现的、自行更新的结构"。游戏者不是主体,游戏的真正主体显然不是在其所从事的活动中也能存在的主体性,而是游戏本身。文本或艺术品正像游戏一样生存于其呈现作用中,作为游戏的艺术对话,其字词的意义也来自对话的情境,每次艺术品的解释就是一次新的未知的探险。因为,在与艺术品的对话的每一瞬间,说话人聚集了已言说之意,并同时向对方传达多样的尚未言说之意。艺术阐释者正是要参与到这多样未说意义之中,这就使得每次艺术对话都包蕴了一种内在的无限性。因而艺术文本的真正意义是在理解的言谈中处于一个不断生成、不断产生新意义

---

① Gadamer, H-G. *Truth and Method*, New York: The Continuum Publishing Co., 1975, p.422.

② Ibid, p.405.

③ 在这一点上,利科与伽达默尔有别,利科不满伽氏学说中过重的理解的历史性味道,而重视"非历史性"的"创造性的沉思的瞬间",使意义直接从语言之中而非语言背后产生出来。

④ 但须指出,伽氏与维氏的"语言游戏"起码有两点不同,一是伽氏将语言拔高为本体存在的形式,并以此说明"效果历史"的复杂性;二是伽氏强调语言在本体上的先验性。这是需要特别注意的。

的过程,文本意义的可能性是无穷的。

二、审美理解与艺术真理

1964 年发表的《美学与解释学》中,伽达默尔进一步提出了自己的解释学美学思想,而 1967 年出版的《短篇论著集》第二卷,几乎全是论述解释学美学和文学的文章。1977 年出版的《美的现实性》,更全面地讨论了审美理解和艺术真理问题,又对这一问题有了新的解答。显然,伽达默尔对艺术和美学的重视是一以贯之的。

艺术和哲学的终极目的都是"在"之思,其任务都是追问"在"的意义。正是在这个意义上说,美学是解释学的组成部分,因为"解释学应当在作为包括艺术的全部领域和问题的复杂性这样一种理解意义上被认识",而"解释学必须被决定为一个判断艺术经验的整体"①。审美就是解释学的一个时刻,就是人们被艺术品所吸引的那一时刻。而这一审美时刻又由那种去获得理解和自我理解的解释学加以完成。

艺术理解是存在的敞露,而理解的对象是我们所直面的一个世界。"艺术最直接地对我们说话,它同我们具有一种神秘的亲近,能把握我们整个存在。似乎我们同艺术之间融合无间,每次同它相遇都成为同我们自己照面。"②人们在艺术中所看到的正是自身的存在状况,对每个人而言,艺术文本都是一种开放性结构,因而对艺术文本的理解和解释也是一个不断开放和不断生成的过程。"对一个文本或艺术品真正意义的发现是没有止境的,这实际上是一个无限的过程,不仅新的误解被不断克服,从而使真义得以从遮蔽它的那些事件中敞亮,而且新的理解也不断涌现,并揭示出全新的意义。"③艺术文本意义的可能性是无限的,文本的真正意义是和理解者一起处于不断生成之中。

理解不是理解与对象的绝对吻合,相反,理解是人存在的本体活动。理解充分体现出人的精神存在的能动性和创造性,它在理解者主观前见中去照亮作品文本,在对作品的体验、感悟中揭示作品的意义。这种对作品意义的寻求活动本身,就是人精神生命的实现和拓展,是人在世的基本模式。

把艺术作品作为一个文本去理解,意味着艺术作品的意义是不能脱离接受者的,是依赖于理解者的理解传导的。"作品和它当前的观赏者之间存在着一种绝对的同时代性……艺术品是由人和为了人而创造的,它们对我们而诉说。"④正是对理解者或接受者的重视,正是在对作品意义的寻求中强调理解者与作品的"视域融合",正是把读者的体验和理解看成是对艺术作品本真意义的揭示,伽达默尔才格外注重"效果历史"这一重要范畴。他强调,在任何情况下,每一个经验着艺术作

---

① Gadamer, H.-G. *Truth and Method*, New York: The Continuum Publishing Co., 1975, p.146.
② Gadamer, H.-G. and Boehm, G. eds. *Philosophical Hermeneutics*, trans. by D.E. Linge, Berkeley: University of California Press, 1976, p.96.
③ Gadamer, H.-G. *Truth and Method*, New York: The Continuum Publishing Co., 1975, pp.265-266.
④ Gadamer, H.-G. and Boehm, G. eds. *Philosophical Hermeneutics*, trans. by D.E. Linge, Berkeley: University of Califormia Press, 1976, pp.96-98.

品的人都整个地把这种经验纳入自身中,即纳入到他整个的自我理解中,艺术作品在这种自我理解中对他意味着某种东西。理解从来不是一种达到某个所给定"对象"的主体行为,而是一种达到效果历史的主体行为。

可以认为,伽达默尔所理解的"效果历史"是理解者和理解对象相互作用、相互融合的历程。这表明艺术品是超越产生它的那个时代的,它在不同时代中被重新理解,产生新的意义。因此,"文学对每个时代而言都是当代的"①,"艺术品的创造者可以投其所处时代的公众之好,但他的作品的真正存在却在于它自身所言说的东西,作品存在超越任何历史限制。在这个意义上,艺术品是一种永恒的现在"②。艺术文本的真义必须通过审美理解的历史性得到呈现,而同一艺术文本的无限多样的意义也只能在审美理解的嬗变过程中才能得到确证。

伽达默尔既不满意当代美学中那种艺术创作中的天才崇拜倾向,又不满意过分突出"体验美学"。因为在他看来,近代以来的美学中的天才崇拜观,将天才的创造看作一种无意识的创造性,过分夸大艺术家的作用,却无视艺术真理以及作品本真意义之所在。同样,体验美学尽管认为在其体验的生命结构上同审美特性的存在方式之间存在着一种亲和关系,但因过分强调"体验"概念而无法更深入地说明艺术真理。因为艺术真理存在于意义的连续性中,这种连续性既超出创作者的体验,也超出欣赏者的体验,从而代表着一般体验的本质方式,蕴含着一个无限整体的经验。而将美学建立在体验上会导致绝对的非连续性,仅仅成为个人一时的个别经验而已。

艺术真理问题,既不孤立地存在于作品上,也不孤立地存在于作为审美意识的主体上,而在特定具体的审美理解活动中。把握艺术真理,既不可仅仅从作品出发,也不能仅仅从审美意识出发,而必须从解释学美学角度出发去对艺术真理加以把握。对此,美国学者戴维·霍伊评论说:"为重建一个方法以讨论真理,不仅是解释的真理而且也是普遍诗歌与艺术的真理,伽达默尔必须批判占正统地位的哲学美学。这种美学主要源于康德,他使艺术主体化,把艺术转变为一种超功利的纯粹感官的审美意识。历史的相应审美化,必须由一种对艺术的历史性的强调所反对和取代。伽达默尔写道:'美学不得不转化为解释学。'"③

伽达默尔通过艺术经验本体论的探讨,转变了美学的视域,使艺术真理得以复兴。他把审美经验看作是对审美对象存在方式的确认,改变了传统美学单纯寻找作品原义的倾向,要求人们从人的历史现实性上去看待艺术和美,强调艺术经验所具有的历史性和制约性、主体性因素及其与伦理观念的联系,从全新的角度重新理清了审美理解与艺术真理的本体论关系。为理解文本与世界,解释生命与艺术,铸

---

① Gadamer, H.-G. *Truth and Method*, New York: The Continuum Publishing Co., 1975, p.115.

② Gadamer, H.-G. and Boehm, G. eds. *Philosophical Hermeneutics*, trans. by D. E. Linge, Berkeley: University of California Press, 1976, p.96.

③ Hoy, D. C. *The Critical Circle*. Berkeley: University of California Press, 1982, p.137.

下了一座主体相对性的真理坐标。

三、艺术本体构成:游戏、象征与节日

艺术作品本体论问题是当代美学最为重要的维度,这使得伽达默尔将其他的美学称为"艺术本体论"绝非偶然,表明他在艺术问题的解决上是诉诸本体论的。

黑格尔的"艺术解体说"表现出艺术的危机。伽达默尔认为,黑格尔的看法已经得到了证实,因为艺术哲学已经成了一种真正的艺术历史。在黑格尔看来,艺术终究不能离开自己特有的感性形象性和感性享受性,这就决定了艺术尚不是精神的最高体现,从而也就决定了艺术不是至极之境,它必得向更高的形式和阶段转化。艺术终结(解体),说明艺术虽能体现真理,但已不再是表现真理的最高形式,不再是真理的最高实存,不再是精神的最高需要,也不再能完成其精神超越的最高职能。艺术成了问题,不再是自明的,它的终结意味着它作为真理最高表现形式的终结。艺术的解体,表明艺术由于自身的局限性而自己越出自己,转化为宗教和哲学(美学)。这一转化,同时意味着艺术在宗教和哲学中得到扬弃和新的存在形式。

艺术史上的历史继承性和现实创造性的冲突永远不会止息。新的艺术总是同过去的艺术传统产生偏离并对其进行挑战,以新的姿态在哲学法庭前重申"艺术的合法性"问题,从而确立自己存在的权力。然而,伽达默尔并不完全同意黑格尔的艺术的过去性看法,而试图将艺术的过去性看作艺术的同时性,认为艺术作品具有其"本身",它的同时性是对它的自身的时间性的解释。一部作品在其创作时代以及随时代环境变迁中的境况存在相当差距,但不管怎样,"作品本身在其自身变迁的方面显然并不将自己分离开来,以至会失却其同一性。情况恰好相反,作品存在于自身变迁的各方面。这所有方面都属于它,都是与它同时的。这就提出了对艺术作品作时间性解释的课题"①。因此,必须将同时性与时间连续性联系起来考察,二者具有辩证的关系。作品本身永恒地处在不同时代的人的理解和解释中,这一过程是连续的没有终点的。同时,对每一个时代的观赏者而言,艺术品始终有其自身的现时性,"就每一特定的现在而言,艺术品是绝对的现在,同时它又准备为每一个将来而言说"②。因此,艺术不会消亡,它将在每一时代的新的理解中成为"永恒的现在"。

伽达默尔用"游戏"这一概念来表述他的艺术的同时性观点,并认为,艺术的本质即在于,艺术是一种严肃而专注的游戏,而游戏即艺术品本身的存在方式。游戏的特征:其一是主体的自我表现性特征,游戏者并非是游戏的主体,而是游戏通过游戏活动者达到的表现。游戏不是直线式的,而是往返重复进行的,是一种本身的来回运动。其二,游戏具有无目的性和自动性特征,它是一种不束缚于目的的过

---

① Gadamer, H.-G. *Truth and Method*, New York: The Continuum Publishing Co., 1975, p.115.
② Gadamer, H.-G. and Boehm, G. eds. *Philosophical Hermeneutics*, trans. by D.E. Linge, Berkeley: University of California Press, 1976, p.103.

程,是一种不谋求外在目的的自我生命力的过剩表现。其三,游戏具有自律性和同一性。游戏能巧妙地超越自己所设立的目的而回归自身,而被看作绝对自身等同的循环现象。在游戏的情境中,我对待自己像一位旁观者,或者"游戏本身则是由游戏者和观者所组成的整体。的确,游戏最根本地是由观者去感受的"①。游戏者始终需要观者,反之,正因为观者在场作为参与者而成为游戏本身的组成部分,游戏才进行着。

"游戏"概念强调处身在游戏中,游戏本身及其特性、游戏的来回运动是首位的,这就为艺术作品的本体论地位提供了基础,并从中引申出解释学美学的基本原则:游戏与旁观者、文本与解释者之间的关系平等的、互渗的、彼此相关的。没有超然的、无偏见的静观对象的所谓旁观者,相反,只存在解释学的对话,在审美过程中一种往复无穷的来回运动。我们以全部生命意识参与文本,从而获得一种视域融合,而进入一个新的境界。质言之,一件艺术品要求一个解释者,艺术品并非一个固定不变的存在物,它本身并不会实现自己,只有进入审美理解中,文本才会变成活生生的意象,产生富有生命力的意义。

伽达默尔以解释学的眼光,在游戏与艺术的类似中,看到了"游戏具有作品的特质",并称"游戏为一种创造物"。游戏作为创造物,其真实性超越了现实的真实性,而预设变化可能性于未来视野之中。同时,游戏是一个意义整体,其内涵是流动变化的。它不断在与每一个现在相遇的瞬间产生出新的意义。从"游戏"出发,伽达默尔进入了艺术本体论的另一维度——象征的探究。他说:"总之,歌德的话'一切都是象征'是解释学观念最全面的阐述,它意味着每一事物都指向另一事物,这种'每一事物'不是一个关于它的存在是什么的论断,而是一个关于这是如何与人的理解力遭际的论断。在他看来,一切都意味着什么。"②他指出,歌德的象征思想,一方面表明了一览无余的观察所有关系事实上的不可能性,另一方面表明个别对于再现全体的代表象征功能。作为解释学的普遍性,只有艺术的象征才有可能臻达。"因为艺术语言的区分,是个别艺术品在自身中积聚了象征特性并使之呈现出来,这种象征在解释学看来是属于一切存在之物的。"③

象征不是一种以一物说明另一物的比喻。象征物在一种个别而具体的东西中

约翰·沃尔夫冈·歌德
(1749—1832)

---

① Gadamer, H.-G. *Truth and Method*, New York: The Continuum Publishing Co., 1975, p.105.

② Gadamer, H.-G. and Boehm, G. eds. *Philosophical Hermeneutics*, trans. by D.E. Linge, Berkeley: University of California Press, 1976, p.103.

③ Ibid.

显示出一种对应的整体的希望。艺术作品是一种对可能恢复的永恒秩序的呼唤。伽达默尔不同意黑格尔那种将作品看作绝对理念的承担者和传达信息的媒介的看法,坚持艺术品本身就是一个永恒的存在,一个将转瞬而过的瞬间感受铸成永恒深沉的"在"。因而作品是建立在它所是之物上。它不仅传达某种隐含的意义,它本身就意味着一种唯一的、不可替代存在的拓展和流变。艺术象征的本质在于,它的意义永驻在象征本身。艺术作品作为象征,形成巨大的"解释学空间",几乎具有无限收摄的能力。它向情思绵邈思想深邃的理解者发出呼唤,去沉浸在与存在本身觌面的欣喜之中,从而重新体认那流逝之物中固存的东西。这是一切艺术语言的象征及象征含义的要义所在。

在解释学艺术本体论中,时间性是一个不可忽视的重要概念。如果说在艺术中游戏构造形式,象征体现意义,那么"节日"则表征一种独特的时间——共同性。"对节日庆典活动的时间经验,其实是庆祝,是一种特殊的此刻。"①"节日即共同性,而且是共同性本身在其完满形式中的体现。"节日庆祝,意味着这种庆祝是某种多次性的活动,类似于艺术的意向活动,人们在某种事情上聚集起来庆祝,这一点十分明显地关涉到艺术经验。

节日的时间结构同艺术作品的时间结构有内在的一致性。节日的时间性质是"被巡视遍"的,而不是分解为彼此脱节的时刻的前后连续。一般而言,人类存在着时间的两种基本经验,一种是按钟表分割的时间,人们或是用繁忙的空虚,或是用无聊的空虚去填满这种时间结构。时间造就了人,也成为人的樊笼。有些人醉生梦死,忘怀生命的意义,只认钟表的矢量时间,生命建筑在这所谓忙碌的"标尺"上,活了一生而却不知何为生。时间在这里是作为必须"排遣掉的"或已排遣掉的东西而被经历到的,而不是作为真正的时间来经历的。真正的时间是实现了的时间或特有的时间,它既与节日又同艺术有着深刻的亲缘关系。因为,节日的每个瞬间都是实现了的。时间是节日般进行的,即通过它自己的庆典而预付时间,因而使时间停滞和延搁——这就是庆祝。在这个可事先预料和筹划的特性中,人们一如既往地支配自己的时间,可以说,在节日庆典中,时间处于静止状态。

真正的时间,不是以当下的现在为核心的过去、现在、将来逐次相替的线性流逝过程,而是在这静止凝定的瞬间,让时间之光烛照真正的人生,向我们澄明生的真谛。这种实现了的时间往往具有一种"庄严的沉默",这种沉默能自行扩散蔓延,使人被一种绝对庄严的沉默所攫住。这种无声却震撼人的沉默犹如"寂静的钟声"(海德格尔语),在一片死寂中唤醒对存在的思考,透过日常生活时间那浮沉飘荡、无聊空虚,而闪现出诗性的光辉和陶冶出一种不畏迷误走向真理的生存态度。

正是这"停滞而延搁"的节日时间,使我们在瞬间之中领悟了它所积淀的巨大历史生命力。正是节日这种使人们从日常有限事物的压迫中松弛一下的偶然机会,把一切人联系起来而融成一个整体。因此,"庆祝是仅仅为参加庆祝的人而存

---

① Gadamer, H.-G. *Truth and Method*, New York: The Continuum Publishing Co., 1975, p.117.

在的东西,这是一种特殊的,必须带有一切自觉性来进行的出席活动"。正是在这个意义上,伽达默尔声称,从这种被激活的生命时间经验向艺术品的过程是显而易见的,一件艺术品事实上是类似于一个活生生的有机体的,一个自身中被结构起来的统一体。这就是说艺术品也有它的特有时间。

伽达默尔对作为节日的艺术的时间性问题的重视,显然围绕观者对艺术作品审美特性的参与这一中心的。他认为,与艺术感受相关的是要学会在艺术品上作一种特殊的逗留(Verweilen),人们参与艺术品上的逗留愈多,艺术品就愈显得生动丰富。艺术品这种时间体验本质就是学会停留(Weilen),而感悟瞬间永恒的意味。

通过游戏—象征—节日与艺术经验的同时性的考察,伽达默尔从本体论上阐述了自己的艺术作品理论,其中,观者对作品的参与和生成受到了特别的重视。于是,艺术上的历史继承性与现实创造性的冲突和争论,终于在"在艺术解释面前人人平等"中,得到了颇具启示性的解决。

四、实践哲学转向与文化反思

70年代中期,伽达默尔解释学的发展,可以简单概括为其思想渗入各种人类知识领域的时期。他一方面继续写大量文章阐发《真理与方法》中的基本思想,同时,开始将自己的注意力更多地放到社会和文化问题的中心,从而开始了他的实践哲学时期。

伽达默尔的实践哲学思想是其哲学解释学思想的进一步发展。他曾说过,自己之所以在晚年将研究重点转移到实践哲学方面,其原因在于60年代后期受到哈贝马斯的批判而导致的论争。在论争过程中,伽达默尔发现仅仅在理论形态中进行解释学的反思,并不能真正破坏并超越虚假意识的解释,因为人毕竟是社会的文化的人,人的理解受其社会因素的制约。伽达默尔日益步入实践哲学领域,把意义的来源从语言行为转向了实践哲学活动。他说:我的研究继续发展所导致的另一个方向,乃是社会科学和实践哲学问题。

这期间,伽达默尔采用哲学解释学的基本立场对社会、文化、政治、教育问题进行哲学反思。在他看来,实践哲学同理论哲学一样,都是哲学大厦不可或缺的一部分,而且,从某种意义上讲,"理论和反思应考虑如何应用于实践的领域"。一切玄思妙想的哲学思想最终都要归结到社会和人生的主题之中。正唯此,他这段时期所写的大量文章涉及范围很广,包括社会科学真理、思想意识批判、社会管理学、智力问题、文化问题、理性、科学、语言问题,从这些文章中可以看到这位哲学家渊博的学识。他著作中所具有的那种古代的、现代的对人的认识和解释的反思传统,与反文化的和还原论和科学分析的思维模式截然不同。

1985年,伽达默尔写了《自我批判的尝试》,对自己的研究加以认真的检讨和批判。他希望人类能恢复理论和实践并重的生活模式,以正确的理论指导良善的实践生活,而努力摆脱战争、能源危机、人口问题等种种危机。他呼吁,以理性作为人类政治生活的准绳,以艺术不断陶冶人们的大智大勇、大慈大悲的情怀,使人日益挣脱本能而跃上理想的属人的新生活境界。

伽达默尔哲学解释学理论在当代自成流派,影响日深。他用哲学解释学观点研究哲学、美学、文学艺术、思想史、语言等领域的重大问题,取得了显著的成果。他的解释学美学思想成了当代接受美学思想先导和理论基础。

但是,哲学解释学也存在自身的局限性。诸如对审美理解重要性的过分强调,将主体的理解和解释作用夸大,将其看作赋予文本意义、决定文本价值的决定因素,使得解释学具有浓厚的主观色彩。这一点遭到了哈贝马斯和利科等人的尖锐批评,形成解释学的另一文化论争景观。

关键词:

哲学解释学(philosophical hermeneutics)
效果历史(Wirkungsgeschichte, effective history)
视域融合(Horizontverschmelzung, fusion of horizons)
前见(Vorurteil, prejudice)
游戏(Spiel, play)
象征(symbol)
节日(festival)
真理(truth)

思考题:

一、为何伽达默尔更倾向于海德格尔而非胡塞尔?
二、为何伽达默尔坚持理解的历史性而反对客观主义立场?
三、伽达默尔哲学解释学的要义是什么?与海德格尔的解释学有何内在联系?
四、伽达默尔如何解决解释学的循环问题?
五、为什么说"能被理解的存在就是语言"?
六、伽达默尔的解释学美学思想要义是什么?
七、艺术本体的三维构成是什么?
八、伽达默尔解释学的局限何在?

第四节 批判的解释学与解释学的现象学

伽达默尔的哲学解释学诞生后,引起广泛的重视,同时也遇到强有力的挑战。对其进行挑战的当代哲学家主要有:哈贝马斯、利科等人。

一、哈贝马斯:批判解释学的实践向度

哈贝马斯在同伽达默尔的论争中,建立了批判的解释学,标示出法兰克福学派

的语言哲学转向。哈贝马斯是一位卓有创见和富有批判精神的思想家。其早期在法兰克福学派批判理论的框架中进行自己的理论探索。他坚持理论与实践的统一,强调理论研究与现实危机的紧密联系并从晚期资本主义发展中,看到其不同于早期资本主义的特点。因此,哈贝马斯到了60年代后期逐渐形成自己的理论体系:强调向科学哲学靠拢,吸收分析哲学、语言哲学,通过解释学将批判理论与分析哲学结合起来,并称这种"综合性"理论为"交往合理化"理论。他不再关注解释是否可发现作品原意这类解释学问题,而是要求解释学培养批判的敏锐性。在解释作品过程中,超越作品,批判地评价作品意义的社会价值和历史意义。

哈贝马斯注意到,伽达默尔的解释学理论继承和发展了海德格尔的思想传统,深刻地批判近代欧洲思想界的实证主义和科学主义倾向,纠正历史主义的偏颇,指出了理解的历史性和有限性。伽达默尔的贡献是把解释学同运用或一般的实践联系起来,但他重视本体问题,而忽略重新探讨人文科学的理论问题。而且,伽达默尔的理论缺乏对传统本身的反思和批判,因而容易导致政治保守主义和历史相对主义。因此,哈贝马斯为自己设立了一个基本目标,即重新思考批判的概念和批判理论,从而更新批判理论原初的关于解放的意向。因为在他看来,批判和反思是人类解放的必要步骤和前提。正是基于这样一种认识,哈贝马斯在接受伽达默尔的一些正确观点时,也站在批判理论的立场上对其偏颇进行批判。希望通过把分析性的科学与解释学进行辩证结合,形成一种新的批判理论。

在1967年的《为了社会科学的逻辑》一书中,哈贝马斯批评了伽达默尔的一些基本观点,由此揭开同伽达默尔论争的序幕。这场争论的中心问题是:对传统本身能不能加以反思和批判?反思能否将自己从它的历史条件中解放出来?哈贝马斯的基本看法是:"解释学的洞见肯定是正确的,即理解——无论可以怎样被控制——都不能越过解释者与传统的关系。但是,从理解在结构上是通过同化进一步发展的传统的一部分这个事实,不能得出传统的中介无法被科学的反思深刻地改变……伽达默尔没有看到在理解中发展的反思的力量。接受一个只能是自为基础的绝对不再能使这种反思失去判断力,它也不让自己脱离偶然性的土壤,它正是在这土壤上发现自己。虽然它从传统出发并要回到传统,但在把握传统的发生时,它动摇了生活实践的独断论。"①

在哈贝马斯看来,伽达默尔过分注重传统的重要性,把传统看作一切理解活动的先决条件,使可以判断真伪的理性屈从于传统的权威之下,在传统中消融了真伪的区别,进而将全部社会意识形态都看成是真实合理的,最终陷入"相对唯心主义"②的泥淖。哈贝马斯反其道而行之,坚持理性同传统的对立,认为"历史影响的因素在一切对传统的理解中都是有效的"。这一事实本身,并不能证明传统的合理

---

① Habermas, J. *Zur Logik der Sozialwissenschaften*, Materilen, Frankfurt, 1970, SS. 282-283.
② Bleiche, J. *Contemporary Hermeneutics*, London, Routledge and Kegan Paul, 1980, p. 204.

性和权威,把解释学探究同传统的延续简单地等同起来,是片面强调了参与和对话而忽视了疏远化和批判。当然,批判和反思并不是拒绝任何传统的主张。实际上,在批判的反思中,我们既拒绝又接受传统的有效性主张。哈贝马斯承认传统和成见是理解和解释不可避免的必要条件,但这并不意味着解释者对制约他理解和解释的传统无所作为,全盘接受,而不能对之进行反思和批判,虽然这种反思和批判不能取消它们,但却能影响和改变它们。他认为:"历史的前定的东西的实在在反思中被接受时,并不是不受影响的,已经表明了成见的结构不再能作为一个前见起作用……但这恰恰是伽达默尔似乎意指的。伽达默尔用传统来证明前见的权利这种前见,否定了反思的力量。然而,后者在能拒绝传统的主张中证明了自己……权威和认识并不集于一处。当然,知识植根于真实的传统,它仍然受偶然条件的束缚。但反思并不是无所作为地在传下来的规范的事实性上消磨自己。它必须依从事实,但在回顾时它发展了一种反思的力量。"①

在作为社会意识形态的语言传统是否绝然真实这一关键问题上,哈贝马斯批判了伽达默尔的解释学语言理论。伽达默尔把语言和传统从本体论上加以绝对化,认为一切理解都通过语言发生,而提出解释学能普遍适用于人类行为的一切领域的主张。按照这种理论,语言被看成是以它自身之外的东西为基础的。哈贝马斯拒绝这种主张,指出伽达默尔的语言理论实际上认为语言是某种前语言实在的反映,然而这种反映却是一种歪曲的反映,因为由于社会统治力量的强制性作用,人们的语言交往、解释意识中的"主体间性"往往会被扭曲,达不到那种理想的"真实的理解"②。所以,语言不是中立的,它必然会受到各种外部因素的影响,因而,语言是意识形态的,必须对它进行意识形态批判。"可以说解释学是从内部碰到了传统构架的墙。把语言看作是一种一切社会体制依赖的元体制是很有见地的,因为社会活动只有在日常语言交往中构成。但这种作为传统的语言体制显然反过来又依赖于无法用规范的关系来穷尽的社会进程。语言也是支配社会权力的媒介,它用来使有组织的力量的关系合法化。只要这种合法化没有说明它们使之可能的力量关系,只要这些关系只是在这种合法化中得到表达,语言也就是意识形态的。这里不是语言中的欺骗的问题,而是用语言本身来欺骗。正视这种符号构架对于现实条件的依赖性的解释学经验变成了意识形态批判。"③

哈贝马斯强调,伽达默尔的解释学研究方法将语言、意义同社会现实相剥离,因而他总是倾向于把复杂的社会问题研究归结为单一的寻求意义,并在设定文化传统是"包容一切"的基础上,将社会进程完全简化为文化传统,把社会学简化为对于传下来意义的解释。对此,利科在《道德与文化》一文中也指出,伽达默尔与哈贝马斯的哲学分歧可以归结为两人解释学上的取向的差异。伽达默尔的哲学,

---

① Habermas, J. *Zur Logik der Sozialwissenschaften*, Materilen, Frankfurt, 1970, SS. 284-285.
② Ibid, S. 273.
③ Ibid, S. 287.

因总是强调语言及其意义,而无视语言、意义所赖以存在的社会生产劳动环境和经济发展的情况。因此,对作为"前理解"的结构,只单方面地肯定传统对"前理解"的制约,结果是伽达默尔无法辨识出语言是在劳动与经济发展之间作为交流的媒介。伽达默尔哲学解释学对存在的认同,只停滞在语言的层面上,造成了语言的本体论化。当海德格尔与伽达默尔指出哲学已将存在问题遗忘,要力挽狂澜地扭转哲学的趋势,重新认识人与存在的意义关系时,哈贝马斯却同时向海德格尔和伽达默尔发出警告,他们的哲学也在语言的本体化中将更根本的人类与存在的关系遗忘了。补救的方法是解释不只以传统为背景,而要以社会的经济发展和它对人类存在的制约作用去理解传统,这样,"传统将不再是处于未决状态的某种理解的东西,而是我们能在它与社会存在的整体联系中把握确定传统。以便展现传统以外的那些经验的条件,在这些条件的限制下,理解与行动的超验的法则发生着变化"①。利科将伽达默尔这种强调传统决定个人理解视域的哲学喻为"上溯"(ascending)的哲学,而对哈贝马斯的注重社会的进程和经济的发展,主张对资本主义社会"传统"和意识形态展开批判,以找出历史过程的真实意义的哲学,喻为"下降"(descending)的哲学②。

从"下降"的哲学观点出发③,哈贝马斯认为,解释学只有同意识形态批判相结合,才能是普遍有效的。当然,意识形态批判对传统的反思必须要有一个传统之外的参照系,一个由于系统地说明了传统变化发展的经验条件而使传统非绝对化的参照系。因此,解释学理解又必须结合对于社会制度的分析。正是这种对社会缺席的分析,这种通过运用因果关系的人本主义的理解来形成的意识形态批判,才使人逐渐从支配他的力量中解放出来,去实现一个更加自由的社会。

总而言之,哈贝马斯的批判解释学认为,那种一味对传统开放的哲学解释学态度是不足取的,相反,应在对历史的敞开中对传统加以质疑。不仅要看到语言的积极作用,也要看到语言因袭传统的重负而对人产生的消极作用。理论不能单纯地从对文本的理解出发,而要把理解上升到人和社会的意义。人既为有意识形成的理性所支配,又为无意识所支配。因此人的理解受社会的制约,批判地重建个人和社会过程比对文本的意义进行解释更重要。这就是说,仅有解释学是不够的,还要对理解的条件进行社会分析。

批判的解释学在西方马克思主义者中引起了争论,德国哲学家阿夫雷德·劳

---

① Habermas, J. *Zur Logik der Sozialwissenschaften*, Materilen, Frankfurt, 1970, S. 289.
② Ricoeur, P. "Ethics and Culture: Habermas and Gadamer in Dialogue", in *Philosophy Today*, p. XVII.
③ 利科认为,哈贝马斯的批判解释学与伽达默尔的哲学解释学在以下几个方面进行论战:1. 伽达默尔注重理解的"成见"的重要,而哈贝马斯则倡导"兴趣"(Interesse);2. 伽达默尔注重与当代文化传统的重新解释有关的人文科学,而哈贝马斯则求助于"社会批判理论",矛头直指制度的具体化;3. 鉴于伽达默尔把"误解"当作理解的内在障碍,哈贝马斯提出"意识形态"的理论,并解释成以运用力量而造成对交往系统的曲解;4. 伽达默尔强调理解,哈贝马斯则倡导"交往"理论,并指出这种交往不是先于我们,交往是从未来引导着我们。Cf. Ricoeur, P. *Hermeneutics and the Human Sciences*, Cambridge University Press, 1981, p. 78.

伦塞(Alfred Lorenzer)和桑特库勒(Hans Jorg Sandkuhler)批评哈贝马斯并未摆脱"主观主义"、"唯心主义",因而,必须真正建立一种"唯物主义的解释学"。同时,伽达默尔对哈贝马斯的批评也提出了反批评,他认为哈贝马斯否认传统对理解的制约,一味标举超出历史视域和处身的传统去进行反思批判,带有唯心唯理论色彩,进而重申,反思仍是基于历史基础上的反思,反思的力量并不能改变反思者从属于历史。哈贝马斯简单地将传统与反思抽象地对立起来,然而殊不知,反思批判的主体不可能超出历史之外,他运用的概念、范畴、原则必然是植根于历史之中的,而且他处身于历史之中不可能对一切都提出疑问。因此,批判必然是部分的,必然是从某一特定视域出发的。如果批判的观点本身要加以反思,那么这必然要从另一个观点出发,也就是要建立在别的被认为是理所当然的预设基础上。反思总是处于某种特定历史处境中的反思,它无法摆脱这个现实处境。在向文化遗产挑战时,人们已经预设并延续了。伽达默尔对哈贝马斯批判理论的"语言观"也提出质疑,他不同意哈贝马斯把语言看作是社会生活诸方面中的一个方面,得在一个包括社会劳动和权力关系的更普遍的构架中相对化的观点。伽达默尔说,自己从来就没有"像哈贝马斯归罪于我的,所谓语言表达的意识决定实践生活物质的在"①。相反,自己从来认为语言不能脱离这个世界。人永远是以语言的方式拥有世界。语言不仅反映思想,或以某种方式先于世界。语言和世界同时出现,世界改变了,语言也必得不断地改变。

纵观哈贝马斯的批判解释学,可以看到,他试图使科学同批判理论沟通起来,即"用解释学和语言分析的概念作为消除批判理论不足之处的方法"。在哈贝马斯看来,解释学之所以能使科学与批判理论沟通,主要因为解释具有以下四个功能:①解释学以理解的历史性和创造性摧毁了传统社会科学自以为是的客观性;②解释学提醒社会科学注意到它们的理论概念并不像自然科学那样精确;③解释学可以使自然科学理论更具有理论特点;④解释学可以把有成果的科学信息转变为社会生活世界的语言。正是解释学具有的这一将科技知识转变为具有交往功能的"生活世界"(Lebenswelt)功能,或解释学具有的通过对话式的语言进行沟通的功能,"解释学便开辟了,并仅仅开辟了这样一条道路,使我们能够对我们自己的普遍的人类生活经验以及科学经验都包括在一起"②。

哈贝马斯终于通过解释学完成了他对科学与批判理论的调和,实现了二者的"沟通"。他的批判的解释学理论使解释学避免了重新走入"玄学"的危险,从而使解释学扭转方向,而走向实践领域。哈贝马斯以自己的批判解释学去剖析资本主义社会意识形态扭曲和荒谬的根源,他的学说揭露了资本社会意识形态的扭曲性,包含着合理的批判成分。哈贝马斯不同意马尔库塞的激进主张:当代人的解放以

---

① Gadamer, H.-G. and Boehm, G. eds. *Philosophical Hermeneutics*, trans. by D. E. Linge, Berkeley: University of California Press, 1976, p.35.

② Habermas, J. *Technik und Wissenschaft als Ideologies*, Frankfurt,1969,S.163.

改造社会科技结构为前提,而认为更重要的是改造扭曲的社会语言交往结构,即凭借思想家的力量,通过解释学的"对话"方式,通过改造意识形态,以改造资本主义社会,实现人类的解放①。这与那种强调社会政治经济实践变革而达到人类解放的理论相比,已然带有浓厚的改良主义色彩。

二、利科:方法论与本体论的融合

面对哈贝马斯与伽达默尔之间的分歧,法国当代哲学家利科进行了冷静的思考。他长时期的研究不仅对这次论战进行了深入的辨析,而且以自己的现象学解释学为解释学的当代发展,作出了具有创见的贡献。

总体上说,利科的观点倾向于哈贝马斯,认为不能再像伽达默尔主张的那样,仅仅将解释学看作本体论的,而将方法论问题看作第二位的、派生的。解释学不仅是本体论的,同时也是方法论和认识论的。他所关注的是如何补救当代解释学在方法论上的迷失,努力的方向是将本体论、认识论和方法论结合在一起,从而使解释学作为哲学本身,为西方哲学提供一个新的方向。

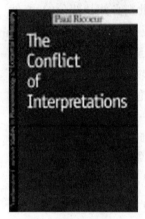

《解释学的冲突》
英译本书影

利科是法国现象学的重要代表人物②。他于20世纪50年代出版的《精神哲学》(Philosophie de l'esprit)(第一卷),一直被看作是法国当代现象学的里程碑式的著作,而于60年代初发表的《精神哲学》(第二卷),则明显地显示出利科已从现象学转向解释学。可以说,利科致力于寻找一条认识现象学和解释学亲和关系的道路③。因为在他看来,解释学和现象学既有共同的假设,即将意义问题作为核心问题,又有共同的论题,即意义的本源先于语言。另一方面,因为现象学是解释存在的哲学,因此,现象学方法不可避免地也是解释学方法。

利科主张将解释学嫁接在现象学上。在这方面,海德格尔很早就迈出了这一步,提出了"解释学的现象学"④,但利科认为海德格尔走的是一条"捷径"(the short route)。因为海德格尔本体论的解释学根本不讨论具体方法,一下就直接达到本体论的层次。海德格尔不是一点一点深化经典注释学、历史或心理分析的方法论探讨,逐级达到本体论的层次;而是一下子把问题倒过来,将认识主体理解文本或历史的条件是什么的问题,变成构成理解的在是哪一种在的问题。这样,解释学的问题就成了分析此在——通过理解存在的此在问题了。也就是说,海德格尔和伽达

---

① Habermas, J. *Theory and Practice*, Boston, Beacon Press, 1974.

② Spiegelberg, H. *The Phenomenological Movement: A Historical Introduction*, The Hague, Martinus Nijhoff, 1960, Chap. 12.

③ Ricoeur, P. *Hermeneutics and the Human Sciences*, Cambridge: Cambridge University Press, 1981, Chap. 3.

④ Heidegger, M. *Being and Time*, trans. by J. Macqyarrie and Robinson, London, 1962, p. 62.

默尔背离了施莱尔马赫与狄尔泰的方法论解释学之途,直接地触及本体论问题,而跳过了方法论层面,直接从本体论层面讨论存在对人的意义。这种哲学取向造成两个严重后果:一是解释学轻视方法论,在讨论存在意义的阐释中形成方法论的匮乏;二是哲学认识论被存在问题所遮隐,而未充分展开。

理解的本体论只有通过方法论的探讨,经过认识论的层次才能最终达到,理解的本体论和解释的方法论不是非此即彼的,而是可以加以统一的。利科抛弃了海德格尔的"捷径",采用"远道"去不断趋近并揭示存在的意义①,即通过"语义学的曲径达到存在的问题"②。他既对狄尔泰的客观解释学保持距离,又对伽达默尔的哲学解释学时时论辩,而走一条折中融合的"第三条道路",以开辟当代解释学的新景观。

现象学的解释学共分三个层面,即①文本理论(语义学层面);②反思层次;③本体论层次。利科的"远途"的解释学道路,使他能够在三个层面探讨之上,抵达存在的问题。

解释学首先是一种研究理解和解释"文本"的哲学,是一种"关于与文本相联系的理解过程的理论"。文本既是一种符号体系,也是"语义上凝结的生活表现",生活意义的客观化。文本,是以文字、语言形式固定的社会意识形态。利科强调"文本的自律性"说明文本的意义有自生自长能力。

《解释学与人文科学》英译本书影

保罗·利科(1913—2005)

写和说都是实现言语的合理形式,但是通过写而实现的言语具有一系列特征,使得文本完全不同于说的言语。第一,在说的言语中,说话者的意向和说出的话的

---

① Ricoeur, P. *History and Truth*, Northwestern University Press, 1965, p.87.
② Ricoeur, P. *The Conflict of Interpretations*, Evanston: Northwestern University Press, 1974, p.17.

意义常常是重叠的,说话者总是要说他想要说的东西。而在写的言语或文本中,说话者的当下性不存在了,只有文本和它的意义,文本成了独立存在的东西。第二,在说的言语中,听者是预先由对话关系所决定了的,而写的言语是面向求知的读者,潜在地面向任何能阅读的人,因此,文本同产生它的社会历史条件无关,人们对它可以有无限多样的阅读。然而,文本与它的读者并不是完全脱离的,文本的意义和重要性是从文本与它的读者的辩证关系中派生出来的。第三,文本不受直接指称的限制,因为文本没有口语对话处境这种当下性和指称的直接性,因而文本指称就不像口语指称那样明晰确定,它不指称一种既定的事实,而指称一种在解释过程中展开的可能性,使人可以从一个既定世界进入一个可能世界——文本世界。

从某种意义上说,利科将解释学与文本理论联系起来,是有目的地限制海德格尔和伽达默尔给予解释学的那种广阔性和普遍性,从而达到把本体论的解释学与方法论和认识论的解释学融合为一的目的。因此,回到文本就是重返施莱尔马赫和狄尔泰的基点上,去关注由文字固定下来的生命表达式——文本。当然,利科也没有忘记伽达默尔对理解的历史性的重视,而强调文本的存在对人类存在的历史性而言,是一个不断产生新的意义的形式。文本世界不同于现实世界,然而通过文本解释,使我们重新看到了这个世界,开始自我反思、自我认同和自我理解的过程。正是在这个过程中,作为方法论和认识论的解释学与作为存在本体论的解释学统一起来。

尽管文本解释的手段是方法论的,但目的却是本体论的。利科指出:在语义学层次和本体论层次之间,还有一个反思的层次,反思是理解符号和自我理解之间的一个环节,而自我理解则是解释学的最终目的。利科之所以用反思来沟通语言与存在,因为,反思是一种批判,即"我思"只有通过解释它生命的记录的曲折道路才能达到。我们事先无法认识自我,自我只是作为解释的结果被发现的。

反思是自我反思,但又是具体的反思。它始终必须从解释一个特定传统的文化产品开始,这就使得反思对一切有关社会历史世界的学科的方法和结果开放,以它们为中介。"反思必须成为解释,因为除了散布于世界上的符号,我无法掌握存在的行为。"① 只有走出自我,才能获得自我,只有通过对对象和行为、象征和符号的理解和解释,反思才达到真正的自我。反思哲学是要在人存在的本体论基础上来认识自我,把握自我。这种使存在的基础成为自己的基础,成为主体的家,就是所谓同化。"反思就是我们存在的努力与在的欲望通过证明这种努力和欲望的作品的同化。"② 如果说"远化"是属于对象化的,那么同化就是属于主观化的。

一切解释的目的都是要克服文本所属的过去的文化和时代与解释者本人之间的疏远和距离,使自己和文本同时代,从而可以同化文本的意义,即使它成为自己的意义。解释通过对他人的理解,去追求愈益理解自己的途径。所谓同化,也就是

---

① Ricoeur, P. *Freud and Philosophy*, New Haven: Yale University Press, 1970, p.46.
② Ricoeur, P. *The Conflict of Interpretations*, Evanston: Northwestern University Press, 1974, p.18.

使最初异己的东西成为自己的东西。所以,利科主张一切理解都是自我理解、理解事物现象的条件是同人的主观性结构联系在一起的。也就是说,同化即自我的生成、自我回归和认同。同化只有通过远化方能臻达,只有通过解释文本方能实现。解释的目的在于同化,同化是解释的完成。因此,问题不在于要把我们有限的理解能力加在文本之上,而是向文本敞开自己,从中接受一个扩大了的自我。在这个意义上可以说,同化的行为就是阅读。当文本的客观性和独立性再次成为读者的一个话语事件时,解释方才完成。

阅读的功效在于它有能力把文本的他在性变成一个为我的话语事件,而文本话语在阅读中的实现具有以下三个特点:①阅读的可能性在于文本本身,而读者是由文本的行动形成的,意义不是产生于读者的行动,而是产生于文本的行动;②阅读联结了作为话语的文本和作为新的话语的阅读,通过阅读,读者与文本融为一体,产生出新的理解视域;③阅读是一种游戏的形式。阅读中想象的变形以一种游戏的方式将自我送向一个更深的自我,在这"游戏"的过程中,文本揭示了比日常世界更真实的人类存在世界———一个可能的世界,亦即自我理解的境界。

利科的解释学在经过语义学层次和反思层次后,最后进入本体论层次。在这里,语言问题和反思主体问题最终都导向存在问题。但利科理解的本体论不是像海德格尔那样是一个既定的事实,而只是一个趋近的目标,本体论不能脱离解释,本体论寓于方法论中。因此它也避免不了各种解释学之间的内部冲突。尽管各种解释的本体论基础之间的辩证关系并非同一种本体论结构,但这种在的统一形态只存在于各种解释的辩证关系中。这样,一个一以贯之的、统一的本体论永远是一个可望而不可即的"希望之乡"。存在只有随着各种解释的过程才得以揭示,表明了解释学方法论的多样性和本体论的多元性,这种多样性和多元性又表征出存在的无限丰富性。把方法论与本体论内在地联系在一起,坚持它们的多样性和多元性原则,就使得解释学始终对存在保持开放,而这正是解释学普遍性的先决条件,也是利科现象学解释学的独到新颖之处①。

现象学解释学显示出这样一种认识:人类有限的本体论仍然是哲学思辨的视野。解释学作为当代哲学是开放的文化研究的哲学。利科的思想并没有形成一个封闭的体系,他的思想不受某种正统观念或某个已经出现的学科的限制。他的著作包含着许多人类思维传统的积极成果,从解释学和现象学到分析哲学、结构主义和批判理论,这些积极成果被融进了他那富于创见的、独特的见解中。他将人文科学的诸多方法和研究成果引进解释学这一努力已经表明,作为一种哲学的解释学本身有着宽广的发展前景。

---

① Ricoeur, P. *Critical Hermeneutics*: *A Study in the Thought of Paul Ricoeur and Jürgen Habermas*, Cambridge: Cambridge University Press, 1981.

关键词：

批判的解释学（critical hermeneutics）
解释学的现象学（hermeneutic phenomenology）
语言本体论（ontology of language）
实践（practice）
交往（communication）
文本理论（theory of text）
语义学（semantics）
反思（reflection）

思考题：

一、哈贝马斯对伽达默尔的肯定和批判各是什么？
二、为何哈贝马斯认为解释学应与意识形态批判结合？
三、哈贝马斯通过解释学将科学与批判理论调和目的何在？
四、利科对哈贝马斯的批判有何评价？
五、什么是"解释学的现象学"？
六、利科的文本理论要点是什么？
七、利科的解释学有哪几个层次？

第五节　解释学的影响与理论特征

解释学不仅是欧洲大陆的一种重要哲学流派，而且走出欧洲大陆，对美国的影响日益扩大。伽达默尔和利科经常到美国讲学，其影响已超出哲学界，涉及美学界、文艺理论界和教育界。而且，由于解释学对科学哲学的影响，使哲学家们对自然科学和社会科学的性质加以反思，并发现其解释学结构，许多社会科学家开始怀疑社会科学只是一种不成熟的自然科学的观点。科学哲学中历史主义学派的出现标志着解释学进入科学哲学，如库恩关于理论选择和范式转换的合理性概念恰恰是伽达默尔晚年所要揭示的实践哲学核心概念①。

托马斯·萨谬尔·库恩
（1922—1996）

当代美国著名哲学家罗蒂（Richard Rorty，1931—2007）认为，在实用主义、解释学对社会科学观点以及现代文学评论中，充分表现出一种"后哲学文化"，在这

---

① Gadamer, H-G. *Reason in the Age of Science*, Cambridge, Mass.：MIT Press, 1981.

种后哲学文化中,哲学的意义和功能同分析哲学家的理解差距很大,当代哲学的发展趋势是"从认识论到解释学"①。可以认为,解释学不仅吸收当代存在哲学、语言哲学、现象学的一些基本因素,而且影响到分析哲学,从而形成一股带有普遍性的哲学思潮。

解释学哲学在同结构主义和解构主义交互影响中,使解构主义同样关注文本、历史、文学的解释问题。德里达在批判哲学解释学的同时,发挥解释学的文本理论和理解的相对性、历史性观点,表现出反结构主义的倾向。德里达从文字语言学的基本观点出发,认为意义的绝对根源是不存在的,语句文本并不表示某种具有时空稳定性的客观意义,相反,文本只是供读者发现和追溯的一组踪迹(trace),这一组踪迹随后就会与作为另一组踪迹的其他文本发生联系。这一过程可以无限地进行下去,因而意义是流动的,不存在该文本所关涉的最终意义。德里达批评结构主义的"整体化",认为这种形而上学原则会导致事物僵滞和思想独断,他提出的"解构"论,就是要使整体"震颤",造成播撒性的差异,防止社会秩序和思想的僵化。从德里达的理论,可以明显地看到解释学理论的痕迹。

理查德·罗蒂
(1931—2007)

解释学在当代已发展成一种与一切语言理解形式有关的一般理论,它力图打破西方两大哲学思潮的僵持格局,汇聚了不同派别的哲学内容,有较大的融合性。这处融合的交点是语言问题。语言问题是解释学与其他学科相互渗透的中介,解释学成果或精神资源,正在广泛渗透、运用到各种学科中去,包括文学、美学、历史、宗教、法学、社会学、心理学,乃至科学哲学等。

解释学的主要特征是什么?为什么会产生如此巨大的影响?我们认为,解释学作为一种文化哲学思潮,尽管派别纷呈,观点各异,但其主要理论构架上仍有大致相近的某些特征。

第一,注重理解的历史性,由于时间空间的差距而形成的文本意义与理解者所理解的意义的差异导致了解释学问题的提出。然而在文本与读者理解意义的关系上形成不同的理解论:施莱尔马赫、狄尔泰的方法论解释学认为解释即消除误解而趋近原意,因此,解释学就成为一种排除主观性和历史性所造成的误解,通过正确的方法引导,对文本进行客观的理解。以海德格尔、伽达默尔为代表的本体论解释学则强调,人是历史的产物,受传统和前见的制约,传统导致的前见是解释得以进行的前提,时空差距是解释学得以存在的基础。消除误解既不可能,又无必要。哈贝马斯的批判解释学认为,受传统影响的现代人,可以用理性批判传统而不盲目追随传统,从而实现不受压制的本真的交流和理解。利科的现象学解释学则认为,文

---

① Rotry, R. *Philosophy and the Mirror of Nature*, Princeton University Press, 1979, Chap. 7-8.

本对于作者和读者来说都是独立的。文本展现了一个不同于现实世界的想象世界，这个想象世界随历史变化而变化，其意义既是自律的又是开放的。在理解的语言性方面，各派解释学都认为，语言是解释学的核心问题，他们将语言看作是理解的中介桥梁，认为语言与文本意义存在一种紧密的关系，并尤为重视理解过程中语言的多义性、创造性、自我相关性以及语言与言语的区别。

第二，注重理解的创造性。对文本的理解关涉到读者、时代、心境等多种因素，因此，在理解作者的原意、文本的意义、读者的理解三者之间的差距时，因不同时代不同个体和不同理解而导致误解，如何创造性地掌握文本的意义就成为解释学的一个重要内容。对此，方法论解释学强调作者与读者心理上的同质性，通过对文本的整体体验和理解，越过历史的鸿沟去理解历史和作者。本体论解释学强调理解要对传统开放，对解释者存在的具体环境开放，理解是人自身存在的本体论结构，理解具有无数的可能性。批判解释学强调要批判压制自由理解的社会传统，认为应通过反思和批判进行独立不倚的自我判断和意义寻求。现象学解释学则认为，文本世界作为一个想象世界，使人在理解中拓宽了理解域，并使自我的处境和文本内在地联结在一起，使文本生发出新的意义。

第三，注重解释学的主体性和实践性。解释学认为理解是人类活动的重要形式，人通过理解"文本"而理解世界，同时也理解自己。理解不可能是纯客观的，总是带有时代氛围、个体历史、个人心境等色彩，因而理解显示出鲜明的主体性特征，理解是人的存在的根本模式（海德格尔、伽达默尔），自我理解是解释学的最终目的（利科）。而且，就解释的现实意义而言，每一理解都含有解释，每一解释都含有"运用"。因此，理解即亚里士多德所说的实践智慧的一种形式，解释学即当代实践哲学。

第四，注重理解的相对性和多元性。以解释学为代表的现代哲学不同于传统哲学的重要特征在于：放弃了追求绝对的终极原因、道德价值、目的等传统课题，而是伸张个性的独立批判精神，标举主体性，注重多元的思维倾向。可以说，解释学打破了对原意亦步亦趋的"我注六经"式的思维模式，消解了权威的僵化的"标准"解释，带给现代人以开放的心理素质和多元价值取向：开放、包容、乐于接受新的理解和意义、要求平等对话、注重相互理解和沟通，倾向于批判地思考人生和世界、不甘于盲从与随大流等。在探索意义的思维方向上，不再执著于传统与现代、前见与理性的二元对立思维模式，而是注重从人生意义上发现传统与现代的内在精神联系，以多向度多层次的理解，使传统向新的生活经验开放，不断寻求生命的新意义。理解的相对性和多元化观念，逐渐铸成现代人的生活观念，并表现出对生活目的与意义的多元理解。

解释学对当代人面临的困境进行反思，试图对人类面临的诸多现代课题加以解答，使西方思辨哲学逐渐走向实践哲学。而且，解释学从理解的历史性、理解的语言性出发，强调解释的创造性、主体性、实践性，注重理解的相对性和多元性，以及解释学具体方法论，均含有一定的合理因素，对我们理解历史、理解文本、理解自己和他者都富于启发意义。

关键词：
    后哲学文化（post philosolphical culture）
    实践智慧（phronesis, practical wisdom）
    实践哲学（practical philosophy）
    主题性（subjectivity）
    多元性（pluralism）

思考题：
    一、解释学对美国当代哲学有何影响？
    二、解释学对解构理论有什么启示？
    三、怎样理解当代解释学的融合性？这种融合性的交点是什么？
    四、解释学的四个主要特征是什么？
    五、为何当代解释学有如此大的影响？

第六节 "理解—解释—运用"的解释学方法构成

传统美学和文艺理论研究或者文艺批评的目的在于，找到一种正确的美的价值判断标准去衡量艺术作品的价值。人们需要通过公认的具有审美价值的艺术品的陶冶，形成一定的审美趣味和艺术判断力。然后，人们按照一定的审美标准对新的艺术品进行新的审美判断，形成一种似乎统一的作品价值定论。因而，对确定性的渴望和追求，对不确定性的拒斥，成为传统美学和诗学的真实写照。在这种氛围下，如果谁的判断与公众所公认的价值判断标准不相符，则认为他的判断存在问题，或者认为他的审美趣味不正确，甚至认为他不具有审美判断力。

然而，到了近现代，随着人的主体意识的觉醒，人不再希冀将自己的独特情感和意志纳入一个公众认同的、代表公众趣味的、整齐划一的圈子里，而是要求一种多元价值观，秉有一种全新的意义寻求冲动。人们打破了对确定性的依恋，而转向对不确定性——意义多元解释的追求。人们再也不满足于凭借知识的丰富和考证的繁琐去发掘作品的"本意"，去想办法填补历史的鸿沟而与文本的原初意义相符或趋同。相反，人们将理解看作人自身的存在方式，并认为理解已经是解释。可以说，解释学的推进，使作品的价值判断向作品意义的理解和解释的过渡明朗化。

解释学是对于文本"意义"的理解和解释的理论体系，意义表现了人与世界、人与社会、人与他人、人与自我的诸多复杂关系。意义是人类生存不可或缺的前提，人类周遭事物无不具有本体论意义。解释学以对意义的探究为己任，必得强调理解和解释的普遍有效性，同时，它也必得在人与社会的内在联系中追寻艺术文本的意义。因此，解释学方法就往往在理解的客观性与主观性、文本解释（对文本原意的趋同）与主体解释（注重主体理解的创造性）上发生解释学的冲突。要解决这一冲突,只有真正把握解释学三维(理解—解释—运用)才有可能。而这三维正是解释学方法的本真意义所在。

"理解"和"解释"作为解释学的重要范畴,在不同的解释学家那里有不同的理解。施莱尔马赫把"理解"过程描述为独特的重新认识文本作者所进行的精神过程的艺术,而"解释"则是由"语言的"和"心理的"两个相互联系的过程所构成,把对此进行模仿的心理学解释平行放置于既往的语法解释上,并主张真正的解释应当是两者的统一。解释的目的在于避免误解,确保正确的解释。狄尔泰将"理解"作为精神科学的根本方法而与自然科学的"说明"方法划清了界限,认为理解先于解释而又包含解释,有了理解才会有解释,而解释反过来又加深理解。解释学的目的在于"比作者本身更好地理解作者"。

艾瑞克·唐纳德·赫希(1928—)

海德格尔认为,解释学活动开始于此在向文本意义敞开的可能性的筹划,而"理解"的发展就是恰当的解释。在这一发展中,解释理解地同化了被它理解的东西。在解释中,理解并没有成为不同的东西,它成为自己。"理解"即指批评家与文本浑然一体反思前的我思阶段,而"解释"则是对理解的现象学描述。"解释不仅是把理解原原本本地讲述出来,解释还创造出理解投射的可能性。"①他认为,当我在理解一个对象时,对象并不意味着已经完全敞开,相反,只有通过解释的运用,对象才会清晰地呈现出来。因此,解释以理解为前提,但在互相连接过程中,解释又为理解提供了根据。

美国文论家赫希则认为,所谓理解即一种依照对象的概念和语言来构筑对象意义的思维活动,一种对对象的顺应,而解释即用解释者和读者熟悉的语言规范所进行的意义解说。解释可能会使先前的理解发展深化,也可能改变和歪曲了理解,解释就是主体对对象的同化和传达。这样,理解成为解释者一种内隐的主体对象化活动,而解释则构成解释者一种外显的对象主体化过程。赫希坚持,作者的意向是判断解释正确与否的标准,解释者应该按照作者的意向来理解意义。解释仅具有或然性,而它们的正确性须凭借手上的证据。然而,赫希对确定性的追求,终因其将解释的正确性与可证实性相混淆等同而陷入循环论证中。

伽达默尔不同意客观解释学的看法,他同海德格尔一样,认为理解和解释没有根本的区别,理解已经是解释,解释即理解的发展和实现。理解本身创造了一个解释学视域,文本的意义在此视域中实现。

总体上看,理解作为人存在的基本方式和本源特性表现出以下几个特点。

---

① Heidegger, M. *Being and Time*, trans. by J. Macqyarrie and Robinson, London, 1962, pp. 188-189.

理解具有人与人互相对话沟通的普遍性。人总是生存于一个意义的世界,面对处身世界具有意义的各种事物和事件必须作出自己的理解,探究它们的意义。理解的普遍性以人的理解的超越性和世界在理解中普遍本质性为前提:一方面,人在理解中不仅有个体倾向,而且理解的人都是或多或少具有共同性,这使理解能超越小我而染上"大我"的色彩。另一方面,世界被看作一种扩大的"文本",理解现象遍及人与世界的所有关系,理解行为发生在人类活动的所有方面,理解不单是主体对客体把握的技术性问题,也是主体存身于世的基本方式,离开理解就谈不上存在。解释学的目的在于,发现一切理解行为的共同本质,而不是提供一种普遍的解释理论和方法。理解是一种寻求理解和自我理解的活动,理解普遍性总是要求理解者在对话的语言中超越对话的双方而进入一种已表达的和未表达的无限可能的关联域。也就是说,

《解释的有效性》
英译本书影

解释学的普遍性是从具有一般意义的某种特殊经验开始的。通过对作为物之存在的理解者在传统世界中的经验的考察,达到对人的语言本性、对世界、历史和人生意义的理解和解释。然而理解的普遍性并非是固定不变的,它是人的理解的历史发生性和相对性的升华。

理解与传统有密切关系。理解始终是在历史中进行的,历史是由我们来经验的,在理解中我们始终是历史的一部分。历史性是一切理解的根本性质,理解的历史性构成了我们的前见。也就是说,理解不可能是纯客观的,必然带有某种主观色彩,历史与前见构成了我们自己处身其中的传统。传统作为我们存在和理解的基本条件,不管我们是否愿意都植根于我们、限定着我们,是我们不得不接受的东西。传统并非仅仅是保存旧的东西,相反,传统是在历史中不断积淀、汰变、演化的过程。传统不可能靠一度存在过的东西的惯性去推动,它总是需要不断肯定新东西,不断接受新事物,不断产生新意义。传统对历史的保存,使有的东西历久弥新,有的却沉入默默无闻之中,因此,这种保存不仅是有选择的保存,而且是在历史中主动的保存。传统所具有的历史内在结构,不仅要求具有解释者理解的解释学情景和自身独特视域,以对传统进行开放,而且重视解释者与文本之间的对话关系。

传统先在地将理解者和文本联系起来,理解者不可能超越处身其中的传统,以一个纯粹主体的身份去理解文本,因为文本就是他的世界的一部分。传统通过文本向人敞开,人也通过理解而向文本敞开自身的历史性。因此,"理解是将自己置身于传统的一个进程中,在此过程中过去和现在不断互相融合"①。传统使得理解未变成纯粹主观性行为,而是具有一种深邃的历史意识。

理解即创造,创造性的理解是解释学的理想境界。理解活动就其本质而言是

---

① Gadamer, H-G. *Truth and Method*, New York: The Continuum Publishing Co., 1975, p. 23.

一种本体敞开活动,它是向未来敞开的过程,永远不会完成和终结。而且,理解总是因历史性和无限性而需要进一步理解和解释,理解的内容因而会随时间的推移、历史时代情境的变化而发展,永远不可能停滞在某一水平上,永远不会达到终极真理。理解正唯其具有历史性和主观性特点,才永远不可能硬结成一个理解的客观尺度,永远不会僵化停滞,而是不断处于变化、运动和更新之中,不断处于积极主动的创造之中。

理解是文本意义生成的过程,是一个不断创新或推翻过去的理解的过程。客观事物本身只有当其作为理解的对象时才获得某种确定意义,而这种意义在他人或后人的理解中又会产生更新的意义,这是一个永无止境创造意义的过程。理解的本质不在于复制历史和文本原意,任何人的理解都是站在自己所处的特定立场,以特定的观点和视域去理解和解释历史事件和文本意义,每一历史理解和解释都不会绝然相同,都蕴含主观的成分。历史的意义和文本的意义在于不断理解的创造中,处身于历史之中,并通过自己的理解和解释进一步参与介入历史。理解的流动创造性表明,永远没有超历史的、永恒的理解。创造性理解是推翻旧的和新的迷信、教条和崇拜的重要途径。

理解的创造性导致每个人对文本的理解都既与他人相似,但又绝不雷同。理解的差异导致解释的差异。解释者在自己对文学文本的独特理解中改变和重新解释了被解释的对象,从而使文本中的艺术形象能够按解释者所理解的情状,灌注入新的意义,形成与过去解释不同的甚至相反的解释。解释不是一种文字技术上的归纳注释和知识的把握,解释是人对处身世界意义的一种选择,是人的一种精神活动存在方式。解释同理解一样,不是以人云亦云的结论来为自己解释结果,而是用自己的存在结构和存在方式显露出对象的真理,探究出独立不倚的合乎对象及其问题基本情状的新解释结论。那种鹦鹉学舌的理解和解释是解释的异化,而为自己的生存寻找真理的光明,为个体对世界的领悟和理解所进行的全新解释,标明个体在解释过程达到本体的自由境界。

一般而言,文学文本的解释存在两个极点:文本一极,解释者一极。有人把文本奉若神明,作为解释学的中心,这种"文本解释"(作品本体解释学)以客观主义态度注重追求文本的原意,而忽视理解的历史性。而"主体解释"(本体存在解释学)标举个体主观的阐释活动,不注重文本原意,讲求理解的创见。在这客观解释学和主观解释学之间,还有若干中间状态的阐释观点。

大体上说,与在先的解释相比,现时的解释可以分为以下几类。

重合论解释。解释者的解释尽可能地与原文本意或原解释结论相符或趋近,并且重复过去的占主导地位的解释。这种解释不给被理解的文本或解释增添任何新的意义,解释仅在于解说文本外显的意义或别人早已得出的解释结论,因此,这种对文本原义和原解释结论的重合或趋同,是一种"超稳定结构",并不能使对象增殖,因而其自身的价值非常有限。

生成论解释。解释者用新的解释叠加在原解释上,使对象产生意义增殖。这种解释或者对文本作有限的发展,或对在赞同原解释的基础上加以新的补充,在对原解释重合之外略为溢出原解释意义。

创造论解释。解释者的解释对原文加以创造并对原解释进行更具主观色彩的发挥性阐释。一般而言,真正的艺术品的价值集中体现在它作为一种召唤结构,令人们不断地加以理解和解释,永远不能穷尽其意蕴。

逆反论解释。解释者完全超出对象的有效解释范围,以一种对立的唱反调的方式对原解释加以逆反。

总之,意义构成了人与世界的绝对中介和根基。人类寻求意义的冲动,表现出人的一种内在的形而上冲动:一步步由确定(文本或事件)走向不确定(意义多元性),又一步步由不确定走向确定(文本或事件的解释学结论)。在这个世界上,没有什么是永恒不变的,一切都在变化中获得新生,一切都在理解中获得意义的生成。人理解文本,人也被文本所解释;文本有待解释,而解释者的自我也是一篇有待解释的文本,正是理解、解释、运用,使文本和解释者互相阐释和理解。在这理解文本和自我解释永远周而复始、没有止境的意义追寻过程中,人不断敞开处身的世界的奥秘,同时也展示自己的本质的新维度。这就是解释学的真义之所在。

解释学突破了传统文艺学价值观,揭示出艺术作品具有永恒魅力和价值的奥秘并不在于文本的高不可攀和无法超越,而在于后人对它永无止境的解释。莎士比亚的价值不在于创造出一个不可比拟的"范本",而在于歌德所说的:尽管人们对莎翁说了很多,但仍然没有说尽,而且永远也说不尽。真正的艺术杰作,使得人们面对它时会身不由己地为其所吸引,而将自己的生命体验、情怀襟抱投入作品的"召唤结构"中去"填空白"。时间愈长,作品被解释的资料愈多,被解说对象的艺术价值就愈高。反之,人们面对一言即可说尽、一眼即可看穿的说教作品,会扭身而去,冷落、淡忘,因为文本的无意义使得自身关闭了理解和解释的大门。

解释学没有消融价值判断,相反,它是将传统的统一模式的价值判断演化为多元取向的意义解释,在这意义寻求和解释中,蕴含着主体的审美价值判断。甚至可以说,理解、解释和运用已成为当代文艺理论的一种新的价值尺度。

解释学三维拓展了当代文艺理论的思维空间。文艺解释学方法注重从现实的历史发展中,从社会与人的内在联系中去探究文本意义,把艺术文本看成是一个不断地处在历史和现实交汇点上的事件,把解释者看作一个先在地属于历史并具有独特视域的个体,强调艺术文本意蕴的无限性和意义解释的无止境性,为艺术作品的审美欣赏和艺术价值评价提供了一个全新的角度。

解释学触及了传统美学诗学所忽略的审美理解主体与文本意义的内在联系问题,以及对艺术文本的解释中历史视域与现实视域的融合问题,为当代文艺研究提供了具体的解释学方法。这一新方法表明:审美解释三维不仅构成艺术文本流动生成的意义,而且在对文本的解释中包含着解释学循环,文本意义在循环的最完满阶段呈现出来。在审美理解中,解释者的视域与文本视域相融合而各自超越原来的视域,达到"视域融合",使审美解释成为历史性与现实性、间距性与参与性的有机统一。在对文本这一开放结构的解释中,解释学方法主张用"效果历史"原则理解文本意义的无穷尽性和审美存在的永恒性,并强调审美理解中"前见"的合法性以及审美理解的历史性,直接启示了接受美学,并为其提供了理论基础。

关键词:

解释学三维(three dimensions of hermeneutics)
理解(understanding)
解释(explanation)
运用(application)
价值判断(value-judgement)

思考题:

一、与传统的审美价值判断标准相比,当代价值标准发生怎样的变化?
二、解释学的冲突发生于何处?
三、为什么解释学的三维是解释学方法的本真意义所在?
四、"理解"作为人存在的基本方式和本源特性有哪几个特点?
五、与在先的理解相比,现时的理解可分为哪几类?
六、解释学对传统文艺学价值观有何突破?
七、解释学对当代文艺研究的方法论意义何在?

第七节 接受美学的兴起与理论基础

当哲学解释学掀起一场话语转型革命时,受解释学影响,在美学、诗学领域诞生了接受理论和读者反应理论。

接受美学、读者反应批评都表现出一种对文本原意的怀疑和颠覆,这在后现代坐标上显示出反中心性、反确定性意向。它们主张解释的主体性和能动性,消解文本"原意"的中心指向性,张扬接受者理解和阐释的权力,将一种复归原意的本源性溯源转移成接受者的对文本的重新创意的多维性,使包括世界与人在内的文本世界的所谓确定的意义,成为流动的意义,成为流动的不断变化增殖的寻绎不确定意义的过程。然而,解释学和接受理论反中心性并没有走向极端,而是既消解(作者和文本)中心又走向(读者)中心;既追求不确定性,却又进一步由不确定性抵达确定性;由追求文本意义的理解性而认同理解的历史性;由主体对对象的释义性而希冀抵达主客体的同一性。只有读者反应批评才将接受主

《隐含的读者》英译本书影

体推向极点,而成为极端的读者中心理论。它们标举主观至上主义,认为文本是读者的制作品,读者构造了文本,读者的权威赋予文本不确定的意义。

接受理论在中心与边缘、表面与深层、本质与现象、整体性与零散性、确定性与不确定性方面,显示出思维的矛盾性和调和性,然而最终他们没有停留在边缘、表层、现象、零散性和不确定性,只是在其上逗留之后,仍不断返回德国哲学传统的中心性、整体性、本质性、深度模式、确定性。这一悖论品格,在作为其后裔的美国读者——反应批评和法国的"新"新批评中被扬弃。它们将接受理论推向极端,走向了以不确定性和主观性为标志的后现代美学。对这读者接受反应理论的展示,将有助于显示哲学思潮的发展新导致的当代文艺理论的递嬗,以及在历史与阐释、语言与意义、写作与解读、阐释与误读等问题上透视当代诗学的品格。

接受美学作为一种新方法论,在当代诗学研究中起了拓展视域的作用。它将文学研究的重心从作者和作品上移到了读者审美接受和审美经验的研究上,从而使文学研究跳出了狭隘的研究范围,进入一个更广阔的领域。

接受美学(Rezeptionsaesthetik)又称接受理论或接受研究,始于以姚斯、伊塞尔等五位年轻教授和理论家为代表的"康斯坦茨学派"。接受美学既不是美学中美的本质或美感一般形式的研究,也不是文艺理论的鉴赏批评研究,而是以现象学和解释学为其理论基础,以读者的文学接受为旨归,研究读者对作品接受过程中的一系列因素和规律的方法论体系。它在文学理论方面提出了一系列新的看法,引起了欧洲哲学和美学界的关注。

《阅读行为》英译本书影

总体上说,整个西方诗学长期以来将研究对象的重心放在作者身上。19世纪的浪漫派则更是将文学看作是作家心灵情思的投射,他们将作家的灵魂和诗意,作家的内在冲动和天才激情作为文学研究的中心课题。到了19世纪下半叶,由于受实证主义哲学影响,人们更是将眼光放到诸如作家的生平和思考、他创作时期的社会生活背景的考察上,从而走上了以考证文学作品中的人物与作者的关系或文学作品中的事件与真实历史的关系为主的道路。

20世纪初,随着俄国形式主义思想的发展,文学研究的重心逐渐发生了变化,即从以作家为中心的研究(外部研究)转向以作品为中心的研究(内部研究)。他们认为,文本研究是文学研究的重心所在,文本与作者和现实没有关系,应该摈弃外部研究,而走向文本的文学性研究。而文本的文学性与作家心灵表现和现实反映无涉,仅取决于文学语言与日常语言的差异性,并因此而提出"陌生化"理论。这一理论对布拉格结构主义、英美新批评和法国结构主义影响很大,在20世纪中期形成一种世界性思潮。文学研究者将作品看作一个自足的封闭整体,仅仅关注文本的语言、意义、主题、结构、形式特征等,甚至最后走向割断作品与作家和社会联系的极端。

到60年代,随着伽达默尔新解释学的勃兴和现象学美学研究的新发展,以及哈贝马斯交往理论的提出,人们愈来愈觉得单纯作品文本研究与单纯作家心灵研究都有明显的片面性,它们仅仅抓住了文学总体活动中的一个维度,将文学活动这一动态连续过程(作家—作品—读者)分割成静态封闭、互不相连的领域,忽视了人的活生生交流和文学社会接受效果问题。人们愈加迫切地感到必须重视文学接受和影响的研究,必须打破文本中心论这样一种僵硬的研究路数。

在康斯坦茨学派看来,文学作品并不是为了让语言学家去解析才创造出来的,文学作品必然诉诸历史的理解。接受美学正是在反对纯文本主义和纯结构语言运动的精神指导下形成的,并根据新的历史主义要求,站出来与唯文本主义争辩①。对此,姚斯有一个很好的说明:"文学研究朝接受美学和效果美学的转向的开端,是我的《文学史作为向文学理论的挑战》(1967)和沃尔夫冈·伊塞尔的《文本的召唤结构》(1970)……在我看来,不是完美的语言结构,亦不是封闭的符号系统,也不是形式主义的描写模式这类方法,而是依靠问与答进行解释,使创作与接受以及作者、作品、读者的动态过程合理化的历史学才能使文学研究翻新,才会把文学研究从淤埋在实证主义的文学史的泥坑中解救出来,才能把文学研究从为解释而解释,或为写作的形而上学而解释的死胡同中,从为比较而比较的比较文学的死胡同中引导出来"②。这样,读者中心论取代文本中心论就成为一种时代的选择。

接受美学的理论基础主要是现象学美学和解释学美学。姚斯和伊塞尔理论中新采用的一些重要概念的范畴,诸如"期待视野"、"效果史"、"未定点"、"具体化"等均是从海德格尔的"先在结构"、"理解视野"和伽达默尔的"前见"、"视野融合"和英伽登的"具体化"等概念范畴的衍化。

如果说,英伽登的现象学美学成为接受美学重要理论基础的一维的话,那么另一维则是现代解释学。可以说,自狄尔泰、海德格尔开始,由伽达默尔确定,利科予以补充的新解释学哲学,为接受美学提供了基础和方法论。

姚斯对伽达默尔的解释学思想加以吸收尤多,他在《审美经验与文学解释学》"序言"中说:"伽达默尔的解释学经验理论,以及通过人本主义中心概念史说明他在效果史中去认识所有历史理解的入门口这一原则,他对'视域融合'的控制性过程所作的阐述,无疑都是我的方法论上的前提,没有这一前提,我的研究便不可能。"

除了以现象学美学和文学解释学为基础以外,接受美学还吸收了布拉格结构

---

① Iser, W. *The Act of Reading*, Baltimore, 1978; *The Implied Reader*, Valtimore: Johns Hopkins University Press, 1974.

② Jauss, H. R. *Aesthetische Erfahrung und Literarisch Hermeneutik*. Band Ⅰ. Versuche im Feld der aesthetische Erfahrung, München: Wilhelm Fink Verlag, 1987.

主义理论家穆卡洛夫斯基的"空白"论思想,即作品作为一个物质品,只有潜在的审美价值,只有通过读者的理解和解释,它才构成读者的集体意识与作品中模式相融合的审美对象,从而表现出实际的审美价值。同时,接受美学还从利科的解释学理论、哈贝马斯的交往理论、萨特的《何谓文学》中的恢复读者地位的理论和马克思的生产—流通—消费的"循环模式"理论中吸取营养,从而使接受美学有可能站在20世纪文艺理论的新基点上,成为一门交叉领域的真正的"边缘学科",成为文学理论研究中的新方法论体系。

关键词:
  接受理论(reception theory)
  未定点(indeterminacy)
  具体化(concretization)
  期待视野(horizon of expectations)

思考题:
一、哲学解释学在美学和诗学领域直接导致了什么转型?
二、接受美学从解释学获得了哪些理论资源?
三、怎样理解接受美学的悖论品格?
四、为什么康茨坦学派要破除文本中心论?

第八节　姚斯:接受理论与审美经验论

姚斯(Hans Robert Jauss,1921—),德国美学家,文艺理论家,罗曼语言文学研究家,康斯坦茨学派创始人之一。主要著作有:《文学史作为文学理论的挑战》(1967)、《文学传统与现代风格的当代意识》(1972)、《审美经验一辩》(1972)、《艺术史与历史》(1973)、《审美经验与文学解释学》(1974)等。

一、接受主体的突出与文学意义效果生成

作为一位罗曼语言文学研究者和文艺理论家,姚斯将自己关注的中心落在文学与历史的关系上。他在早期的理论探索活动中,集中论述了文学史的衰落及其对这种状况的革新的想法。他以解释学作为自己的根基进行文学理论范式的改建工作,从而逐步形成自己独特的理论思维方式。

进入60年代以后,德国的文学研究出现了一种深刻的危机。这种危机有其自身的社会、政治、经济、文化、学术背景,是渗透到德国社会生活各个领域的复杂因素的派生物。而文学研究中的危机则明显地表现在德国语言和文学领域,年轻学者们对国家社会主义研究方法论加以叛离,在各自新的基点上重新思考未来文学研究的重要可行性,人们面对各种新的文学研究方法,诸如俄国形式主义、布拉格

形式主义、英美新批评、现象学文学本体论深感兴趣。而且,从事文学研究方法论研究的大学研究班形式,已成为教育课程设置的重要方面。研究方法论的文学理论书籍大量出版,目不暇接,形成一个很大的方法论转向思潮。

在文学方法论热潮中,人们开始运用不同的方法论对德国文学史上的经典作品进行研究和重新估价。但是,人们很快发现,仅仅从作品文本出发进行语言研究,是不可能正确地评价一部作品的意义和价值的。何况现代主义的崛起,使得荷尔德林、卡夫卡、里尔克、托马斯·曼声誉日起,而歌德、席勒等的德国古典主义经典著作面临各种激进艺术的挑战。旧的文学范式遭到置疑,人们痛切地感到作品的评价标准需要加以重新检验。

面对形式主义思潮和巴黎符号学和"太凯尔"小组①的活动,姚斯感到,这种将作品用符号系统封闭起来和把文本结构绝对化的做法,必然会把人的历史经验排除在文学研究之外。这样,文学作品就成为与人无涉的纯语言学文本。姚斯认识到,目前文学理论界这种纯文学语言现象是不正常的,正面临重大的危机。因此,必须引入解释学的"历史理解"概念,从而从纯语言学视野向历史的视野转向。

迈进解释学大门的姚斯,为自己将要创立的接受美学理论找到了方法论前提。解释学理论构成自己接受美学的解释学背景,强调突破文本中心论这样一种僵硬的研究格局,实现文学研究范式或重心向审美接受方面的转移。

1967年,姚斯到康斯坦茨大学出任教授,作了题为《文学史作为文学理论的挑战》的就职讲演。这篇著名的演讲全面提出了接受美学基本思想和理论格局,确立了以读者为中心的接受美学理论,对60年代产生的文学研究方法论危机作出回答,实现了文学研究方向的根本改变。

《挑战》的发表,引起了人们的重视,为姚斯赢得了声誉。为了更好地实现文艺语言学向接受美学和效果美学的转向,姚斯邀请了一批从事文学的语言学研究的专家到康斯坦茨大学,组成一个研究小组。这个小组在几年时间里,发表了大量论文和出版了多种专著,使接受美学走出了康斯坦茨的校园,走出了德国,成为美学界和文学理论界的一股颇有影响力的思潮。

在《挑战》中,姚斯全面地提出自己的接受美学基本思想和理论格局,因此,它被普遍认为是接受美学的历史性文献和开拓性理论纲领。

姚斯指出,文学史的研究已经陷入困境,文学史所希冀达到的在文学作品的历史中展现民族个性的复现的愿望落空了,而学者们忙碌于学术杂志的诡辩之中,但所研究的问题或明或暗,大多是些伪问题。之所以出现这种境况,其原因在于文学史家外在于历史的尺度,因而对文学这一特殊研究对象,缺乏自己所必备的审美判

---

① 太凯尔小组(Tel Quel)指1960年在巴黎成立的一个先锋文化理论团体。它出版同名期刊,并有一套丛书,主要代表是菲索莱尔和让·雷卡多。早期注意与俄国形式主义的联系,对语言学尤其是对日内瓦学派感兴趣,热衷于研究"新小说",后来进行文艺作品结构分析和创造性阅读方法的研究,也讨论西方马克思主义问题。

断。姚斯进一步分析了文学的历史思考与美学思考间的裂痕,并指出,真正的文学研究的出路在于重建历史与美学之间的联系。

对作品的历史本质加以考察,姚斯强调从作品历史中去看文学作品的意义生成,从文学作品的起源、社会功能和历史影响这种历史视野上去看文艺作品。文学的历史性并不随着审美形式系统的连续性而终结。文学的演化犹如语言的演化一样,不仅仅内在地决定于它自身独具的历时性和共时性关系,而且也决定于它与整个历史过程的关系。

弗里德利希·荷尔德林(1770—1843)

弗兰茨·卡夫卡(1883—1924)

莱纳·马利亚·里尔克(1875—1926)

托马斯·曼(1875—1955)

对文学研究提出的文学史问题的挑战,其主要目的是力图消除文学与历史之间、历史方法与美学方法之间的对立,从而革新文学史和文学理论。过去的文学理论研究只重视作家、作品之维,而丧失了文学的接受和影响之维。而在作者—作品—读者新形成的总体关系中,读者决不是可有可无、不关痛痒的因素。相反,从根本意义上说,文学作品是为读者而创作的,读者是文学活动的能动主体。读者本身便是一种历史的能动创造力量。文学作品的历史生命如果没有接受者的能动参

与介入是不可想象的。因为,"只有通过读者的阅读过程,作品才能够进入一种连续性变化的经验视野之中"①。因此,接受美学正尝试建立自己的新的理论准则。

在文学史研究中,只有运用"历史接受方法",才能真正理解作品及其作品的意义和价值。必须从三个方面去考察文学的历史性:"文学作品接受的相互关系的历时性方面;同一时期文学参照构架的共时性方面以及这种构架的系列;最后,内在的文学发展与一般历史过程的关系。"②可以说,姚斯的文学理论既注重文学的本体性,又避免了历史主义和形式主义的偏颇。他以文学及其接受为中心,而又不脱离一般的历史环境和历史过程去寻绎自己理论的方法论基础,使得他的理论具有很强的现实意义和理论根基。正是基于这种新的文学史观,姚斯提出了他的接受美学的几个论点,进而阐述了接受美学的基本理论。

1. 接受主体论和文学效果

文学史的更新要求建立一种接受和影响的美学。迄今为止的文学史仅仅是作家和作品的历史,而读者的作用被文学史家和文艺理论家所遗忘。这是因为,理论家们将艺术作品看作是超越时空的被给定的客观存在。姚斯在《文学史作为文学理论的挑战》中指出,这完全是一个误解,事实上,文学作品并非是与读者无涉的客观存在;相反,作品渴求读者阅读,希求与接受者的对话。"文学作品并非是一个对每个时代的每个观察者都以同一面貌出现的自足的客体,它也不是形而上地展示其超时代本质的纪念碑。文学作品像一部乐谱,要求演奏者将其变成流动的音乐。只有阅读,才能使文本从死的语言物质材料中挣脱出来而拥有现实的生命。"③

读者对作品而言是非此不可的,不存在可以离开读者而自足存在的所谓的艺术作品。艺术价值的实现使得艺术作品总是"为它之物"。只有读者,才能使作品获得新的规定性存在。姚斯坚持确立读者的中心地位,因为,创作作品既非文学活动的终点,也非文学活动的目的。相反,作品总是为读者而创作,文学的唯一对象是读者。阅读活动是将作品从静态的特质符号中解放出来,还原为鲜活生命的唯一可能的途径。

作品的意义来源于两个方面:一是作品本身,一是读者的赋予。读者对作品意义的填充是能动的、决定性的。在阅读过程中,读者充分调动主体能动性,激活自己的想象力、直观能力、体验能力和感悟力,通过对作品符号的解码、翻译,不但把创造主体所创造的艺术形象中所包含的丰富内容复现出来,加以充分地理解、体验,而且还渗入自己的人格、气质、生命意识,重新创造出各具特色的艺术形象,甚至能够对原来的艺术形象进行开拓、补充、再创,见人之所未见,言人之所不能言,体味到艺术家在创造这个艺术形象或审美意境时不曾说过甚至不曾想到的东西,深化原来并不很深刻的东西。

---

① Walning, R. ed. *Rezeptionsaesthetik*:*Theorie und Praxis*,München:Wilhelm Fink Verlag, 1974, S.127.
② Ibid, S.142.
③ Ibid, S.129.

将文学史看成文学效果的历史,将读者放在决定文学价值的重要地位,使姚斯必然要把文学史看成读者接受作品和作品在读者中产生影响的历史。文学史是作家、作品和读者三者之间的关系史,是文学被读者接受的历史。艺术作品的审美价值并不是客观的,而是与读者的价值体验有着密切关系的。一部新的文学作品,可以通过预示、暗示、特征显示,预先为读者提示出一种特殊的接受。它以唤醒读者以往阅读的记忆,将读者导入特定的体验中,并唤起他的期待。每个读者天资、经历和修养不同,作品就会对每个人呈现出不同的意义,因此,文学的历史就不仅是作家和作品史,而是作品的效果史。正唯此,姚斯指出:"文学的历史是一种美学接受和生产的过程,这个过程必须通过接受的读者、反思的批评家和再创作的作家将过去的作品加以实现才能进行。"①

2. 期待视野与接受形式

接受了科学哲学家卡尔·波普尔和社会学家卡尔·曼海姆所采用的"期待视野"的概念,姚斯在接受美学中提出"期待视野"的观点,以说明读者阅读作品的主动性。

读者的阅读感受与其期待视野一致,读者便感到作品缺乏新意和刺激力而索然寡味,相反,作品意味大出意料之外,超出期待视野,便感到振奋,这种新体验便丰富和拓展了新的期待视野。审美经验具有一种使人产生潜在反射审美态度的机制。个体期待视野与他的具体阅读中存在一个"审美距离"(或"角色距离"),并不断发生变化:当接受者与艺术作品中的角色距离为零时,接受者完全进入角色,无法获得审美享受;相反,当这种距离增大时,期待视野对接受的指导作用趋近于零时,接受者则对作品漠然视之。因

卡尔·波普尔(1902—1994)

而,期待视野与作品之间的距离,积淀的审美经验与新作品的接受需求的视野的变化之间的距离,决定着文学作品的艺术特性。

文学接受具有垂直接受和水平接受两种形式。实质上,这是一个关于纵的历史接受与横的同一时期的接受的划分。所谓垂直接受即从历史沿革角度考察作品的接受、评价和影响的情况,处于不同时代的读者因各自历史背景和文化背景的差异,必然对同一作家、同一作品有着不尽相同的理解、解释和评价。造成这种差异的原因除人的历史局限性以外,还存在着另一个原因,即"一部作品的潜在意义不会也不可能为某一时代的读者所穷尽,只有在不断发展的接受过程中才能逐步为读者所发掘"②。所谓水平接受,即指同时代人对文学作品的接受具有同中有异、异中有同的状况。垂直接受和水平接受,包蕴了接受的全部的深度和广度。

---

① Walning, R. ed. *Rezeptionsaesthetik*:*Theorie und Praxis*, München: Wilhelm Fink Verlag, 1974, S.129.
② Ibid, S.135.

3. 文学演变论与文学历史性

姚斯分析和吸收了穆卡洛夫斯基的"文学演变"思想,并将其建立在接受美学上。文学演变论表明,读者在接受活动中,总是对旧形式的作品加以扬弃,对新形式的作品加以激赏。但是,新作品崛起以先前已完成的作品为背景,尽管成功的新作品可以达到某个文学时期的"巅峰",但也会很快变得习以为常,直到具有更新的艺术形式的作品崛起,而原先的"新作品"便成为明日黄花而无人问津。

文学系列中的演变更替只能成为一种历史的连续性,而新旧形式的对立也能使人们认识到它们特殊的调节。这种调节不仅包括作品与接受者在互相作用中的意义生成,而且包括读者的接受和评价,反过来能影响作家的创新。因此,"文学接受并非是对作品的单一的复制和还原,而是一种积极的、创造性的反作用"①。正是由于读者的接受是对作品中蕴含的作家创作意向的检验,正是由于读者的期待视野和判断标准会反馈到作家的创作活动中,所以作家就不可能再走司空见惯的旧路,他只能不断地创新以拉开与读者期待视野的距离。创新不仅是一个美学范畴,而且也是一个历史范畴。在审美态度不断求新的历史变化中,艺术接受刺激艺术生产,反过来,艺术生产也进一步提高了艺术接受,艺术生产和接受的相互作用的可能性远非观察所能穷尽。

文学的历史性在历时性和共时性的交叉点上显示出来。文学接受不仅要考虑历时性因素,也要考察共时性因素。如果仅从历史性出发,那么,面对审美接受态度的转向,新作品的理解与旧作品的意义之间的功能联系便与接受的角度相抵触。因而,只有注重共时性因素才能观察文学发展中一个共时性的横切面,同等安排同时代作品的异质多重性,从而发现文学的历史时刻中的主要关系系统。假如进

一步将这一横断面的以前和以后都作这样的历史性安排,那么,文学结构的演变在其开创新纪元的瞬间,便被历史地结合起来了。

在历时态与共时态交叉处显示出的文学的历史性,能够使某一特定时刻和文学视野得以理解。因为每一共时系统必然包括它的过去和未来。也就是说,在时间中的历史某一点的文学生产,其共时性横断面必然暗示着进一步的历史性以前或以后的横断面。因此,我们一旦通过对文学生产与接受相互辩证发展的过程,就有可能透过文学的形式与内容的演变,认识到作为解释世界的文学系统的重建,而且,我们就可以理解审美经验过程中视野的变化。姚斯坚信,文学史家只有找到这个"交叉点",以使作品显现出"文学演变"在其形成的历史时刻以及这在两个时期之间的停顿中连接的过程性特点,这样才能使在传统主义和实证主义中均已迷失的事件的连续,即文学的历史层面得以复原。

文学的功能是建筑在作品社会效果之上的。文学的社会功能,只有在读者进入他生活实践的期待视野,形成他对世界的理解,并因之也对其社会行为有所影响,从中获得文学体验时,才真正有可能实现其自身。因此,文学实际上是一种潜

---

① Walning, R. ed. *Rezeptionsaesthetik:Theorie und Praxis*, München: Wilhelm Fink Verlag, 1974, S.143.

在的引导力量,文学作品所产生的社会性方式和行为方式,从而生成新的生命感性和理性,对传统观念和价值标准提出疑问和挑战。

事实上,"阅读经验能使人们从一种日常生活的惯性、偏见和困境中解放出来。在接受活动中,艺术给予人们一种世界全新的感觉。从宗教和社会的束缚下解放出来,使他们看到尚未实现的可能性,为他们开辟新的愿望、要求和目标,为他们打开未来经验之途"①。

文学和读者之间的关系能将自身在感觉领域内具体化为一种对审美感觉的刺激,也能在伦理学领域内具体化为一种对于道德的反映的召唤。一言以蔽之:文学作品以不为人熟知的审美形式打破读者的期待,同时向读者提出宗教或国家认可的道路所无法回答的问题。读者接受具有重要的社会价值和现实意义,因为文学在社会存在中的特殊功能恰恰在于,它能冲破占统治地位的道德的禁区,为人们生活实践中出现的道德疑难提出新的解决方案,这个新的方案将为包括所有读者在内的社会舆论所认可。可以认为,姚斯从文学史的角度去看待文学接受问题,考察文学作品在读者阅读过程中各个历史阶段所呈现的不同意味。他这种同过去文学史以作者、作品、流派、风格为研究中心迥异其趣的研究方法,显示出新的价值取向。

接受美学与艺术精神分析法着重探讨作者无意识、或新批评强调文本的内在结构不同,接受美学一方面发挥现象学美学关于文学文本的未定点在读者阅读过程中得到具体化的思想,另一方面,则主要从文学史角度看文学接受问题,集中考察文学作品在接受过程各个历史阶段所呈现出来的不断变化的形态。接受美学围绕读者与文本的对话这一焦点,展开了自己研究的新维度。

可以说,接受美学作为文学研究的新范式,具有同过去一切文艺不同的理论特征,形成一种对文学总体活动(作家—作品—读者)过程研究的新思路。主要表现为:确立了读者中心地位。文学作品不是一个与读者无涉的自足客体,创作作品既非文学活动的终点,也非文学活动的目的。相反,作品总是为读者而创作,文学的唯一对象是读者。未被阅读的作品仅仅是一种"可能的存在",只有在阅读过程中才能转化为"现实的存在"。文学并不是一种"自在之物",而是"为它之物",因此,阅读活动是将作品从静态的物质符号中解放出来,还原为鲜活生命的唯一可能的途径。读者在文学过程中不是可有可无的一维,而是居于整个文学活动的中心,是文学审美价值实现的不可或缺的因素。

读者在接受活动中居于中心地位。读者作为作品接受的能动力量,在阅读活动中具有重要地位。"作为意向对象的读者"已被许多作家所描述过。塞尔维亚作家伊凡·拉利奇曾相当生动地展示出这一境况:"当作家坐在一张白纸面前写作的时候,他(读者)的影子俯身站在作家的背后,甚至当作家不愿意意识到影子存在的时候,影子也还是站在他的背后,这个读者在那张白纸上打上他那看不见的磨

---

① Walning, R. ed. *Rezeptionsaesthetik*: *Theorie und Praxis*, München: Wilhelm Fink Verlag, 1974, S. 150.

灭不掉的标记,写上证明他的好奇心的证词,写上证明有一天他想拿起写完的作品先睹为快的难于表达的愿望的证词。"这表明,作品本身是一个召唤结构,它以其不确定性与意义的空白,使不同的读者对其具体化时隐含了不同的理解和解释。

每个读者在接受活动中,总是从自己活生生的生活和文学的"期待视野"出发去看待作品。期待视野的不同,使不同读者对阅读对象的需求不同。加上时间的流逝、体验的加深、时代的变迁,读者对同一作品的理解也会发生变异,他所领会、所赋予作品的意义也会发生很大的变化。因此,作品的意义等于作者所赋予的意义和接受所赋予的意义的总和。甚至接受者所赋予作品意义能"溢出"原来的意义的框架,使作品出现作者所意想不到的意义来。当然,作品的规定性和接受的能动性是辩证统一的,以一方否定另一方都将导致谬误。读者的能动性无疑是值得提倡的,但正如伊塞尔所说:作品也"制约着接受活动,以使其不至于脱离文本的意向而对文本作随意的理解"。

接受美学强调读者中心论的方法论意义在于,它打破了英美新批评、巴黎结构主义的文本中心论,确立了作品的意义从读者对作品的阅读过程中诞生这一事实。任何接受活动都是在时间之域展开,都离不开历史与未来的调节,离不开视野的改换和对作品意义的重新阐释,从这个意义上说,艺术接受活动是调节欣赏者整个审美经验对作品的"空白"结构中以想象性补充、充实的过程,是一种融注了欣赏者感知、想象、理解、感悟等多种心理因素的一种艺术形象再创造活动。

读者接受作为一种心理活动而言,是人类一种特殊的心理活动形式。这是融注了欣赏者全部生命、全部人格的"整体震颤",是调动整个丰盈的生命力总体投入的"高峰体验"。在这里,主体与客体、感性与理性、具体与抽象、形象与思想、有限与无限达到一种"整合"状态,消解了其间的对峙和鸿沟,达到"瞬间同一"的境界。在读者的接受活动中,并非仅仅是单纯的想象,或仅仅是情感、知觉在起作用,而是一种所有心理因素都完全激活,都参与其中的总体生命投入活动。艺术接受中那种对存在真理的感悟和敞亮,使人见其所不能见,感其所不能感,在心驰神往、激情充盈之时,顿时领悟到作品的意义。这种艺术体验不涉理路,也不违理路;不落言筌,也不离言筌;虽不可凑泊,也非不可捉摸。这种全部心理因素的总体投入,使人的生命力获得了诗意的光辉。

读者艺术接受过程是一个融理入情、情理统一的过程,是在这种情理交融过程中完成对文本意义的探究。任何文学文本都具有未定性,是一个多层面的未完成的图式结构。它的存在本身是一个"召唤结构",具有很多"空白点",读者将自己的体验以及独特的生命意义置入文本,通过活生生的体验对文本进行具体化,将作品中的空白处填充起来。这时,作品就不是独立的、自为的,而是相对的、为我的,作品成了我的作品,作品的艺术世界成为我的世界,成为我的生命意义的投射和揭示。正是在读者情理融合之中,在将自己的生活经历、生命情态投入中,作品中的未定性得以确定,使文学作品的审美价值获得实现。没有读者的阅读,没有读者将文本具体化,那么就没有文学作品审美价值的实现。因此,不同的读者在作品中投人不同的情与理,就会产生不同的审美接受和意义阐释,这些阐释和体验既可因人因地而异,也可因时代因心境变化各有不同。但任何一种阐释都有其存在意义和价值,都有其合理性。谁都不能说自己所欣赏的《红楼梦》才是最正确的体验和最完美的解释,正是不同的解释使《红楼梦》的意义宽泛深远起来,永远不可能完全穷尽。因为,作品的效果史永远在完成之中展示出来。

二、对否定性美学的超越

姚斯的《挑战》问世以后,一时反驳、批评、发扬者不计其数,在学术研究刊物以及新闻报刊中亦响应者云集,在德国文艺理论界形成巨大的声势。在这种强大的接受理论冲击下,那种纯文本主义的纯结构语言运动的影响已经微乎其微,俄国形式主义的感觉陌生化以及文学演变范式已经很少为人所提及。进入70年代以后,甚至连期待视野这一富于创造力的概念也已不再具有先前那种魅力。当然,接受理论自身也出现了停滞不前的局面。富有独创性的理论建树愈加鲜见,人们更多地进入到更加细致、更加精微的研究领域。这时,姚斯的兴趣开始转向,即从那些激发他写出挑战性宣言的问题中转向,而开始关注一个更深入的问题——审美经验问题。

1972年,姚斯出版了《审美经验一辩》一书,显示出姚斯思想转折的新端倪。姚斯将审美经验问题作为自己研究的重要领域,认为他过去著作中存在着对审美经验描述的片面本质的缺陷:首先,由于排除了基本的审美经验,接受美学与其理论反思成为一种空洞的、与活生生的人生体验相隔离的思考方式。其次,由于其倾向于纯艺术分析,就不仅忽略了艺术深刻的启蒙灵魂的价值,也忽略了艺术所具有或潜在地具有的诸多功能。

循此出发,姚斯对自己前期的带有偏激性的否定思想加以检讨。在认真研读阿多诺的遗著《美学理论》以后,姚斯觉得阿多诺的艺术否定理论使自己头脑更清醒了。他开始修正他理论著作中的一些观点。阿多诺的艺术否定性思想认为,现代艺术的审美效应产生于它对传统和现实的否定之上,否定是现代艺术的审美特性所在,通过对现实世界的否定,拯救了人在现实社会失去的希望,而且,只有艺术作品否定了它所产生的特定的社会,才会秉有自身的社会价值。阿多诺在《美学理论》一书中认为,"艺术在与现实的关系中,使其自身和与自身相联系的一切都处于拯救状态之中"。艺术审美特性是摈弃和否定经验现实,对异化的经验现实采取批判态度,因为任何一种艺术作品的真实都是以具体否定为其轴心的,这正是现代美学精神所在。因此,只存在否定性艺术,而不存在什么肯定性艺术或进步性文学。人们正是从文学与社会实践的对立上界定文学。在《美学理论》中阿多诺指出:"所谓艺术否定性,即指在艺术作品中没有任何东西是属于既存事物的,甚至连作品语言和意象也是全然创新的。"只有全然否定现实,进而切断与日常语言和意象的纽带,艺术才能成为真正的艺术。

姚斯感到,这种批判的、否定性美学似乎过分偏激了一些,这与人们的审美经验事实并不完全相合。而阿多诺的艺术是痛苦的,与快乐和幸福是没有缘分的说法,也是姚斯所不敢苟同的。阿多诺声称:通过艺术作品而寻求自身的快乐,近乎于这种情状,从作为"为它而存在"的总体经验主义的经验而非经验主义的经验中挣脱出来,可能叔本华是第一个意识到这个问题的人。沉醉于艺术作品的幸福是一种倏然逸世的状态,但是艺术绝不是产生于幸福之中。逸世的快乐是转瞬即逝和微不足道的。艺术与快乐无缘,所谓艺术愉悦的概念将被解体。姚斯指出,阿多诺只看到现代艺术的某些特性,而对整个文学史(古代、近代、现代)却无法说明其规律。这种否定概念,无法欣赏大范围的文学作品的艺术审美价值,从中世纪的英雄史诗到"肯定文学"中的古典名著。阿多诺的否定美学目空一切,使艺术走到另一个极端而脱离其本质,而只能残存间接的社会功用。

从人类审美经验的丰富性和多样性观点出发,姚斯在《审美经验一辩》中指出:"那种纯粹的否定性,即否定文学与社会条件的同一性,是固执一端的否定文学的关键所在。然而,以绝然否定为标立新说的做法,并不是以显示出社会生活新图式的根据所在。"艺术审美经验与日常感性既相联系又相区别,那种一味强调二者绝然对立、从而过分重视陌生化的感知、标举"具体否定"原则的艺术"异样事物"(das Andere)的激进做法是缺乏历史性观念的。姚斯强调接受美学的历史感,认为根据接受美学理论,艺术作品的本质建立在其历史性上,亦即建立在从它不断与大众对话产生的效果上。艺术与社会的关系只能在解释学的问答逻辑的辩证关系中加以把握,艺术史涉及传统理解接受间的视野变化。

这段时期,姚斯已经将前期津津乐道的"期待视野"从自己美学的中心移开,而仅仅将其看作人类审美经验漫长历史中的一个方面。因此,姚斯从复杂的审美经验入手,去寻绎自己与否定性美学的重要分歧所在。姚斯的做法是:重新引进"愉悦"概念。

人们之所以喜好艺术,并不是因为"否定"这个原因,相反,大多是由于艺术魅力的愉悦性吸引了人们。艺术的愉悦与享受(Genuβ)是审美经验中的重要维度,但在过去两个世界中,这种愉悦和交流性渐趋衰微,人们只看到艺术的否定和反抗。艺术的认识和交流功能失落了,审美愉悦表现为哲学、历史或当代美学理论的三阶层的范式中的异化的感伤,或乌托邦式的对立面。姚斯要使失落的愉悦得以重新重视,他通过把基本的审美经验恢复到文艺理论的中心这一合法地位的途径,而避免了否定性美学的偏颇。

必须将愉悦与在现象学意义上的审美愉悦加以区别。审美愉悦具有两个因素,前一个因素是所有愉悦都必须具有的,即自我为对象所吸引并沉醉其中。而后一个因素具有审美判断力意味而仅限于审美愉悦,在审美中,人们对客体存在加以现象学悬搁,使其成为一个意向对象。因此,审美态度意味着主体对对象保持审美距离,即主体在审美静观中产生意向性的想象对象。可以说,审美愉悦既是姚斯转向审美经验研究的初阶,也是他审美理论的入门处。至此,姚斯已从前期的《挑战》中标举读者中心地位,更深一层地转向注重审美经验问题上。1977年,姚斯发表自己后期一部重要著作《审美经验与文学解释学》,从而开拓出一个新的视域。

三、对审美经验的考察

进入 70 年代中期,接受美学已经失却轰动效应。姚斯在其探讨审美经验的新著《审美经验与文学解释学》中,其早期那种"挑战"的宣言般的锋芒已不复存在,相反,更多的是充满对自己早期理论的清算和批判。而且,一反过去那种痛快淋漓、气势夺人的文风,行文风格变得枯燥生涩,学院味十足,这种状况,使得姚斯后期的著作反响远不及当年,彻底失去了昔日霍然崛起的气势。当然,这与 70 年代的文化氛围、学术气氛和人的心理状态有着紧密的关系。

然而,不管怎样,姚斯力图恢复审美经验中心地位的企图还是达到了,他的《审美经验和文学解释学》一书富于学术探险精神的新颖观点,给他的学术生涯留下了不可磨灭的印迹。可以说,突出艺术的审美经验,是姚斯晚期研究的重要特色。姚斯不像美学研究对一般审美经验的研究,而是着重研究以在接受活动中所表达出的艺术经验为主的历史的审美经验。

1. 审美经验的基本结构

审美经验的基本结构包括三个方面:诗、审美、净化。他分别把"诗"称为创造的活动;把"审美"称为接受的活动;把"净化"称为交流的活动。也就是说,人类艺术审美活动由艺术的生产、艺术的接受和艺术的交流所组成,因此,分析审美经验只能由此入手。因为,在审美活动中,作为诗艺的生产、作为净化的交流和作为审美的世界变得清晰起来。艺术通过摆脱控制关系的历史而得到人类行为的独立自主。

姚斯从艺术创作、艺术接受和艺术交流三个维度全面阐释审美经验的内在结构,认为,艺术生产的审美经验是诗。在亚里士多德的知识体系中,诗作为生产活动在古代中世纪中归属于实践活动,而随着现代世界的改变,诗的概念也发生了变化。诗不再指一种模仿的先在完善的能力,而是一种生命的创造力,其本身就具有能产生完善的审美意象的能力。人的审美经验的生产能力,从一开始就是正在进行的创作艺术家所遇到的一种界限的抵抗的经验。诗人将自己的体验转化为一部诗的艺术作品,他既为作品的诞生而欢悦,又为寻找到一种解脱意绪的途径而兴奋。艺术家在创造的迷狂中,重新认识到自身中作为已经过去了的经验的东西和能够重新被唤起的东西:有能力在有意识的审美活动中放弃现实异化、在世界最初的新奇中重新创造世界的诗人把一种已被遗忘了的或已被排挤掉的事实塞回到我们的意识里来。正是这种由感受和想象豁然打开的、对已消失的经验进行重新认识的大门,以及重新找到逝去的年华,才把审美经验的整个深度揭示出来①。

接受的审美经验是审美愉悦,这种接受的审美经验,通过其独特的体验时间而

---

① Jauss, H. R. *Aesthetische Erfahrung und Literarische Hermeneutik*. Band I. Versuche in Feld der aesthetische Erfahrung, München: Wilhelm Fink Verlag, 1987.

与现实时间相区别,在这种经验中能使逝去的一切"重新看见",使人恍然进入一种幻想境界,使滞留的时间性消解了现实流动的时间急迫性。同时,审美接受与未来经验相沟通,因而也就打开了全新活动空间的可能性。而且,审美愉悦所产生的记忆形式上的一种新经验,以及对记忆的愉悦能力的新发现,也沟通了接受经验目前的变化。

审美愉悦从古代发展到现代,形成两种不同的走向。一种具有批判的语言学功能,主导倾向是否定性美学或对所有愉悦提出挑战,它潜在地废除了审美经验的全部可能(如福楼拜、瓦莱里、贝克特、葛里叶)。姚斯对这一倾向着力批判,相反,却对具有"人类共有"的功能的审美愉悦(如波特莱尔、普鲁斯特)表示赞赏。姚斯认为,愉悦层次上的审美经验肩负着反抗社会异化的重任,即利用审美感觉的语言批判和创造功能,反抗委靡经验和文化思想中处于依附地位的语言。不仅如此,审美感知还用来保护人的原初的世界经验,维护一个共同的视野,联络与其自身经验相疏离的社会。他强调:"只有艺术,才能最好地维护这一共同视野。"

构成审美经验的第三维是交流的审美经验——净化。净化范畴可以理解为艺术与接受者之间进行交流的组成部分。姚斯在考察了从古代亚里士多德到现代对净化的看法以后指出,在交往方面,审美经验既使旁观者可能有自己独特的角色距离,又使他有可能游戏般地确定自己的角色。在体验之中能达到日常经验所无法臻达或无法忍受之境,而且,它提供一种净化心灵、实现自身的可能性,并最终返回作为生命本源的真理的敞露。

审美经验这种生产—接受—交流的流动史,是人性深度的一种自我探寻。经过审美经验过程所有阶段以后,人们发现,那种有限与无限和沟通的审美同一性即向自己讲述一种可能性,就是永不放弃的对自身同一化的追问。

2. 审美经验的三个层次

审美经验具有三个层次,这是包括由表层向中层、深层拓进的多维结构。

审美经验的表层次是审美愉悦。人在审美活动中,与对象不再处在对立的立场,人剥夺了外部世界的冷漠和陌生性质,而把它变成自己的创造源泉。人通过创作,并在自己的创作活动中获得美的享受,同样,艺术观赏的审美享受也使观赏者摆脱了具有控制关系的日常生活,摆脱被日常生活所羁绊的我,使心灵发生新的变化,达到一种新的自由感。

审美经验的中层次体现在艺术观赏过程中,获得心灵解放并得到自我确证。观赏者一方面在艺术中发现一个迥异于日常世界的全新世界,他自由地展开想象,不再遭受日常经验的束缚压迫,重新找到心灵的诗意情调和圣洁的和音。另一方面,接受者通过接受活动而介入作品世界中,独立地对作品所表现的事件作出自己的审美评价和审美判断,在审美中拥有审美价值的独立自主性。

艺术审美经验具有难以驯服、难以驾驭的性格,它总是一再反抗禁令,以种种新的艺术技巧和形式来否定意识话语的控制。人正是凭借艺术经验才得以拒绝意识形态对世界的歪曲或解释,而坚持自己在本质直观之中所形成的本真解释。审美经验的最高层,即产生全新的经验方式,使人性从日常生活的麻木猥琐和习惯偏见中解放出来。艺术所产生形成的新感受方式和新经验方式,将改变人们的心灵世界,拓展其生活视野,使他们超越现实而对自身存在价值加以反思。艺术深层审美经验是一种对自己和世界重新审视和批判的感悟。可以说,这种艺术经验,不仅解放人的生活经验,而且解放人的内在存在经验和对世界所抱有的价值信念。

艺术审美经验在接受美学那里具有极为重要的现实意义。艺术的自由感和超越性功能给世界带来亮光和审美意义,正因为有艺术,这个世界才有透明性可言。

3. 审美经验的五种类型

姚斯论述了审美经验三个层次以后,进一步从接受方面讨论了接受者与作品中主人公相互联系的五种类型。在姚斯看来,审美接受是一个情感体验和介入的过程,其核心体现为主人公的认同。

接受者与作品主人公的认同,是审美经验研究的重要内容。接受者根据自己的生活审美感受对作品加以体认,对主人公抱有不同的审美态度。姚斯根据诺思洛普·弗莱在其《批评的解剖》(1957)提出的文学主人公的五种原型:神、半神、英雄、凡人、反英雄,把接受者与作品主人公在审美经验中的认同划分为五种类型,即联系型、敬慕型、同情型、净化型和反讽型。不过,姚斯的着眼点与弗莱不同,是将这几种类型建立在艺术接受的审美经验形态上,而不是建立在作品形象本身上面。

联系型认同,一般都存于较低层的社会群体组织,人们可以通过中世纪仪式上演出活动与现代世俗舞台演出进行时对比来加以观察。联系型认同要求观众自由联想的方式积极介入演出活动,使演员与观众之间拆除交流的屏障而融成一片。这种世俗演出具有浓厚的游戏娱乐性质,人们自由地享乐,把自身置于其所有其他参加者的角色之中,这与中世纪宗教演出活动强调仪式的繁复性和信仰的趋同性有别。

敬慕型认同的决定因素在于,需要一个完美的主人公,其业绩、行为、言谈超凡脱俗,一般人难以望其项背,从而构成一个群体中众口皆碑的楷模。在审美鉴赏中,接受者只能对其高风亮节表示倾倒和崇敬,以至于在赞美之中深受教诲或暗中模仿。

同情型认同,强调主人的非尽善尽美性。接受者感到主人公与自己相类似,因其苦难不幸而感动,而报之以同情和怜悯,甚至进而将自己置于英雄的地位,同受难的形象同患难共命运。

净化型认同,注重观众对受磨难的"凡人"处境和意味的体验,使接受者在悲剧性的震惊或喜剧性的欢笑中受到陶冶,并始终保持一定的审美距离:观者在一定范围内可以进入悲剧情感或报以同情的笑声,悲其所悲、乐其所乐。但要控制自己,摆脱认同的直接性,将认同升华到对表现的形象的判断与反思上。换言之,这种净化认同不仅可以有悲剧感情的升华,也可以在自由同情的笑声中获得喜剧性,形成新的道德判断和体认事物的新的价值观。

反讽型认同,发生在作品主人公被认为比接受者坏的时候。在这种类型中,主人公以卑琐、荒谬乃至邪恶的行为引起接受者的嘲弄和否定。反讽型认同,往往导致接受者产生失望、破残或否认期待的认同,促使他对现实社会进行反思、怀疑和批判。这类认同的主人公形象,在现代主义文学中普遍可见。它不仅是否定性美学的标志,也是姚斯早期接受美学所热衷的内容。但在后期姚斯那里,这种反讽认同只占审美经验诸类型的一个部分,这可以看出后期姚斯与其前期的思想转变的轨迹。

审美经验和五种认同模式涵盖了文艺作品审美效果的不同实现方式。注重对审美经验的研究,使姚斯由读者中心论发生转向,从而走向恢复审美经验中心地位的纵深领域,这亦是姚斯接受美学的终极意图所在。

四、文本理解的主体交往性

对接受理论和审美经验的思考,最终都归汇到文学交往理论的建树上。姚斯从哈贝马斯的交往理论和马克思的生产—流通—消费的"循环模式"理论中吸取养分,不断丰富和发展自己的交流范式理论。

1979年,姚斯接受了L·T·塞杰尔斯的采访,集中谈了自己近10年的思想演变,以及对文学交往理论的看法。在姚斯看来,布拉格结构主义、符号学、接受美学文艺理论虽然其理论取向、研究重点互不相同、各有侧重,但它们的理论框架和向心力都存在一个公分母,即它们都将人与人之间的交流问题置于一个重要的位置,放在他们理论反思的中心。姚斯指出,近年来,自己的研究已经逐步地克服了过去的一些片面性,不再仅仅将文学作品的接受作为自己研究的对象,而是将作家—作品—读者这一文学总体过程作为研究的终极对象,去把握艺术审美经验中人与人的深层交流。姚斯说:"文学接受的审美效果理论基本上建立在一种文本科学上,其理论尝试日趋发展成一种文学交往理论。这种理论试图正确看待艺术生产和接受的互相作用的功能。"

姚斯晚年没有停留在《文学史作为文学理论的挑战》和《审美经验与文学解释学》的研究范围内,而是将接受美学纳入到一个普遍的交往理论模式中加以考察,从而形成对人与人心灵对话的文学总体活动过程研究的新思路。

文学不是一种指向客体世界的对象性活动,而是一种主体间性的交往活动。姚斯秉承胡塞尔现象学后期所倡导的"主体间性"思想,认为人是主体,而人所构成的文本,即人的语言在历史传统中形成的种种文化也是主体。人与文本是一个互为主体的关系,人要认识自己,首先得认识人类文化的文本,而人要认识文本也得认识人自身。人与文本相互解释、相互说明。

传统文艺理论往往把文学总体活动仅仅看成文学创作过程,将文学研究作为一种片面的对象性研究,只考察作家和作品,而忽略了读者与作品的交流活动研究。自黑格尔将美定义为理念的感性显现以后,美学的目标就一直指向艺术的描述功能,艺术史被看作是作品及其作者的历史。艺术的那些在生活中发挥作用的功能,只有创作方面的审美经验研究取得了一些成就,而接受的审美经验方面成就甚少,至于交往的审美经验方面的研究可以说是一个空白。可以说,对主体间的交流研究的失落是现代文艺理论的通病。但人与作为"准主体"的文本的交流是人的本质的重要维度,因为人离开了他的文化语言及其创造物,就什么也不是,只有通过人的语言及其文本才能了解人的本质。反之,作为意识关联物的文本的意义也只有通过人的解释方能生成,它只存在于人的理解意向性结构中。正是读者的解读和阐释,才打破了文本意义结构的封闭形式,使其未定点获得活生生的具体化。读者经验与文本结构互为主体,相互解释,相互生成。

　　艺术交往活动是历史的,接受理论关注的不是文学文本的结构,而是对文学文本的理解的历史性。这样就从纯语言学的视域,转向了文本历史的视域,建立起一种作者、作品、读者的动态过程的历史学。因为一种新型的文学理论的机会恰恰不在于克服历史主义,而在于不断地认识为艺术所特有的、显示出艺术理解的历史性。人是历史的存在,人所创造的文本也是历史的存在。文本存在于文学视野中,存在于人类历史性接受的不断交替演化过程中,不存在绝对独立的文本,也不存在超越时空、超越历史的文本,文本的意义存在于解释它的人的理解意识之中,文本是人的理解的文学效果史中永无止境的显现,而效果史和接受史都具有社会历史意义上的规定性。

　　艺术交往理论强调,艺术审美活动的本质在于,人总是通过文本与潜在地存在于文本中的作者进行"对话"。将人与文本的关系变成"我与你"的关系,变成一种心灵对话、灵魂问答的关系。文学的本质是它的人际交流性质,这种性质决定了文学不能脱离其观察者而独立存在。因此,主体(作家与读者)通过对象(文本)而互相沟通,因为理解总是一种对话的形式,它是一个发生交流的语言事件。若要解释这些文本,便要与它们进入一种对话,那么,理解便发生在语言媒介之中。人栖身于语言之寓,人也通过语言而存在。通过文本的理解,创作活动与接受活动便不再成为互不相连的两个方面,而构成文学交往活动不可或缺的两维,成为作家、作品、读者是这一活动过程必不可少的因素。正如萨特所说:一切文学作品都是一种呼求,正是通过作品世界,作家与观赏者之间建立一种新型的"盟誓"关系,他们在艺术这另一世界中呼求自由。文学交往理论正是企求在文学的交流系统的环境中,去把握历史上的某种生活世界中的艺术经验,并通过这种经验的形成,使人们的思想、情感和生命意义相沟通。

　　将文学交往理论的研究,置于一个学术共同体的普遍的文化和学术活动中,是姚斯晚年努力的方向。姚斯认为,当今世界各种学科都趋向于人与人的交往理论学科的建立,完全有希望建立一种超学科的"普遍的交往理论"。因为同文学研究中读者、听众、观众的复兴相呼应:文本语言学向言语活动理论和交流状况扩展;符号学在文本的文化概念上阐发;重新提出相互作用的主体问题,社会人类学中生活世界的问题和生物学中动物与环境的问题;知识社会学与方兴未艾的相互作用理论同一的回归。当然,这个宏伟目标的实现,需要时间的检验。

关键词：

读者中心论（reader-centered theory）

审美经验（aesthetic experience）

审美愉悦（aesthesis）

诗/创作（poiesis）

净化（catharsis）

文学交往理论（literary theory of communication）

思考题：

一、姚斯是在什么背景下引入解释学的"历史理解"维度的？

二、如何理解姚斯所说的文学史研究困境？

三、姚斯接受美学的基本要点是什么？

四、姚斯如何对否定性美学进行超越？

五、审美经验在姚斯那里有哪些层次和类型？

六、姚斯的文学交往理论的要点是什么，有何特点？

第九节 接受美学的理论推进及其局限性

接受美学清理了文艺理论中的作者中心论和文本中心论，坚持文学主体性的建构，在当代美学思潮中迅速崛起。深究起来，接受美学理论在20世纪60年代崛起，有其深刻的历史原因和现实土壤。接受美学反对孤立、片面、机械地研究文学艺术，反对结构主义化的唯文本趋向，反对作品中心论和单纯的作家研究，强调文学总体动态过程的研究，强调文学作品的社会效果，重视读者的积极参与和接受，对当代文艺理论和美学都有着重要的创新意义。

接受美学的兴起，对当代文艺理论起了转变视野的作用，影响了诸多文艺理论流派。美国的读者反应批评学派、法国的"新"新批评学派深受其影响，它们几乎取消了文本的地位，片面地发展了接受美学中主观性的一面，将读者的能动作用推到极点。而以瑙曼为代表人物的接受美学，则吸收了康斯坦茨学派的基本论点，并从马克思的生产和消费的理论出发，阐述了文学生产和文学接受、作品与读者的相互关系和相互作用。他们发展了姚斯、伊塞尔关于文学作品在动态阅读中实现的理论，同时批判了他们过高估计读者的能动作用，夸大读者在阅读活动中的自由的主观化和相对性错误，重新确立了文本的决定性地位。

接受美学作为结构主义思潮之后的人文思潮重新走上前台的代表，在人与艺术的关系、人的存在与艺术社会效果方面作出了独到的理论阐释，并宣告了文学主体性的真正确立。

接受美学将文学主体性的建立作为自己的最终目的。认为作品作为主体的创造活动的终点，同时又是接受主体欣赏活动的起点，正是作品沟通了创造主体和接受主体这两个主体世界。因而,从本质上说,艺术活动就是一种寻求对话(心灵对话)的活动,这本质上就是一种对话,即使在审美主体的审美体验过程中(也就是还没有将体验物化出来)作者与读者这两个主体间也进行着潜对话。

接受美学的意义在于,标示出审美主体是艺术审美价值得以实现的唯一途径,强调接受主体对艺术作品的欣赏并非一种线性因果关系的链式反应,而是能动的艺术审美再创造过程,一个极为复杂的审美主体的内在建构过程:一方面是艺术作品(审美对象)的审美特性即心灵化过程,另一方面是审美主体审美能力外化的过程。这是一种在审美实践中发生的主客体之间的相互作用,是从客体到主体和从主体到客体这样一种双向运动审美过程。

接受主体性特性表明接受主体具有能动性。审美欣赏活动不仅是对审美客体直观掌握的审美体验过程,还是对审美对象进行再创造(二度创造)的过程。它要求欣赏者充分调动主体能动性,用自己那颗在体验中跳动不安的心灵去激活那些文学、那些画面、那些音符,使它们成为主体情感、意志、生命感和灵肉的载体,方才诞生出新的审美意象。这时,主体的能动性,已经超越单纯欣赏客体和对客体进行再创造的境界而迈入对主体自身审美心理结构(情感、意志、趣味、生命感)重新建构、重新吐纳的境界。可以说,欣赏活动中主体的能动性的程度标示出接受过程中主体性所臻达的高度。

接受主体性特征表明接受不是对作品"原意"的追索或还原,而是主体的理解、阐释过程,是主体自身独特存在方式的呈现。本质上说,艺术欣赏活动是审美主体以自己的感性血肉之躯的各种感官去看、去听、去触摸、去品味、去体验,因而个体性表明欣赏者作为主体对审美对象一种全面的精神把握和特殊占有,主体的各种特殊心理活动、独特的心理感受、情感意志、想象理解都将在客体上打上鲜明个性的印痕。审美主体在作品中所体验到的只是他那颗灵魂才能体验到的,他在作品中寻找到的是他自己才能找到的。他通过作品与作者的"对话"是富于个性化的,对于其他欣赏者来说不具备必然性和普遍有效性,他以自己的独特的感性(新感性)和经验模式介入和参与着对作品的审美把握,从而表征出个体美感的属人的特性。他对作品个性把握是他自身灵魂的写照和心路历程,是他所独具的对世界、人生存在方式的一种精神照亮和持存,一种审美掌握和艺术占有,是主体生命丰盈的一种外在投射,一种人格力量的自我确证,一种内心世界与外在世界的叠印认同。

接受主体面对的并非是一堆无生命的文字符号,相反,作品一旦脱离作家之手,便自己具有了生命气息,而脱离作家创作时的特殊角度、特殊氛围、特殊维度,成为像生活本身那样丰富的、立体的、多维的、多向的艺术生命体。而欣赏主体将自己的个人生活经历、个性趣味、审美偏爱、特殊心境投入这一艺术形象,再创造出的艺术形象更加栩栩如生。无数审美欣赏主体共同创造的艺术形象,总体上比作家赋予的主题要深邃全面得多。艺术欣赏(艺术接受)过程是艺术品的永恒创造的过程。正是在这一生生不息的创造过程中,历代读者把自己富于个性、民族性、时代性的审美体验赋予了艺术品,从而对作品作出特殊的阐释,这种赋予和阐释又成为后代接受的基础,不停地积淀,并影响着后代人们的艺术接受。这种不断地全新赋予和重新阐释,使作品内蕴不断创化、建构,使得其意义与指示形成越来越大的螺旋体,从而赋予艺术品以永恒的艺术魅力。

接受主体除了充分调动自己的创造性对文本进行再创造以外,他也得受接受对象的制约。主体的能动性、个体性、体验性中,存在一种内在制约性,它使得审美欣赏(接受)主体的再创造以至于出现随意性、非理性以及伪审美性。而这种制约性集中表现在审美客体中艺术形象或艺术意境的形式结构对主体的定向导引上。这种虚实结合的艺术形象或意境为欣赏者规定了一定的欣赏活动范围、方向和途径。同时,客体(审美形象)作为再现(客观物象)与表现(主观意象)的辩证统一,规定了它是明晰的确定性与非确定性的统一。这种明晰的确定性,使审美欣赏者入乎其内,探幽索奥,准确把握;作品形象的非确定性,又使接受者出乎其外,寻找未定点,进行二度创造。正是这种创新性与制约性的互相联结,才使接受主体的接受活动没有仅仅成为一种个体的行为,而是由个体性上升到一种普遍性。无数的接受主体才会在既有个体独创性,又有普遍认同性之中,总体上形成一种接受主体性。就这个意义上说,接受美学并不简单划为一种主观美学,它将其内在的普遍性硬结为广泛的客观尺度,从而达到主体客体完美结合。

当然,接受美学仍然存在自身的局限性。从总体上说,接受美学同20世纪其他美学思潮一样,回避美的本质、艺术的本质等根本问题,而将重心放在艺术的具体接受过程的特征和心理形态的揭示上。同时,接受美学尽管强调了文学活动总体性过程,但偏重于研究读者接受过程,而较少论及作品文本的形式和意义,以及作家创造活动及其主导地位,给人一种忽略文学创作和作品本体研究的印象。这样,文学活动的总体研究就出现重心后移,整个格局因而失衡。而且,姚斯在论述文学创作与接受的关系时,缺乏更为具体充分的论证,在强调文学通过读者的接受发挥其社会效果一面时,对社会对文学创作与阅读的制约作用论述亦显单薄,未能充分地展开。这些薄弱环节,使得接受美学研究的进一步深入受到了限制,以致到了80年代初,接受美学势头必然大减。

尽管如此,接受美学以其新的理论特色给人以有益的启示,其研究方法的新颖和思路的独特起到了扭转视域的作用,它对接受主体性的呼唤,对人这一终极本体的潜在性和可能性的重视,推进了当代美学和文艺理论。

当然,"读者反应批评"受解释—接受美学影响而迅速发展起来,到80年代进入其黄金时代,在文本解释和意义重读方面与结构注意互相呼应。费希的"情感文体学",普莱的"内在感受"说、乔纳森·卡勒的"文学能力"说,强调文本意义生成的首位性,反对在文本中存在完整自足的意义的说法,认为意义是重新解读的结果,从而使意义的形成偏向读者一维。这样,读者反应批评(以及法国的"新"新批评)就日益走向取消文本意义一极的道路,片面地发展了接受美学中主观再创性一面,将读者的能动作用推到极点。据此,美国文论家简·汤普金斯在其编的《读者反应批评》①中认为:"法国后结构主义的艰苦工作,特别是罗兰·巴克尔斯等人所撰写的论文具有决定性意义,没有前者,读者反应批评也许很难以它目前这种形式存在下去。"在这个意义上,读者反应批评比解释—接受美学走得更远,它因受解构主义影响而更具有解释的主观能动性和意义的再生性,同时也因其主观阐释的随意性或误读性而遭人诟病。

不妨说,正是解释学、接受美学和读者反应批评理论,使文本的意义阐释成为作品生命力的关键,从而为相对主义意义论和读者主体论的确定,为一元意义论向多元意义论的转化,奠定了思想的基础,使对"原意"的有效性话语和真理的绝对论的言说,在世纪末变得相当困难。这也许为后现代的"意义不确定性"说法,提供了某种话语支持和理论参照。

关键词:
  文学主体性(literary subjectivity)
  接受主体(receptive subject)
  读者反应批评(reader-response criticism)

思考题:
  一、为何接受美学要反对文本中心论、作者中心论,其最终目标是什么?
  二、在接受美学看来,审美主体的内在建构有哪两个紧密相关的方面?
  三、接受主体性有何特性和功用?
  四、接受美学强调接受主体有何意义?
  五、接受美学对当代文艺理论研究有何创新意义?
  六、接受美学的局限是什么?

阅读书目:
[1] Eco, U. *The Role of the Reader: Explorations in the Semiotics of Texts*, Bloomington: Indiana University Press, 1979.
[2] Gadamer, H.-G. *Truth and Method*, New York: The Continuum Publishing Co., 1975.
[3] Gadamer, H.-G. and Boehm, G. eds. *Philosophical Hermeneutics*, trans. by D. E. Linge, Berkeley: University of California Press, 1976.
[4] Gadamer, H.-G. *Reason in the Age of Science*, trans. by Frederick G. Lawrence, Cambridge, Mass.: MIT Press, 1981.
[5] Habermas, J. *Knowledge and Human Interests*, trans. by Shapiro, J. London:

---

① Tompkings, J. P. ed. *Reader-Response Criticism From Formalism to Post-Structuralism*, Balitimore: Johns Hopkins University Press, 1980.

Heinemann, 1971.

[6] Habermas, J. *Theory and Practice*, Boston: Beacon Press, 1974.

[7] Habermas, J. "A Review of Gadamer's Truth and Method", in *Understanding Social Inquiry*, ed. by F. Dallmay and T. McCarthy, Notre Dame, Ind. : University of Notre Dame Press, 1977.

[8] Habermas, J. *Communication and the Evolution of Society*, trans. by Thomas McCarty, Boston: Beacon Press, 1979.

[9] Habermas, J. "A Philosophical-Political Profile", in *New Left Review*, May, 1985.

[10] Habermas, J. "Three Dimensions in Hermeneutics", *New Literary History*, Vol. 3.

[11] Hirsch, E. D. *Validity in Interpretation*, New Haven: Yale University Press, 1967.

[12] Iser, W. *The Implied Reader*, Baltimore: Johns Hopkins University Press, 1974.

[13] Iser, W. *The Act of Reading*, Baltimore: Johns Hopkins University Press, 1978.

[14] Ricoeur, P. *Hermeneutics and the Human Science*, Cambridge: Cambridge University Press, 1981.

[15] Ricoeur, P. *Time and Narrative*, trans. by Kathleen Mclaughlin and Davud Pellaue, Chicago: University of Chicago Press, 1975.

[16] Ricoeur, P. *The Conflict of Interpretations*, Evanston: Northwestern University Press, 1974.

[17] Ricoeur, P. *History and Truth*, Evanston: Northwestern University Press, 1965.

[18] Ricoeur, P. "Ethics and Culture: Habermas and Gadamer in Dialogue", in *Philosophy Today*, X.

[19] Ricoeur, P. *Critical Hermeneutics: A study in the Thought of Paul Ricoeur and Jürgen Habermas*, Cambridge: Cambridge University Press, 1981.

[20] Ricoeur, P. *Husserl: An Analysis of His Phenomenology*, Evanston: Northwester University Press, 1967.

[21] Ricoeur, P. *Freud and Philosophy: An Essay on Interpretation*, New Haven: Yale University Press, 1970.

[22] Ricoeur, P. *Interpretation Theory: Discourse and the Surplus of Meaning*, Fort Worth, Texas: Texas Christian University Press, 1976.

[23] Ricoeur, P. *The Rule of Metaphor*, Toronto: University of Toronto Press, 1977.

[24] Rorty, P. *Philosophy and the Mirror of Nature*, Princeton: Princeton University Press, 1979.

[25] Rorty, R. *Consequences of Pragmatism*, Minneapolis: University of Minnesota Press, 1982.

［26］伽达默尔:《赞美理论:伽达默尔选集》,夏镇平编译,上海:上海三联书店,1988年版。
［27］伽达默尔:《哲学解释学》,夏镇平、宋建平译,上海:上海译文出版社,1994年版。
［28］伽达默尔:《真理与方法》,洪汉鼎译,上海:上海译文出版社,1999年版。
［29］伽达默尔:《哲学生涯:我的回顾》,陈春文译,北京:商务印书馆,2003年版。
［30］哈贝马斯:《交往行为理论》,曹卫东译,上海:上海人民出版社,2004年版。
［31］哈贝马斯:《现代性的哲学话语》,曹卫东等译,南京:译林出版社,2004年版。
［32］利科:《解释学与人文科学》,陶远华等译,石家庄:河北人民出版社,1987年版。
［33］利科:《利科北大讲演录》,杜小真编,北京:北京大学出版社,2000年版。
［34］利科:《历史与真理》,姜志辉译,上海:上海译文出版社,2004年版。
［35］利科:《活的隐喻》,汪堂家译,上海:上海译文出版社,2004年版。
［36］罗蒂:《哲学和自然之镜》,李幼蒸译,北京:商务印书馆,2003年版。
［37］罗蒂:《后哲学文化》,黄勇编译,上海:上海译文出版社,2004年版。
［38］伊塞尔:《阅读活动:审美反应理论》,金元浦等译,北京:中国社会科学出版社,1991年版。

第五章　结构主义与后结构主义文论

如果说,新批评将作品看成一个独立的多层次的本体构成,从而开始由表层(语言)到深层(象征之网)的意义挖掘过程的话,结构主义也同样将作品看成一个自足的本体,并通过形式(文学符号)、形象而挺进到深层结构(弗拉季米尔·普罗普)或原型意象(弗莱)分析。

第一节　结构主义:作品本体结构与深层意蕴分析

在结构主义者眼里,作品具有一种内部关系上的自足的、自我决定的结构,这一系统作为一个整体,是一种由不同层次构成的等级机制;在每一个相互衔接的层次上,根据同样原理产生的活动将低层次单位组成更复杂的不同组合和不同功能。结构主义遵循这样一种基本原则:一部文学作品是一种写作模式,由各种成分的不同组合而构成。这些因素在作品的机制内部产生文学"效果",而不指向存在于作品本身系统以外的现实。

结构主义代表人物诺思罗普·弗莱认为,文学是一个"独立自主的词语结构",和它之外的任何事物都无关联,是一个封闭的内视的领域,它"把生命和现实"包容在一个词语相互关联的体系之中。文学不应看作是作者个人的自我表达,他们不过是这个具有普遍意义的体系的各种功能而已。文学产生于人类自身共有的主题,这就是它为什么会体现出具有普遍意义的"原型"或形象的原因。

结构主义对作品本体构成的分析,有时陷入冗长繁琐的语言操作之中,然而伊格尔顿却将其基本精神通过一个例子的分析而表现出来。先分析这样一个故事:一个孩子与父亲吵架后出走,在烈日下穿过一座树林,跌落到一个深坑里。父亲出来找他的儿子,向深坑里张望,但因为光线很暗,看不到儿子。此时太阳刚好升到他们头顶,照亮了坑的深处,使父亲救出了孩子。在欢乐中他们言归于好,一同回家。这个故事,在结构主义者那里则成为一个有机的多层结构。结构主义批评家可能用图解的形式分析这个故事:第一个指示意义的单位,"儿子与父亲争吵",可以改写为"低对高的反叛",孩子穿过树林这段路程是沿着一条平行的轴线运动,与垂直的轴线"低与高"形成对照,可用"中"来表示。掉进坑里,掉进低于地面的一个地方,又可用"低"来表示,而太阳的高度则是"高"。阳光照进深坑,这在某种意义上是太阳俯就于"低",这就把故事的第一个指示单元"低反对高"的意思颠倒过来。父子之间的重归于好,恢复了"低"与"高"之间的平衡。一同回家的路程表示"中",标志着取得了一种适宜的中间状态。结构主义批评家就这样高奏凯歌,并在重新调整好他的标尺之后,立即着重平衡下一部作品。这种分析的特点是:就像形式学派一样，它把故事的实际"内容"排斥在外，全神贯注于形式。同时，这种分析是对常识的故意冒犯。它拒而不视故事的"明显的"意思，而是竭力发掘故事中某些"深层的"结构，这些结构并不是一目了然的。从某种意义上说，叙述的"内容"就是结构，这等于说叙述在某种意义上就是关于它自身：它的"主题"就是它自身内在的各种关系，它创造意思的各种模式。

其实，抓住结构主义作品本体分析的精神去分析作品本体层次，仍是一项相当有意义的工作，而且，往往能突破旧的僵化的文学意义格局，而发现作品深蕴的内在意义。著名结构主义理论家格雷马斯（A. J. Greimas）发展了普罗普的分析方法，发明了结构的叙事分析。对格雷马斯来说，叙事中最基本的机制是"交换"，为了创造出不断有新的事件发生的幻觉，叙事系统必须来回地展现肯定和否定的力量。这种交换的基础是自然和文化的关系。

格雷马斯以"符号矩阵"来分析作品的层次结构及其意义的细微构成。在结构主义语言学中，意义只有通过二项对立才能存在。例如，X 和 Y 两项就是逻辑学上所谓的对立，即 X 的强烈对立是 Y。从颜色角度来看，黑与白的对立是强烈对立，而 Y 也就是反 X，Y 是 X 的绝对否定。但也还有另外一种可能，那就是非 X，比如说红、蓝、黄等等，这种 X 与非 X 之间的矛盾比对立要弱一些，却更普遍。同样的道理，还存在着一种非反 X，即非黑色的东西。这样便可以得出一个"符号的矩阵"。

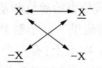

这是一切意义的基本细胞，语言或语言以外的一切"表意"（significance）都是采取这种形式。在这个共时系统中，有八种可能的不同关系。这就能解释故事中变化的幻觉和事件的幻觉是怎样制造的。从某种意义上说，故事开始时是为了解决一对 X 与 Y 的矛盾，但却由此派生引发出大量新的逻辑可能性，而当所有的可能性都出现了以后，结构便有了封闭的系统，故事也就完成了。

海明威的《老人与海》的深层意蕴是什么？能否通过叙事分析而展示出来？而且，海明威从听说这个故事立即写出 1000 多字的报道，到最后创作出中篇小说《老人与海》，为什么要花长达 16 年时间来构思这部小说？而一旦进入创作状态，竟在短短的 7 周时间内就一口气写完？作者把捉到了什么？怎样表现了他所把捉到的意义？换言之，他原想写成洋洋洒洒 1000 多页的"大书"，为何成书时却仅仅只有 2 万多字，他省去了什么？突出了什么？这些问题通过作品层次分析都能大致呈现出来。

《老人与海》并不是写一个老人下海打鱼的故事，那在"报道"中海明威仅用 1000 字已说得相当清楚了。那么，这部风靡世界的杰出小说究竟说了些什么？我们可以借助叙事分析，在有意义的现象下找到构成意义的微观原子和分子并指出其作用。

首先,我们找出作品结构中的基本要素,即老人、其他打鱼人和游客、鲨鱼与马林鱼、大海。在这里,人(human)与非人(non-human)的关系表征为老人与鱼的关系,而"他人"对老人84天没有打到鱼的嘲笑和压力,代表了人的异己力量,一种权力话语,这种"语言的暴政"与人的本性相抵触相对立,因此可以说是"反人"(inhuman),而剩下的一项是"非反人"(non-in-human),这可以从老人的角度将其看作指涉大海。这样可以得出如下符号矩阵。这个系统由两个基本的、对立的二元意素①构成,每项二元意素之间的关系是互相排斥的反对关系(如老人与他人),每一项又能投射出一个新项(它的矛盾项),如鲨鱼与老人的对立、孩子与他人的对立。这若干项的结合表现出《老人与海》打鱼故事表层下的深层含义。这个符号矩阵表示出《老人与海》在表面简单的人物关系中的复杂的多向关系,这导致意义成为一个多维复合体。

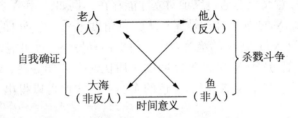

"人"与"反人"的对立是构成故事的动机和基线。故事的展开,是在这样一段描述中开始的:"他是个独自在湾流里一只小船上打鱼的老头儿,他到那儿接连去了84天,一条鱼也没有捉到。头40天上,有一个孩子跟他在一起。可是,过了40天没有捉到一条鱼,孩子的爸妈就对他说,老头儿现在一定'背运'了(那是形容倒霉的一个最坏的字眼)。……那一面帆上补了一些面粉袋,收起来的时候,看去真像一面标志着永远失败的旗帜。"老人作为打鱼人竟然长达84天没打到鱼,这样他的帆成为"永远失败的旗帜",这在西方社会是相当严重的事情。《圣经》中,上帝对他的子民的最严厉的惩罚就是除去他们的姓名。上帝说:"他们的名字要从生者之名册中抹去。"②这种"无名的惩罚"成为一种权力话语根植于意识形态域中,造成了西方人的内在焦虑和心理冲突:个人面临时空无限和社会的广阔,却痛感自己的默默"无闻"。虽然存在却等于虚无,活着却似乎已毫无声息地死去。这是一个明星和名人的世界,你认识知名者,但你却悄悄消融在芸芸众生中,本人默默无闻,你的微笑无人理睬,你的要求无足轻重,你的名字无人知晓,有等于无,这是一种深刻的非人化悲剧。这种永远无闻的状态,会使人逐渐领受到一种孤独感,而遭际"自我认同的阻绝"和"自我怀疑"。然而,黑格尔认为,人总有一种自我确认的认

---

① "意素"即"意义的最小单位",参见雷蒙—凯南著《叙事虚构作品》,福建:厦门大学出版社,1991年第2章。

② 《圣经》"出埃及记"32:32;"诗篇"69:28,"启示录"3:5。

同感,他必须自证——通过本质力量对象化而达到自身的客观外化和"自证"身份。老人打鱼,是在权力话语的压制下自我确证行为,打了鱼在渔民话语圈层内才有地位,在共同的语码中,才能达到名实相符而秉有存在的意义。一言以蔽之,人,应如其所是。

第二层对立是"人"与"非人",即老人与鱼的对立。这一层次的关键是显示了杀戮和斗争是宇宙的根本规律。海水里,水母被海龟吃掉,而至弱的水母也能喷射毒汁捕获自己的战利品;海面上,老人捕马林鱼,鲨鱼撕咬老人的捕获品,老人尽全力搏斗:"老头儿对准鲨鱼的扁平的脑顶中央扎去,然后把刀子拔出,又朝同一个地方扎了一下。它依旧闭紧了咬住鱼,于是老头儿再从它的左眼上戳进去,但它还是缠住死鱼不放。老头儿又把刀子扎进它的脊骨和脑子中间去。这一次戳进去很容易,他觉得鲨鱼的软骨断了。……但它们是成群结队来的,他只看到它们的鳍在水里划出的纹路,看到它们扑到死鱼身上去时所放出的磷光。他用棍棒朝它们的头上打去,听到上下颚裂开和它们钻到船下面去咬鱼时把船晃动的声音。凡是他能够感觉到的,听见的,他就不顾一切地用棍棒劈去。他觉得有什么东西抓住了他的那根棍,随着棍就丢掉了。他把舵把从舵上拽掉,用它去打,去砍,两只手抱住它,一次又一次地劈下去,但是它们已经蹿到船头跟前去咬那条死鱼,一忽儿一个接着一个地扑上来,一忽儿一拥而上,当它们再一次折转身扑来的时候,它们把水面下发亮的鱼肉一块一块地撕去了。"海明威通过人与非人的对立,指明现实与自然、人与物的关系是互相杀戮的关系,没有强者,也无所谓目的。

第三层对立是"反人"与"非反人"的对立,即游客与大海本性的隔膜。如果小说开始于权力话语对老人身份自证的强求,而导致在深海打鱼的话,那么,全书结尾却出现了这样一段文字:"那天下午,海滨酒店里来了一群旅行家,其中一个女人在望着海水的时候,从一堆空啤酒罐和死了的小梭鱼中间看见了一根又粗又长的雪白的脊骨,最后面有一条庞大无比的尾巴,当东风把港口码头外面的海水不住地掀得波涛汹涌的时候,那条尾巴随着潮水一上一下地晃来晃去。'那是什么?'她指着那条大鱼的长脊骨问一个侍役,现在那东西已成了垃圾,只等着给潮水冲走了。侍役说:'是一条鲨鱼'。'我还不知道鲨鱼有这么漂亮的,样子这么好看的尾巴呢。'"这段话放在结尾说明了什么?又呼应了什么?小说创作的"虎头、猪肚、豹尾"的格局说明了开篇和结尾是作者着力最多之处。因此,作者如此写有其深意所在。大体上说,这有两方面的意义:一是老人用生命换来的鱼,一辈子最大的梦——打一条最大的鱼,这一毕生奋斗的成功竟不能为游客所理解,这说明在渔民中的共同语码在游客中已失效。对游客来说,不具有老人的话语密码系统,因而不能领会这条鱼的意义。人与人性相近,习相远,因各个不同的语码,竟阻断了人的意向性关系,成为不可沟通和理解的对象。也许,黑格尔有先见之明,他认为否定人的最好办法,就是否定他毕生为之奋斗的本质力量对象化之物。老人用生命换来的鱼,成了白骨空架,成了飘飘荡荡的垃圾,这宣布了老人的失败。二是这一结尾突出了潮水的象征意义——无论人作出了多么惊心动魄的努力,在宇宙规律之中都显得渺小而不值一提,而且,将在潮水(喻时间)的冲刷下,化得无影无踪。时间带来一切,时间也带去一切。诚哉斯言:浪淘尽,千古风流人物。

用"符号矩阵"的二元对立项分析,到这一步,已能使人对自然、人生、永恒,以及对时间大潮、对伟业荣辱有了新的深层次理解。结构主义的思考方式就是这样在作品层次分析中逐层深入,进而将深层结构——宇宙人生的规律的"切片"展示出来。

如果认为,结构分析到此为止就错了,其实,细审"符号矩阵",无论是第一项老人与他人,还是第二项老人与鱼,第三项老人与海,老人都是失败者。在他人(渔人)话语中,他出海打鱼失败而归,又在他人(游客)话语中自证了自身的无价值;在与鱼的几天几夜搏斗中,他同样以失败而告终;在与大海(时间)的关系中,时间的潮汐埋葬了他所有的努力,全篇结束时与开篇处于同一标尺上,完成了一个逻辑圆圈。然而,老头儿在全部失败中升华了自己的形象意义。开篇处,他的船帆尽管像一面"标志着永远失败的旗帜",但"他的希望和信心从来没有消失过"①。在篇中,鲨鱼撕去了马林鱼大块大块的肉,老人面对失败,坚毅地说"一个人并不是生来要给打败的,你尽可把他消灭掉了就是打不败他"②。到了篇末,他像受难的基督背负沉重的十字架那样,肩扛着小桅杆走回小木屋,他沉沉睡去,但"老头儿正梦见狮头"③。至此,总体意义上的美学意义呈现出来:真正的人是不能被摧垮的,尽管他行动上失败了,但在精神上仍保持了人格的完整,立于永远不败之地。人之所以秉有这种康拉德式的破灭后的胜利,关键在于人在失败后面对现实的态度。外在力量只能消灭人的肉体,却不能摧毁人的精神。这体现了海明威式的重压下的优雅风度,保持了人的真正价值和尊严。

看来,结构主义将作品分为三层,即形式层(文字符号)、形象层、深层结构层,通过语言分析所形成的二元对项关系,揭示出作品本体的深层意义。同时,这一结构矩阵还显示出一种神秘性:老人驾船入海洋深处,捕到马林鱼却又失去,马林鱼与老人搏斗后又被鲨鱼吃掉,鲨鱼抢吃鱼时又被老人杀死,老人最终一无所得,只是在生命历程上又画完一个圆圈。结构的分析,使文艺本体疏远并破坏了常规的符号体系,逼着我们去注意语言自身的展示进程,因而使人的知觉更新。同时,结构主义作品层次论,注重人类意义的"构造性"和语言的"生成性",现实不仅是通过语言去观照,而是由语言生成的。这是塑造世界的一种特殊方式,这世界在很大程度上依赖于人所创造的符号系统。

第二节 巴特:从结构主义到后结构主义的转向

在结构主义和解构主义思想阵营中,罗兰·巴特(Roland Barthes,1915—

---

① 信德,仲南编:《诺贝尔文学奖获奖作家作品选》(上),杭州:浙江人民出版社,1981年版,第143页。
② 同上书,第201页。
③ 同上书,第217页。

1980)是一位重要人物。

巴特的一个重要的主题就是与死亡相对的"欢欣"、"快乐",即生命的快乐、阅读的快乐、文本的快乐,甚至是解构策略的快乐。同时,他强调"欲望"的满足。巴特的文本不断出现的是,关于欲望的张扬、欲望的合法性证明、欲望的渴求和欲望的再生产。

美国文论家卡勒认为,巴特是一位多才多艺的人,一位文学史家、神话学家、批评家、论战家、符号学家、结构主义者、享乐论者、作家、文士①。总之,他是一位身份杂糅、具有多种文化符码附加于自我身份之上的当代理论家。其著作很少有长篇大论式的高头讲章,大部分都是散文式的学术随笔,轻松自然、任性而为,这构成了巴特基本的理论写作风貌。不妨说,巴特是从一个边缘性的写作者和结构主义符号学家进入解构主义阵营的。

罗兰·巴特(1915—1980)

一、结构主义符号学方法与东方文化解读

结构主义作为对存在主义的反拨,既非一个学派,也非一种运动,而是一种结构性思维或话语方式。它强调运用能指和所指、共时性和历时性等概念,去描画人文科学的一些规律性的东西。

结构主义活动的目的在于重新建构对象,并在重建中结构性地呈现这一对象。"结构"事实上是对象的幻象。结构主义聚拢现实并分解现实,它是一种模仿活动,是对对象的抽空,是对对象的空洞的逻辑性("分割"和"排列")的演示。结构主义并不取消历史,它将历史不仅与内容联系起来,而且与形式联系起来;不仅与物质联系起来,而且与可理解性联系起来;不仅与意识形态联系起来,而且与审美联系起来。这样,结构主义本身就将世界看成是某种形式,而这种形式将随世界的变化而变化。抓住这种形式,去发现这种形式的变化,从而用语言去表达这种形式的变化,就结构性地把握了世界或把握了世界的内在结构。

学界往往将巴特称为结构主义符号学大师,然而在结构主义或符号学上巴特的创造性并不突出。因为他过分热心地将结构主义或符号学作为一种新方法,并将语言学和符号学作为分析人文科学的主要原则。因此,在缺少反思性批判的前提下,他只能全面地挪用或模仿索绪尔的语言学或符号学。

从符号学的角度出发,巴特提出了"符号学原理"图式。他认为,在人文科学中必须进行符号学研究,才有可能真正揭示人文科学内在互相对立又互相阐释的基本原理。巴特式符号学"原理",按符号语言学可以分成四大类,即:"语言和言语"、"所指和能指"、"系统和组合段"、"直接意指和含蓄意指"。巴特对这四类范

---

① Culler, J. *Roland Barthes*, Oxford: Oxford University Press, 1983.

畴作了十分枯燥的逻辑演绎①。

巴特用相当的精力写与其散文文风截然不同的《符号学原理》。然而,这一著作并非他真正的代表作,模仿的痕迹相当明显。巴特用大量篇幅反复论证这四项原则的用心在于,按照结构主义活动的方式建立一个研究对象的模拟物,然后将这种研究按某一观点所描绘的资料,进行结构性和语义层面的分析。如他在研究"时装"和"禁忌"时,不仅进行内部结构的分析,还重视每一个语义系统层次上与经济学、社会学和符号学发生的关联。将研究对象作为一个相对封闭静止状态的结构加以分析,以对对象进行各层面的彻底研究。所以研究对象的充分性和其内在特性的完整性,是结构主义符号研究的重要保证。这样,结构主义符号学就可以成功地将事件和对象从历史的流动变化中切割下来,使自己面对一个相对静止而完整的"切片",从而删除"历时性"因素,尽可能聚合"共时性"的整体。通过这个整体的结构性研究,去论述正在发展变化的整体系统,即时间所形成的历史流变。

《符号学原理》英译本书影

巴特只是把符号学作为广义语言学的一部分。他把全部客观的实在简单归结为符号学的文本,即从结构语言学的观点出发,忽略文学反映现实的一面,只重视研究文本本身的结构和层次。或者说,他只强调能指而非所指,因为在他看来,真正艺术作品的意义由能指组成,重要的是"怎样",而不是"什么"。

二元对立范畴的把握,严格的系统内结构设定,内在性的非历史切片,以及细读方法的严格对称性的研究,是巴特符号学的几个基本要素。其贡献在于扭转了人文科学或文艺研究的视野,将其从研究的对象,即内容、历史、意识、阶级转向文艺话语的表达系统,即其能指、所指、意义、结构的纯客观层面。但它又不完全同于现实主义式的对客观对象的把握,或自然主义式的对对象研究的纯客观性,也不是像存在主义那样,对对象研究强调其主体性和精神性,而是符号性地介于纯客观性和纯主体性之间,强调主客体之间的结构性的符号领域的研究。所以,这一点又被不少批评家称之为"新批评派"策略。这种新批评派策略,往往强调文学作品的叙事结构分析,认为对象具有可分析的清晰结构,而主体结构也与对象结构有着某方面的对应关系。只有把握这种对应关系,才能找到叙事结构的根本规律。因此,巴特在《叙事作品结构分析导论》中认为,叙事作品不管是怎样的作品,它总超越国家、历史和文化而存在,具有一种普遍性。而进行这样的叙事作品的结构分析,就是要去寻找作品的结构,不仅要找到叙事作品的语言即句子中的问题,而且要找到它的意义层,即描述的功能。

巴特把叙事作品的层次即描述层分成三个层面:(一)功能层(用普罗普和布

---

① Barthes, R. *Elements of Semiology*, trans. A. Lavers and C. Smith London: Jonathan Cape, 1967.

雷蒙著作中所指的含义);(二)行动层(行动一词用格雷马斯把人物作为行动者来论述时所指的含义);(三)叙事层(大体相当于托多罗夫所说的话语层)。这种功能层、行动层、叙事层是按逐步结合的方式,互相连接起来的。一种功能只有当它在一个行动者的全部行动中占有地位时才有意义,行动者的行动也由于被叙述并成话语的一部分才获得最终意义,而话语则有自己的代码。

详尽地讨论了这三层的关系后,巴特认为,叙事作品形式的基本特征具有两种能力,即将其符号沿着故事膨胀开来的能力和将无法预见的扩展纳入这些畸变的能力。这两种能力看上去似乎是两种自由,但叙事作品的特性正在于把这些差别包含在自己的语言中。因此,在巴特那里,叙事作品所发生的事情,从所指事物的角度来说,是完全虚构的东西,所发生的仅仅是"语言的历险"。无论是叙事作品的起源,还是语言的起源,都是与叙事作品同时产生的,似乎是对话以后的作品。用结构主义方法研究文学作品,使巴特在叙事学层面等把握对象的同时,又遭遇到诸多困惑。这说明,完全照搬结构语言学理论来解释叙事作品的结构,其有限性和局限性十分明显。

《流行服饰体系》
英译本书影

当然,巴特有一些分析也颇见新意,如《符号帝国》中的几篇就有独到之处。在《市中心——空洞的中心》中,他将东京与西方的城市进行了对比,认为西方城市都具有中心性,每个中心都是向心的场所。因为西方的城市中心常常是非常著名的地方,它不仅具有精神性(如教堂)、权力机关(如州府)、还有经济场所(如银行)等,而且是文化、经济、权力的中心。而东京却出现了一个悖论,它确实有一个中心,但这个中心却是"空无"。也就是说,它把一个"禁城",即天皇所在的禁城置于城市中心地位,人们每天都围绕着中心转,但是谁也不能与天皇相识。这是一个丧失了权力的、非中心的中心,所以是一个"空洞的中心"。他的存在不是为了炫耀权力,而是以中心的空洞性来支持整个城市的运动。因此,这种想象出来的事物,以回环成圈的方式呈现并围绕空洞的中心迂回运行。可以说,巴特掌握到了西方的中心是"绝对中心论",而东方的中心是"中空中心论"的关键,同时,还体悟到了东方式的玄学性。尽管他将这一点仅仅作为城市布局的分析,稍稍显得有些牵强。

巴特对东方书法的"书写"也作出了自己的符号学阐释。他感到,东方书写是用毛笔在书写过程中诉之于一种不可见的细微的个性差异,让人透过笔墨看到背后的意义,笔墨是在虚空中画出的心灵痕迹。以书法为代表的东方艺术,其形式和意义的交织铸成了书写的内涵,不仅是凭借形而上的话语力量,而且是依靠多种社会、个体、心灵、艺术、历史的因素交互作用,使得书法和东方艺术向着无尽的未来时间和无穷大的空间敞开。

同样,对日本俳句的顿悟,使巴特感受到禅宗的"扬弃意义"的魅力。他在《扬弃意义》中说，这种东方式的"既非"、"又非"模式，使得对于一种对象意义的把握不可能以机械性方法准确地获得，只能通过一种启悟性的、富有弹性的符号去加以表现，并在语言的终结处把握到新意义的生成。也就是说，在禅意朦胧的瞬间出现语言的终结，无声的断裂建立起俳句简洁空灵的形式。这样就否定了对意义的极端把握的倾向，既不把语言搁浅在沉滞、深刻、神秘的沉默的问题上，也不把语言搁浅在灵魂的、通往神圣的交流的空灵境界的问题上，而是在话语的终结处不断地延展这种话语，使它凝聚到一种微淡无光之物上去，在一种极境中去理解世界万物的升腾变化。所以，最终的语言力量在于终止语言，最大的意义在于不言传意义。这或许就是那种得意妄言，或者被称为启悟和直觉的境界。

也许，巴特体会到了这种境界，认为俳句有着纯净性、空灵性，读这样绝妙的语言，就会富于惊奇、感动、瞬间完美与一种意义。反复阅读、反复沉潜于这种境界中，就会意识到意义将会从这种纯净式的语言中被真正发现，进而被深刻性地洞悉。巴特分析了"说出的意义"和"未说出的意义"，当然，他更欣赏那种"未言说"出来的无穷意蕴。

二、反传统批评与可写文本阐扬

1965年以前，巴特在法国思想界还是一位声名不显的普通学者。然而，由于他的《论拉辛》(1963)激怒了论敌雷蒙·皮卡尔教授，皮卡尔发表了《新批评还是新骗术？》一书，尖锐地批判巴特的观点，在法国文坛引起了轩然大波，加之新闻界推波助澜，因而巴特被看作是文学领域的激进、怪癖、边缘思想的代表人物。这刺激了他强烈的创作欲望，同时也给他的创作带来空前的读者市场。因此，在论战中他不停地写作和发言，从而使自己的独特思想得以迅速传播。

面对皮卡尔的抨击，巴特出版《批评与真理》一书加以反驳。他强调，法国存在着两种文学批评，一种是传统的僵化的"学院派批评"，另一种是新兴的、充满着锐气的解释学精神的"新批评"。以皮卡尔为代表的学院派批评将文学研究僵化凝固起来，缺乏一种新的解释学维度。巴特主张打破这种僵局，改变这种僵化的文学语言，进行一场观念革命。因为科学、批评、阅读，是当代批评围绕作品编织其言语活动花环时所必不可少的三种话语，应该对文学作品进行结构式的新的分析，而不是一味地局限于传统的社会学研究方法中。批评探讨意义，批评生产意义，批评对于作品的关系是一种意义对另一种形式的关系，没有任何一种批评可以穷尽作品的意义，也没有任何一个作品可以冒充它是唯一的批评而独霸批评的领域。

一本书是一个世界，批评家在书面前感受到的言语意义与作家所感受到的不尽相同，所以，他必然遭遇到批评对象的限制。传统批评家将自己的言语活动填充到作者的言语活动中，并在把象征符号添补到作品象征符号中时，只能以重现作品本身的意义为旨归。所以批评家只能激发作品的原意，而不是压缩和抹平它们。这种缺乏创造的僵化批评必须让位于结构和心灵的批评。因为，从阅读到批评的转化是视野的改变,将一种新的生命力量注入作品之中,使一种新的理解精神彰显并升腾于批评中。"批评"和"真理"是一种良性的互动状态,富有创造性的"批评"是抵达"真理"的中介过程。

1965年以后,巴特出版了多部著作,其中较重要的有:《批评与真理》(1966)、《作者已死》(1968)、《从作品到文本》(1968)、《S/Z》(1970)、《文本的欢欣》(1973)、《巴特论巴特》(1975)、《恋人絮语》(1977)等。那些不断抛出的著述,使巴特的思想赢得了广泛的读者群,并使他在20世纪60年代中期跻身于巴黎文化界名流之列,并与福柯、拉康、德里达同领时代风骚,掀起了一股汹涌澎湃的解构主义文化思潮。

《S/Z》一书,典型地表明巴特已从结构主义向后结构主义转型。在《S/Z》一书中,巴特将全文分成561个语汇单位,分析出每一个语汇中所蕴含的编码规则,并进一步阐释其编码的内在依据和基本规则①。

这一分析是针对巴尔扎克的中篇小说《萨拉辛》的。《萨拉辛》讲述了一个离奇的故事:巴黎年轻的雕塑家萨拉辛在游览古罗马时,见到了一位极其漂亮的歌唱家桑比赖拉,于是倾心追求这位歌唱家,但最后却发现"她"是一个男性的阉割者。巴特就此展开分析,认为作者拒绝了一个超然于若干文本之上的普遍模型,而突出每一文本的差异性。巴特将结构主义所建立起来的固定的、封闭的、自足的意义结构打破,使它们变成一种"星状分散的文本"而失去了整体依托性。在这种"破碎的文本"中,把文本分成为"可读文本"和"可写文本"两种基本类型,从中发现对文本类型的全新阅读方式。然后,用五种不同的信码对这些散成几百个碎片的阅读单位加以分析。

奥诺雷·德·巴尔扎克(1799—1850)

"可写文本"不是一种物,只是可供重新书写的文本,是可以进一步扩散改写的文本。巴特以其意义的多重性、空间的开放性和语言活动的无限性,为不同读者的解读提供了文本模式。可写文本打破文本内部的有限性制约,使读者不是通过语言去观看一个先定的世界,而是去洞悉语言自身的新本质,并与作者一起参与创造作品中世界的新意义。

"可读文本"是固定的自足的现实文本。在可读文本中,能指和所指之间的关系一目了然,文本的意义是可以把握解读的,阅读只是接受或拒绝,而不是重写。所以,可读文本是读者消费的文本,它在不断地阅读中被把握其有限的意义。而真正的思想型读者应该面对可再生创造的"可写文本",使其敞开自己的想象,发掘自己的潜能,超出文本之外,去把握作者所能想象或所能提供,甚至未能想象未能提供的多样性意义,使每一次阅读都是读者与作者的一次文本的相遇,一次全新阐

---

① Barthes, R. *S/Z*, London: Jonathan Cape, 1975.

释中所生发出重新书写式的快乐。

　　传统的古典型的文本大多是可读文本,而现代的文本大多是可写文本,因此更具有阐释意义的复杂性和阅读中的困难度。巴特注重"可写文本",因为这是一个立体空间,建立在多元性基础上的再生性评述。在此,作为支柱的文本将在可写性意象中不停地被打碎、被中断,而毫不顾及其句法修辞的设定和故事细节的框架,相反,批评性阅读强调语汇歧义的列出,解释与主题的扩散性分析,全新的话语方式的产生,从而使研究者摆脱整体局限性观点。从这个意义上来讲,"可写文本"就是打破对象的完整封闭性,用巴特的话去说,是"虐待文本"、"切割言语",否定文本的品质而扬弃其本性,通过这种话语的改变,使文本成为锻炼、衡量读者再造性水准的尺度。文本的阅读于此成了意义增殖的狂欢,同时也成了意义消解的狂欢。

　　那么,究竟有多少种阅读方法呢？巴特认为有五种编码的阅读方法。即阐释信码、喻义信码、象征信码、选择信码和文化信码。文本主要是由这五种信码构成的网络,每次阅读,这些信码都交错进行而彼此生发,永远在自我更新的过程中。

　　一般而言,阐释信码是对情节结构加以细密的内在阐释,以建立故事的情节线条,并对其字面意和字内意加以解释;喻义信码是将其故事情节和人物与其意义相联系,而构成一个主题范畴;象征信码是将一个范畴的复合价值转换性场所作为人物情节的语境,从而指认其深层次象征含义;选择信码则强调其多种意义的可能性,注重阅读的偶然性和创新性;文化信码将用多种知识型,即物理的、生理的、医学的、心理的、文学的、历史的等,进行多元的文化网络的阐释,而并不去注重建构和重新建构它们所连接的一般文化模式。

　　"可写文本"高于"可读文本",因为文学的价值不在于如何表现世界,或阐释这个已经存在的世界,而在于不断向人们理解和阐释把握这个世界的方式、方法和规则提出挑战,提出更高的意义阐释期待。所以,"可写文本"就是邀请读者从自身的语境中解放出来,而通过偶然和约定的性质,对其所理解的传统观念和符号规约进行反思,从而去探讨对对象的更新的阐释密码。这样,读者就不再是被动的被灌输的群体,而是主动地进行阐释和意义塞入或填入的群体。

　　"可写文本"表明了文学由作者向读者的中心转移。作者已经开始消隐,而读者正在全新的可写文本上体现了"文本欢欣"的新动向。

三、作者死亡与文本欢欣

　　在罗兰·巴特的观念中,"可读文本"必将转换为"可写文本"。他在《从作品到文本》①中认为,新的文学对象不再是"作品",而是"文本",因为文学研究已经从单一研究时期进入到多学科互动时期,也就是说,历史学、哲学、语言学、社会学、文学、美学等互相影响、互相吸取文化资源而形成新的研究语境。所以,任何单一的

---

① Barthes, R. *The Rustle of Language*, New York: Hill and Wang, 1986.

研究在这种多维多元的研究前都显得单薄无力。

从"作品"向"文本"的转化,意味着研究方法论的转型。方法论不再是单一进入作品的方式,而是面对文本的阐释的一种策略。就此而言,文本的策略从此成为解构的新思维,这种策略使得文本永远是非完成性的,它不断要求人们加入它、激发它,进而再生产其新的意义。

"文本"是与其他文本相关的"互文本",文本是复数而不是单数。任何文本在其出现以后,都割裂了与作者的关系,变成了一个"孤儿"。在作者逝去之后,读者获得了全权阐释的权力,他将不再受作者意向性的钳制,而是直接与文本相生相发,产生出无穷多样的意义。文本的意义是无穷尽的,它是一篇被不断书写并被重新书写的意义螺旋体,其意义呈现为一个无穷庞大的堆积物、一种网状的扩张性文化结构。

这样,文学的文本就已然超越了体裁的分类。体裁总是对作品的规约和牵制,也是对内涵和外延的修饰。当突破了这种体裁的分类以后,文本就仅仅是一个踪迹,它可以超越体裁风格创作方法的传统类别,而使作者沿着这种踪迹去寻找新的词汇和类型、修辞方式和隐喻段落,从而把文本定义在体裁之间的边缘性或交互性上。也许,巴特所写的文体既是随笔,又是散文,同时又是论文,实际上是想打破学术论文、散文、小品文之间区别,而创造出一种不受以往体裁限制的新体裁。

从解构思维出发,巴特强调,文本是能指的天地,而非所指的聚集。文本的意义并非来自现实,而是来自文学结构本身,是结构相生相发所产生的能指增殖,是能指的互相指涉所产生的新的意味性。所以,在能指天地中,闪烁着"能指的星群",成为"意义的播撒图",文本的意义就存在于无穷的文本的分裂和意义的聚拢之间。能指制造意义,能指在滑动中总是指向一种新的不确定意义。能指在符号活动中其意义是隐藏的,能指便不断地加以替代并日益变成自由而无限的。由于能指的不断滑动和延伸,文本的意义就永远延伸而没有终结。在这个意义上说,文本并不是简单追求单一或终极意义的过程,而是能指的狂欢游戏过程,它具有无穷多的意义,每种意义都不可能取代其他意义,都有其自身的合法性。

巴特从传统的古典的可读性作品,终于进入到现代的可写文本中,从而完成了从结构主义向解构策略的转化。当然,在这种转化中,巴特突出强调了欲望在解读中的重要性。因为,正是这种欲望的享乐、欲望自身的快乐感,使得文本的阅读成为欲望的再生产和欲望的满足。甚至,从他的《文本的欢欣》、《恋人絮语》中可以看出,他对恋情、对阅读的带有色情感的"快乐"的欣赏,充分显示其欲望显露的游戏性过程。

所谓文本的快乐,不是暴力的快乐,而是在颠覆性的边缘获得的一种优越感,是在破坏、对传统的颠覆和中断中获得的那种欢欣感。在这样的快乐中,文化认同于边缘就是走向颠覆性的边缘。当然,巴特还强调其具有微妙的色情之欲,并以"脱衣舞"、"时装"等加以解释,说明禁止就是引诱,遮掩就是挑逗,而"半露之处也就是引起快乐之地"。就文本而言,恰好是那些处于边缘的断层,处于语言活动所抵达不到的领域,处于意义中断的地方,倒能产生无穷的悬念和想象,产生快乐的欲望。所以,文本的快乐是将作品当作享乐主义的对象。进入文本就是秘密地观察别人的快乐,而进入一种反常性心态之中。文本引起的快乐并非是英雄式的快乐,而是弱化的、低俗的、平面式的快乐,甚至是一种带有肉体感的"享乐"[①]。

巴特进而区别了"快乐"和"享乐"的微弱差别。然而,在我看来,这种区别的意义并非关键性或绝对的,而是微弱的或相对性的。因为,在感受文本快乐的人所体味到的就是文字带来的享乐。对巴特而言,文学的现代性为了超出交换意义而进行着不懈的努力,他想对抗作品的市场,对抗符号排除意义,而借助于反常性的表现享乐的文本。

文本的快乐是略带无聊地感受欲望的享乐,是通过言辞和修饰或话语编码的改变而向意义多元的趋近。同样,文本的快乐是文本中作者已经死亡之后的快乐,读者在获得阐释作品的全权的同时,也秉有误读作品而带来的豁免权。于是,在这种快乐中,感性的、肉体的,甚至欲望的东西浮上了历史地表,而伟大的、隐喻的、诗意的文学已然消失。文本仅仅是文学海洋泅渡者唯一栖居的小岛,在其中可以感受自己存在的快乐,同时也只能感受到自己存在的孤独性和失望感。

就消极意义而言,这种文本的快乐是在哲学思想黯淡和意义消逝之中所获得的有限的快乐。在这种快乐中,人学会了逃避:逃避崇高,逃避伟大,逃避超越。他拥抱着一种虚无的自我价值,拥有的是通过话语的暴力去颠覆历史话语,在挪用命名的权力之时,使文本因破坏而获得暂时的快乐。就积极意义而言,文本引起的快乐是对政治异化的扬弃,是少数人对多数人平庸洞悉后的快乐,是对反常心理状态的自我意识的快乐。在这种快乐中,一切都四散了:本源、语言、文化、意义都不复有其中心。这种散碎性使过去的权威、话语和终极价值终归失落而失去了合法性。所以,文本的快乐来自于文本中心的破坏,来自于离开写作或逃避写作的结果。

这样,在文本的嬉戏中获得快乐的人,将文本看成是一个无穷多的能指的编织物,而主体藏匿在这种编织物的缝隙中,抛弃传统的整体性和终极性,而将偶然的、暂时的、瞬间的意义塞入文本的缝隙,并通过这种塞入获得自己文本存在的权力。于是,他通过粉碎、扬弃、逃避自己,而获得了自己存在的依据,这只是在生命片断中的快乐,在生命缝隙中的快乐。

作者的死亡加速了意义的虚无化,因为写作是对任何起源的破坏,写作是主体在其中销声匿迹的中性体。写作的开始就是作者自己匿名的时候,从此,文学的中心不再是作者,不再是作者的激情和文化身份,甚至也不是他的体验、想象之类的心理本体因素,相反,作者写作只是完成他的宿命,完成他执行主体死亡的签字仪式。当作者写完最后一个字的时候,作品就告别了他,而在意义的海洋和解释的沙漠地带远游,读者或批评者成了文本意义阐释的父亲。写作成为排除意义,成为为了自己消逝而涂抹的痕迹。写作的完整性仅仅是由文本的碎片所构成,文本的意

[①] Barthes, R. *The Pleasure of the Text*, trans. R. Miller, London: Jonathan Cape, 1976.

义并不能指出作者消逝的痕迹,而只是指示出他曾经在场的可能性。

因此,为使写作有新的未来,就必须将"写作的神话"打破。读者的诞生应以作者的死亡为代价来换取,这就是巴特以及他的同道——福柯、德里达的"作者死亡"观。因为作者的死亡宣布了读者尤其是批评家可以全权处理作者的遗产。于是,巴特认为,批评并不按照一种真实原则去做正确的表述,任何批评都包括一种含蓄的自我评论,任何批评都既是对被研究对象的批评,也是对批评家的批评和审视。所以,批评就是一种颠覆性的写作,是一种零度的虚无性写作,一种试图证明一切符号系统从虚无中创造意义的活动。

文学文本是一个特殊的语言系统,按照一定的规则或约定组织起来的形式结构,其作品的意义,是批评家通过这种语言规则或约定其形式结构,或颠覆其形式结构而获得的。所以,批评不是与世界打交道,而是与他人的语言体系打交道,它是评论的评论,是应用于元语言的第二语言,或者是"亚语言"。它不再去证明什么真理,或寻找什么原意,也不通过作家所不为人注意的隐秘的发现去寻找意义,而只是像一个无所驻心的、中性的、没有任何激情和意向的个体,将时代语言和作者语言加以形式系统的重新聚合,力求使其产生一种不确定的意义。文本对批评家而言,其意义是悬浮的,它将自己作为某种意味的公开系统提供给读者,而这种有意味的客体却躲避着读者的把握,因此,批评家不是要重建文本的意义,而是要重构它的体系。批评是一种亚语言,它既是虚谬的又是真切的,既是客观的又是主观的,既是历史的又是现存的,既是权力话语的又是自由漂浮的。批评并不发掘真理,它仅仅是对这个时代可理解事物的"整理"罢了。

不难看出,巴特确实是通过自己解构的方式消解文本和世界的意义,使得文学写作变成了"零度写作",使得结构的符号变成了"能指的滑动",使得解构的策略变成了"文本的快乐",变成了"作者的死亡"和批评的"意义拆解"活动。

关键词:

符号学(semiology)

信码(code)

可读文本(readerly text)

可写文本(writerly text)

作者之死(death of author)

文本的快乐(pleasure of text)

编织物(textile)

思考题:

一、巴特的符号学的四类范畴是什么?

二、巴特符号学的基本特征是什么,有何贡献与局限?

三、巴特如何区分叙事作品的三层次?

四、区分可读文本与可写文本的意图是什么?
五、可写文本有哪五种编码的阅读方法?
六、如何理解"文本的快乐"?
七、为何巴特强调作者之死?为何要打破"写作的神话"?

第三节 德里达:解构策略与意义改写

20世纪60年代,是西方思想界从结构主义向解构主义过渡的重要时期,也是后现代哲学对形而上学地基和结构主义二元对立的沉重瓦解的时段。德里达(Jaques Derrida, 1930—2004)指出:"我们的话语无疑是属于形而上学的对立物体系的。我们只要用某种策略安排,让它在这个领域和自己的努力范围之内反对它自己的种种策略,就可以产生一种混乱的力量并扩散到这一体系,从各方面对其裂解并划定边界。这样,我们就能显示出那种成见的破裂。"①看来,解构的权力使德里达充满解构的信心。

一、消解结构的解构策略

雅克·德里达(1930—2004)

结构主义一反现象学和存在主义将人这一主体存在及其主体意识作为研究中心的做法,力求排除历史性、主体性,而转向对世界的结构和语言加以分析。于是,历史成为现在,即现在的现在和现在的过去结合成为意识的单一的瞬间,意识在时间中历时性地前后运动,甚至从当前时间回转到过去的时间。历史似乎不再是单一的时间之流,而是时间的共时弥漫。历史的源起与展开方式都永驻在现在之中,因而,从生命的全部表象中寻找生活的基本模式和符号化模式,从世界表象中寻找世界的结构就成为一种时髦。至此,对人的本质把握让位于对世界结构的分析,对模型共时态分析的科学性追求取代了对价值的历时态分析。

值得注意的是,结构主义以语言学理论为基础,却不但阐明语言学问题,而且要阐明哲学、文学和社会学问题。结构的这种所谓封闭的自我调节和转换体系,标举本源性、中心性自我呈现的展开形式和同一性确定性的向心指涉,从而切断了与差异性结构的参照系,成为一个不与外部发生任何联系的封闭自足的体系。同一中心性作为主导因素,使结构的各部分以一种与"差异"原理相冲突的形式附属于整体。

结构主义以中心性拒斥了差异性,以整体性排斥了局部性,以同一性排斥了矛

---

① Derrida, J. *Writing and Difference*, Chicago: University of Chicago Press, 1978, p.34.

盾性,于是,整个世界的结构被先验地把握,事物的起源和统治被先行预见,对任何本真谜底的把握和译解活动成为一种结构的内在模拟,一种对先行设定的意蕴的意义透支。这种设定中心以保证其结构的稳定性并进而将一种预先确定的真理先验地塞入结构中的做法,使结构主义可以堂而皇之地通过"批评"活动去提取早已置入结构的意义,使文本的内在意义在被写出来以前就已经被阅读,解读文本意义只不过是重复先行规约的意义。这样,结构主义的意义理论与解释学相仿,同样形成这样一种意义的"循环":文本的意义之谜先于结构而设定,构造一个结构就是译解一个谜,解谜活动就成为对先验设定的真理的模仿。

《论书写学》英译本书影

然而,德里达对这种"结构"论加以解构,其解构的方式是用"意义链"去取代"结构",从而避免结构的先验同一性危险。由于意义链是终端开放的、非目的论的,所以它排除了认为在系统中有一个具有统治作用的整体的想法。又由于它既是空间的又是时间的,所以它本身就不会降到整体或对象的地位上去。德里达把共时和历时之间的区分横向切断,既包括了空间又包括了时间。各种成分被看作是连锁关系的一部分,既不能说是历时的,也不能说是共时的,从而也就不能当作对象来对待。

解构即消解逻各斯中心主义、语音中心主义、在场形而上学话语,而以思想和语言游戏对"中心化"的结构主义加以拆解。德里达以解除"在场"为其理论的思维起点,以符号的同一性的破裂、能指与所指的永难弥合、结构中心性颠覆为"差异性"的意义链为自己理论的推演展开。他相信,所有话语都因历史的变化而变化,自己使用的概念、意义都受到其所处历史的影响。因此,据以给定的文本意义的历史语境,对自己是无用的。然而,语境的概念是历史地被决定的,因而语境不能重新获得,或者呈现在面前。由于同样原因,如果自己的理论和意义是历史地变化的,那么它们不能"传递"世界的本来面目,而一定是表示某一关于世界的概念。意义是历史地形成的,是一个历史的结构,所以意义自身并不能在言语中或在写下来的文本中呈现在我们面前。意

费尔迪南·德·索绪尔
（1857—1913）

义由于时间关系产生的种种概念和种种差异而被推延了。

与巴特不同,作为结构主义理论核心的索绪尔的结构主义符号学,是德里达首先需要加以清理的。索绪尔的结构主义语言学,将任意性原则和差别性原则局限于能指,而不是用于包括所指在内的整体的做法表明:能指与神学逻各斯中心主义有一种直接关系,这样的能指犹如始终依附于其所指对象一样,始终求助于一种创

造的存在或一种既定的思想性言语。这被德里达斥为形而上学和神学中心论。

在解构论者看来,进化论是哲学的又是科学的,或是文学的话语,任何被看作为固定、确定的意义都是虚幻的。意义是流动的和易变的。那种所谓确实的真理范式是一种心灵的创造,是适合于我们目的的想象的虚构。这种想象仅仅成功地掩饰了意义的非确定性,而不是清除其非确定性。

解构形而上学二元对立的策略,使德里达通过颠倒说话和书写的次序、移动中心和边缘的位置来消解形而上学。德里达颠覆了言语对书写的优先地位,使说话(言语)从中心移位到了边缘。中心的解除,使说话与书写具有相同的本性,二者不存在任何中心和从属关系,也不存在二元对立关系,而是平等的互补关系:书写是说话的记录保存的形式,说话是书写的补充形式,书写与说话都是思想的意义表达形式,二者互相依存,缺一不可①。进而,德里达将这一解拆说话与书写关系的解构策略扩展到整个形而上学大厦,要去解拆一切不平等的对立概念,从而颠倒在本质与现象、内容与表现、隐含与显现、物质与运动关系上的传统观念,对绝对理性、终极价值、本真、本源、本质等有碍于自由游戏的观念提出质疑。在取消某项作为中心时取消中心本身,从而达到解构更基本的等级对立的在场与不在场的目的。

于是,德里达的解构策略:"分延"②、"播撒"③、"踪迹"④、"替补"⑤等概念,就成为与"定义"的单一固定含义相对的、具有双重意义的不断运动的模糊词语⑥。尤为重要的是,术语内部的双重含义既互相呼应,又不断消解任何趋向于确定性、稳定性的定于一尊的解释。术语与术语之间的区分亦已消失,犹如所有文本都成为一个文本的一堆混织物一样。于是,意义的确定性和中心指涉性终于被不确定性和边缘互文性所取代。

二、解构学文本观

德里达用这些概念构成一张网状结构,宣称了本源的不复存在,文本的永不完整性。对"原"文的阅读是一种误读,是以新的不完整性取代文本原有的不完整性,因为替补成为另一种根本上不完整的文本。解构主义在否定传统作品观的同时,连带新解释学的作品文本论也否定了,于是,由旧作品观到新解释学文本观和解构主义文本观,就出现了以下几个方面的历史性的转折:

在作品本体存在形式方面,传统解释观认为,作品是书本表征出来的实体,是

---

① Derrida, J. *Of Grammatology*, trans. Spivak, G. C., Baltimore: Johns Hopkins University Press, 1976, p. 158.

② Derrida, J. *Positions*, Chicago: University of Chicago Press, 1981, p. 27.

③ Derrida, J. *Dissemination*, Chicago: University of Chicago Press, 1981, p. 32.

④ Derrida, J. *Of Grammatology*, trans. Spivak, G. C., Baltimore: Johns Hopkins University Press, 1976, p. 60.

⑤ Ibid, pp. 144-145.

⑥ 详细分析可参阅王岳川著:《后现代主义文化研究》,北京:北京大学出版社,1992 年版,第三章,此不赘述。

自足的系统,是自我相关的。新解释学文本观认为,文本是体验和理解的对象,文本在读者的理解中复活,作品具有被编织而成和与他者编织在一起的特点。而解构主义文本观则认为,文本是语言活动的领域,文本之外别无他物,文本是一个自我指涉的体系而与其他文本交织,文本间性使终极意义不复存在。

在作者与作品的关系方面,传统作品观把作者与作品看作是父子关系。新解释学文本观认为作者是作品之父,读者则是作品的再生之父。而在解构主义文本观那里,文本与作者无涉,是无关的网状关系,甚至,"作者只能在书写的游戏中充当一个死者的角色"①。

《多重立场》英译本书影

在写作与阅读的关系上,传统作品观念指出写作与阅读是相互分离的,作品是严肃的呕心沥血的创作结果,阅读同样是严肃的事。新解释学文本观主张写作与阅读通过文本而联结,阅读即创造,文本是作者与读者达到心灵对话而消除误解的中介桥梁,作品具有真诚性。解构主义文本观则认为写作即阅读,阅读即误读,文本就是一切,文本是语言游戏,是令人欢欣的。

在作品是否表达真理问题上,传统作品观认为,作品总是为表达某种东西(理念、真理、欲望、情感);在新解释学文本观看来,文本说话并呈现意义,它使解读者达到视域融合并超出原有的视域;解构主义文本观认为,文本以能指为中心,只重视言说行为本身,至于表达什么内容则是无所谓的。

在作品存在的价值问题上,传统作品观主张作品是作者思想的外壳,是储存思想的容器。新解释学文本观认为,文本在言说,并在揭示某种现实存在,语言是存在的家。解构主义文本观认为,文本无意将词与事物一一对等起来,语言无法掌握现实,语言是存在的牢笼。

可以看出,新解释学的文本论同传统作品观强调作者的主导地位不同,新解释学张扬读者的能动性和创造性,而新文本理论则固持"人的终结"这一信条,而坚持纯"文本"性。

就文学方法论而言,新解释学的理解方式是对话,是文本中自我与他者之间的授与受,还有差别的不断交换过程。不过,这些差别建立在必然性、上下文,甚至系统的相应性,因而也是统一性之上的。质言之,其保持的是中心之地,其做法仅仅是延伸关联的纽带以及与此相应的形而上学所包含的一切含义。

解构批评方法强调不清楚的、非固定的以及意义与表达之关系的非关联的特点,并且认为语言的意义是独立存在的、非先天的,永远处在变化之中,这样就能把语言、符号和文本从逻各斯的声音中解放出来。解构运动远离中心之地,要摆脱形

---

① Foucault. M. "What is an Author?", in Harari, J. V. ed. *Textual Strategies*: *Perspectives in Post-Structuralist Criticism*, Ithaca: Cornell University Press, 1981, p.143.

而上学的运动,然而却被形而上学施加于解放思想的威力拖了回去。

解释学与解构学代表了两种文本观和解释观:其一是试图辨认或把握意义和符号的真理和本源,却又对这种辨认和把握加以逃避,并将解释的必要性作为一种放逐状态的真理或本源;其二是不再转向本源,而只肯定活动本身,并只试图超越人和人本主义,超越那种作为在者之名称的人的名字,这个在者存在于形而上学或本体论的历史中。换言之,在人自身的全部历史中一直梦想着完全当下在场,梦想着保障活动的基础、本源和终结。

德法之争:伽达默尔与德里达的对话

这两种文本解释观,表明交流与理解在后现代来临之时,遇到了双重困境。在解释学那里,虽然坚信理解者与被理解者之间总是存在共同之处,从而试图重设"活的对话"的逻各斯和意义在场,但却终将无法彻底实践这一"善良愿望"。在解构学那里,固守反中心、反整体和寻求差异的立场,力求超越于形而上学之上,但具体的解读实践中,却又感到超越形而上学殊为不易。

三、解构主义文论的方法论意义与问题

总体上说,解构主义在20世纪下半叶风靡整个欧美,到80年代,这一反传统、反形而上学的激进方法论已经普遍地渗透到当代文化评论和学术思维中。解构主义的词汇:消解、颠覆、反二元论、书写、话语、分延、踪迹、播撒等已被广泛运用到哲学、文学、美学、语言学研究中。它实现了文艺理论研究的话语转型,刷新了人们对语言与表达、书写与阅读、语言与文化、文学与社会等方面的认识,影响和重塑文学评论的性格,并开拓了文学批评和文学作品阐释的新领域[①]。

在解构者眼中,作品与创作者的依附关系被解构,而获得完全的独立,它开始与作者的"原意"相游离,成为拥有一套自足符号而又受文化体系的整套符号影响

---

① Culler, J. *On Deconstruction: Theory and Criticism after Structuralism*, Ithaca: Cornell University Press, 1992.

的文本,它的阐释意义是多元多维的,因为,如德·曼所说:"解构就是在文本内,借助于文本中的因素(这种因素通常恰好就是修辞的成分暴露于语法成分的结构),就可以测定一个问题,并取消文本内作出的断定。"

解构主义在整个哲学思维上进行本体论革命的同时,也产生了一场方法论革命,解除了人们头脑中根深蒂固的传统一元论,消解了人们习惯的思维定式:追求一个至高无上的权威,一个绝对正确的标准,一个一成不变的等级模式。它的多元性、无中心性、多维思路,使人们超越了传统的视域,从更新的角度反观文学和自身,从而发现了许多过去难以见到的新问题和新意义。

在当代文艺理论研究中,解构主义的方法论意义在正面、负面两个方面都十分突出。因此,有必要稍加论列,以对其有一个比较清楚的认识。

其一,解构主义的崛起,表明了20世纪哲学思维在工具理性化以后,文学理论以全新的颠覆力试图取代哲学的意图。哲学面临的双重危机在后现代文化中日渐突出。在英美国家,哲学的主要文化功能已经被文学理论和批评所取代。在哲学遁入语言分析而抛弃"思"的深度和维度时,在本真之思对"不可说之物保持沉默"之时,文学理论和批评担当了自己勉为其难的历史重担:对人类精神走向进行描述。

解构的重要策略是打破二元对立模式,对在场中心性进行解拆。因此,在文学与哲学的关系上,以德里达、福柯、巴特为代表的后结构主义者,总是坚持对某一哲学文本的解读,就是把该文本当作文学作品,即当作一种虚构的修辞构体来读。而对文学作品的充分解读,却是将作品看作具有多种哲学意向,以从众多哲学文本的对立之中抽取出意义。因此,消解哲学与文学的区别成了解构活动的重要环节。

然而,德里达这种消解活动,连海德格尔在"思想家"和诗人、创新思想家和庸俗作家之间的区别也加以取消了。这样做的结果是,使那对人类生存处境和精神取向予以严峻关注的哲学精神和本真情怀,幻化成一种普遍未分化的文本世界和削平价值的语言游戏。说到底,哲学与文学的区别并不在于一为直接论证,二为隐喻表现,以文学取代哲学似乎只是一种表面现象。问题不在于人们欠缺一种方法,而只在于实际上没有人同时阅读文学和哲学两类文本,甚至根本没有人能够使这两类文本交互作用。由此看来,解构所标明的哲学与文学对立的消失,只不过提供了一种重新解读由尼采开端、由海德格尔推进的西方哲学文本而已。

解构主义是一种极端的创新。在解构主义的拆解中,哲学问题总是在追问中敞开,在"思"中被创造出来。任何创新都带有"诗意"的风格,使人目睹一种与僵化板滞的旧事物截然不同的全新的境界。因此,哲学的创新往往给人一种强烈震撼、一种诗性的透悟感。随着更新的思想的闪现,原来的哲学新境失去了先锋性,不再受到青睐,并在哲学的创新意识中"成了问题"。在这个发展的历史维度上,哲学不可能是封闭的,而是永远"敞开"的,当一位哲学家自以为建构了一个体系并形成一个完满的圆圈时,永远将会有某种东西伸出或溢出,永远存在有替补、边缘、空间,在其中书写着哲学文本,这个空间构成了哲学可理解性和可能性的条件。

解构主义从来也不相信文本是一个孤立的世界,在他们看来,哲学文本之外不存在空白的、未被触及的、空虚的边缘,而存在有另一个文本,一个不具有当前参照中心的力的区分的织体。与这种文本间性相联系,哲人们必得思考这样一种写作,"它不具在场、历史、原因、始源和目的,这种写作绝对地颠覆所有形而上学、神学、目的论和本体论"。当形而上学、本体论神学束缚了现代文化精神,而使哲学、文学、宗教、科学追求一种封闭的中心体系时,这种颠覆性的"新写作"将全面扭转文化的困境。这种写作以其自觉的无终极性、向未来敞开性、打破体系封闭性等特点,以其忠实而内在的方式思考哲学概念的结构化的"系谱学",解拆了哲学与文学的对立,成为一种包括哲学在内的无限的、未分化的众多文本织体的文学。

解构主义这种新写作其实面临一种双重困境:当他忘记哲学甚至以文学取代哲学时,他的写作就失去了中心焦点,而成为一种无统一性可言、无终极意义的写作,一种永远有着"裂口"标志的写作。这样,自我指涉的矛盾凸现出来,被压制的不可理解性作为可理解性的条件得以返回,德里达最终仍不得不用形而上学的话语讲述着自己的构想。因为如果彻底,他就必然丧失其话语逻辑基础。

事实上,文学批评越是哲学化,批评家们越是认识到由现代哲学家(特别是尼采和海德格尔)提供的重新描述和颠倒之激烈和彻底,它的语调就越讥讽化。这种调侃语调充满了一种讥讽的认识:思想同语言一样可塑,而语言是无限可塑的,任何语言描述都不过是一个暂时的栖息地,不过是某种暂时可以相处的东西。文学取代哲学的意图,实际上是对文学批评附加了浓厚的政治意向。在20世纪70年代美国大学的文学系里,人们都似乎理所当然地认为,对文学文本的解构是与对不公正的社会制度的破坏携手并进的。解构可以说就是文学学者对走向激烈社会变化的各种努力的特有贡献。在这个意义上,文学取代哲学只不过是"对一种空无的不断命名"以及对先前的洞见成为可能的新的盲目性的不断发现。文学不再是精神可以栖息之地,不再是人类可以从中得到自己的最深刻本质表现之地,而是成为导致新的永久骚动的刺激之域。

解构主义者希望,这样的活动一旦贯彻到政治中去,就有可能成功地克服资产阶级民主对其制度的残酷和不公的盲目性。因此,解构主义提供了(也许是表面看起来相反的)一种方法,使文学教师可以成为福柯所谓的"特别的知识分子",即能用其专门技术从事政治工作的人。可以认为,解构主义以文学取代哲学,一方面是以文学解构的激进性取代传统哲学思维方法的僵化保守性;另一方面,在哲学遁入工具理性中时,以文学对人们的精神和行为方式加以重新塑造。正如罗蒂所说:解构主义运动远不止于文学批评,最广义的解构主义可以作为一种表示,它所指的是一阵在知识分子中对现状不满和怀疑的强烈旋风。解构主义文学批评只是欧美知识分子自我形象所发生的一个微妙而又深刻变化的表征。

其二,解构策略是一种思维换型的方法论。德里达推进了这一场消解中心和终极价值的解构策略运动。德里达一方面从方法论上批判了结构主义结构中心论,另一方面从本体论上批判了海德格尔寻求终极真理的形而上学观,从而通过颠覆结构"在场"

而颠覆整个形而上学大厦。他将任何一种依赖于坚实的基础,高于其他法则和等级森严的思想体系统称为"形而上学"。

　　德里达的解构批评策略可归结为:展示出文本是如何同支配它们的逻辑体系相抵牾的。解构论通过抓住"症候性"的问题,即意义的疑难和死结来证实这一点。文本往往在这类问题中陷入危机,难以运行,并矛盾重重。德里达使用解构、颠倒、分延、播撒、踪迹、替补这些模棱两可的概念的目的在于:揭露形而上学二元对立的虚构性,打破语言中心的历史虚假执行语,以分延的意义不定取代理解的意义确定性,以播撒揭穿文本的裂缝,并从这一"裂口"中得到文本字面上没有的更多的东西,以踪迹和替补说明始源的迷失和根本的空缺。

　　于是,德里达放逐了隐遁不彰的"存在真理",解拆了那些从形而上学之中拯救出来的"思"。但是这样一来,德里达势必在冒一种危险,即对解构施加同样的解构。因为不管怎样,德里达都不可能以其相同的始源、目的等来避免继续一种古老的谈话,因为他已失去了中心主题。德里达不可能自认为在谈论哲学传统,如果他使用的字词中没有一个与该传统使用的字词处在任何推论性关系之中的话。于是,德里达无疑是沿着书页(文本、语言)边缘滑行,以至滑出了书页。同样,为了不掉进明晰性、中心性、层次型的"形而上学泥淖",德里达使用模棱两可的词汇以逃逸形而上学的规范。这种意义晦涩的双关语,不再按规则起作用,使用修辞法而非逻辑,使用比喻而非论证。但是,同时说几种语言和写作几种文本,在实践上,却因受阅读制约而难以完全兑现,因为这种既同始源又无同一目的的新写作,必然要求读者同时读几个文本。

　　然而,当代读者都生存在一个以始源、目的、目的论或本体论编织起来的文本织体中,人们大多仍然赞成科学性、严格性和客观性。因此,写作逃逸了意义之时,阅读也将变成无意义的活动。这大概是德里达所不愿意看到的。在我看来,人类精神历史的发展是延展与回溯、稳定与革新的统一。那种一味强调差别而无视统一,甚至将每一文本当成是关于同一些古老的哲学对立项:时间与空间、可感的与可理解的、主体与客体、存在与生成、同一与差别等对立的做法,事实上只会走向自己的反面。

　　当然,更深一层看,德里达的解构策略是通过文学解构和重写文学史施行的一种政治实践。解构主义认为,人是自己话语的囚徒,无法理智地提出某种真知灼见,因为这样的真知灼见只不过是和我们的语言有关。解构是摧毁一个特定的思想体系及其背后的那一整套政治结构和社会制度赖以生存的逻辑。解构并非荒谬地试图否认相对确定的真理、意义、特性、意图、历史的连续性这些东西的存在,而是试图把它们看作更为广泛、更为深刻的一段历史的发展结果,即语言、无意识、社会制度和实践的发展结果。

　　因此,解构主义理论并不能成为一种与政治无涉的纯理论,相反,它是观念形态的当代表现。然而,这种标榜多元论的解构主义却是危险的。因为这种多种理论的大杂烩,可能导致的结果并非是文学上的辉煌,而是精神的杂乱委顿和无所适从。解构主义在解构欢悦的游戏中,将现代主义精神十字架卸了下来,它将现代主义负荷的焦虑、畏、乌托邦、正义、意义等彻底加以解脱,否定一切形而上学的价值论和本体论,拒斥元话语和历史主体性的说法,成为一种与商品化了的日常生活本身一样宽广无边的平面行为。

其三,解构方法重新定义写作和文本的意义,使写作与文本阅读产生了"本体论位移"。在德里达看来,写作是在符号的同一性破裂(即能指与所指断裂)分延时的情形下产生的。写作本身也有某种东西最终将逃避所有的体系和逻辑。语义中总是存在一种闪烁不定、蔓延扩散的东西。后现代写作追求的是一种巴特式"零度写作"。小说已经自我消解了叙事而成为非小说,批评已成为没有尺度的消解游戏,诗歌放逐了情感和韵律之后,发现自己消逝在它追求本质的页码里。它将自己转化成这样一个契约:为一个怪诞、虚伪的"文学家族"进行调和的消逝感作证。

其四,解构方法在对传统文学研究方法全盘创新的同时,又留下一堆颠覆以后的文化瓦砾。可以说,对解构方法的评价在文学领域总是存在很大的差别,褒者对其解构方略推崇备至,甚至认为当今文学批评,如果不会运用解构方式,要么是太落后不合潮流,要么是智商太低。而贬之者则认为,解构方法是一种彻底的虚无主义方法。

解构批评是一种反抗盲目接受的新的洞见方法,它不断揭露阅读中遭受传统思维欺骗的阅读盲目性。它产生过旧的洞见,而紧跟着这种洞见的是由一种新的盲目性造成的新的洞见,并将这永远进行下去。解构批评的这些结果并不在于"确切地"阅读文本的准则,而在于能够参加不断避免可能出现的确定性的实践。这样的批评并不是用哲学代替文学,并不是把哲学运用于文学,而在于从事一种使传统的哲学—文学区别不再有效的活动。就解构批评的负面价值而言,解构批评以过激的言词和调侃的态度,彻底否定秩序、体系、权威、中心,主张变化、消解、差异是一切,这是另一种意义上的"语言暴政"。这种充满政治意味的解构方法使整个文学评论界的兴趣离文学自身越来越远,以致有人认为解构主义正在毁灭文学,使整个文学研究和评论界陷入危机,整个学术界已经感染了"德里达式的瘟疫"(耶鲁四人帮语)。

从历史维度看,解构精神是人类文化精神多元中的一种,对此不必惊慌失措,也不必推波助澜。我们不必将解构方式看作是在解构自我,或在自渎自毁,以便逃脱所谓整体同一性的影响。整体同一性和非同一差异性是互相依存的,丧失了其中任何一维,则另一维也不复存在。绝然地张扬反中心性和差异性的解构者们,在将一切对立面夷为平地之时也丧失了自己赖以存在的地基。透过方法论层面,我们可以在本体论和价值论层面上看到:解构主义在告别了终极意义和价值关怀以后,不再是沉重的哲性思考,而成为巴特所说的"文本的快乐"的游戏。在欢欣的解构游戏中,人们行进在哲学(形而上学)的边缘,而对这个边缘地带的思想本身却毅然抛弃。解构主义在20世纪的哲学思想和文化研究中,留下了深刻的历史踪迹,以致不得不指出:如果不透析解构和建构方法的理论意义及其误区,那么,任何理论前提的批判厘清,任何理论的价值重估和建构都将是不彻底的,也是会遭遇到难以克服的理论盲点的。同样，如果不对巴特、福柯、拉康、德里达的思想进行整体性的研究，那么，要想对后现代主义、后殖民主义、新历史主义、文化研究理论等当代思潮加以深入的把握，也是相当困难的。

关键词：

意义链（chain of signification）
终端开放的（open ended）
逻各斯中心主义（logocentrism）
语音中心主义（phonologism）
解构（deconstruction）
在场（presence）
分延（différance）
播撒（dissemination）
踪迹（trace）
替补（supplement）
自由游戏（free play）

思考题：

一、如何理解解构主义与结构主义总体特征上的差异？
二、德里达以怎样的策略去解构"结构"与"中心"？
三、什么是逻各斯中心主义与语音中心主义？
四、解构的真实意图何在？
五、由旧作品观到新解释学文本观、解构主义文本观，发生了什么转折？
六、德里达的文本理论与伽达默尔有何根本区别？
七、解构主义的方法论有何正负面效应？

阅读书目：

[1] Barthes, R. *Elements of Semiology*, London: Jonathan Cape, 1967.
[2] Barthes, R. *Critical Essays*, Evanston: Northwestern University Press, 1972.
[3] Barthes, R. *S/Z*, London: Jonathan Cape, 1975.
[4] Barthes, R. *The Pleasure of the Text*, New York: Hill and Wang, 1975.
[5] Barthes, R. *Image Music Text*, New York, Fontana, London, 1977.
[6] Barthes, R. *The Rustle of Language*, New York: Hill and Wang, 1986.
[7] Culler, J. *Structuralist Poetics: Structuralism, Linguistics, And the Study of Literature*, Ithaca: Cornell University Press, 1975.

[8] Culler, J. *Roland Barthes*, Oxford: Oxford University Press, 1983.

[9] Culler, J. *On Deconstruction: Theory and Criticism after Structuralism*, Ithaca: Cornell University Press, 1992.

[10] Derrida, J. *Of Grammatology*, Baltimore: Johns Hopkins University Press, 1976.

[11] Derrida, J. *Writing and Difference*, Chicago: University of Chicago Press, 1978.

[12] Derrida, J. *Positions*, Chicago: University of Chicago Press, 1981.

[13] Derrida, J. *Dissemination*, Chicago: University of Chicago Press, 1981.

[14] Foucault. M. "What is an Author?", in Harari, J. V. ed. *Textual Strategies: Perspectives in Post-Structuralist Criticism*, Ithaca: Cornell University Press, 1979.

[15] 巴特:《符号学原理》,王东亮等译,北京:三联书店,1999年版。

[16] 巴特:《符号帝国》,孙乃修译,北京:商务印书馆,1994年版。

[17] 巴特:《S/Z》,屠友祥译,上海:上海人民出版社,2000年版。

[18] 巴特:《恋人絮语》,汪耀进、武佩荣译,上海:上海人民出版社,2004年版。

[19] 巴特:《流行体系:符号学与服饰符码》,敖军译,上海:上海人民出版社,2000年版。

[20] 巴特:《罗兰·巴特自述》,怀宇译,天津:百花文艺出版社,2002年版。

[21] 德里达:《论文字学》,汪堂家译,上海:上海译文出版社,1999年版。

[22] 德里达:《多义的记忆》,蒋梓骅译,北京:中央编译出版社,1999年版。

[23] 德里达:《书写与差异》,张宁译,北京:三联书店,2001年版。

[24] 德里达:《多重立场》,佘碧平译,北京:三联书店,2004年版。

[25] 德里达:《德法之争:伽达默尔与德里达的对话》,孙周兴、孙善春编译,上海:同济大学出版社,2004年版。

第六章 西方马克思主义文论

"西方马克思主义"的提法最早见于梅洛-庞蒂《辩证法的历险》一书,他用这一术语指称那种导源于卢卡契《历史与阶级意识》的、从不同理论流派汇聚起来的思潮。西方马克思主义文论以社会批判理论作为自己的旗帜,对现实持一种批判的否定态度。因此在文化和美学研究方法上,有不同于传统文艺社会学研究方法的新走向。

第一节 文化批判:法兰克福学派

一、本雅明:机械复制时代的艺术症候分析

本雅明(Walter Benjamin,1892—1940)认为,工业文明对人的精神性从各方面加以剥离,使得语言也被社会实用的、认识的方面所掩没,因而哲学的任务就是恢复那种被疏离的、丧失本真意味的语言的符号性维度。只有这样,才能在一个四散的物的世界里聚合起一个精神的整体,才能在一个意义匮乏、表达方式僵化的社会中说出不顾物质世界消长的本真意识话语,保持思想的鲜活的生命力①。

瓦尔特·本雅明(1892—1940)

他在《机械复制时代中的艺术品》中认为,使艺术成为艺术的关键是作品的"气息"(Aura)。作者审美体验的完满充盈和独特个性内化于作品中,形成一种"独一无二"的"不可复制、不可模仿"的氤氲气息,它流动回旋,使作品犹如一个"主体"向读者说话。本雅明将"气息"定义为"一定距离之外的独一无二的现象",表现出在时空知觉力范畴中对艺术原作价值崇拜的对象化。就本质而言,这种遥不可及的"原作"成为不可接近的东西,不可接近性凝定为崇拜对象的主要质素。

气息指作品中氤氲着的一种优美和谐的氛围和精神超越价值,尤指19世纪以前艺术品的审美文化特征,它是对原作本源性存在的真理性秉有。内蕴于作品中的气息禀有一种神圣、权威、距离、永恒的性质,使得人在与艺术品的交流中,感到一种震撼心灵的"眩惑",或者唤起一种深层无意识。人以自己的独特性凝视作

---

① Benjamin, W. *Illuminations*, New York: Schochen, 1969; *Charles Baudelaire: A Lyric Poet in the Era of High Capitalism*, London: New Left Books, 1973; *Reflections*, New York: Harcourt Brace Jovanovich, 1979.

品,作品也以"准主体"的方式向观者神秘地回睇。艺术给人一种沉思默想式的观照,在这观照中,气息充盈着整个艺术文化交流过程。

然而,到了现代主义的机械复制时代,随着科技的发展、电影业的振兴,艺术气息开始委顿、式微。电影拷贝使原作不复存在,复制的绘画作品可让观众在任何时地看到,昔日珍品般的神圣、权威、距离感荡然无存。同时,电影以真实化、世俗化、生活化为宗旨,使得昔日艺术世界与现实世界的对立终归消失,电影(拍摄、剪辑)虚拟再现使现实成为一种技术组织后的虚拟产物。经验和想象的完满性的缺失,人与作品在沉思中静观交流的氤氲气息消逝,人们面对的是银幕画面的强制性效果,它以快速的画面使人难以从容回味;逼真的画面转瞬即逝,使人很难保持一定审美距离,而被电影屏幕强行牵着走。终于,在巨大银幕的强制下,人们放弃传统艺术气息的权威性,而接受全新的审美效应——"震惊"。

卡尔森发明了静电复印机

气息标明古典式的审美静观,它产生于沉思想象的观照中,表现了一种物我交流中融理入情的审美体验的充盈性。然而,艺术的物质载体随科技汰变,在现代主义和后现代主义中,气息终于让位于震惊。本雅明从这一转折过程中发现了积极的希望。在他看来,现代资本主义社会中,日常生活的片断化使人零碎化,而电影以触目惊心的超真实镜头打破艺术自满自足的优美精神"气息",不断修正观众的视觉甚至意识,进而在视觉的重新整合中发现为日常生活碎片所拆散的生活本身的真实,引起深达无意识层面的心灵震惊。这样,将整体分解成碎片,然后再从碎片中窥见整体的当代本质。通过画面分割的片断视觉印象直接作用观众的眼睛和心灵,通过单向的"银幕暴政",使人真真切切地感到动荡的生存世界。

现代文化美学具有与传统美学不同的维度。"震惊"是传统审美经验与机械主义遭遇对现代人审美心理产生的直接的、震撼的结果。本雅明借助弗洛伊德的理论,分析了震惊的内在结构,即一个生命组织力求维护一种内外界能量的特殊转换形式,以抵制外部能量的过度刺激,个人意识越快将这种外部能量"登记注册",所造成伤害的后果就越小。现代人对震惊的接受,因逐渐适应刺激、回忆、梦等而变得相对容易。当然,这种现代理性的形成是以牺牲意识的完整为代价的,是以信息的过量刺激而导致心理病态为其症候的。震惊的外界刺激来源,一是机械文明或者说技术的发展和普及,二是人口学上的大迁移,即大量人口流入大工业大都市。也就是说,当新科技闯入人们的日常生活,与传统观念产生冲突,使经验发生倾斜,"震惊"作为一个心理和意识形式便出现了。它迫使人们注目当代文化发生的断裂现象。

"震惊"作为当代文化的表征,正改变着人们的文化审美趣味。尖锐的冲突取代了昔日的和谐,大众文化改写着高雅文化。本雅明指出,作品中的美仅仅是本质之美的一种外在显现,只有剥开了这种美的幻象,才能真正进入艺术作品象征的隐在结构深层,从而显出"真理的内涵"、现实社会生活的灾难,艺术家无法从四散残破的世界里找到传统艺术所标榜的和谐的范型,而只能通过寓言这种"易逝的腐烂与死亡的形式"向永恒的神圣吁求。

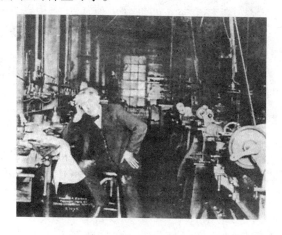

爱迪生发明了电影

"震惊"表明现实生活与艺术形式在不和谐氛围中形成的、对立给当代人审美心理造成的新的冲击。在本雅明看来,"震惊"是波德莱尔诗歌的核心形象,并对于诗人的人格具有决定意义。波德莱尔的意义在于有意识去面临"震惊",以其经验去换取那种"体验",但同时,他的肉体和精神自我又力求回避"震惊"。在体验的层次上,"震惊"是判断抒情诗的标准。

在对现代艺术的看法上,本雅明认为技术复制在大工业生产中的广泛运用,使众多摹本代替了独一无二的艺术精品,技术复制终于使"真品"与"摹本"的区分丧失意义,本真性的判断标准开始坍塌。"机械复制在世界上开天辟地第一次把艺术作品从它对仪式的寄生性的依附中解放出来……艺术的全部功能颠倒过来,它不再建立在礼仪的基础之上,而开始建立在另一种实践——政治的基础之上"①。现代社会中的艺术与传统艺术有完全不同的新质,艺术技巧的革新直接影响艺术创作本身,甚至使艺术观念产生逆转。本雅明借此将艺术作品与意识形态的关系、意识形态与生产方式的关系、意识与潜意识的关系,在一种全新意义上联结起来,并以寓言和隐喻的奇特方式,把现代主义的主题与马克思主义的主题融合,从而阐明了现代艺术的特性。

二、阿多诺:现代文化工业批判

阿多诺(Theodor Adorno,1903—1969)强调,应把哲学、社会学、美学融为一

---

① 本雅明:《机械复制时代的艺术作品》,见托马斯·所罗门编:《马克思主义与艺术》,维恩大学出版社,1979年版。

特奥多·阿多诺
（1903—1969）

体,即从社会批判理论角度研究文化与美学。在经历奥斯维辛和社会的官僚主义化以后,一种对社会的文化彻底批判精神成为他一生的学术追求①。

他的《否定的辩证法》对充满危机的现代西方社会进行了深入的批判。他认为,"启蒙"尽管促使了"人的觉醒",但另一方面又发展了人控制支配自己的权利,发展了片面的理性,从而对人的内在自然加以限制。人的全面丰富性遭到可怕压抑,人退化为单面的怪物,片面的物质享受和可怕的精神贫困撕裂着现代人。在《最低道德》一书中阿多诺指出,"面对绝望,唯一可行的哲学就是从赎罪的观点,努力根据事物的本来面目去深思和感知一切事物。必须运用人的洞察力来触怒和离间世界,揭示它的裂痕,暴露它将来某一天在救世主的福祉中所呈现出的贫穷和畸形的面目。在没有不完全的意欲和暴力行为的前提下,完全从与它的对象之间的可以感觉得到的联系获得这样一些洞察,这只能是思想的任务"。

整个世界都得通过文化工业这个过滤器。而且,文化工业只承认效益,它破坏了文化作品的反叛性。文化消费通过语言的暴政,使人的想象力和自发性渐渐萎缩,抑制了人们的想象力。因此,文化工业的每一个运动,都不可避免地把人们再现为整个社会所需要塑造出来的样子。更为严重的是,在每件艺术品中,作品的风格都是一种诺言,因为被表达的东西通过风格变成了占统治地位的普遍性形式。

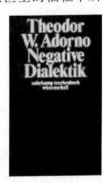

《否定辩证法》
德文版书影

现代"文化工业",通过不断地向消费者许愿来欺骗文化消费者。这些夹在作品中的意识形态纯粹是谎言,这些谎言不是直截了当地说出来的,而是用诱惑的和锤炼的方式表达出来的。总体上看,晚期资本主义社会是以商品生产为特征的,艺术和文化作品受到适应于任何其他商品的同样原则的支配。因此,文化生产资料的集中导致"文化工业"的产生和极度膨胀。在"文化工业"中,交换价值和利润动机成为决定性的因素。随着"文化工业"中的大众文化和大众传播媒介的普泛化和世俗化,启蒙辩证法就进入了大众蒙昧的阶段。

现代性"文化工业",借着大众传播媒体操纵了非自发性的、物化的、虚假的文化,成为束缚意识的工具和独裁主义的帮手,并以较前更为巧妙有效的方法通过娱乐来欺骗大众、奴役人,显示了启蒙向意识形态的倒退,已进入大众欺骗的阶段。现代主义的特点在于,艺术文化呈现商品化趋势,具有拜物教特性。文化艺术生产

---

① Adorno, T. *Negative Dialectics*, New York: Seabury, 1973; *Minim Moralia*, London: New Left Books, 1974.

的标准化、齐一化,导致扼杀个性。文化艺术消费具有强制、缺少选择、不能对话的特征。阿多诺对大众文化的批判,对西方文化价值危机的深刻反思,曾对美国知识界形成较大影响:20 世纪 60 年代欧美青年发起的"反文化"(counter culture)运动,反对文化在既定的社会准则和价值观念下仅仅成为一时风尚,正表达了人们对大众文化反人性的意识形态的抗议和对文化商业化的不满。

三、马尔库塞:单维社会与审美解放

马尔库塞(Herbert Marcus,1898—1979)从文化批判角度对现代人、现代社会、现代文化审美问题做过深刻阐释。他致力于确立感性及现实社会的本体论的优先地位,希望通过艺术去达到人的感性及其现实社会的审美解放,从而使单维人与单维社会恢复为多维的健康的社会与人①。

赫伯特·马尔库塞(1898—1979)

马尔库塞的《单维的人》注重对发达工业社会意识形态的研究。他认为,在发达的工业社会中,批判意识已经消失,统治已成全面性的,而个人成为丧失合理性批判社会现实能力的畸形"单维人"。在这个"单维社会"中,技术和效率以及不断增长的生活消费成为当代社会的中心,技术进步的神话扩展到整个统治权力体系,并成为一切生活方式的权力话语。因此,单维社会的中心是资本主义霸权,它通过垄断资本对社会的生产、分配和商品的消费欲望而构成社会控制权,将大量过剩的消费品提供给大众,其现状和其自身的经济结构都已"极权化"。也就是说,虽然在消费性资本主义的商品市场中,可以有很大的选择范围,但一切选择都已注定是被选择。

《单维的人》英译本书影

---

① Marcuse, H. *One-Dimensional Man*: Studies in the Ideology of Advanced Industrial Society, Boston: Beacon Press, 1964; *An Essay on Liberation*, Boston: Beacon Press, 1969; *Studies in Critical Philosophy*, 1972; *Counterrevolution and Revolt*, 1972; *The Aesthetic Dimension*: Toward a Critique of Marxist Aesthetics, Boston: Beacon Press, 1978.

发达工业社会的显著特点在于,它已有效地窒息那些"解放需求"。在这里,社会控制压倒一切的需求是:过剩的生产和刺激消费欲望,对纯感觉性娱乐方式的怂恿和一些骗人的自由。在这个垄断性消费性的资本市场活动中,大众由广告媒介引导其做什么,人们逐渐形成一种被歪曲的"第二本性",这一本性将他们与商品市场紧紧地捆绑在一起,即只有在消费领域中,他们才会产生满足感。

单维社会的消费者是一个被巧妙操纵的对象。人们以虚假需求取代真实需求,放弃自己的解放话语和承诺,从而使"单维社会"变成了极权主义的社会,"单维人"变成了消费人。"单维思想"则表现为思想向语言偏转,哲学思考成了科学哲学的考察,辩证思维变成形式逻辑,批判的否定性思维被世俗价值削平,多维语言变成单维语言,生命意义逐渐在历史维度中消失。可以说,今天的统治不仅仅通过技术,而且通过强化技术官僚而使自身统治永久化,技术为不断扩大的神话——所有文化领域的政治权力提供了合法性。

在《爱欲与文明》一书中,马尔库塞设想一个新的"后革命社会"应是何种形态。他阐述了这样一种"人的新理论",即摆脱了多余压抑的人,能进行革命的建设新社会的人。他赞同弗洛伊德"人的本质即爱欲"的观点,强调人的解放就是爱欲的解放,爱欲解放的前提是劳动解放,并以此寻求医治后工业社会文明弊病的药方。

在《审美之维》中,马尔库塞试图找到一种"美学形式",它既可以是一种既定的社会文化的表征,又可以是通过对语言感觉和理解力的改造,使在现实现象中显示人的真正的本质,释放出人的被压抑的潜能。在这个意义上,真正的艺术是对现实的控诉,又是对新的现实的重创。艺术的批判功能在于它美学形式自身的创造中,美学形式通过对现实的疏离,剥离了虚假意识而产生了不同于现实的反意识,从而达到对现实的疏离和否定。正是艺术作为现实事物的对立面,同时也作为现实事物的一部分,它才能谴责现实事物;正是美学的形式,使现代人产生一种新意识和新感觉,才能使现代文化中的单维化状态获得审美解决。因而必须建立一种解放美学,因为美是自由解放的一种新感性形式。

主体意识的解放是科技解放的前提,一种新感性将体现出未来革命的新型历史形式。人的审美解放成为人的历史使命,本能革命是审美解放的必由之路。本能结构的审美变革是把冥想、意象、诗意、激情重新引入人的感觉,发展出一个新的"需要系统",即从剥削的统治下解放出来的新感性。

新感性是相对于旧感性而言的。旧感性是受理性抑制的并丧失了自由的感性,新感性则是从理性的压抑中获得解放的感性。审美造就了新感性,艺术是新感性的集中体现。新感性是在审美和艺术中实现的一种新的世界秩序,是对新世界的重建。新感性揭示出反抗的深度,揭示出与压迫的连续体断裂的深度。新感性的社会紧切性,是一种历史和文化的紧切性,因此,只有不断激发人的新感性,才会否定历史强加于人的本性的种种限制,而创造出真正的艺术。新的社会呼唤新人,而新人产生于新感性之中,至此,马尔库塞改造了弗洛伊德的学说,认为只有在人性结构的深层中彻底改造人的攻击性——破坏性本能后,社会变革才会有一个深厚的人性基础。而这一切只有艺术—美学的方式才能达到。

在文化批判层面上,马尔库塞十分注重艺术想象及其创造的理想世界,认为它们可给人类普遍被压抑的本能一个瞬间的满足,从而获得摆脱现实原则的高度自由。或许艺术就是另一类生活,另一种现实,是与现存社会相对立的具有否定性和超越性的另一维,它控诉陈旧的阻挡历史发展的社会生活,呼唤解放的审美意象,否定非人社会的合理性,从而超越这一社会的规定性,保护了人的灵性和爱欲的自由。新感性以艺术感知的形式作为自己感知方式的革命,打破一体化社会的意识形态,并力图扭转旧的感知方式,加强新的感知方式,彻底瓦解旧的感知结构。

关键词:

批判理论(critical theory)

气息(aura)

震惊(shock)

文化工业(culture industry)

大众文化(mass culture)

反抗(resistance)

审美解放(aesthetic liberation)

爱欲(Eros)

新感性(new sensibility)

思考题:

一、什么是"气息"?为什么说机械复制导致"气息"的消失?

二、为什么说"震惊"是当代文化的表征?

三、为何阿多诺要对启蒙进行反思?

四、阿多诺对文化工业进行了怎样的批判?

五、马尔库塞为何将"爱欲"作为解放的途径?有何局限?

六、马尔库塞提倡的新感性是什么?有何意义?

第二节 布洛赫与弗洛姆:希望与自由

一、布洛赫:"未然"与"希望美学"

作为"新马克思主义"理论家的布洛赫(Ernst Bloch,1885—1977),以其创立的"希望哲学"而闻名。他认为,现代社会中每个人都必须克服无知和失望的障碍与艰难处境,对未来抱持一种积极的态度,才能达到完满的境界。布洛赫提出"未然"说和"希望"说,认为人的整个精神和生命存在尚未达到真正的本质实现,还处

恩斯特·布洛赫(1885—1977)

在尚未真正存在的过程之中，需要不断通过审美、艺术和宗教来完善。

他在《乌托邦精神》中认为，在一般人类精神活动中，人普遍缺乏合适的自我经验和现时经验，现时在原则上是难解的。假如我们要去体验和经验刚经历的瞬间，就会发现，该瞬间已独特地离我们而去。"前意图"和"后意图"一起干扰着我们对现时的知觉活动。当我们企图去解释现时之物时，往往仅考虑以后的或回溯以前的东西。我们无法经验自己的直接存在，只能把瞬间作为以前或以后的事物把握。所以，在人类的精神活动中，瞬间是一片混沌。人所经历的瞬间混沌不单纯是一个个体心理事实，还反映了历史本身的难解性，以及客体本身的混沌状态。人在生活中普遍缺乏对人自身的理解，也缺乏对世界本身的理解，因此产生了要克服这个不足的要求。于是，乌托邦的精神就根据意愿表明了一种"自我合适性"，主体主要是在幻想的预先存在中经验到了自身的同一性。

布洛赫强调，只有从未来的视域才能正确评价人类此在的不安、渴望及于此之中企求的东西。人类此在的自我超越性同时也就是乌托邦，人是在幻想中并借助乌托邦超越了现时的自我。乌托邦是主体对现时自我的超越，它预先推想性地达到完满存在。这种超越模式的特点在于：人的此在是以某种直接冲动为依据的，最初这种冲动散乱而含混不清，它只有通过"指向外"并谋求其目的意图，然后才会涉及客体的追求。人类存在的不安定和本能特质（渴望、爱），不仅表明人类存在的不足，而且也在心理（例如情绪）和生理的不同水准上，从意向或情绪角度指向处于未然状态的同一性存在。在此，布洛赫从本体论角度用"未然"的存在论，构想了自然的未封闭性和潜在的完满性。从"未然"的存在论来看，人永远处于渴求中。布洛赫说："我们的直接存在是贫乏的，因而也是有所渴求的，有了渴求也就有不安。没有一个生存者会停止冲动的追求。"①可见，布洛赫的"未然"存在论进一步从本体层面指出了，人不断超越现时指向属于完满之"未然"的特点。

处于"未然"过程中的人，通过审美之境而可以达到自我超越。乌托邦中自我相遇的中介就是审美创造物，尤其是最远离经验存在的审美创造物，例如音乐。在"伟大的"艺术中，每次所感受的东西都是相同的，即每次都感受到我们的生命、未来、体验的瞬间及其幽暗的空白。只有感到自己并意欲领悟自身之亲在的模糊和不定，人才达到真正的无限。唯有从这种无限或直接存在出发，人才能走向真实。因此，布洛赫认为，"未然"使人永远不停留在一个低层次精神心理状态，而以希望之光照亮自己的远景，并不断超越现实之我。

---

① Bloch, E. *Das Prinzip Hoffnung*, Frankfurt: Suhrkamp, 1954-1959.

同样,"希望"是一种本体论状态,即"可能性"高于"现实性"、不断怀着希冀面向未来的一种乐观人生心理状态。在《希望的原理》中,布洛赫驳斥了那种人类本质虚无论和人类前途悲观论,提出人的本质是向未来伸展的希望。他将人看作具有匮乏和需求的人,并在实现自身价值的同时努力克服其内部的空虚。人的能动性就是一种可能性,人天生就是一种"乌托邦生物"。"具体的乌托邦"并不是静观,也不是消极等待某种东西。"希望"是推动现实发展的强大动力,因为希望包含了人朝向"还不存在的事物"(未然)努力的积极因素和行动。在"乌托邦的精神"中,现实就是一个不断变化运动和开放的过程,天国和尘世、主体和客体间的区别根本不存在。

"希望"规定了人的内在本质,决定了人的心理、意志和精神状态。希望哲学不是把人看作特定的、当前具有的种种属性之总和的人,而是看作正在超越自身的人。人有其本质,但其本质不是静止不变的。实际上,这个本质还没有被规定,因为它是正朝着自我实现的路上迈进的、尚未完成的本质。人主要生活在未来,总是处在向别的某种东西前进的途中。乌托邦是人的根本特征。在人类心理中,未来是优先的,特别是美好未来是优先的。这是一种对还没有达到的完满的期待意识,在这种意义上,乌托邦在人类的心理如追求、愿望、情感及想象中普遍发生作用。归根到底,人是一个"未然",是一个开放的实验的存在,是有待充分定义的未知数。人总是盼望着,人在希望中生活。希望不是人生偶然的插曲,而是一切时代的人生存的基本态度,人是"希望者"。希望总超出当前的地平线,是人们拥有的最好的事物。希望不仅仅是心理的,而且也是普遍的客观现实中的根本态度:期待、希望、对尚未实现的可能性的意图,不仅是人类意识的根本特点。如果加以正确定义和理解的话,它也是整个客观现实中根本性的决定因素。希望是具有情感性质的,但又不尽然。它是整个存在的一种属性,是趋向于完善和完美的冲动,它渗透到整个宇宙当中。

将希望用于美学中,形成了"希望美学"。布洛赫以"希望"来规定人类审美的本质和艺术的本质。艺术为人类提供了充满希望的家园,艺术是希望,是与现实存在有着根本区别的"未然"存在。艺术以未来之光烛照现实的黑暗,并以希望之火照亮人们前行的路,升华其审美意识。在布洛赫看来,人的精神凭借乌托邦能够超越现实,同时也能指向未来,使未来现时化。人使未来现时化主要以展望形象、理想以及审美象征方式发生。审美创造物就是以审美的方式使处于未然状态的事物现时化,展现现时所不具有的未来内容。布洛赫在《主体、客体》中说:"每一部伟大的艺术作品除了能展示其本质之外,而且还能展示另一面的潜能,也就是说,能展示它所处时代尚未显现的未来内容,而该作品所处的时代却并未展示尚未知晓的终极状态。只有基于此,伟大的作品才能被视为所有时代共有的东西,也就是说,伟大的作品能表达一种以往时代于其中尚未察觉的不断预示性的新生事物。"

艺术所展现的这个"时代尚未显现的未来内容",有客观和主观两方面的具体规定。在客观方面,它是符合事物发展趋势和代表事物潜能的本质所在。潜能这个范畴表明了尚未明确生成的、在这种趋势根基上隐匿着的人和世界的本质①。艺术正是通过创造生物和世界的"趋势产物"而表现了物和世界。趋势—潜能的关联就使审美创造物成了超前显现,它先期展现了一个可能出现的本质的现实。在主观方面,艺术所呈现的"时代尚未显现的未来内容"就是指人的内在完满世界。艺术打开了人类存在的历史空间,但是,这种"存在"是以"感性显现"为媒介而发生的。审美创造物就是"对人内在完满世界的超前显现",这内在完满世界就是伦理学所说的至善。至善是审美超前显现和伦理典范所指向或暗示的最终端,而希望就是趋近至善的动力和前景。

二、弗洛姆:从逃避自由到积极自由

弗洛姆(Erich Fromm,1900—1980)注重研究文化和社会因素对个性的影响。他认为,资本主义使普遍利益服从于个人利润,通过其异化的社会特性抑制真实的人性。现代个性类型(感伤性、竞争性、贪婪性、虚无性)使人的精神贫困匮乏,整个社会充盈着一种病态的现代社会无意识,使得现代人的主要动机就是逃避日益增多的自由而回归较为安全的存在②。

埃里希·弗洛姆(1900—1980)

弗洛姆从心理学角度研究自由的问题。他以弗洛伊德的"性本能冲动"作为出发点,进而考虑到社会人群关系中所形成的冲动和欲求,借此超越弗氏的"泛性主义"。弗洛姆指出,现代关于自由的问题,不仅仅因为自由遭到机械主义或集权主义的压力,还因为人类根本想逃避自由、放弃自由。自由与心理、社会与经济有不可分的关系。人是社会的动物,与其他动物有别。人的个性化过程是在社会环境的各种复杂关系中实现的。人的个性化的心理后果,使人产生一种孤独感和卑微感。弗洛姆把人的这种个性化所产生的心理上的孤独和不安全感,作为他人格学说的一个中心论题,试图从文化和社会的发展观点来考察人性。

人的性格特点决定于人们所处的历史时代。随着封建社会的结束和资本主义兴起,出现了"自由人",人获得自身独立性的同时,丧失了自然、家庭、宗教的整体同一性。他在控制自然、增长理智的个人化过程中,体味着日益增强的孤独感和漂泊感,日益怀疑自己在宇宙中的地位和生命的意义。资本和市场对人产生威胁,每

---

① Bloch, E. *Man on His Own*, New York: Herder and Herder, 1970.

② Fromm, E. *Escape From Freedom*, New York: Holt. Rinehart and Winston,1941; *Beyond the Chains of Illusion:My Encounter with Marx and Freud*, New York: Simon and Schuster,1962; *To Have or to Be*? New York: Harper, 1976.

一个人对于他都成了潜在的竞争者,因而他同别人的关系就变成互相敌视的关系。这种新的"自由",同犹豫、软弱、孤寂和恐怖等深刻的情绪联系起来。他自由了,但同时意味着他是彻底孤独而隔离的,并受到各方面的威胁。当失去了人和宇宙的同一感,一种个人无价值感成为沉重的现实。天堂永远失去了,个人孤独地面对这个世界。新的自由带来的恰恰不是幸福、欢乐,而是不安、无权力、怀疑、孤独及焦虑。

自由感是人格中立身处世最为根本的东西,可以分为两方面:一种是"消极的自由",指人早在原始社会和前资本主义社会,从直接的自然和社会的原始联系中获得的解放;另一种是"积极的自由",指由于对现实的控制和改造而产生的对自然力的支配。这两种自由的关系因时代而不同。在他看来,消极自由产生的后果非常强烈,使人难以忍受,于是人们竭力压抑它们,并力求从意识中抹去。但是,它们并未消失,依然存在,于是人们寻找各种逃避消极自由的方法。逃避消极自由有两条途径:一条是把消极的自由提升到积极的自由,也就是逃脱现代社会中由于生活安排的不当而产生的孤独、寂寞;另一条是一般地逃避任何自由。逃出消极的自由,是一种无意识的、不由自主的、强迫性的活动。

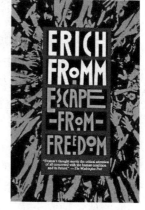

《逃避自由》英译本书影

逃避自由的心理机制有以下几种:①盲目依从他者。即个人放弃自己的独立自由倾向,而与自己不相干的某人某事结合,寻求新的束缚代替已失去的原初约束,以获得自己所缺少的力量。②对世界的憎恶和破坏。破坏性目的不在于主动或被动的共生,而在于想消灭其目的物。它产生于个人无法忍受的无权力感及孤立感。毁灭世界是想使自己不被外界力量摧毁的一种最后企图。破坏性想借消除外界的威胁来增强自己的力量。③退出世界。如此放弃所有的主体自由,可以使自己与世界疏离,使世界不再成为自己的威胁。④盲目自大,即在心理上扩大自己,以致在虚幻的自由感中,使外面的世界变得渺小。⑤放弃独立个性以适应现实。个人不再是他自己,他完全承袭了文化模式所给予他的那种人格。因此他就和其他所有人一样,变得和他人所期望的一样。这样,"我"与世界的矛盾归于消解,主体对孤立与无权力感的恐惧感也消隐无踪。一个人放弃了他独有的个性,变得和周围的人一模一样,认同其周遭文化符码,便不再感到孤独和焦虑。

以上逃避自由的心理机制都有一个共同特征,即丧失自我并由一虚假自我来取代真实自我。然而,这终将使个人陷于极端不安的存在状态。一方面,因为他不过反映了别人对他的期望,他已失去了自己的个性,时刻在怀疑和自我怀疑。为克服这种由失去自己个性而产生的恐慌,他被迫要显得和别人一样,想不断得到别人的赞许来寻求和证实自己。如此一来,个人变得脆弱不堪,其思想日益贫乏和平庸。另一方面,由于情感的感性生命力终难完全扼杀,人们势必将情感与人格的知识分开,结果产生低调而不真实的多愁善感,电影和流行音乐便用这种情绪来满足情感匮乏的消费者。

逃避自由的心理根源在于逃避死亡。弗洛姆指出,这在生命和艺术的两个维度上构成悲剧性主题。对死亡和对生命悲剧性的觉醒,是人类的基本特质之一。每一种文化都有应付死亡的方法,希腊人强调生命,认为死亡不过是生命的一种朦胧而阴沉的延续;埃及人把他们的希望寄托在一个信念上,相信人体不会腐朽;犹太人现实地承认死亡这一事实,相信在世间可以达到幸福和正义的境界,有这种信念,他们才能安于生命终将毁灭的这个观念;基督教认为死亡是不真实的,因此以死后还有生命的诺言,来安慰忧心忡忡的人们。而现代人在忙碌中力求遗忘死亡,仅认为死亡是生命的基本一面。然而对死亡的恐惧仍潜在地存在,在逃避自由和压制死亡感的现代性焦虑中,现代人普遍感到精神的萎缩。人获得了自由,然而却在"自由"的名义中失去生命的意义。生命不过由许多零星的、互不相关的事情构成,人没有了"完整"的生命价值感。他感到困惑和害怕,只有不停地注意着一些无意义的琐事来遗忘死亡这一事实。

尽管现代人表面上乐观进取,但实际上,如无底深渊般的无权力感压迫着他,使之木然凝视即将发生的灾祸而无力应付。于是,人开始怀疑自己,怀疑生命的意义,最后怀疑任何行为的原则。无助与怀疑麻痹着生命,为了求生,人试图逃避自由。他不由自主地又套入新的枷锁。这种枷锁与原始的约束不同,原始的约束或许能给他一种安全感,而逃避自由并不能使人复得已失去的安宁,仅能帮助他忘记他是独立的个体。他牺牲个人的自我完整性,得到的不过是假象性的安全感。他忍受不了孤独的滋味,他宁愿失去自我。因此,自由又使人再度套入新的枷锁中①。

处在孤独中的现代人只有两条路可走:一是逃出自由的难以忍受的负担,重新依赖、屈从他人;二是进一步争取建立在尊重个性、把人置于至高无上地位这一基础上的"积极的自由"。前者是张扬权威主义制度,即把一套僵硬的人为原则从外部强加给社会,包括极权主义、专横独裁、个人崇拜。这种制度束缚了个人潜能的发挥,最后要么是个人受压制,遭到挫折,要么就是导致对制度的反抗,因此不是有效的办法。后者张扬人本主义,弗洛姆认为这是一种较好的解决途径,在这种社会中,人们可以互助互爱,共同协作。他认为如果创立这样一个理想的社会,人们生活其中,自然不会有孤独和恐惧之感。

人应当逃避消极自由状态,追求积极自由状态。自由发展的过程不会构成恶性循环,人可以自由而不孤独,可以具有批判能力而不充满虚无感,可以独立而仍是人类完整中的部分。获得这种自由的方法是自我的实现,是发挥自己的个性。单靠思想行为不能实现自我,还必须靠实现人的整个人格,靠积极表现人的情感与心智潜能。因为,"积极的自由"在于整个完整人格的自发活动。自发性的活动则可使人克服孤独的恐惧,同时又不会使一个人的自我完整性受到损害。在自发的

---

① Fromm, E. *Escape From Freedom*, New York: Holt, Rinehart and Winston, 1941.

自我实现过程中,人再度与世界、人类、自然及他自己结合起来。而爱心是此种自发行为的最主要因素。因为爱能排除孤独,消除隔离,使人与人彼此联合起来。爱能使人的心理得到净化。这样,弗洛姆就将协作交流、自我实现、真诚爱心作为克服疏离、孤独、虚无的文化符码,去改写现代社会文化中的"逃避自由"之症。

关键词:

乌托邦(Utopia)
希望美学(hope aesthetics)
孤独(solitude)
消极自由(positive freedom)
积极自由(negative freedom)

思考题:

一、为何布洛赫要强调"未然"?
二、希望美学的内涵是什么?
三、艺术与希望美学有何紧密联系?
四、什么是消极自由和积极自由?
五、逃避自由的心理机制有哪几种?
六、现代人面对困境时对自由采取什么态度?

第三节 西方马克思主义的法国派

一、萨特:穿过存在虚无的思考

20世纪60年代初,萨特、梅洛-庞蒂和波伏瓦将马克思主义与存在主义加以综合;萨特《辩证理性批判》的主题是,研究在一个失去控制的、充满了匮乏的历史中,实践与过程、个体与群体以及群体与"惰性实践"之间错误使用所造成的困境。《辩证理性批判》的研究范围不是试图领会有关单个人的真理,而是试图领会如萨特所指出的"作为整体的人类的真理",它说明的是总体的历史,它宣称的终极目标是从总体上理解当代的意义。这也许是20世纪理论家从未有过的最大的承诺,但萨特是不可能实现的。他想写与《辩证理性批判》第一卷同样篇幅的第二卷,但未完成就终于放弃。

紧接着,1962年列维-斯特劳斯发表了《野性的思维》,以横扫一切之势,摧毁了萨特认为是辩证理性或历史的历

萨特等人创办的《现代》杂志

萨特与波伏瓦访问中国

时性的所有主张。列维-斯特劳斯把这些主张完全比作是与"野蛮人"心灵相对的"文明人"的神话,它对野蛮人的心灵并不具有什么内在的优越性。同样,作为《读〈资本论〉》的作者阿尔都塞进一步论证了历时性只不过是共时性知识本身的"各种形式的发展"。因此,阿尔都塞主义在本质构成上也都决定性地依赖于既先于它而存在、又比它存在更长久的结构主义。因而他在《读〈资本论〉》中所陈述的把历史主体的问题引入结构因果系统机制的做法,只能导致支离破碎的结局。因为在结构与主体问题上,阿尔都塞因坚持完全取消主体(作为意识形态结构的虚幻作用的主体除外)的那种马克思主义而使自己变得更为激进。但是在这样的客观的拍卖中,他必然要付出高于他人的代价。一年后,他先前的学生福柯抛出了"人的终结"这个如雷贯耳的口号,反过来把西方马克思主义本身贬低为过时的维多利亚式知识的无意识的结果,而且迄今为止不过是一种衍生的维多利亚式的知识。

1970年波伏瓦在街头卖《人民事业报》

二、阿尔都塞:症候阅读与理论框架寻绎

阿尔都塞(Louis Althusser,1918—1990)对现代文化社会的切入点,是强调意识形态在解释生产条件之再生产方面的特殊作用①。他认为,意识形态不是虚假观念和虚假意识,也不是科学,而是一种社会体验的表象系统,表达了"人类个体与他们的真实生存条件之间真实关系和想象关系的统一"②。历史是一个没有主体的过程,在这一多元决定的过程中因果关系被描述为结构性关系,结构因果关系取代了处于历史中心的"主体"这一人道主义的理论框架。

阿尔都塞依据"症候阅读"来重读马克思,强调寻找其每一篇原著的理论框架。他认为阅读任何文本,都必须从文字表面的表层结构深入下去,找出隐藏在理论和意识形态下的无意识结构和理论框架。症候阅读法是文本阅读的重要途径,它打破了停留在文字表面的"一般阅读"。科学史、哲学史乃至艺术史表明,一套新概念在获得适当的话语方式之前往往穿上借来的外套,就是说,新概念虽已露出其躯体,却是乔装打扮的。如果只是进行一般的、简单的阅读,那么既不能使之抛弃伪装,也不能使书中的"沉默"说话。阿尔都塞认为,医生看病依据病人症状判断出病情,然后对症下药;读书也要依据征兆,因为每一种科学理论都有其内在的理论"结构"或"框架"。这种结构或框架支配整个理论,决定理论所能提出的问题及提问的方式。这种结构深藏在理论中,是作者的无意识投射,作者本人却常常不清楚其运用的理论结构,也未清楚阐述所用的方法。于是,就要用"症候阅读"去找出其内在的理论结构和框架。

路易·阿尔都塞(1918—1990)

"症候阅读"是阿尔都塞经由拉康的语义精神分析从弗洛伊德那里借用来的。弗洛伊德在日常生活和梦境出现的错误、疏忽和荒唐事中,看出无意识复杂的、隐藏的结构症状。拉康的语义精神分析则据此认为,未说出来的和看得见的同样重要。阿尔都塞认为之所以需要症候阅读,是因为理论的同一性不存在于理论所包含的任何特定命题中,也不存在于理论作者的意向中。理论的同一性在理论的结构中,在提出问题的方式即其理论框架中。理论框架就是使得一种理论能以特定方式提出某些问题而排斥另一些问题的、被提出的那个潜在结构。一种理论的理论框架,将其各种基本概念置于彼此的关系中,并通过它在这种关系中的地位和功能,决定每个概念的本质,给予每个概念以特殊意义。

---

① Althusser, L. *Essay in Self-Criticism*, 1976; *Politics and History*, London: New Left Books, 1972; *Reading Capital*, London: New Left Books, 1970.

② Althusser, L. *For Marx*, trans. by Ben Brewster, New York: Random House, 1969, p.234.

《为了马克思》英译本书影

一个学说的理论框架很少以明显的形式存在于它所支配的理论中,而是一种埋藏在这种学说中的无意识结构。并且,一种学说的理论框架往往是复杂的、矛盾的,包含不同方面的位置错乱,这种矛盾又通过原文表面种种作为复杂结构的"症候"的沟壑、沉默、匮乏等反映出来。因此,在阅读著作时,不能仅仅通过对写出来的、白纸黑字的明白论述去作简单直接的文字阅读,而需将其与作为原文必要补充的"沉默"的话语,与深埋于原文的无意识理论框架的诸症候,即无、空白、沉默连接起来阅读。这样,才能把一种学说的理论框架"从深处拖出来"。

症候阅读的文化心理学意义在于,它注重一种创造性思维,注重想象性、深拓性阅读。它提倡通过文字的现象分析,深入挖掘其内在语义结构,并追寻到作者潜在的无意识层,从而丰富文本的意义,使意义的获得不再是对"原意"的追索,而是根据文本的症候(空白、图式、沉默)加以新的理解、补充和对话,使读者之意与作者之意互渗而创生新的意义。这种症候阅读与伽达默尔的新解释学、姚斯的接受美学具有某种内在互通性,对文艺创作和阅读的社会文化语境的揭示有着重要的意义。症候阅读"表面上意味着将潜在的东西揭示出来,然而实际上是对在某种意义上已经存在的东西进行的改造,从而使既存的材料适应某种目的对象的形式"①。这一思路对文化研究的"语境阅读"和"理论框架重写"具有前导性意义。

关键词:

症候阅读(symptomatic reading)

无意识(unconsciousness)

沉默的话语(silent discourse)

思考题:

一、阿尔都塞对现代文化社会的切入点是什么?

二、什么是症候阅读,其理论来源和目的是什么?

三、症候阅读文化心理学意义何在?

---

① Althusser, L. *Reading Capital*, London: New Left Books, 1970, p.34.

第四节 从现代到后现代：批判理论的语境转换

西方马克思主义理论经历20世纪60年代的高峰时期后，自20世纪80年代以来进入衰落期。其原因是：一方面，第一代主要成员霍克海默、阿多诺、马尔库塞、弗洛姆相继去世，余者则大多退休，从而丧失了中坚力量和批判锋芒；另一方面，以第二代成员的哈贝马斯为代表，已经开始由"左"向"右"转，并认为法兰克福的"批判理论"已经不再适用于不同于现代社会的后现代社会。因此该派理论分歧日益加深，进而导致批判理论群体的解体。

自后现代思潮兴起以来，西方马克思主义内部各学派的发展与之联系密切，以致其自身也成为后现代思潮中的一种突出的批判力量。区别仅仅在于，他们并不热衷和推进后现代主义思潮，而以马克思主义的语言将后现代文化世界"再符码化"。后现代主义思潮滥觞之际，西方马克思主义理论家对后现代社会——晚期资本主义社会，进行了相当深入的研究和批判。除了前面讨论的阿多诺、马尔库塞、弗洛姆以外，哈贝马斯、杰姆逊和伊格尔顿对晚期资本主义文化、美学和后现代艺术与人的关系的批判也是西马后期研究的主要内容。

也许，在现代主义和后现代主义语境中，理论就是历史，理论具有其过去未曾有过的历史逻辑性；同样，历史也是理论，历史在描述所有事件时，正运用一种它过去极力回避的理论方法。批判理论家们将理论和历史统一在主体和世界的关系上，因此他们总是以20世纪"先锋"思想的姿态，出现在现代主义和后现代主义思想舞台上。批判理论家不得不在后现代思想"平面"上历险，他们犹如目睹了神圣的远景而飘零到现实中永不安宁的"异乡客"。他们因把握了历史的奥秘和人类的命运，而透出深邃的思想和犀利的眼光。他们总在"常人"昏庸麻木中冷峻地直面人生，并在指出世界物化和人的异化处境之际，给现代人振聋发聩的启迪。

从现代到后现代，晚期资本主义已有不同于早期资本主义的诸多特征。从信息媒介到传播途径，从生产方式到社会规范，从社会组织到日常生活，从社会无意识到个体无意识，无一不在一种巨大压力下变形：文化和价值日益走向平面化和单维化，总体性、中心性日益破碎和消散，大众文化以消弭精神性维度和煽动人的本能欲念为能事，后现代话语则通过"表征紊乱"而将空前的思想压抑转化为文化零散化形式强加给思想，尤其是对立的思想。在这种后现代分崩离析的语境中，批判理论家作为时代的思考者，以一种敏锐和激进的姿态迎接后现代主义式的"震惊"，重新寻找思考的基点和中介形式，重新在后现代语境中确定自己的句法和词汇。从而，西方马克思主义理论成为后现代主义"多音谐调"中的一种不容忽视的声音。

据此，西方马克思主义成为后现代主义中一种批判和否定的力量，并以其对意识形态的强调,对中心性、整体性的维护,对历史主义和主体辩证法的持存而与解构哲学的虚无主义划出了界线①。围绕"结构与主体"这一关键问题,批判理论的危机实质上是与解构理论的正面冲突失败的记录。当然,并不是说 70 年代批判理论在理论上是一个空白,事实上,在解构主义炙手可热之时,大多数批判理论家仍然冷静地分析晚期资本主义政治和经济结构,批判后现代主义文化与美学。只不过,自二战以来,批判理论因为缺乏一个向心的磁极,而使整个西方马克思主义传统的指针不断摆向后现代的资产阶级文化学。这种从经济学、哲学向美学的转换,实际上是一种能量的大转换。在这种从内心世界向外部世界的转化中,国家或法律已不再是注意的焦点,相反,文艺和美学成为了最便捷的隘口。因为,通过它,西方马克思主义者在自身理论的艰难处境中,可以将现代或后现代世界和传统马克思主义同时加以拆解和再符码化。这一悖谬性正构成批判理论所独具的"后现代景观"。

在这一对现代主义、后现代主义文化和美学进行批判的理论中,阿多诺、马尔库塞、弗洛姆的思想尤为引人注目。对他们就现代主义和后现代主义所作批判的有意无意忽略,都将使后现代论争失却应有的分量。阿多诺、马尔库塞、弗洛姆在西方社会由现代主义走向后现代主义之时,对社会前景和人性发展提出了自己的批判性看法。他们的观点在很大程度上影响了西方马克思主义第二代人物哈贝马斯、杰姆逊、伊格尔顿,使之在 20 世纪 70 年代末至 80 年代的后现代主义论争中仍显出批判理论的锐气②。与此相呼应,一大批西方马克思主义者对晚期资本主义(或后现代主义)的政治、经济、文化、权力新形式进行了深入的研究。

20 世纪 80 年代的"批判理论"阵营,除哈贝马斯、杰姆逊、伊格尔顿对晚期资本主义文化—后现代主义文化进行争论和分析以外,德国的奥费(Claus Offie,1940—)、比格尔(Peter Bürger,1936—)、施奈德(Michael Schneider,1943—)、恩泽思贝格(Christian Enzensberger,1931—)也对后现代社会文化消费特征作了深入的研究。

作为西方马克思主义第三代人物,奥费十分注重晚期资本主义社会结构的矛盾和危机趋势。奥费认为,在晚期资本主义中,国家与经济缠绕在一起。在《工业与不平等》中他分析了"成功原则",认为其内在矛盾使晚期资本主义社会中的不

---

① 然而,正如佩里·安德森所说,西方马克思主义近几十年来,终于遇到一个能与之匹敌而压倒它的文化劲敌,这就是结构主义和后结构主义。

② 当然,哈贝马斯后期对"交往合理化"理论的倡导,已偏离法兰克福学派的"批判理论",丧失了激进的社会批判性质。在本书作者看来,哈贝马斯研究后现代主义的目的在于,试图对当代资本主义的内在趋势及由此产生的变革制度的危机可能性进行结构分析。他强调理论与现实危机密不可分,认为晚期资本主义与早期资本主义相比,有两个明显特点:一是国家加强了对经济领域的干预,二是科学技术日益发展为第一生产力。因此他要求"重建"历史唯物主义。对后现代主义的研究使哈贝马斯的兴趣逐渐向科学哲学靠拢,吸收分析哲学、语言哲学方法,通过解释学把批判理论同分析哲学结合起来。这期间,哈贝马斯逐渐放弃对社会的否定性批判,更多关心生活质量、人权、生态、个人发展及参与社会决策的公平机会等。据此,他把自己的学说叫做"激进的改良主义"。

平等在意识形态中合法化。在《资本主义国家的结构问题》和80年代发表的许多论文中,其研究焦点从工业劳动的矛盾转向晚期资本主义国家的矛盾。奥费认为,从古典的市场资本主义向晚期总体国家资本主义的转变,引起国家作用的扩张。因此国家陷入一种系统矛盾中,既要支持资本主义的经济运行,又要使其行为合法化以赢得广泛拥护。对晚期资本主义政治矛盾的深刻揭示,使奥费成为当代与批判理论有着密切联系的重要的思想家之一。

比格尔认为,卢卡契的总体理论和阿多诺的否定理论并非截然相反的,应加以整合。在《先锋派理论》中,比格尔力图将这两种观点置于一个"艺术结构"的更阔大的历史画面中,以克服这一矛盾。与本雅明"气息的"(auratic)和"后气息的"(postauratic)艺术双重模式不同,比格尔详细阐述了几种具有不同美学生产和认可方式的历史模式,并认为先锋派运动的出发点在于克服资产阶级对生活和艺术的分离,进一步动摇资产阶级的艺术陈规,但它仍不能有效地把美和日常生活实践结合起来。比格尔认为,要取代规范美学,必须分析文学艺术和各种社会功能。在《现实性与历史性:文学的社会功能转换研究》和《传承—接受—功能:美学理论与文艺学方法论》中,比格尔通过艺术与社会的关系分析现代艺术和后现代艺术。在他看来,后现代艺术是后现代文化语境的产物,它形式上的敞开性,开创了全新的艺术思维,然而它的意义消解和精神维度的丧失,却又中断艺术的诗性思考。因此,后现代艺术对当代人精神冲击是多方面的,任何简单的肯定或否定都暗藏自我颠覆的危险。

施奈德是晚出的批判理论家和自由作家。在70年代后期,其主要方向是分析走向后现代阶段当代人的心理和环境的关系,并从各种病态中看到可以开发的被压抑的潜能和对意识形态的潜意识拒绝。其《本末倒置》集中探讨德国当代文化中由激进主义到悲观主义的原因,认为德国左派衰弱和忧郁的根源——特别表现在激进派的屈从和悲观主义上——是德国老一代和年青一代彼此间深深的隔阂。老一代德国人参与了法西斯纳粹活动却默不作声,这种狂热的民族主义行为和缺乏自我反思的态度伤害了年青一代的心灵,削弱了他们的意志。施奈德称此现象为"哈姆雷特综合征"。他还谴责"时髦的"青年运动(如新伤感、新性解放、新自然主义思潮),将之看作一种繁荣经济的保守体现和反动思潮,而不是一种解放的新文化的先兆。因此,施奈德同样尖锐地批判在整个西欧日益盛行的后现代的非理性主义和神秘主义思潮。总体上看,施奈德对后现代主义思潮持批判态度,他设想把对晚期资本主义的消极虚无的反抗,转化为反对病态异化社会的积极的政治斗争,从而使人达到真正的心灵解放,使艺术成为精神的价值升华。

作为西方马克思主义文艺理论家,恩泽思贝格认为,二战以后的20年间现代主义开始向后现代主义逆转,文学消解了中心性和价值性,放逐了社会历史内容,而专门注意一种保守的、反现代主义的形式表层。在《污迹:污物的分解》和《文学与利益》中,恩泽思贝格运用历史性对当代文化现象加以分析,认为在后现代时代正经历着一场合法性危机,意识形态丧失了深度,意识成为无内容的空白。在这种

纳粹屠杀

全面精神信仰危机中,文学提出了有意义的生活的虚构模式,从而冲淡了这一危机。在恩泽思贝格看来,文学具有意识形态和乌托邦的双重特点。这一看法表明他在"五月风暴"后,试图将学生运动的政治化美学同法兰克福学派在70年代西德文化产生新保守主义转折时提出的主要论点综合起来。

1970年德国总理维利·勃兰特在华沙犹太人起义纪念碑前下跪

关键词:
  后现代(postmodern)
  再符码化(re-symbolization)
  历史(history)
  理论(theory)

思考题:
  一、导致批判理论转型的大背景是什么?
  二、为什么说西方马克思主义是后现代思潮不可忽视的声音?

三、奥费为何要关注晚期资本主义国家的矛盾？
四、比格尔如何调和总体理论与否定理论？
五、施奈德为何对后现代思潮持批判态度？
六、在恩泽思贝格看来，文学具有什么双重特点？

第五节 西方马克思主义的英美派

在走向后现代主义的历史进程中，批判理论已从过去说德语或拉丁语的欧洲，转向说英语的英美地区。佩里·安德森认为，这种地域的转移表明一种引人注目的历史性变化：在马克思主义文化传统上最落后的资本主义国家世界，突然间很多方面已变成最先进的了。这在某种程度上说明，后现代主义文化是一种晚期资本主义政治经济的新征兆，它反映出晚期资本主义的内在特性和发展轨迹。在英美西方马克思主义文艺理论家中，威廉斯、伊格尔顿和杰姆逊①无疑最为突出。

一、威廉斯：文化与文学的社会属性

作为西方马克思主义的一位重要理论家，威廉斯（Raymond Williams，1921—1988）70年代后期出版了《马克思主义与文学》，已比较深入触及文化研究的问题。在威廉斯看来，文学的写作不仅仅是简单的语言拼接，还具有高度的物质和精神方面的社会因素，甚至就是一种社会文化的烙印。所以，写作被运用到各种形式和主题，它是一个文化意义上的连续统一体，不断以各种方法表现人自身的创造力和自我创作的过程。写作始终是一种广义文化的思想交流，是一种自我组合和社会文化的组合。它不是个人品质和思想观念的沉淀物，而是一种整体社会的、具有广阔的社会文化背景的、对现实进行褒贬的文化现象。因此，写作是一种新的构造、新的创造，他超越了作家的个体方式，具有广义的社会性因素。一言以蔽之，文学写作往往是社会性因素最为突出、最为长久、最为完整的文化形式。

雷蒙德·威廉斯
（1921—1988）

人类的活动都是集体文化的。与其他西方马克思主义者对大众传媒断然批判不同，威廉斯分析这些文化现象时尽可能比较客观和公允，寻找在科技社会文化发展中当代文化发展的方向及其重要变化。在文化与社会中，他力图对19世纪和20世纪的文化论争用历史分析方法来理解，尽可能在不断扩展的文化形态中去探索其文化的性质和状态。也就是说，在威廉斯那里，文学是整个文化理论所关注的一部分，是文化与社会的重要内容。从这个角度才可以真正把握文学的文化内涵，并

---

① 我将在第八章中专门讨论杰姆逊，本节只略为提及。

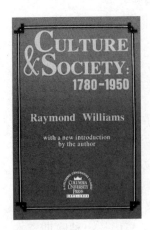

《文化与社会》书影

获得真正意义上的文化现代阐释。因为说到底,艺术和文化的抽象物就艺术本身和生活而言,是社会关系的一个价值体现。他在《文化与社会》①中强调,如果我们想了解文化,就不得不依据作为整体生活方式的社会和文化现状。

威廉斯认为,在现代社会基本文化技能已被普遍掌握,沟通的渠道已拓宽和畅通,一切可能的文化网络都已准备就绪。只有在这种风格体系中,当代文化研究才可以对整个现实加以真实的反映,从而具有自己不可取代的价值。

总体上看,西方马克思主义的文化批判理论和实践,为当代文化研究提供了一种批判的角度,一种研究的视域。当然,文化研究更为中性和客观务实,它去掉了一些激情浪漫的话语言说方式,以及一些乌托邦的巨型想象,使当代文化的自我身份厘定走上了一条折中、整合、理性的社会文化研究之路。

二、伊格尔顿:文学解构与意识形态分析

1968 年"五月风暴"以后,在法国解构主义日益兴盛之际,西方马克思主义实际上处于文化边缘②。巴特、德里达作为现代思想压制性氛围里诞生的逆子,以彻底的反权威话语姿态成为打破规则者。作为新马克思主义思想家,伊格尔顿(Terry Eagleton,1934—)注意到当代法国各种新理论的不断出口,并引起研究的兴趣。

1968 年"五月风暴"

伊格尔顿认为,巴特的一个显著特点是在"边缘"不断向位于"中心"的权威话

---

① Williams, R. *Culture and Society*, New York: Penguin, 1958.
② 在 70 年代,萨特、阿尔都塞实际上处于创作的停滞阶段,而死神逮住了德拉-沃尔佩、阿多诺、戈德曼、卢卡奇和霍克海默。到 70 年代末,布洛赫、马尔库塞和萨特相继逝去。科莱蒂从批判理论的主将蜕变为否定西方马克思主义传统,从他对马尔库塞的恶毒谩骂可见一斑。解构群体却在短短几年间推出一系列论著:列维-斯特劳斯的四部人类学著作,拉康关于心理分析的论文和研究班讲稿汇编,福柯关于癫狂、医药、监禁和性史的研究,巴特关于文学的丰富多彩的著述,以及德里达哲学方面的多篇论文。

语挑战。他那种时髦的挥洒自如、具有新符号逻辑的写作风格已从意义的暴政下解放出来,并宣称只有"不可卒读"才体现了文学的最终目的,因为它打破了读者的期待视域,使其注意文本符号本身,而不去寻求额外的意义。在伊格尔顿看来,巴特向往语言的无序和无定向,沉溺于"无底的、无真谛的语言游戏",其根本目的在于对终极意义的挑战,借此否定神圣、权威和理性。伊格尔顿追问:在一个话语已沦为科学、商业、广告和官僚机构的工具的后现代社会,个人该如何从事写作?在读者群体被丧失个性的、以利润为目的的文化毒害之时,个人究竟又能为怎样的读者写作?

特里·伊格尔顿(1934—)

在伊格尔顿看来,德里达推进了这一场消解中心和终极价值的解构运动。他一方面从方法论上批判结构主义结构中心论,另一方面从本体论上批判海德格尔寻求终极真理的形而上学观。在德里达看来,写作是在符号的同一性破裂分延时发生的,写作本身也有某种东西将最终逃避所有体系和逻辑。伊格尔顿指出:"德里达将任何一种依赖于坚实的基础,高于其他法则或等级森严的思想体系统称为'形而上学'。……而他的解构批评的策略可归结为:展示出文本是如何同支配它们的逻辑体系相抵牾的;解构论通过抓住'症候性的'问题,即意义的疑难或死结来证实这一点。文本往往在这类问题中陷入危机,难以运行,并矛盾重重。"①

伊格尔顿认为作为后现代主义哲学话语的后结构主义,产生于1968年的政治失败和幻灭感。回到语言和写作本身,在文本世界喧嚣骚动,这成为回避所有这些政治问题的捷径。"德里达和其他人的著作对真理、现实、意义和知识这些传统概念深为怀疑,因为这类概念可以证明是建立在一种天真的描述性的语言理论上的。"后结构主义是一种政治实践,它要去摧毁一个特定思想体系,及其背后一整套政治结构和社会制度赖以生存的逻辑。

在伊格尔顿看来,后现代主义文学理论并不能成为一种与政治无涉的纯理论,相反,它是观念形态的当代表现。然而,这种标榜多元论的后现代主义却是十分危险的。如杰姆逊所指出的那样,后现代主义"理论话语"不仅包括了西方马克思主义、女权主义、后结构主义哲学及其解构批评,而且还包括了分析哲学、精神分析、语言学、编年史学、社会学等领域,这种理论大杂烩可能导致的结果并非文学上的辉煌成就,而是精神的杂乱委顿。

在《资本主义、现代主义和后现代主义》一文中,伊格尔顿集中阐述了自己对后现代主义的看法。与杰姆逊一样,他不是将后现代主义看作单纯的文学或美学现象,而是看成晚期资本主义发展的必然产物。后现代主义不仅是文艺美学现象,

---

① Eagleton, T. *Literary Theory*: *An Introduction*, Oxford: Basil Blackwell Publisher, 1983, pp.132-133.

也是一种文化哲学思潮,它既非与现代主义决裂而产生的怪物,亦非现代主义的延续或推进。或不如说,它既如此又不如此。区分后现代理论话语和后现代创作实践,是伊格尔顿的一种文化策略。他集中力量进行美学理论的描述和归纳,在这方面,他的创新性和洞察力似乎不如杰姆逊。他在现代主义与后现代主义的关系上,倾向于后现代主义是现代主义的反动和否定这种看法。后现代主义消解中心和对不确定性的偏好使其最终放逐终极价值,然而,它并非纯粹的"游戏",仍是以否定面孔出现的意识形态。后现代主义强调文本意义的创造性,在文本的"表演性"活动中,真理被放逐,意义呈现为多重不定性。在他看来,后现代策略所导向的认识,不是单一的真理,而是多元的真理。真理是因不同的意识形态而历史地被构成的。

在美学观念上,伊格尔顿对后现代理论是反对的。他认为,后现代自以为是地消解形而上学,其实它在拒斥形而上学时已从反面肯定了形而上学。它在否定终极意义时,其实设定了一个终极意义的反面(对立面),从而也就承认一个铜币的两面有非此不可的关系。在此意义上,后现代主义是狂妄否定形而上学的另一种形而上学——"自大的后形而上学"。这种后形而上学将形而上学的整个形式和主题,建立在它对参照物、词与事物、话语与经验的本质的质询中。同时,伊格尔顿指责后现代主义拆解和否定人道主义的主体,使艺术实践成为主体消逝、作者"死亡"、意义丧失的"纯客观"操作。

巴黎街头青年的示威活动

伊格尔顿一反大多数文艺理论家只关注文艺本身,而不愿从思想发展史触及后现代文化发展的做法,不断论及德里达、福柯乃至政治戏剧或政治化摇滚音乐,从后现代艺术轨迹中清理出其意识形态脉络。

"意识形态"一词为法国哲学和经济学家德·特拉西(Destutl de Tracy,1754—1836)在《意识形态概论》中首先使用,指观念学说和关于人的心灵、意识的生命科学。马克思、恩格斯把意识形态作为和经济形态相对应的历史唯物主义的重要范畴。法国实证主义哲学家孔德根据拿破仑所说的意识形态是人们编造出的理论和幻想的诡辩术,认为意识形态是一种虚假意识。20世纪初期,德国社会学家曼海姆认为意识形态是歪曲客观现实的教义体系,科学与意识形态相互区别。这种看法影响到西方马克思主义对资产阶级意识形态的总体看法:卢卡契认为,剥削阶级的意识形态具有虚假性和欺骗性①;阿多诺认为,"意识形态就是非真实性,即虚假意识和谎言"②;弗洛姆认为,"意识形态既是真理,又是谎言"③;马尔库塞认为意识形态就是维护现存统治的一种辩护④;哈贝马斯认为,意识形态是"现存的非真理"⑤;阿尔都塞认为,意识形态是"对个体与其现实存在条件的想象性关系再现"⑥;杰姆逊认为,"意识形态在某种意义上说是异化在意识或思想领域内所采取的形式,它是异化了的思想"⑦。

　　他认为就西方马克思主义而言,意识形态有其独特的含义。总体上说,在西方马克思主义者看来,资产阶级意识形态具有操纵和欺骗功能,显示出其本质的虚伪性。现代工业社会通过电影、电视、广播、画刊、唱片、畅销书调节大众生活,控制个体生存,灌输思想,将强化的思维方式作为法则和价值标准强加给人们,在获得权力话语以控制民众的同时,使人丧失内在的自由、独立的生命意志和思想能力。因此,"今天,每个社会阶层的意识都有可能受到意识形态的限制或腐蚀"⑧。资产阶级意识形态的目的在于使资产阶级统治合法化,使生活在痛苦压抑现实中的人,获得一种迷醉和谐的假象,通过复制一个个美好的神话,使人们忍受当下的苦闷压制,并把这种受支配的生活当作愉悦的生活,把意识的灌输当作自我自觉的意识,把社会强加于个体的控制错看成个人的自由必然体现。这种情形,在由现代社会到后现代社会的历史过程中愈演愈烈。因此,必得进行意识形态批判,以解除现代社会意识形态的异化状态,瓦解那种不断加强的压抑人、操纵人的中心权力话语,使人重新获得"解放"⑨。

《文学理论导论》第二版书影

　　伊格尔顿相当重视法兰克福学派对资产阶级意识形态虚假性的批判。"所谓意识形态,是指我们的说话和信仰,与我们所生活的社会权力结构和权力关系联结的方式。它根据的是这样一种关于意识形态的简单定义,即并非我们所有基本的

---

①　卢卡契:《社会存在本性论》,北京:华夏出版社,1989年版。
②　阿多诺:《抒情诗与社会》,载《目标》1974年第20期,第57—58页。
③　弗洛姆:《在幻想锁链的彼岸》,长沙:湖南人民出版社,1986年版,第139页。
④　Marcuse, H. *Negations*: *Essays in Critical Theory*, Boston: Beacon Press, 1968, pp. 221-224.
⑤　Habermas, J. *Knowledge and Human Interests*, trans. by Jeremy Shapio, London: Helnemann, 1971.
⑥　阿尔都塞:《意识形态与国家》,转引自杰姆逊:《后现代主义与文化理论》,西安:陕西师范大学出版社,1986年版,第225页。
⑦　杰姆逊:《后现代主义与文化理论》,西安:陕西师范大学出版社,1986年版,第203页。
⑧　Horkheimer, M. *Critical Theory*, New York: Herder and Herder, 1972, p.242.
⑨　Marcuse, H. *An Essay on Liberation*, Boston: Beacon Press, 1969.

判断和分类都可以有效地说明是意识形态的。我们有一种根深蒂固的习惯,认为我们是前进着到达未来,虽然,这样看问题的方法可能与我们社会的权力结构有着重要的联系,但这并不是在任何时候、任何地方都是这样的。我所说的'意识形态',并不是简单地指人们所具有的根深蒂固的、常常是无意识的信仰,我具体是指那些与社会权力的维护和再生有着某种联系的感觉、评价、理解和信仰的模式。"①伊格尔顿注意到马克思、恩格斯对资产阶级意识形态非科学性揭露,认为它们虚幻地、歪曲地反映社会现实:"资产者的假仁假义的虚伪的意识形态用歪曲的形式把自己的特殊利益冒充为普遍的利益。"②因此,"意识形态是由所谓的思想家有意识地、但是以虚假的意识完成的过程。"③伊格尔顿认为,正是基于这样一种历史文化意识背景,文化的意识形态批判成为当代思想的中心任务。

就后现代文艺与意识形态的关系,伊格尔顿不断地追问这类根本性的问题:后现代作品是否不体现或只体现意识形态?后现代文艺是否可以成为批评或超越意识形态的基础?马克思主义是否可以提供一种评价不断发展的后现代文学作品的方法?文学创作的当代社会价值多大程度上能否定个别作家意图的重要意义?后现代批评在何种程度上能使最新作品在运用语言学理论方面不致产生悖论?当代文艺作品的政治价值如何能不仅在公开的政治观点方面,且作为全新的作品在形式方面臻于成功?

伊格尔顿力图拨开后现代文学研究的迷雾,否弃"语言游戏"和"话语操作",坚持文学与意识形态的内在关系,认为"艺术与意识形态有着更为复杂的关系"④。文学与意识形态的关系是文艺和美学研究不可忽视的重要之维。在哈贝马斯、马尔库塞、阿尔都塞、杰姆逊对资产阶级意识形态的虚假性、工具性及其对人奴役性的杰出研究基础上⑤,伊格尔顿进一步将文艺作为一种特殊意识形态来考察其特殊的问题。他坚持认为,艺术作品中心点是意识形态。那种只注意"文本中心"的研究无疑是将作品指涉的多面语言减损为单面语言,从而割裂艺术与社会的血肉联系。艺术变成了文本分析,反抗和冲突消泯在语言解码中,具有变革性历史意义的重要维度沉默无言。同样,那种仅重读者的接受理论也未把捉到作品中的意识形态性。接受理论常常断言,读者只是当代阅读构成的一种作用,而排除了读者也是整个政治体系的一种作用。其实,我们决不会只是第一位的读者,在阅读作品时也不可能变魔术般中止我们的其他存在。而且,过分强调消费,将导致对消费主义

---

① 伊格尔顿:《文学理论导论》,北京:外语教学与研究出版社,2004年版,第14—15页。
② 《马克思恩格斯全集》,北京:人民出版社,第3卷,第195页。
③ 《马克思恩格斯书信选集》,北京:人民出版社,第509页。
④ 伊格尔顿:《马克思主义与文学批评》,北京:人民文学出版社,1980年版,第21页。
⑤ 伊格尔顿明确指出,自己是在法兰克福学派影响下成长起来的,马尔库塞、本雅明和阿多诺都对他有相当大的影响。他认为资本主义发展到了一个新的阶段,或者说,必须重新认识和重新解释马克思主义才能认识当前的社会现实。他说,马克思主义之所以能在西方再度兴起,恰恰是因为一批新"马克思主义者"对马克思主义作出了新的阐释。

的狂热或对直接阅读的崇拜。这种情况和更标准的资产阶级批评方式一样,完全可能以它自己的方式被狭隘地非历史化(de-historicized),即是说我们永远不仅仅是阅读当时发生的情况。伊格尔顿相信,进入后现代的历史阶段,无论文学文本研究还是读者研究,终将回到文化生产方式的所有权或控制权上去。只有如此,才能逃出语言误解或误读之争,切实进入文学的意识形态分析。

伊格尔顿在文学与意识形态的关系方面,攻击两种对立的观念:既反对文学作品仅仅是"占统治地位的意识形态的反映"这种"庸俗的马克思主义观点",也反对费希尔的真实的艺术常常超越其所处时代的意识形态界限的说法,以及卢卡契的超越意识形态的模式。伊格尔顿为超越对意识形态过于简单化的理解,试图用阿尔都塞和马歇雷的作品观来说明艺术与意识形态的特殊关系:艺术包含于意识形态,又尽量使自己与意识形态保持距离,但也让人"感觉"或"觉察"到产生它的意识形态。

他在《马克思主义与文学批评》中对文艺作品与意识形态的关系作了深入探讨,指出:"一部作品从意识形态上说受到约束不能说出某些事情,例如当作家试图按照自己的方式说出真理时,他发觉自己身不由己地暴露出他写作时所受的意识形态方面的限制。他不得不显示空隙和沉默,即不能明白说出的东西。由于作品含有这些空隙和沉默,因而它永远是不完全的。作品无从构成一种圆满一致的整体,反倒表现出含义上的冲突和矛盾,但作品的意义就在于这些含义之间的歧异而不是它们之间的一致。"也就是说,作品并非与人的存在和社会存在隔绝,作品是为了读者和社会而存在的。作品一经"生产"出来,就开始寻求自己的理解者。理解作品,并不是倾听或翻译事先存在的对话,相反,它本身就生产着一种新的对话,使作品的沉默"开始言说"。这样,在作品与意识的关联域上,就建立了一种同作品本身持续的新的理解,使得作品阐释成为当代意识形态的形象解读。更进一层说,并非作者在任意创作,作者的创作活动本身就是一种言说,一种意识形态的"选择"。因此,无论是现代主义还是后现代主义作家,从他们那嬉笑怒骂、玩世不恭的行为中,我们看到的并非"玩笑和游戏",相反"发现"一种深蕴的痛苦,一种因对异化的反抗而导致的深切的反弹性自我伤害。作品虽已完成,然而压抑并未完全消逝,作品支撑着这一压抑并传达给他人。作品中的压抑扩散成一种新的冲击波,表现为率性任真与遭受控制的冲突性结合。解读作品则必然成为将歧异的冲突明晰化,使作品的内在震动演绎为一种现实世界必然分裂和冲突的现世图景。因此,后现代"偶然写作"的奥秘并不在于作家心理随意流动的"自动写作",甚至也不是逢场作戏般的临时拼凑,而是在经由无法预见的形式不断发现必然发生的事情这种情况下写成的。

伊格尔顿对现代主义和后现代主义文艺的批评,受马歇雷影响很大。马歇雷在《文学生产理论》中认为,意识形态是虚幻的社会观念的严密体系。文学通过书写意识形态来"生产"意识形态,并在生产的同时,文本"挖空"意识形态,将虚构的方面从其进入文本前的同一意识形态中分离出来,从而使"文学通过使用意识形态向意识形态挑战"。在《批评与意识形态》中，马歇雷力求创造一种既包括总的意识形态，又包括作者意识形态的理论模式。他十分强调文学"生产"这个范畴。在他看来，艺术家不是从事某种神秘的创造性活动，而是从事生产。因此，不应将文学作品的内容看成自足的整体，而应该把它看成显示作品生产方式的某种东西。换言之，文学是作为现实之"异在"的一种不断完成的生产过程。这一过程一方面包含对旧意识形态的对抗，并在对现实世界的否定中呈现尚不存在的东西；另一方面呼唤一种新的意识形态，并对真理和美好的理想世界加以承诺。

对较现代主义更为激进的后现代主义，伊格尔顿抱一种价值评价上的矛盾态度。就意识形态而言，他站在20世纪现代主义与后现代主义一边，反对19世纪的现实主义传统。他十分欣赏20世纪艺术所表现出来的与"大众文化"媚俗截然相反的、个体在异化世界中的困境与创痛、孤独与悲凉、焦虑与反抗。他认为这是以破碎的艺术形式展示破碎世界的非人化图景，一语道破意识形态的虚假性而震撼麻木的灵性，进而呼唤人们对现实世界的荒诞予以抗争。就审美价值而言，他又对后现代文艺作品削平深度而走向平面的"反美学"、"反文化"倾向表现出深深的不安和坚决否定。然而，当他将美学观念与批评态度统一在文学与意识形态的关系中，他似乎找到了平衡的支点：包括后现代主义在内的任何文学，都是意识形态直接作用的结果。人们对文学的评价主要不是取决于纯"文学"的因素，而是受更广泛的社会成见和精神信仰的影响。一种无意识评价的共同性强烈支配着文学评论的具体意见分歧。价值评价的局部"主观"差异在一种特殊的、受社会制约的观察世界的方式中产生。文学得以形成的价值评价随着历史的演进与意识形态的更迭而发生变异①。

伊格尔顿似乎无意成为一位后现代哲人，他坚定地进行意识形态研究，仍不懈地健全自己的文学生产理论。

西方马克思主义一以贯之地批判异化的社会和异化的人，呼唤审美的新人和新社会。他们在丧失诗意的现代和后现代时代，呼唤灵性和诗思。他们反复申说，后现代人浮在生活的表面，丧失了生命的本源。人们行动太多，思得太少。解构哲学反对思或不屑于思，思因而忘却自己应该思的东西。西方马克思主义在抵制后现代思潮中，力图在被消解的平面上重建深度模式。因此，它不得不在设定艺术历史终结的可能性之时，又设定艺术历史的永恒性。

关键词：

文化研究（culture studies）

意识形态批判（the critique of ideology）

---

① 伊格尔顿坚持认为，"文学理论"和文学批评不论显得多么公允，从根本上说它们永远具有强烈的政治性。文化和政治间的关系尽管密切，但不应把文化产品所具有的特殊、独特的东西归结为直接的、宣传性的政治目的。相反，它们之间的关系永远是复杂的，且常常是间接的。

文化生产（cultural production）
反文化（anti-culture）
价值评价（valuing）

思考题：

一、威廉斯为何注重文化研究？
二、从文化批判到文化研究，其中有什么转变？
三、伊格尔顿对巴特、德里达的激进立场持什么态度？
四、为何伊格尔顿认为后现代主义文学是观念形态的当代表现？
五、伊格尔顿强调文艺作品与意识形态紧密相关，其真实意图是什么？
六、为何伊格尔顿对后现代主义的价值评价持矛盾态度？

阅读书目：

[1] Adorno, T. *Negative Dialectics*, New York: Seabury, 1973.
[2] Adorno, T. *Minim Moralia*, London: New Left Books, 1974.
[3] Althusser, L. *For Marx*, New York: Random House, 1969.
[4] Althusser, L. *Reading Capital*, London: New Left Books, 1970.
[5] Althusser, L. *Politics and History*, London: New Left Books, 1972.
[6] Benjamin, W. *Illuminations*, New York: Schochen, 1969.
[7] Benjamin, W. *Charles Baudelaire: A Lyric Poet in the Era of High Capitalism*, London: New Left Books, 1973.
[8] Benjamin, W. *Reflections*, New York: Harcourt Brace Jovanovich, 1979.
[9] Bloch, E. *Das Prinzip Hoffnung*, Frankfurt: Suhrkamp, 1954-1959.
[10] Bloch, E. *Man on His Own*, New York: Herder and Herder, 1970.
[11] Fromm, E. *Escape from Freedom*, New York: Holt Rinehart and Winston, 1941.
[12] Fromm, E. *Beyond the Chains of Illusion: My Encounter with Marx and Freud*, New York: Simon and Schuster, 1962.
[13] Fromm, E. *To Have or to Be*? New York: Harper, 1976.
[14] Eagleton, T. *Literary Theory: An Introduction*, Oxford: Basil Balckwell Publisher, 1983.
[15] Eagleton, T. *The Ideology of the Aesthetics*, Cambridge, MA,: Basil Blackwell, 1990.
[16] Eagleton, T. *Criticism and Ideology: A Study in Marxist Literary Theory*, London; New York: Verso, 2006.
[17] Habermas, J. *Knowledge and Human Interests*, London: Helnemann, 1971.
[18] Horkheimer, M. *Critical Theory*, New York: Herder and Herder, 1972.
[19] Marcuse, H. *One-Dimensional Man: Studies in the Ideology of Advanced Industri-

al Society, Boston: Beacon Press, 1964.
[20] Marcuse, H. Negations: Essays in Critical Theory, Boston: Beacon Press, 1968.
[21] Marcuse, H. An Essay on Liberation, Boston: Beacon Press, 1969.
[22] Marcuse, H. Counterrevolution and Revolt, Boston: Beacon Press, 1972.
[23] Marcuse, H. The Aesthetic Dimension: Toward a Critique of Marxist Aesthetics, Boston: Beacon Press, 1978.
[24] Williams, R. Culture and Society, New York: Penguin, 1958.
[25] 阿多诺:《否定的辩证法》,张峰译,重庆:重庆出版社,1993年版。
[26] 阿多诺:《美学理论》,王柯平译,成都:四川人民出版社,1998年版。
[27] 阿多诺,霍克海默:《启蒙辩证法:哲学断片》,渠敬东、曹卫东译,上海:上海人民出版社,2003年版。
[28] 阿尔都塞:《保卫马克思》,顾良译,北京:商务印书馆,1984年版。
[29] 本雅明:《本雅明文选》,陈永国、马海良译,北京:中国社会科学出版社,1999年版。
[30] 本雅明:《德国悲剧的起源》,陈永国译,北京:文化艺术出版社,2001年版。
[31] 杰姆逊:《后现代主义与文化理论》,唐小兵译,西安:陕西师范大学出版社,1986年版。
[32] 马尔库塞:《爱欲与文明》,黄勇、薛民译,上海:上海译文出版社,1987年版。
[33] 马尔库塞:《单向度的人》,刘继译,上海:上海译文出版社,1989年版。
[34] 马尔库塞:《审美之维:马尔库塞美学论著集》,李小兵译,北京:三联书店,1989年版。
[35] 威廉斯:《关键词:文化与社会的词汇》,刘建基译,北京:三联书店,2005年版。
[36] 伊格尔顿:《马克思主义与文学批评》,文宝译,北京:人民文学出版社,1980年版。
[37] 伊格尔顿:《美学意识形态》,王杰等译,桂林:广西师范大学出版社,1997年版。
[38] 伊格尔顿:《文化的观念》,方杰译,南京:南京大学出版社,2003年版。
[39] 伊格尔顿:《沃尔特·本雅明或走向革命批判》,郭国良、陆汉臻译,南京:译林出版社,2005年版。

第七章　后现代主义文论

后现代是20世纪自我主体消解、感性世界空前突出、语言游戏成为时髦、文化出现新意义危机和话语转换的时期。

"后现代"是一个历史概念,指二战以后出现的后工业社会或信息时代;而与此相关,"后现代主义"是这一社会状态中出现的一种文化哲学思潮;而"后现代性"则是一个社会理论概念,指后现代社会结构的功能性转型和知识话语转型问题。后现代是后现代主义产生的时代土壤,后现代主义是后现代社会的文化哲学表征,后现代性是后现代转向的话语系谱和结构模式。

第一节　后现代主义的理论景观

后现代思潮在世界文化意识领域掀起了一阵阵"话语转型"旋风。这一转型旋风,在人们的思维方式和价值信仰上,造成了传统与现代话语的断裂。而文化美学转型则波及整个艺术和批评领域,引发了前所未有的知识话语紧张。据此出发,作为一个后现代哲人,必得注意现代社会阻碍了人与人、人与社会之间的沟通的事实,使哲学思想和审美观念从形而上学的独断中解放出来,形成一种开放宽容的文化氛围。没有任何一种现代性话语可以垄断思想探索和精神自由[①],也没有任何一种观念或学说可以定为一尊,而无视其他观念和学说。

一、后现代主义的源起与文化症候

后现代主义思潮是后现代社会或后工业社会、信息社会、晚期资本主义的产物。它孕育于现代主义母胎(30年代)中,并在二战以后与母胎撕裂而成为一个毁誉交加的文化幽灵,徘徊在整个西方文化领域。后现代主义的正式出现是50年代末到60年代前期。其夺人声势、震撼思想界是在70、80年代。这一阶段,在欧美学术界引起一场世界性的文化哲学家之间的"后现代文化哲学论战"。到了90年代,后现代主义以一种多元边缘的后现代性特征渗入当代文化肌体,成为言人人殊的当代文化症候。

后现代主义张扬一种"文化批评"精神,力图打破传统形而上学的中心性、总体性观念,而倡导综合性、无主导性的文化哲学。后现代性的显著标志是:反乌托邦、反历史决定论、反体系性、反本质主义、反意义确定性,倡导多元主义、世俗化、历史偶然性、非体系性、语言游戏、意义不确定性。这是一种秉有"后工业社会哲学

---

① Giddens, A. *Modernity and Self-Identity*, Cambridge: Polity Press, 1991.

杜尚(1887—1968)

精神"的新哲学,或者如德里达所说:"是非哲学式地写哲学,从外边达到哲学。"

后现代文化不再追求永恒不变的终极真理,也不贬斥历史的、变化的、偶然的因素,不再把文化美学看作反映现实的镜子。相反,后现代重视解释学精神,通过对总体性的瓦解走向差异性。文化哲学家不再是那种声称能解决或解释文化领域何以并如何对实在具有一种特殊联系的形而上学者,而是一些能理解各种事物相关方式的专家。

后现代主义者表现出一种叛逆性和价值选择性。这种选择性指涉一种存在状态的多元性和文化审美的宽泛性。因此,后现代主义超出了语言艺术的界限,并对各类艺术的界限和艺术与现实的界限加以超越。这样一来,高雅文化与通俗文化的界限模糊了,艺术与非艺术的对立、小说与非小说的对立、文学与哲学的对立、文学与其他艺术的对立统统消解了。后现代文化美学走向价值空场的"反文化"、"反艺术"、"反美学"倾向,使其自身抵达平面游戏的边缘。

后现代主义文化症候是在与现实主义、现代主义相比较的"差异性"中呈现出来的。就精神模式而言,现实主义注重理想模式(典型),现代主义注重深度模式(象征),而后现代主义则追求"平面模式"(空无);就价值观而言,现实主义讲求代永恒价值立言的英雄主义,现代主义讲求代自己立言的反英雄(荒诞),而后现代主义则讲求代"本我"立言的非英雄(凡夫俗子);就人与世界的关系而言,现实主义强调历史发展的必然性和人的社会性,现代主义强调世界的必然性与人的偶然性相遇中的个体存在状况,后现代主义则强调存在的偶然性(生命与艺术是偶然的)和生命的本然性;就艺术表现而言,现实主义以全人观物,叙事人无所不知,无所不晓,并具有一种求雅的审美趣味,现代主义以个人观物,具有一种雅俗相冲突的审美取向,而后现代则强调纯客观的以"物"观物,讲求无个性、无感情的"极端客观性",并表征出一种直露坦白的求俗趣味;就艺术与社会关系而言,现实主义认为艺术是超功利的审美欣赏,具有一种提升读者的功能(教化大众),现代主义认为艺术是对社会异化压抑的一种反抗,艺术表现为反抗性反弹的痛苦与丑陋,而后现代主义则认为艺术是一种商品,是日常生活中解魅化、大众化的消费品。

事实上,从现实主义到现代主义再到后现代主义,精神模式、价值观念、人与世界的关系、艺术趣味、艺术与社会的关系等,都发生一系列的精神降解,人们在面对这种世俗化、平面化的"后"新潮时感到肯定或否定都相当艰难。这主要是由于在现代化的设计蓝图中,人类理性出现了危机,而后现代主义则以游戏的方式去解构危机中的理性,而最终出现了"危机共振"即社会、科学、哲学、美学、艺术、信仰的危机综合爆发。对此,我们得返身历史,去看看后现代反理性的肇因和问题。

二、反理性的后现代性价值取向

后现代性反对现代性的"理性"。然而这种反现代性"理性"又是不彻底的,一般而言,它反对的主要是人文理性和历史理性,却对工具理性颇有保留。

不妨说,20世纪是现代化在全球迅猛发展的世纪。现代化的核心概念,依韦伯所说是"合法性",依哈贝马斯所说是"理性化",合法化包含了政治经济的内容,理性化则更易理解。当我们把目光投射到现代性话语系谱的"核心"——"理性"上时,就会发现"理性"至少可分为三个层面:工具理性、历史理性和人文理性。

"工具理性"在20世纪高奏凯歌,步步逼近,层层渗透。不可否认它带来了很多好的方面:科技发展、生产力进步、物质生活日益发达带来了前所未有的富庶与方便。工具理性拥有愈来愈先进的高科技,却忽略了"高情感"。人变成异化的非人,变成偌大机器上一个小小的零件。工具理性的这个维度使人类肉体和心灵受到极大震撼,但是,工具理性还有另外一种品性,那就是为战争服务。以原子弹为例,它是人类最具"理性"的产物,同时也达到了理性的边缘,原子弹这种最大理性与最大非理性的集合体,充分体现了福柯对"知识与权力"复杂网络的揭示。当知识被权力扼制时,当知识被运用于非人性的目的时,人类无法想象将会产生什么后果。如今,全球原子弹的威力已不知能将人类毁灭多少次,那么人类是否会听任工具理性去安排自身的命运?是否就此将人类未来的发展、远景和蓝图交给可怕的冰冷的工具理性呢?

奥斯维辛集中营

20世纪不到100年的时间就经历了两次世界大战,导致人类由理性走向前所未有的非理性。人类应真切地思考这个自身存在的问题。工具理性泛滥的症状(如克隆)和恶果,自然科学知识分子在成为"世纪英雄"的同时理应深思并反省,因为造福人类的承诺已然蒙上了毁灭人类的阴影。

"历史理性"作为20世纪"理性"的另一个维度,同样不能逃避反省,因为它造成的巨大灾难绝不亚于工具理性。

奥斯维辛集中营中被关押的犹太人

纳粹法西斯主义曾打着"德国社会主义工人党"的旗号,以对未来乌托邦的憧憬,将成千上万的德国人召集起来,听从一个狂人的召唤,使整个世界陷入深重的灾难。杀人不需要理由,历史的资料与幸存的记忆真实地记录了那不堪回首的一切。这告诫后人以绝对乌托邦为思想内核,以专制独裁为表征,以决定论为旗帜的历史理性是多么值得警惕。但是,今天奥斯维辛犹在,人们却早已忘掉苦难,游戏之诗和游戏之作充斥"后现代文坛"。面对这一状况,从事社会科学和人文科学研究工作的人们心情何以能平静?

前苏联高度极权则是另一形态的专制。从帕斯捷尔纳克的《日瓦格医生》和索尔仁尼琴的《古拉格群岛》,可以沉重地感受到苦难与苦难意识的重量。《日瓦格医生》通过知识分子曲折的命运和不幸的遭遇,反映了俄国革命的失误和挫折,以及对知识分子精神的禁锢和压抑。沉重的历史理性迫使我们不得不重新关注它,并沉思、再沉思。

历史理性的另一个表现是专制主义。历史理性的核心是未来社会乌托邦和人类虚幻远景,是将一种虚幻的东西强加于现实,使人背离理性而走向最大的非理性。如果说20世纪工具理性出了问题,历史理性也造成灾难,那么对工具理性,科技工作者难辞其咎,对历史理性,社会工作者同样不能逃避责任。苦难的世

帕斯捷尔纳克(1890—1960)

界需要一个更重要的维度,那就是具有"历史记忆"和"价值重建"功能的"人文理性"——即对苦难的反思和对人的价值关怀。

"人文理性"对人文科学提出更高要求,不仅是人文精神和价值,也不仅是人文关怀,更是一种理性的思索与反省。在现代化进程中,文化和价值问题逐渐游离于人们关注的视野之外,并无可挽回地走向边缘,这使得人文精神日益淡化。人的精神生活显现出贫乏性,理想坍落,人们丧失心性、真诚、信念、理想、正义,导致了社会文化结构的深层危机。现代化过程的前提、灾难、前景、困惑与问题都需要人文理性去反省,同时还要反省后现代社会如何向人性复归以及后现代进程出现的一系列繁复庞杂的问题。因此在面临现代与后现代重重困境之时,人文理性将在新的社会、新的世纪、新的历史节点上对历史和现实作出真实的回答。

后现代主义对历史理性作出了反省,但同时又消解了人文理性。但我们不无担忧地认为,后现代主义对人文理性、历史理性的反动,而对工具理性的情有独钟,是否会重复或加重"现代性"理性的危机呢?对此,我们决不可丧失批判的意识。

总体上说,后现代主义作为一种当代世界性的文化思潮,已经越来越引起东西

方各国学者们的注目。因此,有必要对后现代主义文化逻辑及其价值论争加以总体把握,并通过后现代哲人之间的尖锐论战透视其深层文化本质:文化哲学精神和哲学美学价值取向。

关键词:

    后现代(postmodern)
    后现代主义(postmodernism)
    后现代性(postmodernity)
    后工业社会(post-industrial society)
    反本质主义(anti-essentialism)
    反基础主义(anti-foundationalism)
    反英雄(anti-hero)

思考题:

一、后现代主义总的文化特征是什么?
二、后现代主义与现代主义、现实主义的区别何在?
三、后现代性的价值取向是什么?
四、"理性"可分为哪三种?
五、后现代主义对"理性"的消解有什么正负面效应?

第二节 重振现代性与后现代知识危机

一、哈贝马斯:现代性审理与交往理性

在后现代性论争中,哈贝马斯与利奥塔的德法之争是颇为引人注目的。

哈贝马斯(J. Habermas,1929—)从批判哲学的角度出发,考察为什么人们急于通过"现代"这一历史处境走向"后现代"。也就是说,哈贝马斯力图弄清楚,现代性为何成了问题? 现代性遭遇到何种危机? 现代性是否已经终结? 哈贝马斯坚持,现代性是一项宏伟的工程,尚未完成,它具有开放性,远未终结。因此,后现代性是不可能的。

哈贝马斯认为,不能走向丹尼尔·贝尔所谓的"新宗教",而只能走向重建"新理性",在知识的可靠性和意识形态批判上(合法性问题)建立交往行为理论,从而重振现代性。哈贝马斯后期集中力量讨论后现代问题。

哈贝马斯继承法兰克福学派的批判理性精神,考察工具理性膨胀后的启蒙意识形态的强硬推进造成的社

于尔根·哈贝马斯(1929—)

会制度的颓变。他认为,历史哲学所持存的历史发展必然产生进步的乐观主义观点是"不足取的"①,而马尔库塞关于科技发展而人性沦落的技术悲观主义的观点同样是片面的。在哈贝马斯看来,问题的症结并不在于科技,而在于日益官僚化的行政机构。哈贝马斯看到了西方现代文化所面临的危机,但他不同意到近代文化母体中去寻找原因,而将标志西方近代文明的"启蒙"、"理性"当作祸源的做法。他并不认为近两百年来带领整个西方文明进入现代文明高峰的"现代性"大潮——启蒙、理性、正义、主体性、人本学就此会突然枯竭。他要考察现代性危机,同时也要彰明向"现代性"进攻的进程。哈贝马斯不认为"后现代性"的提出就意味着"现代性"的终结。他认为,必须首先弄清楚向现代性进攻的历史发展脉络,才能更深一层地去审视"现代性"的命运。

现代性从启蒙运动诞生以后就不断遭到进攻,黑格尔是使"现代性"产生动摇的关键人物。而到了近代,这种进攻在黑格尔后学、尼采以及尼采后学那里愈演愈烈。哈贝马斯通过谱系学分析,指出 20 世纪"后尼采主义"从两个方向进一步发展了后现代性:一是法国哲学家巴塔耶(G. Bataille)、德勒兹等人的新尼采主义,二是德里达、福柯等人的解构主义。哈贝马斯对黑格尔、尼采、解构主义这一条现代性进攻的历史加以清晰地勾勒,指出这是就主体性、总体性、同一性、本源性、语言深层结构所进行的全面颠覆,而代之以非中心、非主体、非整体、非本质、非本源,最终导致哲学的终结(the end of philosophy)②。

在对向"现代性"进攻的历程研究之后,哈贝马斯指出,"后现代性"是不可能的,因为,主体性在现代尚未充分发展,它仍在"权力"概念中闪现出"生命"的底色。启蒙以来的理性也未完全消解,它仍与"话语"粘连。而且,"现代性"是一项尚未完成的计划③,它是向未来敞开的,它的启蒙理想尚未实现,它的使命尚未完成,它的生命远未终结。加上"后"这个词缀去超越"现代性",就目前来说,尚为时过早,一切研究都应沿着"现代性"的道路前行。

成为"现代性"法庭上的辩护人,以捍卫其合法性,并以此来抵抗以贝尔、利奥塔为代表的"新保守主义",是哈贝马斯的文化策略。对哈贝马斯而言,后现代主义就是明目张胆地反现代主义传统——是中产阶级品位庸俗者的大逆流。后现代主义以反现代主义形式和价值为其特征,背叛并遗弃了大量保存于传统文化中的希望、价值和真理。社会的巨变使得植根于前技术社会的道德伦理、审美意识、语言逻辑、价值特性纷纷归于无效,失去其合法性根基和同社会对立的异

马克斯·韦伯
(1864—1920)

---

① Habermas, J. *Theorie und Praxis*, Frankfurt. 1971, SS. 336-337.
② Habermas, J. *The Philosophical Discourse of Modernity*, Cambridge, 1987, Chap. 3.
③ Habermas, J. "Modernity Versus Postmodernity", in *New German Critique*, p. 22.

己与超越能力。

他承认,传统意义上的理性已显出诸多弊病而招致毁弃,但同时指出彻底否定理性又不可能。现代化如韦伯所说的"理性化"的蓝图是一项未完成的工程,从启蒙时代开始设计定向,但却在具体实践中一再出现偏差而走入歧途。问题的实质在于,未能按照科学、道德、艺术各自不同的范式去发展合理的理性化制度。哈贝马斯的选择是:不放弃启蒙理想,而是反过来纠正原设计的错误和实践的偏差,调整和完成理性的重建修复,建立新理性图式——交往理性。

"交往理论"注重话语(discourse)的文化分析。哈贝马斯注意到在晚期资本主义社会中,国家干预主义倾向不断加剧,经济制度和行政制度发布的命令已侵入了交往者赖以生存的"生活世界"(Lebenswelt),因而造成一些矛盾和冲突。虽然这些矛盾不再呈现出阶级冲突的形式,但是它限制、控制了人的交往,因而造成主体之间的相互"不理解"。这时,主体之间本来进行的"对话"变成了"争辩":交往的双方"各自为自己的主张或行为进行辩解,因而随意对待作为行为基础的规范。……这时,规范似乎成了辩解的需要"①。这样的交往行为当然是不合理的,它是一种"被歪曲的交往行为"。社会的弊端、矛盾、冲突均由此产生。因此,哈贝马斯要求交往的合理化,即要求交往不受国家、经济制度和行政制度的干预,使交往者生活在一个美好的、没有任何强制的生活世界中。在这种合法性要求下,哈马斯认为,

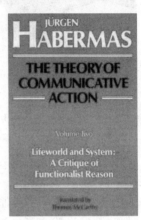

《交往行为理论》
英译本书影

必须把阻塞"言路"的"后工业文化逻辑链条"打断,使人们关闭的心灵敞开,通过语言使人们从"争辩"转化为"对话"。

可以说,在晚期资本主义社会的危机中,通过对话、交往获得共识的价值观,通过理解达到合理的意见一致的真理,通过社会阶层的成员之间相互理解和平相处而达到社会和谐的目标,这就是哈贝马斯近 20 年来精心构架的"新理性"图景,其乌托邦色彩十分明显。哈贝马斯对"后现代性"的对抗,引起了法国哲学家利奥塔的激烈批驳,这一方面可以看出法国式的"解中心主体"和德国式"总体性"(totality)的哲学向度的对立,另一方面也可窥见其禀性差异和精神上的宿怨。

二、利奥塔:后现代知识状况分析及其文化精神

当哈贝马斯以一种"新理性"眼光在文化领域逡巡,并依据"总体性"原则构筑起"交往理论",以期打通人与人、人与社会的隔膜而达到交流的认同和普遍共识时,法国后现代哲学家利奥塔(J. F. Lyotard,1924—1998)以独特的"解中心"视域,将后现代是否可能的问题转化为后现代时期知识状态的研究。他在对后现代知识

---

① J. Habermas, *Zur Rekonstruktion des Historischen Materialismus*, Frankfurt, Suhrkamp, 1982, S. 170.

让-弗朗索瓦·利奥塔
（1924—1998）

状况的叙事危机的考察中,一方面批判了哈贝马斯的整体观、交往理论和共识真理观,另一方面展示了一个后现代学者独特的时代敏锐感受力和消解同一性、对总体性开战的决心。

作为一个思想家,利奥塔在70年代就敏锐地把握到"后现代主义"问题。但他与哈贝马斯的观点正好相反,认为应重新检验"合法性"问题,揭露哈贝马斯所张扬的"交往理论"和"普遍共识"下面掩盖的回归统一、重树霸主地位的实质。沿着这条路走下去,必然使利奥塔在众多的研究方向中确立唯一的方向:对后现代知识状态的考察,看看这牵涉社会、人、知识分子、未来世界、科技、进步、幸福的"知识"在进入后现代时期时,究竟出现了什么病态症候?究竟发生了什么危机?而对应的策略是什么?这些就是他《后现代状况:知识报告》这一富于挑战性的著作的主要内容。

知识的地位发生了变化,这一转变,在时间上可以说从50年代末期即已形成,在性质上,则主要表现为以下几个方面。

首先,科学知识是一种"话语"。现代最先进的"科技"无一不与"语言"相关,如语音学、传播学和控制论、电脑语言、信息传播、数据储存及流通、电传学、电脑终端机等,已经改变了传统知识两大功能即知识研究功能和知识传递功能。任何无法变成数字信码而加以传递的知识都将被淘汰。这样,不易精密化、电脑化的人文科学似乎前途未卜。

其次,随着电脑霸权的形成,一种特殊的逻辑应运而生。知识者过去由心灵和智慧的训练获知的方法已然式微,现今的知识者以一种彻底"外在化"符号化的方式,淡漠道德灵魂的修养而奉行商品世界冷冰冰的操作伦理。后现代知识不再以知识本身为最高目的。知识失去了"传统的价值"而成为商品化的重要领域。

再次,科学如今与社会进步的距离加大了,前沿科研领域(诸如量子论等)呈现出规律反常、验证证伪、前后矛盾、中心消散等大量非稳定随意状态,因此,科学一变积累模式和稳定形态,为求新而求新,生产未知成为当代科技的第一需要和首要目的。

利奥塔对合法性问题进行了广泛的研究,进而认为,传统的合法化因时过境迁而失效,只有通过"解合法化",走向后现代的话语游戏的合法化。换言之,那种以单一的标准去裁定所有差异也统一所有话语的"元叙事"已被瓦解,自由解放和追求本真的"两大合法性神话"或两套"宏伟叙事"已经消逝。如此一来,科学真理只不过是多种话语中的一种"话语"而已,与人文科学"话语"一样不再是"绝对真理"。因此,把当代科学重新加以合法化,意味着应该尊重各种话语的差异,依照不同的游戏订出不同的规则。各种话语游戏之间是平等的,无高低之分,也不可互相侵吞。

启蒙运动促使科学求真与自由解放齐头并进,造成两套堂皇的合法化叙事。一是以法国革命为代表的关于自由解放的"宏伟叙事",富于激进的政治性,其特点是注重人文独立解放的思考模式;二是以德国黑格尔传统为代表的关于思辨真理的"宏伟叙事",注重同一性、总体性价值的思维模式。这两种"神话"(Myths)观念以冲突对立的交互出现的状态,为制度化的科学研究辩护。这种"解放的英雄"(hero of liberty)和"知识的英雄"(hero of knowledge)以一些堂而皇之的叙事,如精神辩证法、意义的阐释、理性主体的解放、财富的创造,为追求真理和追求正义作了承诺,并导致了科学的迅猛发展和主体性极端膨胀,出现了始料未及的后果:科学在追求真理的要求中,一方面逐步解拆牛顿式宇宙论殿堂,同时,使科学更进一步地占领了人文科学的地盘,并宣告作为同源叙事的人文最高范式和整体叙事的失效。

后现代境况的不同往昔,使后现代文艺美学发生了变化。那么,后现代是什么呢?后现代主义美学的特性是什么呢?利奥塔认为,"后现代属于现代的一个组成部分","如想成为现代作品,必须先是后现代的才行。因此,后现代主义并不是现代主义的末期,而是现代主义的初期。而且,这一状况是不断地持续下去的。"利奥塔这一论点,表面上似乎矛盾,其实包含了一个非常深刻的思想,是其后现代精神的集中体现。

利奥塔认为存在两个划分后现代的标准,①历时态标准:后现代主义是不同于现实主义、现代主义的一个历史时期,它由60年代发生发展,将随历史而不断地向后延展。②共时态标准:后现代是一种精神,一套价值模式。它表征为:消解、解中心、非同一性、多元论、解"元话语"、解"元叙事";不满现状,不屈服于权威和专制,不对既定制度发出赞叹,不对已有成规加以沿袭,不事逢迎,专事反叛;睥睨一切,蔑视限制;冲破旧范式,不断地创新……

后现代文化精神是利奥塔衡量任何文化现象是否具有后现代性的圭臬。后现代主义是现代主义的初期状况。这就是说,现代主义创生初期,以独标新说、反叛权威陈说从事消解和否定,不断为自己的新生扫平地基。这时,现代主义理论和艺术朝气蓬勃,充满活力,充满破坏和创新精神,以走向新世纪的崇高和豪迈,宣告旧世界和旧规范藩篱的彻底瓦解。因此,它具有典型的"后现代"精神。然而,当现代主义一经全面占领了文化和思想阵地,它就不再声言反叛和否定,此时它讲求新范式、新权威,讲究肯定、秩序、等级、和谐(优美),而成为现存制度辩护人的保守的现代主义,最终彻底丧失"后现代"精神。于是又有更新的"现代主义"以"后现代精神"为武器去反抗它,然后再放弃"后现代精神"而成为秩序和等级的拥护者……如此不断,以致无穷。

以这一后现代美学标准看,现代美学与后现代美学的区别在于:现代美学注重表现人对再现能力的无力感,以及伴此而生的以人性自由解放为主题去感受生命存在状况而引发的怀旧情绪。现代美学属于崇高的美学,它将那不可表现之物以无内容的形式表现出来。而后现代是在现代中,以表现自身的形式使不可表现之物表现出来。后现代不再追求形式的优美愉悦,不再凭借趣味上的共识去达成对永难企及之物的缅怀。

利奥塔虽在拉康、德里达、福柯的影响下反对主体性,转而质疑现代知识的充分条件,但他坚持怀疑否定精神,以独特的学术视域,代表着西方人文科学自语言学转向以来的新趋势。

关键词:
  交往行为理论(theory of communicative action)
  话语伦理学(discourse ethics)
  现代性对抗后现代性(modernity versus postmodernity)
  共识(consensus)
  解合法化(delegitimation)
  解中心(decentering)
  元叙事(metanarrative)
  宏伟叙事(grand narrative)
  神话(myth)

思考题:
  一、为什么哈贝马斯认为后现代性是不可能的?
  二、哈贝马斯反对将启蒙与理性当作西方现代文化危机根源,其理由是什么?
  三、后尼采主义从哪两个方面进一步推进了后现代性?
  四、哈贝马斯交往行为理论的要点是什么,有何意义?
  五、利奥塔为何要进行后现代时期知识状态的研究?基本观点是什么?
  六、什么是"宏伟叙事"?为何利奥塔要向同一性和总体性开战?
  七、在利奥塔看来,有哪两个划分后现代性的标准?
  八、怎样理解"后现代主义是现代主义的初期状况"?

第三节 杰姆逊:后现代文化美学逻辑

当哈贝马斯与利奥塔的后现代论争达到白热化程度时,美国当代著名马克思主义文论家杰姆逊以左派激进立场加入了这场讨论。

杰姆逊在《后现代主义,或晚期资本主义的文化逻辑》中认为,后现代社会,包括后工业社会、消费社会、传播媒介社会、信息社会等等,这是一个科技高度发达、文化观念产生根本性逆变、美学范式不同往昔的社会。

在进行文化分析时,杰姆逊将社会发展形态与文化范式相对应。他借用《反俄狄浦斯》①一书的"叙述"模式,把人类社会发展的初期(原始社会)称为"规范形成"时期(coding),第二个时期(封建社会)称为"过量规范形成"时期(overcoding),第三时期(早期资本主义)是"规范解体"时期(decoding),即摧毁一切神圣的残余,把世界从错误和迷信中解放出来,使它成为一个可以被科学说明、衡量,挣脱了一切旧式的、神秘的、神圣的价值的客体。它包括了科学革命、"非神圣化"(韦伯语)以及"对自然异化"(法兰克福学派语)。人们已经越来越无法忍受生活在这样一个不断向外延伸的灰色的世界里,生活在这样一个缺乏诗意的散文世界里,生活在这样一个规范解体的、被剥光了的宇宙里,于是先锋艺

弗雷德里克·杰姆逊
(1934—)

术家们开始寻找一种新的领地,以恢复那一小片神奇的、圣洁的、具有鲜明个性和主体色彩的世界。于是他们力图重建那古老的规范,从而达到"规范重建"时期(recoding)。然而,还有更激进的解决办法,一些先锋艺术家采取一种极端的反叛形式,即不仅抨击那个死亡的、具体化了的、规范解体的宇宙,而且抨击规范本身,抨击所有合理的规范,否定一切,反叛一切社会形态,以恢复一切规范和科学产生之前的那个原始的时代,就是精神分裂型的"消除规范"时期。杰姆逊将这一分期理论与文学分期对应起来,认为规范解体的时代是现实主义,规范重建的时代是现代主义,而患精神分裂症(即消除规范)要求回归到原始时代的理想,正代表了后现代主义的新特点。

按这种三阶段模式划分,市场资本主义时代出现的是现实主义,垄断资本主义阶段出现的是现代主义,而晚期资本主义(跨国资本主义)出现的是后现代主义。这三个社会阶段既相联系,又相区别,它们分别代表了不同的主体对世界的体验和自我的体验。而与之对应的现实主义、现代主义、后现代主义亦分别反映了一种新的小型结构,标志着人的性质的一次改变。

在杰姆逊看来,后现代状况是一种文化的根本断裂,过去所拥有的经验(前现代经验和现代经验)在当代业已失效,而新的流行文化艺术在错位中不断生产着文化话语。诸如拼贴的流行艺术、照相现实主义、新表现主义、偶然音乐、新潮摇滚乐、当代实验性电影和商业影片、法国新小说,以及后现代文学批评等不断登场,使得当代文化成为一个观念和形式的实验场。在这里,一切都被重新评估重新改写,一切都以自我化的欲望表演为旨归,一切都以摧毁经典为能事。后现代主义确乎实现了时间空间的根本性转化,并使得当代人拥有了一份不再沉重的时尚记忆。

后现代主义取消高级文化和大众文化或商业文化之间的界限,将文化拼贴的文本(通俗作品、广告宣传、亚文学、幻想小说等)重新组合成一个新型欲望文本,

---

① Gilles Deleuze & Felix Guattari, *Anti-Oedipus*: *Capitalism and Schizophrenia*, New York: Viking Press, 1977.

并使其具有了不同于以往文化风貌的新标志:新的肉身直接性成为当代城市文化标记,其延伸既表现在当代理论方面,也表现在一种全新的消费形象或影像文化方面。这种表面化的"时尚",将人彻底还原为身体性的存在,这一文化策略所导致的表面性渗透到所有的艺术活动中。

与此相关,时间意识连续性已然中断,这既表现在个人与公众社会历史关系层面,也表现在个人瞬间性存在的形式层面,于是出现了生命意义的降解,即生命本能从所有的活动和意图中无差别、平面化地释放出来。这种后现代主体人格的非完整性,导致深度情感的消逝,代之而起的是一种本能的欣快症。这种无情的泛情,不仅使现代主义的崇高主题消逝殆尽,也使得个人独特风格归于结束,而其与众不同的表现手法也随之终结,"戏仿"成为后现代的时髦。不妨说,这种消逝了意义的现实世界能指,终于在所指隐蔽不彰之时以一种压缩的强度表征出来,"能指"在相对主义的时代氛围中,成为带有某种绝对主义意味的东西。

后现代主义文化与科技的高速发展紧密相关,但这并不意味着,当今社会的技术是最终起决定作用的因素。在跨国资本主义时代,全球网络系统出现了"高技术偏执狂"特征,这使得"技术与人"的问题成为世纪末绕不开的话题。可以说,多国资本的新扩张最后完成了对前资本主义的渗透和殖民化,人们面对的世界是一个非道德化的、令人压抑的、前所未有的新全球技术空间。

在后现代文化分析中,杰姆逊提出"认知绘图美学"范畴,即试图在新的世界格局中对个人主义加以重新定位,以增强个体在全球体系中的自我身份意识和自我位置意识。这种具有政治文化色彩的认知绘图,重视当代世界中尤为复杂的辩证法和生命意义,并以新的方式去评价这种自我定位的努力。事实上,杰姆逊已经改造了后现代主义的政治话语形式,他把在社会和空间规模上对全球认知绘图的文化解释和政治投影,作为后现代文化阐释的使命。

进入90年代,杰姆逊开始注重文化研究(culture studies)问题,认为"文化研究"是一种从学术政治和社会问题角度入手研究的知识话语。

文化研究是针对其他学科的局限性而出现的,因而文化研究成为了所谓的"后学科"。它并不是一种专门性的知识域,而是通过自身与其他学科之间的关系构成一个广阔的研究空间。在这个意义上可以说,文化研究具有跨学科性质或交叉学科性质,它与历史学、社会学、传播学、政治学、哲学、美学等有诸多联系。或许可以说,文化研究是一种讨论当代社会文化症候和意义方式的研究方法,它既可依据文化文本进行研究,也可以根据文化现象进行剖析。其方法论强调杂糅性,对女权主义、黑人政治、后殖民主义、大众文化、当代传媒研究等有效方法,均来者不拒加以吸收,使得这一特殊空间注重混杂的"身份"以及各种新的复杂结构的分析。

文化研究与后现代主义的差别在于,它并不注重高雅文化和低俗文化之间差异的削平,而是关注所有当代社会中的文化症候,无论是高雅文化的断片还是低俗文化的热潮,都进行文化意义上考古学式发掘。它研究各种事物的"合力关系"或"互动关系",各种意识形态表征所出现的张力,进而在微型群体的多元景观上发现新的文化拓展的可能性。它不鼓吹以形象和媒体文化取代意识形态层面的政治斗争,而是强调各种关系在生产、分配、消费的社会综合过程中的彼此"连接",并进而扩展到个体文化身份和群体文化身份追问,将后殖民主义理论关注的中心——民族国家、种族、性别、阶级、文化权力、个体身份等作为一种整体结构或"复合结构"加以考察。这一对象的宽泛性和考察的新策略,使其能避免各学科之短,而用其所长。

文化是一个群体接触并观察另一群体时所发现的处身氛围和存在方式。"文化"无疑与"权力"相关。福柯对文化权力问题和文化的本体性问题有自己的独特研究,但杰姆逊却认为这种"微型权力研究"断然取代了对"生产方式"的分析,并在权力分析中对"意识形态"加以排除,使其在应用范围上不具有真正的社会现实意义。从这里不难看出解构主义与新马克思主义学术意向上的差异性。

在文化研究对权力的研究问题上,杰姆逊认为,如果用权力来解释事物,就必须打破神秘化和理想化,抛弃美化事物的习惯。这样,文化研究的权力话语强调,只有从政治维度、社会维度和经济生产方式维度进行总体研究,才有可能杜绝肤浅的积习而深入到当代文化的中枢神经。这意味着文化研究只有真正研究"他者",即分析晚期资本主义及其全球性制度之中的官僚阶层或跨国公司形象时,方才有效。在这个意义上说,文化研究不是后现代主义和后殖民主义研究的中断,而是其研究的一种深化和权力话语的拓展。

无言的个人身体经验是孤立而难言传的。杰姆逊在弗洛伊德"个体无意识"、荣格"集体无意识"、拉康"语言无意识"理论之后,提出了自己的"政治无意识"理论。虽然其相对前人而言,减少了心理分析理论意味,增强了社会现实的政治属性,更具有当代学术的合法性和有效性,但其意识形态的偏颇仍是十分明显的。"社会无意识"和"身体无意识"才是当代文化研究的重要内容。因为在社会意识这一表面的症候下面存在着沸腾的社会无意识,在身体意识这一被西美尔称之为现代性表征的后面,存在着身体无意识(个体的、集体的、政治的、肉体的、欲望的等)。只有文化研究这一融会多学科研究方法的前沿学科,才可能真正触及这个问题的关键之所在,才可能真正减少单一学科研究中的偏颇和盲点。

可以说,杰姆逊的文化研究论还处在一种对象式评价的位置上,尚未真正进入这一研究领域,尽管他的一些看法充满理论色彩和新意,但是仍能感到文化批评精神上的距离。他真正有深度的研究,仍然是后现代主义文化,尤其是他对后现代主义文化逻辑的分析,使他在这一领域成为不可忽视的人物。

杰姆逊认为后现代主义文化逻辑具有三个主要特征。

首先,表现为空前的文化扩张。文化已经完全大众化,高雅文化和通俗文化、纯文学与俗文学的界限基本消失。商品化文化意味着艺术作品正成为商品,甚至艺术美学理论和文化理论本身也成为了商品,商品化的逻辑浸渍人们的思维,也弥散到文化的逻辑中去。至此,后现代文化宣布自己从过去那种特定的"文化圈层"中扩展出来,打破了艺术与生活的界限,文化彻底置入人们的日常生活,并成为众多消费品中的一类。

其次，表现为语言和表达的扭曲。后现代人已不同于现代人,其原因是,他赖以立身于世的语言已发生了重大变化。后现代语言已经完全不同于现代主义语言。在后现代语言观看来,存在主义式的人说语言、语言是人存在的家、人是语言的中心的看法业已失效。在后现代,并非我们控制语言或我们说语言,相反,我们被语言所控制,不是"我在说话",而是"话在说我",说话的主体是"他者",而不是我。换言之,说话的主体并非把握着语言,语言是一个独立的体系,"我只是语言体系的一部分,是语言说我,而非我说语言"。人从万物的中心终于退到连语言也把握不了而要被语言把握的地步,其结构表现在艺术家那里,则是昔日那种写出"真理"、"终极意义"的冲动,退化为今日的"无言"。

再次,表现为作为一种"后哲学",不再宣布发现真理是自己的天职和使命。后现代社会是一个"他人引导"的社会,理论不再提供权威和标准,而是以一种怀疑的态度进行不断的否定;不再讨论什么真理、价值之类的话题,而是在一种"语境"中谈论语言效果,是一种关于语言的游戏,关于语言的表述,关于文本的论争。

杰姆逊提出,后现代主义的表征为深度模式削平、历史意识消失、主体性丧失、距离感消失等几个方面。

深度模式削平而产生平面感。后现代理论与后现代艺术逻辑一致,它已削平深度而回到一个浅表层上,获得一种无深度感;它只在浅表层玩弄能指、对立、文本等概念;它不再相信什么是真理,只是不断地进行抨击批评,但抨击的对象已不再是思想,而是表述。在思想匮乏的时代,理论已不再批评思想的有无对错,而只批判文字和表达的错误,并立即用自己的文本取代别人的文本,这使得新理论不断翻新,层出不穷。这实际上是从真理走向文本,从为什么写走向只是不断地写,从思想走向表述,从意义的追寻走向文本的不断代替翻新。

历史意识消失产生断裂感。这使后现代告别了诸如传统、历史、连续性,而浮上表层,在非历史的当下时间体验中去感受断裂感。对历史的态度实质上是一种对时间的哲学观。历史感的消退意味着后现代主义拥有了一种"非连续性"的时间观。

主体性的消失意味着"零散化"。在后现代式的"耗尽"里,人体验的不是完整的世界和自我,相反,体验的是一个变了形的外部世界。人是一个已经非中心化了的主体,无法感知自己与现实的切实联系,无法将此刻和历史乃至未来相依存,无法使自己统一起来。这是一个没有中心的自我,一个没有任何身份的自我。主体零散成碎片之后,以人为中心的视点被打破,主观感性消弭,主体意向性自身被悬搁,世界已不是人与物的世界,而是物与物的世界,人的能动性和创造性消失了,剩下的只是纯客观的表现物。

距离感消失皆肇因于"复制"。复制宣告所谓的"原作"已不复存在。原作消失了,独一无二性消失了,艺术成为"类像",即没有原本的东西的摹本。"类像"成为后现代文化的徽章。形象、照片、摄影、电视、电影,以及商品的复制和大规模的生产,形成事物的非真实化:艺术作品的非真实化,以及可复制的形象对社会和世界的非真实化。

从文化哲学层次上看,"复制"的核心在于"本源"的丧失,也就是没有一个导源出若干他物的本源,这就从根本上消除了唯一性、独一无二性和终极价值的可能性。一切都在一个平面上,没有深度,没有历史,没有主体,没有真理,甚至没有本源。所谓同一性、总体性、中心性纷纷失效。人终于被各种人造类像包围起来,人创造了文化,而文化的扩张使现实退隐,使主体丧失,世界成为了物的世界。

在杰姆逊看来,后现代文化氛围下的文艺与美学,无一不打上后现代的时代烙印。而后现代的艺术轨迹似乎并未给人以希望,相反,艺术感知模式的支离破碎、艺术感性魅力(或本雅明的"气息")的丧失,先锋的革命性和艺术家的风格性的消逝,使艺术一步步成为非艺术和反艺术,审美成为"审丑"。艺术不再具有"超越性",艺术成为适应性和沉沦性的代名词。艺术等同于生活,生活成为了后现代人无底的艺术棋盘。

从后现代主义文艺观出发,杰姆逊还倡导一种"辩证的批评"理论。这种"辩证的批评"首先提出了一种新的解释理论。他认为,对文艺作品的解释构成了批评的一个最重要的内容。而"解释可以被当作一种基本的寓意行为,它是由根据一种特殊的解释性的主导符码对于一个特定文本的重写所构成的"①。杰姆逊的"辩证的批评"还十分注重"整体性"或"整体性"概念,他要求从艺术作品的整体中、从艺术作品与社会的政治、经济、文化等方面的总体联系中展开批评。

在《时间的种子》②中,杰姆逊对后现代语境中的乌托邦问题、文化断裂问题和后现代主义的局限问题提出了新的看法。他认为,在后现代表征危机中,乌托邦问题既无法

《时间的种子》书影

回避,又无法重设,只能在现实时空中加以厘定,并构筑在未来的"后现代之后"的社会图景中。同时,后现代反文化、反美学的策略,使其失去了有效的建构性,而一味的否定已然在思维层、美学层、意识形态层面上遭遇到诸多限制,因而必须在文化断裂中重新清醒地判断当代文化境况,找到关键性的交汇点,建立新的交流地基。

关键词:

反哲学(anti-philosophy)

政治无意识(political unconscious)

---

① Jameson, F. *The Political Unconscious: Narrative as a Socially Symbolic Act*, Ithaca: Cornell University Press, 1981, p. 10.

② Jameson, F. *The Seeds of Time*, Columbia University Press, 1994.

文化断裂（cultural rupture）
非连续性（uncontinunity）
深度模式（deep mode）
浅表（surface）
零散化（scatter）
复制（reproduction）

思考题：

一、杰姆逊将人类社会发展划分为哪三个阶段，分别对应什么？
二、什么是认知绘图美学？
三、杰姆逊为什么将文化研究与后现代主义研究相结合？
四、杰姆逊提出政治无意识的意图何在？
五、杰姆逊认为后现代文化逻辑的三大特征是什么？
六、什么是"辨证的批评"？

第四节 审美品格与诗学特征

在艺术和诗学领域，后现代主义的研究日益深入。其中，美国学者伊哈布·哈桑和斯潘诺斯的后现代诗学观颇有代表性。

一、哈桑：后现代主义审美特征透视

哈桑（Ihab Hassan，1925— ）于1987年出版《后现代转折》，以其对文学领域的后现代主义特征精辟独到的解剖和透视，赢得学界的首肯。哈桑提出，现代社会到60年代出现了一种全面的、根本的转折。然而这种转折并不意味传统的中断，相反，这种转折带动传统和定型事物一起进入新的包容和流动状态。在此意义上说，"后现代主义虽然算不上20世纪西方社会中的一种原创型知识，但对当代世界却具有重大的修订意义"①。

在哈桑看来，后现代主义与现代主义相区别，后现代主义的所有特征都是从相反方向对抗现代主义的：达达主义、反形式（分裂的、开放的）、游戏、偶然、无序、无言、即兴表演、参与、反创造、解构、对立、缺席、分散、文本间性（互文性）、修辞学、句法、平行关系、转喻、混合、表层、反阐释、

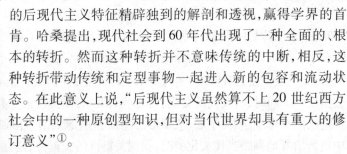

伊哈布·哈桑（1925— ）

---

① Hassan, I. *The Postmodern Turn*: *Essays in Postmodern Theory and Culture*, Ohio State University Press, 1987, p.84.

误解、能指、反叙事、稗史、踪迹、反讽、不确定性、内在性。后现代主义有两个核心构成原则,即"不确定性"和"内在性"。这两个倾向不是辩证的,不完全对立,亦未引向整合,它们既相互矛盾又相互作用,表明盛行于后现代主义中的一种"多元对话"活动。

"不确定性"主要代表中心消失和本体论消失之结果。在缺少本质和本体论中心的情况下,人类可以通过一种语言来创造自己及世界。不确定性是后现代根本特征之一,这一范畴具有多重衍生性含义,诸如:模糊性、间断性、异端、多元论、散漫性、解合法化、反讽、断裂、无声等等。哈桑指出,正是不确定性揭示出后现代主义的精神品格。这是对一切秩序和构成的消解,它永远处在一种动荡的否定和怀疑之中。这种强大的自毁欲影响着政治实体、认识实体以及个体精神——西方整个权力话语。仅在文学中,我们所有一切关于作者、读者、阅读、写作、文本、流派、批评理论以及文学自身的思想突然间遭到质疑,而在文艺批评方面,巴特认为文学是"失落"、"倒错"、"消解";伊瑟尔以文本的"空白"为基础创造了一种阅读理论;德·曼认为修辞学(亦即文学)是一种力,它"根本抛弃逻辑而展现出令人眼花缭乱的关联偏差的可能性";而杰弗里·哈特曼则断言:"当代批评的宗旨是不确定性的解释学。"与不确定性相联系的第二个特征是"内在性"。内在性则代表使人类心灵适应所有现实本身的倾向(这当然也由于中心的消失而成为可能)。这意味着后现代主义不再具有超越性(transcendence)。不再对精神、价值、终极关怀、真理、美善之类超越价值感兴趣,相反,它是对主体的内缩,是对环境、对现实、对创造的内在适应。后现代在琐屑的环境中沉醉于形而下的卑微愉悦之中。

作为一种普遍的艺术和文化哲学现象,后现代主义调转了方向,它趋向多元开放的、玩世不恭的、暂定的、离散的、不确定性的形式,一种反讽和片断的话语,一个匮乏和破碎的"苍白意识形态"(white ideology),一种分解的渴求和对复杂的、无声胜有声的创新。哈桑带着一种充满疑惑的价值观进行现代主义与后现代主义的比较,而比较的结论又使他在多元开放的喜悦中隐隐感到精神超越性丧失的沮丧。

沃尔夫冈·伊塞尔(1926—)

哈桑对后现代文化艺术特征的第一个概括是"解构性",这是一种否定、颠覆既定模式或秩序的特征。在这方面后现代主义表征为:不确定性、零散性、非原则性、无我性、无深度性、卑琐性、不可表现性。其中除上面谈到的"不确定性"外,"零散性"、"无我性"、"无深度性"是从杰姆逊那里借鉴来的,剩下的"非原则性"、"卑琐性"还需略加论列。

所谓"非原则性"是对一切准则和权威的"合法性"加以消解。其实在这一问题上,哈贝马斯与利奥塔等已进行了旷日持久的争论。利奥塔的意见是既定的社会规范和意识形态出现了"合法性危机",应消解元叙事和宏伟叙事,而保留语言游戏异质性的"小型叙事"。这样一来,从"上帝之死"(尼采)到"作者之死"(巴特)到"人之死"(福柯),从对权威的嘲弄到学校课程更换,"我们取消了文化,消解了知识的精神性,消解了权力语言、欲望语言和欺诈语言的结构。"①非原则化导致了价值倒置,规范瓦解,视点位移。这种变化在艺术上显示为表现"卑琐"。后现代在消逝神性以后的大地上将人自身见不得人的卑微展示出来。它反现实、反偶像崇拜,它拒斥模仿,力图寻找边缘(即总是寻找非中心的、非典型性),接受"衰竭",以有声的"沉默"瓦解自己。它变得有限了,因为它同自己的表现模式以及同一切崇高的东西相较量。后现代不再狂躁,它在冷漠的视域中,展示了后现代艺术家眼中那恐怖和卑琐的世界。

哈桑还揭示了后现代文化艺术的第二个特征,即"重构"趋势。具体表现为以下几个特征:反讽,种类混杂或大杂烩,狂欢,行动、参与,构成主义,内在性。种种迹象表明,哈桑所谓的"反讽"已不是传统美学意义上的反讽,内容已被置换,仅剩一个名目的空壳。哈桑认为反讽亦可称为"透视",这是一种泯灭了基本原则和范式后的无方向,一种离开了制约的彻底的"自由",一种没有重量的、不可承受的轻飘。在这种失重状态中,人无目的地不断地游戏或对话。他把"反讽"分为三种模式:中介反讽(前现代)、转折反讽(现代)和中断反讽(后现代)。"中断反讽"系指这样一种境况:多重性、散漫性、或然性、荒诞性。反讽或透视表明了真理终于断然躲避心灵,只给心灵留下一种富于讽刺意味的自我意识增殖或过剩。

《后现代转折》书影

而所谓"种类混杂",说得明白些就是"四不像"或"大杂烩"。这是一种专事拼凑、仿作的"副文学"。"题材的陈腐与剽窃,拙劣的模仿与东拼西凑,通俗与低级下流使艺术表现的边界成为无边的边界。高级文化与低级文化混为一缸,在这多元的现时,所有文体辩证地出现在一种现在与非现在、同一与差异的交织中。"②哈桑借用巴赫金的"狂欢"一词来表现后现代的反系统的、颠覆的、包孕着苏生的要素。以"狂欢"一词指涉后现代性,其旨不在于非理性的狂热,因为那是现代主义的品格。狂欢在这里指涉的似乎是一种"一符多音"的荒诞气质,一种语言的离心力所游离出来的支离破碎感,一种拉康意义上的精神分裂症。

后现代艺术是一种行动和参与的艺术。后现代文本不论是语言性文本或是非

---

① Hassan, I. *The Postmodern Turn*: *Essays in Postmodern Theory and Culture*, Ohio State University Press, 1987, p.170.
② Ibid, p.171.

语言性文本都要求参与行动。艺术不再是静观的对象,而是一种行动的过程。这要求被书写、修正、回答、演出。后现代艺术以参与和行动为旗帜,它在僭越自己的种属和突破藩篱的同时,宣布了其面对时间、死亡、观众和其他因素时的多变的特质。没有一成不变的文本,文本即行动。艺术文本存在于每次不可重复的参与之中,存在于每次"行动"所产生的新意义中。在构成主义作为后现代主义的特征这一问题上,哈桑语焉不详。揣其意似乎是说后现代主义文艺表现出对科学技术的崇拜。将科技作为创作灵感的激发物,这种"新灵知主义"在当代艺术中相当普遍。哈桑指出,就积极意义上讲,"后现代主义的学说锤炼了我们的感性,使之善于感受事物的差别,使我们更能包括诸多无常规、无标准的宇宙事物"①。然而,从另一个角度上看,人们无处不遭遇到影响后现代话语的缝合或分裂的科技暴政,遭遇到日常话语、政治话语的暴政。置身于语言暴政、文化沙漠之中,犹如蹒跚、彷徨在精神的不毛之地。何时才能从历经磨难的沙漠到绿洲?哈桑的回答是首鼠两端式的:"我没有先见之明,有的只是些许预感,在此表达出来为提醒自己。交感信仰的匮乏,不但丰富了我们知识与行为的全部遁词,也加强了我们的性情和意志,这就是我们的后现代境遇。我不知如何让我们的精神沙漠多增添一点生命的绿意。"②

二、斯潘诺斯:后现代主义诗学理论

如果说哈桑通过现代主义与后现代主义的比较,寻绎出后现代的"不确定性"和"内在性"这两个重要特性,并在对后现代主义的价值判断上出现矛盾的话,那么,美国后现代文艺理论家威廉·斯潘诺斯(William V. Spanos)则在哈桑所扩展的后现代主义范围中,进一步将后现代主义范围国际化,从而提出一种与其他后现代主义完全不同的后现代世界观、宇宙观,并以存在主义后现代主义思想家的身份为后现代主义张本。

斯潘诺斯前期的主要思路是,从时间、空间上拓展后现代主义的疆界,形成一个不同于原来仅限于美国和文学领域(边界1)的更廓大的领域(边界2)。他否定后现代主义仅限于美英两国的说法,认为从空间上看,后现代主义遍及全球,是一场真正的国际性运动。后现代主义的源起是海德格尔和萨特的存在主义。正是基于这种独特的后现代视野,斯潘诺斯获得了一种新的世界观,一种在后现代哲学诗学语境中透视后现代文化精神的阿基米得支点。

后现代主义有着强烈的本体论怀疑特征。这种怀疑标定了那种现代主义式的"超越"成了问题;同时,这种本体论意义上的怀疑又同现代主义对自我和对历史意义的怀疑有着某种程度的承续性。怀疑导致"解构意识",斯潘诺斯正是在这一

---

① Hassan I. and Sally Hassan ed. *Innovation Reovation: New Perspectives on the Humanities*, Madison: University of Wisconsin Press, 1983, p.27.

② Hassan, I. *The Pastmodern Turn: Essays in Postmodern Theory and Culture*, Ohio State University Press, 1987, pp.181-182.

艾略特《诗歌与戏剧全集》书影

点上,超越了一般诗学、美学理论而获得一种后现代世界观。"解构意识意味着存在——包括文学话语的存在组成了一种不可分解的横向的连续性。这种连续性从本体论开始,尔后通过语言和文化而止于政治。在这里,无论不同的横向域是如何不平衡发展,无论在何种特定历史时期,它们都是平等的。"①也就是在此意义上,斯氏认为,不可能单独在文学领域革命,只有哲学话语、文学话语、社会学话语、政治话语这一横向域都获得一种解构意识,解构方才有效。因此,后现代精神是一种泛文化精神,其领域遍及人类生活的各个方面和各个层次。

历史意识是后现代争论中的难点所在。斯潘诺斯与其他以反历史意识为己任的后现代主义者不同,他总是在存在主义的"历史性"与反文化的一切转为"空间"之时,坚定地站在前者立场上。斯潘诺斯所理解的"历史"并非是传统的同义语,而是一个领域,一个"机遇"。历史不仅是一个创新的领域,而且也是一个革新的契机。历史不同于矢量的时间,历史是一个过程,在这一过程中,不可逆转性却一再重复出现,过去与未来会在当下处境中接通。历史是一种既连续又断裂的认识和反思,是行动和反行动的亲和体,是传统积淀的变体,而不是现代主义者凭借一种虚设的已丧失根基的同一性去反抗假设的传统。

一言以蔽之,历史是一个不断解释又被解释的螺旋体,只有具有当代的视点,才能对历史意义作出重新解释。在此意义上,一切历史都是当代史,而解释的创新成为历史的灵魂。历史充满机遇,充满新的可能性。

斯潘诺斯认为,海德格尔的"生存—理解—语言"结构是后现代的蓝图,具有真正的后现代主义精神。只有通过理解和解释,生存的意义才是敞开的。只有通过语言的把握,才能看到人与世界的本体结构。而且,海德格尔已经先人一步地看到,解释的危机在于解释者总是面对不可解释之物,这一令人困惑的境况正是后现代人的根本处境,同时也是解释的自我消解结构的原初状态。

豪尔赫·路易斯·博尔赫斯
(1899—1986)

在斯潘诺斯眼中,后现代文学具有很高的审美价值。然而,他这个结论却是对现代主义作品加以削平和简化而得到的。首先,他将现代主义还原到仅有几位作家的作品,并进一步削平和简化为几个特点,诸如附庸

---

① Spanos, W. V. *Repetitions: The Postmodern Occasion in Literature and Culture*, Louisiana State University Press, 1987, p.247.

风雅、严肃庄重、精英意识,最后将这些特点作为反动的东西而排除掉。而他又将乔伊斯、艾略特作为后现代文学的源头。他认为"真正的后现代主义作家"包括萨特、伊丽斯·默多克、巴思、巴塞尔姆、博尔赫斯、品钦等。而后现代文学则包括存在主义文学、荒诞派文学和戏剧、"黑色幽默"文学、魔幻现实主义文学以及当代新涌现的一些文学形式。

托马斯·品钦(1937—)

　　斯潘诺斯提出的后现代文学形式的尺度是"关于其机遇的尺度",是无中心的、分散的尺度的观点,是强调个体存在的偶然性、讲求差异性的"机遇"论。他认定后现代人要真正理解处身其间的后现代世界,必须面对这一境况,把自己重新置于同更大的意义力量相关联的位置,以更开放的态度接受偶然性、断片性和历史性。从这种典型的后现代思维中,可以听到存在主义哲学诗学的余音回响。

　　斯潘诺斯在走向海德格尔式本体论的运动中,将存在主义加以后现代主义化,从而创造了一种重偶然性、历史性的"新本体论"。在斯潘诺斯看来,后现代主义形式并非仅仅是一种内容的扩展,而是一种存在状态的尺度,那么,后现代主义本体论意义上的"本真",就绝不会是一种超感官的、恒定不变的和绝对的逻各斯。无论这种逻各斯是理想的还是实证的,是主观的还是客观的,是象征的还是现实的,是有机的还是机械的,是空间的还是时间的,它都使得存在的差异虚构化和层次化,并呈现为一种确定的外部真理。这种后现代本体论,既非神性本体论,又非理性本体论,而是一种生命过程本体论,一种相对的、偶然的、非连续性的本体存在。因此,斯氏的后现代本体论是一种重生命过程性、偶然性、历史性的本体论,它排除了任何历史决定论和逻辑必然性,赋予个体以无蔽本真的意义。

　　后现代文学的作者之维是斯潘诺斯关注的一个重要方面。他一反巴特"作者已死"的说法,坚持认为,作者不仅没有消逝,而且是后现代文学本体不可或缺之维。后现代作家不再像现代主义作家那样高踞文学圣殿之上发出深重的忧患之声。后现代作家已不是非凡的"创世者",他同生活中的平凡人一样充满数不清的困惑和对困惑难以言传的无所适从。他已不再担负揭示历史必然性的使命,而只是将人生悲剧、生命的偶然性的一角掀起,向人们(包括他自己)展示人存在的处境而已。"后现代作家不明言小宇宙,他本人从世人的瞩目中悄然隐退。他在无比消极冷漠的距离之中,在一种客观性的呈示之中,漠然地修剪他的指甲。后现代作家是人生的旅行者,一个明白他或她自己的文化组成角色的男人或女人,而且总是这样去扮演自己的角色。这样一位作家的创造性或破坏性行为,带有开拓和探寻不确定性的印痕"①。

后现代作者已经卸下了"天才"的桂冠,不再是超越凡人之上的叙说着"远景"的"诗人",作者的权威消泯在文本的平凡琐屑之中。作品文本揭示出作家仅仅是一个存在于世界之中的"常人",一位处身历史中的说话人,一个从事颠覆和否定的"写作者"。后现代作家以自身非天才的写作活动向作者的权威性提出质疑,这样,后现代作者完成了从"诗人"向"写作者"的转化,他不再是一个超越历史的人,而是处身历史偶然性机遇中的人物。后现代作者的历史性,决定了作品文本不再具有永恒性,作品的意义存在于不断解释和再解释之中。后现代文艺的本体是活动本体、过程本体。"这种本体论话语最终建立在一种经常和随时都准备消失的表现之中,所以,它总是暂时的、不可靠的、中断的和分散的,总需要阐释,总要求助于系统分析和解构。"②这是后现代文艺本体的不幸,也是它的万幸。因为,它失去了神性和灵气的同时,获得了现世普通人的平凡性和现实性。

关键词:

不确定性内在性(indetermanence)

混杂性(hybridity)

副文学(paraliterature)

行动(act)

历史(history)

后现代存在主义(postmodern existentialism)

思考题:

一、在哈桑看来,后现代主义在哪些方面是与现代主义对抗的?

二、怎样理解后现代主义的两个核心原则:不确定性与内在性?

三、哈桑认为后现代主义艺术有哪些重要特征?

四、斯潘诺斯为何要拓展后现代主义的疆界?

五、斯潘诺斯为何不同意后现代主义的反历史意识?

---

① Spanos, W. V. *Repetitions: The Postmodern Occasion in Literature and Culture*, Louisiana State University Press, 1987, p. 244.

② Ibid, p. 246.

六、斯潘诺斯的新本体论内涵是什么?
七、斯潘诺斯对后现代主义文学的作者之维有什么见解?

第五节 后现代话语膨胀与表征危机

思想的匮乏大多肇因于话语的膨胀和嘈杂。

后现代主义的来临,使整个文化艺术和审美价值观发生惊人的话语断裂。后现代主义精神以宽容、多元、边缘性、不稳定性、悖论性、差异性来标志,一扫传统的同一性、总体性、中心论、稳定性、元话语,宣告这是一个宽容的时代,一个"怎么都行"的时代。后现代主义特性鲜明的影视图像逐渐取代文字,它以一种特定的视点去组织指涉物,并赋予其独特的意义,重新生产出一套新句法和新词汇,使观众在强大的声波和图像的冲击下,解悟到所看到的意象及意象间的联系,达到自我自觉的认同和人际交流。这一转型如此之彻底,以至于连任何传统的艺术语言和叙事规则也被彻底否弃,因为在后现代者看来,这具有欺骗性的规则是永远无法臻达艺术真理的。艺术媒体、审美观念、传播媒介、发行渠道、读者趣味的改变,使文艺领域发生了一项空前未有的分裂。因而今日的文学艺术,事实上正在为影视文化所侵凌,并从深度模式向平面模式扩张,从而使后现代文学写作成为一种价值平面上的语言游戏。

后现代主义文艺美学的典型特征是话语膨胀和表征危机。后现代主义者的反中心性和一元论,企图打破千古以来的形而上学的迷误,拆解神学中心主义的殿堂,将差异性原则作为一切事物的根据,打破在场,推翻符号,将一切建立在"踪迹"上,并以书写的沉默的非现在性去替补语言中心主义的声音的现在性,从而突出差异以及存在的不在场性。如此一来,中心不复存在,因为中心在后现代哲人的构想中已植入差异性的替代链条,并进入差异符号永无止境的游戏过程。因此,后现代文化策略就不仅是将对立的等级秩序颠倒过来,而且要摧毁这个二元对立赖以产生的整体思想体系。于是,在场不断被否定,中心不再存在,二元对立不断转化为不在场的共存。

当文化的错位使多种话语的碎片共存并进而拼凑成一张无所不包又一无所有的话语编织物时,这时人们表达的语言出现了裂缝。艺术家感到,不仅世界的变形和流动难以把握,而且自我也再不可能加以确定,甚至自我也永远不能完全展现在自己面前。当艺术家探索自己的心灵,或像前辈那样进行灵魂的拷问时,人们感到语言成了障碍,它再也无法传达人内在的心声和感觉。因为写作需要符号,它是外在于人自身的,是从身上剥夺了的存在,所以它总是与人的意识保持着距离。使用符号,就意味着作者永远无法体验到和自我进行的全面交流。

后现代话语膨胀,表征出这是完全不同于传统艺术的表现对象世界或实体世界的艺术话语,而是从历史的链条中驻足现在,通过彰显可能性而使现实"解神秘化",从而展示一种自身"有限的丰富性"的话语。这类后现代话语抛弃浪漫色彩,艺术话语逐渐向日常生活话语靠近。它在使自己的"权威"降解的过程中,一方面反抗官方意识形态的束缚,另一方面又力求保持自己的先锋性,而与大众流行的"伪艺术"相区别。尽管这事实上很难做到。

后现代文学的表征危机,表面上看是表征系统——语言的危机,实际上是文化和情怀的危机。这种由语言系统的自我解构性呈现而展示出的西方文化总体危机的问题,这种由语言言说表征到语言断裂消解,成为后现代文化的一个死结。因为元话语中心性的崩溃将导致建立在其上的整个西方文化坍塌。如此看来,后现代文学语言是一种撕裂传统语法和逻辑的语言,这种文学在语言与对象之间确立一种新的关系,从而取消了"真"与"假"的区别。它不去凑合物,不受约束的规律,而是相信自己的真实,提出自己建立的真实标准。这正是自我知觉的源泉,似乎在它前后什么也没有,显然摆脱了一切歧异存在的纠缠。它已自主到无深度的地步:什么事情都浮在表面上,而这个表面却具有多种多样的歧异。文学语言就外部而言并不说明任何问题,它的一致只在其内部的相互关系中有所表露。实际上它只是同义语的重复,不断地重复、延伸与再现罢了。它使语言变得"浅薄",只是靠自己复杂而没有规则的技巧在玩着滑动的能指。这是"表征危机"的关键所在。

后现代主义在平面上滑行,使得它在总体上重过程轻目的,重活动本身而轻构架体系,重现实本身,而轻历史(过去)和理想(未来)。这一特点,使后现代主义背叛了现代主义对超越性、永恒性和深度性的追求,而使自己在支离破碎的语义游戏中,仅得到一连串暂时性的"空洞能指"。这种残破的话语世界,表明任何恒定秩序的话语世界的不可能,从而达到对传统总体性秩序加以拆解和消除语词在场权力的目的。

后现代作品中的人物只不过是场景中一个可以替代的暂时性角色,他丧失了悲剧的气息,而多了些游戏成分,他以自身灵肉的无言的麻木以及中止任何选择、性格破碎和叙事零乱的方式达到减除欲望的焦虑痛苦的目的。这一切皆肇源于后现代主义的"自我"的分崩离析。个人不再有反抗异化和逃避痛苦的承诺,现实异化和精神分裂成为人的本然处境。个人既不需要反抗异化的能力,也没有抵御痛苦的必要。

后现代主义在文学主题上同样发生了递变:后现代文学的兴趣和眼光停留在生活的日常琐事乃至本能层面,其结果使得以前一向被视为一部作品的真正主题——爱情、死亡、人与人之间的关系——如今在作者和读者眼中已变得飘忽如幽灵,并最终消逝殆尽。艺术家与人生的非此不可的关系已被艺术与它自身的技巧的关系所替代。人陷入生存的无意义中,无聊感显示出当代人正退回到"生存的零度"。人在无聊之中活着,因丧失生命意义指向而失去一切有意义的语言,在剥离精神性维度的同时,人恢复到直接的生存状态,永劫不复的无意义徒劳成为个体世俗生命的死的象征。于是,本能注满人的躯壳,作家隐入力比多盲目的冲撞之中。后现代主义者失却了深度而专注表面(平面),尤为关心一个人(或物)的肉体给别人的印象。

后现代主义艺术相当重视形式性,因为形式成为剩下的唯一值得关注的对象。20世纪艺术形式的变幻总和远远超过2000年来艺术形式变换的总和。这似乎成了当代艺术的谶言:只有艺术形式才是唯一的意义剩余物,只有在形式的框架中才能重新聚拢诗人那已瓦解为碎片的记忆。在后现代式的消解活动中,一切都成为操作性的游戏,微言大义不再是"思想"提供的,相反倒是"形式"提供的。不可否认,当精神家园失落以后,人将丧失本真的归宿。真理一旦被放逐,思想之光将泯灭于生命的荒漠。人们在话语中游戏,又被话语所游戏。这种自我放逐将使人坠入"世界的夜半"之中。后现代文学的平面性,更直接地表现在后现代写作中。

关键词:
  话语膨胀(inflation of discourses)
  表征危机(representational crisis)
  解神秘化(demystication)

思考题:
  一、后现代主义文艺美学的典型特征是什么?
  二、后现代话语膨胀的正负面效应是什么?
  三、后现代文学的表征危机的实质是什么?
  四、后现代主义在文学主题上发生了怎样的递变?
  五、为什么后现代主义艺术相当重视形式性?

第六节 反文化策略与文学处境

  后现代主义是文化错位和话语断裂的产物。在"知识型"话语转型中,以人的"生存零度"造成了历史的断裂,这使得后现代文化面对文明的无限可能性的同时,也面对存在的无限焦虑。可以认为,后现代文化逻辑的复杂性,不仅显示出这个时代的复杂性,而且表明,后现代主义在思维论上"浮出历史地表",却在价值论上"坠入历史的盲点"。

  后现代主义是以消解谜底的方式重设虚无的寓言的,这一切皆因历史压缩成一个薄片之后,暴露了后现代世界观的"白色"空洞指符。

  后现代主义世界观并不是20世纪突如其来的观念,而是长期的世俗化和非人化过程的产物。文艺复兴时期所确立的以人为宇宙中心的元话语,到了19世纪和20世纪遭到了一次又一次打击。科学剥蚀了人中心的神话,哥白尼的"日心说"使人类终于明白人不是宇宙的中心,而仅仅是茫茫宇宙中一颗星球上的微小生命;达尔文的"进化论"指明,人不是神的造物,而是猴子变来的;紧接着弗洛伊德发现了人的本能和无意识力量,使人是理性的动物的说法遭遇到毁灭性打击。人终于由宇宙中心、上帝的子民、理性的君主一跌千丈,成为地球上草芥般有生有死的动物

当年讽刺达尔文的漫画
如今却有了某种寓意

之一,其祖先是猴子,其根源是力比多和无意识。人在失去光环以后的处境成为近代哲人思考的中心,也成为文学家们"补天"使命的一部分。

基于这一思想文化背景,文学为人与世界的关系辩护,并显出不同的文学世界观:现实主义文学以唯物主义历史决定论和维多利亚时期道德论之不可动摇的等级制度为基础;象征主义者要求表象世界与真理和美的超自然领域进行交流,并对超验世界的存在坚信不疑;现代主义者对现实主义的历史决定论以及象征主义那永恒的审美等级制加以质疑,试图将虚设的秩序和暂定的意义强加在个人的经验世界之上。

后现代主义在文化价值方面进行着一场"反文化"运动,它以个性解放、本能释放、冲动自由等为旗号,以一种持久不衰的激进势态,猛烈冲击一切传统的价值观和生活模式。如果说,现代主义以消除现代世界的盲目性、张扬精神超越性为己任,在对卑微生活的否定中体现出现代主义苦难和抗争的意志,而成为挣脱思想羁绊喋血高歌的自由之魂的话,那么,后现代主义却醉心于情感和精神的卑微,在阻绝对生活的超越性意向中与生活原则处于同一"平面"上。

后现代主义在进行一次革新的冒险。后现代主义感到传统的不堪重负,历史的精英作家难以企及,现实社会和政治已步入困境,于是便放弃了精神超越和正面挑战,反过来,通过否定自己赖以生存的社会和文化网络的合法性来与这种现实处境抗争。

后现代文化是以享乐为旨归的消费文化,这一文化的品格由大众消费意识铸成。消费文化不仅直接影响了人们的生活方式,而且使整个现代文化向享乐文化偏航。于是"玩"和"性"成为这种享乐文化的最后疆界。这种将"玩"和"性"等享乐主义作为生活方式的消费文化,以及将自由主义作为一种意识形态对文化领域的统治,已经宣告了传统价值合法性的危机。消费主义使后现代人为享乐主义所支配,在失掉了文化的一致性、颠覆传统文化秩序的同时,也影响了文化标准本身,艺术与生活之间的界限模糊以至消融了。文化历史在现代断裂开来,人们不得不重新改变自身的体验方式,将世界和历史的碎片重新聚集起来。但由于批判了历史连续性而又相信未来即现在,人们丧失了传统的整体感和完整感,碎片或部分代替了整体。

文化丧失了传统性的意味,突破狭义文化的界限而扩张到无所不包的地步。广告、影像、复制、形象文化、无意识以及美学领域完全渗透了资本和资本的逻辑,商品化的形式遍布在文化、艺术、无意识领域的方方面面。文化工业生产与商品紧密结合,出现了新的文化工业,如跨国资本、电影工业,大批生产的光盘磁带等。

在现代社会商品交换中,全社会硬结成一种交换的金钱尺度,艺术生产变成了纯粹的商品生产。艺术成为一种交换而非满足人的精神需要,艺术创作中作者的灵感和活生生的生命被商品所扼杀。文化消费通过语言的疏离,使人的想象力和自发性渐渐萎缩,抑制了观众的想象力。因此,文化工业的每一个运动,都不可避免地把人们再现为整个社会所需要塑造出来的那种样子。更为严重的是,在每件艺术作品中,作品的风格都是一种诺言,因为被表达的东西通过风格变成了占统治地位的普遍性的形式。如果要使艺术作品体现现实,绝对有必要使现存的东西具有实在的形式。艺术这一以个性对抗共性、以自由对抗法则的精灵,却在日益精密化、科学化、信息化的社会中被技术化和程序化了,从而使艺术独立不羁的个性和自由精神被剥离并同一在社会的总体性中。这种遭到同化的文化工业反过来操纵了人的生活体验,并逐步纳入轨道。文艺为了生存而成为了商品或商品化的艺术,艺术家也彻底丧失了其批判意义和否定功能。艺术成为通俗文化的别名。

　　大众传播加速了后现代文艺"类像"化。由物退到物的影像(非真实性)。这种状况不幸被法国解构理论家言中:商品物化的最后阶段是形象,商品拜物教的形态是将物转化为物的形象。这一事物变成事物的形象的过程,使得事物仿佛不复存在,当指涉物退隐,距离感消失了。人终于被各种人造的类像包围起来,人创造了文化,而文化的扩张使现实退隐,使主体丧失,世界成了物的世界。

　　作为完整的个人面对整体世界的瓦解也遭受到心的"分裂",从而体验到"崇高意义的消解"和"结构形式的消解"。这种结果带来的不是一种解放,而是一种极度疲倦无聊的心态。而且随着大众传播工具的扩散,文字正被影像所代替,这些具有性力量和世俗性的影像快慰着消费者。文学的语言不断地拆毁破坏自身的意义,甚至破坏了所有语词所指的对象。它的确"解放了"今日的作家,使他们不必面对重大问题去进行严肃思索和选择。他们不仅背对着这些问题,而且嘲笑这种问题本身。因为他们认为真理、正义、良善之类的问题,不过是能指词的短暂产物,所以大可不必当作"真实的"或"严肃的"。文学本真的精神"气息"飘逝而去,文学成为无棋盘的游戏,后现代文学的语言因丧失了精神超越性和价值追问性,而日益变成一种不断膨胀的话语,一种夸张而刺激性的广告,一种追新求变的"操作"。人们感到语言成了障碍,它再也无法传达人内在的心声和感觉。因为写作需要使用符号,它是外在于人自身的,是从人身上剥夺了的存在,所以它总是与人的意识保持着距离。使用符号,就意味着作者永远无法体验到与自我进行全面交流。人们感到语言对自身的剥离,因而只能让自己放弃理性的思维,让无意识自然流出,直接呈现在文本中的这种状况,使得文学作品像语言垃圾般不断投放市场,又迅即回到垃圾箱。

　　后现代语言由精神向本能的还原,使后现代语言成为思想的中断而不可遏止地滑向价值的平面。艺术家在这种语言的贬值中,突然意识到自己并不真切地存在,因为自己已不可能用这类格式化语言来表达任何属于自己的感情。个体被一堆语言垃圾所充斥,自以为在思维、在创造、在表达,其实只不过是在模仿那些早已被我们接受了的思想和语言。艺术表征出现了前所未有的危机,解救的办法是,艺术家以完全不同于日常语言的晦涩艰深的语言创作,试图改变那种贬了值的语言,力图恢复语言早已失去的活力。然而,这种自制新词无异于阻绝了交流。

这种"无言的焦虑"在"语言的欲望"冲撞中,日益失却语言的呈示性(敞开)功能,而加强了世俗性(遮蔽)功能。语言日益成为谎言。事实上,拉康和哈贝马斯很早就看到了这一点,拉康把与动物的传意密码相对立的人类言谈的特性看作是说谎的能力,而哈贝马斯则把一切谎言归结为真理的纯寄生现象,在必然显示真实的许诺被完全理解的谈话行为中,谎言就会愚蠢地暴露。

消费的后现代主义时代不是人类发展的终极模式,它只是人类走向新人和新社会的一环。语言的贬值的还原必将在新人的文化艺术新话语中辨析、汰变和重建。

关键词:
  反文化(anti-culture)
  通俗文化(pop culture)
  形象(image)

思考题:
  一、为什么说后现代主义世界观是长期的世俗化和反主体化过程的产物?
  二、如何理解现实主义、现代主义与后现代主义的不同文学世界观?
  三、为何后现代主义在文化价值方面导致了"反文化"运动?
  四、为什么说后现代文化是以享乐为旨归的消费文化?
  五、为什么后现代语言会成为思想的中断而滑向价值的平面?

第七节　后现代的写作与阅读

后现代写作困境是伴随后现代文化哲学危机而来的。这一困境表征在文学写作的无意义和文学解读的意义上。

  一、后现代写作的意义消散

后现代文学写作是在哲学写作面临双重危机时浮上思想文化论坛的。事实上,在英美学术界内相当一段时期,哲学的主要文化功能已经被文学批评和理论所取代。在哲学遁入语言分析而抛弃"思"的深度和维度时,在本真之思对"不可说之物保持沉默"之时,文学批评和理论勉为其难担当了历史重担:对人类精神走向进行描述,对人类痛苦的创造的本源加以反思。正如耶鲁四人帮主将之一的 H·布鲁姆所说的那样:"今日美国文学教师远比历史、哲学或宗教教师更加被谴责为去教导过去的现在性,因为历史、哲学和宗教作为推动因素已离开了教育舞台,把目瞪口呆的文学教师留在祭坛上,为其究竟应当是祭物还是教士而困惑不已。"①

哈罗德·布鲁姆(1930—)

然而,文学写作并没有真正取代哲学之思,反而更进一步淡化了"本真之思",这在文学解构主义思潮中最集中地表现出来。解构的重要方略是打破二元对立模式,对在场中心性的解拆。因此,在文学与哲学的关系上,以德里达为首的解构主义,总是坚持对某一哲学文本的解读,就是把该文本当作文学作品,即当作一种虚构的修辞构体来读。而对文学作品的充分解读,却是将作品看作多种哲学意态,从众多哲学文本的对立之中抽取出意义。因此,消解哲学与文学的区别成了解构活动的重要环节。然而,德里达这种消解活动,连海德格尔在"思想家"和诗人、创新思想家和庸俗作家之间的区别也取消了。其结果是,使那种对人类生存处境和精神取向严峻关注的哲学精神和本真情怀,幻化成一种普遍未分化的文本世界和削平价值的语言游戏。

在写作理论方面,德里达认为,作者写作是一种制造"踪迹"的活动。写作并不必然地表明作者的意图,文本与作者想说的东西往往存在着距离。那种将文本看成作者原意的表达并对文本加以神化的做法,是形而上学的通病。在德里达看来,写作犹如在无边的沙漠中跋涉,在这依稀可辨的"踪迹"中,读者可以追溯作者远去的身影,寻找文本的"意义之域"。写作具有非复现性,它不是作者内心情思的语言表达。"写作是撤退",是作者通过写作并在写作中"撤退"。他不断使文本与作者自身的言语疏离,让言语独自说话,并由此获得言说的全新生命。这样,写作所有的无限转换能力可实现由一种存在向另一种存在的转化。写作以其无尽的"踪迹"宣告了解读意义的无限和缥缈。

同样,在福柯看来,当代写作已经使自身从表达意义的维度中挣脱出来而只指涉自身。写作犹如游戏,在不断超越自身的规则中展示自身。在写作中,仅只创造一个可供写作主体永远消失的空间,作品不再使作者达到不朽,相反,它成了"作者之死"的诱因。写作与死亡的关系表现在写作主体的个性特征的消隐里。写作主

---

① Bloom, H. *A Map of Misreading*, New York: Oxford University Press, 1975.

博尔赫斯与德里达

体利用他在自己所写的东西中的所有冲突和差异,隐藏了他独特的个性的标记。作家的标志降低到不过是他独一无二性的不在场,他必须在书写的游戏中充当一个死者的角色。

巴特宣称,只有"不可卒读"才体现了文学的最终目的,因为它打破了读者的期待视野,使其注意文本符号本身,而不去寻求额外的意义。文本作为一种后现代的形式,没有明确的意义,没有固定的所指词,文本是不断蔓延扩张的,是一大堆不可穷尽的能指词的聚合,是由各种代码或代码的碎片罗织起来的东西。这里既没有开始,也没有终结。所有文学文本都是从其他的文学文本中编织出来的,每一个字、词或片断都是对这部作品或围绕在它周围的其他作品的复制。不存在什么文学的"独创性",所有文学都是"互为文本"的。文本只是联系所有意义网络上的一个纽结,它是一个无互涉关系的"斑驳杂糅的辞典",无一定向。作者与文本意义无涉,主宰文学的是语言而不是作者,起决定作用的是语言在文学中出现的"一词多义"现象。

写作消失了内容,转向了自身,在一种走向极端中立性即所谓零度写作的态度中,完成了从历史到语言的流亡。同样,纽曼认为,后现代主义的写作模式是一种无体裁的写作。当体裁瓦解时,在作者、读者、批评家之间达成的传统契约条件与框架就被更改。尽管无体裁的写作是一种文学革命的行动,一种冲破边界、填平鸿沟的活动,然而,"后现代主义的命运都是当文本从它先定的地位中解放出来时,它既没有给艺术家提供不断增长的财富,也没有提供通向观众的崭新大道,而仅仅为广告的阐释提供了可书写的空间罢了"①。后现代主义写作边界的消失,不仅体现在体裁范围内,而且也体现在写作内容方面。因此,"后现代主义暗含着一种缺乏公认的父母亲的文学……不再有父亲,无论死去的或活着的都没有,这种情形构成

---

① Newman, Charles. *The Post Modern Aura*, *The Act of Fiction in an Age of Inflation*, Northwestern University Press, 1985, p.115.

了一种特殊体裁的情结"①。

后现代作家遭受到另一种形式的焦虑——非影响的焦虑,即切断传统的前辈作家对自己的影响,走一条文学范式彻底创新的道路。于是,与前辈的"严肃小说"相对立,后现代小说家被逼进既不同于"严肃小说"又不同于"消遣小说"的胡同。小说在思维方式转型的过程中,成为一种超越体裁的无趣味的写作,弥漫着一股陈腐思想的气味。从此,小说不再关注诸如形象、典型、个性、趣味等问题,它仅仅关注语言的贬值并以对抗雅文化的行动加速这种贬值。"如此下去,小说将变成最危险的词语的抗争,一种最终不了了之的措施的堆积,一种涉入其他思想领域而缺乏统一性的大杂烩。"②小说占有了其他体裁(诗、散文、哲学文本等)领域,却独独丧失了自己的领地。它不再讲故事,不再叙述,它已退化成一种语言断片的随意聚合。作为并发症,后现代诗歌也出现边界消失的征兆,开始了向散文体的惊人倒退。

可以认为,后现代写作追求的是一种"零度写作"。小说已经自我消解了叙事而成为非小说,批评已成为没有尺度的消解游戏,诗歌放逐了情感和韵律之后,发现自己已消逝在它追寻本质的页码里。它将自己转化成这样一个中介或契约:为一个怪诞、虚伪的"文学家族"进行调和的消逝感作证。

当然,后现代写作也是一种反等级秩序的写作。后现代主义反讽并嘲弄现代主义的等级秩序,并将自己的世界观建立在无等级秩序和非中心的原则之上。在文学创作中,无等级秩序原则表征为:创作后现代文本的过程拒绝对语言或其他元素作有意识的选择,一切都因时因地因人因境"偶然"而成。而对准备按照后现代主义的方式来阅读文本的接受者来说,无等级秩序原则就意味着放弃原意的求索,以避免作者—读者达成解释的一致性,避免失去解释的创新性和多样性。同样,后现代文本解释观念的转变是这样完成的:首先拒绝利用有关真理或秩序知识去解释作品,然后宣布一切与真理有关的问题都与解释作品无关。这种秩序——中心原则的崩溃,在文学上表征为反抗求同而追求差异性、平等多元观点的确立以及内在性(反对超越性)思想的弥散。如果象征主义、现代主义的文本创作,还是一种"演奏语言、分娩词意"的活动的话,那么,后现代文本创作则成为偶然行为和抵制解释的活动,一种保全一切可能性,绝不让其转化为一种现实性的、不确定的歧异性活动。在这样的创作过程中,后现代主义作家显然避开了有意识地选择语言的其他要素,从而使自己得以随心所欲地创作表面上基于无选择的文本。

就此而言,后现代文学写作是一种多元的、不确立的、模糊性的写作,这一写作模式具有以下几方面特点。

语言的欲望与语言的悖论。后现代小说形象的不确定性,使得每一句话都没

---

① Newman, Clarles. *The Post Modern Aura*, *The Act of Fiction in an Age of Inflation*, Northwestern University Press, 1985, p.87.

② Ibid, p.117.

有固定的标准，后一句话推翻前一句，后一个行动否定前一个行动，形成一种不可名状的自我消解形态。叙事者摇摆于不可调和的欲望之间。小说又像是虚构又像是事实，又像是一个人又像两个人，甚至人物性别模棱两可，又像男人又像女人。这种似是而非，或此或彼的人物形象，使任何想确定准确意义的企图都完全落空。

情节结构的多维拼接。后现代作家写作时，并不给出一种格局，相反，往往将多种可能性结局组合并置起来，每一个结局指示一个层面，若干个结局组成若干个层面，既是这样，又是那样，既可作如是解，也可如彼解，这一并置的依据是：事物的中心不复存在，事物没有必然性，一切皆为偶然性，一切都有可能。在此意义上说，人注定是有限的，人的选择是被选择过的。

写作的开放性与错位性。后现代作家怀疑任何一种连续性，认为现代主义的那种主义的连贯、人物行动的连贯、情节的连贯是一种"封闭体"写作，必须打破，以形成一种充满错位式的"开放体"写作，即竭力打破它的连续性，后现代小说和戏剧经常将互不衔接的章节与片断编排在一起，并在编排形式上强调各个片断的独立性。这种"中断"式的非连续所造成的荒诞不经感，给人以世界本就是如此构成的错觉。

意义的随意性与不确定性。与现实主义大师的苦心经营、十年磨一剑地精心结撰宏伟画卷不同，也与现代主义精心构思以注入有深度的思想相异，后现代主义突出随意性，强调"拼凑"的艺术手法。在他们看来，这个世界的秩序是人为设定的，那么，人也可以给世界一个"非秩序"。一切事物都四散了，但又相互密切相关。一切风格都创造殆尽，诗人的地盘被作古的大师们盘踞着而无法施展再创造的风格。因此，后现代就以非创造来诋毁创造，把拼凑当作创造力匮乏的一种不得已的创造。后现代小说家有意将比喻一再引申而形成一个膨胀出来的新故事，并就此脱离原来的语境。诸如在小说中引用报刊、报道、数据等等，向小说里塞入形形色色的繁杂材料，使读者的头脑呈现一种繁杂无序状态，而失去对文本意义整体把握的可能性。作者通过文本的不可解释暗示出世界这一大文本同样的不可解释。虚构与事实的短路，即指作家自捣艺术圣殿，将艺术还原为生活。生活本身成了艺术，而艺术却成了非艺术。

二、后现代文学解读悖论

当后现代写作逃逸出意义之时，解读也将变成无意义的活动。当然，这种无意义活动本身却折射出特殊的意义。

后现代主义文学在消解意义时，却通过独特的方式言说一种语言缝隙中的意义。也就是说，作品并非与人的存在和社会存在隔绝，作品是为了读者而存在的。后现代写作也并非是完全是浅层次的"呓语"，后现代写作和作品有时是曲折地在"平面"上生产自己的"深度"。它以无意义而展现无限多的意义，它以"沉默"的方式"言说"，它以拒斥意识形态的方式呈现意识形态。作品成为与周围事物隔绝的产物，它同周遭人事相分离，钻进自己的缝隙，然后在语言的玩弄中，不断间接地提到这些周围事物。在此意义上,后现代作品同样在语言、意识形态与社会构成的复杂关系中生存。然而,作品意义的匮乏之维,也就是它所不能达到的存在之维。这种匮乏往往是作品无法言说的深意之所在。因为意识形态以其意味深长的沉默、巨大的空隙和歧异的形式出现在作品中,使作品同意识形态的模式分开而保持距离,体现为作品同它本身分离的某种"内在距离"。而且,作家"想"说的话受到意识形态的限制、曲解和变形,作品在力求表达一种含义时,发现自己在意识形态上受到限制,必须表达另一种含义。

这种意识形态方面的扭转力造成作品内部一系列的裂缝。因此,人们读一部作品,似乎常常觉得效果"正相反"。作品要说的同它实际所说的相违背。因此,解读作品也不可能仅仅从"文本"出发,而要从意识形态的必要性出发,解释作品"没有说出的话",也就是它构成的只是能心领神会而无法道破的沉默。批评家就是要使这些沉默说话,他提出的问题正是作品"无意中透露的"。作品说出的不只是这一种或那一种含义,而是这些含义本身的冲突和歧异。

无论是现代主义还是后现代主义作家,在他们那嬉笑怒骂、玩世不恭的行为中,我们看到的并非"玩笑和游戏",而是"发现"一种深蕴的对异化的反抗带来的深切反弹性自我伤害的痛苦。作品虽已完成,然而思想压抑并没有完全消逝,作品还支撑着这一压抑并传给他人。作品中的压抑扩散成一种新冲击波,表现为任性率真与遭受控制的冲突性结合。对作品的解读则必然成为将歧异的冲突明晰化,使作品的内在震动演绎为一种现实世界必然分裂和冲突的现世图景。因此,后现代的"偶然写作"的奥秘并不在于作家随心理流动的"自动写作",甚至也不是逢场作戏般的临时拼凑,而是在通过无法预见的形式不断发现必然发生的事情这种情况下写成的。

尽管后现代文学总体上是反解释的,但通过作品解释,我们仍然可以发现,后现代作品将虚构和冷漠作为自己的性格特征,对这一特征的分析不能停留在表面,相反,这种作品的冷漠性表征出现代社会意识形态的冷漠性。作品是在折射意识形态,而不是"再创造"意识形态。作品的想象不是模仿现实,而是使之变形。作品以其内部的不一致显示了空隙的界限,表明意识形态同真实历史的冲突关系,即意识形态开始说出作品中并不存在的东西并显示自身的局限性。进一步看,文学以其语言的疏离,创造性地显示出日常对话的阻隔,文学语言成为意识形态的语言。反过来,后现代文学语言在改造意识形态的幻觉时,同样策略地对文学的意识形态状况进行批判,使文学丧失了形象性意味而演变成理论性知识的观念替代物。后现代文学以一种自我揭露的方式不断消解,从而揭开了意识形态本身所固有的更大的欺骗性。

后现代主义解读的要旨是对差异的追求,一种永不停息的自我解构。任何统一性、总体性、权威性都是解构对象。文学作品绝不仅仅只有一种解读法,也不可能只有一种所谓的意义。相反,任何解读的洞见本身就包含了排斥其他见解的"盲视",在此意义上,任何批评结论都包含着自我瓦解的危险,任何解构策略都包含着自我解构的因素。因为，文学作品自身永远包含着怀疑否定和推翻自己意旨的否定因素。后现代主义追求"各种不同意义的解读"，不再将文本看作有一个固定中心和终极意义的统一体，也不再去探讨文本与文本之外不起眼的社会人生关系问题，而只是强调从文本不起眼的小地方或矛盾、含混的地方去翻掘在既定话语掩盖下的潜在意义，进而使不同意义自由竞争，在阻绝传统批评总要从多种意义、多种解释中突出一种意义、一种解释的道路时，坚持意义的不确定性和自由性，使文本意义解读活动成为一种"自由游戏"，使一种意义主宰一切让位于多种意义并置或互相对立。在这里，文本意义不复是作品"书页文字"的客观意义，也不复是作者意图指涉的主观意义，也不是读者阅读赋予的体验意义，而是作品自身存在的意义。

在后现代时代，已没有任何东西能建立起一种哈贝马斯的"共识"式"广泛一致"的话语。文学解读和批评多元论发现自身蕴含在后现代境况中，在它试图去阐释的相对性和不确立内在性中。而认识的、政治的，以及情感的制约依然只是部分的，它们终未能为批评的多元论划界，未能创造一致的理论或实践。后现代人一无所有，没有一样东西不是暂时的、自我创造的、不完整的，在虚无之上建立了自己的话语。这是后现代文化的氛围、后现代文艺的底色，也是后现代文艺批评的经纬。

人能超越时代么？人怎样才能既不在现实中沉沦，又不再遭遇虚设前景的"乌托邦"？人们真的能摆脱一元论吗？

在这个张扬多元的后现代时代，赶时髦求物欲已经或正在造就出人类有史以来最大的一元心态。甚至连"追求多元"也成了一种时髦的"一元"。多元艺术观、多元写作、多元解读事实上仍是消解中心、趋向"边缘"的"新的一致"。如果人类真的是由"动物人"走向"社会人"再走向"审美人"，那么，今天在把真正的思想家、艺术家视为"无用"的后现代"快餐文学"写作中，在跨国资本运作的现代性和后现代性语境中，在传媒和"类像"填满的世俗化空间和欲望化氛围中，人们该怎样又能怎样写作和解读呢？

对这种价值平面上的语言游戏，在新历史主义的文化权力话语分析中，在后殖民文化霸权中，在弱势文化的"身份改写"中，变得问题成堆。

凡是坚信人类必将从"物质人"走向"精神人"的思想者，都必得再深思。也许，真正的思想，不是在话语膨胀以致使思想窒息之时，而是在潮落浪退、话语沉默之时。

关键词：

后现代写作（postmodern writing）

后现代阅读（postmodern reading）

拼接（pastiche）

开放式（opened form）

反解释（anti-interpretation）

自由游戏(free play)

思考题:
- 一、后现代主义来临之时,文学批评和理论担当了怎样的历史重担?
- 二、后现代写作呈现出什么样的特征?
- 三、如何理解后现代作家的"非影响的焦虑"?
- 四、为什么说后现代文本解读的无意义性折射出某种特殊意义?
- 五、后现代主义解读的要旨是什么?
- 六、为什么说后现代标榜的"多元"最终仍趋向"一元"?

阅读书目:
- [1] Bloom, H. *A Map of Misreading*, New York: Oxford University Press, 1975.
- [2] Giddens, A. *Modernity and Self-Identity*, Cambridge, Polity Press, 1991.
- [3] Habermas, J. *Theorie und Praxis*, Frankfurt, 1971.
- [4] Habermas, J. *The Philosophical Discourse of Modernity*, Cambridge, UK: Polity, 1987.
- [5] Habermas, J. "Modernity Versus Postmodernity", in *New German Critique*, No. 22.
- [6] Hassan I. and Sally Hassan ed. *Innovation Reovation*: *New Perspectives on the Humanities*, Madison: University of Wisconsin Press, 1983.
- [7] Hassan, I. *The Postmodern Turn*: *Essays in Postmodern Theory and Culture*, Ohio State University Press, 1987.
- [8] Newman, Charles. *The Post Modern Aura*, *The Act of Fiction in an Age of Inflation*, Northwestern University Press, 1985.
- [9] Jameson, F. *The Political Unconscious*: *Narrative as a Socially Symbolic Act*, Ithaca: Cornell University Press, 1981.
- [10] Jameson, F. *The Seeds of Time*, New York: Columbia University Press, 1994.
- [11] Spanos, W. V. Repetitions: *The Postmodern Occasion in Literature and Culture*, Louisiana State University Press, 1987.
- [12] 王岳川:《后现代主义文化研究》,北京:北京大学出版社,1992年版。
- [13] 贝斯特,凯尔纳:《后现代理论:批判性的质疑》,张志斌译,北京:中央编译出版社,1999年版。

第八章　后殖民主义文论

第一节　后殖民主义的文化语境与理论资源

后殖民主义文论是一种泛化的文化理论,对其研究必须深入到后殖民主义发生发展的历史脉络中,才可能清楚地认识到后殖民文论与20世纪权力话语的微妙关系,并进而把握后殖民主义文艺理论的文化话语分析意向。

早期殖民主义活动

后殖民主义理论是一种多元化理论,主要研究殖民时期之"后",宗主国与殖民地之间的文化话语权力关系,以及有关种族主义、文化帝国主义、国家民族文化、文化权力身份等新问题。

后殖民主义并非是在20世纪中叶突然出现的,而是在对殖民主义的长期反省中逐渐发展起来的。20世纪初叶,一大批理论家就已经开始对帝国主义和殖民主义进行分析和批判。如果说,殖民主义主要是对经济、政治、军事和国家主权上进行侵略、控制和干涉的话,那么,后殖民主义则是强调对文化、知识、语言和文化霸权方面的控制。如何在经济、政治、文化方面摆脱帝国主义的殖民统治,而获得自身的独立和发展,成为后殖民理论必得面对的问题。

在这一层面,20世纪初期葛兰西的"文化领导权"理论和法农的"民族文化"理论,对后殖民主义的产生和发展起到了积极的推动作用。当然福柯的"话语"理论和"权力"理论,则成为后殖民主义思潮中的核心话题。

后殖民主义兴起的时间,学界有不同的看法。一般认为在19世纪后半叶就已萌发,而在1947年印度独立后始出现一种新意识和新理论。其理论自觉和成熟是以赛义德的《东方主义》出版为标志。在赛义德之后,最重要的理论家有斯皮瓦克、霍米·巴巴等。斯皮瓦克将女权主义理论、阿尔都塞理论与德里达的解构主义理论整合在自己的后殖民理论中,从而成为一位有广泛影响的批评家。而霍米·巴巴则张扬第三世界文化理论,注重符号学与文化学层面的后殖民批评,并将自己的研究从非洲转到印度次大陆上来。

其后,汤姆林森以其《文化帝国主义》开始了对后殖民的媒体帝国主义、民族国家话语、全球资本主义和现代性话语的批判,从多维文化权力层面,分析揭示出文化殖民主义的内蕴及其历史走向。

另外,比尔·阿什克罗夫特(Bill Ashcroft)、加雷里·格里菲斯(Govreth Griffiths)和海伦·蒂芬(Helen Tiffin)的著作《帝国反击:后殖民文学的理论与实践》(The Empire Writes Back: Theory and Practice in Postcolonial Literatures),强调所谓"混成"(hybridization),即本土传统通过这一形式与帝国残存相结合,以一种语言创设出一种新的后殖民表述方式,即与帝国输送的"大写英语"(English)不同的、变异的"小写英语"(english)。

一批新马克思主义者也汇入后殖民批评思潮中,如英国的伊格尔顿和美国的杰姆逊。尤其是杰姆逊的第三世界文化研究,为后殖民批评注入了活力。其《处于跨国资本主义时代中的第三世界文学》,表明他的视点始终集中在全球文化后现代与后殖民处境中的第三世界文化的变革与前景上。他试图在第一世界和第三世界文化(即中心与边缘文化)的二元对立关系中,把握第三世界文化的命运,并力求寻觅到后殖民氛围中人类文化发展的新契机。杰姆逊期望第三世界文化真正与第一世界文化"对话",以一种"他者"(或他者的"他者")的文化身份进行一种特异的文化发言,以打破第一世界文化的中心权力话语。

此外,文化殖民、跨文化经验与历史记忆等问题,在罗伯特·扬(Robert Young)的《白色神话:写作与西方》(White Mythologies: Writing History and the West)、特里的《妇女、本土、他者》(Women, Native, Other)、莫汉蒂等编的《第三世界妇女与女权主义政治》(Third World Women and the Politics of Feminism),以及丹尼斯·李(Dennis Lee)、贝尔·胡克斯(Bell Hooks)和小亨利·路易斯·盖茨(Henry Louis Gates, Jr.)的研究中,都作出了自己的独到阐释,使后殖民主义理论具有了更全面的理论形态。同时,非洲、印度、日本、韩国、中国、新加坡,都有一大批从事文化、文学、哲学研究的学者在探讨后殖民主义问题和前景。

一、葛兰西:文化领导权及其争夺

后殖民主义理论受葛兰西(Antonio Gramsci, 1891—1937)"文化领导权"理论影响很大。而法农(Frantz Fanon, 1925—1961)的《黑皮肤,白面具》和《地球上的不幸者》,对后殖民主义理论同样有着重要开创作用。

安东尼奥·葛兰西
(1891—1937)

葛兰西是意大利著名思想家。在20世纪初叶,他对帝国主义、资本主义的权力和控制抱有特殊的警惕性。他将西方国家机器描绘成一条外围的壕堑,身后具有一个由堡垒和"阵地"组成的庞大体系。这个体系不仅控制着本国的工人和其他从属的阶级,而且还以赤裸裸的暴力统治着一个高度发达的社会。所以,这种"专制统治"不仅使一个集团或一个阶级的领导权和特权地位成为自明的,而且现实社会形态从生活方式、思维方式、言说方式、社会习惯到价值标准,都成为专制统治的基础①。

《狱中札记》英译本书影

在葛兰西看来,资本主义经济、政治的发展直接导致工人阶级的苦难和现实社会制度的不平等。也就是说,它一方面通过政治经济的方式,剥夺其他阶级、民族和群体生活的可能性,剥夺他们生活的权力和实在历史中的合法地位,同时,通过文化生活表达出对人思想形式的控制。因此,资本主义通过对文化制度的大规模网络(如学校、教会、政党、报纸、传播媒介和民间社团)而操纵整个社会,使其不断同资产阶级意识形态整合为一。这种资本主义文化网络不断宣传支持现存生产方式的文化观念,使得经济、政治和文化领域形成资本主义的霸权局面,甚至形成一种"总体国家"的神话。葛兰西认为,这种资产阶级的力量,一方面体现为暴力或国家机器的强制性,另一方面产生出一种为少数权力、利益服务的习惯性意义体系,从而使其统治看起来并非赤裸裸的暴力,而是可接受的现实合法性。如何揭露资本主义的虚伪性,如何从其设定的普遍事物的合法性背后认清这种专制统治的真面目并加以抵制与揭露,进而用一种新的生存方式和社会理想来取代这种不合理的社会秩序,成为葛兰西思考的中心问题。

"领导权"是葛兰西洞悉资本主义的"统治"和"认同"作为权力的两种方式后提出的。"统治"即通过强制性国家机器如军队、警察、法院等实现的,而"认同"是一种隐蔽的权力关系,也就是一种领导权的施行。如果说"统治"以强硬的武力压服方式出现,那么"认同"则是对主导价值观念的趋近,它具有一种社会、道德、语言的制度化形式,而并不表现为暴力的形态。

"领导权"通过市民社会的渠道使人们形成一种世界观、方法论,甚至在文化观和价值论上达到整合,统一在某种意识形态中。强化舆论宣传,进行意识形态灌输,已经成为"领导权"的思想意识和宣传手段的集中体现。如果它没有发展包括全部领导权的意识形态,也没有充分的、具有坚实地基的市民社会,那么,一个国家可能是不完整的国家。"领导权"始终是在历史联合体中诞生的,它显现出对本阶级的完整的领导话语权方式。如果未能形成这种完整的领导权,那么其统治将是

---

① Gramsci, A. *Selections from the Prison Notebooks*, ed. and trans. by Quinton Hoare and Geoffrey Nowell Smith, New York: International, 1971.

不能持久的,它迟早要被一种更新的力量、一种新的领导权取代。

统治的直接形式逐渐转换为知识的、文化道德的、精神方面的隐晦领导权的过程,事实上已表明,权力不断由军事和政治冲突转为文化和意识形态的冲突,进而实现现代权力关系的转换。正是在这一点上,葛兰西揭示了现代帝国主义和资本主义对异族或异端思想和其他阶层、阶级加以控制的新形式,即权力和意识形态控制的领导权的形式,通过社会舆论和表面的意见一致,对他者加以合法性控制。在现代资本主义社会中,资产阶级的统治集团,其意识形态一旦失效,其统治也必然趋于瓦解,因此,社会的解体始终是因领导权的得失而出现。当资产阶级的文化和政治从整体上处于虚弱状态时,其文化领导权的瓦解将指日可待。

领导权除了上述的"知识"、"精神"和"文化"的领导权以外,还包括"思想意识领导权"和"政治领导权"。思想意识领导权主要通过知识和道德的领导,使一个社会集团统治敌对集团,在各种权力的束缚中,从思想意识方面使之成为统治者的附庸,被统治者所把握。而政治领导权则表明,加强政治,社会集团联合体的文化和道德的控制和制约,使其逐渐丧失自身的独立不倚的精神,而成为另一统治集团的附庸,达到对其控制和瓦解分化的目的。

葛兰西认为,在西欧,要想取得革命运动的成功,就必须通过长期复杂的阵地战,来反对资产阶级领导权。这种阵地战的目标,就是创造一种新的领导权机构来取代旧的领导权机构。知识分子则在这种取代中发挥着使文化合法化,使个体更容易接近和理解文化,并使其统治普遍化的独特政治功能。所以,知识分子是领导权结构的动力,他们通过文化,即书籍、杂志、教堂、讲坛和现代传媒中反复制作和推出的思想价值准则或信仰,通过现代的传播渠道,通过控制和操纵普遍接受的词语、符号和情感,在被压迫的一方即工人阶级的意识中,牢固地确立起对生活的批判态度。真正的劳动人民则需要产生并反映这种客观需要的"有机的知识分子"。

总体上看,葛兰西强调了现代社会中权力运作的几种不同形态,即暴力性统治方式和较为温和的领导权方式,而其"领导权"又可以分为思想意识领导权和政治领导权。通过这种权力话语的分析,葛兰西为现代殖民主义及其"文化霸权"或"领导权"的分析,确定了一种分析的模式和基本的思维向度。

当然,进一步从事殖民主义甚至后殖民主义文化霸权分析的,是著名思想家法农。

二、法农:殖民合法性批判与民族文化精神

作为诗人、人道主义者和现代思想家的法农,不仅对近现代殖民主义造成的黑人心灵创伤及社会破裂进行了尖锐的抨击和分析,而且对所有遭受西方统治、文化侵略和种族歧视而默默无言的受害者加以支持。他明确地意识到,殖民主义是在种族与文化的优越感和文化霸权掠夺的掩盖下出现的、为现代帝国主义和资本主

弗兰茨·法农(1925—1961)

义经济利益服务的文化心理压迫模式①。

法农在其重要著作《黑皮肤,白面具》②中认为,黑人具有自觉和半自觉地面对现代社会种族歧视的心理痛苦和自我意识,因此黑人男女切身感受和体验到种族歧视及其罪恶。殖民主义无疑助长了这种种族歧视,因为作为一种经济制度,殖民地由白人移民和贸易公司进行土地和资源的控制开发。它不断地从政治和精神方面对所属国加以霸权控制,并不断毁坏其本土所存在的社会关系,使黑人灵魂深处产生一种无可排除的自卑情结和劣等民族的痛苦,从而使得被扭曲的黑人心灵再叠加上更大的灾难。殖民者使黑人大量生育而保证奴隶资源永不枯竭,让他们成为没有文化地位、没有心性陶冶、没有自主和民族自尊的所谓"原始野人"。

这种殖民权力的合理化,掩盖了黑人存在的合法性,在一层温情脉脉的资本渗透的面纱下加深种族歧视的鸿沟,增强了殖民制度的法规和结构。通过严格的社会分化制度,将黑人和白人分成了下等人和上等人,并将"宗主国"理想化。不仅奴役、买卖和控制黑人,还使黑人接受其所控制的文化教育,加以意识形态的灌输和心灵的置换术,使黑人从精神到肉体都服从于殖民者所希望的那种意识塑形,在心灵上烙上被殖民的痛苦烙印,从而为其种族主义和民族歧视做了"文化殖民"的铺垫。

《黑皮肤,白面具》书影

在这种殖民主义的经济、政治和文化侵略的方式下,黑人无疑变成了劣等民族,变成了自我羞辱和灵魂痛苦挣扎的一群。他们为获得白人另眼相看,挣脱自己劣等民族的枷锁而跻身上等社会,抹去自己与生俱来的黑色身份耻辱,无意中就对自己的肤色面貌产生憎恨,从而在灵与肉上都处于一种自卑和自毁的可悲处境。

法农36岁因白血病英年早逝。去世前不久,他写出了重要著作《地球上受苦的人》③。书中对非洲民族资本主义剥削非洲民族无产阶级和农民而成为寄生阶级,加以尖锐地批判,并对殖民主义和遭受殖民统治的民族及其文化产生的影响进行了分析。

在反对殖民主义的斗争中,这些民族资产阶级联合组成非洲民族主义的政治

---

① Fanon, F. *For the African Revolution*, New York:Monthly Review Press, 1967.
② Fanon, F. *Black Skin*, *White Masks*, New York:Grove Press, 1967.
③ Fanon, F. *The Wretched of the Earth*, New York:Grove Press, 1965, p.80.

南非直到1997年才废除种族隔离制度,此前像这样白人坐的凳子黑人是不能坐的

派别,开始是爱国的进步力量,但很快蜕变为黑人贵族行使领导权的工具。所以,民族主义政党是坚持改良主义的,而且是懦弱的,因此必须把他们从资产阶级中争取过来。也就是说,他强调了在殖民主义的压迫下,黑人只有通过自己的觉醒,才可能发现自己不幸的命运,只有通过民族解放,才可能使自己真正获得命运转折的契机。

法农强调,反对殖民主义的"革命主体",既不是所谓的工人阶级或西方无产阶级,也不是第三世界的民族无产阶级,因为他们都在殖民主义时期享受着高工资待遇和一定特权,因而都依附于帝国主义和资本主义。在他看来,在"第三世界",真正革命的阶级是"贫苦农民",他们才是"地球上承受苦难的人"。所以,革命应从这里寻求突破口,依靠农民的主体力量去进行自己的斗争。那些无家可归的赤贫农民,那些流氓无产者一旦觉醒,其革命行动会迅速地深入到城市中去,并将以这种爱国主义行动净化自身和他们的国家。

第三世界的革命暴力对战胜资本主义有相当重要的意义,因为"只有暴力,只有那些由人民所运用,并且由一些人民的领导者组织和宣传的暴力,才会使得群众理解社会真理,并给他们以理解真理的钥匙。"①因为,只有考虑到暴力成为一种净化、解放和革命的必要手段,才可能使殖民地人民对殖民者在心理和物质上的脆弱性彻底解除,才可以通过暴力的对抗斗争使集体的精神净化。只有"使用暴力",才可能使革命者团结成真正的行动者共同体,才可能使非洲的黑人摆脱其自卑情结,摆脱失望和无能的散沙状态,从而使非洲黑人文化传统获得某种民族自豪感,并在强硬的殖民制度中去治疗自我的精神创伤。

当然,每一个新的国家,必须通过现实主义的政治行动去建立,而不是在感情上陷入"文化的神话"。在反抗殖民主义的斗争中,必须要有思想的明确性、组织的严密性和斗争的持续性,这样才有可能使穷苦人拯救自身。

---

① Fanon, F. *The Wretched of the Earth*, New York: Grove Press, 1965, p.118.

法农认为,"欧洲事实上是第三世界创造出来的"①。殖民者所写的历史并非其所掠夺的那个国家的历史,而是宗主国对臣属国的掠夺、侵犯和使他国人民受冻挨饿的历史。殖民主义的实质是,剥夺当地人做人的权力,同时又使西方文化显得日益合法化。"因此,欧洲人不断大谈人类,他们宣称自己最关心人类的福利,事实上,我们知道为他们的所谓胜利,人类遭受了数不清的苦难。"②

法农的研究,尤其是对"民族文化"的强调,使其对殖民主义的文化和种族主义的文化具有相当的警惕性。他关注的核心问题是争取民族解放,不过他仍未说清,在这种民族解放之后"文化"将怎样获得自己的自主地位和独立精神,以及在这种反抗西方传统的斗争中如何获取自己真正的力量。所以,法农的研究虽具有全球性的意义,为亚非拉的民族解放运动开创了新视域,但是,面对着帝国主义这个庞然大物的、处于弱势的第三世界,如何找到自己新的文化美学个性,如何创造自己的一代新人,如何在反抗西方的同时又学习西方并超越西方,这是法农尚未完全解决的问题。不妨说,法农的意义不在于解决问题,而在于提出了这些现代问题。

总体上看,葛兰西的"文化理论"建设已对殖民主义抱有警惕,其"文化领导权"的几个层面,即军事控制、经济控制、思想政治控制和文化理论控制,为反抗殖民主义文化、思想和制度提供了一个参照点。法农则从民族主义的角度提出进行反抗斗争的可行性,对殖民主义的压迫结构加以淋漓尽致地揭露,并提出反抗这种殖民统治的主体是贫苦的"农民",是处于边缘的"黑人"。只有斗争和塑造新的文化,才可能使第三世界文化摆脱殖民主义的控制,而获得自己的新生。这一点,对其后的赛义德、斯皮瓦克、霍米·巴巴的后殖民主义的文化和文论反思,提供了一个理论基点或思想起点。

当然,除葛兰西和法农对后殖民主义理论的重要奠基作用外,福柯的权力分析话语更是当代后殖民理论家的重要思想资源。

关键词:

　　后殖民理论(postcolonial theory)
　　泛文化理论(pan-cultural theory)
　　霸权/领导权(hegemony)
　　文化领导权(cultural hegemony)
　　种族歧视(racialism)

思考题:

　　一、后殖民主义的主要理论来源是什么?

---

① Fanon, F. *The Wretched of the Earth*, New York: Grove Press, 1965, p.81.
② Ibid, p.251.

二、如何理解葛兰西的文化领导权理论？
三、为何法农认为殖民主义是一种文化心理压迫模式？
四、如何理解"欧洲事实上是第三世界创造出来的"？
五、法农对民族文化的强调有何意义？
六、葛兰西和法农对后殖民主义理论有何启示？

第二节 福柯的意义：谱系学与权力话语分析

福柯当然不是真正意义上的后殖民主义理论家，但为后殖民理论提供了重要的理论依据。不了解福柯，我们很难真正理解后殖民主义理论。

福柯对后殖民主义理论的主要贡献是他对"权力"的分析，尤其是对微观的、边缘话语权力的分析。于是，围绕权力与知识这一核心问题，展开权力与真理、权力与知识分子、权力与政治、权力与性、权力与后殖民问题的当代分析，成为福柯的主要工作①。

米歇尔·福柯(1926—1984)

"权力"问题是福柯研究疯狂、监狱、文化、现代化发展的一个核心问题，如：权力如何实施，权力以怎样一种形态在社会中运行，又受到怎样的制约等。福柯一反过去所谓权力就是禁止或阻止人们做某种事情的力量这一说法，而将权力看作是一种网络关系。他要追问权力在社会中的功能和运作方式，研究权力的策略、网络和机制，并发现权力赖以实施并促使其得以实施的手段。权力无所不在，除了硬性权力以外，软性权力同样值得研究。

权力的策略产生了知识，权力与知识之间有一种微妙关系。因此，知识分子总努力划一条不可超越的界限，把象征真理和自由的知识领域与权力运作的领域分割开来。然而，人文科学是伴随权力机制产生的，知识的作用就是保护个体的生存，并对外部世界加以理解，知识通过理解活动构成现代人生存的手段。知识与权力融合在一起，拥有一层现代面具，使得统治的结构获得合法性。这种统治总是具有压迫、监禁和权力的分割等特征。知识与权力具有一种微妙关系，所以，监狱、精神病院、医院、学校甚至大众传媒等都与权力相关联。可以说，权力与不同形式的

---

① Foucault, M. "Truth and Power", in *Power/Knowledge: Selected Interviews and Other Writings, 1972-1977*, ed. by Colin Gordon, New York: Harvester Wheatsheaf, 1980.

知识连接在一起,在它们中有可能引申出一种关系的网络体系[1]。

在《事物的秩序》和《知识考古学》中,福柯提出了"知识型"问题,即知识和话语的形态。他强调,要写出一部知识型的历史,以此弄清话语领域的一系列转型,即人们为什么用这些词而不用那些词,用这一类话语而不用那一类话语?从这个层面、维度去看问题,而不从那个层面、维度去看问题?甚至每个人为何都在强调自己的独特性和文化断裂性,而放弃总体性、同一性?如何发现"话语"的基本机构和话语运行中的权力参与的各种机制,即从平凡的、不起眼的普通个案把握各种权力交织的作用机制,成为福柯研究的重要维度。

《事物的秩序》
英文版书影

对话语形成和知识谱系进行分析,不应根据意识的种类、感知的方式和思想的形态来进行,而应从权力的战略和战术角度出发。在福柯看来,对一种压抑的知识的分析,可从"谱系学"的角度进行,即对斗争及冲突的原始记忆的重新发现和阐释。只有废除总体性话语及其体系的特权地位,才可以建立这种话语的谱系学。"谱系"这个词表征为冷僻知识和局部记忆的结合,这种结合使现代人能在当代建立有关权力斗争的历史话语,并策略性地利用这一权力话语。一般地说,谱系学的真实任务是要关心局部的、非连续性的、非合法性的知识,以此对抗整体的、同一性的理论。整体性理论以真正知识的名义和独断的态度对知识进行筛选、分级和权力运作,谱系学则反其道而行之,注重知识话语的逆反性。当然,这种颠覆性谱系学并不剥离科学的内容、方法和概念,而是疏离那种中心化、同一化的权力所导致的后果,这种权力后果与现代社会中科学秩序话语和权力功能密切相关。谱系学反对的是被看作科学话语权力的效应,在此意义上可以说,谱系学具有一种把历史知识从权力压抑中解放出来的倾向,是使历史知识能够对抗理论抽象的、同一的、科学的话语的新力量。它建立在局部知识的反抗之上,以一种局部的微小话语分析反抗科学整体性的、知识等级性的知识。这种无秩序和片断性的谱系学,旨在通过建立在对局部话语的描述基础之上的权力策略,使受压制的话语得以释放出来。

可见,谱系学总是尽力避免理论性的抽象总体把握,而力求进行局部的、软权力的话语分析。因而,福柯总是不断追问:权力的运作扩展到各自不同层面和社会部门的形态是什么?这种多样性权力的不同策略具有什么形态?权力的机制效应和内在关系是什么?政治权力能以这样或那样的形式从经济中推导出来吗?事实上,权力总是具体的权力,每个人都与它有千丝万缕的联系。权力的部分或总体的转让,使政治权力或主权得以确立。权力的根本目的是为经济服务的吗?它注定

---

[1] Foucault, M. "Truth and Power", in *Power/Knowledge*: *Selected Interviews and Other Writings, 1972-1977*, ed. by Colin Gordon, New York: Harvester Wheatsheaf, 1980.

要去实现、强化、维持和再生产与经济相吻合的关系吗?是为我们所占有、获得或转让的吗?福柯坚持,权力不是给定的,不是用来交换的,不是可以恢复的,而是在行动也仅仅在行动中才得以实施的。或许可以说,政治权力的决策不断通过各种战争来重写这种关系,这种重写表征在社会制度中、经济的不平衡中、语言的压抑中,甚至话语的操作中。

这样,福柯就把关注的重点放到了权力如何运作的分析上,并进而给自己设定了一整套方法。

首先,权力分析并不将处于中心位置的合法形态权力作为关注焦点,相反,却注重权力的极端状态、权力的最终归宿、权力的维系管道。也就是说,关注权力的局部形式与微型机构,在权力的极端状况下揭示权力的非合法形态。

其次,权力分析不仅关心权力的自觉意向和决策层面,关注如谁拥有权力、权力者的目标是谁之类的问题,而且要在权力完全投入到真实有效实践中的区域去研究权力运作,即研究权力的外在形象,研究权力与其对象目的和应用领域的直接关系。或者说,不去看统治权占有权力的那种显现层面,而是去发现统治是怎样通过多重权力机构、势力、欲望、思想,逐渐具体地构成的隐在层面。

再次,权力并不仅仅表征为某个人对他人或某一阶级对他人的权力支配现象,也并不仅仅表征为有权者和无权者之间的权力差异。权力在循环过程中具有一种链状结构,通过网状的组织运行和实施,使个人处在权力网络中或处在实施权力的状态中,个人成为权力的运载工具,而非权力实施的对象。

最后,从权力由中心向基层的渗透程度,考察它怎样在社会最微小的元素层面对自己进行再生产,分析权力的不断升级,以及权力怎样从无限小的基质开始,这些权力基质怎样被不断一般化的基质和不断普遍化的支配投入殖民化,以及被利用、转移、扩展等状况。进一步说,权力的主要机制确实有可能导致意识形态的生产,但从根本上说,它既超越意识形态,又逃逸意识形态。这是一种有效的工具理性生产,为的是形成登记的控制术、调查研究的程序和控制的权力机器。这就意味着,当权力通过这些微妙的机制得以实施之时,就在进行发现、组织和传播知识权力的工作。

《权力/知识》
英文版书影

人文科学话语处在两种权力话语类型之间,一方面是支持统治权的权力倾向,另一方面则是实施强制性的、反统治性的权力倾向。也就是说,人文科学话语有可能既是一种意识形态的表达,又是一种自由主义对意识形态的反拨和对强权的消解。在这种统治与反统治、规范与反规范、制约与反制约之间,人文科学获得了自己的话语权,或者说,人文科学从知识效力中获得了自身存在的独立性,同时也为现代化中人的行为话语、欲望分析提供了有效的方法论基础。

总结福柯的"权力分析法",不妨说,这种权力分析,并非指向统治权的法律属性、国家机器和与之相伴的意识形态,而是指向支配民众和具体权力的操作者,指向臣服的形式和在局部系统运作的"权力机器"。这种避开统治权和国家机器领域,将权力分析建立在支配技术的微型权力分析上,正是福柯谱系学和话语分析的关键处。这一点无疑也为当今的后殖民主义通过边缘话语的分析,去揭露宗主国文化政治霸权的实质开辟了新的思路。

在 70 年代后期 80 年代初期的一系列文章和谈话中,福柯表现出对后殖民主义问题的关注。福柯在这方面重点讨论了:权力的压迫、知识和权力之间的关系、中央监视点及其权力空间化的问题、权力的凝视与被看等等,这都成为后殖民主义和新历史主义文化分析的重要思想依据。

理论的迂回和权力的分析可被化解在一些简单的形式中。现实世界随处可见的是压迫性的暴力、专横、封闭、控制、隔离和排斥,因此当现代政治文化分析的最底层被揭示出来,人们无疑能看到一个关键范式——"权力—知识—权力"。这一知识权力模式的分析,不仅可以从文学方面、文化方面分析,而且也可以从国际政治和政治权力方面分析。

福柯借用一个著名比喻:圆形监狱的"中央监视点"作为权力实施的核心,指明了一个系统原则,即解决了监禁问题的权力监视方面的技术。可以说,"观看系统"是一种创新,因为可视性为权力简单有效的实施提供了方便。中心权力只有很弱的解决能力,无法对社会机体进行个人化的详尽分析。但是,当这种中心权力话语以凝视的方式去监视每个个体时,就可以贯彻到个体的身体、姿态与日常行为之中。所以,权力在统治各种不同的人和民族时,也可以像对个人那样起直接作用。于是,文化身份、个体身份的问题突显出来。在这种"全景"权力技术构成现代社会的监视体系观念以后,每个人都变成监视者,每个民族也变成监视者和自我监视者。

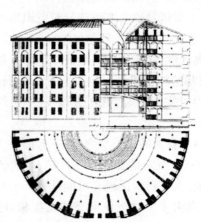

边沁的"圆形监狱"图示

对时间的重视逐渐转换为对空间的重视,想象的文化监视和凝视空间要求建立的透明度和可视性,不断兴起的看与被看的统治,代表了一种日益现代的监视操作模式。权力可以通过这种简单的模式得以实施,即在一种"集体匿名的凝视"中,人们被看被凝视。现代权力形式如果主要由"看"与"被看"构成,就不能容忍盲区存在,而是尽可能设定一种渗透诸多领域的方式,即通过透明的达成权力的方式和各种细微权力监视方式,来实现权力的控制和压抑。这种圆形监狱的监视方式延伸出清晰的视觉系统,启示了现代传媒,使之同样具有将一切隐私和秘密完全暴露出来加以清晰地看与被看的可能。因此,"凝视"就是一种话语,一种压抑,一种权力摄控的象征。

文化监视体系和监禁体系一样,只需付出很小的代价,甚至只需一种注视的目光和信息的通道就足矣。每个人在监视目光的压抑下,都会逐渐自觉地变成自己的监视者,这样就可以实行"自我监禁"。所以,在现代权力技术中,注视、凝视具有重要的地位。如果将这种微型的权力程序扩张到全社会中,扩张到东西方的权力话语分析中,那么,全社会甚至东西方的权力范围内的权力控制问题,就会得到一种新的阐释。

这种新的权力技巧可以确保权力畅通无阻,从整个社会机体直到社会最小的组织部分,这使得整个社会的大权力体系得以巩固。权力不再是某个人凭借其出身就可以拥有和施行的东西,权力与个人的能力日益分离,这就是"今日权力"的图景。

今日权力体系具有金字塔式的结构,有一个至高点和一个总体性原则,在此之下逐渐呈网络化地向下分布,它们在不同机制的权力中互相交缠扭结,相互运作、相互指涉、相互划界,并在一定程度上保持自身的特定模式,从而构成当代权力的超结构观念。可以说,在"监禁与惩罚"的论述中,福柯不仅对现实的空间化权力效应加以描述,而且也提到了城市的想象的"地理政治"。他的圆形监狱形象甚至提供了对国家机器进行总体描述的某种可能性,它具有一种权力模型的缩影,即微观权力的播撒和网络机器的分析,而又看不到一种中心或焦点对异质的技术或制度的横向统摄。所以,当把握了全部复杂的权力运作方式以后,就可以对区域性的、国家机器的、甚至不同民族和国家的文化进行分析。在现实中,权力的实施和分析可能会涉及更多的问题,穿越更细微的管道,而成为传播更广泛权力的复杂工具①。

于是,"国家民族话语"和"个人身份"问题逐渐在福柯的研究中被提到。因为在他看来,个人不是一个被权力抓牢的预先给定的实体,个人及其身份特性是权力关系对身体、欲望、力量施展作用的产物。在局部身份和国家身份冲突问题方面,同样有很多可以探讨的空间和领域。对权力话语的知识谱系学分析,通过战略和战术对领土的移置、分裂、分配、控制,以及对区域的组织来加以实行,这样就构成了某种地理政治学。因此,福柯打算将自己的下一步工作放在研究要塞、战役、运

---

① Foucault, M. *Language, Counter-Memory, Practice*, ed. by Donale F. Bouchard, Oxford: Basil Blackwell, 1977.

动、殖民地、领土等历史问题上,将自己的研究领域进一步扩大,进入更广泛的文化权力的分析中。然而,英年早逝使他终未能完成这一工作。

后殖民主义研究中一个重要问题是跨国经济问题的研究,其实这一点在福柯的头脑中也有自己的考虑。1977年福柯在与费纳斯(Lucette Finas)谈话时指出,在一定社会内的势力之间的关系构成了政治,政治是一种普遍的战略,可以用来调节和指引这些关系。如果政治化意味着回到现成的选择和制度,那么为揭示势力关系和权力机制的分析努力,就没有什么价值了。因为面对着巨大的与跨国经济和官僚国家相关联的权力技术,必须反对以新形式出现的政治化。

总体上看,对国家民族的解析、个人身份的辨析、权力凝视监视的剖析,以及东西方文化冲突和跨国经济的分析,使得福柯的理论已不再是一种书斋式的话语,而成为现实且具体的权力话语分析框架,并直接成为后殖民文化分析的重要理论模式。

当然,福柯并不想使自己的理论成为放之四海而皆准的真理,他清醒地认识到自己的话语并不构成对他人话语权力的制约,相反,误读和误解倒是自己著作逃不掉的命运。他对"误读"有冷静的认识:现实中的读者大多只是借助别人的阅读来阅读你,使你不断受到歪曲,你的著作成为一种非常奇怪的东西。福柯甚至设想自己有使用假名和匿名的自由,这样人们就可以关心著作本身而少一些误读。

福柯说了很多,也沉默了很久。他正如他自己所说的并不是一个什么"伟大的作者",而只是一个"写书的人"。他的写作为世纪末的后殖民主义研究提供了一些新的基点,然而,我们不应在福柯止步的地方终止,更不能神化和重新权威化他的理论。我们仅仅是为了延伸思想而阅读福柯曾经思想过的思想,如此而已。

不妨说,福柯理论使当代后殖民主义研究获得一个更广阔的知识框架:他的权力话语分析的方法,使当代文化和文论研究力求透过国际社会秩序去看文化权力的运作,尤其是运用"知识型"和"谱系学"的方法进行研究,任何单一的思维模式和研究模式都将使当代文论研究失效。他对后殖民主义理论提出的关于"凝视"、"看"与"被看"、微型权力分析模式、文化身份问题的见解,同样引人深思。可以说,后殖民主义理论在世纪末的迅速发展,除后冷战局势和整体国际文化氛围以外,福柯对权力分析的模式和对后殖民主义文化的关注无疑也提供了重要语境。

福柯的理论仍有不少可商榷之处,然而,他提出的权力话语分析框架和文化身份确立问题,有可能使当代文艺理论走出纯理论的思辨,走向更大的文化话语场和文艺活动实践中去,并有可能使人生超越知识的迷途而解答现代生命启蒙的价值问题。同时,也可以从他思想与生命的镜像中,读出在寻找东方文化意义路途上的后殖民主义理论家——赛义德、斯皮瓦克、霍米·巴巴等,对自我文化身份和权力话语形态的当代追问。

关键词：

谱系学（genealogy）

权力（power）

话语（discourse）

知识型（episteme）

人文科学（human science）

空间（space）

凝视（gaze）

思考题：

一、为何福柯要将权力作为问题研究的核心？

二、福柯的权力运作分析有怎样的一套方法？

三、福柯的谱系学的内涵是什么？

四、什么是"知识型"，它与权力的关系如何？

五、权力与"凝视"有什么关系？

六、福柯对后殖民理论有什么重要启示？

第三节　赛义德：东方主义与后殖民文化理论

赛义德（Edward Said,1935—2003）是巴勒斯坦人，生于耶路撒冷，小时候在开罗上学，后随父母移居黎巴嫩，并在欧洲国家流浪。1951年赛义德到美国，获哈佛大学博士学位（1964），后执教于哥伦比亚大学英文系。独特的身世使赛义德能以东方人的眼光去看西方（尤其是美国）文化，以边缘话语去面对中心权力话语，从切身的流亡处境去看后殖民文化境遇。这使他的写作总是从社会、历史、政治、阶级、种族立场出发，去具体分析一切社会文本和文化文本。

一、东方主义与文化批评

关注世界人生和民族社会，使赛义德的写作超出了学院派的狭小天地，而具有明显的文化政治批判性。介入政治、参与社会、强调历史，使赛义德将文学研究与政治、社会、历史紧密结合起来。这一点在《东方主义》中得到彻底鲜明的体现。甚至可以说，这部后殖民主义批评的代表作，表明赛义德从纯文学方向扩展出去，而走向广阔的"文学与社会"研究，并进入到对文化帝国主义这一"禁区"的研究之内。

正如本书《绪论》所言，"东方主义"虚构了一个"东方"，使东方（orient）与西方（occident）具有本体论上的差异，并使西方得以用新奇和带偏见的眼光去看东方，从而"创造"一种与自己完全不同的民族本质，使之最终能把握"异己者"。但这种

爱德华·赛义德(1935—2003)

"想象的地理和表述形式",这种人为杜撰的"真实",这种"东方主义者"在学术文化研究上产生的异域文化美妙色彩,使得帝国主义权力者就此对"东方"产生征服的利益心或据为己有的"野心",使西方可以从远处居高临下地观察东方,进而剥夺东方。"东方主义"这一概念的宽泛性,使得对这一概念的解释充满误读。然而赛义德的真实意图是形而上学的本质主义,并力求超越东西方对抗的基本立场,解构这种权力话语神话,从而使东方和西方成为对话、互渗、共生的新型关系构成。

赛义德将福柯的"话语理论"与葛兰西的"领导权"理论组合起来,强调东方主义是一种话语结构,但他不同意福柯关于"主体死亡"的命题,而是强调恢复"人"的范畴,并承认个人经验在提供理论和政治基础方面具有其有效性。赛义德的思考延伸到这样一个层面:处在西方强势语境的学者个体,应怎样保持个性而不被西方观念所牵引? 同时,在西方的东方主义者又该如何在全球现代化浪潮中,在后殖民氛围下同社会和周围环境相联系而又保持个体经验,并对政治社会制度和文化殖民主义采取批判立场?

赛义德坚持个体的特殊性对学者的批判性思考的重要性,因为特殊性使学者能以个体经验对抗整体性殖民文化,当然,这种"对抗"不是民族主义式的,而是超越东方或西方利益的人类主义的或世界主义的。

处在第一世界文化领域的第三世界学者,只有通过个体经验才能有效地选择境遇并改变个体乃至群体的命运①。他希望通过分析"西方"和"东方"彼此对立的文化统治权力结构而寻绎消解这种中心—边缘的矛盾体。但是,在具体的文化分析和作家作品分析中,他却感到这一权力对立是如此紧张,以致"每一个欧洲人,无论他就东方说些什么,他最终还是个种族主义者、帝国主义者、地道的种族中心论

---

① Said, E. W. *Orientalism*, London: Vintage Books, 1995, p.224.

者"①。这样,西方对东方的曲解误读就成为常态的和根深蒂固的。这种误读不仅出现在西方人的语言模式中,而且植根于他们的文化制度和政治环境中。就此而言,通过个体经验选择境遇并非易事。

赛义德在东方主义研究中与斯皮瓦克的后殖民理论强调女性主义的性别解构性不同,也与霍米·巴巴的后殖民主义突出其第三世界文化研究性相异,而是相当注重种族分析和政治干预,肯定了文化政治与帝国主义利欲的内在一致性。东方主义者打入第一世界文化政治的高层,使"东方主义"对东方的整体误读出现了裂缝。同样,东方主义者的对抗,也意味着西方自己内部的混乱。东方主义表现了西方文化内部出现了多种声音,也表明西方主义曲解东方的企图日益落空。因为东方的崛起已经使全球总体性结构发生着深刻的变化,西方权力中心主义已面临即将到来的解体和世界文化政治的新格局。

《东方主义》在后殖民主义文化研究领域中引起广泛兴趣,但也招致各方面的误解和攻击。为此,赛义德在《东方主义》1995年在英国再版时补写了一篇很长的后记②,申说自己的真实意图。在赛义德看来,《东方主义》不是一部宣传恐外仇外的、侵略性的东方种族主义的书,而是强调文化多元主义、批判西方坚持东方主义立场的书。促使民族主义退烧,坚持东西方对话的超越性著作,是对东西方对立境况的批判,而不是对这一僵化误解境遇的肯定,是面对世界上的文化霸权去努力消解霸权本身,而不是要用一个话语霸权去取代或抗衡另一个话语霸权。他要使知识分子从非此即彼的二元对立误区中"超前性"地走出来,从东方主义的束缚中解放出来,真正进入多元共存的后现代世界格局之中。为此,他强调后殖民主义思潮

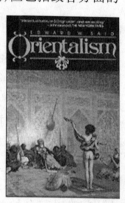

《东方主义》书影

在种族与性别问题上,对欧洲中心主义与父权中心主义的广泛深入批判的现实意义。尽管东方主义的误读使东西方之间的不平等和对峙仍然存在,但后殖民主义文化批判使人们意识到,这种不平等和对峙不会长久,而终将在人类互相理解和达成共识中成为正在消失的历史经验。在这个意义上说,那种文化帝国霸权主义或东方主义的时代"已经临近终结"的论断或许将为历史所证实,而那种亨廷顿式的基督教、儒教、伊斯兰教的"文明的冲突"论,也许将为世界不同民族文化的互相融合和共享文明资源并走向全球和平所取代。

在《文化与帝国主义》中,赛义德进一步深化和拓展了后殖民主义论域。在历史地审视与逻辑地分析西方文化中,集中阐释文化控制与知识权力的关系,进而在分析英国、荷兰、比利时、西班牙的侵略和统治中,他直接涉及许多政治问题,进而将文化殖民主义批判的锋芒指向美国。赛义德认为,"文化"和"帝国主义"是当代

---

① Said, E. W. *Orientalism*, London: Vintage Books, 1995, p. 204.
② Ibid, pp. 330-345.

《文化与帝国主义》
英译本书影

文化政治批评出现频率很高的概念。"文化",不仅指人类的一种精神实践,而且指一个社会中优秀的东西的历史积累①。而帝国主义在今天已不再热衷于从事领土征服和武装霸权,而是注重在文化领域里攫取第三世界的宝贵资源并进行政治、意识形态、经济、文化殖民,甚至通过文化刊物、旅行考察和学术讲座的方式征服后殖民地人民②。从而使东西方文化冲突成为一种文化互渗和对话的理解过程。

由此可以看出,赛义德并不赞同以东方人误读或美化西方的"西方主义"来对抗"东方主义",也不赞同民族主义式的对抗西方文化霸权,而倡导一种交流对话和多元共生文化的话语权力观。这是他思想批判的个体经验方式,当然也反映了处在美国知识界的第三世界学者思想上的尴尬境遇,和无可选择的"中庸"之道。

二、文本理论的文化策略

对文本从政治和文化的角度解读是赛义德后殖民主义的"文化策略"。其实,这一策略早在1975年出版的《起始:意图与方法》中就开始了。这部书体现了赛义德对总体文学批评的独到贡献。在赛义德看来,作家身上具有一种渴望揭示本源的意图,这一意图涵摄并折射出社会的文化政治宗教力量,是一种使作家与其自身世界的诸种力量难以逃逸的网络。其具体方法则是将关注点集中于作为写作的文本,而非作为阅读的文本。他选择了弗洛伊德的《释梦》作为阐释文本,因为弗洛伊德以词语表述梦幻的难题,展示了作者意图与形成的文本之间难以契合的关系。而这种对本源的解构式研究使赛义德在70年代就成为具有一定影响的文化理论家。

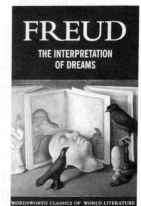

弗洛伊德的《释梦》
书影

80年代赛义德出版论文集《世界、文本、批评家》,全面阐释了后殖民主义的文本理论。在赛义德看来,文本的物质性和自足性是十分可疑的,文本的存在既是理论的又是实践的,总是处于一定的时空社会关系之中,受到法律、政治、经济和社会的制约。因此文本存在于世界中而具有世界性。文本作为物质存在参与了世界,反过来,各种历史和意识形态的氛围又会影响实际的文本。文本诞生以后就脱离作者而成为可以为世界利益而再生产的东西。作为世界上的一个存在,它属于每一位读者。

对文化产品的"文本"而言,世界性有着相当关键的意

---

① Said, E. W. *Culture and Imperialism*, London: Vintago, 1993, pp.12-13.
② 赛义德认为,社会、政治、历史和文学不可分割,文化刊物、学术讲座对东西方冲突的文化有达到理解和一定共识的可能。Said, E.W. *Culture and Imperialism*, London: Vintago, 1993, p.292.

义。文本是一种生产,其不仅生产出无数的文本阐释,而且生产出新的意义网络。文本的世界具有世界性、随机性、特殊性、历史偶然性,通过语言与背景这一意指形式合并于文本之中,构成文本传达和产生意义的能力中不可或缺的部分。每一文本都有其"语境",它规范着不同的解释者及其解释活动。更进一步看,文本使话语具体化。赛义德运用福柯的话语理论,强调写人生本身就是把控制者和受控者之间的权力关系系统转换为纯粹的文字。表面上,文字只是写作的文字,好像看不到社会政治控制,其实,它与欲望和权力有着很深的联系。言语绝不仅仅是把冲突和统治体系语词化,而且是人与人之间斗争冲突的对象。文本中心主义、文本排他主义的观点都忽略了种族中心和人对权力的欲望,而这正是文本与世界联系的根本内容。

在阐释了文本与世界的复杂关系以后,赛义德着重讨论文本与批评的关系。他强调的是以批评家的文章为中心"位置"(place),并进而分析文本的介入时间和意识,文本的内在矛盾,文本的不可更改性,文本的偶然性,文本的控制与被控制的关系。批评是社会话语的一种显现的存在,一个正在表述着的现在。批评同样是一个事件,它更接近一个必定未完成的、无限趋于判断和评价的过程。批评家不仅创造判断的理解艺术的价值标准,而且,他们在写作中还体现出当下的那些过程和实际情况,因为正是依靠它们,艺术和写作才具有当代的意义。因此可以说,批评和批评家是世界性的,也必须世界性。在这种世界性的文化政治情境中,批评家更富有社会意义或意识创造性。更能发现和揭示隐匿在常规之下的事物。同样,也更能提供一个使文本在社会政治世界中不同于其他的策略方法。

赛义德不仅将文本与世界和批评家联系起来,而且将文学经验与文化政治联系起来,进而强调政治和社会意识与文学研究的关系,推行文化政治批评,并坚持跨学科研究对后殖民主义文学研究的重要性。无疑,赛义德的文学文本理论已经成为后殖民主义文学研究的重要内容,并在西方当代文坛产生了不可忽视的影响。

关键词:

东方主义(Orientalism)

后殖民批评(postcolonial criticism)

文化帝国主义(cultural imperialism)

欧洲中心主义(Eurocentrism)

文本(text)

文化政治(cultural politics)

世界性(worldliness)

思考题:

一、"东方主义"的内涵是什么?

二、为什么说东方主义虚构了一个"东方"?

三、为什么说东方主义是一种话语结构?
四、赛义德本人提出东方主义的真实意图是什么?
五、赛义德后殖民主义的文化策略是什么?
六、为什么对文本而言,世界性有非常关键的意义?
七、赛义德为何将文学经验与文化政治联系起来?

第四节 斯皮瓦克:后殖民处境解析与文化身份书写

大多数英美后殖民主义批评家的关注点一直是非洲文学,赛义德的理论使其注意到了"东方",而使后殖民主义研究真正关注印度次大陆的是美籍印度裔女学者斯皮瓦克(Gayatri C. Spivak, 1942—)。她生于印度加尔各答市,1963年移居美国。

斯皮瓦克并非是将自己局限于某一学科狭窄领域的专家,而是打破专业界限,横跨多学科、多流派的思想型学者。她将后殖民主义理论与女权主义、解构主义、西方马克思主义、心理分析学理论紧密相连,并将其"边缘"状态和"权力"分析的策略置于当代理论和批判领域。换言之,她善于运用女权主义理论去分析东西方女性所遭受到的权力话语剥离处境,运用解构主义的权力话语理论去透析后殖民语境的"东方"地位,运用西方马克思主义理论对殖民主义权威的形成及其构成进行重新解读,以解除权威的力量并恢复历史的真相。

佳娅特丽·查克拉瓦蒂·斯皮瓦克
(1942—)

这位女性理论家并非是零散地挪用这些理论,而是将其批判性、颠覆性、边缘性精神同自己本民族受殖民主义压抑的"历史记忆"联系起来,从而使她在"历史话语"的剖析、第三世界妇女的命运、文化霸权话语的透视与帝国主义批判等方面取得令人瞩目的成绩。

"历史记忆"是一个民族经过岁月汰洗以后留下的"根",是一个时代风雨吹打后所保存的"前理解",是一个社会走向未来的反思基点。斯皮瓦克作为一位在美国任教的东方女性学者,经历了三重压力:面对西方时的"东方人"的压力,面对男权话语时的女性压力,面对"第一世界"中心话语时的"第三世界"边缘压力。她切身地感到自己受制于"他国国籍"特权而受到的"意识形态的侵害",但是,她并不想消隐自己的历史记忆和文化身份。而是宣称自己作为身处西方世界的亚裔女学者,是"第三世界妇女"的代言人,并以此文化身份去重新书写自己民族的历史。

处于中心之外的"边缘"地带的殖民地,对宗主国在政治、经济、文化、语言上的依赖,使其文化记忆深深地打下了"臣属"(葛兰西语)的烙印①。历史在被中心话语重新编织中受到"认知暴力"的挤压。在西方人或宗主国的"凝视"之下,历史成为"被看"的叙述景观,并在虚构和变形中构成"历史的虚假性"。斯皮瓦克要重建真实的历史叙述,她反对这种帝国主义的历史描述和将历史叙述虚构化的"策略",而致力于建构第三世界自身历史的新叙述逻辑。

  将种族、阶级、性别作为分析的代码,使斯皮瓦克能相当深入地对殖民地权力话语加以政治揭露,对文化帝国主义的种族中心主义进行批判,进而为臣属的文化重新"命名"②。然而,斯皮瓦克同时感到这样做时的尴尬,因为,所谓与"第一世界相对应的第三世界"这个概念本身就是带有帝国霸权主义色彩的能指,它很容易将这一对峙的后殖民问题转化成"民族主义"甚至简单的"反西化主义"思潮。同时,臣属阶级的学者打入第一世界学术圈以后,成为西化了的东方人,他们能相当完备地运用"西学"武库中的最新武器,并用这种最新理论去反映自己处身的尴尬——她处身于高层学术圈中,必然要求自己"应该有"的"特权地位"。于是,她被整合进统治阶级的营垒,消隐了种族、阶级、性别的差异。也就是说,她在追求"主体同质性"的西方精英身份的同时,忘记了"主体异质性"的边缘文化身份。当她作为边缘化的"从属臣民"时她没有话语权,当她挤进中心话语圈分享其话语权时,她却只能说统一世界的"话语"。她似乎无力找回历史记忆中自我民族精神的沉默的"大音"。

  这种阐述"臣属"处境而又不使自己完全进入带有霸权主义性质的西方批评理论体系性中去的"文化焦虑",使斯皮瓦克意识到学术权威对意识形态的调整作用。因为,学术界权威话语和大学教学,就是对西方意识形态的传统观念和历史视角进行全新"构造"。也许,摆脱尴尬处境的最好办法,就是勇毅地抛弃自己的"特权"地位,在理论上建立其作为研究主体的地位。同时并非简单地创造出反历史反霸权的激进话语,而是就整个西方话语和政治体制进行意义深远的论战和观念的全新调整,以此方式修正"臣属"的历史记忆。换言之,既要揭开帝国主义的认知裂缝,又不染上失根的怀乡病,则必须具有一种健康的心态面对帝国主义统治时期的档案,尤其是女性被压抑的档案。只有这样,才能使对殖民霸权主义的批判引起第一世界读者的关注,并由文化领域扩展到读解政治领域,并使"东方"或"西方"的问题,成为"人类"必得关注的"共同问题"。

  在抹去"臣属"殖民化色彩以恢复本民族"历史记忆"的进程中,如何重新书写自己的文化身份呢? 在斯皮瓦克看来,首先要以解构主义的消解中心方法③,解析宗主国文化对殖民地文化所造成的内在伤害,揭露帝国主义在意识形态领域里的

---

① Spivak, G. C. *In Other World*, New York: Routledge, 1988, p. 208.
② Ibid, p. 267.
③ 斯皮瓦克作为德里达《论书写学》的英译者,对解构主义深有研究也最感兴趣。她指出:"解构实践承认任何研究的起点,都是暂时的、难以把握的。它揭示出知识的复杂性质,认识到知识意志所形成的对立面,坚持要揭示批评主体与批评对象之间的联系,并强调'历史'和'种族政治'是这种共同联系的'痕迹'。"

种种伪装现象,并将文化研究与经济、法律、政治研究打通,从而恢复历史记忆的真实性。

其次,从历史叙事入手,用西方马克思主义的"批判理论",揭示帝国主义对殖民地历史的歪曲和虚构,建立与之相悖的反叙述,使颠倒的历史再重新颠倒过来。这种使宗主国与臣属国两个对立物发生颠倒错位的当下语境,使得真正的文化批评成为可能。

再次,强调后殖民批评的人文话语。人文话语领域是所有后殖民理论家所关注的重要问题,而文学则是其最具有范型意义的"文本"①。因为其他种类(自然科学和社会科学)的话语总是趋于求得有关某一处境的终极真理,而文学尽管属于人类话语域,但却呈现出有关人类境遇的真理正在于其无法发现这一所谓的终极真理状况。一般人文话语都包含某种答案的寻绎,而在文学话语中,贯穿始终并得到充分呈现的"问题本身"就是答案。文学文本中的话语是普遍的文本性构架的组成部分,它提出的结论是,使一种统一或同质的意识形态或接受一种统一的答案成为不可能。因为文学的人文话语是后殖民主义中最具有解构力量的话语,它总是将最内在的矛盾以最为触目惊心的方式揭示出来。

最后,强调后殖民批评中的"第三世界妇女"的"发言"。斯皮瓦克认为,这是她工作的主要方面,也是她最为得心应手的学术领域②。

关键词:

历史记忆(historical memory)

种族(race)

阶级(class)

性别(gender)

怀乡病(nostalgia)

文化焦虑(cultural anxiety)

思考题:

一、斯皮瓦克的主要理论来源是什么?

二、为什么斯皮瓦克要强调历史记忆?

三、斯皮瓦克要建构的第三世界自身历史的新叙述逻辑是什么?

四、为何斯皮瓦克将种族、阶级、性别作为分析的代码?

五、斯皮瓦克认为应如何修正臣属的历史记忆?

六、斯皮瓦克认为应如何重新书写自己的文化身份?

---

① Spivak, G. C. *In Other World*, New York: Routledge, 1988.

② 这方面的内容我们在本书第十章中进行讨论。

第五节　霍米·巴巴:文化定位

除赛义德和斯皮瓦克外,霍米·巴巴、莫汉蒂、亨廷顿、杰姆逊等人亦从各个方面讨论了国家民族、种族、性别、文化差异、文明冲突等问题,值得关注和分析。

霍米·巴巴(Homi Bhabha,1949—　)是印度成长起来的波斯人后裔,其论文集《文化定位》①在西方学术界有很大的影响,是一位重要的后殖民主义文化理论家。

霍米·巴巴(1949—　)

《文化定位》书影

霍米·巴巴编辑过《法农读本》(*The Fanon Reader*)。他强调,法农对"第三世界"与"第一世界"间微妙关系的分析,对黑人与白人之间的存在差异和文化殖民的权力运作方式所进行的深入分析,以及通过精神分析强调文化"含混"的做法,为当代的文化研究作出新的开拓,即超越过去简单的比喻、象征、形式、内容、叙事分析以及社会历史分析的方法,而找到一种民族性的文化差异,使得殖民话语和文化之间的冲突、语言的不确定性等,成为当代文化研究的重要内容。

后殖民话语是殖民者的语言和文化对殖民地文化和语言进行的播撒和渗透,这使得殖民地的土著不得不以殖民者的话语方式来确认自我"身份",而在自己的黑色皮肤上带上白色人的面具。这样,在一种扭曲的文化氛围中,完成了心理、精神和现实世界的被殖民过程。从而,使被压迫与压迫者之间的对立关系,转化为文化的渗透与认同关系。这可以说是被殖民者将外在的强迫性变成了内在的自觉性,从而抹平所谓的文化差异,而追逐宗主国的文化价值标准,使得文化殖民成为可能。

霍米·巴巴自己的文化身份就十分尴尬,他虽非印度人,却成长在仰西方鼻息的印度,并得以跻身于中产阶级之列,但同时他又是被一般印度人看不起的波斯

---

① Bhabha, Homi K. *The Location of Culture*, London & New York: Routledge, 1994.

人。这种杂糅的文化、阶级和经济的身份,使他永远难以将自己整合为单纯统一的个体,而时时处于自我身份的怀疑之中。无疑,这构成了霍米·巴巴对文化殖民、文化霸权质疑的政治、经济和文化的前提。

霍米·巴巴善于从拉康式的精神分析角度,对外在的强制权力如何通过心理因素扭曲人性加以描述。在他看来,这种心理扭曲的接受者,往往是由被动到主动,由压迫感、屈辱感到逐渐适应,甚至以此作为标准或作为身份认同的基点,这正是问题的关键所在。他认为,自己很大部分的研究内容,是从殖民地出来的学者对自己的历史身份开始提出理论反省这一点开始的。

也就是说,一方面,这种理论强调了文化的差异性,强调了弱势文化在强势文化权力之下,保持自身合法性的正当要求;同时,又关注"普遍的文化相对论"有可能使得"差异性"的文化变得不再重要的问题。因为,在这样一种普遍性的文化相对论中,那种不断地强化第一世界文化的宽泛性和普遍性,并通过一些学术机构或基金会的经费补助,教育的性别差异、种族的歧视、弱势人权的失落等问题,而不断形成新的社会契约,从而使现实社会空间中的种族、国家、性别、社群、法律、歧视等问题,成为后殖民主义者一再协调或重新评价的问题。

因此,当代学者如何对第一世界霸权的企图和文化殖民的扩张保持警惕,如何对第三世界甚至被殖民的土著由对立的冲突变为积极地加入和改写身份,同样加以警惕,甚至如何在所谓普遍性的"大历史"中,去书写各自差异性的"小历史",使在第一世界单一的声音中出现一种第三世界多音杂糅的"多种声音",实在是十分重要的。

在后殖民和后现代语境中,真正的学者必须永远质疑的是:自己的文化身份,自己的阶级民族的立场甚至性别为何?自己究竟是属于什么样的群体?是以怎样的方式去认同自我?并用什么样的思维方式、话语方式、言说方式来展示自己的声音?因为说到底,差异性是很难抹平的,任何要想通过语言达到完全彻底的思想"对译"的想法都是幼稚的,因为在通过各种话语的交流中,恰好是看似无意义的、抹平差异的说法,隐藏了一种话语暴力、意义误读和更大的文化危机与文化矛盾。只有承认这种危机和矛盾,只有将这种危机和矛盾刺破和挑明,才可能真正促使双方达到真诚的理解和对话的可能性,否则,对话仅仅是掩盖了差异的文化霸权的一种文化策略而已。

在此意义上可以理解,霍米·巴巴所谓"文化定位"既不是定位在后殖民宗主国的文化的普遍性意义上,也不是完全定位在抹平差异的所谓多元话语的问题上,而是定位在"处于中心之外"的非主流文化疆界上。这使后殖民主义的文化研究的过程,是一个永远不封闭的、未完成的文化构成物。这种文化构成物除了是一种话语方式之外,更重要的是一种实践方式,它试图通过文化权力的运作,引申到经济、政治和文化的行动中。因为不同性质的文化之间,冲突是不可避免的。

文化差异和文化碰撞,是异质文化之间得以沟通和转化的过程。因此,文化的定位既非完全是要使弱势文化被强势文化所吞没,也不是弱势文化要变成一个新的强势文化,而是通过互相的对话、交谈和商讨,使文化权力在双方之中达到一种均衡的发展和认同,并对双方加以制约和协调。

在崇尚普遍性的时代中,霍米·巴巴标举"少数话语"的立场,也就是边缘的文化立场,是相当有眼光的。他认为,被压制的、非主流的"弱势文化",完全可以对占主导地位的殖民文化进行"改写",而这种改写不仅是话语权力或文化策略方面的,也可以是政治、经济、文化和价值批判方面的,所以,这种改写也许是第三世界文化获取自己的合法性,使自己的边缘的生活方式、话语方式不至于过分恶化的重要前提。

当然,霍米·巴巴也强调,在第三世界对第一世界进行改写的时候,也要注意它所具有的边界,即必须反对种族主义、反对性别歧视、反对帝国主义和新种族主义等[1],从而使后殖民的文化研究不再是单纯的政治斗争,而是一种文本领域中的话语革命。

这种强调差异性、边缘性、少数人话语的文化研究方式,对文艺理论和文化批评具有很大的影响。甚至,当代文化理论对西方殖民主义文化和理论反思、学术反思,在文艺理论方面都有着十分明显的反馈。也许可以说,这种重视文本、人物形象、艺术特性和民族差异的文艺理论和文艺批评的基本立场,使霍米·巴巴的理论对文艺理论的影响日益扩大。

霍米·巴巴的意义也许在于,他一方面勾画出心理分析中的文化心理由被动转化为主动的可能性。另一方面,也划出了所谓"跨文化比较"中的边界,因为一切忽视文化差异的结果,一切抹平少数话语的立场的做法,其最终结果都可能是复制老牌的帝国主义的政治和文化,使得全球性的文化丧失差异而变成一种平面的模块,那将是人类文化的末日。

关键词:

后殖民话语(postcolonial discourse)

文化差异(cultural difference)

边缘(periphery)

少数话语(minority discourse)

思考题:

一、霍米·巴巴为何强调民族性的文化差异?

二、文化殖民是如何成为可能的?

三、霍米·巴巴所谓"文化定位"定位在何处?

四、霍米·巴巴标举"少数话语"立场或边缘文化立场意义何在?

---

[1] Bhabha, Homi K. *The Location of Culture*, London & New York: Routledge, 1994, p.26.

第六节 亨廷顿:文明冲突论的视野转换意义

人们大多不把亨廷顿作为后殖民主义理论家加以论列,甚至将他看作与后殖民主义理论相对立的"文明冲突论"的代表。因为在美国,后殖民主义理论是一种非中心的、东方主义的边缘性话语,其反主流文化倾向和维护第三世界自身利益倾向十分明显,故而可以称为东方主义的后殖民主义文化现象。而亨廷顿文明冲突论的实质在于从西方中心论出发,维护西方中心话语和文化优势地位,并且为西方文化的"主流话语场"确立新的世界地图的坐标。

然而,正是这种看似相反的论点,说明他们恰好面对"同一个问题",即西方文化与东方文化或"非西方"文化之间的"后冷战"关系问题,而这正是后殖民主义确立的关键点。所以,亨廷顿理论是与后殖民主义理论相对应的重要部分,这种对应的两极,构成相反相成、互补互释的关系,成为非常重要的后殖民理论参照系。离开这个参照系,仅仅谈论作为边缘话语的后殖民主义理论,将是不清晰和不全面的。

同时需要说明的是,亨廷顿作为一个政治学家、国际关系学家,分析了当前纷纭复杂的国际风云和国际政治文化场景,却很少或未直接谈到关于后殖民主义文论的问题,然而这并不能说明他对后殖民主义文论没有影响,恰恰相反,他打破了过去从政治、经济、霸权的角度谈论国际文化的旧格局旧思路,而将"文明"作为自己论点的核心范畴,来界定当今世界后冷战新格局,于是,文明、文化、宗教、语言、意识形态,乃至于文学艺术,都成为国际政治和跨国文化影响一个民族思维、性格、精神禀赋和价值取向的重要因素。从这个意义上来说,亨廷顿的理论不仅对后殖民主义文化研究,而且对后殖民主义文论研究有着重要的调整视野和扭转方向的作用,起码,可以使我们从一个新角度看问题。

一、后冷战时代文明的冲突

亨廷顿(Samuel Huntington,1927— 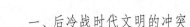)是美国当代政治发展理论的权威,具有著名学者和重要政治谋士的双重身份。他的《变化社会中的政治秩序》所倡导的"新权威主义"和《文明的冲突》所强调的当今"世界秩序重建"问题,都受到了各国首脑、政府官僚和知识分子的关注,并以他的论点为导线,展开了激烈的辩论。

在1993年《外交》(夏季号)上,亨廷顿推出其"文明的冲突"①的理论,其后又在《纽约时报》1993年6月16日专栏刊登其中心观点,并接受《新闻点季刊》的采访,大肆宣传自己的"文明冲突论"。其后,在《外交》(11—12月合期)上又发表

---

① Huntington, S. "The Clash of Civilizations?", in *Foreign Affairs*, Summer, 1993, Vol.72, No.3.

《如果不是文明,又是什么?》①的文章,回答各方面对他的批评和质疑。于是,亨廷顿的文明冲突理论在世界各国政界和知识界引起的巨大反响,成为近年来后殖民主义文化冲突理论论战中非常突出的文化景观。

亨廷顿的中心论旨是:世界政治在冷战局势结束后进入了"后冷战"的新阶段,全球政治主要和最危险的方面,将是不同文明集团的冲突,这使解释和观察世界政治的理论模式需要重新拟定。也就是说,随着冷战的结束,意识形态的冲突已不如过去那样重要,不同的国家

塞缪尔·亨廷顿(1927—)

展开了新的对抗和协调方式,人们需要从新的理论框架来阐释现代世界的文化和政治现象。于是,亨廷顿用"文明的冲突模式"取代了过去的"冷战模式",因为他坚信,在未来的岁月里,世界将不会出现一个单一的普世文化,而是会有许多不同的文化和文明并行,这使得人类历史上全球政治第一次成为"多极的和多文化的"。

"9·11"事件似乎成了亨廷顿
文明冲突论的旁注

在新的世界格局下,"文化认同"对多数人来说成为最有意义的东西。所谓文化认同,其最重要的层面是文明的认同。文明之间那种势均力敌的僵持状态正在发生松动,其表现为西方的影响在逐渐降低,而亚洲文明正在扩展其经济基础和政治权力,伊斯兰世界出现了人口爆炸,非西方文明正要重新肯定和设立自己新的文化价值,因此以"文明"为基础的新世界秩序正在出现。在亨廷顿看来,在人类生存发展的历史长河中,文明之间的交往是有限而间断的,进入现代时期,全球政治才开始出现了一种多极的国际体系,并且互相影响和竞争。到了20世纪冷战时期,全球政治成为两极化的,世界被分成了三个世界。80年代末,随着苏联的崩溃,冷战的国际体系成为了历史。

在"后冷战"的世界格局里,人们之间的重要区别不再是意识形态的、政治的或经济的,而是文化的区别。人要面对的最基本问题是:我是谁?我们的国家民族身份和我们的文化身份是什么?人们用祖先、宗教、语言、历史、价值、习俗和体制来界定自己,在种族集团、宗教社群、民族身份,以及在最广泛的文化层次上认同文明。在这种新的世界中,区域政治是种族的政治,全球政治是文明的政治,文明的

---

① Huntington, S. "If Not Civilizations, What? Paradigms of the Post-Cold War World", in *Foreign Affairs*, Vol. 72, No. 5, November/December, 1993, pp. 186-194.

冲突取代了超级大国的竞争。当今世界最重要的和普遍的冲突,不再是社会和阶级之间、富国和穷国之间、强国和弱国之间以经济划分的层面的冲突,而是不同文化实体的人民之间的冲突。

于是,文化既成了分裂的力量,又成了统一的力量。这种文化的力量表现为哲学观念、价值取向、社会关系和民族风俗等生活观念的重大差异,也表现为文化的共性和文化的差异性影响着不同国家的利益,影响着他们之间的抵抗和联合的某种抉择。换言之,政治和经济发展的主导模式,不再因意识形态、阶级斗争和其他模式的不同而相区别,而是因文明的不同而相区别。国际议题中的关键性争论问题,包含在文明之间的差异已然表明,权力正从长期以来占支配地位的西方向非西方的各种文明转移,全球政治已变成了多极和多文明的。

那么,究竟什么是"文明"? 文明的含义是什么? 在亨廷顿看来,对文明的看法历来就存在着多种分歧,有不同的文明观念。一种文明就是一个文化实体,不同的民族意味着存在着不同的文明,每一个文明都以自己的方式文明化或走向现代化。文明和文化涉及一个民族全面的生活方式。文明是放大了的文化,是人类最高的文化归类,是人类文化认同的最广泛范围。文明没有明确的边界,它持久而不断地变化,它是动态衍生的,兴起又衰落、合并又分裂,在时间的长河中不断汰变,并改变自己的性格,保存自己的精华。

文明不是政治实体而是文化实体,它们并不维持秩序、进行战争、谈判条约等,但是,文化文明的差异可能会使世界的差异变得更大,不同的文明因其历史、语言、宗教、传统和价值观念的截然不同,使得他们对于生命、国家、权力、自由、平等的认识也不断发生重大分歧,这种分歧使政治思想和政治体制的差异变得触目惊心。正是这些文明的差异造成了文明的冲突,形成了多少世纪以来漫长而残酷的文化观念碰撞。

文明的冲突不仅在历史上造成了重大的灾难,而且还将决定后冷战时期以后的整个世界的走向。世界政治全球化与地区化,增加了文明冲突的可能性,随着现代传媒和通讯网络的日益发达,人们可以通过多方面多渠道的联系,使相互之间的实际距离变小,地球成为一个地球村。但是由于文化信仰、价值观念、宗教传统难以弥合的鸿沟,其心理距离反而加大了,文化分歧和敌对情绪与日俱增,于是宗教起而填补这种精神饥渴的空白,出现了原教旨主义猖獗的当代局面。

可以说,文化的认同性日益取代了意识形态的差异性,于是,文化的共同特征成为经济一体化的前提条件。而随着文明意识的增强,非同种文明之间的差异和裂痕日益明显,出现的摩擦也日益增多。

在西方中心权力话语逐渐滑坡的情况下,其他"非西方"民族越来越强调自己的文化身份和民族文化价值的重新确立,其挑战情绪正在不断滋长。而其文化精英也渐次褪掉西化色彩,打上了更多本土化烙印。所以,文明的重大差异造成了现代冲突的前提,甚至成为占支配地位的全球冲突的形式。

在此意义上,语言和宗教是权力转移的文化表征。尽管"英语"已成为世界之间进行知识交流的共通语,但这种通用语言只是处理语言差异和文化差异的方式,而非消灭了差异本身。英语不但没有使其他民族去掉自己的文化,且因为有这种通用语,而使其保存了自己的文化的完整性。使用英语进行知识交流,恰好有助于维持民族相互分离的有限文化认同。而且"语言与权力"紧密相关,在中世纪是拉丁语热,现代是英语热,亨廷顿认为今后或许汉语也会"热"起来。同样,宗教在20世纪末也出现了全球性复兴,尤其是原教旨主义运动的兴起,使得西方宗教并没有成为世界的中心,而只是多元信仰中的一元而已。如今,文明已经替代了民族国家、意识形态、三个世界、冷战模式和历史终结模式,成为讨论判断一切国际纷争的新思维。

那么,我们不禁要问:在亨廷顿那里,用"文明"作为核心范式取代了其他的分析世界格局的政治术语以后,他怎样看待西方与东方?怎样看待世界多种文明间的互动关系?怎样看待后殖民主义文化中的全球化和本土化问题?而这些看法在后殖民主义文化研究中具有怎样的意义?

二、西方与非西方对立的世界图景

当东方主义者强调东西方文明的时候,亨廷顿并没有将东西方文化简单地对立,而是用西方与非西方作为观察问题的基点,将非西方作为西方的一种对立面(the West against the Rest)。在他看来,分析当前国际的诸多重要现象时,用过去的"民族国家"来解释当今世界事物的方法已经过时,所以,他设想一种新的"地缘政治制图学"来为其规划一张新的世界地图。他也称其为冷战后的新"范式"(paradigm),因为这种新范式和化约的地图,对于当代人的思想和行动来说尤为重要,甚至可以运用它来指导各国的国家政治行为。

一般而言,当代世界图景可归纳为以下几种范式。

"一个世界的范式",即弗兰西斯·福山提出的"历史终结"(the end of history)的命题①。

弗朗西斯·福山(1952—)

福山认为,自从苏联解体以后,两个超级大国的对立归于消失,人类意识形态的残酷斗争已然结束,全球冲突已经终结。亨廷顿不同意福山的"历史终结"而只存在一个世界(西方世界)的看法,认为这不仅忽视了世界发展中人的非理性因素问题,而且是一种对当代世界复杂现象的误读②。

---

① Fukuyama, F. "The End of History", *The National Interest*, 16, Summer, 1989; *The End of History and the Last Man*, New York, 1992.

② Huntington, S. "No Exit: The Errors of Endism", in *The National Interest*, Fall, 1989, p.10.

"两个世界的范式",总是把世界分成我们和他们、集团中的和集团外的、我们的文明和那些野蛮人,甚至是根据东方和西方、南方和北方、中心和外围来进行分类,把世界分成两相对立的文化霸权模式。这种东西方的二分法,事实上是由西方制造出的一种权力神话,而这些神话带有东方主义的缺陷。亨廷顿代替"东方"与"西方"对立的是"西方对抗非西方"的提法①。

"三个世界的范式",即第一世界是占有霸权地位的超级大国,第二世界是西方发达国家,第三世界是众多的发展中国家。当然还有一些新的提法,如美国的世界政治理论学者罗森诺提出了"两个世界"和"后国际政治"的概念,他消解了强调世界政治中那种"国家"概念,认为过去用"国家"来进行国际关系分析,注重"国家"所具有的主权和国家所确定的边界及人口的主要行为体,通过国家之间的互动,构成国际政治的主要内容。但是,在冷战结束以后,国家利用"文化"活动(而非国家活动)达到扩大影响和保护主权的目的,成为越来越明显的行为模式。可以说,在当今世界的一百八十多个国家中,文化的一元化几乎是不可能的,因为多元民族国家和世界性的移民浪潮,使得文化的多极成分越来越重。所以,有些学者就以新的跨国组织形式,以文化和经济力量高度集中的世界大城市和地区为新的分析框架,强调除了以国家为中心的世界继续拥有其功能以外,一个新的力量即由跨国组织、非政府组织、非国家机构等行为体构成的多中心国家已经崛起。从这一角度看,罗森诺提出的所谓"全球文化"的概念,使得一部分人更将目光放到了文化差异、民族冲突和国家矛盾三者的交错问题上。

美苏争霸的结束是否就意味着历史的终结?

"国家论范式",强调民族国家(nation-state)基于自身利益的考虑,既可与同文明国家对抗,也可与不同文明的国家结盟。国家与文明并不必然对立,国家集团事实上是由文化、宗教、历史、语言、制度等凝聚起来的,文明也是由一个或多个国家组成的。这里的国家与文明的关系相当复杂。

---

① Huntington, S. "The Coming Clash of Civilizations or, the West Against the Rest", *The New York Times*, June 6, 1993.

"软权力"(soft power)理论范式,约瑟夫·纳伊提出并强调,文化扩张和文化权力构成了当今国际关系上的主权斗争的新领域,相对于国家、民族、边界、领土等"硬权力",文化冲突和价值观念等"软权力"问题,恰好是今天把文明和文化引入国际关系中的新举措,并可能出现为巩固自身的国际地位和维护自身的国家利益而争夺"文化霸权"的新战略。因为现存的所有文明集团都在为竞相争夺经济权力、国际组织的控制权力,并为推行自己的文化政治和宗教价值观,扩大自己的文化权力和影响而努力。

推倒柏林墙意味着一个时代的结束

正是在这个基点上,亨廷顿提出了"文明冲突论"范式,以取代过去的两极霸权模式、三个世界模式以及富国穷国模式的对立,而构成当代西方与非西方的文化对峙冲突的新格局。当然,细加分析,其二元对立的思维框架仍然存在。

"西方与非西方"的范式或模式,使亨廷顿没有将全世界的文化化约为一个、两个或散漫地看成一百八十多个,而是将其集中划分为"八大文明",认为可通过这种化约形成一个易于理解的框架来把握世界。这八个文明即:西方文明、儒家文明、日本文明、伊斯兰文明、印度文明、斯拉夫—东正教文明、拉美文明、非洲文明。人们在世界的文明划分问题上已然达成某种共识,即人类历史至少曾经出现过12个主要文明,但其中已有7个文明不复存在,这七个文明是美索不达米亚文明、埃及文明、克里特文明、希腊文明、拜占庭文明、中美洲文明和安第斯文明。

所谓"西方"文明包括欧陆和北美,加上其他一些欧洲裔居住的地区如澳大利亚、新西兰。"西方"一词现在被普遍用来指称为西方基督教世界的那一部分,所以,亨廷顿认为西方是唯一一个根据罗盘方向而非根据一个特殊民族、宗教或地理区域的名称来确认的文明。当然,在亨廷顿那里,与西方相对的并不是"东方",用东方和西方来识

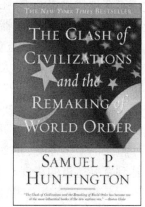

《文明的冲突》书影

别地理上的区域是种族中心化的,因为问题在于,相对于什么而言来谈东方和西方,这完全取决于站在什么位置。因而,他划掉了"东方"以后,就将西方以外的所有文明统称为"非西方"。

20世纪的"西方"处于权力的巅峰状态,在政治、经济和军事方面具有无可抗衡的力量,然而,进入90年代后新情况出现了,即西方的扩张正走向终结,对西方的反抗开始广泛出现,西方的力量相对于其他文明而言出现了下降、中断甚至逆转的趋势,国际体系不再是以西方为绝对核心的霸权地位,西方在90年代成为"有限的西方"。这种力量对比的变化,使亨廷顿认识到,未来世界的轴心将是西方与非西方国家的冲突,这种冲突主要不是军事和政治方面的,而是文化和价值观念方面的。

随着"非西方"国家经济的崛起、文化的进一步发展和宗教势力的抬头,他们面对西方的霸权抱有几种不同态度。第一种是闭关锁国式的自我孤立,坚决拒斥西方的渗透,甚至对西方提出明确的挑战;第二种是拥抱西方的价值观念和文化,接受其制度和文明观念,渴望通过现代化及西化链条加入富国俱乐部;第三种是设法与西方保持平衡,发展经济和军事力量,与其他非西方国家合作共同对付西方,保持其固有的文化观念和价值制度观念,强调其国家和民族的现代化而非西方化。这一切无疑为西方文明的优势化敲响了警钟,因为,今天的西方与非西方除了在争夺经济、军事与政治的权力斗争方面构成冲突以外,在文化价值以及人权等方面也已形成了相当大的冲突。甚至可以说,人权、自由这些西方最重要的价值观念,在非西方中却变得最不重要。

西方曾想通过文化整合使全世界都逐渐西化,变成西方文化制度的全球翻版,在20世纪末期遭到了全面抵制。事实上,众多的非西方国家因其在文化上与西方迥然不同的特色,以及内在的摩擦和冲突,使他们力图发展自己的经济、军事和政治力量,以此同西方展开竞赛,并建立自己的不同于西方文明的现代化国家。这些国家在现代化浪潮中,在信息的高度发展中,从西方先进国家获得了一些新技术、新知识、新能源和新武器,整个综合国力不断地接近西方,而其价值观念仍然保持着本民族的价值和利益观念,与西方存在着根本区别。这造成了政治经济综合国力上升,而文明差异加大的冲突潜在威胁性。

对此,亨廷顿以一个学者和谋士的双重身份,指出了使西方面临"挑战"的挑战对象。

首先,是伊斯兰文明的挑战。因为基督教和伊斯兰教两大文明之间绵延了几个世纪的军事冲突,在20世纪不仅没有减弱,而且越来越激烈,并在"海湾战争"中达到登峰造极的程度。

其次,是儒家文明的挑战。亨廷顿认为,儒家文明主要是大中华文化圈,冷战后若干儒家文明圈中的国家如朝鲜、越南等也包括其中,中国是中华文明的核心国家,对其他华人社会有其向心力。中国正在发挥重大的作用,在世界事件中的立场和方式显得充满活力,其他几个华人实体如中国香港、中国台湾、新加坡等地区和国家,与中国内地的联系也在不断地推进和发展。亨廷顿强调,大中华不仅是一个抽象的概念,也是一个迅速发展的文化和经济的现实,并开始变成一个政治的现实,如"亚洲四小龙"有三小龙属于华人社会。东亚的经济越来越以中国为中心、以华人为主导。这样,冷战后儒家文明圈内的国家已经在积极扩充自己的力量,并使儒家文化成为这一地区的共同文化资源和文明的向心力。

然而,这种中国"威胁"论的观点遭到了中国学者的坚决批评。因为,亨廷顿将儒家文明圈作为向西方文明的挑战者,指责中国向中东国家输出高技术和武器,并支持伊斯兰文明与西方相对抗,在近10年大量增加军费以推进武装力量现代化,使得儒家与伊斯兰教的军事联系成为西方的潜在威胁。在很多海内外华人学者看来,亨廷顿预测中国可能向西方对抗,提醒西方警惕中国,完全是耸人听闻地设想假想敌。至于中国经过了百年的现代化历程,今天占主导地位的是否是儒家文明也都还是一个问题。再加上今天中国文化现状究竟是人文精神的失落或人文价值关怀的弱化,还是儒家文明思想的整合和秩序,也同样是一个问题。

儒家文化的代表人物——孔子

在我们看来,"大中华圈"的文化并不是好战的文化,而是容忍、和平的柔性文化,它今天的根本任务是实现自身现代化而不是向西方进行挑战。亨廷顿的这种寻找挑战国的做法,有可能刺激"大中华文化圈"中的许多基本力量,而将其整合到民族主义基本立场上去,甚至会产生一些负面效应。

穆斯林麦加圣殿朝圣时的壮观景象

事实上,中国的经济力量和政治影响迅速增加,走了一条独特的中国现代化道路,一条非西方的经济发展模式,对其他国家乃至世界都可能起着某种示范作用。因此,强调儒家文化对抗基督教文化将成为未来社会的主要冲突,提出中国"威胁"论,这确实是出于对中国综合国力以及在国际上地位的上升而出现的担忧。但是问题在于,包括儒家国家、基督教国家和伊斯兰教国家在内的不同文化和国家之间固然会有矛盾和摩擦,然而,是否一定会变成世界的主要冲突,甚至形成世界性的战争呢?文化既有冲突又有融合,既有裂变又有对话,单方面地强调冲突,就有可能使一些局部的小的矛盾转化为激烈的抗争,这种冲突论反而不利于国际和人类大同。亨廷顿过分强调今日世界几大文明的冲突必定大于民族文化之间的冲突,空前突出了精神信仰和文化遗产的重要作用,坚持宗教信仰、文化传统、种族归宿感、价值观念、意识形态等精神因素,虽有其识见,但其将西方与儒家文明和伊斯兰文明绝然对立，则可能因文化的差异而导致更大的文化冲突。

再次，是处于夹缝中国家的挑战。这些国家深受殖民主义的侵害，与西方的疏离感是明显的，但力量悬殊，并不能真正构成对西方的威胁。

这就说明，亨廷顿强调构成西方未来社会的非西方的挑战国主要是伊斯兰文明与儒家文明。他站在西方中心主义立场，对未来的发展和整个世界格局忧心忡忡，并表示要提出控制未来世界的对策，限制潜在的敌对文明即儒家文明和伊斯兰文明，扼制其军事势力的扩张，削弱其文化影响力，力求将其整合在西方的价值观念之内，使西方与非西方的文化的冲突归于失效。

未来社会中的现代化和西化之间仍然存在着重要的区别。现代化包括工业化、城市化、识字率、教育水平、富裕程度、社会动员程度、多样化的职业结构，是整个科技发展所带来的新的知识文化场。现代社会中人的态度、价值、知识和文化都区别于传统社会，西方首先获得具有现代性的文化，但是否世界各国走向现代化都必然走向西化呢？尤其是现代化是否就一定意味着西化或全盘西化呢？

现代化不等于西化。亨廷顿指出，日本、新加坡等即是现代化的繁荣社会，但它们显然是非西方的。那种认为现代文明即西方文明，西方文明即现代文明的看法，是一种完全虚假的同一。西方远在现代化以前就是西方了，使西方区别于其他文明的主要特征产生于西方现代化之前，而这些特征就是古典遗产，包括希腊哲学和理性主义、罗马法、拉丁语和基督教，还包括天主教新教、欧洲语言、社会多元主义、代议机构、个人主义等。西方的扩张促进了西方的现代化和西方化，因此有不同的"挑战"和"回应"，如拒绝主义、基马尔主义、改良主义等。总体上看，西方化和现代化密切关联，非西方社会吸收了西方文化众多的合理因素，并在走向现代化中取得了某种进展。

然而，当现代化进度加快时，西方化的比例下降而本土文化获得了复兴，于是发展着的现代化改变了西方文化和非西方文化的均势，加强了本土文化的信心。换言之，在现代化的早期阶段，西方化促进了现代化，而在后期阶段，现代化促进了非西方化和本土文化的振兴。在社会层面上，现代化提高了社会的总体经济、军事和政治实力，鼓励其社会集团中的人们对自身文化的信心，从而成为本土文化的伸张者。在个人层面，当传统纽带和社会关系断裂时，现代化便造成了异化感和反常感，并导致精神价值的认同危机。

现代化并不一定意味西方化，非西方社会并没有放弃它们自己的文化、体制和实践，而是通过不同的道路实现自身的现代化。冷战后的"西方化"确实是不可能的，西方单一文明的绝对胜利只是一种心造的幻影。相反，现代化加强了各种文明和文化的自信心，并减弱了西方文化的威慑力，世界正从根本上变得更加现代化和更少西方化。各种文明以不同的方式达到了现代化，而不一定去西化自己。亨廷顿这一看法是清醒的。他对西方国家那种一枝独秀的"西方中心论"的冷静反省是深刻的。当然，他过分强调文明的冲突必然导致未来世界的冲突，甚至成为世界大战的危险因素,确实有些危言耸听,但他看到了很多文明都以自己的方式文明化了,文明之间的差异可能会导致冲突,仍然值得人们关注。

从现代化与西化更深一层目的角度来看全球现代化存在的诸多问题,使得亨廷顿发出这样的疑问:现代化在全世界提高了文明的物质水平,但是否提高了文明的道德和文化水平?而且这个大混乱的世纪,许多地方的法律和秩序崩溃,国家管理不利,无政府主义日益蔓延,跨国犯罪集团猖獗,吸毒现象泛滥,信任感和社会凝聚力下降,在世界很大一部分地区,民族宗教和文明间的暴力活动及其武装统治盛行,以致人们已然意识到全球性的政治危机。在世界范围内,文明似乎在许多方面正在让位于野蛮状态,它导致了一个前所未有的现象,一个全球的黑暗时代也正在降临人类。在这个正在来临的时代中,文明的冲突是对世界和平的最大威胁,而建立在多文明基础上的国际秩序是防止世界大战的最可靠保障。

可以看到,亨廷顿已经从他的新权威主义,甚至他前些年的关于美国国力和西方世界独霸的"乐观主义"走向了深刻的"悲观主义"。因此,关键性问题在于价值冲突、文化差异、文明冲突的当今时代,作为未来世界的一种总体看法,究竟应该是一种本土化即文明冲突论,还是全球化即文明融合论?

三、本土化与全球化冲突融合的新趋势

当今世界经济与政治因素的冲突已经退到了文化冲突的背后,因此,各国的外交政策制定者和国际政治研究者都必得思考一系列关于后殖民时期的战略问题,即冷战后的世界大趋势是冲突还是缓和?文明的冲突和经济政治的冲突孰重孰轻?是分裂还是整合?未来的主要动荡和冲突将发生在怎样的文化断裂线上?在这里,"冲突论"强调的是文化的差异和本土化,以及相互的矛盾、分歧与不可通约,而"融合论"强调的是文化的相容和全球化。本土化与全球化的问题,成为当前学界讨论的热门话题。

一般而言,许多非西方国家开始走上现代化道路时,确实是对西方文明挑战的应战模式的回应,出现了文化差异性缩小的情况。但随着实力的全面提高,其用于抵挡西方文明的压力,维护自己文化精神价值的主要方式是本土化,从此构成了自身文明本源的认同和文化回归的景观。因此,非西方文化面对强权的西方文化殖民主义,其策略往往是在面对挑战的同时,又学习西方文化。但是,随着信息时代的来临,全球化呼声日益升高。那种认为现代化就是西化的文化霸权思想,接受市场经济的规则就是走向西方式民主和政治多元化的重要步骤的想法,已然遭到质疑。人们开始阐发亚洲文明的复兴问题,设想亚洲的价值观最终超越西方的价值观,以此抵制西方文化的侵蚀及影响。可以说,人类正在超越"地缘经济时代"而进入"地缘信息时代",强调冲突论的亨廷顿,与强调融合论和全球化的其他理论家产生了相当深刻的裂痕,并爆发持续不断的论争。

如果我们从一个更广阔的角度来看,就会了解到近现代以来,国际关系一般经历了三个不同的历史阶段,即"民族国家阶段",其主体主要是民族国家,国家利益高于一切;随着政治经济和文化的发展,进入"跨国关系阶段",出现了超国家主体,构成国际关系的重要行为体,注重国际谐调和国际机制的互补互利;到了后冷战时期,进入了"全球化阶段",民族国家的职能逐渐下降,而类似世界政府的国际机构逐步产生,国际机构决定各国一些重要的决策决议和战略。

今天,人们到处都在谈论"全球化"。何谓全球化呢?对此不妨稍加论列。

希利斯·米勒认为,整个世界在文化、政治和经济生活的许多领域一直都在"全球化",90年代,这种大大加速的全球化过程有三个特征,即技术的全球化、经济(跨国公司)的全球化和新信息网络技术的全球化。全球化导致许多新的、跨国的、具有巨大潜力的社会组织和各种新的社会群体产生,并走向新的政治组合形式,即乔·卡茨所认为的"后政治"(postpolitics)的兴起和数控国家(digital nation)的诞生。在米勒看来,新的全球化文化中的文学,其文化社会功能越来越小。人们信奉大众传媒文化,蔑视那些仍然处于大众文化之外而想训诫他们的人。网上杂志的增加正在转换文学研究的出版合法性条件,为研究者提供了一种即刻性记忆,改变了过去的文学作品对学者和批评家的存在方式。伴随民族国家的衰落,独立的民族文学研究正逐渐被多语言的比较文学和世界文学研究所取代,全球化的"文化研究"迅速兴起。它成为女性主义、少数民族和在后殖民、后理论的(post-theoretical)时期一度被殖民化的"非西方"的工具。文化、历史、语境、媒体、性别、阶级、种族、自我、道德、多语言主义、多元文化主义、全球化,变成了新历史主义、新范式主义、文化研究、通俗文化研究、大众传媒研究、女权主义研究以及后现代主义研究的关键词。

各国反全球化人士齐聚加拉加斯

由此看来,全球化同本土化一样,的确是一种不容否定或忽略的现实存在。"全球化"和"本土化"是后冷战后殖民时期两种相辅相成、相对立又相统一的重要现象和趋势。我们一方面要看到二者之间的差异,另一方面也要看到二者的冲突和融合。本土化和全球化其实从来都是彼此依存的,而作为文明载体的民族自身发展是在冲突中融合而成的。同时,又在融合中产生新的冲突,并进而达到更新更高的融合。所以,从宏观和微观上说,"文明的冲突"和"文明的融合"具有普遍性,单独抽出任何一维作为未来世界图景来阐释其发展轨迹,无疑都有其盲点。

需要注意的是,西方文明所拥有的文化强权在文化的"全球化"扩张中不知不觉地形成"文化霸权"话语,以及横向"文化扩张"的企图。同时,我们在注重"冲突论"之时,又不能过分地单一强调造成不同民族之间的灾难性战争甚至世界大战仅仅由于文明的因素,而非政治经济等综合因素。我们以为这两种看法都有失偏颇。"文化对话论"既非完全抹杀自身民族的特性,走向所谓"全球化"而形成新的单一文化;也非完全走向所谓"本土化"和冲突论,而将人类大同、人类世界的未来看成一种可怕的互相冲突、彼此殊死搏斗的世界末日图景。我们只能通过对话求同存异,借此,在本土化和全球化之间达到微妙的谐调,在冲突论与融合论之间获得一种良性的互动。

亨廷顿无疑是强调"本土化"的,而本土化与全球化是一对矛盾,彼此纠缠,互相联系,需要认真清理。亨廷顿所否定的文化普世主义自然不会出现,而文化的自绝也仍然是一种过分的忧思。我们强调的是不同民族文化的自强、自立和自觉。多种多元文化将通过对话的方式达到相互的深切理解,而在未来世界中感受到文明的光辉。

如果说,亨廷顿的理论为当代后殖民主义文化研究提供了另一层面的理论参照,那么,我们在进行后殖民主义文化和文论研究时,必得面对这种网络状态的复杂文化现象,弄清楚它的前提、问题和今后的发展方向。同时,在研究这种跨国资本主义和文化领域的新现象时,必须深切地了解这一事实:文明冲突语境中的文化帝国主义和后殖民主义,对当代文论研究有其深化作用,并有可能使我们摆脱一般狭隘的地区意识,以一种新的更大的跨国际语境来看当代西方和中国的文论问题。文化冲突理论,有可能使我们在后殖民主义研究中摆脱一种不正常的文化心理状态,而是真切地把握全球化与本土化张力结构中的当代中国文化身份的问题。我们应具有一种更正常的文化心态和更全面的文化方式去看待文化多元化,而尽可能地避免文化冲突①。

无论是赛义德充满歧义的"东方主义",还是霍米·巴巴和斯皮瓦克的具有解构或女权色彩的后殖民文化理论,或者是亨廷顿引发论战的"文明冲突论",都使人们超越认识到,当今世界是一个越来越多元、多极的世界。在后冷战时代,世界文化已经不可能仅仅存在西方中心主义话语,民族文化的差异整合性将取代西化式的现代化的普遍文化理论。

在多元历史和多元权力的世界新格局下,在精英文化和大众传媒中,如何使"第三世界文化"不成为一种"后历史",如何使东方文化不成为"博物馆文

---

① 后殖民主义和文化帝国主义问题是当今一种重要的文化现象,在各国都引起了学者们的关注。在海外、港台地区的新儒家对后殖民主义以及文化的冲突问题也相当重视,认为只有用新儒家精神重振中华民族性来抵抗现代化和全球化的负面作用。

化",如何使当代中国文学不成为跟着西方在"现代性陷阱"中徘徊的游戏文学,确实需要中国的思想者和作家批评家深加反思。而杰姆逊的后现代后殖民文化研究,也许可为我们提供一幅新马克思主义的理论图景。

关键词:
  文明的冲突(clash of civilizations)
  西方与非西方(the West and the Rest)
  全球化(globalization)
  本土化(indigenization)

思考题:
  一、如何理解亨廷顿作为后殖民主义对立面的意义所在?
  二、亨廷顿所认为的"文明"内涵是什么?
  三、文明的冲突指什么?亨廷顿提出这一理论的意图何在?
  四、亨廷顿如何看待东西方关系?他持什么立场?
  五、全球化与本土化有什么关系?亨廷顿如何看待这一问题?
  六、文化对话论应避免什么?达到什么?

第七节 杰姆逊:后现代主义与后殖民主义的汇合

从"整体叙事"入手,运用马克思主义的观点分析与后现代后殖民文化相对应的后工业社会结构变化,是杰姆逊(Fredric Jameson,1934—)文化理论的一大特点。注意世界范围内后现代主义文化发展,并通过后现代文化风格、文化逻辑的把握去展示其艺术审美轨迹,是杰姆逊的基本思维向度。

杰姆逊(1934—)

一、后现代后殖民主义文化

杰姆逊的理论既有西方马克思主义特色,又有明显后现代主义理论痕迹。他对晚期资本主义文化、经济、政治进行权力和意识形态分析,并关注第三世界与第一世界间的内在权力张力,以及政治经济与文化意识形态间的复杂关系,阐释了当代资本主义全球化文化霸权、后殖民主义等重要问题。

后现代主义与后殖民主义有内在的逻辑关系。杰姆逊的后现代主义分析可以看成是后殖民主义分析的一个前提和生长点。当然,这或许也造成了杰姆逊观点的庞杂:既有马克思主义、意识形态分析的观点,又有拉康的精神分析、阿尔都塞的"症候阅读"、德里达的解构理论以及巴赫金"对话语言学"的观点,使其不断在各种理论间游移滑动,力求用一种宏观的"元批评"话语,将众多时髦理论整合在自己经济政治结构的分析框架中。

对福柯仅仅强调权力话语分析的做法,杰姆逊并不认同,他强调后现代文化霸权理论最终应落实为经济问题的分析,也就是要分析资本主义生产关系,以及晚期资本主义的全球化趋势和殖民化策略。因而,他从一种统一性观点出发,将具有各种差异性的后现代理论整合起来,形成整体叙事的方式,去透视跨国资本主义、跨时代理论家的斑斓色彩,剖析现代和后现代文学作品、第三世界与第一世界作品的叙事性所呈现的社会和"政治无意识"①。因此,"叙事"在杰姆逊那里实在是非常关键的术语。

在他看来,寻找一种真正的叙事,将各种零散偶然的没有内在联系的文化现象,整合成一种可供考察的总体结构形态,以观察其中多重矛盾和权力运作元素的交织,从而使阐释问题从文本转向历史文化深层,并从一般的文化模型研究上升到探索生产力和生产关系,尤其是资本主义发展到全球资本主义化的、后现代后殖民时期的某种新问题模式的研究。正是把握了这种多角度、多层面分析资本主义历史构成的宏观视角,使得揭示政治无意识、发现资本主义权力运作的内在规律、厘定后现代的正负面效应及第三世界的出路等问题,成为杰姆逊的重要研究对象②。

受结构主义、心理分析和"症候阅读法"的影响,杰姆逊往往将文本看作是多层次结构:(一)字面的描述性的表层结构;(二)字内含义的政治性诠释语码层面;(三)文化性社会性的内在结构层面;(四)深层次的形而上或总体性的历史意识和历史规律层面。通过这种不断向深层延展的结构,杰姆逊在前资本主义、资本主义和后资本主义时期,引申出三种不同的文化模式,即现实主义、现代主义和后现代主义,并对后现代主义的"物化"、文化的"商品化"、"平面化"语境加以描述。他感到在现代主义和后现代主义之间难以准确地分类,而只能提供一个后现代消费符

---

① Jameson, F. *The Political Unconscious: Narrative as A Socially Symbolic Act*, Ithaca, New York: Cornell University Press, 1981.

② Jameson, F. *Postmodernism*, Durham: Duke University Press, 1991.

码模式的分析框架,从中透视后现代主义在20世纪科技、文化全球化运作中的真实意图,即后殖民的全球化意识和后殖民主义的文化问题。

"全球化"问题是杰姆逊近年来关注的重要对象。一般而言,全球化包括经济全球化、信息全球化等,但在文化是否全球化问题上引起了剧烈的争论,即出现了本土化(冲突论)和全球化(融合论)之争。全球化以跨国公司和国际网络为其显著标志。跨国公司在全球不同国家有自身的机构,并拥有全世界的投资者。跨国公司的激增是国家政权衰落的一个表征:一方面当代跨国贸易组织体现了跨国经济全球化垄断的特点,另一方面电子通讯技术的全球化,使电子信箱、互联网络在人类生活中构成了重要的范式转变,即从书籍时代转到了电子时代。全球化造成当代人新的生产和消费方式,生产出一种新的感性存在的后现代生活方式。电脑空间群体的发展和人类感性延伸,导致感知经验变异并产生新的电脑空间个人存在状态。后现代传媒和高科技网络,将整个世界逐渐整合在同一频率和文化神经元上,时间空间的彻底转换使得后现代人的心性价值发生了根本的改型。

在后殖民时代,"国家民族"并没有消亡,杰姆逊对亨廷顿所提出的国家民族业已消亡,而代之以文明冲突的说法加以拒斥。他认为不同的思想社团和团体间的交流越来越多,使各种不同文化圈层间的对话、融合和冲突也日益多样化,没有任何一种话语可以完全取代国家民族所隐含的阶级斗争、意识形态和政治权力话语。尤其是知识分子,更是具有国家民族的意识,与现实生活息息相关,对现实持有批判态度。所以,后现代主义时代的叙事及其同晚期资本主义的关系,成为杰姆逊关注当代问题的聚焦点。因为处于后现代、后殖民时期的人们是无法逃离"晚期资本主义的引力场"的。而作为一个当代马克思主义者,正是要据此而构造并组织自己经验的基本框架,为这个破碎的、日益多极、多元化的世界提供一种总体理论分析模式,一个历史把握的基本方法①。所以,他认为自己倡导的"全球叙事"比自由主义叙事、市场叙事或其他的政治叙事,更具有当代有效性。

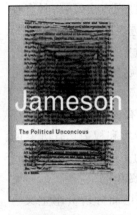

《政治无意识》书影

在对后现代后殖民世界进行分析时,杰姆逊注意从对象本身出发,即从实践出发去把握事情的多样性、复杂性和差异性,进而在理论升华之中,去发现现象中具有本质属性的东西。他对消费符号、国家民族和第三世界的关注,使得他对"解放神学"十分推崇。他在这个据说已被解构主义将"宏伟叙事"彻底消解后的今天,仍然偏爱"乌托邦"观念,仍然按照自己的乌托邦理想和未来远景去组织自己的整体叙事和构成世界的认识范式。杰姆逊重申,在这后现代、后殖民时期,人类生活

---

① Jameson, F. *Messages of the Visible: Film/Theory/Periodization*, New York: Routledge & Chapman Hall, 1991.

已经被压缩分割为理性化、技术化和市场化的多类事物,在这种人与自然、人与世界、人与自我的急剧转型和主体消亡萎缩的时代,强调未来世界的乌托邦,并坚持这一正当而合法的要求,已经变得刻不容缓。

总体上看,杰姆逊的后现代和后殖民主义的文化思考,是从具体的社会环境、历史发展的规律和现实中具有的急迫性问题出发,去进行文化和文学文本的分析,在历史与现实、社会与文化、政治与美学方面,达到了某种程度上的有机结合,并使其后现代与后殖民主义分析,在当今世界思想界有着重要的影响。

二、后殖民主义与第三世界文化

在数码复制的时代,杰姆逊关注后现代后殖民主义问题并作出自己的回答,他揭示出现代艺术向后现代艺术的转化,是以丧失其时代艺术否定功能为代价的。后现代的大众化商品复制与形式上的平面模式,反映出跨国资本主义文化生产的内在危险逻辑:它使文化扩张并消弭文化的精神特性;它迫使艺术放弃批判功能而顺应消费和科技型生产关系;它使文艺和美学遭遇到四个"削平"(深度模式削平、历史意识削平、主体性削平、价值削平),使世界"物化",加速了表征的紊乱。因而,在杰姆逊看来,将后现代文艺印证于消费资本主义社会结构变化,就可以从哲学高度昭示出晚期资本主义文化形态的总危机,即理论话语界限消逝和语言表征规律失控。

从后现代主义基本立场上看,杰姆逊对丹尼尔·贝尔的新保守主义是坚决反对的,他反复说不能只看到后现代科技的来临,而成为给定事实的被动接受者,即应"避免像丹尼尔·贝尔那样,成为一个以技术官僚为本位的意识形态支持者,甚至成为新的社会系统本身的辩护者"①。杰姆逊对哈贝马斯的观点相当重视,认为哈贝马斯对抗后现代主义的态度,"所表现出来的洞察力及敏锐度,比利奥塔所愿意承认的要多得多"②。就内心而言,杰姆逊对哈贝马斯的基本理论框架,诸如重建新理性、建立交流模式、达到普遍共识、注重宏伟叙事、提出合法性危机,是持积极肯定态度的。但作为美国学者,他又看到德国思辨理性以及德法宿怨存在的问题,因而他在哈贝马斯的激进对抗后现代主义的问题上又有某种保留。对利奥塔的看法,杰姆逊表现出宽容性与原则性的统一。他承认利奥塔对后现代知识状态的分析是迄今为止最为深刻的,然而在结论上却展开针锋相对的论争。杰姆逊不同意全面接受后现代文化,而坚持一种批判立场(可见出西方马克思主义精神)和质疑态度,同时对其开出的"药方"——"谬误推理"坚决反对。杰姆逊认为:"如果全球性的私人公司,垄断如此重要的信息系统以后,那么世界将沦入悲惨的境地。基于这种认识,我们对谬误推理和'怎么都行'之类的说法确乎无法再以轻松的心

---

① Lyotard, J-F. *The Postmodern Condition: A Report on Knowledge*, Foreword by Fredric Jameson, Manchester: Manchester University Press, 1984.

② Ibid.

情去面对。总而言之,我们不能单纯期望信息垄断的局面会通过一种有善良愿望的科技精英分子的自觉而得到改善。恰恰相反,我们只有以政治上的行动本身,才能对那信息垄断的局面提出真正的挑战。"①

詹姆斯·乔伊斯(1882—1941)

杰姆逊对后现代主义的态度十分矛盾,他为后现代主义列出两个解释性范例,一是"美学范例":后现代主义是对高级现代主义的反动;一是"社会经济范例":后现代主义的出现与后期消费资本主义的出现"密切相关"。就前者而言,杰姆逊认为:"不仅乔伊斯、毕加索不再令人觉得古怪讨厌,而且一度被看作古怪的作品,都变成了经典之作。……当代艺术中最令人反感的形式,诸如朋克(punk)、摇滚(rock),或那种所谓的公开'性'材料,都为社会逐渐接受,获得巨大的商业成功。当代艺术的遭际与那些高水平的老现代主义作品相比完全不同。这意味着,在我们的文化中,即使当代艺术与老现代主义一样,有相似的形式特征,但其立足点还是发生了根本的改变。"②如果仅仅认为后现代主义是针对现代主义的反动,那么其决定论的色彩太强,而且事实上二者之间还残存着承递关系。就后者而言,并不能肯定后现代主义的出现是由"消费资本主义"导致的。何况杰姆逊还说过这样一段话:"我不认为当今所有的文化生产都是'后现代'的。后现代其实就是一个力场,截然不同的文化冲动必须依照各自的方式发展。"③

后现代主义在当今是一种时髦的文化风格,但它不是人类历史的终极境界,只是人类历史上的一环而已。人类不可能长久地停留在一个缺乏深度的"平面"上。在不久的将来,会有新的文化风格取代后现代主义。因为后现代主义所奉行的消解游戏,必然对其自身也是有效的。

作为一位文化型论家,杰姆逊自 80 年代以来,主要的贡献除了后现代主义文化研究以外,就是第三世界或后殖民主义文化研究④。因为他敏锐地感到,目前晚期资本主义以其"有活力的、有原创力的、全球性的科技扩张","正专门朝向被前资本主义所包围的第三世界农业及第一世界的文化领域渗透进攻"。他对处于发展中的第三世界抱有同情,对其文化特征尤感兴趣。他的《处于跨国资本主义时代

---

① Lyotard, J-F. *The Postmodern Condition: A Report on Knowledge*, Foreword by Fredric Jameson, Manchester: Manchester University Press, 1984.

② Jameson, F. "Postmodernism and Consumer Society", in *The Anti-Aesthetic: Essays on Postmodern Culture*, ed. by Hal Foster, Port Townsend, Wash: Bay Press, 1983, p.124.

③ Jameson, F. "Postmodernism or the Cultural Logic of Late Capitalism", *New Left Review*, 146, July-August, 1984.

④ *Nationalism, Colonialism, and Literature*, by T. Eagleton, F. Jameson and E. Said, Minneapolis: University of Minnesota Press, 1990.

著名朋克乐手马尔科姆·麦克拉伦(1946—)

中的第三世界文学》一文,表明他的视点集中在全球文化后殖民处境中的第三世界文化的变革与前景上。他从一种"共时性"的基点出发,一方面看到后现代后殖民时期全球文化的趋同性,另一方面也看到当今世界图景中不同文化系统的冲突和对抗性。他试图在第一世界和第三世界文化(即中心与边缘文化)的二元对立关系中,把握第三世界文化的命运,并寻觅到后殖民氛围中人类文化发展的新契机。

第三世界由于经济相对落后,文化亦处于非中心地位,因此,对于先进的科技和文化必然有所借鉴乃至某种依赖。杰姆逊指出,后现代时期,经济依赖是以文化依赖的形式出现的。然而,问题恰恰在于,后现代引进了供消费的新的文化节目(如外来的电视节目),它完全忽视了电视对人的行为所造成的反文化效应,以及文化价值观的混乱。第三世界对先进国家的文化依赖暴露出当今世界体系中潜存的某种意识形态冲突,如果放任下去,就会被动地招致后殖民主义文化垄断,从而失去本土文化的特色。

对第三世界文化的研究,使杰姆逊注意到这样一个事实,即第一世界掌握着文化输出的主导权,可以把自身的意识形态看作一种占优势地位的世界性价值,通过文化传媒把自身的价值观和意识编码在整个文化机器中,强制性地灌输给第三世界。而处于边缘地位的第三世界文化则只能被动接受,他们的文化传统面临威胁,母语在流失,文化在贬值,意识形态受到不断渗透和改型。因此,第三世界文化面对后现代、后殖民性文化,处于一种"拿来"、"疑虑"、"拒斥"、"应战"这十分矛盾的心态和处境中,如何在后殖民文化语境中找到正确文化策略,是第三世界文化出路的关键所在。

行之有效的文化策略是,第三世界国家有必要以一种新的国家主义来对抗这种文化侵略,但绝不是指那仇视外国先进文化的国家保守主义,而是一种将自己国家的状况国际化的开阔胸襟和气度。夹杂仇外、敌外的情绪去排斥外来影响,是没有出息和没有前途的。正确的途径在于,根据自己国家的情况和问题,去思考某种文化产品为何要引进国内,同时,对自己国家的情况和问题保持高度的敏感和洞见,这样,就有可能在跟上国际文化大趋势的同时,使本土文化模式引起外国的兴趣和关注，使本土文化展现新貌并走向世界。

杰姆逊并不以后现代文化为尊，相反，他通过那些走马灯似的解构游戏看到了后殖民时期西方文化的病症和面临的困境。他期望第三世界文化真正进入与第一世界文化"对话"的话语空间，以一种"他者"的形象，成为一种特异的文化表意方式，破除第一世界文本的中心性，进而在后现代、后殖民文化潮流中，展示第三世界文化的风格。

当然，杰姆逊理论杂糅的成分较明显，挪用现成理论多而自己独到创造少，且对"西方马克思主义"的运用大多仅停留在文化分析或一般的上层建筑与经济基础的结构模式或生产方式上，因而也受到了一些西方学者的批评，认为其思维模式显得单一，既没有原创性理论，也没有站稳真正纯粹的马克思主义立场，而是在多种理论之间滑动、游移。这也许是现实的多元、多极景观，造成杰姆逊面对当代政治、经济、文化问题时采取一种过分灵活辩证的方式使然吧。

关键词：

叙事（narration）
晚期资本主义（late capitalism）
意识形态冲突（clash of ideology）
后殖民文化（postcolonial culture）
对话（dialogue）

思考题：

一、在杰姆逊看来，后现代主义与后殖民主义有何内在逻辑关系？
二、杰姆逊是如何从整体叙事入手讨论问题的？
三、杰姆逊将文本看作怎样的多层次结构？
四、杰姆逊对全球化问题有何看法？
五、为什么说杰姆逊对后现代主义的态度是矛盾的？
六、在杰姆逊看来，第三世界国家行之有效的文化策略是什么？
七、杰姆逊理论的局限性何在？

第八节　汤姆林森：文化帝国主义研究

如何描述或评价现代性向后现代性转化的历史轨迹？如何发掘这一历史转向中掩盖的政治、经济、文化、思想层面的问题？如何使自己对文化横剖面的分析与历史发展势态相契合并能"先行见到"一些新的文化"症候"？这些问题恐怕是20世纪末思想者所难以回避的。

英格兰布雷德福大学博士约翰·汤姆林森（John Tomlinson, 1949—　）所著《文化帝国主义》出版于20世纪80年代中期。该书定位在对西方后殖民主义话语进行分析,进而展示西方近20年来学者们彼此对立的有关文化帝国主义的讨论。涉及四层分析话语,即媒体帝国主义、民族国家话语、对全球资本主义的批判以及对现代性的批判。这四个层面的分析揭示出文化殖民的内蕴以及历史走向和文化宿命。

一、文化帝国主义话语

自福柯的"话语分析"方法在人文社会科学中广泛运用以来,20世纪下半叶有相当数量的人文社科著作都采用了这一方法。汤姆林森著《文化帝国主义》正是运用了"话语"的形态分析手法,使其能以独到的视角切入当代世界后殖民主义文化思潮,分析其基本走向和主要问题,并得出有一定深度的结论。

约翰·汤姆林森
（1949— ）

"文化帝国主义"这一概念产生于60年代,是带有后现代主义色彩的批判社会文化的术语。这一概念内容的非确定性和宽泛性,使人对它的把握往往言人人殊。汤姆林森力求避免下定义式地界定这一范畴,而是将其植入话语分析过程中,得出其基本框架,其具体方法是确立四个基本维度,讨论文化帝国主义这一主题。也就是说,在汤姆林森看来,后殖民主义具体体现在:作为"媒介帝国主义"的话语,作为"民族性"的话语,作为批判全球资本主义的话语,作为现代性批判的话语。而这四个层面是互为表里的整体。

就作为"媒介帝国主义"话语而言,汤姆林森在分析了众多学者对此的论述以后指出,在当代西方文化圈中,媒介无疑占有相当重要的地位。而文化帝国主义一个重要的方面,就是通过媒体中介的文化传播,将意识形态扩散到他国之中。但媒体并不是现代文化的中心,人们的文化实体的经验,也不完全由媒介获得。相反,必须将文化帝国主义的现象当作是一宽阔的文化变迁过程,其间,媒介只是众多运作要素的一种。西方媒体扩散至发展中国家的文化生活,这一变化过程是其整个现代化大格局中的一部分。

汤姆林森的西方中心论立场,使他否认利奥塔、博德里亚和杰姆逊的后现代媒介批判理论,而固执地认为,媒介只是中性地、平等地传播而不是"强加意识形态"于第三世界。汤姆林森没有注意到,媒介在全盘进入文化域以后,已变成了后现代文化经验的原则,它(如电视、电影、多媒体、广播等)已经并正在以激烈而根本的方式,改变着不同的文化疆界,并使文化差异消失在信息的倾销中,从而使异于西方的文化失去"他性",在不断组织化、有机化中产生意义,并"类型化"人们的生活经验。换言之,一种不断灌输的话语已不单是"语言",而是一种"权力"的方式,一种置换意义、抹平差异的权力话语。

这种打上权力话语烙印的媒体,使我们看到的世界以牺牲其丰富性为代价。人成为媒体的附属物,成为媒体的延伸。媒体将人内化,使人只能如此看、如此听、如此想。媒体以超量的信息塞入接受者脑中,从而将不同文化、不同习俗、不同品位、不同阶层的人,联结在传媒系统中,并在多重传播与接受过程中,将不同人的思想体验、价值认同和心理欲望都整合为同一频道、同一观念模式和同一价值认同,并进而形成相近相似的"集体记忆"。就这一点而言,不知汤姆林森是无意的忽视还是有意的遮掩。

就作为一种"民族国家"的话语而言,汤姆林森不同意文化帝国主义是某种固有的本土文化为外来文化"侵略"的说法,而宁愿用"影响"这一概念。并强调思考文化帝国主义的方式应由地理范畴(本土与外国文化)转为历史范畴(传统与现代),以全球的、历史的眼光去看民族国家中的文化帝国主义问题。然而作者的自由主义立场,使他否定其文化的差异性、民族性,而单方面强调其同一性、全球性,从而在忽略文化帝国主义的"支配"、"制约"、"霸权"问题中,将资本主义"全球化"取代"本土化"的过程"解政治化"。

事实上,本土化与全球化、民族性与世界性问题,一直是第一世界与第三世界、发达国家与欠发达国家之间一个相当敏感的问题。就文化而言,其物质层面(科技)、制度层面(社会科学)基本上可以说应当或尽可能全球化,但在精神层(人文科学)和价值层(宗教)方面,却似难以完全丧失民族特性而归大同。如果,未来社会各种文化的差异完全消失:所有的餐厅都极像麦当劳或比萨屋,所有的音乐都是西方电子摇滚乐的变种,所有的城市都像米尔顿·肯恩那般坚实而靓丽,所有的电视节目都温文雅致的国际化,世界上每一个购物中心都能看见成群相同的购物者,这幅图景难道是世界"大同"? 或者仅仅是文化帝国主义全球化的结果? 无疑,这种抹杀民族性而张扬全球性的做法,或许能使欠发达国家在科技经济方面得到发展并缩小与发达国家之间的差距,但在文化方面却恰恰导致巨大的文化表征危机和价值认同危机,从而在西方"他者"经济文化双重压力下,产生"集体记忆"重写和"民族性丧失"的双重困境。

不仅如此,当汤姆林森热衷于将"本土化"与"西化"这一文化帝国主义的"地理范畴"转化为"传统与现代"的"历史范畴"以后,出现了两个问题:一是为自己反传统找到了话语转换机制,即将文化的民族性差异转换成时代的落后与现代的差异,并以西方文化的"现代性"否定其他文化的"传统性";二是将西方文化看作是"超民族性"的,是一种代表人类未来的世界性文化,从而忽略了西方文化本身的民族性,以及其自身仍然存在的"传统与现代"的尖锐冲突。

事实上,西方文化在科技方面高奏"科技理性"的凯歌之时,由于精神价值维度的丧失,20世纪出现了人类最大的灾难:原子弹、艾滋病、生化细菌弹,这些高科技乌托邦的产品,正日益威胁着人类的存在。同样,在社会政治方面,由极力标举不以人的意志为转移的"历史理性",导致出现了20世纪纳粹法西斯主义以及种种独裁主义、专制主义的灾难。这些因各个不同的社会乌托邦图景导致的抹杀差异,否弃个性的法西斯独裁专制,使人们感到,不仅东方面临"传统与现代"的冲突,同样,西方也面临"人文理性"消隐、精神颓败、价值虚无的"传统与现代"的冲突。这一冲突并不能以简单地打破传统为出路，相反，正因人文传统的消隐，才使得现代病如此猖獗。东西文化之争已变成了古今之争，而传统价值的式微，精神生命的弱化是古今之争的问题焦点，是全球现代化所面临的重要问题，无论东方还是西方都不可能逃离其外。因此，将西方文化看作代表人类未来的世界性文化，无疑只是不顾事实的心造幻影而已。

原子弹袭击后的长崎

就文化帝国主义作为对全球资本主义的批判而言，汤姆林森认为这是进行现代性分析的关键。无论是媒介帝国主义、民族国家的文化帝国主义，还是资本主义文化在全球的扩张过程，仅仅是前后连贯的说法，或是借助文化帝国主义的说法加以串联组织而已。汤姆林森在分别就文化帝国主义是否为资本主义的先锋、跨国资本主义与文化同质化问题、资本主义与消费主义和第三世界、西方消费文化、批判理论与资本主义的结构性脉络展开讨论，并对一些激进的批判意见加以"自由主义"立场的辩驳以后，提出了自己的看法：资本主义文化的重点是消费的总体化过程与经验的商品化。消费文化引起人的兴味的原因之一，在于良知的批判并不容易。大多数（左派与右派的）文化评论都觉得专注而热情于消费文化是有问题的，但必须区分道德化与批判取向的差异。为什么社会上普遍存在着对于消费文化的矛盾心态？或许原因是消费主义成长的环境，或甚至它是在某种程度上已征服的环境，是由现代性的其他发展所遗留下来的道德—文化空间。批判资本主义的扩散，必须处理资本主义最显著的特征（也就是消费）以外的议题。只有从传统转移到现代这样的事实出发，才能完整掌握消费文化的重要性。

汤姆林森之所以为消费主义辩护，是因为它不仅刺激了西方现代化的迅速发展，而且使其迅速向第三世界扩张，然而，由此却忽视了消费主义的负面效应。在全球现代化进程中，消费主义以金钱神话的意识权力话语方式控制大众的自由思想，使"钱"和"消费"成为精神匮乏时代的"金钱乌托邦"。当消费意识形态通过传媒而上升为大众的显意识，人们一旦误认为钱是生命的唯一意义所在时，社会的混乱和价值的颠倒就不可避免。事实上，消费主义文化不仅直接影响了人们的生活方式，而且使整个现代文化向享乐主义文化偏航。这种消费至上、享乐至上的文化思潮对发展中国家为害尤烈，当人们沉浸在短期行为的消费热潮中，不仅丧失了物质再生产的可能性，而且也丧失了精神再生产的可能性，不仅突出激化了文化准则和社会结构准则的矛盾，而且暴露出社会结构和人的精神结构相当严重的内在矛盾，

米兰·昆德拉（1929— ）

以及由这种矛盾所呈现的传统价值的合法性危机。更严重的是,这种消费主义的一元性排斥其他所有的生活方式和存在方式,造成新的一轮话语沟通和制约的无效,鼓励文化渎神和理想消解。于是,正如米兰·昆德拉在《生命中不可承受之轻》中所说:"文化正在死去,死于过剩的生产中、文字的浩瀚堆积中、数量的疯狂增长中。"文化帝国主义不仅没有扩充文化,反而正在造成文化的死亡。这一怪圈,消费主义恐难辞其咎。

汤姆林森讨论文化帝国主义几个不同侧面的话语,即媒体帝国主义、民族国家话语、对全球资本主义批判的目的,是将这三者整合到对现代性批判的架构之下。因为媒体、民族国家、全球资本主义都是现代性运作的主要方式和因素,换言之,前三种话语都必须建立在对现代性讨论的前提之上,因此,讨论"现代性、发展与文化宿命",成为汤姆林森后殖民文化研究的重点。

二、现代性批判与文化全球化反思

总体上说,"现代性"指涉的是在全球发展过程中,文化衍变的社会制度结构性主轴。全球文化的同质性发展,其始源是某个特定的亦即"现代的"生活方式占据了支配性地位。决定这个特定生活方式的因素是多重的,包括资本主义的生产和消费、都市化、大众传媒的勃兴、一个以"技术—科学—理性"作为基础的支配性意识形态、世俗化"民族—国家"体系的形成、一种组织社会空间及经验的特定方式、个体存在的认知模式。总之,作为对于现代性的批判,文化帝国主义隐含的批判对象,正是这些决定了全球文化发展的因素所占据的支配性地位。

由于对现代性重要性的认识,使得汤姆林森不满现代学者对现代性的批判,因此,在与霍克海默、阿多诺、哈贝马斯、柏曼、佩贝·安德森、卡思陀瑞狄思等思想者就"现代性"、"现代化"、"欠发展"、"启蒙"、"理性"、"发展"、"强势弱势"进行辩驳以后,汤姆林森指出,这些论述充满了前后对立不一,以及概念上的朦胧模糊,但其核心则是说现代性并不能合格地提供人们需要的东西,即超越于物质富裕、政治解放之上的文化诉求。汤姆林森并不认为这是文化帝国主义话语所显示出的"现代性的失败",而认为这只不过说明了现代性的多种文化形式而已。

但是,不断为文化帝国主义辩护并反击批判现代性思潮的汤姆林森,也不得不承认"现代性问题":资本主义的现代性,在科技与经济方面强而有力,但在文化方面却薄弱不堪。可以说文化的薄弱彰显了巨大的生产力,却无力引导自身走入坦途,其结果很明显地见于快速增长扩散的全球环境危机。各国政府与资本主义跨国公司,对这一现象束手无策,这显示出问题不仅在于科技层面的失败,而更是文化意志的失败,即欠缺的是长期的方向感。

这样,问题就由现代性转向后现代性。当代西方道德正当性的危机在于西方文化当前对于"后现代"这个概念的执迷。后现代文化作为当代的"主控文化",相较于19世纪末叶的"帝国主义高度发展"时代的现代文化已大不相同。后现代或"晚期现代性"状况,充满了不确定、矛盾、缺乏道德正当性,也无文化的方向感,与

19世纪欧洲人到处殖民,胸怀壮志的文化信心相比,已不可同日而语。因此,自后现代以来,"全球化"概念已经取代了"帝国主义"一词,而文化帝国主义似乎也变成了文化"全球化"。全球化与帝国主义差异之处在于已不过分注重政治经济的宏图,文化方面也有欠明晰。而只致力于从一个权势向外将某特定的社会体系扩散到全球。"全球化"指涉出全球各地域的相互关联与互相依赖,全球化的效果将削弱"所有"民族国家的文化向心力,即便是经济上的强势国家亦不能幸免。换言之,全球化过程是文化帝国主义鼎盛而又因全球化实现而自我消失的过程,是高度组织化的资本主义霸权将终结的征兆。全球化的"文化经验",延伸到了世界上所有的国家,不仅第三世界国家,而且第一世界的欧洲人以及北美洲人,很有可能再也无法从他们的民族国家的认同中,取得以往的文化安全感。所以,今天的主控文化生产的领域,不能与文化信心相契合,而文化帝国主义的参照语汇与标准只能跟着变异。

当现代性为后现代性所取代,当文化帝国主义为文化全球化所取代时,当代学者的使命是什么呢?对此,汤姆林森似乎有些勉强地答道:我们需要做的是,重新扎实地就界定与执行人类文化目标的方式再做结构性重组。这个原则所隐喻的是,晚期现代性已然自主化的全球机构与制度必须予以解构。这是一个令人生畏的使命,因此在油然产生强烈的情绪中,倾向于认定晚期现代性的景况,是我们的"文化宿命"。人类世界的塑造,必须看作是随着文化意志而变化的。心里存有文化动因的想法,隐含在批判文化帝国主义的论述,或许应该将它看作一块可供反思的空间。

后现代景况是人类文化的宿命。汤姆林森经过艰难论辩得出的这一结论具有一定的当代意义,而且也表明了某种超越后现代性而葆有人类精神文化质素的意向性。但从总体上看,其后现代后殖民主义评论显得较单薄,有深度的历史穿透性和犀利入微的分析尚嫌不多,罗列的现象(理论分歧)多而中肯的剖析少,思潮追溯多而问题意识少。他借用了80年代前后英美学院派对媒体帝国主义分析的成果、二战后民族国家形成的转折的研究、全球资本主义的左派激进批判理论以及现代与后现代的论战等多方面理论资源,基本上说清了文化帝国主义几个层面的问题,可是未能就此进一步展开,未对其理论缺陷、现实处境、文化策略、语言变异、话语权力作出令人信服的说明,在诸如启蒙、现代性、发展、全球化、民族性问题的梳理中失之粗糙,甚至有的地方因其西方中心立场而武断地否定文化帝国主义对第三世界的"文化支配",掩盖"文化殖民"、"文化霸权"的问题实质,否定"民族性"而一味突出"全球性"的不以人的意志为转移,使人感到论者在反思工具理性时又回到工具理性中,批判历史理性时又重新拥抱历史理性,在呼求人文理性时又对人文理性信心不足。这些理论和逻辑上的欠缺,使汤姆林森理论的问题聚焦缺乏明晰性,当然也就缺乏高屋建瓴的气势。不过,就后殖民文化帝国主义方面而言,他还是可以给我们提供一些继续思考讨论构的框架。

关键词：

文化帝国主义（cultural imperialism）

媒介帝国主义（media imperialism）

全球资本主义（global capitalism）

现代性批判（the critique of modernity）

消费主义（consumerism）

思考题：

一、汤姆林森的理论涉及哪四层分析话语？

二、文化帝国主义的内涵是什么？

三、为什么汤姆林森认为文化帝国主义不是文化侵略，而是影响？

四、汤姆林森后殖民文化研究的重点是什么？

五、汤姆林森为什么为文化帝国主义辩护并反击批判现代性思潮？

六、为什么汤姆林森认为后现代景况是人类文化的宿命？

七、汤姆林森理论的局限性何在？

阅读书目：

［1］Bhabha, Homi K. *The Location of Culture*, London & New York: Routledge, 1994.

［2］Fanon, F. *The Wretched of the Earth*, New York: Grove Press, 1965.

［3］Fanon, F. *For the African Revolution*, New York: Monthly Review Press, 1967.

［4］Fanon, F. *Black Skin, White Masks*, New York: Grove Press, 1967.

［5］Foucault, M. *Language, Counter-Memory, Practice*, ed. by Donale F. Bouchard, Oxford: Basil Blackwell, 1977.

［6］Foucault, M. *Power/Knowledge: Selected Interviews and Other Writings*, 1972-1977, ed. by Colin Gordon, New York: Harvester Wheatsheaf, 1980.

［7］Gramsci, A. *Selections from the Prison Notebooks*, ed. and trans. by Quinton Hoare and Geoffrey Nowell Smith, New York: International, 1971.

［8］Huntington, S. P. *The Soldier and the State: The Theory and Politics of Civil-Military Relations*, Cambridge: Belknap Press of Harvard University Press, 1957.

［9］Huntington, S. P. *Political Order in Changing Societies*, New Haven: Yale University Press, 1968.

［10］Huntington, S. P. *The Third Wave: Democratization in the Late Twentieth Century*, Norman: University of Oklahoma Press, 1991.

［11］Huntington, S. P. "The Clash of Civilizations?", in *Foreign Affair*, Summer, 1993, Vol. 72, No. 3.

[12] Huntington, S. P. "If Not Civilizations, What? Paradigms of the Post-Cold War World", in *Foreign Affairs*, Vol. 72, No. 5, Novemver/December, 1993.
[13] Jameson, F. *The Political Unconscious*, Ithaca: Cornell University Press, 1981.
[14] Jameson, F. "Postmodernism and Consumer Society", in *The Anti-Aesthetic: Essays on Postmodern Culture*, ed. by Hal Foster, Port Townsend, Wash: Bay Press, 1983.
[15] Said, E. W. *Orientalism*, London: Vintage Books, 1995.
[16] Said, E. W. *The World, the Text, and the Critic*, Cambridge: Harvard University Press, 1983.
[17] Said, E. W. "Representing the Colonized: Anthropology's Interlocutor", *Critical Inquiry*, Vol. 15, 1989.
[18] Said, E. W. *Identity, Authority and Freedom: The Protentate and the Traveller*, University of Cape Town, 1991.
[19] Said, E. W. *Culture and Imperialism*, London: Vintago, 1993.
[20] Spivak, G. C. *In Other World*, New York: Routledge, 1988.
[21] Spivak, G. C. *The Postcolonial Critic*, New York: Routledge, 1991.
[22] Spivak, G. C. *Outside in the Teaching Machine*, New York: Routledge, 1993.
[23] Tomlinson, J. *Cultural imperialism: A Critical Introduction*, Baltimore, Md.: Johns Hopkins University Press, 1991.
[24] 法农:《黑皮肤,白面具》,万冰译,南京:译林出版社,2005年版。
[25] 法农:《全世界受苦的人》,万冰译,南京:译林出版社,2005年版。
[26] 葛兰西:《实践哲学》,徐崇温译,重庆:重庆出版社,1990年版。
[27] 葛兰西:《狱中札记》,曹雷雨等译,北京:中国社会科学出版社,2000年版。
[28] 亨廷顿:《变革社会中的政治秩序》,李盛平等译,北京:华夏出版社,1988年版。
[29] 亨廷顿:《文明的冲突与世界秩序的重建》,周琪等译,北京:新华出版社,1998年版。
[30] 亨廷顿:《全球化的文化动力:当今世界的文化多样性》,康敬贻、林振熙、柯雄译,北京:新华出版社,2004年版。
[31] 赛义德:《东方学》,王宇根译,北京:三联书店,1999年版。
[32] 赛义德:《赛义德自选集》,谢少波、韩刚等译,北京:中国社会科学出版社,1999年版。
[33] 赛义德:《知识分子论》,单德兴译,北京:三联书店,2002年版。
[34] 汤姆林森:《全球化与文化》,郭英剑译,南京:南京大学出版社,2002年版。

第九章 女权主义文论

第一节 女权主义：缘起与发展

一部人类文化思想史，是一部"男性中心"话语史。今天，重读和改写这部女性缺席的历史成为女权主义必然领有的使命。

英国女权运动者向国王
陈情反遭逮捕

女性无"史"。历史中的女性就像意识的"非我"论者和精神的失语患者，因失落在"寻找男人"的途中而无法对身处的历史现实语境加以把捉，更因丧失自我而无法在男权制度强权的"救世神话"中重新聚集一度消散的自我。女性只能作为亚文化群无助地漂移在父权制度边缘①，并因其蒙昧或觉醒成为父权制度的祭品。

在女权主义者看来，历史既聋且哑，它赋予男性以神话制造者的地位，并且这个神话的虚构意识在女性群体中转换为现实的律令。女性因在历史的虚假执行语中自赎而丧失自我，进而丧失了自我的历史，最终丧失自我的现在和未来。

女权主义作为后现代主义思潮的重要流派，是对"厌女主义话语"的反动，同时也是对女性禁忌和等级秩序的质疑。它从西方马克思主义那里获得了"否定意识"和"批判"话语，从解构主义那里获得了"消解"男性/女性二元对立和颠覆既定等级秩序的解构策略，从新解释学那里获得了"重写文学史"的视域和对历史重新阐释的最佳角度。这样，女权主义作为一种新的理论话语置入了当代文化，从而使长期被放逐在男性中心权力文化之外的女性"边缘文化"，成为20世纪后半叶的热门话题。

在人类历史发展进程中，母权社会先于父权制度出现于人类社会的开端。然而，父权制社会的发展摧毁了女性不可复得的伊甸园，并将女性压入社会的底层。在父系社会看似秩序严明的"合法性"社会运行机制中，女性被置于社会配角的地位，并通过对女性的贬抑（女人祸水说、淫乱败国说等）和规范（禁忌、礼仪乃至人

---

① 近年来，"中国女书"的发现引起欧美女权主义者的注意。历史中的中国女书作为只在女性内部交流、只为女性所认识的独特文字，显示出女性精神失语症已经使得女性闭锁起自己的心灵世界，并阻断与男性对话的意向（或借此放逐父权制度）。女性的独特体验、情感、语言因丧失了朝向世界（男权秩序）一维，只能内向回流而成为一种独特的、只为女性所解读的文字，一种在压抑中的女性内心独白，一种漂泊灵魂的象征。这一问题，值得中国的女权主义学者深入研究。

身变形如束胸缠脚),从而彻底赢得这场"性别之战"(克里斯蒂娃)。女性作为人类对立的另一元,在物种上没有消失也不可能消失,然而在文化语境中却只能作为"先前文明的残片",作为男性与女性对立的历史败北者和现实异己者,被置入父权制社会的边缘地带。进而通过制定一整套礼法、伦理防范网络,让女性来成全男性壮伟强劲的虚荣,借此平息强大父权社会中男性普遍存在的阉割焦虑(弗洛伊德)。

作为"边缘人"的女性丧失了"主体性",身不由己地被父系社会以符合其自身原则的方式纳入社会秩序(人伦)。在这里,女性只是一种证明男性强大的对象和工具,一种社会性别奴役的空洞能指(劳拉·莫尔维)。男性所具有的意识形态话语权,使其毫不费力地在文化领域拥有文化符号体系操纵权、话语理论创造权和语言意义解释权。在这个庞大的封建伦理体系中,女性要么在"孝女节妇"和"女妖祸水"之间进行选择和角色认同;要么自造一座精神炼狱,因沉默而蒙昧,因蒙昧而"失语",最后彻底丧失主体地位——"人",而成为异化之"物";要么进入男性话语领域,失却女性独特的体验和言说方式,运用男性口吻、词汇、意向、立场和符号去言说,以丧失女性特性而成为木口木面的"准男性"进入理论话语,分享一点窃得的话语权①;要么,以中心话语的"补充"运载女性独特的情思,并以男性可以接受的方式"言说",在文本的空白、缝隙及错位处,透露几许女性体验的信息(中外女诗人、女作家大抵如此)。这样,女性话语权的拥有以女性本质的失落为代价,文化压抑的外在律令被转换成女性内在的自觉,对女性的剥夺变成赐予,对女性的排斥变为接纳。父系社会终于使女性作为能指纳入社会谱系等级中,而女性的真正性别和精神内涵却被剔除于文化语境之外,并逐渐消隐在历史的盲点之中。

一战前美国女权运动人士在 11 个州争取到选举权

正基于女性这种历史处境和现实失落,女权主义从觉醒那一刻起,就毫不留情地对千百年来盘根错节的父权制社会猛烈抨击。女权主义力图颠覆男性中心秩序,使曾一度丧失文化符号的女性无意识走出历史的误区,使被整合以致快消逝殆尽的女性文化升上时代的地平线。

女权主义的最早表现可在 19 世纪形形色色的作家和社会批评家的言论中见到,如乔治·艾略特、勃朗特姊妹、伊丽莎白·巴雷特·勃朗宁、克里斯蒂娜·罗赛蒂、哈里特·马蒂诺、佛罗伦斯·南丁格尔、约翰·斯图亚特·穆勒、乔治·亨利、刘易斯以及另外一些同时代的评论家。女权主义在 20 世纪 60 年代末期全面发展起

---

① 据此,简·卡洛普认为:"一个女性理论家已经是个流亡者。她被驱逐出自己的母系语言而操着父系语言,并擅自滥用欺诈的权力。"

来。法国女权主义者克里斯蒂娃在《妇女的时间》中指出，女性主义的发展历经了"女权"、"女性"、"女人"三个不同的阶段。

第一阶段是带有浓厚的政治色彩的"女权"阶段。20世纪初叶到50年代，女性渴望在历史的线性时间中为自己争得一席之地，要求在象征秩序中获得同男人平等的机会和权力，因此，政治平等、经济平等、职业平等以及精神解放是初级阶段女权主义的重要标志。

第二阶段是1968年"五月风暴"为上限的新女权主义。新女权主义者受后结构主义和西方马克思主义理论的影响，不再局限于对历史话语的清算和争取男女同工同酬、职业认可，也不再满足于在历史的线性时间中占有自己应占的位置，她们拒绝被给予的历史处境，并质疑整个资本主义政治文化层面。女权主义者一反初期"注重平等"的策略，改弦更张，强调"性别差异和独特性"。她们强调"女性"与"男性"的"性差异"，并以差异性为名否定男性象征秩序。新女权主义者将失落于男权中心文化的"女性残片"重新聚拢，进而意识到仅局限于男女平等仍是在抹杀女性的独特性，仍是在对女性的历史翻案中行

巴黎"五月风暴"

使否定权。因此，必须注重女性不同于男性的心理体验、象征表征和内在情思，重新赋予过去历史文化中的"盲视"以全新"洞见"，只有这样，才能真切地确定女性的主体性，恢复一度逝去的美丽伊甸园神话。然而，这一时期的"女性"主义，因过分注重"性话语"和"性差异"，而导致"逆向性歧视"。当这种极端的"反意识形态"的做法有可能使男性成为女性话语的"补充"时，社会象征秩序出现了裂缝，性差异终于导致了社会契约之间关系的差异，即主体与权力、语言与意义之间关系的差异。这样，在发现全体女性进而是每一个别女性的独特性时，又因否定男性而重设了中心/边缘二元对立模式，使一种新的社会契约关系功亏一篑。

第三阶段是进入80年代，出现了第三代女权主义者（后女权主义），即将"女权"、"女性"加以整合折中的重"女人"的女权主义。女权主义不再强调男女对立或女性一元论，而是注重多元论，强调男女文化话语互补关系（但不是双性同体）；注重女权、女性、女人的统一，使女人不再成为与男性对立的"准男性"，而是女人成为女人，男人成为男人；消弭冲突、对抗、暴力等男性统治话语，推进爱、温情、友谊等新的文化政治话语，使世界成为具有新生意义的后现代世界。

"女权—女性—女人"的发展，标示出由求"同"到求"异"、由求"异"到求"谐"的发展轨迹，同时标明女权主义意识形态和理论话语的成熟，也表明矛盾、对抗、冲突必将被对话、互补、共识所职代——起码女权主义的"善良愿望"是如此。法国女权主义者埃莱娜·西苏乐观地认为，妇女一旦作为历史的主体，就会使人类处于一个新的历史开端。妇女良善的本性将改变对整齐划一的、标准化的历史的看法。

在女性身上,个人的历史即将到来,这不是梦,尽管它的确超越了男性的想象,而且具有充分正当的理由。这一历史将剥夺男性概念矫形学。

关键词:
  女权主义(feminism)
  女权政治(feminist politics)
  父权(patriarchy)
  中心/边缘(center/periphery)
  多元(pluralism)
  性/性别(sex/gender)
  文化政治(cultural politics)

思考题:
  一、为什么说人类文化思想史是一部男性中心话语史?
  二、为什么女权主义是对女性禁忌和等级秩序的质疑?
  三、父权与男性中心对女性身份进行了怎样的歪曲?
  四、女权主义的主要理论资源是什么?
  五、女权主义可分为哪三代,各自的特征是什么?

第二节 女权主义文学批评:流派与旨趣

  就理论的价值取向而言,女权主义批评是女权主义话语的一个重要部分。肖瓦尔特认为,女权主义批评具有两种形态:一种关涉作为读者的妇女,称之为"女权批评";另一种论及作为作家的妇女,称之为"妇女批评"。女权主义批评作为一种怀疑的文本阐释学,假定文本并非是其所自诩的那样公正、客观、明晰,因而,它寻找文本所掩饰的矛盾、冲突、空白和沉默,揭露男性批评家的性歧视,检验文学和美学判断的有效性,并进而觉醒到妇女生产的文本将占据与"男性"文本完全不同的地位。其出发点在于反对久远以来的男性中心说,主张将女性世界和女性话语作为研究的对象,重新解读西方文艺传统的实践,透视陈旧的社会文本和文化语境,向传统的文学史和文学理论提出挑战。围绕这一根本主题,形成女权主义的两个学派,即英美学派和法国学派。
  女权主义的英美学派经历了从"女性美学"(60年代)到"性别差异比较"(80年代)的发展演变。女性美学认为,妇女的作品表现出明显的女性意识,妇女写作具有一种独特和清晰连贯的文学传统,否认自己女性特征的妇女作家限制甚至削弱了自己的艺术。同时,女性主义批判了双性中心文学和批评,检验了文学实践中的厌女癖。女性美学也谈论一个失踪了的民族,遗失了母亲大地;谈论女性方言或母语,谈论一个强大的然而被忽略了的妇女文化。通过女性美学,妇女尝试在批评

1972年波伏瓦接受德国妇女活动家阿莉塞·施瓦策尔采访

话语中书写妇女语言,以女性经验来界定女性主义批评文体。朱丽娅·潘尼罗普·斯坦利和苏珊·J·伍尔芙在《女性美学》(1978年)一书中提议:"妇女独特的角度和阐释方式要求有一个文学体裁反映、捕捉和体现我们的思想的特性",这是一种"松散、中连式的文体,而不是用来分类和区分的那种复杂、从属和线性的文体"。正如许多女性主义批评家尖锐地指出的那样,女性美学也有严重的弱点,女性美学试图以假设存在着一种女性语言、丧失了的母亲大地,或男性文化中的女性文化来建立一种独特的妇女写作,这样的做法并不能够由学术研究结果来支撑和证明。只要女性美学认为唯独妇女才有资格阅读妇女文本,女性主义批评就有受到孤立的危险。"女性美学"的代表人物和著作有:玛丽·埃尔曼《想念妇女》(1968);凯特·米勒特《性别政治》(1969);埃伦·摩尔《文学妇女》(1976);朱丽叶·米切尔《心理分析学与女权主义》(1975)、《妇女与平等》(1976);伊莱恩·肖瓦尔特《妇女的解放与文学》(1971)、《她们自己的文学》(1977);桑德拉·吉尔伯特与苏珊·格巴《阁楼上的疯女人》(1979);玛丽·雅各布斯《妇女写作与描写妇女》(1979)。主要分析小说作品中的妇女形象以及妇女想象力的特征问题,探索妇女作品中蕴含的女性意识和女性独特的审美体验,并对传统文学史加以质疑。

80年代的妇女批评的理论十分重视"性别差异"比较,妇女批评越来越注重"分析在文学和批评的男性传统中搏斗着的女性天才",把妇女文学文本和女权主义批评文本界定为"修正的、挪用的和颠覆的行为同文类的、结构的、声音的和情节的差异之总和"。妇女批评从本身作为妇女写作的双重声音形式的自省特征中汲取力量。注重性别差异使女权主义者强调所有的写作(而不仅仅是妇女写作)都带有性别。女权主义批评将目的界定为在文学话语中对性别的分析完全敞开了文本领域,并提供了一种方法用来揭露伪装中立或超性别的文学理论里内在设想的性别。同时,在文学批评中加入作为基本分析范畴的性别使女权主义批评从边缘转移到中心,对人们阅读、思考和写作具有革命性的改革潜力,换言之,以性别来思考问题,可以经常促使人们认识到构成自己生活和文本的其他差异的范畴。"性别差异比较"的代表人物和著作有:安内特·科洛德尼《重读之图:性和文学文本的阐释》(1980)、《穿过布雷区的舞蹈:略论女权主义文学批评的理论、实践及政纲》(1980);罗瑟琳·科渥德《女性欲望》(1984);杰奎琳·罗斯《视觉中的性欲》(1986);伊莱恩·肖瓦尔特编《新女性主义批评》(1985);玛丽·朴维《规矩淑女与妇女作家》(1985);玛丽·雅各布斯《阅读妇女:女性主义批评文集》(1986)、《浪漫主义:写作与性别差异》(1990);巴巴拉·约翰逊《差异的世界》(1987);佳娅特丽·C·斯皮瓦克《在其他世界里:文化政治论文集》(1988);桑德拉·吉尔伯特和苏珊·格巴《镜与妖女:对女性主义批评的反思》(1989)。她们共同的特征是,主要从性别差异看女性写作和阅读的特点,并通过解构哲学、心理分析和语言学理论分析女性独特的审美心理和创作心态。

女权主义的法国学派受解构主义和拉康精神分析影响很大,因而她们的理论带有明显的解构痕迹。法国学派的代表人物及著作是:西蒙娜·德·波伏瓦《第二性》(1949)、《妇女与创造力》(1987);朱莉亚·克里斯蒂娃(Julia Kristeva,1941—   )《论中国妇女》(1974)、《语言里的欲望》(1977)、《语言——未知物》(1989);露丝·依利格瑞《他者女人的反射镜》(1974)、《非一元性别》(1977)、《性别差异》(1987);埃莱娜·西苏《美杜莎的笑声》(1981)、《从潜意识场景到历史场景》(1989)。这一派女权主义者认为,男权中心话语必须解构,因为长期以来父权制度在确立男权中心时只表达了一个性别,在力比多机制的象征投射中放逐了女性。女性在父权制中总是处于被符号、形象和意义所代表和界定的地位,并在争取存在意义的二元对立斗争中处于劣势。她们在文化秩序中成为意义不明的符号,男性的在场和言说仅仅表明女性的缺席和缄默。男性中心话语的象征秩序是父亲形象。父亲形象使一切女性只能在这个超越的神圣性面前,确立自己"从父"的女儿的精神性别身份。这一精神性别身份

《第二性》英译本书影

的限定性以及象征之父的权威性,使女性话语与主导意识形态话语胶着在紧张的冲突状态。法国女权主义认为,只有中断象征秩序,叛离父亲形象,才能打破壁垒森严的男性父子同盟,产生具有女性历史性性别意识的革命。

不管是英美派还是法国派,作为一种批评方法,女权主义文学批评是正不断展开而尚未完成的。它以批判的眼光对全部传统的文艺观、批评尺度观和价值观加以质疑,暴露所有文本中潜藏的、若隐若现的"性歧视";它不仅要阐述女性形象中的政治含义,而且要通过文学与社会惯例的研究,以一种全新的理论视点发掘被遗忘的女性文学史;它不仅要发掘在科技扩张和生存竞争中迷失的人类之爱的本质,而且从对女性"寻找男人—否定男人—回归自我(与父权意识决裂)"的精神轨迹中,获得超越性爱的升华。女权主义所显现出的特殊女性意识,重申了女性与男性在艺术体验、想象、表述、思维、掌握世界的方式上的根本差异。

朱莉亚·克里斯蒂娃
（1941— ）

当代女权主义批评焦点集中在妇女的阅读和写作方面。在对文化文本的阅读和理解中产生的意义，依赖于阅读文本时所依赖的理论框架。阅读根本不可能是对所谓"原意"的回溯或复原，相反，女权主义者认为阅读就是误读，因为，对文本意义的把握无非是一种意义的自我置入和把握。文学文本的阅读，一方面可看作现实社会中女性体验的自我表达，另一方面也可看作受压抑的女性通过语言中的性别建构来重新阐释自己。话语不是确定不变之物，话语是历史地形成的，必然在历史语境的意义解读活动中不断掺入现代人关切的问题。

女权主义批评认为，作为女性的阅读并不必然就是某位女性阅读时产生的东西，尽管女性主义阅读在很大程度上依赖于女性读者的经验。女性主义阅读不是一位女性读者阅读某一文学文本时，将其内心活动中所发生的种种变化记录下来就能产生的。要求一位女性作为女人去阅读，实际上是一种双重的或可分开的要求。它首先要求成为女人的条件，仿佛这种条件是一个所与者，而同时又极力强调这种条件是可被创造或可获取的。菲特利对女性读者的困境的描述——被狡猾的男性文本所诱惑和出卖了的女性读者——是一种变革阅读方式的尝试。菲特利认为："女性认为批评是一种政治行为，其目标仅仅是解释这个世界，而且也是通过改变读者的意识和读者与他们所读东西之间的关系去改变这个世界。"女性主义批评的第一个行为就是：从一个赞同型读者（assenting reader）变成一个反抗型读者（resisting reader），通过这种反抗性的行为，将根植于女性心中的男性权威意识祛除。

《论中国妇女》英译本书影

女性阅读与男性阅读有完全不同的起点。当女性阅读被看作一种特殊的辩护范例，并被看作一种反文本强行置入一个前定模式的尝试时，所有这一切在于颠覆那种认为男性批评是一种性中立的通常形势。通过展示她们忽视了的男性阅读与文本诸要素的撞击，女性主义批评把自己放在了男性批评通常试图占据的位置之上。女性主义批评对男性批评的批评越令人信服，它就愈能提供一种更宽泛和更综合的洞见，以分析和确定男性批评家有限的和带偏见的阐释。

当代的文学解读不是驯服女性意识的活动，它已然成为呈现女性自我经验、重申女性本质的关键。作为女性阅读的女人并不在于重复一种同一性或重复被赋予的经验，而是去扮演一种根据其作为女人的同一性而建构的角色——这种作为女人的同一性也是一种构造物。这种不一致性揭示了一种间隙，一种女人之间的分离,或者任何阅读主体与其主体"经验"间的分离。女性经验使解读的意义自我生成成为可能。可以认为,女性经验决定了女性把握世界的方式。她们所具有的现实语境反过来使文本呈现出不同于男性心理的文化意义。如今,女性在文本阅读中,通过文本的裂隙读到女性性别自我形象的日趋成熟,看到女性的视点、立场、审美观照方式和体验方式,正从男性或中性文化的压抑中剥离出来,并反过来以篡改男性权威话语的方式瓦解着男性话语的叙述结构,进而把作为男性权威的各种概念铭刻在一个更大的文本系统中,以揭露男性文化的隐而不宣的意识形态欺骗性。

1974年波伏瓦参加
妇女解放运动节

　　女性阅读的当代使命是从占中心地位的政治和意识形态语境中拯救艺术文本。政治和意识形态语境压抑了艺术文本和意指系统,仅仅将其看作政治的症候或修辞学话语,而不将其看作活的体验的传达交流。拯救文本是通过阅读活动达到的,正是在阅读中,女性与自我经验相昵近,并重新发现被埋没的女性作家的作品,从而以疏离中心话语的方式构成父权制系统的分裂。

　　女性阅读和写作所赖以进行的语言,在意识交流中被烙上性别歧视的痕迹,在此意义上,颠覆父权制的语言就是颠覆父权制本身。女性写作,首先是对身处的语言本体性的选择,尽管这种选择是被选择过的。面对烙有性别痕迹的语言,任何女作家只要想言说,就无法彻底拒绝这种"污染的"语言而无言沉默,她只有一种选择,即通过新的视域和方式重新净化这种语言,使自己彻底摆脱"菲勒斯中心语言"而真正进入"妇女写作"之境。

　　如果说,男性作家在担当生命的荒诞和赋予虚无世界以意义的勇毅之中反复追问"你为何写作"这一严峻主题,那么,女性作家在醒悟到未来不能由过去决定之时,则将写作作为自己存在方式的证明而不断追问"你为什么不写作"。埃莱娜·西苏在《美杜莎的笑声》(1975)中石破天惊地阐述了挣脱男性中心的"女性写作"这一全新主题。她们以殉道者蹈死的勇毅和先知者受启的口吻宣称:妇女必须参加写作,必须写自己,必须写妇女。就如同驱离她们自己的身体那样,妇女一直被暴虐地驱逐出写作领域。妇女必须把自己写进文本——就像通过自己的奋斗嵌入世界和历史一样。女性不可能期望从男性邪恶变形的笔底生产的"真理"中寻找自己的本质,女性必须写自己,因为这是开创一种新的反叛的写作。当她的解放之时到来时,写作将使她实现她历史上必不可少的决裂与变革。

　　写作,这一行为不但将"实现"妇女解除对其性特征和女性存在的抑制关系,使她得以接近其本原力量,而且,这一行为将归还她的能力与资格、她的欢乐、她的言说,以及她一直被封锁着的内在情思。写作将使她挣脱超自我结构,在其中她一直占据着一个留给罪人的位置。写作就是掘开压制女性的历史棺材而争夺言说的权力,这行为同时也以妇女夺取讲话机会为标志,因此她是一路打进一直以压制她为基础的历史的。写作,就是为自己锻制反理念的武器,为自身的权利,在一切象征体系和政治历程中,依自己的意志做一个获取者和开创者。女性写作是对男性冷漠虚假的理性和人格面具的揭露,只有通过写作,通过出自妇女而且面向妇女的写作,通过向一直由男性崇拜统治的言论挑战,妇女才能确立自己的地位。

写作成为女性灵肉铭刻活动。她不加虚饰的、本真的穿透性语言将自己的体验楔进历史的缝隙。对妇女而言,写作使她不再模糊地消逝在无边的虚无,使其生存不再缺席,而是处于出场之中。然而,妇女不可能进入男性话语中充当双性角色,女性写作的独特性在于,她必须通过她们的身心来写作,她们必须创造无法攻破的语言,这语言将摧毁隔阂、等级、花言巧语和清规戒律。她将横扫一切男性确立的句法学,击碎文学惯例的框架,以此结束自己在历史中已经太长久的匮乏和缄默。

女性写作并非仅仅是女性体验的宣泄。相反,在西苏看来,写作使人在真理栖居的黑暗国度摸索前行。人并没有真知,人不过只是前行。"我合起双眼,追寻我的感受,感受从不引人误入歧途。"写作对女性意味着涤清尘封已久的历史,走入一扇通往另一世界的奇异之门。

写作是与死亡的先行对话,是与未来的先行照面,因此,写作乃是一个生命与拯救的问题。写作像影子一样追随着生命,延伸着生命,倾听着生命,铭记着生命。写作通过反思之镜一刻也不放弃对生命的观照,这是一项无边无际无始无终的生与死的对话。写作对女性而言,犹如黑暗之途一束颤抖的微光。人从死亡那里开始写作,而超越生命中的死亡。人也在地狱与天国之间写作,因为写作时而是地狱,时而是天堂,当写作是发自内心的行为时,它甚至是地狱中的天国。写作永远意味着以特定方式获得拯救。质言之,写作是一种使命,是对呼唤的回应。

苏珊·格巴在《〈空白之页〉与女性创造力问题》一文中,对妇女写作的"笔与纸"的关系作了拉康化的解释。这种阳性之笔与阴性之纸的书写模式参与了源远流长的传统的创造。这个传统规定了男性作为作家在创作中是主体,是基本的一方,而女性作为他的被动的创造物———种缺乏自主能力的次等客体,常常被强加以相互矛盾的含义,却从来没有意义,从而把女性从创造中驱逐出去。因此,对那些想要使用笔成为作家的妇女来说,这是一个极其困难的问题。

伊萨克·迪尼森的短篇小说《空白之页》说了这样一个故事:在葡萄牙某地一个修道院,一群修女种植亚麻,用它制作最精美的亚麻布。这些亚麻布被送到距此不远的皇宫里,用来做国王婚床上的床单。新婚之夜过后,这块床单就被庄重地向众人展览,以证明王后是不是处女。然后,这块床单就被归还到修道院。这块中间印有血迹的床单,"一个王后名誉的证人"在修道院里被装裱好,镶上框,挂在一个长长的陈列室中。这陈列室里的每块床单下面都附有一块刻着王后名字的薄金属片。无疑,床单上那"褪了色"的痕迹是那些到这偏僻的修道院来朝圣的人们最感兴趣的,"因为每一块底下标有名字的床单都隐藏着一段神秘的故事。而每个故事也由这'血迹斑斑'而带上一层忠贞的色彩"。但朝圣者和嬷嬷们对一条底下未标名字的床单最感兴趣,那床单一片雪白,像一页空白的纸。这空白之页说出了更多的故事。格巴认为,迪尼森的小说《空白之页》形象地揭示了女性作家对自己所缺乏之"笔"的希冀和对自己操纵笔的欲望感到僭越的恐惧,说明了女性作为文本和艺术创造物这一自我意象怎样影响着她对自己灵肉的态度,以及这种态度反过来又怎样影响并构成她创造力的隐喻。

父权制对女性写作主体的取缔,使女性以新的写作策略加以对抗。首先,迪尼森颠覆了父权制强加给妇女的空白和被动性质,空白不再是纯洁无瑕的被动符号而成为对男性秩序不再臣服的、神秘而富于潜能的抵抗。空白床单在无故事中包含无数多的故事,从而使空白成为意义无穷增殖的框架,使女性的声音如何以听不见的方式来传达这一问题得以生动地展开。其次,这个故事一反书写的男性书面文字话语性,而强调女性口头故事讲叙者的文化意义。一方面,女性作家从女人怎样在父权制统治下象征性地被定义成一片混沌、一个缺席、一个否定、一块空白来挖掘它的意义,但这里的"空白"是一个定义行为,一个危险而又冒险的对纯洁的拒绝。无名皇后的抵抗行为意味着一种自我表现,因为她通过不去书写人们希望她书写的东西而宣告了自己。换言之,不被书写就是一种新的女性书写状况。另一方面,这种口语故事的空白显示出女性写作与男性写作的绝对界限。口头故事作为女性话语的重要特征,不仅标示出女性在男性秩序中遭受文化压抑的处境,而且肯定了口头故事对书面文字结构功能的颠覆意义;口语的流动在西苏那里具有独特的意义:它表明女性作家在与分娩阵痛相似的字语流的生产中变得伟大而神圣。"字语流"源于女性内部世界,是灵感和创造的先行准备,是自我对潜在于自我之中的神性的把握,是女性生命活力和生活经验的本源。

进入90年代,女权主义仍在不断发展之中①,并在新旧世纪的更替之际,显示出历史坐标的新刻度:它在"女性被讲述"到"女性讲述"的转化中与历史对话,使历史逐渐恢复视觉和听力;它在对男权中心话语的校正中,使过去那种"以倾斜的方式讲述真理"的模式成为不可能。

当然,总体上看,女权主义试图用代表女性特征的"记号"破坏拉康所说的由父权制度确定的菲勒斯中心主义这一"超验能指"的象征秩序,并未全面奏效。它在哲学、文学领域的"实绩"似乎仅仅是在某种程度上转变了思维方式和提问角度,或者在边缘话语领域填补了某些空白而已。从某种意义上说,女权主义自身仍然存在诸多偏颇和弊病。哈佛大学教授海伦·温德勒发表题为《女权主义与文学》(《纽约书评》1990年5月31日)的文章,分析女权主义文学批评的优劣。她认

---

① 20世纪90年代,女权主义研究专著大量出版,研究领域日渐拓宽,日益深入社会的各个层面:可参阅瑞塔·费尔斯基《女权主义美学之外:女权主义文学与社会变迁》,卡伦·V.汉森和J.费利森编《妇女、阶级与女权主义的想象:社会主义—女权主义读本》,琳达·J.尼科尔森编《女权主义/后现代主义》,吉尔伯特和苏珊·格巴编《没有男人的地方:20世纪女作家的地位》,凯米莉·帕格丽娅《性角色》等。

为,女权主义文学批评存在两种偏向:一是过分注意作家如何描写妇女形象,把文学形象等同于真人,以偏概全,从而贬低或歪曲了作家在文学史上的价值;另一种偏向是过分强调女作家应有的写作语言和方式,尤以法国的女权主义批评为甚。而且,近年来的女权主义批评中出现了一种相互捧场的庸俗作风,以致成为严肃文学批评的最大障碍。

无论怎样,人类的未来将由男人和女人共同书写,作为人类的双元,难道真的是要在一场旷日持久的"性战争"中拼个你死我活么?

关键词:

女权批评(gynocritics)
性别差异(gender difference)
女性阅读(women reading)
女性写作(women writing)
菲勒斯中心主义(phallogocentrism)
间隙(interval)
空白(blankness)

思考题:

一、为什么说女权主义批评是女权主义话语的一个重要部分?
二、女权主义的两个学派是什么,各自的特征是什么?
三、为什么女权主义文学批评是正不断展开而尚未完成的?
四、男性写作与女性写作各自的使命是什么?
五、女性如何以新的写作策略对抗父权制对女性写作主体的取缔?
六、女权主义的意义和局限何在?

第三节　第三世界的女性话语

一、斯皮瓦克:第三世界妇女的"命名"与"发言"

如果说,第三世界在第一世界的"被看"中发生变形,那么,第三世界妇女则在这"变形"中沉入历史地表之下。

随着女权运动的高涨,第三世界妇女开始进入西方"视域"之中,无论是克里斯蒂娃对中国妇女"默默无言注视"自己的描写①,还是莫汉蒂《在西方的注视下:

---

① Kristeva, J. *About Chinese Women*, New York: Urizen, 1981.

女性主义的学术研究和殖民话语》①对第三世界妇女在男权中心主义主观臆断中"变形"的描写,既注意到东方妇女在注视下的西方妇女自我"身份问题"(克里斯蒂娃),又注意到在西方注视下的东方妇女,被看成抹平了文化历史和政治经济特殊语境的"一个同质的群体"时的"身份问题"(莫汉蒂)。

这种身份认同的危机,事实上更尖锐地体现在第三世界妇女群体身上。斯皮瓦克对女权主义批评家们不自觉地复制出帝国主义式的主观臆断不满,主张分析有关重新构建第三世界的文化历史叙述,因为历史上和文学中的"第三世界妇女"已经打下了父权化、殖民化过程的标记,变成经西方女权主义者重组以后的自恋型、虚构型的"他者"。换言之,必须产生一种异质文化复原的方式,即承认第三世界妇女作为一种具有性别的和民族差异的主体,是具有个体"个性"和"多样性"的主体②。

相对于第三世界男性而言,妇女更是遭受着殖民文化的压抑。妇女丧失了主体地位而沦为工具性客体,她丧失了自己的声音和言说的权力,仅仅缩减为一个空洞的能指而成为父权主义和帝国主义强大的反证。对此,斯皮瓦克指出,只有文学批评家才可能通过文学的独特的个性表达方式,去发现那被压抑着的精神和肉体的"沉默",寻绎到那"能指"背后的历史意义的"所指",从而有可能阐释一种新的历史认知体系,确立女性主体的历史坐标,使消隐在历史地平线之下的妇女上升到历史地平线上。

在人文话语的"语言、世界、意识"三维关系中,斯皮瓦克受海德格尔"语言是存在的家"和福柯"沉默的他者"启示,强调"语言"和"写作"之维,并透过这一维度看"世界"和"意识"如何通过语言"表征"出来,并借此追问第三世界妇女"从属者无权说话"的"失语"状态是如何形成的。斯皮瓦克强调,世界和意识是由语言组成的,但我们不能占有语言,因为我们同样被语言所操纵。语言本身是由世界和意识决定的,语言的范畴中包含着世界和意识的范畴。能发出自己的"声音"表明拥有自己的世界和自我的历史意识,反之,则表明世界和意识对其进行"外在化"。无言或失语状态说明说者的缺席,或被另一种力量强行置于"盲点"之中。

无疑,第三世界妇女正是因为失语反证了自身的缺席,处于世界与意识形态的"边缘"。不妨说,在这种西方中心主义语境中,需要发掘的不仅是第三世界妇女的历史或其真凭实证,而且还要探讨殖民地作为一种研究对象是怎样借助欧洲理论产生出来的。

长期以来,美国女权主义者将"历史"看作一种贬低理论的实证经验,因而对

---

① Mohanty, C. "Under Western Eyes: Feminist Scholarship and Colonial Discourses", in *Third World Women and the Politics of Feminism*, ed. by Mohanty, C., A. Russo, and I. Rorres, Bloomington: Indiana University Press, 1991.

② 在这方面,斯皮瓦克写了大量论文,如《在国际框架里的法国女性主义》《从属臣民能说话吗?——关于印度寡妇殉节的思考》《三个女性的文本与帝国主义的批判》《帝国主义与性别差异》《女性话语和错位》《女性主义与批评理论》《移置作用与妇女话语》等。

其自身的历史视而不见,却以第一世界霸权式的知识实践指定"第三世界"作为美国女权主义的研究对象。这无疑表明,霸权主义意识形态的局限比学者个人意识的局限要严重得多。因此,当务之急是重新重视被霸权主义压制的边缘话语的声音,将第三世界妇女的命运与意识形态发展联系起来,从不同国别的女权主义文本中读解出其背后的生产支配作用、剩余价值实现和政治策略。只有秉有一种世界历史意识去关注"谁失语和怎样失语",只有将历史和政治引入心理分析的女性问题,只有将经济文本引入当代话语权力运作分析中,才能回到对殖民主义心理分析的起点,才会发现新帝国主义的权力操作机制。

作为边缘者的女性丧失了言说的权力。在斯皮瓦克看来,这种权力是失落于"历史档案"与本土父权制的夹缝中,并且又被带有霸权主义性质的女权主义所隔绝。"女性"这个符号之所以成为"空白"和"不确定"的,是因为它触及有关所有权的文本暴政,即政治权力、经济权力以及意识形态权力。于是,在男性权力话语中,第三世界妇女成为不在场的、无名的、不确定的空洞能指。

解决的办法并不是以第一世界标准给予第三世界妇女以政治和性别地位,因为,将所谓世界女权主义价值观的殖民话语嵌入第三世界妇女概念中,意味着西方女权主义者所确定的行为准则,也可以被用来压迫东方妇女阶层。真正可行的途径是,在第一世界文学作品日益变成文字游戏和本能欲望书写的今天,第三世界妇女健康清新的文学经验中人的意识、主体性、发言权斗争和对新生活的向往,与西方社会的纵欲享乐的虚无人生观形成鲜明对照,并为第三世界文学自身的非殖民化提供内在的力量。

这世界并非以西方为唯一尺度,相反,东方妇女在世纪之交已日益走出失语的沉默而发出自己的声音———一种不能再听而不闻的"新的声音"。据此,斯皮瓦克认为,西方女权主义学者应向正走向"语言、世界和自我意识"的第三世界女性学习,为她们讲话;必须尊重女性话语域内出现的多元化趋向,抛弃那种作为第一世界妇女的优越感,清除主流文化所带有的种族偏见;不仅要追问"我是谁"这一个体存在的本体问题,更要问"其他的女性是谁"这一社会存在的本体论问题;不仅要清楚"我如何去命名她们"这一主客体问题,更要清楚"她们如何命名我"这一主体间性问题。只有这样,才能消弭东西方女性之间的理解"距离",解构殖民化网络,从而达到第三世界妇女的重新"命名"的新历史阶段。

第三世界妇女的"命名"和"发言"对于未来世界的和谐发展关系重大。"西方"想了解"东方"决定了"西化的东方人"想要了解自己的世界,或者东西方两大对立面的反转和换位,从而消解霸权主义的种族、阶级和性别歧视。第一世界女权主义在文化批评中应充分认识第三世界并扩展不同民族和地域的读者群,必须重视这一领域巨大的多相性研究,真正学会放弃做第一世界女性的所谓优越感,并以一种对帝国主义的有深度的批判引起第一世界读者对此问题的关注,以扩展政治批判和文化批判的领域。

斯皮瓦克作为一位美籍亚裔女学者,以其独到的理论框架、横跨多学科的视野、富有批判性的批评实践,对"臣属"的历史记忆加以清理,对殖民主义的压抑模式加以揭示,对文化帝国主义对第三世界妇女的漠视加以质疑,从而以富于创造性和敢于打破常规的方式对殖民主义加以解构,并重新创造和建构了东方女性话语,为第三世界妇女的"无言"状态"发言",为其"无名"状态重新"命名"。尽管在具体策略上和方法操作上,斯皮瓦克显得激进而失之于浮躁,但其文化政治理论框架和妇女文学批评实践的意向和锐气却是难能可贵的。同时,对我们更好地理解后殖民主义与女权主义的关系,提供了一幅清晰的理论图景。

二、莫汉蒂:虚幻的"女性共同体"与"身份书写"

莫汉蒂(Chandra Mohanty)对女权主义与后殖民主义之间的关系进行了深入的探讨。在《第三世界妇女和女权主义政治》①中,莫汉蒂讨论了殖民化的问题和第三世界女权主义问题,认为妇女在这个所谓的文明世界,事实上成为男性暴力的牺牲品,在各个文化领域中都处于男权社会的附庸地位。妇女作为权力主体的对象,已丧失自己言说的能力。更严重的是,第三世界妇女的生存经验和文化性存在,被相当程度地忽略了。因此,对妇女的漠视、忽略和侵犯,强化了西方的"文化帝国主义"特性,使得殖民化倾向在女性问题上表现得尤为突出。

"殖民化"主要是一种散漫的、通过一种特殊的分析范畴,对第三世界妇女的话语方式加以规约。第三世界女权主义在知识上和政治上的基本任务在于:对自居统治地位的西方女权主义的内部批判,以及对自足的有地理、历史、文化根基的女权主义所关注的一些战略进行系统分析。因此讨论女权主义时,一个重要问题,即"殖民化"的问题不可忽略。因为,"殖民化"可以用来描述从大部分明显的经济和政治统治集团,到有关所谓第三世界特殊文化论著的每件事情的特性。而且"殖民化"的阐释框架的复杂性和问题的尖锐性,总是伴随着对某种中心统治与被统治的暴力结构关系②。

今天西方女权主义要寻求解决的主要问题,是弄清这种暴力的起源、暴力的结构及其造成的恶果。这种由特定文化造成的专断权力关系,已触目惊心地使妇女的文化、经济、政治地位遭到侵犯。尤其是第三世界妇女在物质和精神方面,在历史的意志性方面,已被"无边地殖民化",从而产生一种身份混合杂糅的、所谓受歧视的第三世界妇女。这种第三世界妇女的边缘化地位,是由家长制和男性统治的跨文化所出现的性别歧视造成的。

正是由于第三世界差异的产生,西方女权主义者才利用了这些国家妇女生活特点构成的复杂性,并使之殖民化。正是在第三世界妇女的受压迫的系统化过程

---

① Mohanty, C., A. Russo, and L. Torres eds., *Third World Women and the Politics of Feminism*, Bloomington: Indiana University Press, 1991.

② Mohanty, C. "Under Western Eyes: Feminist Scholarship and Colonial Discourses", in *Third World Women and the Politics of Feminism*, pp.51-80.

中，多数现代西方女权主义的话语才行使了一种权力，而这种权力在今天需要重新定义和命名。

在这个世界上，妇女没有历史，是一种非历史的存在。她们通过阶级、文化、宗教及意识形态机构间错综复杂的关系构成，力求获得自己的身份认同。她们不是单独的、基于特定经济制度和政治等级之上的群体。那种简单的"跨文化比较"，导致了日常生活特点和妇女所代表的复杂政治利益的殖民化。妇女性别差异与女性从属地化相连，其权力和权力的丧失，使得男性与女性处于二元对立之中。这种简单的二元对立公式简化了深层权力压迫模式，但也折射出妇女受压迫是一种全球现象，表征出全球性殖民处境中的严峻状况。

阶级、种族、宗教、第三世界妇女等问题，其实已造成全球妇女间的利益斗争，以及虚假的受压迫共同感。莫汉蒂认为，所谓"女性共同体"并不存在，而女性背后的种族主义、殖民主义和帝国主义却是真实存在的。如何从西方女权主义关于第三世界妇女的论述中，发现其妇女话语的政治效果，并对第三世界的妇女所招致的殖民文化现象加以考察，进而发现宗教家庭、法律制度、性别分工、教育和政治对抗等尖锐问题，是当代女权主义勘测当代女性处境的一个重要工作。

对于这种殖民化的权力结构关系的分析，使所谓超越阶级和文化而确立的第三世界妇女反对压迫的斗争获得一种一致性。因为权力关系是根据单方面的、无差别的权力来源，以及对权力的积累建立起来的。对立是作为权力的反映而产生的普遍现象，而权力是由特定的人群所拥有的。因此，不仅妇女受到的殖民歧视是全球性的，而且第三世界妇女在第一世界即西方女权主义者眼中，是更深的受到权力制约的群体，这个群体软弱无力而又和谐一致。

无论如何，无视妇女的当代社会的文化、政治、经济、性别等身份书写或重新书写的合法性，都是把第三世界妇女放在社会阶级和种族框架内加以殖民化，并利用这种局限化，剥夺她们的历史和政治作用。在性别上受压迫的妇女，尤以第三世界妇女为烈，因为第一世界与第三世界权力转换之间没有联系，所以这种压迫实际上被强化了。同时，还因为第三世界还未发展到西方女权主义的程度，因而性别歧视堂而皇之存在着。

在后殖民语境中的女权主义，需通过第一世界去分析第三世界国家妇女群体经验，同时使其反抗那种习以为常的权力运作模式。权力运作中总是要揭露某种内在的东西，而反抗正是权力运作的一种新逆转。只有通过反抗，第三世界的妇女才可能挣脱所有对她们的权力"凝视"和"歧视"；只有在妇女和东方被说成不同概念的限度内，西方的男性或人本主义才把他们自己描述成中心。莫汉蒂坚持，决定边缘的不是中心，但边缘却因此密切联系决定着中心。边缘与中心的对峙，使女权主义者讨论第三世界妇女的特殊性时，同样需要注意种族中心主义的文化战略①。

---

① Mohanty, C. "Under Western Eyes: Feminist Scholarship and Colonial Discourses" in *Third World Women and the Politics of Feminism*.

不妨说，正因为莫汉蒂注意到女性所招致的权力疏离，丧失了说话的权力和自我思想命名的权力，并在与男性的所谓"性战争"中，不断地变成一种简单地生产与再生产的性别符号，从而失落了叙说自己历史和未来的话语权，她才特别强调：第三世界妇女比第一世界妇女更缺乏反抗和自我身份认同的权力，面对她们时一方面要注意女权主义的权力运作，同时更要注意后殖民的民族之间、国别之间和文化身份不同书写间的重新厘定。只有这样，第三世界妇女才可能真正书写自己的历史，获得与第一世界女权主义进行对话的可能性。

在后殖民主义话语中，莫汉蒂的思想不仅促进了第一世界女权主义运动，而且也促进了第三世界女权主义的觉醒。这一切不断显示在文学创作和文学批评中，同时，也作为理论结晶沉淀于女权主义和后殖民主义的文艺理论。这使得后殖民主义语境中的女权主义文艺理论，不再单纯是从事作家作品和人物语言的分析，而是重视文本中所体现的阶级、民族、国家、文化身份和性别差异的分析，从一些不起眼的地方撕破被抹平的所谓"普遍的无差异性"。并通过文学文本和艺术创作揭示出妇女是世界上的受苦人这一女权主义结论，从而通过现有经济、文化、意识形态的等级方面，揭露并质疑整个社会中的不合理性，为殖民地和第三世界妇女正确行使自己的权力创造一个合法的生存空间，提供一种有效的合法性途径。同时，也为文学创作和文学理论的妇女形象、妇女的价值存在，提供了理论话语和实践的参照点。

关键词：

  后殖民女权主义（postcolonial feminism）

  第三世界（third world）

  命名（naming）

  他者（other/otherness）

  属下（subaltern）

  文化身份（cultural identity）

思考题：

  一、后殖民语境下的女权主义有什么新的特征和使命？

  二、为什么斯皮瓦克主张重构第三世界的文化历史叙述？

  三、为什么斯皮瓦克强调第三世界妇女的"命名"和"发言"？

  四、莫汉蒂为何关注殖民化问题和第三世界女权主义问题？

  五、莫汉蒂如何看待第一世界与第三世界女权主义之间的关系？

  六、斯皮瓦克与莫汉蒂对第三世界女性关注的同异是什么？

阅读书目：

［1］Beauvoir, Simone de *The Second Sex*, New York：Vintage Books, 1952.

[2] Eagleton, M. ed. *Feminist Literary Theory: A Reader*, Basil Blackwell, 1986.

[3] Kristeva, J. *About Chinese Women*, New York: Urizen, 1981.

[4] Mohanty, C., A. Russo and L. Torres eds., *Third World Women and the Politics of Feminism*, Bloomington: Indiana University Press, 1991.

[5] Spivak, G. C. *The Postcolonial Critic*, New York: Routledge, 1991.

[6] Spivak, G. C. *Outside in the Teaching Machine*, New York: Routledge, 1993.

[7] 波伏瓦:《女人是什么》,王友琴等译,北京:中国文联出版公司,1988年版。

[8] 波伏瓦:《第二性》,陶铁柱译,北京:中国书籍出版社,2004年版。

第十章 新历史主义文论

第一节 新历史主义的语境

历史问题作为人类本体存在的时间维度是绕不开的。尽管形式主义风靡一时,但最终"主体与语境"、"历史与文学"仍会浮上历史地表。70年代以后,在文艺复兴时期文学研究领域中,"历史问题"旧话重提并引起广泛关注。这说明了西方文论界对形式主义批评的厌倦,以及对历史语境中的文学本质有了新的兴趣。当然,从"文艺复兴"研究入手提出自己的新文学批评主张,绝非是钻故纸堆。相反,正是通过一些不起眼的小地方——一些轶事趣闻、意外的插曲、奇异的话题,去修正、改写、打破在特定的历史语境中居支配地位的主要文化代码(社会的、政治的、文艺的、心理的等),以这种政治解码性、意识形态性和反主流性姿态,实现解中心(decentered)和重写文学史的新的权力角色认同,以及对文学史、思想史的重新改写和阐释的目的。

历史在人类的思维中可以说是一种源远流长的时空合一体,也是一种难以把握,既无起始又无终结的绵邈无尽的人类生活聚集物。人类为了把握历史,为了反思历史中的自我形象,进行了长久的艰苦努力,于是,"历史与人"成了人把握自己的基本思维范式。

然而在20世纪80年代,新历史主义诞生以后,彻底颠覆了关于"历史与人"的一些古老的命题,而重新界定历史与人的生成、历史与文化、历史与文学、历史与政治、历史与权力、历史与知识形态、历史与文化霸权、历史与文化诗学等一系列思维模式、文本策略和叙事方法,这样,新历史主义就以反抗旧历史主义、清理形式主义的姿态,登上了历史舞台,并以"文本的历史性"与"历史的文本性"受到了当代文化的关注。

新历史主义的主要代表人物理论的差异性构成了新历史主义的不同维度,而其总体精神集中体现在对历史整体性、未来乌托邦、历史决定论、历史命运说和历史终结说作出自己的否定判词上。因而,强调历史的非连续性和中断论,否定历史的乌托邦而坚持历史的现实斗争,拒斥非历史决定论而张扬主体的反抗颠覆论,成为其流派的标志。可以说,新历史主义的斗争哲学和意识形态的关注性,使它终于告别了旧的历史方法,而成为一种具有文化策略意义的、开放社会的新的历史观。

新历史主义是在对形式主义、结构主义、新批评的反拨中,逐步形成自己的文化品格的。无论是俄国形式主义、法国结构主义,还是英美新批评,都强调对文学的语言事实、文本的纯结构形式做封闭式的研究,即摒弃历史的语境,斩断作者与读者的情感介入,在一种封闭的语言体中,进行一种支离破碎的互文性实验。这样,历史意义在语言的转向中变成了碎片,文化精神也变成了可望而不可即的东西,散落在文本分析的边缘地带。

然而,当西方马克思主义以其激进的文化姿态,高举意识形态和重新塑造新感性和新理性的旗帜,向旧文论和文化研究方法提出质疑时;当解构主义以消解中心论的话语权和重新质疑真理、理性和语言中心主义的谬误时,新历史主义的命名获得了自己潜在的形式。于是,语言操作和意义拆卸的大潮开始逐渐退潮,人们又重新追问文学与历史的意义、文化与历史的关系、文学史重新解读的可能性,甚至重提历史与文学的本质问题。这无疑使人们朝新的历史意识迈出了重要的一步。

在1982年,新历史主义作为一种新的流派,出现在当代文论的论坛。美国加州大学教授格林布拉特在一份集体宣言中正式宣布这一流派的成立,并将这一流派的工作重点放在对半个世纪以来的形式主义批评和历史主义批评的清算上。新历史主义进行了历史—文化"转轨",强调从政治权力、意识形态、文化霸权等角度,对文本实施一种综合性解读,将被形式主义和旧历史主义所颠倒的传统重新颠倒过来,把文学与人生、文学与历史、文学与权力话语的关系作为自己分析的中心问题,打破那种文字游戏的解构策略,而使历史意识的恢复成为文学批评和文学史研究的重要方法论原则。

新历史主义是一种注重文化审理的新的"历史诗学",它所恢复的历史维度不再是线性发展的、连续性的,而是通过历史的碎片寻找历史寓言和文化象征。就其方法而言,它总是将一部作品从孤零零的文本分析中解放出来,将其置于同时代的社会惯例和非话语实践关系中,通过文本与社会语境,文本与其他文本的"互文本"关系,构成一种新的文学研究范式或文学研究的新方法论。

在新历史主义看来,文学的政治化和政治的历史化、历史的权力化和权力的解构化,是一种新的逻辑怪圈。他们将种种方法范式纳入当代文化批评视野中,强调历史是一个延伸的文本,文本是一段压缩的历史,历史和文本构成了现实生活的一个政治隐喻,是历时态和共时态统一的存在体。

历史不再是矢量的时间延伸,而是一个无穷的中断、交置、逆转和重新命名的断片。现在与过去、过去与未来、在文本意义上达到瞬间合一。历史的视野使文本成为一个不断被解释的意义增殖体。历史语境使文本构成一种既连续又断裂的反思空间,使历史先于文本,过程大于结果,断片重于延伸。在这样的文化解读和文本策略中,文本就将不确定性和转瞬即逝的飘逝存在加以形式凝定,将存在的意义转化为可领悟的话语符号,从而历史性地延伸了文本的意义维度,使文本的写作和解读成为一种当今的政治性解读。

新历史主义在渡过20世纪西方"历史主义危机"后,重新寻求自己的研究模式,它在后现代文化网络和商品化大潮中,在意识形态终结和历史终结的话语中,在文化霸权的物化结构、政治歧视的制度化结构以及日常语言的批判性结构中,找到了自己的边缘批评立场。这样,它与女权主义、西方马克思主义、后现代主义、少数话语一样,直面权力、控制、社会压迫,强调要从种族性别、阶级分析中,把握边缘话语的精神,揭露资本主义语言暴政和意识形态压抑,重新审视消费社会经济再生产与文化表征的互动,揭示出生产和消费对后现代领域的制约和再造功能,重视艺术生产交换的文化错位和日益严重的表征危机。

新历史主义借用福柯的权力分析法,强调权力不再是压抑现实社会中的不同声音,而是借着组织和引导这些反对的力量和声音进行权力运作。所以,权力并不是简单的压迫与反压迫、刺激与反刺激、控制与反控制的对立关系,而是积极的、具有创造力的、多角度多层面的复杂关系。权力之所以能够最终控制其对立面的力量,不在于它是否否定了其对立面,而是根据自己的需求制造出反对的声音,并将反对的声音重新纳入秩序之中,在打破权力的控制和再分配中延伸了权力,使其纳入现行的体制或商业化运作轨道,而导致对立面丧失其激进的锐气,失去其破坏和攻击能力。

因此,新历史主义就将这一权力观点置入其历史和文本的分析策略,揭示权力与文学、社会与文化、心灵与肉体之间的二元对立。同时,不再重视旧历史主义强调的正史、大事件和所谓伟大人物及宏伟叙事,而是将一些轶闻趣事和普通人(非政治人物、非领袖人物)作为分析对象,看其人性的扭曲或人性的生长,看在权力和权威的历史网络中心人是以怎样的姿态去拆解正统学术,以怎样的怀疑否定眼光对现存社会秩序加以质疑,以怎样的文化策略在文本和语境中将文学和文本重构为历史的课题,从"政治的批评"进入"批评的政治",最后使主体的精神扭曲和精神虚无成为自我身份的历史确证。

可以说,正是在文本与语境、政治和权力的网络中,新历史主义寻绎到了自己的文化批评方法,即历史与文本互动的方法。

关键词:

新历史主义(new historicism)

权力(power)

文本与语境(text and context)

意识形态(ideology)

文化霸权(cultural hegemony)

思考题:

一、新历史主义出现的历史语境是什么?

二、为什么说新历史主义彻底颠覆了"历史与人"的传统观念?

三、新历史主义为何要清算形式主义批评和历史主义批评?

四、为什么新历史主义持一种边缘批评立场?

五、新历史主义如何借用福柯的权力观点进行历史和文本的分析?

六、新历史主义文化批评方法是什么?

第二节　格林布拉特:文艺复兴的自我塑造

新历史主义的领袖人物是美国著名学者斯蒂芬·格林布拉特(Stephen Greenblatt, 1943—)。这位对60年代新左派运动抱有好感的教授,对西方马克思主义者本雅明和早期卢卡契"喜欢"的激进态度,使他左右不能逢源而遭到学生当堂质问,在令人难堪之中他只好改授"文化诗学"课。这位教授是一位"错位"式的人物:他这种"不得已求其次"的"文化诗学","与政治和马克思主义思想毫不相干的文学视角"①,殊不知到了80年代却日益成为一种热门的政治文化批评;他在解构主义炙手可热的70年代,却一头扎进文艺复兴的"冷门"的研究中,在出版《文艺复兴人物瓦尔特·罗利爵士及其作用》后几乎无人注意,然而7年以后出版的《文艺复兴时期的自我塑造:从莫尔到莎士比亚》则一鸣惊人,大有以新历史主义取代强弩之末的解构批评的趋势。那么,这位新的文学批评方法的"命名"者(准确地说是"挪用命名"者),所强调的是"一种实践,而不是教条"的新历史主义究竟具有怎样的形态?其"新"在何处,又为何能引起批评界如此巨大的反响?它究竟指明了世纪末文学批评的怎样的走向?

斯蒂芬·格林布拉特
（1943— ）

按照解释学的观点,一切历史意识的"切片"都是当代阐释的结果。格林布拉特对文艺复兴的研究也是如此。他要在"反历史"的形式化潮流(形式主义、结构主义、解构主义)中重标历史的维度,要在"泛文化化"的文学批评中重申文学话语范式对历史话语的制约,要在后现代的"语言游戏风景"中,张扬历史现实和意识形态的权力话语关系。

格氏研究文艺复兴"自我造型"的出发点在于他相信16世纪的英国不但产生了自我(self),而且这种自我(注意:不是ego)是能够塑造成型的意识。格林布拉特受新黑格尔主义者格林的影响,提出两条定义:①自我是有关个人存在的感受,是个人借此向世界言说的独特方式,是个人欲望被加以约束的一种结构,是对个性形成与发挥塑造作用的因素。②文艺复兴时代的确生成了一种日益强大的自我意识,它相应地把人类个性的素质塑造作为一种艺术升华性过程②。在格氏看来,自我的塑造是在自我和社会文化的"合力"中形成的,主要表征为:自我约束,即个人

---

① Veeset, H. Aram ed., *The New Historicism*, New York: Routledge, 1989, p.1.
② Greenblatt, S. *Renaissance Self-Fashioning: From More to Shakespeare*, Chicago: University of Chicago Press, 1980, p.1.

意志权力;他人力量,即社会规约、精英思想、矫正心理、家庭国家权力;自我意识塑造过程,即自我形成(the forming of a self)"内在造型力"。而"造型"(fashioning)本身就是一种本质塑型、改变和变革。这不仅是自我意识的塑造,也是人性的重塑和意欲在语言行为中的表征(representation)。

那么,去发现文艺复兴时期众多为人所注目的人物内在心灵意识的变化,看人性改变、自我重塑和意识表现的目的,是不是要将人物放回到历史中去,将历史作为人物活动的背景,以纠正形式主义斩断"感受谬见"和"意图谬见"做法的偏向呢?是否仅仅是对文艺复兴时期人物进行传记式研究,或文学史研究,或文学社会学研究,或文化史研究呢?回答当然是否定的。

格氏并不愿走旧历史主义的老路,即在与研究对象保持"距离"中获得对对象的所谓"客观真理性"把握。相反,格氏要做的是在文艺复兴研究中,揭示他自己现在所体验和意识到的人性奥秘,排除对象式的"单向"研究,而进入过去(16世纪)和现在(20世纪)"双向"辩证对话之中。在这种人性自我塑形的奥秘揭示中,在与对象对话的主体双向"流通"中,我们得以窥见格氏研究文艺复兴自我塑形的真实意图是:打破传统历史/文学的二元对立,将文学看作历史的一个组成部分,一种在历史语境中塑造人性最精妙部分的文化力量,一种重新塑造每个自我以至整个人类思想的符号系统。而历史是文学参与其间,并使文学与政治、个人与群体、社会权威与他者权力相激相荡的"作用力场",是新与旧、传统势力和新生思想最先交锋的场所。在这种历史与文学整合的"力场"中,让那些伸展的自由个性、塑形的自我意识、升华的人格精神在被压制的历史事件中发出新时代的声音,并在社会控制和反控制的斗争中诉说他们自己的活动史和心灵史。

《文艺复兴时期的自我塑造》书影

"文学与历史"的关系,就这样被提到格氏的"工作平台"上来了。这分为两个层面,一是文学与社会的关系,二是文学人物与现实权力之间的关系。当然,这两个层面又是呈胶着状态的。文学与社会具有一种不可截然划分的关系,正是在这复杂的关系网络中,个人自我性格的塑造,那种被外力强制改塑的经验,以及力求改塑他人性格的动机才真正体现为一种"权力"运作方式。自我造型,正是一套权力摄控机制,因为不存在独立于文化之外的人性,所有人性和人性的改塑都处在风俗、习惯、传统的话语系统中,即由特定意义的文化系统所支配,依赖控制从抽象潜能到具体历史象征物的交流互变,创造出了特定时代的个体。

文学并非游离于文化话语系统之外,相反,文学是其中坚力量,并以三种相互关联的方式在文化系统中发挥独特功能,即作为特定作者的具体行为的体现,作为文学自身对于构成行为规范的代码的表现,作为对这代码的反省观照。文学的这种独特功能使格氏告别了传统的文学社会学研究、文学传记研究、一般文学史研究的旧模式,而运用福柯的"权力话语"分析方法,一种他自称为更为文化的或人类学的批评。其具体方法是批评者必须意识到自己作为阐释者的身份,而有目的地将文字理解为构成某一特定文化的符号系统的组成部分,进而打破文学与社会、文学与历史之间封闭的话语系统,沟通作品、作家与读者之间的内在关联,并发现作为人类特殊活动的艺术表现问题的无限复杂性。

文学永远是人性重塑的心灵史。伟大的艺术是对于复杂斗争与文化和谐的极为敏感的记录。文学阐释是一种人性的共鸣,尽管由于历史的非透明性并不能为文学文本那漂流的语义提供一个坚实的"客观"的停泊地,尽管阐释者在"共鸣"中不可能完全重新建立或进入16世纪的文艺复兴文化场景中,甚至尽管阐释者不可能在文学解码中"遗忘"自己所处的20世纪的历史语境,但这一切恰好是新历史主义力求"召唤"的特殊境遇。

据此,格林布拉特强调说:"我不会在这种混杂多义性前后退,它们是全新研究方法的代价,甚至也许是其优点所在。我已尝试修正意义不定和缺乏完整的毛病,其方法是不断返回个人经验和特殊环境中去,回到当时的男女每天都要面对的物质必需和社会压力上去,并落实到一小部分秉有共鸣性的文本上。这类文本的每一篇都将被看作是16世纪文化力量交汇线索的透视焦点。它们对于我们的意义,并不是说我们能够透过它们见到深藏其下或作为其前提的历史原则,而是说,我们依赖这些作者生涯与较大社会场景的透视点,便可阐释它们之间象征结构的交互作用,并把它们看成是构成了一个完整而又复杂的自我造型过程。通过这种阐释,我们才会抵达有关文学与社会特征在文化中形成的那种理解。这就是说,我们是能获得有关人类表达结果的具体理解的。因为对于某个特定的'我'来说——这个'我'是种特殊的权力形式,它的权力既集中在某些专业机构之中——如法庭、教会、殖民当局与宗法家庭——同时也分散于意义的意识形态结构和特有表达方式与反复循环的叙事模式之中。"① 这段话是理解格氏新历史理论的关键,也是整个新历史主义理论纲领性的文件。因为,它申述了以下几项理论主张。

首先,任何理解阐释都不能超越历史的鸿沟而寻求所谓的"原意",相反,任何文本的阐释都是两个时代、两颗心灵的对话和文本意义的重释,在这里,我们不难看到现代解释学的"视域融合"和解构主义批评"意义误读"的影子。

其次,任何对个别特殊的文学文本的进入,都不可能仅仅停留在文辞语言层面,而且必得"不断返回个人经验与特殊环境中去",也就是回到人性的历史之根,人格自我塑形的原初统一性,以及个体与群体所能达到的"同一心境"层面。只有这样,一切历史才能是当代史,一切文学对话才能是心灵的对话。

再次,任何文学文本的解读在放回到历史语境中的同时,就是放回到"权力话语"结构之中,它便承担了自我意义塑形与被塑形、自我言说与被权力话语所说、自

---

① Greenblatt, S. *Renaissance Self-Fashioning: From More to Shakespeare*, "Introduction", Chicago: University of Chicago Press, 1980.

我生命"表征"与权力话语压抑的命运。因此,进入历史和文学"文本",就意味着对自我意识在主导意识形态下被同化进而丧失应保持清醒的理论自觉,对压制文本的"权力"加以拆解,剥离文本的那些保留个体经验的思想、意义和主题的存在依据,揭示其背后被压制的权力结构,并且挑明意识形态结构与个体心灵法则对抗所出现的各种新异意识和思想裂缝。

在这个意义上,文艺复兴文学研究,并不是考古式的研究,而是阐释式的"文化人类学"研究,因为它发现人类不能不靠文学为逝去的历史留下活生生的心灵化石,不能不靠文学文本密码来揭示那流逝去的自我塑形遭到敞开或压抑的历史,更不能不靠文学符号系统来"复活"那些业已逝去的人们所经历过的一切并使当代人产生心灵"共鸣"。这无疑表明,文学是历史空间中最易被激活的思想元素,它参与了历史的发展进程,参与了对现实的文化思想塑造。

托马斯·莫尔(1478—1535)

正是基于上述考虑,格氏从文艺复兴中几千个故事里捕捉一小批有吸引力的人物(即六位作家:莫尔、廷德尔、魏阿特、斯宾塞、马洛、莎士比亚),期望通过这种个人化的研究,"通向更大的文化模式"。其采用的方法主要有:(一)对每个人气质(quality)的追问和应答,甚于发掘人物身上故意做作、变形和演化的不确定性部分;(二)发现这些人想成为"文化歌手"的上升式流动和隐藏的"高度紧张"的地缘性和意识形态性流动;(三)通过人物的价值选择和自我变革,看他们在当时文化最敏感的境遇中,所表征出或体现出的该文化的主导性满足和焦虑;(四)关注这些人物创作中字词与生存权力结构的"错位"状态,以及作品中呈现出的那种未经解决而又持续冲突的历史压力。

埃德蒙德·斯宾塞(1552—1599)

格林布拉特用大量篇幅对以上几位作家的内在心灵和外在环境的权力冲突和角色认同作了详尽的分析并得出结论,认为作家自我与权力相关联的运动方向是,莫尔、廷德尔、魏阿特三人,有一种从教会到书本、再到专制政体的迁移;而斯宾塞、马洛、莎士比亚三人是由颂扬反叛转向颠覆性却又保持着表面恭顺。而这些作者的作品与社会相关联的运动方向是,由作者本人完全被社区团体、宗教信仰或外交事务所主宰的局面,渐渐转向一种把文学创作当成自有其责的专业意识,从而揭示了个体社会权力在整个社会权力话语中复杂多变的运作状况。

其实,格氏的研究,发现了作家人格力量与意识形态权力之间的非一致倾向,即在特定时代社会中占统治地位的意识形态话语都并非必然地成为作家和人们实际生存方式中的主要形式。尽管整个权力话语体系规定了个体权力的行为方向，但规约强制的话语与人们尤其是作家内在自我不会完全吻合，有时甚至会在统治权力话语规范与人们行为模式的缝隙中存在彻底的反叛和挑战。

这种反叛权力、挑战权威和对等级制的强烈仇视又往往以表面柔顺服从的方式表现出来。于是格林布拉特总结说：自我塑造不是顺向获得，相反是经由那些被视为异端、陌生或可恨的东西而逆向获得的，而异己形象是透过权威意识而加以辨识并作为其对立面而出现的。一个人的权威正是另一个人的异己，而且任何一方被摧毁都会立即为新的所取代。对权威和异己的自我，会将顺从和破坏内化在人性之中，权威的威胁性经验，有时会使自我遭到抹杀或丧失。因此，"自我塑造发生的某个权威与某个异己相遭遇时，而遭遇过程中产生的力量对于权威或异己两方面都意味着攻击。因此，任何被获得的个性，也总是在它的内部包含了对它自身进行颠覆或剥夺的迹象。"①这除了对"历史中的文本"或"文本中的历史"的复杂权力运作过程加以解释以外，事实上，格氏还挑明了这样一个问题，即文艺复兴时期乃至任何人类社会时代，文学与政治、个体与群体、权威与异己、历史与文本之间的关系都呈现为一种社会控制模式。

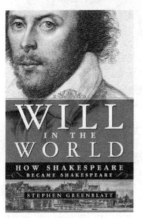

《世界中的意愿》书影

但是，这种控制是一种压制与反抗所形成的"合力"的曲折过程。权力权威对文学的控制使文学顺从其意志，并被利用来化解和消弭社会中变异性反抗力量，使全社会整合在同一轨道上。但有时在主导意识形态控制的严密网络下，往往会产生更多的异己力量，而文学的独创性往往成为产生异己力量的温床。因此，文学在历史中的重要品质呈现出来：对既有权力结构具有内在颠覆作用，同时，与主导意识形态保持其相对独立性时，又只能依靠这一权威构成自己的"他者"力量。这样，格林布拉特的研究使新历史主义实现了自己的承诺，即成为一种具有政治批评倾向和话语权力解析功能的"文化诗学"或"文化政治学"。

由上可知新历史主义实质上在"历史"的研究方面体现着鲜明的当代文化批判意向。为什么新历史主义恰恰要选择"文艺复兴时期"作为其研究的领域？

我们认为，新历史主义的诞生标示着处在后现代时代的哲人们的内在困惑。也就是说，人们处在前现代、现代、后现代的尖锐冲突以及第一世界与第三世界的隔膜冷战之中，因此，有关人性、心灵、人道主义、历史价值、人类前途都使得处于"过渡时代"的当代哲人频频回首，去看历史经验能给处在"历史豁口"上的人类以怎样的启迪。于是，文艺复兴时期这一横跨中世纪僵化静止的自我形象与现代自

---

① Greenblatt, S. *Renaissance Self-Fashioning：From More to Shakespeare*, "Introduction", Chicago：University of Chicago Press, 1980.

由人文主义自我塑形之间的"过渡时代",这一前工业社会的人的最后避难所,引起了后工业时代的学者的广泛兴趣。他们要从自己生存的时代断层中去探究文艺复兴这个时代断层,进而分析解读过去以理解和把握今天,并在过去的认识范式业已打破,而新的认识范式尚未建立之时,充分展开不同意识形态、价值观念、思想型之间的冲突、批判和对话,使之在这"间隙"之中伸展出一种正当的自我重塑和自我启蒙的文化诗学空间。于是,我们就不难理解格林布拉特等新历史主义批评家为何总是热衷于讨论叙述的断裂、矛盾、张力、权力冲突等问题,展示关于人的自由这一文艺复兴意识形态,与作为权力关系主体的人之间的分裂的真正目的之所在了。

格氏的文化诗学概括起来,具有以下特征。

"跨学科研究"性。格林布拉特大胆地跨越文学与非文学、历史学与人类学、艺术学与哲学、政治学与经济学等学科的界线。不仅如此,在这一杂色纷呈混合体系的"系谱"中,不难看到西方马克思主义的批判武器、女权主义的激进话语、解构主义的消解策略、拉康的新弗洛伊德主义、后现代主义的游戏方略、福柯的权力话语。这一"开放性",使其具有多维视野研究的方便以外,也因缺乏自己的中心范畴而每每为人所攻击。

"文化的政治学"属性。文学与文学史研究走出了象牙塔式的学院研究,而成为论证意识形态、社会心理、权力斗争、民族传统、文化差异的标本。有人对此惊呼,"文学研究被引上了非道德的歧途",认为对莎士比亚的误读和对文艺复兴的政治化解释,是"对西方文明知识遗产的总体拒绝",是足以与"纯粹的焚书之举相比的野蛮主义"①,当然,这些说法不无偏激。但新历史主义的政治化批评特征的确是相当鲜明的。格林布拉特在《学会诅咒》中明确地说:"不参与的、不作判断的、不将过去与现在联系起来的写作是无任何价值的。"②新历史主义具有的政治性,并不是在现实界去颠覆现有的社会制度,而是在文化思想领域对社会制度所依存的政治思想原则加以质疑,并进而发现被主流意识形态所压抑的异在的不安定因素,揭示出这种复杂社会状况中文化产品的社会品质和政治意向的曲折表达方式,以及它们与权力话语的复杂关系。在格林布拉特看来,统治权力话语对文学和社会中的异在因素往往采取同化与打击、利用与惩罚并用的手段去化解消弭存在的异己不安定因素,而文化产品及其创作者则往往反控制、反权威而对意识形态统治加以消解破坏,于是在反抗破坏与权力控制之间出现一种张力并达到一定的平衡,甚至是为平衡而达到某种妥协。"那些真实而猛烈的破坏因素——原应因其严重而将作者押进牢房而动刑——却被它们所威胁的权力化解消弭了。可以说,这

---

① Veeser, H. A. ed., *The New Historicism*, New York: Routledge, 1989, p.29.
② Greenblatt, S. *Learning to Curse*, New York: Routledge, 1990.

种破坏，正是那权力为自我巩固而预先设计罢了。"①不难看到，新历史主义作为一种文化政治批评，的确是超越了西方激进主义思潮那种二元对立思维模式，不再满足于在官方意识形态与社会生活形态、权力话语与个体话语、文化统治与文化反抗、中心与边缘之间作出非此即彼的选择，而是看到二者之间不是单纯的对抗关系，而且有认同、利用、化解、破坏等一系列文化策略和交错演化。因为，单纯反抗往往是对复杂的权力运作和文化控制简单化处理和过低估计对象的结果，是一种充满激情但却盲目、看到对抗的阶级冲突形式却没有看到统治策略控制人们思想的实际方式的非理性行为。新历史主义作为一种政治批评，不同于西方马克思主义、女权主义、黑人批评的地方，就在于其对统治思想如何控制人、二元对立的能力如何转化、文化意识形态控制的严与宽的辩证法，有了清醒而精当的分析，并具有了一种历史发展变化的辩证策略眼光。

"历史意识形态"性。通观格林布拉特的多部著作，可以看到一种明显历史意识批评"症候"。在格氏看来，人是对个体控制怀有对抗性的非人化和各种历史合力的产物，人的文学在文化中具有颠覆性和抗争性作用，而文化颠覆就是一种文化通过策略向主导意识形态的挑战。这种产生颠覆又包容颠覆的特殊情况，"不是出于笼统意义上戏剧力量的理论需要，而是一种历史现象，是这种特殊文化的特殊形态。……统治者的权力构成，是通过戏剧舞台上对皇家崇拜的推崇以及对这种崇拜的敌人在舞台上施以暴力惩罚来加以表现"②。这种所谓权威之所以得以维持，是有赖于某个恶魔式异己的存在的思想。这一观点是相当重要的，因为它在新的层面上测量了"社会状况思维范式和行为习俗的网络系统"，使人获得"对一切意识形态的超越"，抵达对立两极互相兼容转化的层面。

"历史阐释的小历史"性质。格氏的文化诗学善于将"大历史"(History)化为"小历史"(history)。他总是将视野投入到一些为"通史家"所不屑或难以发现的小问题、细部问题和见惯不惊的问题上，而成为一个"专史家"。这样，格氏不再轻易采用文学史研究的诸如暗喻、象征、模仿、表现等概念，而是从其他研究领域寻找得心应手的新概念，最后在"文化文本"与"经济事实"之间找到具有沟通性和商贸性的术语，如"流通"、"商讨(谈判)"、"交换"等。格氏使用这套术语有自己的目的，在他看来，新历史主义批评不是回归历史(大历史)，而是提供一种对历史的阐释(小历史)。那么这种小历史就不会是自律的，而是实实在在进入社会各生活层面的。"成者为王败者寇"，为王者写的大历史是充满谎言的，而小历史的具体性，使新历史学家只能将文学看作是他律的。艺术作品与政治经济在现实生活中有着千丝万缕的联系，文学实践同样进入"流通"领域，参与利润"交换"。而艺术创作

---

① Greenblatt, S. "Invisible Bullets: Renaissance Authority and Its Subversion", in *Political Shakespeare*, ed. by Dollimore and Sinfield, p. 23.

② Greenblatt, S. *Renaissance Self-Fashioning: From More to Shakespeare*, Chicago: University of Chicago Press, 1980, p. 57.

者之间的"商讨",使作品得以诞生并充满"意义",从经济领域向文化领域转化。因此,"艺术作品本身不是我们沉思的纯净的根源。……艺术作品是一番谈判以后的产物,谈判的一方是一个或一群创作者,他们掌握了一套复杂的、人们公认的创作成规,另一方则是社会机制和实践。为使谈判达成协议,艺术家需要创造出一种在有意义的、互利的交易中得到承认的通货"①。

可以认为,作为上层建筑的艺术不仅受经济基础的制约,而且反过来参与经济基础的构成。在上层建筑与经济基础之间,新历史主义通过"小历史"的发掘重新修复了文学的社会流通的双重性②。这促使当代文艺评论必须调整并重新选择自我的位置:不是在阐释之外,而是在"谈判(商讨)"和"交易"的隐秘处③。

不难看到,格林布拉特的"文化诗学"既有跨学科的血缘杂交品质,又有政治性批判姿态;既以文学和非文学共同解读历史内层的"小历史"策略,又有由文学话语转移到经济话语的新术语网络。就此而言,新历史主义仍在"路途上",它的主帅尚未形成自己的稳定的理论性格,但是也正因为如此,它才具备更多的发展可能性。在这个意义上,海登·怀特说新历史主义是从"文化诗学"向"历史诗学"④的概念发展,是有道理的。

关键词:

　　自我意识(self-consciousness)
　　自我塑造(self-fashioning)
　　文化诗学(cultural poetics)
　　文化政治学(cultural politics)
　　大历史/小历史(History/ history)
　　流通(circulation)
　　商讨、谈判(negotiation)
　　交换(exchange)

思考题:

　　一、格林布拉特为何要在反历史的形式化潮流中重标历史的维度?
　　二、格林布拉特研究文艺复兴时期的"自我造型"意图何在?
　　三、在格林布拉特看来文学与历史的关系可分为哪两个层面?

---

① Veeser, H. A. ed., *The New Historism*, New York: Routledge, 1989, p.12.
② Greenblatt, S. *Shakespeare an Negotiations: The Circulation of Social in Renaissance England*, Berkeley: University of California Press, 1988.
③ 当然,格林布拉特理论的政治化倾向也引起一些批评,可以参见:Edward Pechter, "The New Historicism and Its Discontents: Politicizing Renaissance Drama", *PMLA*, May 1987, Vol. 102(3).
④ White H. "The New Historicism: A Comment", in *The New Historicism*, ed. by Veeser, H. A. pp.293-301.

四、为什么说新历史主义体现着鲜明的当代文化批判意向？

五、格林布拉特的文化诗学具有哪些主要特征？

第三节 蒙特洛斯：历史与文本

美国加州大学圣地亚哥分校教授蒙特洛斯(Louis Adrian Montrose)是新历史主义理论的最佳实践者，也是新历史主义批评积极的推动者。蒙特洛斯在新历史主义的产生、发展和遭遇到来自各方的诘难之时，坚决地维护新历史主义的基本立场，并运用新历史主义理论和基本方法分析文学作品，借此推进新历史主义的理论和实践的发展。

一、文学与世界

作为新历史主义阵营里的一员主将，蒙特洛斯的思想经历了一个发生发展过程，大致可分为前期与晚期两个阶段。

其前期思想强调"文学与世界"的关系。蒙特洛斯吸收了新马克思主义的观点，认为文学与世界是一种反映与被反映的关系，文学是对现实世界和历史事件的能动反映。人们在讨论某一文学文本时，总是要追问这样一些问题：为什么这一历史背景比那一语境更受特别的推崇？一部作品仅仅是反映它所再现的意识形态和社会文本呢，还是再复制再创造甚至再生产这些社会文本？观照文学文本的社会背景时，主体是否在虚构想象中创造性地想象自我的文化身份？

早期蒙特洛斯注重具体文本与社会背景之间所形成的互相映衬关系，特别注意一部作品尤其是古典时期的作品对当时社会的曲折反映，对它们间的复杂关系加以弹性的、影射性的意义解读。他强调具体文学作品的解读是一种意义深远的社会调节行为，一种通过文学作品揭示社会性深层意义并反映出这种意义的当代性的意义活动。他尤其留意伊丽莎白时期的作品，认为："伊丽莎白时期田园诗的主要功能，是对社会关系做象征性的调节，而所谓的社会关系，对内部而言就是权力关系。"① 也就是说，文学具有意识形态的功能，它能调节特定社会形态中的矛盾，又能使那些特定集团和社会利益作出的权力决策被视为当然之事。同时它通过一种浓缩性话语对社会中习焉不察、见惯不惊的东西加以警示，使人们通过作品的悲欢离合，看到等级森严的社会制度所造成的不平现实与由此产生的痛苦心灵。当然，文学由于其宣泄作用，又能够平息这种痛苦，使人在平和的心境中得到所谓净化。

可以说，早期蒙特洛斯的文学观点，坚持文学能够"调节"特定经济和政治体制造成的紧张关系及内心深处的矛盾，强调历史剧总是通过掩盖断裂的现象而达

---

① Montrose, L. A. "'Elise, Queen of Shepherds' and the Pastoral of Power", *English Literary Renaissance*, 1980(10), p. 153.

到调节社会问题的目的。他对那种通过过分巧合或过分集中偶然性去表现戏剧冲突,从而丧失真实性的作品持怀疑态度。文学应注重人类价值的普遍永恒性,而非特定政治权力构成的现实产物,应反映永恒普遍的问题,而非具体历史时期和物质构成中的问题①。这一时期,蒙特洛斯已经开始注意文学在历史中的作用,尤其强调文学和世界、心灵和生活之间的"调节"关系。其关键词"调节"更显示出他对经济结构、阶级斗争、等级制度等社会关系和权力结构的特殊关注。

总体上看,蒙特洛斯早期文学观具有几个特点:(一)强调文本与社会之间的调节和宣泄关系;(二)重视意识形态的边缘性和挑战性,认为作品总是要反映某方面的历史生成的原因;(三)注意理想的永恒普遍性在文学中的反映。这表明蒙特洛斯这一时期的思想,基本上是客观的、忠于历史的,还带有较浓厚的旧历史主义痕迹。

到了80年代中期,蒙特洛斯的思想发生了转变,从而进入其晚期文学观。他从早期的客观论者变为晚期的历史相对论者,强调主体的主观能动性和事件意义的相对性。在他看来,文化在反映自身的过程中更具有自主性,并在反映方式和生产关系上更灵活。文学总是具有某方面能动的社会功能,总是要参与主导意识形态的流通和确立,或改变和挑战主流意识形态权力话语而代表边缘地位的声音发言。但文学除了这些作用以外,还要生产或再生产一种新的文化意识,一种更加真实的话语声音,并更注重主体精神对历史的重新阐释和引导作用。

文学在塑造文化关于真实生活的话语时,能成为多种话语惯例中的一种,而又超越这种司空见惯的生活本身。蒙特洛斯强调能动与自主性的统一,因为主体既受历史的制约处于历史长河中,又超越于历史之外能对历史作出深切的反思,并对历史文化话语进行全新的创造。主体尤其是历史阐释的主体,对历史不是无穷地趋近进行客观的事实认同,而是消解这种客观性神话而建立历史的主体性②。历史就是历史学家的主观构造。这无疑是其主体性的鲜明体现。

批评即是对历史的建构,可以将文化历史中被颠倒的历史再重新颠倒过来,对屈辱的历史加以新的抗争,把被阉割的意义再度阐释生发出来。所以,考察"自我"的观念在当时异己的社会历史背景下,是怎样形成并浮出历史地表的,发掘自我作为当时社会矛盾话语的产物,是如何通过一种非人化的历史去加以重新命名的,使文学再生产历史,甚至创造和虚构一种更真实的历史,成为蒙特洛斯的主要工作。

可以说,从早期客观论向晚期的主观历史相对论即所谓新历史主义发展过程中,蒙特洛斯实现了文学和社会历史文本的互相转化和彼此作用,进而以能动的再

---

① Montrose, L. A. "The Purpose of Playing: Reflections on a Shakespearean Anthropology", *New Series* 7, 1980, pp.51-74.

② Montrose, L. A. "'Shaping Fantasies': Figurations of Gender and Power in Elizabethan Culture", *Representations* 2, Spring 1983, pp.61-94.

生产意义的新历史主义取代了静止的客观论的旧历史主义。然而,这种相对主义立场也遭到一些学者的批评,使其新历史文化权威地位受到了某种质疑。

二、历史与理论

新历史主义的转向有其社会文化的语境,大致说来,这一转向是对形式主义、结构主义、新批评的学术纠偏。因为形式主义排挤了历史因素,而将文本看作是与历史无涉的虚无缥缈的存在物,从而砍断了文学文本与历史的血肉联系,使文本的解读变成了一种机械的结构分析,而丧失了文学的有机生命。

新历史主义是对旧历史主义的反省。旧历史主义把文学看成是对现实生活的机械反映,丧失其能动性、主体性和意义重释性。而新历史主义重新发掘了历史意义与现实的关系,并不将历史看成是与现代无涉的、过去某一段时间发生的事件,而看成是在不断的连续与断裂中,对当代作出阐释性的启发的文本①。从而使对过去文本的阐释成为对今天意义的敞开,对过去的意义发掘成为对当代思想的启示。于是,历史与现代、文学与社会,成为一种互相阐释的张力结构,而具有全新的生命。

新历史主义是对解构主义、女权主义、西方马克思主义理论的整合,甚至可以说是在文学历史领域中的政治权力话语的具体操作。它不仅可以用来说明20世纪人们所关心的文化复兴问题,也可以通过历史的解读去发掘女性遭受压抑的历史,看到处于边缘话语的历史,以及在社会制度和经济结构中处于底层的人的历史。因此,新历史主义将颠倒的历史重新颠倒过来,使其走出形式主义的怪圈,走出旧历史的陈旧逻辑,开始对政治、经济、文化和权力结构加以重新认识和自我观照,并对人性的自觉意识和现代文化中的意义存在加以反思。

首先,新历史主义从那种纯粹的历史考据分析和形式结构把握中走出来,转向从社会政治历史维度对文学进行文化反思,重新书写文化的审美层次和意识形态层次。新历史主义经历了一次观念裂变,走向了历史、文化、社会、权力结构、阶级、性别、社会发展以及种种物质和制度观念层面,对文本的解读变成了人与人之间的对话,同时也成为今天与过去的对话。

其次,文学与文化的关系。新历史主义强调文化,然而,文化是言人人殊的问题,很难解释清楚,但有一点可以肯定,文学批评与文化研究有着深刻而内在的关系。人总是在编织自己生存的意义,总是对世界万物加以阐释性的叙事,总是要通过总体叙事的方法将很多偶然的、中断的、非连续性的东西,解释成有意义的、具有连续性和因果性的历史,从而使自己获得一种整体文化的意义。文化总是营构历史性的运转模式,将一种象征体系的意义渗透到历史情景中。正是置身于这种文化境遇中,人们才得以彼此了解和沟通,并理解生命的共同价值尺度。

---

① Montrose, L. A. "Of Gentlemen and Shepherds: The Politics of Elizabethan Pectoral Form", *ELH50*, 1983, pp. 415-459.

"文化"在新历史主义者的论著中有着明显的文化模式意义,这一模式使其采用相近的共用语码与文化修辞来呈现事物的情境。不管是蒙特洛斯还是其他新历史主义者,都认为文化是一个共用的象征系统,表达一种内聚的、封闭的、受限制的形态。所以,新历史主义强调文化活动的集体构造机能,在对文化活动本身关系进行探讨时,注重把握一种怎样成为他者的经验,如何通过形式把握到形式所凝定的内容,以及这种内容所负载的文化积淀具有怎样的厚度,理解被历史所赋予和凝聚于其上的制度、观念的形式化的变数为何,即通过一种文化的解读,去发现文化的暗码并加以解密,这也许就是新历史主义者为自己提出的任务和其转向的基本形态。

那么,新历史主义在转向后究竟具有怎样的形态?究竟新在何处?

简单地说,新历史主义认为文本与语境相区别本身就是一个前沿课题,强调解读者的身份以及其期待活动和描述对象与自己心灵深度的关系。所以,其主导性阐释模式都是着重于文学形式与修饰意义的挖掘,强调自我观念的阐释,或文本的政治意识形态的解读。新历史主义之"新"在于,描述一部作品如何变形而成为开放的变动不居的矛盾话语,在历史过程中看作品,即看它如何被重复、被蓄积,而成为作品的互文本,进而去发现文本的语境,文本的互相阐释的空间——不断被占用、汰变,解读文化密码的空间。

新历史主义转向并不意味着新历史主义就是一个学派、一个运动、一种伟大的计划,相反,蒙特洛斯在《文艺复兴的文学研究与历史主体》中认为:新历史主义仅仅是研究领域中新近出现的一个历史走向而已,所以那些自认是走新历史主义道路的人,在其批评活动中也是彼此大异其趣的,而且也不愿意把自己的批评活动加以理论模式化。缺乏明显的理论性话语,其本身就是一个征兆,说明新历史主义具有经验主义、形式主义与人文主义的历史烙印,使其不容易与其他旧派的批评典范相区别①。

但笔者认为,蒙特洛斯的说法只是一种保守的看法,其实新历史主义与其他理论存在着不小的区别,比如它强调政治参与性,强调对性别歧视的揭示,对边缘状态和文化暴力的反抗以及强调文化非连续性,主张激进的他者性等。这些无疑是新历史主义的新理论意向。尽管其挪用和杂糅的品格使其理论具有不彻底性。

新历史主义曾经相当活跃过,曾充满着激烈的论辩、批判和彼此之间的论战,但已经逐渐消退,被间隔成了一种术语的聚合场所。它的研究范围已经逐渐超出了文艺复兴时期的研究,而进入了其他历史文本之中。

三、文本与历史

对历史而言,文学不是次等的被动存在物,而是彰显历史真正面目的活生生的

---

① Montrose, L. A. "Renaissance Literary Studies and the Subject of History", *English Literary Renaissance* 16, 1986, pp. 5-12.

意义存在体。它并不被动地反映当时历史的外在现实,而是建构历史的现实动因。它也不是仅仅模仿现实的存在,而是一个更大的符号象征系统。通过这个象征系统,某一特定历史时刻的事件才会具有观念层面的意义,文化才能显现出它与自身存在条件之间的关系。文学对历史的阐释和在历史中阐释文学,说明文学与历史具有某种互动关系,文学并不被动地反映历史事实,而是通过对这个复杂的文本化世界的阐释,参与历史意义创造的过程,甚至参与对政治话语、权力运作和等级秩序的重新审理。

在旧历史主义的观念中,历史无疑是大于文学的,也就是说,历史事实的真实性大于文学的想象和虚构性。然而,新历史主义却将这一矛盾关系颠倒过来,强调文学大于历史,文学注入历史的生命之中。事实上,文本与历史的矛盾恰好揭示了在二者的张力场中,文学与历史的本质关系,即文学在对历史加以阐释的时候,并不要求去恢复历史的原貌,而是解释历史"应该"和"怎样",揭示历史中最隐秘的矛盾,从而使其经济和政治的目的彰显出来。通过对权力关系的细致入微的、合理的想象,文学参与文化,并将现实中的诸多因素构成一个总体叙事模式,形成关于国家和个人的话语言说方式,使世界获得了自身的历史连续性,使中断的瞬间变成了连续而透明的可理解体,在精确再现和想象性复制中,把握历史不同时期是如何把人塑造成历史性的人的,看清历史存在中的人在"话语惯例"和权力关系形态中,占据了怎样的地位。

"文本与历史"具有一种遏制与颠覆的关系。在蒙特洛斯看来,文学对现实社会的控制是一种反控制,对现实的权力是一种颠覆,起码是一种想象性的颠覆。那么,文化是怎样面对主导意识形态挑战的呢?是怎样颠覆历史的假象的呢?对当时历史限制的机构,文化或文学是怎样拒斥并改写这种暴力的呢?

实际上,文本与历史的关系表明,一种权力话语的存在是因为另一种权力话语的存在,只有当历史中的一种权力与另一种权力构成某种平衡和互相制约之后,这种话语才因对立面的存在而存在。文学通过空间和时间的超越,解读了文本的历史情境,把文本直接置入其他类型的文化关系之中,在对占主流话语权力的揭示过程中,揭示其对立面的权力一方,从而正确地复现、再生产当时的历史语境。文学与非文学、历史与非历史、权力与反权力之间的关系,只有在破除其历史神秘性以后,才能剥离设定的历史假象,而获得一种真实文学精神的呈现。

蒙特洛斯涉及这样一种文化立场,即应对一个封闭稳定的主流意识形态,注入一种新的权力观念,即在不同权力话语的相互映衬中,见其非稳定性和可渗透性,文学的意识形态对历史的介入,是一种政治态度的参与,因为,观者、听者、读者都在进行一种文学的共谋,即在对经典作品的颠覆性阐释中重新认识经典,并分离出自己的文学主张。这种文化"颠覆"的特质,构成了历史解释的本质,深藏于特定的作品意义符码和整个文学思想体系中。

这样,新历史主义的目的呈现出来:描述一部作品如何变形而成为开放的、变异不居的、矛盾的话语,在历史过程中看作品亦即在一个参与挪用的历史过程中看作品,看它如何被蓄积而成为一个意义增殖的文本。经过这一历史与社会过程的积淀后,一个互文的空间,就在历史意识情境中产生出新的意义。文学的历史就是聚集复杂的文化语码,并使文学与社会彼此互动的历史①。

新历史主义实现了"话语的扩张"。它不仅将文化、历史、权力和意识形态熔铸在一个彼此的网络结构中,且正将其吸收的众多新方法,都整合到自己的武库之中,因而可以合理地、总体地阐释对峙性的文化政治和虚假的历史话语,并对意识形态与社会文化作出自己的新历史价值评判。

当然,也有人认为,新历史主义具有一种"帝国主义的意志"(imperialistic will),即企图挪用所有的文化,填平历史的鸿沟,而阐释出批评者的集体性意识。他们认为,新历史主义想把世界建构成一个美学的大文本,使得文化诗学可以面对历史事实和形式的区域,作出开放性的阐释。同时,新历史主义跨越了为数众多的话语空间,因此,它将一些曾经搅乱的或未能深入涉及的问题显示出来,使人可以进入这些问题。

新历史主义有两个重要的方面,蒙特洛斯称之为文史互相交错,二者互相依存的"文本的历史性"和"历史的文本性"。

"文学的历史性"即个人体验的文学表达总是具有特殊的历史性,总是能表现出社会与物质之间的某种矛盾现象。这些现象见诸所有的书写模式中,不仅包括批评家研究的作品,而且也包括研究作品的文本环境。书写模式中的历史的、社会的、物质的情景,构成了所谓的文学的历史性氛围。

"历史的文学性",指批评主体根本不可能接触到一个所谓全面而真实的历史,或在生活中体验到历史的连贯性。如果没有社会历史流传下来的文本作为解读媒介的话,我们根本没有进入历史奥秘的可能性。历史不是铁板一块,而是充满需要阐释的空白点,那些文本的痕迹之所以能存在,实际上是人们有意识选择保留与抹去的结果,可以说历史中仍然有虚构的元话语,其社会连续性的阐释过程复杂而微妙。

历史中的文本成为不断累积的更大文化语境的文本,这些文本在记录历史的长河中被确定为历史文献,而讲述人文科学的人以此为基础来阐释作品或著书立说。因此,新历史主义事实上是在历史事件背后建立了一种"大历史"(History),即重新阐释过的、更真实、更能体现权力运作和意识形态轨迹的历史;或者一种"大文化"(Culture),即描述其修辞叙事形态,描述其文化行为和透过这些去反映历史活动本质的文化精神。在对历史的幻想中,我们不仅可以找到一些伟大的历史事件的暗码、宗教的图像、末世论、各种理论的话语,而且还可以发现各种文学的历史性和历史的文学性交错的指涉性,从而使人超越历史主义、形式主义的对峙,在文本的新模式中,实现自己的思想和现实的批评活动。通过这种大历史、大文化,去

---

① Montrose, L. A. "'Shaping Fantasies': Figurations of Gender and Power in Elizabethan Culture", *Representations* 2, Spring, 1983, pp.61-94.

发现一种"大权力"(Power),去升华批评主体精神,张扬这种主体性对于历史习惯性的剥离,而显示出历史的新颖性。所以,新历史主义在历史的互文性的建立中,升华出了自己的当代性命题,即主体化与结构化过程,二者相互依存而共处于历史之中。

社会有其明显的系统性,即在个人或集体活动的作用下,这种系统性被永远不断地制造出来,并不断地受到调控和转化。阐释和语境、文本和历史具有互动关系。在权力的合力作用下,文学成为一种自律的美学、道德或知识秩序,超越了互相冲突的压力,超越了物质需求与兴趣的种种差异性,而成为一种新的书写与阅读的意义阐释。因为,文化产品必然是"既被历史决定,也决定历史"①。

新历史主义文学研究的真实意图,是要建构一种新的社会历史批评,探讨这些活动之间变动不居的形态,形成新的文化阐释的叙事范式。通过这种叙事,真实与历史的各种版本都被重新体验和敞开来。新历史主义通过挪用、转型和再造,建构了一种合乎人性的文本意义历史,从中可以看到历史的变动,权力的转换,意识形态的消长和主体性的生成。

新历史主义把现实加以历史化,把过去加以现实化。过去塑造现在,而现在也重释过去。在文学批评活动中,在文化诗学与文化政治之间,构造出一个持续不断的"文本与历史"的对话。不妨说,从80年代到90年代,新历史主义一直走向历史、文化、社会、政治、机构、阶级、性别、文本。所以在大众传媒的后现代时代,其他的文学类型大多走向了世俗狂欢而导致文化衰落,而新历史主义却坚持通过对历史文本的重新命名,对文学的历史意义揭示而获得自己对世界、历史、生命意义重新命名的文化权力。

当然,在这种学术政治化的阐释中,在这种变革的后殖民后现代时代,新历史主义也面临一种广泛的文化诗学权力"焦虑",因为它的方法的复杂性、命题的宽泛性和范围的无边界性,使它在把握历史、阶级、种族、性别等方面时,感到理论的乏力和有限,并受到不同学术圈的批评。戴维·布鲁克斯认为,新历史主义是一种左翼计谋,其目标是摧毁文学教规,并以政治议事日程来代替对"文学优越性"的探讨。鲍特则认为,新历史主义者通过分析话语事件揭示出扰乱因素,他们却由于这些因素不断重复自己的边缘化或者同化的游戏。非但此类批评,即使是在新历史主义的学院派之间,新历史主义也仅仅被看成一种历史论争的场所,生产意识形态的优势者的场所,甚至是被文化授权的权力运作。

实际上,新历史主义作为一种当代文化诗学,受制于一个更大的文化学和政治学领域,强调一种充满阐释契机的文学语境。由此,我们才能阅读身处其间的政治情景,理解自己的历史性和当下性存在,把握权力知识的社会语境定位。因而蒙特洛斯在《文本与历史》中告诉人们,制度存在于人们之中,也束缚着人们。他还说

---

① Montrose, L. A. "Professing the Renaissance: The Poetics and Politics of Culture", in *The New Historicism*, p. 15.

权力和知识统治体系既成全我们,又约束我们①。当新历史主义者在理论和实践、历史与文本之中穿行以重新建构文学性,冲破形式主义和旧历史主义的话语以扩展文学研究的范围,重新讲述历史并把文学作为历史的现代延展加以意义阐释之时,其必然面临无限的可能性也同时面对众多的困境。

新历史主义存在的问题表明,这一思潮应在方法的总结和领域的清理两个方面努力,以使自己具有更好的理论工作平台和文学批评立场,在文学文本和非文学文本的互释中,注意文学主体性的建立和文学历史意识的确立。只有这样,新历史主义才能面对自身发展中的现实性问题,作出有深度的自我历史性反省。

关键词:

文本的历史性(the historicity of texts)
历史的文本性(the textuality of histories)
指涉性(referentiality)
遏制(containment)
颠覆(subversion)

思考题:

一、蒙特洛斯的前后期思想各自的侧重点是什么?
二、蒙特洛斯如何实现文学和社会历史文本互相转化?
三、蒙特洛斯为什么认为文本与历史是遏制与颠覆的关系?
四、怎样理解文学的史诗性与历史的文学性?
五、为什么说新历史主义是文学历史领域中政治权力话语的具体操作?
六、新历史主义究竟"新"在何处?

第四节 多利莫尔:文学与历史

在英国,"文化唯物主义"与新历史主义的学术宗旨、文学理论意向和政治话语的基本原则都相当接近乃至相同,但由于地域文化氛围之别,也存在一些微妙的理论差异。

文化唯物主义代表人物是多利莫尔(Jonathan Dollimore),他同其他新历史主义学者一样,强调文学与政治、文学与权力、文学与历史、文学与意识形态的多重复杂关系,在文学研究中,他并不从文学文本、文学语言、文学结构、文学自身的内在规律去发掘文学意义和文学存在的依据,相反,总是从一个更大的历史语境、社会文本、政治价值取向,去看待文学的现实"效果"和文学对现实的反映。因此,其理

---

① Montrose, L. A. "Professing the Renaissance: The Poetics and Politics of Culture", in *The New Historicism*, p. 31.

论具有一种宏观的文化政治视野和对现实的深切关注,其言说往往更能切中时弊,更能把握文学发展和文学存在状况的真正问题。

一、文化唯物主义与意识形态

多利莫尔与他的美国同行一样,将其新历史主义或文化唯物主义的宗旨定于从文化、历史、政治角度研究文学的功能和文学对现实的涉入。作为文学史家,他将文艺复兴时期的文学研究作为自己的主导领域,以此发掘文化冲突和文化变革时代的文化精神。他在《政治的莎士比亚》序言中,指出文化唯物主义具有"四要素",即历史的发展脉络,理论的方法意向,政治的权力参与和文本的分析框架①。文化具有一种"他性",它总是以一种异在的方式刺激文学对现实发言,在现实的差异性中去发现现实的不合理因素,进而揭露这种不合理的存在状态。

在研究中,多利莫尔想弄清楚:20世纪所关注的生存问题与17世纪文艺复兴时期的文学研究之间究竟有什么关系。他注意到,中世纪的基督教与启蒙运动的人本主义之间,形成一个特殊的文艺复兴时期,前者将人视为从上帝处获得本质而形成的完整统一体,后者则坚持确立作为个体的人的观念,一个具有内在自我属性的统一存在。文艺复兴时期是一个怀疑的时代,人们可以从这一时期的戏剧中发现,历史文献和艺术文本记载了人的自我属性与他的社会建构之间并不连贯也并不对称的本质。

文艺复兴是介于中世纪与现代之间的"过渡性"的中介状态,正是这种处于静止状态的非历史观的基督教意识形态和新兴资产阶级意识形态之间,人本主义的进步以及人的主体存在这样一些全新观点,才会对中世纪的封闭僵化造成冲击。文艺复兴作为过渡时期,成为了两种社会和观念形态矛盾冲突的焦点,成为社会政治文本的复杂体现和意识形态冲突的漩涡中心。

文艺复兴所具有的历史"独特身份"呈现出来,它既不是现代的,也不是中世纪的;既不是僵化的意识形态,也不具有完全的主体意识形态,而是处于一种或此或彼、由此及彼的中间状态,人们可以从中发现不同的认识范式、不同的意识形态间的冲突,发现基督教义、现代哲学教义和人的自我主体觉醒等不同的"游戏规则",还可以发现人的存在价值的自我观照性,发现对人性的微妙的自觉意识。可以说,这是一个多声合奏、多元共生的时代,透过这个时代去发现的一系列根本性问题,正好可以印证20世纪存在的众多问题。因此,一切历史都是当代史,在多利莫尔的新历史主义或文化唯物主义研究中,得到了鲜明的体现②。

在《政治的莎士比亚》中,多利莫尔强调莎士比亚的研究并不是纯文学的研

---

① Dollimore, J. "Introduction: Shakespeare, Cultural Materialism and the New Historicism", in *Political Shakespeare: New Essays in Cultural Materialism*, ed. by J. Dollimore and A. Sinfield, Ithaca: Cornell University Press, 1985.

② Dollimore J. & Sinfield, A. "Culture and Textuality: Debating Cultural Materialism", *Textual Practice 4*, 1990, pp.91-100.

究,也不是纯历史的戏剧研究。他想通过剧作发现一种深邃的历史视角和理论介入的方法,一种政治话语的参与意识。借此,他展开了文化与权力、文化与历史、文化与政治、文化与意识形态的总体性研究。

"文化唯物主义"一词从雷蒙·威廉斯那里借来①,其特点在于对一切现象进行文化分析,尤其是对文学作品做文化社会分析。所以这一流派汇集了文化研究中历史、社会、女权主义、西方马克思主义、结构主义和后结构主义等多种理论,尤其是阿尔都塞、马歇雷、葛兰西和福柯的理论。文化唯物主义主要研究倾向是同文学的文本相联系而关注以下问题:诸如国家权力和对权力的抵抗问题,重新估价一定时期居于统治地位的意识形态和针对这些意识形态的激进反倾向问题,边缘的意识话语对主流话语的挑战和遏制,女权主义观点中女性的真实存在状况和其对文学权力的新理解,国家内部各阶级集团间的冲突和各种权力概念的当代阐释问题等。换言之,文化唯物主义力求从多角度探讨文化和艺术,关注历史和哲学理论如何运用于文学研究中,在为意识形态批判扫清路障的同时,去解答当代文学研究的纯文本语言问题的危机。

对文艺复兴时期文学权力问题的关注,使得多利莫尔将自己的工作重心放到了历史文化的分析范围内,并注意到两种不同的看法:一是注重创造历史和张扬这种创造的文化主体,二是注意限制这种创造过程中未经选择的条件。他认为,注重创造历史的文化主体的看法,承认人的行为有能动的作用,特别重视人的活生生的经验;而注重限制创造的外部条件的看法,则关注历史条件和社会与意识形态的造型作用。多利莫尔力求融合这两种观点,既重视创造历史的主体的经验,也注重社会和意识形态结构的客观的造型力量,这样,就可以在特定的权力关系中研究人的主体意识和人的主体形成的历史氛围。文化唯物主义,从某种意义上来说,就是对文学的文化历史制约和主体的形成过程的整体性研究。

对历史社会进程的重视,使多利莫尔注意到三个维度。首先,对历史意识形态的强调使文化唯物主义批评超越唯心主义的文艺批评模式,即超越那种只重视所谓的心灵和想象的批评,通过想象去抵达普遍真理,寻绎到人的本质的做法。这种唯心主义的批评在今天已经日渐衰落,因为它丧失了生活的地基,而沉醉在自己心造的幻影中。其次,文化唯物主义批评与旧历史主义划清了界限,因为这种旧历史主义无视人的主观能动性,而将现实的外部条件看成是决定人活动的唯一因素,使人只能屈从于外在的材料、文本和历史因素,虚假地把历史和社会进程统一起来,这无异于通过意识形态对现存秩序加以合法化。再次,文化唯物主义对文化进行了新的分类,强调文化有着不同层次,即主流文化、次要文化和边缘文化。非主流文化同主流文化互相冲突、相互吸收、相互修正。由此可以看出,文学并非仅仅是想象和呢喃,也不是单纯而瑰丽的世界,而是彼此胶着状态的多元多维的文化社会复杂存在体。

---

① Willianms, R. *Marxism and Literature*, Oxford: Oxford University Press, 1977.

从此出发,多利莫尔发现"意识形态"本身是一种非常复杂和充满挑战的话语体系。就此他展开了文学的历史意识形态分析,强调文本解读的意识形态性,并进一步关注到"合法性问题"。意识形态与文化有千丝万缕的联系,它表明了某种观点价值和信仰系统为社群所共有的根本原因。意识形态是一种文化社会的观念表征,即把个人解释为社会实体,用文本的方式来表现社会语境,参与现实的建构工作。文学的独特表现方法塑造了事物和文本解读的意义形式,包容了所有作家、读者、批评者的基本解读状态,使他们在自己建构出来的世界中,具有不断互动的身份。所以,文学实际上是再现或生产某种意识形态,其本质是某种价值观、信仰、经验、行动的社会主体性的体现。作家、批评家或文学史家对历史的介入和对文本的解释,总能超出性别、伦理、阶级、年龄、职业之外而达到某种理想状态,其解读能力、内心冲突和身份地位也直接参与到其解读活动中。这就确定了任何批评解读或文学解释,都受到意识形态、历史文化、社会政治、阶级结构、性别、情景的总体制约。

展开意识形态概念的几种方式,都涉及意义与合法性之间的问题。意识形态中有统治者虚假的意识形态,有权力边缘者在文化中获得自己身份的文化意识形态,还有权力运作的阶级冲突式意识形态。意识形态与合法性之间有着千丝万缕的联系。统治阶级为获得合法化而运用意识形态手段,以使现存社会秩序或社会关系与其融为一体,当社会各阶层处于相对和谐时,合法性运作就会抹平社会矛盾、意见分歧和相互斗争等事实,当这些冲突斗争展现出来时,合法化通常也会将其渲染成企图颠覆社会秩序的异端邪说。

所以,权力的意识形态和意识形态的权力本身构成了合法化问题。把历史看作走向现代并为现代辩护的合法发展,把不同意见者和异类说成是一种异端,在莎士比亚时代是处于核心性的问题。这一点使新历史主义的文学探讨深入到文化历史的中枢神经,揭露出文本掩盖之下的意识形态和统治阶级合法性问题。这样,多利莫尔的探讨就已经从一般性文学讨论进入到了文艺复兴时期文学戏剧的政治内涵的揭示中。

二、新历史主义与权力话语

福柯曾经说过,应该让历史自身的差异性说话①。历史和文化具有一种根本的差异性,要认识这种将现实投射进去并建构连续叙事模式的倾向,应在强调历史认知场具有巨大断裂的同时,通过具体学科广泛深入的研究,让历史自身的奇特性和差异性发言。所以,每一个人、每一个阐释者都不可能找到一种超验的理论而完全客观地阐释历史,人的视域永远是由其现实处境构成的。人们所能看到的事物只能存在于这些事物不断发展和游移的过程中。因此,为将断裂的、非连续的历史

---

① Foucault, M. *Language*, *Counter-Memory*, *Practice*, ed. by Donale F. Bouchard, Oxford: Basil Blackwell, 1977, pp.139-164.

叙事连缀成为可以把握的连续性总体叙事,人们谈论文学与历史、文本与语境、历史与文本的两项对立时,总要力图缩小它们的界限,跨过难以逾越的时空鸿沟,填平因时间距离造成的意义缺席,从而将文本的新意义填充到历史事件的连续体中。

这样,历史就不再是客观的、透明的、统一的事实对象,而是有待意义填充的话语对象。谈论文学与历史、文本与语境时,必得考虑文学是历史的一部分,因而应在"社会文本"与"文学文本"之间充满空白的意识权力的区域内,使二者联系起来,使它们一方对另一方加以开放,形成互相补充的"互文性"关系。

将文学作为某种历史的实践加以关注,注意文学在当时历史条件中的"社会效果",是多利莫尔的新历史主义探讨的特点。就文艺复兴戏剧而言,对其社会效果存在两种截然相反的意见,一种意见强调戏剧教育大众的功能,以使人们精神意识驯化,服从统治阶级的利益和意志;另一种意见则恰好相反,强调戏剧具有一种打消人们对权力的神秘感,甚至起来推翻权力的神奇力量。莎士比亚注意到了后一种功能,即戏剧能够起到唤醒人们,使人们蔑视权威、颠覆权力的作用。多利莫尔认为,戏剧《查理二世》,揭露查理二世的丑恶并引起了人们的普遍认同。由于演出是在露天进行的,所以这种"戏剧幻想"与"现实本身"的界限变得模糊起来,使当政者伊丽莎白一世感到莎士比亚的"查理二世"事实上影射的就是她,而这种不断地重复演出,使伊丽莎白的政权受到威胁。可以说,这部戏剧具有重大的影响力,使得"悲剧"意义已经不仅仅停留在文学的"词汇"上,而进入现实权力运作层面。

新历史主义表明一种视角的转移,即从原来社会文化所强调的历史重点,转移到揭示权力运作的相互性、二元对立话语的差异性、历史主体的支配性等,只有把握了这种"共识性"向"差异性"的转移①,只有真正了解并进而把握了这种排斥性,才能真正理解"遏制与颠覆"作为文学对历史意识形态参与的重要意义。

文学的功利主义在新历史主义的观点中表征为文学的现实接受性。文学在接受过程中,从文学的感染进一步扩大到现实的影响、心灵的震撼和政治权力的反省。剧本本身付诸实践之时,既是对权力的维护,又是对权力的挑战;既是超越历史形态的瞬间,又代表了普遍真理的觉醒。所以,在多利莫尔那里,文学就是实践,文学就是对政治、对文化、对精神、对自我的一种先行把握。它在参与历史之时,就在唤醒心灵;在再现当代历史之时,就干预了历史;在叙说历史之时,就进入了当代史;在述说文学的幻想之时,就进入了非文学的现实政治操作。在政治上,戏剧,尤其是悲剧的力量,具有一种挑战权威、颠覆权力、恢复历史应有秩序的独特效应。

多利莫尔将这种奇特的戏剧的政治归纳为这样几个功能:"巩固"、"颠覆"、"遏制"。

在历史和文化过程中,戏剧在现实秩序中具有播撒意识形态的功能,即它把社

---

① Dollimore, J. & Sinfield, A. "Culture and Textuality: Debating Cultural Materialism", *Textual Practice 4*, 1990, pp. 91-100.

会等级说成是神的意志的表现,并且就宇宙、自然、社会中不同的等级制度进行类比,强调应该强化某一阶级和性别的利益,使这种世界图景展出的现存秩序好像是神赋的秩序,要求人遵守神或君主以及各种权力的制约,使之安于现存秩序,成为现实秩序合法性的认同者。

然而,在文艺复兴时期的文学中,与这种现实权力"巩固"过程相反,是对权力的一种抗拒和"颠覆",如坚持对那种家长制压迫的反抗,对女性被压抑的反抗,对社会秩序强迫人接受某些观念、价值、思想的反抗。当然,这种发生在历史进程和文学中对思想话语、政治制度的反抗,表现也是多种多样的,而"颠覆"是其中主要的表现形态。

当代激进理论大多都将"颠覆"问题作为自己理论的重要内容:西方马克思主义将审美作为对现存秩序的颠覆,即对人的审美感觉僵化的颠覆,强调颠覆的政治文化含义;解构主义将颠覆、消解作为自己理论的核心,以此打破形而上学中心话语的迷梦;而女权主义也是以颠覆为工具,解构男权中心话语,使女性话语升上历史地平线;新历史主义或文化唯物主义也以颠覆重新改写历史,使历史中被压抑、被剥夺了权力的一方重新获得自己身份的合法性。

所以,话语权力颠覆其实是重新置换了权力结构中的强弱双方的位置,并将它们在实践中产生的矛盾冲突加以解决,消除旧权力的压抑,而实现面对真理时话语本身的力量。颠覆就是对权力的挑战,对历史的重新干预,对自我身份的重新赋予。在文学中,这一切都可以通过解释文本而体现出来。

多利莫尔注意到,在文学中,恰好可以运用一种挑战的方式来解释那些被人们见惯不惊而认为是非常正统的文本,并从中得出惊人之论,即反抗权威、颠覆权力,甚至对整个宇宙时空加以重新解释的异端思想。用这种颠覆的方式研究文本可以使人心灵受到重大震撼,进而达到其政治目的,即向这一政权所赖以建立的各项基本原则进行挑战。颠覆不仅是对思想的颠覆或对权力的颠覆,也是对权力的原则和意识形态统治的颠覆。颠覆不仅是文学过程,也是社会现实的过程,不仅具有实践的文本和社会的关系,也具有实践的政治和权力关系。

在《政治的莎士比亚》中,多利莫尔用多种方式反复讨论了"颠覆"的意义,指出明显对权力构成威胁的,正是权力自己。因为压迫者最终将受到反压迫者的冲击,而国家的危机正是由于过分的滥用权力而导致民众造反。"颠覆不是先验的、脱离话语的概念,离开文学历史或实际的接受状况实在无颠覆可言。同样,如果仅仅想到一个激进的概念,并不因此就会出现所谓的颠覆。颠覆的形成事实上在于话语的历史关系,即对谁颠覆?有多少种颠覆?或者在什么情况下颠覆?要传达出来的不仅是颠覆这一概念而已,还必须真正地利用这个概念,来拒斥权威,或者必须让权威面对这个概念,让权威了解这个概念有被利用的能力,而且很有可能被利用。"①被唤醒的离经叛道的民众,需要在颠覆统治合法性以后重新对新统治加以合法化。"水能载舟,亦能覆舟",权力能够压抑民众,却也能颠覆自己。

文化统治永远不是一成不变的,文化统治是权力的敏感区域,它的成败取决于权力话语之间的均衡感。要解决这个"终极问题",要解决文化霸权和政治斗争的一系列问题,使受压抑的声音和主宰的声音所构成的历史冲突,成为他们之间权力斗争持续不断的历史记录,是新历史主义者必得要面对和进一步解决的当代文化政治的实际问题。

在遭到压抑的"次文化"中,不可能找到那种幻想的乌托邦,可以取代处于统治地位的文化的东西必是颠覆性的,同时又是自我权力确证的。这无疑提醒我们,文本的意义是无限的,可以从各个不同层面加以解读,从而从文化权力的底层来恢复历史真实并重写历史。

总体上看,多利莫尔的新历史主义思想表明这样一种新的文学思想,即在文学的历史阅读和分析中,有必要揭示意识形态遏制过程的复杂性,同时,注重对权力压抑加以反抗的斗争模型分析,使文学文本的解读成为一种深层社会文化精神的分析,使文学历史的剖析成为精神史的审理。这种新方法不仅有助于人们认识处于过渡时期的文艺复兴,也能扩展到一切文学史或文化的解读之中,并对20世纪文学、政治、文化权力的多重关系,有着有益的参照和反思意义。

关键词:

文化唯物主义(cultural materialism)
戏剧的政治(dramatic politics)
历史与权力(history and power)
意识形态批判(critique of ideology)
颠覆(subversion)

思考题:

一、什么是文化唯物主义,它与新历史主义的联系和区别是什么?
二、为何多利莫尔要从文化、历史、政治角度来研究文学?
三、对历史社会进程的重视使多利莫尔注意到哪三个维度?
四、多利莫尔新历史主义探讨的特点是什么?
五、多利莫尔认为戏剧的政治有哪几个功能?
六、多利莫尔的意义和局限是什么?

---

① Dollimore, J. & Sinfield, A. eds., *Political Shakespeare: New Essays in Cultural Materialism*, Ithaca: Cornell University Press, 1985.

第五节 海登·怀特:元历史理论

海登·怀特(Hayden White,1928—)是美国圣克鲁兹加州大学思想史教授。他自己并不承认是新历史主义学者,却被学术界看作新历史主义的重要理论家和辩护人。与新历史主义众多理论家专治文艺复兴文学不同,海登·怀特专攻19世纪欧洲意识史。由于他众多的著作和不同凡俗的理论创见,使他成为文学理论和历史学界的著名人物。当然,奠定他学术地位的是其代表作《元历史》和《话语转义学》。

一、元历史话语

怀特对其《元历史》的创见非常自负,认为在美国自己是首先承认这种理论

海登·怀特(1928—)

的。一般而言,"元历史"广义上指历史哲学,尤指"思辨的历史哲学"(而与分析批判的历史哲学相区别)。其方法论原则是力图建立一套阐释原则框架,以说明历史发展的进程和规律。因此,在"元历史"理论强光照射下,历史不再是非连续的、偶然的事件展开,而是按一种阐释理论连续的、必然的发展演进。于是,对"作为整体"的人类历史提供一个自圆其说的解释模式,从而为历史进程的"整体"提供一种"意义"并展示一种发展的总方向,就成为"元历史"的根本目的。当然,在怀特之前,已有不少"元历史"的理论设定,如中世纪的"历史所发生的一切都是按照一种神定的计划展开"的说法,文艺复兴的"历史的前进建立在纯粹经验基础上"的说法,启蒙运动与后启蒙运动的"历史发展根据理论而预测"的说法,以及现代斯宾格勒、汤因比、伽达默尔、罗兰·巴特(《历史的政治》)等人的历史发展阐释理论,均提供了各自的"元历史"理论假设。

海登·怀特在此基础上,系统而创新地研究了元历史理论。他对"元历史"提出了一系列自己的见解。

在怀特看来,必须先将对历史的理解看作一种语言结构,通过这种语言结构才能把握历史的真实价值。历史是一堆"素材",而对素材的理解和连缀就使历史文本具有了一种叙述话语结构。这一话语结构的深层内容是语言学的,借助这种语言文字,人们可以把握经过独特解释过的历史。事实上,这种看法在海德格尔、伽达默尔的解释学中是不难读到的。那么,怀特理论所具有的新意在于何处呢?有人认为,在于他强调历史的深层结构是"诗性的",是充满虚构想象加工的,将历史与文学都看作可以获得真实的叙述的。这似乎仍然可以令人想到亚里士多德的话:诗比历史更哲学、更具有普遍性。

怀特独特之处在于,他是以整个体系的完整性显示出自己的实力的。他认为,历史话语具有三种解释策略:形式论证、情节叙事、意识形态意义。在每一种解释策略中,都有四种相对应的可能表达的方式供历史学家选择:对形式主义、有机主义、机械论和语境论而言,可用形式论证解释;对传奇原型、喜剧原型、悲剧原型、反讽原型而言,可用情节叙事解释;对无政府主义、保守主义、激进主义和自由主义而言,可用意识形态解释①。从这个意义上说,历史学家像诗人一样去预想历史的展开和范畴,使其得以负载他用以解释真实事件的理论。怀特强调,历史的预想形式可用弗莱关于诗的四种语言转义即隐喻、转喻、提喻和讽喻来表示,这正是历史意识的四种主要方式。这样一来,怀特就将历史事实、历史意识和历史阐释的差异填平了。

《元历史》书影

人不可能找到原生态"历史",因为那是业已逝去不可重复和复原的,而只能找到关于历史的叙述,或仅仅找到被阐释和编织过的"历史"。因此,历史意识就显得尤为重要。在怀特看来,不可能有什么真正的历史,历史思辨哲学的编撰使历史呈现出历史哲学形态,并带有诗人看世界的想象虚构性②。这样,历史就不是一种,而是有多少理论的阐释就有多少种历史。人们只选择自己认同的被阐释过的"历史"。这种选择往往不是认识论的,而是审美的或道德的③。经过这一番阐释,可以使人注意到怀特对历史意识、阐释框架和语言诗意的想象和合理虚构的特别强调,因为这正是怀特元历史理论的核心思想。

这种将历史诗意化的研究,使怀特受到文艺理论家和历史学家的双重批评。但怀特仍然坚持自己的"历史阐释论"和"语言行为论",并且,进一步将这种观点引入文艺理论研究中。他指出,解决文本与历史的关系是新历史主义研究的关键,要解决好这一问题,主要应选择语言叙事理论,在文学文本研究中采用历史文本研究法,在历史文本研究中采用文学研究法,使文学文本与历史文本在元历史的理论框架中回归叙事,使文史哲和社会科学的界限淡化并打通边界。这种重叙事结构、重意义想象、重语言阐释的"元历史",是获得意义之"真"的唯一途径。因为历史事实不是"真实",事实漂流在历史中并可以与任何观念结合,而历史"真实"只能出现在追求真实的话语阐释和观念构造之中④。因此,怀特所理解的新历史主义就必然是一种诗意直觉的、印象主义的、文本细读式而非理论式的。同时,"新"历

---

① White, H. *Metahistory*: *The Historical Imagination in Nineteenth-Century Europe*, Baltimore: Johns Hopkins University Press, 1973, pp. ix-x.

② White, H. *Tropics of Discourse*, Baltimore: Johns Hopkins University Press, 1978.

③ White, H. *Metahistory*: *The Historical Imagination in Nineteenth-Century Europe*, Baltimore: Johns Hopkins University Press, 1973, pp. xi-xii.

④ White, H. *Tropics of Discourse*, Baltimore: Johns Hopkins University Press, 1978, p. 123.

史主义仍然是一种历史主义话语,仍受制于元历史的理论框架规约。

对新历史主义"文化诗学"意向的关注,使怀特由对其审视,到为其辩护,甚至最后成为其中的一员,尽管其态度仍是暧昧的。

怀特注意到,新历史主义研究文学文本与其社会文化语境的关系,并进而"越界"要对文化社会历史本身加以重新阐释,这一策略无论在文学研究还是在历史研究上都是对传统恪守文史哲疆界的"专家"的冒犯。它既冒犯了新批评那陈旧的形式主义信条,又冒犯了后结构主义的"文本之外—无所有"的文本中心论,还冒犯了旧历史主义对历史的保守观念。所以,它似乎既是一种所谓的"文化主义谬误",又是一种"文本主义谬误"。这种冒犯的根本在于"历史是一种文本"(福克斯·吉诺韦塞)这一命题上。怀特认定,这种对历史研究文本主义的强调,以及形成的不同文本理论间的矛盾,正是造成一般文化研究和文学研究领域批评者之间冲突的症结之所在。这种冲突,其实反映了形式主义和旧历史主义的局限和新历史主义的自身创新。

在怀特看来,那些对新历史主义的批评的普遍依据是:新历史主义同意历史序列在本质上应被理解为"符码式"而非"诗化"力量的功能,但却简单错误地理解了这些实际决定着历史序列的结构和过程的符码的性质,并试图以文化、文学、话语或"诗学"符码来取代更为基本的阶级、民族和性别符码。怀特指出,这事实上是一种"误读"。因为,新历史主义实际上提出了一种"文化诗学"的观点,并进而提出一种"历史诗学"的观点,以其作为对历史序列的诸多方面进行鉴别的手段——这些方面有助于对那些居于统治地位的、在特定时空中占优势的社会、政治、文化、心理以及其他符码进行破译、修正和削弱。因而,他们尤其表现出对历史记载中的零散插曲、轶闻趣事、偶然事件、异样的事物、卑微或不可思议的情形等诸多方面的特殊兴趣。历史的这些内容在"制造性"的意义上可以被视为"诗学的",因为它们对在自己出现时占统治地位的社会组织形式、政治支配和服从的结构,以及文化符码等规则、规律和原则表现为逃避、超脱、抵触、破坏和对立。在这方面,它们可以说是类似于诗学语言,尽管诗学语言对语法和逻辑规则可能有所抵触,但它不仅具有意义,而且还总是隐而不露地对在这一语言进行表述的时候,对占据统治地位的语言表达的典范规则提出挑战①。可以说,"双重冒犯"——既冒犯历史学家又冒犯文学理论家——是新历史主义者无可逃避的"处境"。

转向历史的新历史主义者,是为了获得文学研究中的历史方法所能提供的那种知识,然而,他们发现根本就不存在历史研究中的特定的历史方法这种东西,而存在多种历史方法,并且在当前的意识形态领域中,有多少立场观点便会有多少历史方法。任何专业研究只要采用历史方法,便要求具有或隐含一种独特的历史哲学。这种历史哲学既是人们对"历史"本身的认识,也是人们建构学术研究领域的方法。在这个意义上,那些对新历史主义的责难攻讦,都是存在自身理论盲区的。

---

① White, H. "New Historicism: A Comment", in *The New Historicism*, pp. 293-301.

而新历史主义的"双重冒犯"却使其获得了全新的视野和文化史观。

无论如何,新历史主义作为一种"文化诗学",打通了文学话语和历史话语的界线,并使"文学的历史叙述"成为当代文艺理论的一个重要命题。同样,历史话语所赋有的那种"诗性"品质,"以其具有文化意义的形式化为一类特定的写作,正是这一事实允许我们去思考文学理论和历史编纂(historiography)的理论及实践两方面的关系"①。这就是怀特为新历史主义所作的辩护。

二、话语转义学

以对形式主义、旧历史主义、解构主义挑战者姿态出现的新历史主义,尽管在十几年的理论风云中毁誉参半,但毕竟以一种"文学与历史"、"文本与语境"结合的独特方法使形式主义、旧历史主义趋于终结,并将解构主义、西方马克思主义、女权主义批评方法整合到自己的理论框架之中。更重要的是,在整个文学只重向心式"内部"研究时,展开了辐射式"外部"研究,在"边缘"处境中发出了自己独特的透视"历史与意识形态"和"权力话语"的声音。

新历史主义的杂糅状态,使其理论缺乏透明性和一致性②。这使得《新历史主义》一书的主编阿兰姆·维萨在论及新历史主义者恪守的"宗旨"③时,也深感归纳之难。但新历史主义仍有自己相对集中的纲领,而不是一个"多元"阐释群体。正如布鲁克·托马斯所指出的那样,新历史主义的背景涉及"权力"(power)、"支配"(domination)、"排斥"(exclusion)以及"解放"(emancipation)诸种历史话语及其与文学研究的关系,"文学和批评丧失了独立于社会之外,可以超然地对社会进行批评的特殊地位,因而亦如同其他社会实践一样,必定会陷入产生其权力关系的领域之中。……简言之,文学与批评不可避免地从属于政治压力,文学史所有的建构都是政治性的。许多新历史主义者都以再现先前遭到排斥的东西这一方式来纠正过去的政治偏见,他们将此视为自己的职责"④。

新历史主义对一切政治冷漠性、文化经典性发出质疑,强调不能孤立地看待历史和文学史,不能将文学话语和所有其他政治话语、经济话语、历史话语分割开来;坚守一种将文学与非文学一视同仁的研究立场,并将文学文本置于非文学文本的"框架"(frame)之中;综合各种"边缘"理论,试图达到对文化、政治、历史、诗学的重写目的。它标志着20世纪文学研究(社会中心—作者中心—作品中心—读者中

---

① 海登·怀特:《"描绘逝去时代的性质":文学理论与历史写作》,载拉尔夫·科恩主编《文学理论的未来》,北京:中国社会科学出版社,1993年版,第43—44页。

② 维萨认为:"在新历史主义工程周围的是危机而非共识。" Cf. *The New Historicism*.

③ 其宗旨为五点:(1)我们每一个陈述行为都来自物质实践的网络;(2)我们揭露批判和树立对立面时所使用的方法往往都采用对方的手段,因此有可能沦为自己所揭露的实践的牺牲品;(3)文学与非文学的文本并无界限,而是不可割裂地互相"流通";(4)没有任何话语可以引导我们走向恒定不变的真理,也没有任何话语可以表达永恒的人类本性;(5)我们批判和分析文化时所使用的方法和语言,分享并参与该文化机制的运转。Veeser, H. A. ed. *The New Historicism*, New York: Routledge, 1989, p.10.

④ Thomas, Brook. *The New Historicism and Other Old Fashioned Topics*, p. 28.

心—社会中心)的新的轮回。

新历史主义诗学坚持"对话"是当代诗学的品格。社会文化现象是其历史决定的,历史的每一特定时期都具有自己的独特性,这种特定文化语境塑造了自身独特的诗学话语。换言之,历史并不可能重现,任何瞬间都是新的一刻,因而任何文化历史诗学理论都不是中性的,它必然带有一种意识形态性。意识形态话语透过历史的地表厘定了话语者与某种文化的关系,并进而被话语的权力形式所制约。新历史主义作为一种对话的诗学,强调任何话语都内在于历史环境中并被架构出来,进而产生一个"历史化"的批评策略。在这种策略中,我们可以清晰地看到福柯的身影。

然而,新历史主义的策略仍然是侧重于"边缘化"的。研究者热衷于文化症候的研究,喜欢对诸如游行、札记、宫廷布置、教会谕示、女性手册、衣饰、建筑乃至宫廷、政府建立的权力中心、权威展示的仪典、最高权力者的传记轶事感兴趣,并想透过这些权力者的表象去窥探权力运作的内在轨迹。这种将历史带进文学、又将文学意识历史化的活动,是由历史到权力、由权威到诗人和文本的中心位移。

新历史主义在80年代名噪一时,它以其凌厉的攻势四面出击,凭借不同学派的知识分子的血缘杂交优势聚集起形形色色的受压抑的"边缘学者"。这一现状使新历史主义遭遇到两方面的压力:一方面,这一批判运动既无系统的理论基础,又无支配性指导力量,因而成员杂色纷呈、理论矛盾杂陈,在不断以亚文化、次文化吞食正统文化中心话语中,呈现出巴赫金所说的"复调对话"和"文化狂欢"的后理论景观;另一方面,新历史主义面对被解构主义夷为平地的精神废墟,急于全面改造重建,以致它不得不从文化的各个领域盲目冒进。它集政治、历史、文学、哲学、经济学和符号学为一体,落入方向的多维性和理论拼杂的边缘性的双重误区。

新历史主义正在成为历史。西方某些学者认为,新历史主义因其自身的理论局限,已经使自己减少了往日的影响力,而即将进入"新历史主义之后",甚至一些新历史主义的发起人也否认自己是"新历史主义者"而改弦更张。但这一流派仍未失去历史视野,它在后现代文化语境中仍显示出一线历史定位和精神复归的希望。尽管它的理论泛杂性导致它产生了两个后现代变种(文化经济学变种、文化人类学变种),以及在后现代浪潮中日益显出丧失文化批判的严峻性而走向实证、中庸、琐屑和多元的迹象,但这群"边缘学者"对精神价值重建的向往和对历史意识的推进,无疑会给正在或将要出现的各种"新-主义"(neo-isms)和"后-主义"(post-isms)以不可忽略的影响。

关键词:

　　元历史 (metahistory)

　　历史诗学 (historical poetics)

　　回归叙事 (return to narrative)

　　文学的历史叙述 (the historical narrative of literature)

话语转义学（Tropics of Discourse）

思考题：
一、什么是"元历史"？海登·怀特"元历史"的目的是什么？
二、为何海登·怀特认为必须将对历史的理解看作一种语言结构？
三、历史话语具有哪几种解释策略？每一种解释策略有哪些对应的表达方式？
四、新历史主义作为一种"文化诗学"有何贡献？
五、新历史主义作为一种对话的诗学坚持什么策略？
六、话语转义学的内涵是什么？
七、如何看待新历史主义的局限性？

第六节 新历史主义的批评者

自新历史主义兴起以来，旧历史主义理论家批评其否定历史的客观性；右翼理论家批评其西方马克思主义的激进文化倾向；而重视文本的形式主义者则批评其政治意向。在此，我们仅就两位对新历史主义作出严肃分析的学者——理查·勒翰（Richard Lehan）与卡瑞利·伯特（Carolyn Porter）的批评做一些述评。总体上看，其理论本身提出了一些值得思考的东西，但也因其理论框架的影响而存在着自身的文化理论盲点。

一、理查·勒翰：新历史主义的局限

美国加州大学洛杉矶分校英文系教授理查·勒翰，对新历史主义的"理论局限"进行了一番考察，并得出自己的尖锐看法。在他看来，"历史模式"是人类了解事物、洞悉本质、阅读文本所必不可少的思维向度。丧失了历史意识，对外部的把握就将陷入意识的分裂状态或"众声喧哗"之中，很难获得对历史的清晰认识。

大体上说，存在三种历史的话语模式：（一）启蒙主义式的历史模式，强调对历史"进步"、"发展"的信念。这一模式认为，存在一种机械论的自然观，一种对事物发展因果关系的设定，这使得任何事情都可以经过科学的理解而加以控制和展望。（二）浪漫主义式的历史模式，其核心是强调万物循环存在理论，以及对神秘命运的崇尚。浪漫主义历史观是对启蒙历史观某种程度上的反动，科学理念受到神话理念的挑战，机械观的物质理念被心灵与物质交融的观念所取代。可以说，浪漫主义通过对宇宙万物、生死、朝暮等历史、文化、人生的诸多变化，而深切地感受到差异和差异背后那种终极性的存在，所以，将灵与肉、现实与神秘统一起来，在时间诗一般的流动结构中，去感悟历史的深邃。（三）后现代式的历史观，强调结构的非中心范式和共时性观念，消解历史的深度和意义，注重文本的互相指涉或一个文本与其他文本之间的"互文本"关系，从而割断历史的连续性，将历史转化成一种话

语模式,把作品的观念拓展到一种文化权力观点上,压缩意义的范围,使其等同于这种逻辑的普遍性意义。

在讨论了这三种话语模式之后,勒翰指出,事实上要消解历史是很困难的,因为消解历史的结果将遭遇到"时间空间化危险",即割裂历史,拼凑历史,形成共时态的历史,从而使历史的真正意义遭到瓦解。

由此他认为,新历史主义由于过多地受解构主义、后现代主义的影响,热衷于对历史的消解和对共时态的挪用,使其丧失了历史序列的自然延伸,在几方面存在着自身的问题①。

其一,时间空间化的危险。尽管新历史主义号称是一种"历史"主义,但由于它借用了解构主义、女权主义、西方马克思主义乃至后现代主义理论,所以本质上是排斥历史的线性发展和历史的深度的。在阅读文本、理解世界和把握文学精神之时,总是将时间并置即时间的空间化,这导致了诸多的问题。当历史成为非历史的空间化存在时,就将历史的言说变成以一种言说取代另一种言说的话语,这种历史的事物秩序仅仅是人类文字秩序言说的再现。换言之,人类的知识可以任意将历史修饰打扮、颠倒重组,这样的历史已经瓦解了历史的观念与作品的观念,使人们进入历史或作品时,不再注意历史或作品本身,而仅仅注意作品的隐喻所包容的弹性能指。

因此,这种注重"发展"或"进步"为宗旨的新历史主义,在勒翰看来,使历史进入了"时间的凝定",并引申出一种先定的、以主观性决定历史意义的倾向,这种做法的危险性就在于瓦解了历史的连续性,将历史的切片从其连续性之中抽离出来,而这种"历史的非历史化"其本身却又处在历史时刻之中。由于历史的时间总是延展性的,所以,任何对历史的逃避和重组,都难以逃脱历史本身的叙事,时间是不可能回溯的,一旦时间过去,它就永远与时间意识相融合,不可能从历史的线性发展中完全抽象独立出来而加以转述、复述和颠倒,使它脱离意识。割裂时间既中断了历史,又中断和脱离了意识,使得意识和历史变成不能被理解、不能被真切把握的东西,而遭遇时间空间化的危险。

勒翰这一看法充满忧虑,但有些言过其实。因为新历史主义恰好是对形式主义、新批评、结构主义的反拨,而真切地进入历史之中,只不过它与旧历史主义相区别,不是完全沉醉于历史事件中去亦步亦趋地寻求客观化,而是通过主体对历史的重新解读,发现其中他人之所未见,言他人之所未能言的方面,而获得一种真实的见解,能够启发人的心智。如果把这称之为时间空间化的危险,实在有些牵强。

其二,政治意识形态的严重后果。勒翰认为,新历史主义已经脱离了其所标榜的中立学术态度,而具有太过强烈的政治意识形态性。新历史主义的武库中最明显的工具即"政治",凡事都要放到政治上去加以衡量。为了适应其意识形态,适应其权力隐喻,总是力求从中发掘出本来不明显不突出的东西,加以夸张、放大,使

---

① Lehan, R. "The Theoretical Limits of the New Historicism", *NLH*, 21.3, Spring, 1990, pp.533-553.

其具有浓厚的政治意识、权力意识和意识形态性。在这类新历史主义的文章中，充满着斗争的气息，阶级、斗争、霸权、颠覆等术语层出不穷，使得一些学院派学者难以接受或很不习惯。

意识形态被建构在实践模式中，而新历史主义极力压抑这种观念，企图以"范式"取代时间流动，瓦解历史与时间的连续性，从中割裂历史的片断，进而分离出斗争模式和阶级意识，使其成为意识形态的再现品。新历史主义认定历史没有方向性，并将"方向"的观念作为它要讨伐的目标。这事实上表明新历史理论并非是中性的，仍带有意识形态性，仍锁定在论者与某种文化的、学术的、政治关系和权力关系中。在这个意义上，新历史主义是在进行"虚构的虚构"，它在文学史的虚构中再度虚构出一种关于乌托邦、政治斗争、政治叙事、话语修辞、审美目标和人的精神等新的虚构话语，使它的结论与它所阐释的材料日益脱节，甚至为了其意识形态的目的，而不惜将它叙事的对象在修辞层次上加以重组，使得一些"叙事"资料本身所不具有的火药味在新历史主义者的笔下，成为一种历史的政治隐喻，来证明自己的斗争观念和国家民族观念。

这一批评抓住了事情的关键。确实，新历史主义的某些著作有将历史简单化、政治化和意识形态化的倾向。但是，我们也要注意，在新历史主义的著作中，这类倾向仍然置于一种较严谨的学术框架之内，并非如勒翰所说，完全是一种左翼的政治性煽动。新历史主义这种政治性的解读受福柯权力话语理论影响很大，而受西方马克思主义政治解读的影响却并不如勒翰所说的那么明显。因此，有学者认为，新历史主义有着"左派新历史主义"（left new historicism）和"右派新历史主义"（right new historicism）之分①。当然，在文学史的撰著中，应该忠实于叙述对象资料的原型，如果任意地夸张、解读甚至重组，有可能得出错误的结论。

其三，割裂历史与语言之间的关系。"历史"是一整套"叙事模式"，具有开放的、没有终结的、向前不断延伸的无限可能性，而"语言"则尽可能要求全面而完整，需要有明晰的语法和话语系统规定性，历史与语言二者的功能绝不相同。在勒翰看来，新历史主义用解构主义的观念强调其历时性向共时性的转变，将语言的非时间体系强行嵌入历史的时间体系中，结果压抑了历史的时间延展秩序，使其在处理叙事性作品时，"历时性"让位于"共时性"，深度性让位于平面性，从而仅仅是在强调作品的毫无缝隙的"文本互涉"之中，去获取自己的意义。

如果新历史主义是为了发现种族、性别、权力等问题而割裂历史，仅在共识态的普遍声音中去把握对象，那么，历史自身的自主性和丰满性问题就排除在新历史主义考虑之外了。同时，勒翰指认，在共时态的时间体系中来思考作品，批评家就会变得丧失审美敏锐性，对个别作品中叙述时间的特殊展开方式，难以有新颖独特的感受，甚至进而对叙述的历史之维加以消解，并将这种消解历史的做法视之为修辞话语或文字游戏。这样，一种所谓的寓言叙事将会葬送历史作品本身所具有的

---

① Graff, G. "Co-operation", in *The New Historicism*, pp.68-181.

阐释性叙事模式。而且，这种将历史深度让位于语言模式的平面分析，会使后现代时期的读者的感受性变成一种反历史焦虑，一种反清晰的、多重复杂的破碎感。

不仅如此，由于重视语言进而重视修辞、借喻、叙事，使得新历史主义在强调"新"历史的同时，走向了新的平面化修辞和叙事模式。在勒翰看来，新历史观瓦解了历史理念与作品理念，二者都被贬低到借喻的层次，其结果是当人们进入一部作品时，仅仅专注以隐喻或以借喻取代真实，打乱时间秩序或将时间空间化，通过这种叙事的解构，去强人所难地重新虚构和修辞这段历史。

其实，所有小说的发展都可以看成是与不同历史发展阶段相对应的，小说叙事说明是文化历史变迁的产物。勒翰强调，小说产生于中产阶级兴起之时，一个新兴城市的商业阶级，不再用传奇的结构去指涉其时代，去歌颂君主、政体或贵族阶级，而转向了以小说的新叙事形式，去歌颂新兴阶级的求爱仪式、婚姻生活、商业运作，并向那些会威胁到他们安全的权力阶层挑战。一个新的阅读阶级创造了对虚构的要求——叙事要求和修辞要求。所以，文学的演进和历史的发展便趋于同步。

小说文类走向成熟还和一些"次文类"，即日记、旅游探险、乌托邦文学、讽刺喜剧、古堡小说、乡间小说、成长小说、侦探故事、帝国主义冒险小说、间谍小说、西部故事、硬汉小说、地域小说、科幻小说等相联系。这些叙事的次形式都在不同的历史时刻出现，将文化理念符码化，而这些文化理念是受制于历史文化变迁的总体模式的①。

勒翰的上述分析确有道理，因为这些作品确实说明了叙事作品如何被文化符码化，以及作品本身如何赋予其活力的历史程序。勒翰对新历史主义任意割裂历史、并置历史、采取蒙太奇手法杂混历史，而得出自己带有主观性的结论持异议态度，他要求忠于历史的叙事本身，忠于历史的发展进程，去进行叙事言说，从而看到历史文明的痕迹。这一点似乎无可厚非。但问题在于，这种叙事仅仅是在说明文学和历史本身的同步性，证明了文学的修辞受制于一个历史发展的模式，更进一步说，也说明文类、文体、叙事和修辞这些文学性的发展，同样受制于当时的政治、经济、文化和阶级冲突的模式的发展。所以，勒翰在纠正新历史主义所谓非历史倾向的同时，也为新历史主义所做的政治史、意识史工作做了一个旁证。

其四，新历史主义的成果和其承诺的巨大反差。在勒翰看来，新历史主义并没有获得其宣言所说的那种丰硕成果，而只获得一些零零碎碎的、很不起眼的所谓收获。他认为，这种工具性的认识拒绝接受整体性历史，也拒绝用任何历史美学来取代政治判断，表明新历史主义所创造出的系统基本上是修辞的、理想化的、共识的、纯粹的形式语言。新历史主义利用这一系统来阅读机械论的、因果结构论的、历史的、在经验上可以体会得到秩序的历史作品。这些历史作品充分表现了文化的生命力，也与权力的各种形式相生相成，如果贸然使用新历史主义的片断化观点来阅读这种自然主义现实主义的作品，其结果将使作品和方法脱节。这种新历史阅读

---

① Lehan, R. "The Theoretical Limits of the New Historicism", *NLH*, 21.3, Spring, 1990, pp.533-553.

法将内容与形式、过程与历史、语用者与语言相剥离,完全瓦解了一种正当的叙事模式,使之与其他模式发生"范式混淆"。

勒翰基本上否定了新历史主义种种新的学术意向,认为它几乎无所建树。也许新历史主义作为一种混杂多种方法于一身的新理论,确实存在自己的问题,但并非如勒翰所说一无是处。新历史主义在分析文艺复兴时期的作品,在连接中世纪与文艺复兴的过渡间歇感,连接 20 世纪现代与后现代的时空交替感之时,有诸多启示当代人的方面。当然,为使古往今来的一切都可以为我所用,而瓦解连贯性的历史叙事模式,的确也可能产生范式的混淆。

新历史主义的解释困惑,在解释学甚至中国的解经学中也曾出现,究竟应该是"我注六经"还是"六经注我"? 是忠于阐释对象的历史还是忠于阐释主体的"我"的阐释呢? 我想这一问题是昨天、今天、明天都会不断地争论下去的。

也许,新历史主义的意义就在这里,它将旧历史主义的"我注六经"改写为新历史主义的"六经注我",而提供了一种阐释历史的新的可能性。尽管这种可能性仍在而且还将不断受到质疑。

二、卡瑞利·伯特:新历史主义之后

与勒翰认为新历史主义过分强调政治意识形态类似,美国加州大学柏克利分校英文系教授卡瑞利·伯特在《新历史主义之后》①一文中提出,新历史主义将成为明日黄花,人们现在应考虑新历史主义"之后"的课题。而且,新历史主义之后,会留下一大堆的问题,将导致文学研究更多的困难。

在形式主义如日中天之时,有人也曾考虑关于形式主义或新批评之后(after the new criticism)的问题。而在新历史主义出现时,就贸然说这个批评模式将不久于世,成为一种倏忽而来、飘忽而去的短期行为式的所谓文学流派,并无多大意义。当然,我们不仅要听伯特对新历史主义的大胆预言,也要看他究竟是如何论述新历史主义走向消逝"之后"的。

新历史主义是反形式主义的,但又在这种反形式的"主义"之中,吸收了不少形式主义的框架、范式和言说方式。他认为,这主要表现在新历史主义过分热衷地吸取了解构主义逆向思维精神,而使它对一切都以"二元对立"的方式去看,如颠覆与反颠覆、权力与反权力、历史与反历史、语言与反语言,甚至也以二元对立的方式去看待文学文本与社会文本、历史意识与非历史意识。这种反形式主义的新历史主义,有可能恰好将形式主义边缘化、对立化的批评策略挪为己用,使其不重视历史本身的丰富内涵,一味强调文本与现实相关联的强制性阅读,从而出现"意义短路"的危险。

新历史主义尽管号称一种"历史"主义,但仍然是一种批评策略,于是,它拒绝

---

① Porter, Carolyn "History and Literature: After the New Historicism", *NLH*, 21.2, Winter, 1990, pp. 253-272.

了形式主义,也拒绝了历史主义,而将社会存在与文本世界以及在文学文本世界里的社会性存在,作为自己研究的对象。然而这种研究对象在伯特看来,进入了新历史主义的第二个盲点,即"新政治化"问题。

新政治化就是将历史抽象出来,使它变成合法性和反合法性、政治和反政治之间的一种斗争历史,借此模式来说明权力本身制造出它的内涵及其颠覆性,并把这种权力斗争和政治模式置于所有历史文化的研究中。于是,强调边缘、次等文化的政治性表述,过分重视轶闻趣事,以此作为颠覆大历史叙事模式的政治解读方式。

新历史主义的工作依旧依赖于开放权力的话语场或轶闻趣事化的小叙事。它清楚自己挑战对象的形式主义范畴,却很难逃离这种形式主义的藩篱,因而,它陷入了一种误区,将戏剧风格由权力对抗的位置转为权力施行的基本模式,采用将负面引申为正面的反置逻辑,即凡是形式主义或历史主义是这样的,我就反其道而行之。这样,一般艺术均被当成与权力抗衡的权力基本模式,文学就可能丧失审美功能而仅仅成为社会反抗的力量。

在相信文学作为权力中介形式并具有社会政治力量后,就会得出文学是时代权力的产物的结论,而这种权力在文本叙事中,有可能被化为一种超历史的力量。这种力量无情地制造颠覆,以至任何抗拒或相敌对的力量,总是以被控制的方式来加以呈现。这样,新历史文本分析,并不将分析对象历史化,而是将其解历史化,使之成为权力所局限的一个标本。

文学无论被看作是对抗权力的总体形式的观点,还是将文学作为权力的基本模式的历史观点,无疑都在新历史主义理论意向中有所体现。所以,它在反形式主义和旧历史主义的同时,也在"反"之中将形式与历史容纳于自己的体系内,从而得以维护其权力话语的合法性存在方式。

可以看出,伯特对于新历史主义过分重视对立性的、非此即彼的思维方式颇有成见,同时,对其"新政治化"给文学领域带来的斗争锋芒,也不无担忧。他感到这种充满着暴力、霸权、权力话语色彩的新历史主义,正因为其"历史"理论的不彻底性和非纯粹性,以及对对立面的吸收而丧失自身的独特理论建构和学术中立态度,有可能使它变成一个旋生旋去的时髦流派,很难成为学术界中获得共识的研究历史、文学史和文化史的新办法。从这个意义上,他认为,新历史主义自身的杂糅性将导致它很快走向自己的反面,走向消亡,走向新历史主义之"后"①。

但是,伯特并未给我们提出新历史主义之"后"将是怎样的一个学术文化场景,也没有说明新历史主义之"后",将有一些什么样的文学流派来占领新历史主义留下的巨大的话语空间。

无论在新历史主义之"后"是它的消亡,还是它留下无穷尽的遗憾或累累硕果,它都将以自己的批评实践和文化策略,促使我们在世纪末作出我们自己的文化

---

① Porter, Carolyn "History and Literature: After the New Historicism", *NLH*, 21.2, Winter, 1990, pp. 253-272.

反思。因为它已经将问题挑明,即文学问题不单是一个纯粹的语言实体、结构分析和一般性的文学赏析问题,文学是一种特殊的意识形态,一种对话语的特殊揭露,同时也是对于历史中那些往往为人们忽略的、对巨大的历史阴谋的一种象征性揭示。只有这样,我们才有可能穿越历史和文本的长期欺瞒,发现历史的巨大误会,才可能通过历史的一瞬,发现历史长河中的无穷尽的共时性结构,并通过历史中的殖民或后殖民话语,看到边缘化、局部化、底层化的众多问题。

当然,新历史主义也并不能逃脱历史本身赋予它的逻辑,即任何事情都将在它的发生发展过程中,最终走向其反面。一个旧的批评方法消失后,将有新的批评方法取代它,这种新的批评方法不可能与过去截然不同,它身上依然有着历史积淀的痕迹,以及历史赋予它的沉重话语。新历史主义不可能完全超越它自身的局限,因为它不是置身于历史之外,而是处身于历史之中。

因此,当我们对新历史主义的负面效应有了认识以后,也许我们更能感觉到,它在某种程度上真正地推进文学理论和批评的真实意义之所在。

关键词:
    时间的空间化(the spacialization of time)
    叙事模式(narrative pattern)
    范式混淆(paradigmatic confusion)
    新政治化(new politicization)
    超历史(trans-history)
    解历史化(de-historicize)

思考题:
    一、勒翰认为有哪三种历史的话语模式?
    二、什么是时间的空间化,其后果是什么?
    三、勒翰对新历史主义的批评要点有哪些?
    四、卡瑞利·伯特认为新历史主义的盲点是什么?
    五、卡瑞利·伯特如何看待新历史主义"之后"?
    六、如何看待新历史主义的正负面效应?

阅读书目:

[1] Greenblatt, S. *Renaissance Self-Fashioning*, Chicago: University of Chicago Press, 1980.

[2] Greenblatt, S. "Introduction", the Forms of Power and the Power of Forms in the Renaissance, *Special Issue*, Genre 15, 1982.

[3] Greenblatt, S. *Shakespearean Negotiations*, Berkley: University of California Press, 1988.

[4] Greenblatt, S. "Towards a Poetics of Culture", in *The New Historicism*, ed. by Veeser, London: Vintage, 1989.

[5] Greenblatt, S. *Learning to Cruse*, New York: Routledge, 1990.

[6] Greenblatt, S. *Marvelous Possessions*, Chicago: University of Chicago Press, 1991.

[7] Greenblatt, S. "Invisible Bullets: Renaissance Authority and Its Subversion", in *Political Shakespeare*, ed. by Dollimore and Sinfield, New York: Garland, 1999.

[8] Montrose, L. A. "Renaissance Literary Studies and the Subject of History", *English Literary Renaissance* 16, 1986.

[9] Montrose, L. A. "The Poetics and Politics of Culture", in *The New Historicism*, ed. by Veeser, London: Routledge.

[10] Montrose, L. A. "The New Historicism and Its Discontents: Politicizing Renaissance Drama", *PMLA*, May 1987.

[11] Popper, K. *The Poverty of Historicism*, London: Routledge and Kegan Paul, 1957.

[12] Popper, K. *In Search of A Better World: Lecture and Essays from Thirty Years*, London and New York: Routledge, 1992.

[13] Veeser, H. A. ed., *The New Historicism*, New York: Routledge, 1989.

[14] White, H. *Metahistory: The Historical Imagination in Nineteenth-Century Europe*, Baltimore: Johns Hopkins University Press, 1973.

[15] White, H. *Tropics of Discourse: Essays in Cultural Criticism*, Baltimore: Johns Hopkins University Press, 1978.

[16] White, H. *The Content of the Form: Narrative and Historical Representation*, Baltimore: Johns Hopkins University Press, 1987.

[17] White, H. "New Historicism: A Comment", in *The New Historicism*, ed. by H. Aram Veeser, New York: Routledge, 1989.

[18] 波普尔:《历史主义的贫困》,何林、赵平译,北京:社会科学文献出版社,1987年版。

[19] 怀特:《元史学:十九世纪欧洲的历史想象》,陈新译,南京:译林出版社,2004年版。

第十一章 文化研究的文论旨趣

一般认为,"文化研究"是20世纪末期出现的一种新的文论研究方法。但事实上,文化研究在20世纪初就不断演进发展,到世纪末则成为一种包罗万象的文化研究方法①。

文化研究重视经典与通俗、精英文化与通俗文化、文本研究与传媒研究之间的复杂关系,同时,注重研究者的自我身份及其国家、民族、阶级、性别等文化身份的考察,重视在跨国资本和消费主义中的与中心文化相对应的边缘话语的研究。因此,文化研究不仅重视大众传媒、通俗文化,也重视后殖民主义、女权主义和多元文化主义等的文化理论与实践的研究,从而构成其杂色纷呈的多元文化景观②。

第一节 文化研究:理论源头与命名

一、文艺社会学

加拿大学者F·G·查尔默斯在《在文化背景中研究艺术》一文中认为,有关"艺术与文化"的文化研究在19世纪的艺术和文化的关系中就出现了,而到20世纪则发展为一个多元理论思潮。这一看法有一定道理,但也有一定的局限。文化研究应该说有自己深广的文化资源和理论来源,不仅有社会学理论的背景,也有社会批判理论的资源,还有当代哲学思想话语的参照。只有把握了这种"总体理论语境",文化研究的真实问题才不会被掩盖。

文化研究的理论源头可以追溯到19世纪末到20世纪初的文化社会学研究③。对文学的社会学理论研究,使文学研究突破了一般的作家、作品的研究格局,而从一种更广阔的社会文化大背景去阐释文学的起源、文学自身的状态和命名、文学的社会文化意义等问题。

到了现代,文艺社会学出现了学派林立、新说迭出的局面,这对文化研究无疑起到了重要的作用。总体上看,以下社会文化理论对文化研究提供了方法论的参照。

---

① David Punter ed., *Introduction to Contemporary Cultural Studies*, 1986.
② Patrick Brantlinger, *Crusoe's Foot prints: Cultural Studies in Britain and America*, 1957.
③ 马克斯·韦伯(Max Weber,1864—1920)、马克斯·舍勒(Max Scheler,1874—1928)、卡尔·曼海姆(Karl Mannheim,1893—1947)的社会学和知识社会学理论,对文化研究具有重要的引导性意义,甚至可以说,这些思想家为文化研究提供了重要的知识论平台和方法论背景。Max Weber, *Essays in Sociology*, 1946; Max Scheler, *Selected Philosophical Essays*,1973; Karl Mannheim, *Essays on the Sociology of Knowledge*, 1952. *Essays on the Sociology of Culture*, 1956.

格罗塞的"经济唯物主义派",注重从原始艺术入手,研究艺术产生和发展的原因,并将艺术起源归结为社会生产力的发展,强调文学与社会的问题应成为研究的中心。

普列汉诺夫的"中间环节"说,认为人类的生产活动通过宗教和巫术这一中间环节影响原始艺术的内容和形式,而在现代社会,这一中介表征为政治、道德、哲学等因素。

卢卡契等人的"理论批判的文艺社会学"思想,着重考察社会阶级结构在文学作品中的反映,注重理论思辨和批评,强调文艺不仅要反映和批评作为社会历史现象的社会生活,而且,文学作为一种社会现象也要接受批评。

弗里契在《艺术社会学》研究中,明确提出了建立艺术社会学学科的问题,他力求在艺术研究中寻绎艺术与人类社会文化之间的某种必然联系。

阿诺德·豪塞的"艺术社会学"观,主张从哲学、社会学、心理学、民俗学、历史学等多角度去研究艺术现象,认为艺术是对生活的一种解释,因此必须把握住艺术中表现出来的意识形态观念。豪塞的艺术社会学研究,不仅讨论了艺术消费、艺术市场、传播媒介、大众艺术、艺术预测,而且还进一步从社会发展的角度探讨了"艺术的消亡"问题,使理论界广泛注意艺术的文化社会学层面问题。

罗贝尔·埃斯卡皮坚持"文学社会学"思想,注重吸收经济学、传播学、信息论等学科的一些理论和方法来研究文艺社会化过程,提倡将作家当作某种职业的人来研究,从而使文学走出了象牙之塔,成为当代文化关注的文化符号。

吕西安·戈德曼的"发生学结构主义"的文学社会学观点,将研究重点放在作品同社会结构以及特定社会集团的思想体系结构之间的对应关系上,认为产生于社会生活中的人文科学是社会精神生活的一部分,并可以改变社会生活,从而强调了文学的文化研究维度。

不妨说,文艺社会学研究方法,在当代西方文化研究中被广泛采用,同精神分析方法、原型批评方法、现象学方法、解释学方法、解构主义方法相比,它有其深厚的社会基础和强大的生命力,在文学的文化研究和文化阐释中占有重要的地位。

二、"文化研究"的命名和理论向度

文学的社会学研究和文化的社会批判理论,仅仅是作为当代文化研究的一个理论源头和理论品格的一个参照系,并不是它完善发展的最终模式。在它自身发展过程中,英国伯明翰大学"当代文化研究中心"的霍伽特(Richard Hoggart, 1918—)教授,无疑起了非常重要的命名和理论阐释作用。"当代文化研究中心"为文化研究形成自己独特的基本理论话语,作出了积极的推进。

在1970年出版的《当代批评》一书中,有一篇霍伽特的文章《当代文化研究——文学与社会研究的一种途径》。在这篇重要文章中,霍伽特阐释了自己的文化研究的基本理论向度,即从高级文学和低级文学或大众文学的社会道德含义中解脱出来。不仅要评价语言的大众文艺,如广告、电影或流行音乐,而且还使人想到其他现代传媒,反对那种在好的文学和坏的文学间作非此即彼的选择。

霍伽特强调,要将文学放在一种更大的文化背景中去加以阅读,并将这种阅读作为表述其文化意义的准备。他在伯明翰"当代文化研究中心",将这种阅读文化意义的阅读称为"价值阅读",而将仅仅从语言角度进行的文学阅读称为"品质阅读"。在霍伽特看来,"品质阅读"主要是抑制新批评的形式主义批评,他们砍断了文学与社会广泛而深层次的联系,因此,作为一种纠偏,文化研究要重新恢复文学的社会文化网络,强调其审美因素、心理因素和文化因素的三重背景。

理查德·霍伽特(1918—)

在他看来,审美因素是指那些为审美需要以及形式结构等因素所决定的特征;心理因素是指那些显然为特定作品创作个人所决定的特征;文化因素则主要是由某个时期特定社会中产生某部作品背景所决定的特征。前两个特征在某种程度上要取决于最后的文化特征,而且彼此是密切相关、不可分割的。这样,霍伽特就将文化研究的"价值阅读"上升到文学研究中的最终层面。他认为,在任何为了文化意义所作的阅读中,读者都必须从某种前提、选择活动、某种预先存在的判断出发,他无法避免地要作出隐含的或明确的价值判断,他可以清醒地意识到自己对文学作品的文化介入,因此,文化文本价值阅读中的价值判断是不可或缺的。在这个意义上,价值阅读表明了文学是一种文化中的意义载体,是有助于再现、表征文化信仰的对象物。

甚至可以说,一部作品就其文化意义而言,就在于破坏作品立足于其中的某种秩序状态,暗示出某种非秩序状态。作品要打破处身其间的社会秩序,以及赖以存在的艺术以外的任何其他的秩序网络,使文化意义通过直接体验作品,以及通过作品的观察角度而获得理解。就这个意义上说,艺术影响着一个社会中所把握的价值特性及其把握的方式。只有从文化研究的角度,才可以真切地理解文学作品的深层含义及其价值向度。

当然,霍伽特也重视大众艺术或者是与高雅艺术相对的粗俗艺术,认为这种"中等低级"的或世俗的艺术,并未完全放弃其负载的文化意义,它们自己也同样存在某种层面的文化意义,甚至广告和电视等也同样具有引起人们关注的文化层面的意义,也应纳入文化研究的视野之中。

总体上说,霍伽特的文化研究理论,以及他主持的伯明翰大学"当代文化研究中心",为文化研究从纯文学研究中脱颖而出做出了努力。他强调了文化的表达因素和表达性阅读的重要性,进而关注这种表达的社会文化的意义。因此,这样的当代"文化研究"是从严谨的文化文本阅读开始,并与其他多学科、跨学科理论携手

"波普"艺术作品

并进,将文学美学引向更深入的社会理论与文化价值分析中,从而得出当代社会的总体网络的意义解读①。

文化研究的理论资源,除了前面所说到的一些西方马克思主义者以外,还有解构主义理论家福柯、拉康、德里达、巴特、德勒兹和博德里亚。可以说,西马的激进思潮,使文化研究者认识到了"激进话语"维护文化经典的一些盲点,同时,又使其意识到解构思潮所具有的中心颠覆性和边缘洞察性。就此而言,文化研究实现了三个"转向":一是从经典文化转向了大众文化的研究,或从中心转向了边缘的研究;二是从文字载体的文化研究转向了影视、图像的现代文化的研究,使广告、绘

---

① Hoggart, R. *The Uses of Literacy*, Harmondsworth, Middlesex: Penguin Books in association with Chatto and Windus, 1958.

画、建筑、影视、大众传媒、消费文化成为热门话题；三是从纯文学研究转向种族、性别、阶级、民族性、差异性、社区文化、媒介文化、女性文化和后殖民文化等问题的审理。这种新型的学术研究转型，形成了关于性别文化研究、地域文化研究、种族文化差异研究、当代影视文化研究、现代消费文化研究等多种研究意向。在这不断置换的问题和话题中，文化研究改写着这个时代的审美观和价值观，进而改变着整个文化的基本走向。

文化研究除了在欧美有广阔的发展外，前苏联美学家卡冈和鲍列夫也从事着自己的文化研究。如卡冈在《美学和系统方法》艺术中强调文化系统中的艺术文化结构的形态学意义，认为当代文化美学研究已经不能局限于对各种艺术作简单的研究，不能局限于孤立地考察各种文化领域，而必须同时开始对文化作完整的研究，以揭示艺术在世界文化发展过程中的状况、地位和功用所包含的可变性和稳定性的辩证法。而鲍列夫在《美学》中则明确提出"艺术文化学"，将文学置放到一个广阔的文化境遇中去考察，认为艺术文化能使人的精神具有创造力，使文化进行扩大再生产的动力艺术文化价值只能由象形符号和象征符号来传达，这些符号出现在交流场合和语言场合，在这里存在着释读符号的文化译码。艺术价值是有意向性的、有目的的语言符号，而作品是艺术文化的元符号。无疑，这些思考也从某种意义上推动了文化研究的自我成形。

总体上看，文化研究属于一种后起学科，但却以后来者居上的方式成为当代文化一大景观。它以一种多元杂糅的方法论来研究跨世纪、跨学科、跨地域的文化。它既在此文化中，却又不完全限定于此文化，而是在文本与社会、上层建筑与经济基础之间形成一种有机的联系，通过这种联系，使中心文化和边缘文化、雅文化和俗文化整合成一种"统一的文化模式"，从而为现代人的生存和文化的身份加以定位。

当然，在当代文化研究上做出重要贡献的，应该是两位法国思想家：布迪厄和博德里亚。正是他们富有创建性的思想，使我们不能不关注其理论言述。

关键词：

  文艺社会学（sociology of literature）
  文化研究（cultural studies）
  大众文化（popular/ mass culture）
  高雅文化（high culture）

思考题：

  一、文艺社会学的代表人物及其观点是什么？
  二、怎样理解文学的社会学研究和文化的社会批判理论是文化研究的理论源头？
  三、霍伽特文化研究的基本理论向度是什么？

四、霍伽特及其"当代文化研究中心"的贡献是什么?

五、文化研究实现了哪三个转向?

第二节 布迪厄:文化研究的当代拓展

布迪厄(Pierre Bourdieu 1930—2002)生于法国贝恩亚,50年代在巴黎高等师范学校学哲学,60年代开始从事人类学研究,80年代初被法兰西学院聘为社会学教授。这种横跨多学科的学术经验,使他对一系列社会理论问题作出了自己独到的思考。总体上说,布迪厄打破了学科界限,从跨学科的角度,分别对人类学、社会学、教育学、语言学、哲学、政治学、史学、美学、文学等都有研究,并形成一系列独到的思想范畴与相当新颖的学术框架①。

皮埃尔·布迪厄(1930—2002)

一、理论风格与特征

从"普遍的文化理论"的反思推进到中期的"文化实践理论",布迪厄形成了自己独特的学术品格,并努力克服那些"巴黎时兴的唯理论主义者的表现癖"和各种各样的"理论登场表演"。他要超越传统对立关系的二分法,超越主观论与客观论的二元对立,拒斥那种形而上学式的解决各种问题的"宏大理论"和"宏伟话语",从而使得文化与社会、结构与行为等普遍存在的文化理论的对立面得以消解。

这样,布迪厄就提出了关于知识、实践和社会理论结构及其学术途径的轮廓,从而扬弃了社会物理学与社会现象学的二元对立,以及个人和社会的二元对立,并以理论生成性使自己超越了那种非此即彼的偏窄理论思维和基本命题,从而能够

---

① Bourdieu, P. *Outline of a Theory of Practice*, trans. Richard Nice, Cambridge: Cambridge University Press, 1977; *Homo Academics*, 1988; *In Other Words: Essays Toward a Reflexive Sociology*, 1990; *Logic of Practice*, 1990; *Invitation of Reflexive Sociology*, Chicago: University of Chicago Press, 1992.

反思自身，甚至能够跳出自身而反观自己，使得自己在不断打破思想封闭中走向自我精神的敞开。

布迪厄力图以一种全新的方式来透视或思考一系列旧的问题和旧的框架，正如维特根斯坦所说"从炼金术的思维方式过渡到化学的思维方式"一样，形成一种思维的飞跃，在这种全新的思维方式中，使旧的问题得以消解。因为旧的问题是与我们的思维方式和言说方式相始终的，一旦我们用一种新的方式来表达自己的观点，旧的问题就会同旧的语言外套一样被抛弃。

如何在理论上拒弃总体性形而上学理论，同时在实践上也以一种反体制、反中心话语、反理论与经验脱节的进入问题的方式，抛弃结构与能动作用的对立即微观分析与宏观分析的对立，进而明确将对他人理论进行说明的分析者的活动也纳入自身研究范围之中，成为布迪厄思考的重要问题。这些流动变化的问题，使得布迪厄著作内容始终在不断地发展演变，并在不断的螺旋式的思维时间和空间中展开。他在修正自己理论之时，重审那些困难的问题和对象，并深入剖析它们。

对独断论和绝对论的抛弃，使布迪厄更注重社会关系论。就社会学而言，他强调个人与社会之间的一种"转换生成性关系"，反对绝对论模式。他既抛弃方法论上的个体主义，又拒斥方法论上的整体主义，以及"方法论上的情境主义"（methodological situationalism）所出现的对二者的虚假超越。这构成他的社会学立场的中心视角。正因为这种理论的自觉和视点的超越，使布迪厄可以抛弃个人自发性和社会约束性、自由和必然、选择和责任之类的虚假

《实践理论纲要》
英译本书影

问题，进而避免在个人与结构、微观与宏观分析间非此即彼的选择。他倡导并实践方法论上的多元论，这种多元论既不同于费耶阿本德认识论的无政府主义，也不同于达达主义的所谓"怎么都行"，而将实践向度恢复为知识的对象，重新将理论的实践方面看作一种知识的生产活动，使自己与概念的关系具有一种实用主义的关系，即将这些概念仅仅作为一种帮助自己解决问题的实用工具。

布迪厄张扬理性，把理性看成是历史的产物，并强调真正的知识分子必得独立于各种世俗权力，独立于经济和政治权威的干预。而且，知识分子必须确保这种独立自主，即要用各种制度化的有序性对话阵地的存在为自身存在的前提。他坚决反对知识界中的地方主义和宗派主义，坚持要开辟一个自由平等的空间，在这个空间当中，既排斥那些互相吹捧的小集团，又坚决取缔那些以一些虚假问题在整个文化世界的以讹传讹。真正的知识分子以解放思想为己任，摆脱其职业性弊端和为自己权力本位而争斗的狭隘性，从而成为一种集体的对抗符号权力的力量。也就是说，既注意自己在社会化进程中的职责，又要独立于官方的政治；既自由解放，又具有价值关怀；既入世而关注现实，又不屈服于任何正统话语的教条。

知识分子作为符号的生产者,在当今社会面临着前所未有的意义失落和艰难的价值选择,他要么做一名所谓的专家为权力话语者服务,要么固守自己旧的文化生产方式而做一个只知授课的教授。布迪厄抛弃了这两种选择而力图寻绎一种新的参与方式,即集体性知识者或知识话语和文化符号的生产者,能够通过确立自身作为一个独立的群体存在,而以一种自足的主体去影响当今的政治。这样,知识分子的学术操守、学术敏感和学术眼界就变得分外重要。因为说到底,知识分子在塑造社会的同时也在塑造自己,而他在塑造自己的同时也在塑造这个世界。

二、场域理论与文化习性

总体上看,布迪厄的文化社会理论基本构架建立在三块基石上:场域、习性和资本。这三块基石直接承担了其反思社会学、观照现实各个领域和人生社会的基本指南,值得深入探讨。

在布迪厄看来,社会科学的真正对象并不是研究单纯的个体,而是研究无数个体所构筑的一种场域,以及无数场域构筑的一种更大的场域的综合性结构。因此,场域是社会科学研究的中心,而个体则是作为场域中最活跃的、为社会建构的、不断更新自己的一种要素。从场域的角度思考,就是从社会总体关系角度进行思考,也就是说,要对社会世界的整个日常见解进行转换。布迪厄将场域看作是一个网络,一个不断建构的结构,在这个网络中,存在着占有者、行动者和体制性的多重权力结构。这样,就可以将那种简单地把社会分成阶级的社会分析方法,更细致地变成话语空间的再划分,即微型化的分析方法,将场域的观点转化为一种圈层的逻辑。整个场域中又可分成艺术场、宗教场、经济场、学术场、法律场等。

进一步说,每一个场域都是一个独特的空间、一个独特的圈层,同样也是一个具有不同规则的游戏圈,这种游戏圈使得艺术场和经济场以及法律场具有完全不同的游戏方式。但是,它们又因为资本种类的相通而具有相对统一的联系。场域的游戏性和游戏的规则性,使得场域更加准确生动地把握了社会存在状态的千变万化和它的自身内部圈层的大小、兼并、占有和区分。场域所具有的原动力原则存在于其结构的形式之中,尤其存在于各种势力、各种要素彼此冲突的力量之间的距离、差距的不对称当中。任何力量、任何权力,如果不在场域内,与场域的其他要素不发生关系,那么它就不能存在,也没有任何作用。在这种活跃变化的场域空间当中,那些权力的占有者通过获取资本权力来控制场域的生产与再生产,而其中的受控者或行动者的策略也取决于他们在场域中的地位。

不妨说,场域的概念既不同于机能主义和机体论,又不同于一般的制度性理论,场域是权力关系的场所,是不断变化的、具有连贯性的、在冲突和竞争中产生新场域的领域。在这个领域中,场域不断改变着自己的性格和形态,具有自己全新的逻辑规则。每一个场域都构成一个敞开的游戏空间,其力量的此起彼伏,权力的犬牙交错和游戏者的谋划策略,随时随地地改变着场域的某些形态。更重要的是,所有的场域都包含在权力场之内,都与权力场有着控制与被控制、制约与反抗之间的关系。在与权力场相对的其他场域中，往往出现这样的情况，比如说，艺术场往往被占统治地位的权力场所控制，因此，艺术家或者是文学知识分子"是统治阶级中被统治的那部分人"。文学知识分子在权力体制内所占据的位置及其关系，成为了社会科学关于场域的特殊思考角度。

场域具有一种普遍性的特征，也就是说处于一个特殊的场域的行动者，如知识分子、艺术家、政客等，并非直接承受外部的一些压抑。相反，所有外部权力的渗入，只有通过场域的独特形式的特殊调解之后，才会间接地影响到行为者的身上。从这个角度看，场域具有了一种自主性，它的自我重构的特殊逻辑，使其对场域圈层具有特殊的历史积累性影响。同时，场域是一系列关系的系统，是各种不同关系之和。某一艺术家或哲学家之所以是以这样的方式思考，以这样的行为或这样的言说方式作为其存在的表征，是因为存在着一个知识分子场域，场域的逻辑制约了圈层内学者艺术家的思维方式。

场域概念的确立，其主要功绩在于创立了一个必须重新思考的区分模式，并使我们可以这样提出问题：被考察的世界的局限性是什么？世界是如何被连接的？与什么连接？在何种程度上进行连接等。这样，就可以从实证主义、经验主义的理论真空中和理论主义的话语真空中逃逸出来，而获得自身的理论的完满性。

场域是一种资本的垄断。在艺术场域中，资本的垄断是文化权威；在科学场中，资本的垄断是科学权威；在宗教场中，资本的垄断是主教。改变了不同资本形式的分布及其相对的分量，也就改变了这一场域的结构。在这个意义上，场域又像一种"角斗场"，是一种权力、地位、力量的较量。

习性，即人的社会生态性，这既具有先天的因素，又不完全是先天的，而是在社会化的个人境遇中逐渐习得的、并逐渐演变的"第二天性"。

其实，这个问题并非始于布迪厄，也并非一个新问题，而是困惑人类思想家的一个本体存在问题。这一问题在哲学上可以表述为"个体与社会"关系的问题，或者是"人与社会环境"问题。个体的遗传或者个体本身所带来的东西，只是其生命发展中的一个基本要素，而不是其全部密码。人适应或塑造社会环境，人也被社会环境所塑造。人通过教育的提升，不断地改造着外部社会，同时也积淀而生成自己新的天性。所以，人既是历史和社会的结果，又是历史和社会的原因，既是社会的客体，又是社会的主体，二者统一于人的实践活动中。

"实践性"是人的社会属性的集中体现。因为实践发于主体，在创造更新客体世界的同时，又创造更新着主体自身。人在历史中不断地通过实践改变外部社会时，人本身的天性也随着实践活动而不断地发展和完善。社会环境决定人，人也决定环境，人的发展受到环境制约又决定环境的发展。而这一环境或社会始终是历史的、社会的、政治的、经济的和文化的多重关系的，直接从这多重关系去看人自身的习性，才有可能真正发现人性的奥秘。

习性是一种结构塑形机制（structuring mechanism），其运作来自行动者自身内部。习性既不完全是个人性的，其本身也不是行为的全部因素，习性是生成的而不是一成不变的。如果个体与社会的互动使习性成为人的第二天性,同时又包含着人的第一天性的内涵,那么就结构分析而言,习性即是一种小型的话语权,它不仅是个体自身存在的一种文化空间和心理积淀,同时也是一种小群体之间的话语通约。在布迪厄看来,习性首先是一种姿态、一种特殊的逻辑。习性的建构原则存在于社会性的构成中,或者存在于被构造了的和构造着的性情体系中。

习性与"习惯"不同,习惯是外部社会使主体逐渐获得的适应性,而习性却具有一种能动性,不断创造自己的新本质的特性,所以它具有生成性、建构性,甚至带有某种意义上的创造性能力。这种能力尤其是在艺术当中,更是伸展了人性的新维度,更新着性情系统的新编码。作为人类第二天性的习性,它表明了主体选择的目的性和自身生成形态的预设性,所以,它要求一种普遍的、预先构成中的自我幻象。习性的逻辑展开,有效地回避了在个人与社会之间非此即彼的选择,而且将个人和社会双向的能动性集中起来,宣称个体是不能逃离于社会、集体之外的。

习性,即一种在个体之上体现出来的社会化了的主体性。如果说,场域是一种大型话语权,那么,习性就是一种与个体紧密相关的小型话语权。就此而言,习性与场域的关系是双重的,从习性的角度可以看到铭刻在人躯体上的社会制度,而从场域的角度,我们可以观察到客观关系的体系,它们是刻在事物或制度上的铭文。

习性与场域是一种互动关系:一方面,场域构造习性,习性体现场域的内在必要性;另一方面,二者具有一种知识关系,即认识的建构关系。习性有助于把场域建构成一个有意义的世界和价值世界,在这个世界,人们可以进行一种文化资本的估价。人的存在,是由社会现实赋予形体以习性。社会现实既存在于社会中,又存在于思维中;既存在于场域之中,又存在于习性中;既外在于行动者,又存在于行动者的内心。

习性是社会世界的产物,在习性与场域的关系中,历史进入一种与自身相关的"同谋"关系。习性是个体与群体的统一、是人与社会的统一、主观与客观的统一。习性不是命运,习性是历史的产物,习性向个体的性情、好恶和经验敞开,并在实践系统中不断地叠加和删除旧有的习性,添进新的习性。因此,习性使得个人服从某一个文化场、经济场,同时,习性又使人超越原有场域获得新的本质。就此而言,习性不是本质主义的,不是定义性的,而是时间中的生命反思和对时间生命的反思,是在时间中生成的历史性延展。历史性和相对性是其徽章。

总体上说,习性就是知觉、评价和行动的分类图式系统,既有一定的稳定性,又有一定的自我延展性,它来自于社会制度,又存在于个体身体之中。在这种场域和习性的关系中,存在着某种恒定的因素和可变的因素。人的生存,或者是以社会塑形的身体方式存在的习性,包含了生存或习性世界的一部分。

三、文化资本与象征资本

受马克思影响,布迪厄将实践、资本等核心概念作为观察社会的重要角度。他指出,资本是以物化的形式或肉身化的形式累积起来的,这是一种铭写在客体或主体结构中的力量,也是一条强调社会世界的内在规律性的原则。资本表现为几种根本的类型,即经济资本、文化资本、社会资本、符号资本。这里,主要讨论文化资本、符号资本和社会资本。

布迪厄认为,资本需要实践去积累,需要以客观化的形式或具体化的形式积累。在积累中,在交换世界里,资本获得了当今世界换取生产利润的潜在能力,以及自身存在的鲜明意象。资本可以大体上分为物质形式资本和非物质形式的文化资本和社会资本。物质资本在交换过程中可以表现为非物质形式,而非物质形式的资本也可表现为物质形式。

文化资本与经济资本不同之处在于,经济资本可以立即转化为金钱,它是以财产权的形式被制度化的,而文化资本在某些条件下才可以转化为经济资本。文化资本的特点在于,它是以受教育的资格形式被制度化的,是构成社会符号力的基本条件。人们在文化知识、教育中不断地通过文化资本的积累获得社会权力,文化资本决定了大众文化及人们的日常生活,使新的习性可能性得到了限制。文化资本有着具体的状态,是以精神和身体的持久性情的形式存在的。客观的状态以文化商品的形式获得呈现。就单个人而言,他的学术能力与学术投资之间的关系表明,其能力和才能本身,就是与其实践上文化资本的投资,即受教育的程度和时间成正比的。

一般说来,在发达的资本主义社会存在两种支配形式:一种以经济资本为基础,是支配的主导形式;另一种以文化资本为基础,是支配的从属形式。文化资本的基本状态与身体相联系,其积累处于具体状态之中的即通常称之为教育、文化、修养的形式。它必须是受教育者经历过许多时间和亲身体验,才能够获得其知识结构的质的飞跃。这种时间的投资、韧性的投资和意志力的投资,还包括经济资本的投资,使得文化资本的获取需要相当长的时间作为衡量的标准。如何在这种文化投资的过程中保证其有效性并节约时间,使得人才的合法性变得尤为重要。将文化资本集中起来,塑造成人的一种素质、气质及其整个文化习性,成为进入现代社会秩序的一个重要砝码。

文化资本的积累不能超越个体及其表现能力,而只能随个体的生物能力及生命的衰落而逐渐消亡,它不像经济资本那样可作为遗产流传。文化资本的传递和获取比经济资本具有更多的隐蔽性,文化资本越是具有稀有的符码,就越能获取更高的价值回报。文化资本的传递成了资本继承性传递最佳的隐蔽形式。当然,在一定的时间之内,经济资本不一定能完全转化为文化资本,文化资本也不一定完全能够转化为经济资本。就客观化状态而言,被客观化的文化资本(如文学作品、绘画作品等)在物质方面是可以传递的,如名画的收藏可以像经济资本一样一代代传递并增值,所以文化资本既具有物质性的一面,又具有文化象征性的一面。

就体制化状态而言,文化资本的客观化往往以学术资格这一形式出现。如此一来,就有一个文化身份"合法化"问题,即必须具有学术上可以认可的文化资本。所以,一切自学者或中断学业者、受教育不全者的文化资本,在其一生中随时都可

马克思赠与达尔文并亲笔签名的《资本论》

能遭到质疑。整个现代社会是一个证书和学历的社会，学术资格和文化能力的证书是个体的价值标榜的符号，是其文化资本的合法保障的价值。体制化的、官方承认的、得到保证的文化资本与简单的文化再生产之间具有根本性的差异。也就是说，官方认可的体制化的文化资本，成为人们所力求获取的自身价值认同和保障，而简单的文化资本则要求人一生不断地去证明自身的合法性。在这种文化资本的标准格式下，人们逐渐抛弃了自己个体的、独特的成才或者获取文化资本的途径，而涌进了大学教育的羊肠小道，去获取社会所认同的各级证书，并被迫接受社会公认性的权力话语。正是因为文化资本的体制化和学术资格制度化，使得文化资本拥有者的相互比较成为可能；正是因为把经济资本转化为文化资本的策略，导致了现代学校教育的爆炸和资格膨胀的短期效应。同时，众多统一的人才成批地生产出来，也使这种体制化公认的权力日益巩固。

"象征资本"与文化资本有着不可忽略的内在联系。所谓象征资本，就是被人们承认接受了的政治、经济、社会、文化的资本。文化资本转化为象征资本之时，不断地被复制和模仿。尤其是在"现代性"成为当今神话的世界，文化资本更被化成了一种现代性的符号资本。

象征符号资本具有两面性，它既是一个权力话语系统，同时又面临自身的合法性问题，即在这一文化范围或文化秩序中，是否和为什么应获得其成员的忠诚和信任的问题。在"现代性"的神话中，异化、失范的经验和"合法性危机"，隐含在这种文化象征符号的更迭之中。"现代性"这一切"传统"都面临着合法性危机，因为现代性表明了自然的非神圣化，生活的契约化，制度的明朗化，以及对合法性的重大修正。合法性理论因此试图恢复业已失去的世界的一些特征，力图将该秩序中的习惯和规范解释为与神意相连的一种传统，同时，还存在一种规范和标准的契约化，以及渗透于生活各个领域的制度。正如哈贝马斯所认为的那样，在当代的文化中，合法性问题的领域还要进一步拓宽。在文化象征符号控制之下，个体与群体为争取自身的合法性变得非常重要。

"合法性"这一概念往往又是一个非学术性难题，现存的各种非纯粹的强制统治形式，可能都要以合法性为基础，或迟或早要取得合法性，尤其要取得象征符号的合法性。因此可以说，生活在符号控制下的社会是一个没有危机的社会，因为人们的价值观念得到认同，其生活、文化、消费的方式，都在无形中进行模仿和作出抉择。但同时，这又是一个充满危机的社会，因为当每个个体的价值观念必须整合在一个具有共同性的价值之上时，个体无疑会产生深切的文化撕裂痛苦和文化圈、文化场域被置换被扬弃的痛苦。

不难看到，象征资本又是一个"话语暴力系统"，它总是要将客观的等级制度、权力关系、社会结构再现成合法性、合理性的社会理想秩序。人的价值判断的认知结构都笼罩在一种权力的意识形态当中,社会的生存空间和话语空间转化成文化资本空间,而"教育"就变成这种空间的转换中介。

布迪厄在《教育、社会、文化的再生产》一书中认为,教育是作为一种象征符号暴力手段在从事社会的再生产,也就说,通过教育资源的获得,而建立起一种权力支配与被支配之间的关系。在现代社会中,教育使人获得进入现代性社会的通行证,教育的多少、文化符号拥有量的差别,将人划分为具有不同学识和能力的群体和个体。教育和学术变成一种象征符号性资源,成为人们增强支配性地位和获得权威的途径。

布迪厄对文化象征资本的看法是,任何文化知识体系都有一种把社会权力体系引入并使之合法的特性,而权力意识形态的结构化将社会限制和支配剥夺合法化了。文化资本是构成社会符号力的基本条件,具有不同的文化象征资本,就具有不同的文化符号支配和被支配的可能性。拥有更多的文化象征资本的人可以支配或控制文化资本少的群落,具有主导性权力话语支配力的群体,可以支配社会地位、身份和等级差异方面处于弱势的社会群落。在国际或地缘文化学中,处于文化弱势的"国家—民族",由于文化资本的匮乏和象征资本的相对处于弱势,而屈从或被排斥在世界中心话语的边缘。因此,对个人而言,通过教育、文化、知识、美感、情趣、语言等,象征符号性暴力为人们提供或剥夺其所需要的关于自身文化的认同感和自我价值的认同感。

人的创造离不开场域,离不开文化资本,离不开象征符号资本的差异性和趋同性。在这个多元化的世纪,由于主导性文化资源的暴力体系的存在,使得所有非主导地位的文化都存在不同程度的文化危机、价值危机和合法性危机,为了消除这种合法性的焦虑,保存自我,发展群体,改变现实,文化符号的获取就成为现代社会中最大的神话,或成为现代社会中的"现代巫术"。

"社会资本"是一种实际存在的或者潜在的资本集合体,也就是说,属于整个社会的为社会团体的所认可的集体性资本。在这个网络中获得物质的或象征性的交换时,这些资本或许会通过一些为众人所关注的共有名称,而在社会的体制化中得到保证。社会资本主要是一种社会的声望、知名度及其占有文化象征和经济资本的数量的程度,它得到各方的普遍性认同,从而产生一种社会的价值增值效益。

任何个体都处于某一群体或某一关系网络当中,它都将获得一种维持其长久的、体制上得到保障的具体关系。因此,各种会员制、各种党派、各种民族团体等,总是具有某种意义上的垄断权和基本的体制性,通过一些机制的运作,尽可能将其相同性质的个体结集在一起,以保持团体的存在或延续。就此而言,社会资本作为一种团体性的资本,其程度和分量上远远超过了作为资本对象个人所拥有的个体资本。所以,为社会资本所关注所追踪,就可以成为社会的"热点"和"知名"的存在者。正如布迪厄所说的,当这个社会资本群体内部弱势成员的荣誉受到威胁时,扩散性的代理关系就会要求其领袖站出来维护集体荣誉,这种体制性的代理方式保证了社会资本的集中,而且还可以通过一致认可的集团发言人,通过驱逐或开除引起尴尬的个人来保护整个团体免受耻辱。在这个意义上,贵族头衔或名士风范是体制化的社会资本的典型形式。这种社会资本以一种恒久的稳定的方式,保证了社会关系的一种相对稳定。

社会资本具有一种相当的合法性,是取得了合法性以后的稳定性的人格化的合法存在。处于一个显赫的团体中,因其不断地曝光,不断地出现在公众面前,而建构了权力的主要部分,因此,所谓显赫就是在具有重量级的社会团体中拥有了象征性权力,而获得普遍性的社会接受与认可。

不难看出,布迪厄分析的资本,尤其是分析的文化资本、象征资本、社会资本和经济资本之间的相互运作和转化的关系,揭示了文化权力内部的机制及其隐蔽性。但是,我们也应看到,他并没能揭示出文化权力的跨文化语境,以及不同文化群体、不同国籍、不同民族之间的文化冲突的内在权力运作。因此,这使得我们有理由认为,他在从事文化话语的微观分析中,忽略了跨文化语境的宏观文化分析。

四、反思性的社会理论

在当代社会理论中,布迪厄无疑是因其对"反思性"的强调而引人注目的。作为社会理论家,布迪厄在《反思社会导引》等重要著作中,提出的"反思性"具有了一些与以前的文学家、美学家不同的维度。其主要表征为以下一些方面。

强调反思社会学理论。布迪厄的反思性理论将有关学术实践的理论纳入整个社会批判理论体系,强调反思社会学的基本对象是植根于社会无意识和学术无意识的分析,这种反思性并不需要削弱客观性,而是需要扩大社会科学知识的范围,增强其可靠性。因此,布迪厄主张的反思性与现象学的、解释学的、文本的和现代或后现代形式的反思性相比,具有相当的差异性。

强调反思性概念的集体视野,而不是学者孤身反省,其基本对象不是个别地分析学者,而是对一个群体、一种场域存在的反思,其范围包括自我的指涉、自我意识、叙述和文本的构成要素之间的循环关系等。

反思性并非主体以黑格尔式的自我意识的方式或者现象学社会学的视角对主体进行反思,相反,反思性要求对那些未被反思的范畴进行系统探索,同时,又返回超出经验主体的范围而延伸到学科的组织结构和认识结构当中,因为,在对象的建构中所必须探索的,正是深深藏于理论问题和学术判断范畴中的集体性科学无意识,或者可以说,反思性的主体是作为一个整体的社会科学场域,而反思性的对象是整个人类存在的生存空间(社会组织制度和实践)。

布迪厄对反思性的关注,既不是自我中心的,也非逻各斯中心的,而是在本质上植根于科学实践并面向社会实践的。他既反对那种自恋式的唯我主义,也反对那种纯客观的所谓客观研究。他总是引导知识者去认识那些支配其思想的特定的决定因素,同时,得以透视他们的观念和行为的地基。在布迪厄身上,这种反思性表现得非常透彻,甚至可以说是他整个理论的标志。这可以从以下几个方面加以把握。

首先,具有强烈的反制度性。布迪厄强调,一个人的文化资本正是由于他们受教育的程度而积累起来的,因此,当今的哲学家和社会学家,其自身的学术成功使他们处于学术体制的支配地位,从而也使他们局限于该学术体制的简单再生产。法国当代哲学家经历了发生在他们脚下的学校体制的瓦解,"五月风暴"和法国大学的变革,使他们亲眼目睹亲身经历了传统支配体制如何变得如此脆弱并且难以容忍,于是"反制度化"的倾向变成一代学人的学术品格。因而,一种异端思维,一种负向思维,甚至一种揭示社会的畸形存在方式的反思性的思维,在布迪厄那里变得日益明显起来。

《存在与虚无》英译本书影

其次,主体之死。布迪厄对萨特的《存在与虚无》、阿隆的《历史哲学导论》以及1968年后所出现的一股复兴主体哲学的运动持保留态度,认为社会科学存身其间的空间不是实事问题的世俗空间,而是真正的国际性的空间和相对的超越时间限制的空间,是一系列社会学大师对自身的存在、对所面临的问题与作出理论贡献的话语空间。正是在这种空间中,一大批虚假的争论寿终正寝,而真正的问题却激发了真正的学者去着手解决。"主体之死"强调的仅仅是作为个体的孤独的主体的死亡,而从另一方面强调了个人性与社会性的密不可分。

再次,学术人的处境。布迪厄在《学术人》一书中,提出了学术体制经验的社会学,并对此加以深切的反思。学术人的特殊之处就在于,科学的客观对象化一般所要求的工作,是通过对这种客观对象化主体的研究,以及精神分析意义上的劳动来实现的。对这样一个对象进行研究,人们必须时时提醒自己,客观对象化的主体本身正在变成研究的对象。也就是说,这些分析问题的人也正在变成问题分析的对象,任何人都不能逃逸反思性的自我批判。因此,那种轻飘的调侃性的轻松愉快的所谓文字,将使学者的重量消解。因为那样的文字只会怂恿人向一种普通的场域观倒退。相反,真正的学术人在进行社会学反思的时候,必得创造一种全新的语言,力图使读者既能像作者一样敏锐地感受到问题症结之所在,又能理解作者深邃的分析;既能感知现象,又能把握概念和范畴,进而把握整个体系。在这里,眼光变得殊为重要。

最后,屈服与反抗。布迪厄反对一切形式的二元对立,在屈服与反抗的价值判断和政治导向上,他也作出了自己的选择。他认为在某种意义上说,对压迫的反抗或屈服在对立的形式中,同时构成为统治和权力游戏所必需的游戏双方。抵抗只是另一种形式的屈服,屈服在某种意义上也是一种抵抗,因为抵抗的手段只是使自己具有被支配者的某些特性。布迪厄认为,面对统治压迫,抵抗可能是走向异化,因为只有抵抗才能指认权力和统治制度的有效性,而屈服也许是通往解放的一条曲折的路,因为他以逃离的方式使自己不再构成权力游戏所必需的两个极点。当然,这仍然是被支配者的两难困境,事实上,他们无从摆脱这一权力话语困境。

布迪厄的理论有很强烈的包容性色彩,我们也可以将其称之为中庸性特征。布迪厄努力超越社会科学中二元对立的方法,使他既避免了客观主义的弊端,又避免了主观主义的弊端;既避免了结构主义的框架(结构的空洞性、非历史性),又避免了存在主义的情绪化独断论色彩,从而提出了很多新的见解和精辟的阐述。布迪厄的理论基点是中庸的,具有很强的调和倾向。他有感于激进主义和自由主义之争所造成的"劣币驱逐良币"的那种情况,而强调一种客观中庸的立场,并将这种客观中庸的立场看作反思性社会学最稳定的地基。

同时,布迪厄反对哲学美学化倾向,既批评以激进为时髦的思潮,又批判游戏化的哲学倾向。他与萨特以来的哲学的美学化向度针锋相对。布迪厄认为自己批判的不是文化,而是文化的社会用途,即将文化用作一种符号支配的资本和工具。这与巴特、德里达、海德格尔或者是泰凯尔小组的唯美主义游戏完全不同。这是一种客观中庸之道,拒绝煽情,拒绝唯美主义立场,拒绝哲学美学化,拒绝社会学的贵族主义倾向。布迪厄也批评后现代主义,认为其打着解构和文本批评的旗号,煽动一种不加掩饰的非理性主义,使那种老式的哲学对社会科学的批判死而复生。这种非理性被冠之以后现代或后现代主义者的名号,布迪厄对此深加批评。布迪厄既对激进主义的理论加以批评,也对保守主义的理论加以批评,同时也对自由主义的理论加以批评。

事实上,反思性是社会理论的真正地基,面对社会科学的发展,任何人都已不可能孤芳自赏,完全置身于社会科学大量成就和方法策略之外。那种炫人耳目、华而不实的理论只会败坏反思性,因为理论反思只有把自己的沉默深藏在他所贯穿的科学实践之中,并与科学实践融为一体,才能真正展现自身的魅力。不妨说,因为对反思性的关注,使布迪厄触及华而不实的理论泡沫掩盖之下的社会真实,进而触及个体的身体的真实和社会性的真实。在布迪厄看来,这才能使反思性真正体现出文化资本阐释的向度和审美的诗学指向的向度。

五、身体视域与诗性精神

在现代性社会,人们的思想、哲学和诗学对身体的关注,日渐为一些空洞的逻辑性话语所掩盖,因此,身体视域的隐没和回归,就成为布迪厄的工作平台。

当然,就综合性反思、身心关系、个人社会关系、文化自然等关系而言,可以说自梅洛-庞蒂以降,有很多人对其加以关注和研究。尤其是福柯和吉登斯的对身体视域的有深度的分析,打开了一种全新的理论视角和关注世界人生的新的路径,然而,布迪厄仍然有其自身的独特性和他人所不逮之处。如他对现代教育对身体的培育、塑形和挤压所做的深刻的揭示,对文化资本的积累和文化控制对人的性情、心性、趣味和能力的习性控制,以及生产与再生产社会的规范和更新社会的基本价值尺度方面,都有重要的论述,尤其是他关于"身体资本"相对于其他资本是一种

"刚性存在",以及身体资本合法化与制度化的问题,均值得深加关注。

在布迪厄看来,身体的发展与其所处的社会地位有着不可分割的关系,对身体的运用、塑形恰好显示了这种身体背后的权力压迫和文化资本的隐蔽性存在。身体是一种资本,而且是一种作为价值承载者的资本,积聚着社会的权力和社会不平等的差异性。或许,正是在身体成为资本的这种现代性图景中,身体资本可以转化为经济资本,也可以转化为一种文化资本。在这个意义上,身体是资本,也是象征的符号;身体是工具,也是自身控制和被控制被支配的"他者",身体还是一种话语的形式,在现代性的状况之中,在身体和社会之间,具有多种的不平等权力关系。

一般而言,身体的延伸和成长是通过个体在社会中所处的地位,及其习性和场域所形成的文化圈而体现出其阶层的痕迹的。

习性被场域塑形,而场域的一些特性又在身体上体现出来。身体往往可以置换成经济资本,因为他通过购买、传递、交换等,可以使谦恭或倨傲的身体因习性、地位和品位不同,体现出不同的身体和身体姿态。这正好成了当今"文化研究"的关注点,即经济资本与身体形态、吃、喝、广告及大众文化等,都无不与身体紧密相关。今天的文化艺术无一不与经济资本和身体形态发生紧密的联系,并体现了社会支配关系。

身体在现代社会当中空前地遭遇到时间和空间的分裂,遭遇到欲望的冲击和现实社会权力的压抑,感受到边缘化情绪性体验。因此,个人身心与制度的断裂,理性与社会的断裂,造成了现代人身体的多种流动变化的踪迹。于是,重生命感觉性,重灵肉分离性,重精神游戏性,成为了当代审美文化和诗学的中心。尤其是大众传媒直接刺激和消费身体性的东西,使得远距离的身体控制成为可能。于是,大众文艺节目、体育盛典和政治狂欢等大众化的节日,成为今日现代高度发展时期的身体欲望话语的再生产。这样,身体与自我问题,身体与心灵问题,变成今日的社会文化研究的重要问题。肉体取代灵魂,灵魂在肉体中沉睡,已然成为今日艺术所关注的救赎与解放的问题。正是在这一节点上,布迪厄从社会理论当中跨入了文化研究理论,并进入当代审美的反思性之中。

从身体视域出发的艺术观是一种"自由交流"的艺术观。在《自由交流》一书中,布迪厄将自己的视野延展到文化研究的审美视野当中,他从文学家的本质、文化矛盾、美学形式和艺术功能几个方面作出了自己的价值判断。

布迪厄非常反感那些虚假的文学家和文学游戏者,他们靠制造事件起家,达到目的后却成为因循守旧的学院派。他们在激进之后的保守时期,却将自己的朝三暮四说成是思想自由的明证。在布迪厄看来,真正的艺术家必然遭遇到文化上的深刻矛盾,即最有自主性的作品没有市场,而那些千篇一律的遵命之作却有很好的销路。然而,销路与真正价值无关。于是恪守一种孤独的独立的意识、独立的价值判断,成为艺术家必得秉有的真正本质。

知识分子的形象在文学作品中具有一些新的模式,即怎样对待精神生活。因为,缺乏思想的老板和缺乏权力的记者,如今已经按照时髦和落伍,新潮和陈旧的标准去判断艺术家的新颖程度。而其精神产品也不再按照真假、美丑、平庸和独特的标准去看,而是不断地推出时髦的话语、时尚的作品。人们将时装和股票的逻辑带进艺术,甚至将政治权谋逻辑带进艺术,于是,艺术成为时装表演,成为赌博话语的操作,成为无情的煽情。布迪厄呼吁,应以反思性取代旧式知识分子的泛批判理论,因为那些过分夸张煽情的浪漫激情尤其容易被新的乌托邦所利用,并与现存秩序相合拍。

就文化矛盾而言,在现代与后现代时期,出现了一种文化一元论,或是一种绝对论、独断论的复归。布迪厄强调应该张扬文化相对主义,即一方面是"大文化"与"小文化"的对立,另一方面是西方与东方的对立,只有这样,才有可能在一种自由、宽容的价值体系中去把握自己。当然,布迪厄同样强调,他反对那些谴责多元主义的人,也反对那些以多元文化主义为名去扼杀表达自由的人,同样也反对那些文化股票的小持有者,他称之为"文化的白种穷人"。他们因为没有多少文化,便紧紧抓住文化,并处于激烈的文化的帮会的斗争之中。不妨说,文化矛盾是这个时代的疲惫尊容,文化矛盾深层次地表现出文化资本和权力话语运作的内在矛盾。由此,布迪厄更深一层地看到了关于文化资助当中的不合理性。他考察后认为,文化资助是一种微妙的统治形式,它之所以起作用,正是因为人们没有察觉到这是统治,这种统治建立在不知不觉之上,也就是说,与被统治者是同谋。而文化研究就应该是揭底,将这种同谋的关系,将文化领域中这种不知不觉的支配与被支配的关系揭穿。

当然,文化矛盾还在于政治上的激进主义,往往与美学上的激进主义互相联手,而使得真正的批判性思想常常反对那些借批判之名而行保守之实的人。同样,文化的资助者往往资助了庸才,因为庸才更听话,而这种支持无疑是对真正艺术家的一种致命打击。因此,今天的文化矛盾在公共制度之下,在具有自由的时候却出现了不自由状态,如何调整这种形式,为各种游戏规则制定合理的规则,对一些失控的现状加以文化资本、象征资本的调控,将直接取决于反思性思想家的工作成效。

在文化矛盾的主体性方面,布迪厄注重艺术精神的自主性和文化批判的独特性,艺术家精神是自由的,他必须有清醒的价值依托,那就是,作为批判的艺术家,他将那些具有社会学性质的意见和思考完全融入艺术创作之中。

就美学形式而言,布迪厄认为,艺术家在历史过程中获得的自由仅仅限于形式,使得人们感受作品时产生了感官意义上的新异感。但是,文化错位总是存在的,有些人对形式感兴趣,而看不见形式背后的批判功能,有些人对批判功能感兴趣,却又看不到外在的审美形式。其实,作品有其必然的形式,因为形式和内容具有同样的颠覆性。艺术形式是艺术内容的凝聚之处,艺术形式的不同与环境断裂相关,有些艺术形式去掉了这些断裂,并以断裂为生存的条件,而有些却仅仅是玩弄形式的残片。就艺术语言而言,布迪厄认为,在艺术作品中使用的语言应具有多重意义性,即具有容易听懂、浅显明白的特征,同时也要将思想嵌入普遍性语言当中,使美学语言有其自身的深刻逻辑,这样,才可以透过语言去把握语言背后的思想。要解决语言与公众脱节的问题,应发出多层次的信息,就像进行口头传说的古代诗人一样,他们的语言既可以让所有人都听懂,又具有只被一部分人所理解的深奥含义。正唯此,深奥和价值是艺术不可或缺的,为了世俗的交流而一味追求浅显是得不偿失的。

意义揭示与美学解放问题。布迪厄在文化审美意义上反对一切游戏之作,认为只有真正揭露社会内在机制的深刻矛盾的作品才是有效的。一方面要注重大众接受的形式和语言,另一方面要去揭示独特的奥秘。因为只有揭示奥秘才会带来新的美学发现,而且,艺术家和知识分子并不考虑表演和掩饰,因为掩饰不是他们的目的。相反,他们应该对作品所折射的社会机制特别是支配文化界的社会机制进行充分的揭露,发挥其象征符号作用。同时,布迪厄还特别重视艺术在大众传媒上占有的文化资本,他甚至认为,五十位机灵的游行者在电视上成功地露面五分钟,其政治效果不亚于一场五十万人的大游行。

在一个商业思想家、国务思想家、政治思想家成堆的时候,艺术家显得无足轻重,然而,当真正的艺术家不再满足于传播信息,热炒事件,而是阐述世界,阐述社会,生产全新的信息,思考全新的问题,并将这些强制性问题和强制性思考公之于众,那么,新的意义就会真正出现。

布迪厄从文化政治的角度,重新看待艺术对现实的参与和渗透。他坚信,真正的艺术是对往昔意义的追忆,是对真正人性的解放。这种追忆和解放将被困在过去中的现在释放出来,而简单的纪念仅仅只是保持原状而已。这种追忆的解放性促使人们正视过去,蔑视死亡,并对现在加以更清醒的理性分析和实践性剖析。正是在人与艺术的自由交流中,实现了真实平等的人性价值观。布迪厄所倡导的建立在场域自主性上的批判的独立性,保证了艺术家知识分子创作的自由。他那种摆脱象征资本、符号资本权力统治,争取正义和真理的呼声,将使我们真正领会这位理论家的精神风采。

六、文化反思与理论意义

无论如何,布迪厄在20世纪思想舞台上的地位是重要的,他以反思性的思路开辟了一条独特的社会理论和批评之路。

当我们能倾听各种不同的关于"现代性"分析的声音,那么,我们就能够弄清"现代性"是一个多元并存的概念,任何绝对论的阐释和绝对论的分析都将走入一种误区。正是在这个意义上,布迪厄作为一个多元主义的反思者,他对场域理论,对习性理论,对文化资本、象征资本、社会资本理论,对反思性理论的独特标榜,对艺术思想和艺术追忆功能的重新呼唤,使得我们有可能真正透过他的实践理论以及身体视域的独特视角,看到他的理论的真实意图之所在。

作为一位反思型的社会文化理论批评家,布迪厄实现了自己以冷峻的理性关注社会结构再生的承诺,并揭示出两种关于社会与人的假定:其一,人从社会学的角度看,总倾向于肯定现实,即"现实的本体论妥协",由此生发出对人在现实中总是依顺、从众以及与此相关的种种乌托邦神话得以蒙混过关的社会基础。其二,对社会文化基础产生的体制具有"反向否定性估计",从而彻底改变对现实的阐释方式,这正是一切具有批判精神和务实精神的知识分子关注社会、阐释社会的角度。在这种肯定性倾向和否定性倾向之中,应该扬弃这种非此即彼的对立性,而寻觅到一种真正的途径。也就是说,寻求强加一种对现实合法性界定,而这种界定的符号效力或可以促使社会秩序得以保存,或可以促使社会秩序得以颠覆。正是处于这种包容性的张力场中,我们面对的世界才是一个充满变化契机,充满丰富阐释可能性的空间。

尽管布迪厄的理论目前很热,但也存在一些问题。比如,他建构出一种共识性的社会图景,并进行一般性的结构分析,而没有放在某种具体的历史语境当中,因此,存在一种结构功能主义所犯的普遍性错误。另一方面,布迪厄对那种把历史看作是一种宏伟的堂皇历史,即对从过去到现在、从传统到现代的所谓的"文化转型史"进行质疑,从而用一种日常的语言对这种宏大的话语加以批评,进而真正关注具体的人,通过人的身体视域和心灵的实践创造生活的本身,以实现自身的文化资本的更迭和再生产。然而,布迪厄也许过分注重日常性哲学、日常性思考,而对那种关于社会转型的宏观的研究彻底加以拒斥,也有可能导致微观一元论和日常话语独断论。因此,如何真正在理论研究中保持客观科学的立场、多元开放的态度,是值得当今学术界深入思考的问题。

布迪厄文化理论批评的意义在于,它有助于使第三世界处于边缘文化区域的知识分子对知识生产和增长重新加以理解和认识,对其立场、前提、利益冲突、文化资本加以深切的反思。我们面对的是一系列复杂的世纪之交的问题,除了第一世界他们所面对的现代与后现代的重要问题,我们自身也面临"现代性转型"问题,因此,如何张扬一种健康的文化,而非一种颓败的文化,如何保持文化批判的自身有效性和合法性,对象征符号资本在社会中的密度、量的思考和位置的定位,以及对一切文化特权的颠覆,都成为我们必得反思的学术前沿话语。

在某种意义上说,一切社会文化交往都是文化场域的斗争,都充满着场与场、圈与圈、层与层之间的差异和对抗。而文化生产的象征符号所具有的暴力倾向,使得精英圈和日常生活文化圈之间也同样存在着一种对抗或潜对抗性。这两个层面,往往表征为本土化与全球化之争,精英文化与大众文化之争。这些现实问题实在是不能回避的,需要我们借助一些新的有效的理论框架,作真实有效的全面审理。

当然,在当今中国知识界接受西方新的文化理论时,我们可以在西方第一世界文化资本高度集中并同时向外输出时,看出当代中国文化精神受支配性的流失和换型,从而在自身的文化建设和文化反省中,能清醒意识到一种文化暴力的介入以及我们自身文化建设的紧迫性,这无论如何都是有着重要意义的。

关键词：

场域（field）
习性（habitus）
身体（body）
文化资本（cultural capital）
象征资本（symbolic capital）
反思的社会学（reflexive sociology）

思考题：

一、布迪厄如何消解文化与社会、结构与行为等文化理论的对立面？
二、为什么布迪厄重视社会关系论？
三、布迪厄的场域理论和文化习性的内涵是什么？
四、怎样理解文化资本与象征资本？
五、布迪厄的反思性社会理论的意图何在？
六、为什么说身体的消隐与回归成为布迪厄思考的平台？
七、布迪厄的意义与局限何在？

第三节 博德里亚：消费文化理论

在后现代消费社会中，人的心理和行为方式有了显著的变化。如何对这种心理和行为变异进行社会学的深层分析，揭露这个高速发展社会下残存的机制和精神生态困境问题，进而解构旧的体制和认识论价值论模式，沿着现代性批判理论道路对西方社会出现的新变化进行分析，理清消费社会中的客体、符号以及符码的多层复杂关系，呈现后现代社会的消费主义本质，成为当代世界学界重量级思想家为之努力的方向。这一方向调整，使得文学研究日益泛化为文化研究，以期从更广阔的社会文化背景追寻文学转型和文论转型的深层原因。

为了对后现代社会进行总体性分析，法国思想家博德里亚（Jean Baudrillard，1929—2007）从后现代消费社会理论角度对当代世界加以透视，获得新的问题意识。他的基本关注层面是：现代性问题与文化危机，消费社会形态转型和媒介传播的结构，消费主义与日常生活，商品拜物教中的精神生态危机，大众传媒与世俗化问题。这些前沿学术问题的探究，对当代世界性消费社会文化困境的揭示有重要意义。

一、现代性问题与"完美的罪行"

对当代传媒形态和全球化境况中生存层面的关注，使博德里亚更为关注当代人缺乏交流、闭锁心灵和充满误解误读的现状。这促使其将思考的重点放在信息传播和技术霸权问题的研究上，从而为当代信息播撒和心灵整合的研究提供了一

让·博德里亚(1929—2007)

个可资重视的文化视点。

在出版《消费社会》、《生产之镜》、《拟像与模拟》、《冷酷的回忆》等著作并获得巨大的声誉后,博德里亚在其新著《完美的罪行》中,进一步将自己的研究领域拓宽,不仅研究现代性传媒和技术问题,而且广泛地探索后现代社会中的诸多问题。其中,对完美的罪行、逼真的技术、镜中之物、冷漠和仇恨等当代精神状况进入了深度分析。

在他看来,"罪行"虽然从来不是完美的,但在"完美的罪行"中,完美本身就是罪行,如同在透明的恶中,透明本身就是恶一样。"完美的罪行就是创造一个无缺陷的世界并不留痕迹地离开这个世界的罪行。但是在这方面我们没有成功。我们仍然到处留下痕迹——病毒、笔误、病菌和灾难——像在人造世界中心人的签名似的不完善的标记。"①博德里亚在分析当今世界的典型事例中,澄清了一系列的误区,诸如当代人容易将虚拟的事物看成现实实在,将心造的幻影当成现实,将超验之思想看成必然的境况,将表面现象当成事情本身。尤其是通过罪行的分析,指明将罪行完美地遮掩使之具有合法性,从而达到消除对世界的激进幻想:"在我们不断积累、增加、竞相许愿的现代性中,我们已忘掉的是:逃避给人以力量,能力产生于不在场。虽然我们不能再对抗不在场的象征性控制,我们今天还是陷入了相反的幻觉之中,屏幕与影像激增的、幻想破灭的幻觉之中。"②

当前人类正处于新的类像时代,计算机信息处理、媒体和自动控制系统,以及按照类像符码和模型而形成的社会组织,已取代生产的地位而成为社会的组织原则。后现代时期的商品价值已不再取决于商品本身是否能满足人的需要或具有交换价值,而是取决于交换体系中作为文化功能的符码。博德里亚声称:"这个世界的气氛不再是神圣的。这不再是表象神圣的领域,而是绝对商品的领域,其实只是广告性的。在我们符号世界的中心,有一个广告恶神,一个恶作剧精灵。它合并了商品及其被摄制时候的滑稽动作。"③后现代类像时代是一个由模型、符码和控制论所支配的信息与符号时代。任何商品化消费(包括文化艺术),都成为消费者社会心理实现和标示其社会地位、文

《生产之镜》英译本书影

---

① 博德里亚:《完美的罪行》,王为民译,北京:商务印书馆,2000年版,第43页。
② 同上书,第8页。
③ 同上书,第72页。

化品位、区别生活水准高下的文化符号。"长久以来,电视和大众传媒都走出了他们大众传媒的空间,从内部包围'现实'的生活……我们都相信自己的感受器,这就是因为生活过于相近、时间和距离萎陷而产生了强烈的雾视效果。……我们曾批评空想的、宗教的、思想的所有幻觉——当时是令人高兴的幻觉破灭的黄金时代。现在只剩下一个:对批评本身的幻觉。进入批评射程的客体——性、梦、工作、历史、权力——以它们自身的消失进行报复,反过来,产生出对真实事物的令人快慰的幻觉。由于不再有受害者可折磨,对批评的幻觉就自己苦恼了。比工业机器更糟,思想的齿轮处于技术性的停顿状态。在其行程的尽头,批评思想缠绕在自己身上。"①

事实上,当代传媒中的垃圾信息以各种高清晰的图像呈现出来,人们在购买消费、工作选举、填写意见或参加社会活动中,受到传媒不断的鼓动和教唆,大众由此而逐渐滋生一种对立厌恶情绪。于是,冷漠的大众变成了忧郁沉默的一群,社会也因缺乏反馈而消隐。不同阶级、不同的意识形态、不同文化形式之间,以及媒体的符号制造术与真实本身之间的各种界限均已消失。如此一来,"大众传媒的'表现'就导致一种普遍的虚拟,这种虚拟以其不间断的升级使现实终止。这种虚拟的基本概念,就是高清晰度。影像的虚拟,还有时间的虚拟(实时),音乐的虚拟(高保真),性的虚拟(淫画),思维的虚拟(人工智能),语言的虚拟(数字语言),身体的虚拟(遗传基因码和染色体组)。……人工智能不经意落入了一个太高的清晰度、一个对数据和运算的狂热曲解之中,此现象仅仅证明是已实现的对思维的空想。"②这一内在而真实的揭示,使人洞悉了当代技术至上主义的内在困境。

1997年世界上第一只克隆羊诞生

更为严重的是,当代人过分依赖计算机,"在普及的接口中,思维自身将变成虚拟的实在,合成影像或文字处理自动输入的等同物。……带着虚拟的实在以其所

---

① 博德里亚:《完美的罪行》,王为民译,北京:商务印书馆,2000年版,第29—30页。
② 同上书,第33—34页。

有的后果，我们走到了技术的尽头，站在作为非常表面的技术一边。在尽头的那一边，不再有可逆性、痕迹、甚至对先前世界的怀念。"①博德里亚对这种状况甚为忧虑，并进而注意到：非群体性的个体"软性"问题，诸如个人、身体、文化等，成为了当代理论关注的热点。殊不知，对计算机的依赖最终表征为对网络这一新传媒形式的依赖，巨大的页面浏览量已经正在使网络成为平面媒体之后的第四媒体，这种媒体巨大的盈利欲望造就设定了广告+电子商务（网上商店）的盈利模式，等着每一个打开网页浏览的人。于是消费和诱导就成功地结合起来。

第一台计算机诞生

现在世界盛行的是对理性本身的反动，而事实上理论家们又找不到取代理性之物，于是在思想的空场中，理性日益丧失其当代合法性。人们在日常生活中也日益重视偶然原则、赌博原则、机遇原则，于是抛弃理性标准成为这个时代的思维惯性，并遭遇到若干严重的后果。"大众传媒的真相就是：它们的功能是对世界的特殊、唯一、只叙述事件的特性进行中性化，代之以一个配备了多种相互同质、互为意义并互相参照的传媒的宇宙。在此范围内，它们互相成为内容——而这便是消费社会的总体'信息'。"②博德里亚已经看到后现代传媒在加剧人们心灵的异化、在肢解社会心理和个体心性的健全方面所造成的严重威胁，并进而对传媒在"文化工业"生产中销蚀意义的功能加以清算，这是颇具独到眼光的。

在一个技术崇拜的时代，复制成为这个世界的最大胆的谋划。"支配这个世界的不再是上帝，是我们自己的感觉器官。……我们甚至不再提亚当的脐的问题：是整个人类必须装上一个逼真的脐，只要我们身上不再有会把我们与真实世界连接起来的期待的任何痕迹。在一定的时间内，我们还是妇女所生，但不久，我们就和试管婴儿这一代人一起返回到亚当的无脐的状态：未来的人类将不再有脐。"③应该说，博德里亚对当代弊端的反思是沉痛而有深度的。在我看来，衡量一位思想家的最好的尺度，就是看它在所谓的流行文化或者泡沫文化前的反思性深度，以及对历史的深切了解所达到的文化批评悟性。只有庸俗的评论家，才会对一切新潮的东西低能地叫好，才会无原则地从事短期行为的平面性文化泡沫活动。

对技术性问题带来的负面效应，对当代新文化现象的剖析，使得博德里亚的分析上升到文化哲学高度。于是一种独特的人文悲情跃然纸上："我们既被吞食，又被吸收和完全排除。列维-斯特劳斯划分了两种文化：吸收、吞食和掠夺的文

---

① 博德里亚：《完美的罪行》，王为民译，北京：商务印书馆，2000年版，第35—36页。
② 博德里亚：《消费社会》，刘成富、全志刚译，南京：南京大学出版社，2000年版。
③ 同注释①，第25页。

化——吃人肉的文化,及呕吐、排出、驱逐的文化——吸人血的文化。但是,我们的文化,我们的当代文化似乎在两种文化之间,在最深入的结合:功能的结合、空间的结合、人的结合和最激进的排出,几乎是在生活必需的排斥之间实现了一个引人注目的综合。"[1]这种激愤的言辞在这部书中比比皆是,使《完美的罪行》成为当代人真实人生的独特写照,同时也是对现代性合法性的新质疑。

由此,我们清楚了精神生态已经失衡的世界和我们的思想平面化状态,进而重新思考价值平衡的可能性。因为,在现代性的境遇中,思想者的魅力不在于怂恿价值平面化,而是追问深度模式是怎样消失的,而且质疑那些现代性的罪行怎样被新的技术乌托邦修辞成为"完美"的。

二、消费社会中的日常生活精神颓败

消费源于人的需要,而人的需要可以不断制造出来。当代人缺乏交流、闭锁心灵和充满误解误读的现状,使博德里亚将思考的焦点放在后现代信息传播和消费社会中的人的价值存在研究上。一方面他关注电视传播的正负面效应,另一方面,关注消费社会中身体与自我问题、身体与他者问题、肉体取代灵魂而灵魂在肉体中沉睡问题。这诸多问题,已然成为今日文化研究所关注的救赎与解放的问题。

巨型广告刺激着人们的消费欲望

一般而言,当代消费社会具有几个明显特征。

其一,从消费社会根源而言,消费社会以最大限度攫取财富为目的,不断为大众制造新的欲望需要。在个人暴富的历史场景中,每个人都感到幸福生活就是更多地购物和消费,消费本身成为幸福生活的现世写照,成为人们互相攀比互相吹嘘的话语平台。社会物质不再是匮乏的而是过剩的,思想不再是珍贵的而是老生常谈的,节约不再是美德而是过时的陈词,社会财富这块大蛋糕等着人们疯狂地分而割之,"据为己有"成为"丰盛社会"的个体原则。

其二,消费意识的转化,超前消费和一掷万金成为时代精神的表征。消费社会运作结构善于将人们漫无边际的欲望投射到具体产品消费上去,使社会身份同消费品结合起来,消费构成一个欲望满足的对象系统,成为获得身份的商品符码体系和符号信仰的过程。加上广告的轰炸诱导,当代人不断膨胀自己的欲望,纷纷抛弃了独立思考的原则而加入到听从广告消费的物质饕餮大军之中,更多地占有更多地消费更多地享受成为消费社会中虚假的人生指南,甚至消费活动本身也成为人获得自由的精神假象。从而丧失了人与自然、人与社会、人与他人、人与自我的丰满社会存在关系,成为全面地商品拜物教的信徒。

---

[1] 博德里亚:《完美的罪行》,王为民译,北京:商务印书馆,2000年版,第39页。

正是基于消费社会的特殊性,在《消费社会》中,博德里亚鲜明而清晰地剖析消费社会中人与社会生产、人与物质消费、人与大众传媒、人与精神存在的多重关系。他强调将消费主义社会与工业资本主义社会加以比较,并注意到工业资本主义比消费主义少一些诱惑欺骗性,而消费社会却承诺其无法给予的普遍的"幸福"和通过消费达到的"自由",从而使"幸福自由"本身被消费化了。可以说,这部篇幅不大的书使博德里亚成为当今消费社会最为清醒的反思批判家,也使当代危机得以显豁。

首先是日常生活中的大众交流问题。

当今世界的物质性使得人们慢慢地变成了官能性物质性的人。人类生活在"物的时代",因不断张扬物质生活的合法性而贬低精神存在,而使人日益成为"物"。这就是博德里亚对当代人生活处境的总体判断,这一判断隐含了深刻的批判力量和忧患意识。

全球化使整个世界的运行速度加快并超速,速度本身成为人与团体成功的砝码。于是,大众交流中获得的不是现实,而是对现实产生的眩晕。这种眩晕不仅是日常生活的节奏加快所造成的,而且是主体在生活中不能真切地把握自身的存在,使日常生活成为生活的河床,并将这种意义加以碎片化造成的。"日常性提供了这样一种奇怪的混合情形:由舒适和被动性所证明出来的快慰,与有可能成为命运牺牲品的'犹豫的快乐'搅到了一起。"①面对种种日常社会现象的解释,需要关注这种日常生活为人们了解生命的意义提供了怎样的新视域,为观察变动不居的世界提供了怎样的新角度。因为日常生活与日常生活的批判是面对一种事物的不同阐释结果。

在这个后现代或者后物质时代,文化已经商品化,而商品又已经消费化。也就是说,文化只有成为商品进入市场,才能被"炒"作和被关注,而商品的价值已不再是商品本身是否能满足人的需要或具有交换价值。日常生活的意义正在于其消费性和个体欲望满足性。但是,博德里亚同时注意到事情更严重的一面:日常经济活动带来了公共环境的破坏。噪音、空气和水污染、自然的破坏和大型公共设施的建造,以及汽车的全球化后果,引起了巨大的技术上、心理上和人力上的赤字。这种现代性生活,使人在旋转的生活漩涡中感到世界的庞大和自身的渺小。生活的日常性逐渐演变为一种生活的挫折感并导致一种得过且过的犬儒主义流行。于是,一方面人在国民生产总值的增长中感到幸福生活为期不远,另一方面这种"增长"的神话"掩盖一种集体迷恋的巫术"②。因此,经济学家成为这个世界的权力运作人,他们一会儿坚持丰盛必将到来的神话,转眼之间又哀叹未来社会的物质匮乏和浪费,使得人生的意义在日常生活的低水平满足中,遗漏了最为重要的重心。在我看来,在日常生活和大众文化交流中,如何弄清个体存在意义,阐明在物质世界中

---

① 博德里亚:《消费社会》,刘成富、全志刚译,南京:南京大学出版社,2000年版,第14页。
② 同上书,第21页。

人的存在的精神性,以及透视经济生活导致的幸福神话,对从事文化研究和日常生活研究的人来说,殊为重要。

其次是消费社会的潜在危险。

消费生活与当代人的生存意义之间有不少差距。"生存意义"的价值贬抑在消费社会中往往意味着经济价值的增长。在日常生活消费中心论者看来,极大丰盛的物质在消费中才有实际意义,而精神生活则好像成为反日常生活的存在。在全球化语境中,创业者的传奇已到处让位于消费人的神话。"自我奋斗者"、创始人、先驱者、探险家和垦荒者的传奇色彩已经失效,不再是新生代的偶像。今天的极度消费的"大浪费者生活"亦已成为"简单的"日常生活,生活的意义仅仅是疯狂购物、过花天酒地、纸醉金迷的生活。生活的社会功能和意义在于"奢侈的、无益的、无度的消费功能"。当这一切成为全民共识时,消费中的惊人浪费就成为日常生活的合理景观。"在我们目前的体制中,这种戏剧性的浪费,不再具备它在原始节日与交换礼物的宗教节日里所具备的集体的、象征性的而且起决定作用的意义。这种不可思议的消耗也具有'个性'并由大众传媒来传播。"①

更为严重的是,在全球军备和扩军中,用于军事预算和国家官僚开支中的社会财富数额巨大:"这种浪费与赠送礼物的宗教节日里的象征性的方向毫不搭界,它是一种堕落的政治经济体制中绝望的、生死攸关的解决方法。这种最高层次的'消费'与个人对商品如饥似渴的渴望一样属于消费社会的一部分。……在这个社会中,浪费式消费已变成一种日常义务,一种类似于向接赋税的通常无形的强制性指令,一种对经济秩序束缚的不自觉的参与。"②可以说,如今的巨大浪费正是在国家的军事投资、官僚体制的维护、人们消费观念的转变上。这是造成当今社会仅仅追求发展速度和人人拼命竞争的根本原因。说到底,消费社会需要商品来维持这个社会良性发展的假象,而真实的命运是政府和个人在需要物质消费中摧毁这个社会的和平和持续发展。商品过度消费和刺激消费只会导致社会机体和心理慢性堕落。在这种慢性社会性自杀中,日常生活的原初意义未能得到应有的升华,相反,却使得体制性思想得以顺利征服所有的丧失自我主体的"消费人"。

消费人价值认同的形成,具有相当复杂的社会机制,除了整个生活质量、文化信念、消费程度的社会价值认同外,主要是个体身份的确认——在社会生活中找到自己的位置,获得整个社会的反馈和公认。在博德里亚看来,商品消费的象征符号表达不仅是某种流行式样风格,而且是名牌政治的声望和权力。人们在消费商品时已不仅仅是消费物品本身具有的内涵,而且是在消费物品所代表的社会身份符号价值。诸如富贵、浪漫、时髦、前卫、归属感等象征衍生价值就像异灵附身于商品上,散发出身份符号的魅力魅惑着消费者。消费者在一种被动迷醉状态下被物化成社会存在中的符号——自我身份确认。然而,在日益庞大的消费中,能够获得这

---

① 博德里亚:《消费社会》,刘成富、全志刚译,南京:南京大学出版社,2000年版,第28页。
② 同上书,第28—29页。

种自我身份的真实确认吗？应该说，用消费主义理念支撑的社会，完全有可能成为大众媒体与世俗文化主导的世俗社会。这种社会的运转机制和存在的问题都需要审理。

再次是广告中虚假幸福与民主的承诺。

大众传媒在不断地造成信息发出、传递、接受三维间的"中断"。传媒"炒"文化的负效应使人们不再重视心灵对话的可能性，传媒已成为一种话语权力的炒作。这种权力转化为金钱话语使得"广告"成为当代消费社会中的不倒翁。当代广告是商场货品的展示在空间上的巨大扩充。广告通过躯体欲望和消费需要的生产调动人们的内在欲望。在耸人听闻的广告词语后面的"幸福"话语，成为消费社会的人生意义"拯救"的代名词。广告在不断重复的"平等"和"自由"的广而告之中，消解了西方新教伦理对民众的精神垄断和行为规范。这种平等神话的出现，使得社会阶层在消费层面上达到平等，但这种所谓的平等掩盖了内在深刻的不平等。"这种'消息'话语和'消费'话语的精心配量在情感方面独独照顾后者，试图为广告指定一项充当背景、充当一种喋喋不休因而使人安心的网络功能，在这一网络中，通过广告短剧汇集了一切尘世沧桑。这些尘世沧桑，经过剪辑而变得中性化，于是自身也落到了共时消费之下。每日广播并非听上去那样杂乱无章：其有条不紊的轮换强制性地造成了唯一的接受模式，即消费模式。"①在消费体系中，广告明白无误地诱导和训导人们该怎样安顿自己的肉身，获得躯体感官的享乐。并由此使得大众彼此的模仿攀比，进入一个高消费的跟潮的消费主义状态。大众在模仿他者偶像之中"挪用"他者的形象，这种消费式的模仿将权力视觉化，或者将话语权力的表征表面化和商品化②。

当代理论家莱斯理·斯克莱尔在《文化帝国主义与在第三世界的消费主义文化意识形态》中认为：广告这种消费主义的文化意识形态传播的主要渠道，常常将自己装扮成教育的、至少是提供信息的正面行为。这存在一个问题：第三世界的大众媒体问题。对第三世界大众媒体以及其与广告的关系的研究，正适于着手研究消费主义的文化意识形态的运行方式。这一研究应在文化和媒体帝国主义的理论框架之内进行。广告的类型在国家和国家之间尽管有些微差别，在每日出版和定期出版的媒体、电台、电视以及露天宣传栏广告之间也有些差异，但是商品和服务广告的绝大多数都是与消费相关的，而无关于生产。媒体帝国主义在逻辑上是由文化帝国主义所导出的。如果允许美国或者西方对文化的控制，那么它显然是通过对大众媒体的控制来达到，因为它制造了使人服从于"霸权文化"的条件，并且限制了对它进行有效抵抗的可能性。

不难看到，现代广告传媒的权力集中体现在影视和广告播撒等具体形式上。现代生活离不开广告，以至于美国一个年仅16岁的少年，就已长期受到10万条广

---

① 博德里亚：《消费社会》，刘成富、全志刚译，南京：南京大学出版社，2000年版，第129页。
② 博德里亚：《物体系》，林志明译，上海：上海人民出版社，2001年版。

告的冲击。广告的负面效应在于:充满诱惑的广告本身就是一种世界性的言说方式,一种制约人的意识的不可选择的"选择"。而这消费至上所引发的人与人、人与社会、人与世界的紧张关系却不期然地被超前消费性生活包装所掩盖。在国际和国内问题成堆的今天,影视娱乐与传媒广告却无视这些一触即发的问题,甚至以表面的热闹掩盖这些问题,从而呈现不出任何时代中风的症候。正如博德里亚所说的那样"物的量的吸收是有限的,消化系统是有限的,但物的文化系统则是不确定的。相对说来,它还是个无关紧要的系统。广告的窍门和战略性价值就在于此:通过他人来激起每个人对物化社会的神话产生欲望。……机动、欲望、奇遇、刺激、别人的不断判断、不断发展的色情化、信息以及广告的煽动:所有这些在普遍竞争的现实背景中,构成了一种抽象的集体参与的命运。"①在这个虚拟时代,是真实的"现实"还是虚假的"复制品"已不再重要。相反,电子时代生产的虚拟形象比真实的现实还要"逼真"。

然而,这种"逼真"毕竟不是"真实"本身。人们看广告似乎常常觉得效果"正相反",上面吹得天花乱坠的同它实际上指涉的东西恰好自我消解。"问题"正是在其"没有说出的话"中无意透露的。"广告既不让人去理解,也不让人去学习,而是让人去希望,在此意义上,它是一种预言性话语。"②现代某些传媒广告在许诺人世间温情时又显示出钱权交易性。这种表面热闹的画面其本质是将虚设和冷漠作为其性格,其外热内冷的冷漠性表征出现代社会意识话语的冷漠性,并以其内部和外部的巨大反差显示了空隙的界限。这表明意识话语同真实历史的冲突关系,从而以自我揭露的方式不断消解虚假。当消费的意识形态通过传媒而上升为大众的显意识时,人们一旦误认为钱是生命中唯一意义所在时,社会的失序就不可避免。

在这个鼓励消费的社会体制中,尽管创造的机遇和分配的制度不是平等的,但"丰盛"社会的新结构使这一问题得到了重新解决。除了巨富以外,剩下的人被排斥在工业体系增长之外成了"穷人"。这样,消费社会中的民主问题凸现出来。社会真实平等如能力、责任、社会机遇、幸福和平等,转变成了在物以及社会成就的其他明显标志面前的平等,转变为地位、电视、汽车和音响的消费形式上的民主。博德里亚强调:"在社会矛盾和不平等方面,它又符合宪法中的形式民主。两者互为借口,共同形成了一种总体民主意识,而将民主的缺席以及平等的不可求的真相掩藏了起来。"③人们在消费社会中被虚假的自我平衡——崇尚同一时装、在电视上观看同一个节目、大家一起去某俱乐部等所迷惑,甚至用消费平均化术语来掩盖真实问题,其本身就已经是用商品消费与符码标志,来替代对真正不平等问题和对其进行的逻辑的和社会学的分析。问题的深层在于,在当代社会中,电视正在对"公共领域"和"私人领域"间的界限加以消解,从而使得一切私人生活空间都有可能

---

① 博德里亚:《消费社会》,刘成富、全志刚译,南京:南京大学出版社,2000年版,第52—53页。
② 同上书,第137页。
③ 同上书,第33页。

被公众化。

最后是人造物质的丰富与自然权力的匮乏。

人造物质的丰富与自然权力的匮乏,跨国传媒的意识形态化造成的东方对西方"文化霸权"的潜移默化的认同,这意味着消费主义的一元性正在排斥其他生活方式和存在方式。一方面是人造物质日益过剩:消费、信息、通讯、文化均由体制安排并组织成新的生产力,以获取最大利润也完成了"从一种暴力结构向另一种非暴力结构转化:它以丰盛和消费替代剥削和战争。"①另一方面,是自然物质权力的日益匮乏,即城市工业界的影响使得新的稀有之物出现:"空间和时间、纯净空气、绿色、水、宁静……在生产资料和服务大量提供的时候,一些过去无需花钱唾手可得的财富却变成了唯有特要者才能享用的奢侈品。"②在空调、手表、电视机、汽车等日益过剩而贬值的状况下,"绿色"却成为昂贵而需要重新争夺的资源。如今,人们热衷于谈论健康权、空间权、健美权、假期权、知识权和文化权。那么是谁剥夺了这些自然权力?是谁在重新分配这些自然权力?在博德里亚看来,"新鲜空气权"意味着作为自然财富的新鲜空气的损失,意味着向商品地位的过渡,意味着不平等的社会再分配。这种盲目拜物的逻辑就是消费的意识形态③。

可以认为,极度生产以及耗费资源,庞大的消费主义并刺激消费欲望,日益成为人们生活大循环中的癌症,使一种丧失了简朴的精神生活状态成为当代物质过剩中的精神贫乏常态。面对这种当代生存状态,应该反思现代性社会的合法性问题。因为"物质的增长不仅意味着需求增长,以及财富与需求之间的某种不平衡,而且意味着在需求增长与生产力增长之间这种不平衡本身的增长。'心理贫困化'产生于此。潜在的、慢性的危机状态本身,在功能上与物质增长是联系在一起的。但后者会走向中断的界限,导致爆炸性的矛盾。"④博德里亚的警告并非耸人听闻,而是将物质丰富化与心理贫困化联系起来,并将过度的物质消费同人的精神生态问题贯穿起来。

三、商品拜物教中的人文审美生态危机

消费社会中精神生态问题,关涉人类的未来发展。正唯此,博德里亚尤其关注以下紧迫问题:

第一,城市的异化与人的片断化。

城市从西美尔开始就被看成是现代性中一个重要的场域,是现代性膨胀的温床。城市对现代性从生产本位主义的选择与暴富到消费的无限性,提供了最好的竞争和分配场所。在其中,人与自我的关系被虚拟化、神秘化,变得更有利于操作。

---

① 博德里亚:《消费社会》,刘成富、全志刚译,南京:南京大学出版社,2000年版,第42页。
② 同上书,第43页。
③ 同上书,第44—45页。
④ 同上书,第51页。

人们在消费物的同时也消费这种主体成功的神话。于是,对一个自由的、有意识的主体提出永恒价值的假设,便成为一种过时晚装。如今,"消费是一个系统,它维护着符号秩序和组织完整:因此它既是一种道德(一种理想价值体系),也是一种沟通体系,一种交换结构"①。事实上,流通、购买、销售、对财富及物品符码的占有,构成了当代社会语汇和行为的编码,整个社会都在物质和消费层面上获得沟通和交谈。这种消费结构,使得个体的需求及享受成为关键词:"这里起作用的不再是欲望,甚至也不是'品味'或特殊爱好,而是被一种扩散了的牵挂挑动起来的普遍好奇——这便是'娱乐道德',其中充满了自娱的绝对命令,即深入开发能使自我兴奋、享受、满意的一切可能性。"②

格奥尔格·西美尔(1858—1918)

在"消费主义"风靡之时,个体就进入到大众生活逻辑之中,成为一种弥漫在世界逻辑中的新型权力话语,并有效地排除了人与人之间、群体与群体之间面对面的直接交流的需要,从而使文化传播成为一种世俗性的间隔方式。伴随着数码复制的新传媒方式的出现,一种新的大众生活交流方式已然来临,同时也将新的问题摆在了我们面前。

第二,文化消费与"媚俗"的审美时尚。

文化消费中的最严重问题在于精神性的"文化危害",又称为"智力危害"。一种文化模式被另一种话语体系重新论述,并且抽离历史维度而成为一种非历史的

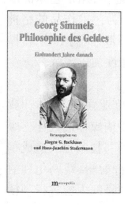

《货币哲学》书影

替代品时,就变成了消费对象。这在大众传媒的网络时代尤其明显。过分的文化消费是对历史的平面化消解,或者对被消费对象进行滑稽追忆,在这个过程中,一切曾经严肃发生的事情都被加以调侃模仿和游戏化消解。这样,"大众传播将文化和知识排斥在外。它决不可能让那些真正象征性或说教性的过程发生作用,因为那将会损害这一仪式意义所在的集体参与——这种参与只有通过一种礼拜仪式、一套被精心抽空了意义内容的符号形式编码才能得以实现"③。这意味着,艺术作品不再成为特殊时间和空间中的被欣赏对象而孤芳自赏,相反,消费大众感到艺术品带来的真正快乐在于在文化工业再生产中可以制造出价廉物美的艺术品"备份"。

于是,在博德里亚看来,媚俗成为时代审美的风尚,那些过分粉饰的、伪造的

---

① 博德里亚:《消费社会》,刘成富、全志刚译,南京:南京大学出版社,2000年版,第68页。
② 同上书,第73页。
③ 同上书,第105页。

"蹩脚"物品,附属物品、民间小杂什、"纪念品",成为人们生活中的装饰品。"媚俗有一种独特的价值贫乏,而这种价值贫乏是与一种最大的统计效益联系在一起的:某些阶级整个地占有着它。与此相对的是那些稀缺物品的最大独特品质,这是与它们的有限主体联系在一起的。这里与'美'并不相干:相干的是独特性,而这是一种社会学功能。"①在媚俗而贫乏的文化氛围中,人们分成不同的阶层并形成日益弱化着自身的欣赏趣味。"媚俗"提出了其"模拟美学"——失去原作精神的滑稽模仿。这种缺乏实际操作意义的对功能的模拟美学,与社会赋予媚俗的功能相关。"这一功能便是,表达阶级的社会预期和愿望以及对具有高等阶级形式、风尚和符号的某种文化的虚幻参与;这是一种导致了物品亚文化的文化适应美学。"②

联结在传媒系统中媚俗,并在多重传播与接受过程中,将不同人的思想、价值认同整合为同一观念模式和同一价值认同。这种传媒介入所造成的私人空间公众化和世界"类像化"和家庭化,导致了传媒的全球化倾向。从此,"媚俗美学"成为后传播时代的审美风尚,即美学已渗透到了经济、政治、文化以及日常生活中,因而丧失了其自主性和特殊性。"可以把流行定义为心理认知不同层次的一种游戏或操作:一种心理的立体主义,它不根据空间分析,而根据整个文化,以其知识和技术装备,如客观现实、反映写照、绘画表现、技术表现(摄影)、抽象概括、推论叙述等等为出发点在几个世纪的过程中制定的种种认知模态来寻求对物品进行衍射。另一方面,音标的使用和工业技术造成了分割模式、双重模式、抽象模式、重复模式。"③这导致艺术判断的丧失和艺术市场标准的丧失:一方面是媚俗艺术品漫天要价,使得价格不再代表作品的相对价值,而只是表现了一种"价值的疯狂"和价格的暴力;另一方面,是消费逻辑取消了艺术表现的传统崇高地位,媚俗艺术品成为一个身份和地位的矫情的符码。更为严重的是,将日常性作为艺术作品的精神气质,在重复之中显示重复的乏味,或者在作品中注重对象的日常性、偶然性、粗糙性,使艺术成为生活无力的附庸品,从而将艺术的独创性和革命性加以消解。

第三,电视播撒与消费心理模式。

电视传媒指出的事件是打上了权力话语的烙印的。博德里亚强调,媒体让我们看到的世界以牺牲世界的丰富性为代价。人成为媒体的附属或媒体的延伸。媒体将人类化,使人只能如此看、如此听、如此想。"大众传播的这一技术程式造成了某一类非常具有强制性的信息:信息消费之信息,即对世界进行剪辑、戏剧化和曲解的信息,以及把消息当成商品一样进行赋值的信息、对作为符号的内容进行颂扬的信息。简而言之,这是一种包装。"④

人从接受的主体成为媒体的隶属品——终端接收器,接收储存了很多信息,而

---

① 博德里亚:《消费社会》,刘成富、全志刚译,南京:南京大学出版社,2000年版,第114页。
② 同上书,第115页。
③ 同上书,第126页。
④ 同上书,第130页。

人类首次传送电视节目

却无法处理,因为人脑已被这些信息塞得满满的,人从思想的动物退化为储存信息的动物,并因超负荷的信息堵塞而导致信息膨胀焦虑症和信息紊乱综合征。"电视带来的'信息',并非它传送的画面,而是它造成的新的关系和感知模式、家庭和集团传统结构的改变。谈得更远一些,在电视和当代大众传媒的情形中,被接受、吸收、'消费'的,与其说是某个场景,不如说是所有场景的潜在性。"①电视始终将不同文化、不同习俗、不同品味、不同阶层的人联结在传媒系统中,并在多重传播与接受过程中,将不同人的思想、体验、价值认同和心理欲望都"整流"为同一频道、同一观念模式和同一价值认同。在这里,人与世界、人与自我、人与他人的对立似乎消失了,似乎不再有主体与客体的对立,不存在超越性和深度性,不再有舞台和镜像,只有网络与屏幕,只有操作的单向涉入与接受的被动性②。

不可忽视的是,电视在根据某种编码规则对现实进行了重新诠释后又不加区别地将它们播发出来。这一编码规则既是一种意识形态结构,也是一种充满大众文化意识形态的编码规则的技术结构。"大众传媒化消费中的意义转向、政治的非政治化、文化的非文化化、主体的非性化都是超越于对内容的'肆意'重新诠释之上的。一切都是在形式上发生了改变:无论何处,在真实的地点和场所之中,都有完全产自编码规则要素组合的一种'新现实'的替代品。"③同时,媒体具有"敞开"(呈现)和"遮蔽"(误导)二重性,当今世界通过镜头组接以后的弥天大谎层出不穷,甚至电脑特技制造的"真实的谎言"或"虚假的真实"都随处可见。于是,媒体不断地造成各种"热点"和"事端",媒体成为当代价值的命名者——在制造虚假和谎言的同时,不断地塞给人们虚假的幸福感和存在感。"电视传媒通过其技术组织所承载的,是一个可以任意显像、任意剪辑并可用画面解读的世界的思想(意识形态)。它承载着的意识形态是,那个对已变成符号系统的世界进行解读的系统是万

---

① 博德里亚:《消费社会》,刘成富、全志刚译,南京:南京大学出版社,2000年版,第131页。
② Baudrillard, J. *The Ecstasy of Communication*, New York: Semioteat, 1998, p.12.
③ 同注释①,第135页。

能的。电视只是希望能成为一个缺席世界的元语言。"①

德里达喜欢边看电视边工作

人们通过媒体看到的是,媒体与其他媒体之间不断参照、传译、转录、拼接而成的"超真实"、"超文本"的媒体语境,一个"模拟"组合的"数码复制"的世界。这种复制和再复制使得世界走向我们时,变得主观而疏离。"它就这样伪造了一种消费总体性,按麦克卢汉的说法就是使消费者们重新部落化,就是说通过一种同谋关系、一种与信息但更主要是与媒介自身及其编码规则相适应的内在、即时的勾结关系,透过每一个消费者而瞄准了所有其他消费者,又透过所有其他消费者瞄准了每一个消费者。"②尤其是多媒体电脑加工的文化品,更日益成为沟通中的"绝缘体"。传媒在多频道全天候的持续播出中,人不断接受储存很多芜杂的信息,而这些信息却无法处理,并因超负荷的信息填塞而导致信息膨胀焦虑症和信息紊乱综合征。

当然,传媒在促进人们彼此间的信息交流方面,提供了快捷多样的形式。拒绝传媒是愚蠢的,然而同时又必须看到,大众传播行使自己的权力时,又在不断地造成信息发出、传递、接受三维间的"中断"。传媒"炒"文化的负效应,使人们跟着影视的诱导和广告的诱惑去确立自身的行为方式,传媒的全能性介入中断了人的独处内省和人我间的交谈。大众传播的单向度属性,是一种"无回应"缺乏反馈的话语输出,但是其自由选择模式掩盖了这种"无回应话语"的不平等话语权力实质。"电视广播传媒提供的、被无意识地深深地解码了并'消费了'的真正信息,并不是通过音像展示出来的内容,而是与这些传媒的技术实质本身联系着的、使事物与现实相脱节而变成互相承接的等同符号的那种强制模式。"③人们凝视电视而达到一种"出神忘我"的状态,这实际上是一种"窥视欲"的生产与再生产。人们借助电影、视盘、电视可以窥视他人的生活,乃至犯罪的过程、性与暴力的过程。人们的私有空间成了媒体聚焦之所,整个世界方方面面的事又不必要地展现在家里。尤其

---

① 博德里亚:《消费社会》,刘成富、全志刚译,南京:南京大学出版社,2000年版,第131页。
② 同上书,第133页。
③ 同上书,第130页。

是那些矫情的、色情的、无情的片子,更是使人在迷醉中得到下意识欲望的满足又膨胀出更刺激的欲望。不难看出,这种传媒介入所造成的私人空间公众化和世界"类像"的家庭化,导致了传媒(尤其是卫视)的世界一体化,从而使紊乱的信息传播全球化。这一方面有可能使信息扩张和误读造成"文明的冲突",另一方面,传媒信息的膨胀因失去控制而使当代人处于新的一轮精神分裂和欲望怂恿的失控状态之中。

第四,身体策略与生命自恋。

人们在放弃了最终的价值承诺以后,开始在消费社会中充分地享受身体欲望的放纵。于是,"在经历了一千年的清教传统之后,对它作为身体和性解放符号的'重新发现'。人们给它套上的卫生保健学、营养学、医疗学的光环,时时萦绕心头的对青春、美貌、阳刚、阴柔之气的追求,以及附带的护理、饮食制度、健身实践和包裹着它的快感神话——今天的一切都证明身体变成了救赎物品。在这一心理和意识形态功能中它彻底取代了灵魂"①。

身体在消费神话中成为新的神话:人具有自己的"处身性",人的本质不再是一些抽象的形式原则,而是充满肉体欲望和现代感觉的"生命"。身体已经从"面容之美"的表现走向了"躯体之力"的表现,从精神意象的呈现走向了欲望肉体的展示。身体成为肉体性、享受性和存在性的证明,脸逐渐被肉体所取代。不仅如此,身体地位成为一种文化表征,在文化话语中,身体关系的组织模式都反映了事物关系的组织模式及社会关系的组织模式。这要求社会说明:身体"这一话语是如何打着协调每个人与自己身体关系的幌子,在主体与作为双重威胁的客观身体之间,重新引入了与社会生活关系相同的关系、与社会关系的规定性相同的规定性:讹诈、镇压、被迫害综合征、配偶神经症"②。身体的痛苦和走向死亡的灵魂,使得消费社会中个体神经处于高度敏感和麻木无感两极之间。身体欲望由于金钱的强势牵扯,已经很难对真正的精神价值作出切实的判断。

身体的满足成为灵魂逃亡的最新形式——休闲本身的意识形态。于是,在消费中进行集体性的身体"指导性自恋",成为今天社会欲望再生产的一个无穷宝库。"休息、放松、散心、消遣也许都是出于'需要',但它们自身并没有规定对休闲本身的苛求,即对时间的消费。自由时间,也许意味着人们用以填满它的种种游戏活动,但它首先意味着可以自由地耗费时间,有时是将它'消磨'掉,纯粹地浪费掉。"③休闲并非是对时间的自由支配,那只是它的一个标签。在错觉的年代,身体的外表前所未有地成为虚假的美丽修饰,身体策略成为刺激生命原始欲望的方式。人们在高速社会节奏中,将身体和欲望作为交换价值并被它所操纵,个体在日常生活的错觉中,自觉主动地变成了金钱和时间的附庸。

---

① 博德里亚:《消费社会》,刘成富、全志刚译,南京:南京大学出版社,2000年版,第138页。
② 同上书,第141页。
③ 同上书,第171页。

博德里亚所描述的后现代消费社会,是一个充满风险和危机的社会,隐藏在这个社会表面正常背后的,是模态社会的支配性权力结构。现代性理性在纯粹肉身欲望的冲击中,已经成为理性的碎片,并遭遇到非理性意志全面侵占。享乐主义拜金主义成为整个世界的生存法则,如今的人生指南已经不再是由思想者发出,而是由电视消费广告播撒。消费成为刺激欲望再生产欲望的人生道德主宰,人在消费欲望之流中才能感到自己的存在意义。消费欲望终于在金钱经济支配的大城市生活中树立起来,它在推动现代人去涉猎私人权力和私人空间当中,却开始抛弃了公共空间和公共权力。随着这种身体空间感和生命时间感的进一步加固,由身体状态的膨胀就引申出这样的当代文化意识形态:个体对异化社会的反抗是没有意义的,坚持理想精神同样是凌空蹈虚而无实际利益的,个人无限制地获取欲望满足是正当的,所以无论怎样沉醉在消费中都不过分。在这样的逻辑之下,凡是满足欲望的消费就具有终极合法性,凡是个体身体的欲望就只能释放出来。这样一来,社会意识形态整体上转化为消费意识形态,并不断被消费意识话语所控制。于是,人类的道德体系和心智原则有限性终于让位于个体消费欲望的无限性,消费神话在价值失范和道德滑坡中变得漠然起来。

应该说,在西马学者执著于社会异化、意识形态、阶级斗争、希望与绝望问题之后,文化学家开始关注平等、消费、电视、身体等问题;在解释学与解构学争论文本意义的正读与误读、差异与共识时,消费文化研究深入到日常生活的机制,分析内在运作机制和话语表征关系、文化意识转型。这种从巨型社会文化意识形态分析到微型文化消费意识形态的转化,使得当代危机问题有可能得到真实的显露。

四、白色社会中的后现代镜像

精神生态问题成为当代问题的汇聚点,有其自身的发展逻辑。在全球化消费主义发展进程中,自然生态和精神生态成为一个问题的两个方面。因为 ego(自我)与 eco(生态)有着内在的和谐联系,需要均衡发展。然而,在这个被博德里亚称为日常消费生活的"白色社会"中,这种和谐却被一再地破坏了。博德里亚不断审理全球化文化生态失衡在社会心理和个体心性的健全方面所造成的威胁,并进而对传媒在"文化工业"生产中销蚀意义的功能加以清算,是有批判眼光的。

生产过剩的"丰盛"社会中,当代人的活法是"白色"的——没有感情介入,没有形而上冲动,也不可能再有异端邪说。在博德里亚看来,后现代时期的商品价值已不再取决于商品本身是否能满足人的需要或具有交换价值,而是取决于交换体系中作为文化功能的符码。这是一个充斥着预防性白色的饱和了的社会,一个没有眩晕没有历史深度的社会,一个除了物质神话或者不断制造神话之外,没有其他精神神话可以立足的消费社会。也许只有激进的革命的突发事件和意外的分化瓦解才能打碎这"白色的弥撒"。

在这个日常消费生活的"白色社会"中,我们应该听听思想家的警示:"在利用公共交通工具的情况下,每一个他人都和其他人一样。这样的杂然共在把本己的此在完全消解在'他人的'存在方式中,而各具差别和突出之处的他人则又更其消失不见了。在这种不触目而又不能定局的情况中,常人展开了他的真正独裁。常人怎样享乐,我们就怎样享乐;常人对文学艺术怎样阅读怎样判断,我们就怎样阅读怎样判断;以至常人怎样从'大众'中抽身,我们也就怎样抽身;常人对什么东西愤怒,我们就对什么东西'愤怒'。这个常人不是任何确定的人,而一切人(却不是作为总和)都是这个常人,就是这个常人指定着日常生活的存在方式。"①海德格尔的话,敲响了现代性日常生活世界享乐中"常人"的危险警钟。

布迪厄在《现代世界知识分子的角色》中也认为:经济对人文和科学研究的控制在学科中变得日益明显。知识分子发现,他们越来越被排除在公共论辩之外,而越来越多的人(技术官僚、新闻记者、负责公众意见调查的人、营销顾问等)却赋予自己一种知识分子权威,以行使政治权力。这些新贵声称他们的技术或经济—政治文化具有超越传统文化,特别是文学和哲学的优越性。传统文化发现自己被贬到无用、雌伏的地位。传统式的知识分子的预言功能被抛弃。"这一套机构只是电视行使了一种形式特别有害的象征暴力。象征暴力是一种通过施行者与承受者的合谋和默契而施加的一种暴力,通常双方都意识不到自己是在施行或在承受……电视成了影响着很大一部分人头脑的某种垄断机器。然而只关注社会新闻,把宝贵的时间浪费在空洞无聊或者无关痛痒的谈资上,这样一来,便排斥了公众为行使民主权利应该掌握的重要信息"②。

斯洛文尼亚思想家斯拉沃热·齐泽克(Slavoj Zizek),更是从精神内层注意到当代人精神和存在中具有的难以言清的精神错乱症候,他从拉康的心理分析视角重新描述人类思想和人类欲望的基本结构,认为社会共同体的功能已经失调,每个个体在灵肉濒临崩溃、矛盾焦虑的同时,也在文明内部冲突的现实压力下寻求身份和欲望的妥协:"我们今天亲眼目睹的冲突,与其说是不同文明之间的冲突,不如说是同一文明内部的冲突。也就是说,我们要睁大眼睛看一看,这种'文明冲突'究竟是因何而起的? 眼前正在发生的真正'冲突',不都显然与全球资本主义的扩张密切相关吗? ……只有在每一个社会都承认,将其撕裂的'冲突'来自其内部,不同社会之间的真正接触才是可能的,这种接触是以参与统一斗争的共同经验为基础的。"③这事实上就把个体内部的欲望同全球化导致的文明内部的冲突联系起来了。

应该看到,整个西方社会运动尖锐对峙的矛盾开始为追求幸福生活的信念所抚平,社会境况日益成为消费性的和科技中心的,科技成了新意识形态。政治和文化的尖锐冲突随着时间的冲洗,其价值观、自我的政治观,逐渐为生活的有序感、现

---

① 海德格尔:《存在与时间》,陈嘉映、王庆节译,北京:三联书店,1987年版,第156页。
② 布尔迪厄:《关于电视》,许钧译,沈阳:辽宁教育出版社,2000年版,第14—15页。
③ 斯拉沃热·齐泽克:《意识形态崇高客体》,季广茂译,北京:中央编译出版社,2002年版,中文版序,第7—10页。

斯拉沃热·齐泽克(1949—　)

实的身份感和理想的幻灭感所取代。于是,人们更多地感到社会共同体中的地位,在整个政治谱系中存在认同意义的延续性,这一延续性意味着政治责任感的持续影响和自己新身份的不断改写。

　　消费世纪是资本符号下加速了的生产力扩展的结果,因而这个世纪是彻底异化的世纪。商品逻辑成为整个人类生活的逻辑,后现代消费逻辑不仅支配着生产的物质产品,而且支配着整个文化、性欲、人际关系,以至个体的幻象和冲动。在博德里亚看来,"一切都由这一逻辑决定着,这不仅在于一切功能、一切需求都被具体化、被操纵为利益的话语,而且在于一个更为深刻的方面,即一切都被戏剧化了,也就是说,被展现、挑动、被编排为形象、符号和可消费的范型"①。人类目前正处于一个后现代类像时代,计算机、信息处理、媒体、自动控制系统以及按照类像符码和模型而形成的社会组织,已经取代了生产的地位,成为社会的组织原则。

　　不难看到,博德里亚已经洞悉后现代文化在社会心理和个体心性的健全方面所造成的威胁,并进而对"文化工业"销蚀意义的功能加以清算。他对后现代传媒的审理,进入到后现代理论本身的审理,认为其理论模式已经被"后现代化"——理论不再是反思和划定边界,而是为了迎合当今时代的快速、时髦、肤浅和片断化特征。理论在这种自我蒸发中变成了一种"超级商品",成为无思时代兜售和宣扬最时髦消费意识和人生态度的一种谎言工具而已。

　　对完美的罪行的分析、对类像世界和指涉关系的批判,和对消费社会的审理,使博德里亚注重后传播时代类像流中运作的权力关系和意义消解问题。因为这种不断复制传播的、内爆的、虚假的类像,使得世界上的政治经济文化消失了界限,社会万象处于目眩神迷的变幻流动之中,哲学话语、社会理论、大众传播理论及政治理论的边缘正在侵蚀消融,甚至不同社会形态和意识形态结构都不再壁垒森严,而是在消费主义中内爆为一种无差别的类像流,一种现实与类像彼此不分的新状态。而且,消费社会物品符号体系中的物品意义,并不局限于它的物质性和功能性,而

---

①　博德里亚:《消费社会》,刘成富、全志刚译,南京:南京大学出版社,2000年版,第224页。

是因"时尚流行"而增益意义①。但是这种现实与类像部分的状态中的问题却相当复杂。法国"五月风暴"后,资本主义社会中传统正统的、官方的价值观伦理观受到前所未有的质疑和消解。解构主义后现代主义对当代电影、电视、小说、社会新闻等文化商品加以权力运作,不断颠覆着各种社会秩序文化禁忌,张扬造反的文化嬉皮士和大众丑学。如此一来,影视传媒中的黑道大盗、冷面杀手成了时代的英雄和人们仿效的对象,镜头的血腥感成为刺激都市人惰性生活的兴奋剂,欲望写作和激情戏成为感官压迫和解放的动力,传媒调动一切手段刺激人们放纵自己的欲望,挑动身体感觉、本能情绪、形下器官的后现代手法日渐满足人们的窥视欲。

于是,文化颓败不可避免地推倒了自己的第一块多米诺骨牌。文化的商品化和文化的世俗化并没有消解官方主流文化,而是日益消解着知识分子的精英文化,并常常打着"主流文化"的招牌或者与之合流,进行世俗文化的扩充和当代文化的混杂,使当代社会在全面繁荣的假象下,诞生出内在的意义危机,并播撒着文化商品正使社会价值系统崩溃的文化病毒。

五、意义与局限

进入 80 年代,博德里亚面对现实的尖锐问题而更加勤奋地写作,出版了《致命的策略》(1983)、《扭曲的神性》(1987)、《冷静的回忆》(1987)、《痛苦的昭示》(1990)等著作,并被大量译介到英语世界,不断地确立其后现代文化理论家的地位。在反响很大的《致命的策略》中,他依照西方主流学界提出的"主体的消解"论,进一步拆解主体地位和存在价值,要求主体放弃它主宰客体世界的欲求,使自己成为一个具有客观主义立场的后现代物质主义者。从某意义上说,那种文艺复兴时期以来的主体的人,那种具有绝对主体价值的大写的"人",那种被整个西方传统锻造成主体神话"人",在后现代后殖民时期缺席了。于是"个性化"填充了这个缺席的主体"人"的地位,并且以其日常生活的方式使任何想重建主体之人的想法归于落空。应该说,博德里亚的文化研究理论对"个体身体"私人空间的重视,对过去那种唯理性的否定感性生命的做法,确有纠偏作用。但是这种"跟着欲望走",使当代消费主义在个体的狭窄空间中不断播撒非主体意识,从而使当代个体肉身膨胀中,少了一种社会价值的内在焦虑感而重新被物化为白色的"客体"。

于是,"致命的策略"就成为——将任何逻辑推导极限,从而使其走向自身的反面:消费社会的极限就是无止境地疯狂消费,传媒的极限就是彻底抛弃形而上学而追逐世俗化,从而使这个理性社会走向反面——非理性。在我看来,博德里亚已经面对后现代传媒社会的病灶却无力开出药方,这种所谓极端的"策略"本身是"致命"的。因为现代化所带来的消费的全球化,不是通过怂恿和推到极限就可以复归的,相反,这种丧失了人文知识分子精神吁求的非理性做法,可能是雪上加霜,

---

① 博德里亚:《拟仿物与拟像》,洪凌译,台北:时报文化出版企业公司,1998 年版;博德里亚:《物体系》,林志明译,上海:上海人民出版社,2001 年版。

后果不堪设想。这里,也可以看到博德里亚理论的内在困境。

同福柯、德里达、拉康相比,博德里亚的思想影响的深度和广度都不能与之比肩。但80年代后期,博德里亚的主要著作被广泛译介,参与了后现代谱系的重新修订,并很快确立其后现代理论家的地位。尽管在社会知识谱系分析、形而上学的颠覆、话语心理无意识结构的剖析上,博德里亚理论缺乏原创性深度性,但在对消费社会、传播机制、文化心理制约、后现代文化权力运作等方面的研究,无疑具有独到的创建性和启发性,并成为当代十分热门的"文化研究"和"文化批评"的理论基础。因而,博德里亚学说具有不容忽视的当代意义。

其一,在对商品拜物教的分析中,博德里亚的分析超越了霍克海默和阿多诺的西马分析模式,而采用后现代式的话语权力分析方式——不仅否认直接经验之下有任何实在意义存在,而且不再希望在表层后面能够寻到深层本质,在虚拟形象后面有任何真实阐释"深度模式"。其所绘出的后现代社会大众传媒的图景,在某种意义上提供了一种阐释后现代社会镜像的新视角。

其二,在后现代时期,政治经济文化哲学和艺术美学上的转变是根本性的,无论是从经济上清理跨国资本运作与文化霸权的关系,还是从政治上看全球化中的东方主义与西方主义的权力角逐,无论是从文化上看数码复制时代的平面化问题,还是从大众传媒和消费社会的种种问题看人类话语泡沫中的失语,都能发现某种新视域和新问题。具体地说,消费社会已经进入一种文化身份的符号争斗中。商品权力话语消解了高雅文化的壁垒而与通俗文化合谋,轻而易举地通过大众传媒侵入到当代文化的神经,将日常生活作为市场需求和世俗文化模式设定为当下社会文化的普遍原则,并企图将消费主义作为当代人生活的合法性底线。于是在哲学"元话语"失效和中心性、同一性话语消失后,人们在焦虑、绝望中寻找到挽救信仰危机的解救方法。然而传统美学趣味和深度的消失使得"表征紊乱"成为时代的症结,本能欲望的满足和怂恿成为消费时代的焦虑。因而后现代消费时代问题的袒露性,显示出这个时代的复杂性,并对当代问题的深层面揭开了重要的一角。

其三,西方"他者"的警示作用。后现代大众传播和消费社会是西方社会的现实写照,这一问题在全球化的播撒中已经逐渐延伸进当代中国大众生活。中国近年来出现的消费主义思潮和电视媒体膨胀的世俗化倾向,已经和正在深刻地改变着当代中国个体空间和大众场域。博德里亚文化理论提醒我们对知识生产重新理解和认识,对其立场、前提、利益冲突、文化产业资本加以深切的反思。应该说,当代中国学者面对的是一系列复杂的世纪之交的问题,除了第一世界所面临的"现代与后现代"传媒和消费问题外,第三世界也面临"现代性转型"问题。因此,如何张扬一种健康的文化,而非一种颓败的文化,如何保持文化理论的有效性和合法性,对各种文化符号资本在社会中的权力运作加以分析定位,并对一切文化特权加以质疑,必得成为我们思考的重要层面。

在我看来,博德里亚消费社会和大众传播理论的新颖意义,是与他理论内在的局限是矛盾地混合在一起的,这种理论局限性需要深入考察。

首先,过分强调丧失深度价值的传媒时代的技术中心主义情结。除了消费的名牌政治和大众传媒的虚假身份外,其他似乎都不再具有意义。现实与符号象征再现的区别在象征领域已然被取消,这使生活在象征境遇中的人类沟通模式遭到改写——从手写文明到印刷文明和电子媒体,形成新的"真实虚拟"的沟通系统。这种不同含义的意义编码构成了文化的多重症候,对应着人类文化心灵的各个层面,但由于符号象征系统还能指涉未经编码的内容,因而与其现实的对象又处于非对称状态,使得现实在被感知时成为一种虚拟的状态,成为多余的剩余物,人们就被置于一种"超实在"(hyper reality)虚无中①。应该说,博德里亚的这种虚拟理论的关键在于,他已经取消了现实的第一性问题,将观念对现实的折射过分夸大。同时,值得注意的是,传统意识形态是文字时代用文字与精神意识的对称性来谈论问题,而类像时代是图文时代甚至图图时代,用类像的图文表征问题。于是,永无休止的为新而创新的传媒形式使最时尚的消费形式成为时代中心,并耗尽了当代人精神内容和信仰形式的全部资源,使当代人整体价值观念和生活方式正在发生着深刻的变异。

其次,消费主义成为时代精神和个体享乐的问题。无论如何,在后现代高速发展的经济战车中,人们基于对社会个体身份和历史虚无的理解,不再将理想主义作为自己的存身之道,而是将消费主义作为达到世俗幸福的捷径。于是消费成为获得身份建构自身以及建构与他人关系的关键环节,甚至成为支撑现行体制和团体机构生存发展的润滑剂。消费不再是为了刺激再生产,而是在名牌政治化和时尚崇尚克隆中呈现当代崇洋心态——商品拜物教和西方中心观念。"消费"心态观念与"西方"名牌政治,终于成为一个铜币的两面。

形而上学理想化到大众传媒时代世俗化的进程,可以看到西方最前沿的历史文化轨迹和精神蜕变脉络。这一脉络表明,从现代社会进入后现代社会以后,每个人的生活维度都不再是单维的,而是集体网络关系中的一员,具有相互交往链接的深层因素和变异的可能性。这种身份和认同是相互作用的,一个人虽然具有多重身份,但最主要的身份是通过社会交往和社会传播获得社会认同。社会认同是随着时间的流逝、政治身份的变化以及他人合作方式的空间转换而相对固定的某种文化属性。这种文化社会身份不是一成不变的,因为身份认同是通过社会过程形成的,随着社会关系的重新组合,在共同语境中不断获得修正和重塑。大众传媒加速了对传统价值颠覆的个体日程,相当多的人进行了自我反叛,个体产生了不可忽略的认同危机。揭示这种危机并开创新的问题域以化解这种后工业社会中的消费主义症结,成为当代文化研究理论的努力方向。这也许是博德里亚文化理论在当今世界不断升温的内在原因②。

---

① Baudrillard, J. *The Ecstasy of Communication*, Semioext(e), 1998, pp.82-83.
② 另参艾伦·杜宁(Alan Durning):《多少算够:消费社会与地球的未来》,毕聿译,长春:吉林人民出版社,1997年版;堤清二:《消费社会批判》,朱绍文等译校,北京:经济科学出版社,1998年版。

博德里亚《完美的罪行》《消费社会》《生产之镜》等的社会文化分析,在当代世界的思想界有相当的影响力。就思想价值取向而言,他对电视传媒的负面效应是持冷峻批判态度的。因此,他被认为是"非乐观态度"的后现代文化学者。他在洞悉后现代传媒在加剧人们心灵的异化、在肢解社会心理和个体心性的健全方面所造成的严重威胁基础上,进而对传媒在"文化工业"生产中销蚀意义的功能加以清算①,这是具有学术推进意义的。应该说,博德里亚在消费社会中警醒人们关注生命的本真意义,在传媒热衷于制造"追星"群体和消费"热点"之中,给当代精神失重的人们亮出了另一种价值尺度,并为人类走出消费社会消费主义的阴影,重建精神生态的平衡系统作出了前沿性的学术思考。

关键词:

消费社会(the consumer society)

商品拜物教(commodity fetishism)

大众传媒(mass media)

类像(simulacrum)

内爆(implosion)

超真实(hyperreality)

思考题:

一、怎样理解博德里亚所说的"完美罪行"?

二、为什么说博德里亚的理论具有文化哲学的高度?

三、博德里亚认为消费社会的特征是什么?

四、博德里亚如何看待消费社会中的精神生态问题?

五、如何理解类像、内爆、超真实?

六、什么是"白色社会"?

七、博德里亚的意义和局限是什么?

阅读书目:

[1] Baudrillard, J. *The Mirror of Production*, St Louis, Mo: Telos Press, 1975.

[2] Baudrillard, J. *The Ecstasy of Communication*, New York: Semiote-xt(e), 1998.

[3] Bourdieu, P. *Outline of a Theory of Practice*, Cambridge: Cambridge University Press, 1977.

[4] Bourdieu, P. *Homo Academics*, Cambridge: Polity Press, 1988.

[5] Bourdieu, P. *In Other Words: Essays Toward a Reflexive Sociology*, Stanford, Calif.: Stanford University Press, 1990.

---

① Baudrillard, J. *The Mirror of Production*, St Louis, Mo: Telos Press, 1975.

[6] Bourdieu, P. *The Logic of Practice*, Stanford, Calif.: Stanford University Press, 1990.

[7] Bourdieu, P. *Invitation of Reflexive Sociology*, Chicago: University of Chicago Press, 1992.

[8] Hoggart, R. *The Uses of Literacy*, Harmondsworth, Middlesex: Penguin Books in association with Chatto and Windus, 1958.

[9] 艾伦·杜宁:《多少算够:消费社会与地球的未来》,毕聿译,长春:吉林人民出版社,1997年版。

[10] 博德里亚:《拟仿物与拟像》,洪凌译,台北:时报文化出版企业公司,1998年版。

[11] 博德里亚:《完美的罪行》,王为民译,北京:商务印书馆,2000年版。

[12] 博德里亚:《消费社会》,刘成富、全志刚译,南京:南京大学出版社,2000年版。

[13] 博德里亚:《物体系》,林志明译,上海:上海人民出版社,2001年版。

[14] 布迪厄:《关于电视》,许钧译,沈阳:辽宁教育出版社,2000年版。

[15] 凯尔纳编:《波德里亚:批判性的读本》,陈维振等译,南京:江苏人民出版社,2005年版。

[16] 斯拉沃热·齐泽克:《意识形态的崇高客体》,季广茂译,北京:中央编译出版社,2002年版。

[17] 堤清二:《消费社会批判》,朱绍文等译校,北京:经济科学出版社,1998年版。

第十二章　生态文学与生态批评文论

最新西方文论的发展，并没有因女权主义、后现代主义、后殖民主义、文化研究不断翻新而止步。20世纪后期，西方的"生态文化"和"生态批评"理论从发生发展到逐渐推向全球，已然成为一种跨学科的新的文艺理论研究方法。当然，就理论的传承脉络而言，可以说，生态文化和生态批评不是普通的关于人与环境的文学研究，而是属于文化研究的大范围中的一个新拓展的理论领域。这主要突出表现在几个重要维度上：当代西方文论研究进入了"理论生产缓慢期"，西方文学批评理论不再是层出不穷的花样翻新，而是重新重视作为自然和社会双重身份的"世界"，表现出文艺对自然形式的模仿价值；文学批评理论研究仍未定型，仍在注重新历史、把捉政治意识形态、确定种族和性别关系中不断寻找新的审美视角和文化地基，重新确定自我理论学科形态；西方文论生产有世界性影响的大师正在减少，经典性的文论文本也在减少，当代西方文论进入所谓"理论终结"时代或"后理论时代"。

第一节　生态文化的发端及其现实针对性

生态理论的发端与全球化的两个重大危机相关，其一是当今世界日益恶化的自然生态危机，其二是人类精神痼疾在现代消费社会中的人文精神生态危机。这两大危机均来源于现代性的恶果。

一、现代性文化断根和消费主义症候

所谓现代性只有短短500年，再往前的西方是"黑暗的中世纪"。其后文艺复兴运动和宗教改革运动冲击了欧洲封建教会的统治，为资本主义和科学技术的诞生开辟了道路。18世纪以来，蒸汽机的发明使西方现代性开始加速。19世纪的热力学、电磁场理论、生物进化论使得东方成为僵化的"停滞的帝国"，而现代性的西方开始成为人类的"话语权力中心"：照相机的发明使画家对对象的逼真描摹相形见绌；蒸汽火车和汽车改变了人们的空间感觉；冰箱和电灯改变了人们的生活和审美观；电影的出现改变了人类的感觉方式和视觉方式。20世纪，飞机、通讯卫星、电视、电脑等工具的出现以及人类登月等事件的发生，更是让西方在科技、军事、经济领域获得话语霸权。现代性与科技发明和人类殖民紧密相关，短短200年就使得西方成为世界霸主。

现代性扩张导致的东方各国的"全盘西化"浪潮，已经被百年历史证明不是东方的福音，而是人类单面化和异化的开始。人类遭遇的问题，核大战也罢，资源耗

尽也罢,环境污染也罢,海啸和外星球撞击地球也罢,告诉人们一个事实,现代性的极度膨胀会反过来毁灭人类。现代性为人们承诺美好生活的同时,又带给人们太多的生态灾难:自然生态危机、社会生态危机、精神生态危机、文化生态危机,使得森林毁灭、水土流失、河海污染、物种退化、精神失落、道德沦丧、心态失衡,形成威胁人类生存的生态大灾难[①]。面对精神生态失衡的消费主义和文化霸权主义,哲人们提倡具有文化生态意义的重回乡土感受生命大地的精神复归方式。

如今,除了自然生态危机以外,在全球范围内人类还制造了900万机器人,智能机器人已将近50万,根据目前技术可以在10年左右复制4 000多万,他们植入的智能半个世纪以内会反过来会成为世界上一支"铁军",一旦失控就有可能危害人类。更不用说克隆人和带有芯片的克隆人,他们具有的智商有可能整体上危害人类的生存。

1972年,罗马俱乐部发表了人类危机的著名报告《成长的界限》。报告认为经济过热与人口增长如果不加以有效遏制,地球及生活在地球上的人类将由于环境污染和食物不足而在100年内毁灭。报告有如一石激起千层浪,全球为之震惊。其后世界各国通过裁军、放慢经济发展速度、控制人口增长、注重资源利用、保护环境等措施,企图避免或者推迟人类毁灭的命运。但不堪重负的地球和人类成长极限的濒危状态并未缓解,而且有日益恶化的症候。

人类的精神生态同样遭遇到空前的危机。在西方现代性的引导下,无论是亚洲人还是非洲人,他们正在走向"理论翻新时代"和"肉体体验时代"。于是,升级、突破、扩展、肉身感、消费主义就成为这代人的精神轨迹。当代人成为从旧的"经验时代"蜕变的出来又仰望着"理论时代"的中间人,他们从生活话语方式、日常行为模式、当下时尚态度中,将生活娱乐化、文化流星化、生命肉身化、精神平面化。于是在一种"新新人类"的日常生活化中,改变着当代人的想象、城市的色彩和气质、周边的环境和思维演变。

消费主义不断制造人们的"疯狂追新"心理,集中表现在接近痴迷的"升级化"上:电脑在升级,病毒也升级;邮箱在升级,垃圾邮件也升级;游戏在升级,黑客也在升级;消费主义在升级,恐怖主义也在升级;身体在时尚升级(暴走、LOMO、街舞、文身),精神却在降级(疯病、自杀率、酗酒、下半身写作);肉体在人造升级(色发、减肥、整容),灵魂却在沉睡中降级;生活无边自由方式在多元升级,精神生态却在颓败降级。如何使升级不成为一种外在的无根的形式,使生命不成为没有价值含金量的转瞬过渡,而是真正实现人的精神和存在的生态平衡,人们还必须往深里

---

① 贝特在《大地之歌》尖锐指出:公元第三个千年刚刚开始,大自然却早已进入了危机四伏的时代。大难临头前的祈祷都是那么相似。全球变暖、冰川和永久冻土融化、海平面上升、降雨模式改变、海洋过度捕捞、沙漠迅猛扩展、森林覆盖率急剧下降、淡水资源严重匮乏、物种加速灭绝……我们生存于一个无法逃避有毒废弃物、酸雨和各种有害化学物质的世界。城市的空气混合着二氧化氮、二氧化硫、苯、二氧化碳。农业已经离不开化肥和农药,而在畜牧业,牲畜的饲料里竟然含有能导致人中枢神经崩溃的疯牛病毒。文学批评怎么能够不直面这样的世界?怎么能够不发出这样的质问:我们究竟从哪里开始走错了路?

思、深里想。

在几个世纪的现代性过速拓展和无所谓信仰的消费狂欢中,人类不期然地面对了两个严重现状:一是"古今冲突"中传统文化断根问题,另一个是"新中产阶级"的虚假幸福意识①。人们面临着大城市迅速膨胀而乡土逐渐萎缩的局面,它造成链状的城乡双向价值碰撞问题。

一方面,乡土人口向城市迈进,所带来的烙印般的前现代乡村价值、故土信念和生活方式,遭遇到了城市的多元生活方式的碰撞和冲击。由于农业社会在人类发展中必须转向工业社会,而在这转型中农民处于社会权力的末端而无力进入真正的话语层。这一离乡离土的迁徙成为世界范围内的现代性乡土社会解体、家族中心丧失、集体理性转换为个人本位主义的合法性开始。

另一方面,新中产阶级白领层,出现了人的肉身安顿在巨大的建筑空间中,却找不到精神归宿之所的现象。在失去意义中丧失信仰的生活使得金钱直接成为当代人的信仰,在金钱位数的升级同时不断地感到离具有超越意义的幸福越来越远。当代各阶层人士,相当一部分人说不出自己究竟是否幸福,为什么幸福或不幸福——居无所在的人有失去家园的不幸,深居大屋也有失去生活感觉的不幸。那么,幸福生活怎样才可能?是不是在"升级"想象中,房子越大、钱越多就一定越幸福?这种幸福的匮乏状态,抵达了一个重大问题——消费主义。

消费主义生成了一种据己有的意识,即永远获取最好的商品,将世界上最引人注目的世俗享受据为己有。然而,消费主义具有双重欺骗性。人们过去重幸福,现在谈自由。似乎如今每个人都能够自由地选择自己的路。只要有钱就可以选择任何属于自己购买力和升级力的物品,而使自己的生活同样升级;似乎提供了消费者的自由,就完全解决了自由。事实并非如此。后工业时代消费主义在关于福利和幸福的承诺中,设置着习焉不察的虚假命题。消费主义的欺骗在于:允诺的是一种幸福的普遍性——似乎每个人都可以自由地选择。其另一欺骗性在于它设定了一个虚假命题:一旦你提供了消费者的自由,你就完全解决了自由问题。这样,自由事实上被降格为了消费,它藐视了"自我实现原则"。作为人而言的自我实现,并非物质就可以满足的。物质满足仅仅是最基本的层次,而精神的满足、身份满足和价值实现的满足更为不易。当代不少人的精神疯狂不是根源于物质的匮乏,而在于精神的空洞化和价值基因的稀释化。消费社会以最大限度攫取财富为目的,不断为大众制造新的欲望需要。在个人暴富的历史场景中,每个人都感到幸福生活就是更多地购物和消费,消费本身成为幸福生活的现世写照,成为人们互相攀比、互相吹嘘的话语平台。针对消费主义生活的名牌崇拜、消费中心主义、喧哗与

---

① C·怀特·米尔斯(C. Wright. Mills)认为:"文化断根造就了这批无信仰、无历史的非英雄,私有财产与地位的脱节又促进了他们有关个人与社会关系的'虚假意识'。与以往阶级不同,新中产白领以没有统一的方向和'政治冷漠'自成一类。他们从旧的社会组织和思想模式中流离出来,被抛入新的存在形式,却找不到思想归宿,只能将就地'在失去意义的世界里不带信仰地生活'(韦伯语)——专注于技术完善、个人升迁和业余消遣,以此补偿精神懈怠与政治消极,犹如徘徊于美梦与梦魇之间的梦游人。"

贪婪等问题,人们开始反省生命、生活的意义,体认到信息时代的生活是智者引导的"复杂生活",它不能使人灵肉和谐,而只会让人丧失灵魂。

这一图景将这样地当下呈现在眼前:当代科技、城市空间、日常生活的巨大变化使当代人的感知方式、价值观念、行为模式、交流方式、身体权利、生死问题、虚拟空间和普世伦理发生了重大的断裂和出位。今天的"网络化"的语言粗俗以及"闪族"的不期而至,使得当代图景更为扑朔迷离。在电脑时代、肉身体验范围逐渐变小,其他感官功能日益荒废的情况下,肉体的感觉往往只好通过非正常的途径获得。这种身体感,代表了对传统的完全扬弃和对自己另类自由生活的无边张扬。今天的"升级"时代,这个庞大的教育机构和艺术文化机制,已经很难阻挡青年人的所做所想,因为他们坚信两条:一是另类自由,二是无边自由。

观念的变化和生活方式的断裂所导致的"文化失根",在一个世纪内持续震撼走向现代性的人的心灵。在现代化的城市变化中,所有迁徙者都遭遇到自身的生活方式、思想观念、文化模式冲击和调整,同时随着这种迁徙,人们的艺术审美的方式和人栖居的方式同样将发生诸多变化。这一深刻的变化,给生态美学的建构留下了新的可能性,给现代人怀乡、思乡、回乡,留下了丰沛的想象空间。面对"升级"时代,我们不仅应在世界巨大变化中感到时代前行的脚步,也应在精神生态平衡中看到未来世界的整体图景。在现代化与乡村问题没有真正互动之前,在城乡矛盾激化没有认真重视之前,仅仅谈论城市新新人类的身体感"升级"现象是不够的。只有一个民族的和谐发展,一个国家均衡发展,城乡矛盾有了合理化的解决途径,在身体感时尚感升级的同时,精神也获得升级的勃勃生机,这样的"灵肉升级"才有可持续发展的意义,才具有当代精神生态平衡的价值依据。

其实,西方人在现代性的弊端中已经认识到"竭泽而渔"、"杀鸡取卵"、"急功近利"的种种危害,已经开始自我反思并迷途知返——标举"生态文化"。这意味着在现代性弊端的清理中,西方哲人们开始重视人性的深度拓展和文化精神的提升,并坚信生态学的自然环境出现了问题必须修正。在上个世纪末本世纪初,西方出现了一个新动向——拆除大坝。1994年,美国开垦部宣布:"美国的水库时代已经结束了"。1997年3月,来自全球反水坝运动的民众齐集巴西的库里替巴城,发起巴西反大型水坝行动并发表库里替巴宣言,标志着全球人民反水坝、支持保护河流生态及水资源可持续利用行动的一个里程碑。根据国际大坝委员会1998年到2001年对全球200多个大型电站做的调查,总结出一些负面影响:全球水坝造成了4 000—8 000万移民,使当地社区相对贫困化,大坝造成生态系统的消失,而且使当地土著文化消失。2003年10月,美国开始拆除缅因州贝诺布斯考特河上的两座大坝,从而为大西洋的野生大麻哈鱼回归,为淡水鱼、昆虫、鸟类和其他生物重新回到水的自然流动和循环中迁徙、产卵、筑巢创造条件。工业化的大坝使两岸上下游人民流离失所,生态遭到很大的破坏。美国人意识到构筑大坝并不是人类的福音,所以开始拆除大坝。据资料记载,美国已拆除了500多座水坝。可以说从建坝到拆坝,人类遭受到第二次自然的报复,开始意识到应该悬崖勒马。

二、直面人类自然生态危机和精神生态危机

在我看来,生态文化问题是一种跨学科的人类与自然的命运考辨,是人类反思自然生态后,进而反思文化生态开始的。这种生态自然观使得西方人在现代性问题上意识到不能再盲人瞎马了,返身而诚开始研究生态文化、生态哲学、生态美学、生态艺术。这意味着被现代性所打压的传统艺术应该重新加以评估和阐释其人类心灵价值。

现代性包括"制度现代性"和"审美现代性",这两种现代性总是发生对立和分裂。"制度现代化"使人不断异化。过去制造一颗螺丝钉,从铸铁开始到做成大抵是一个人完成。人在最初蓝图到最后产品的实现中,体现了自我创造的完美性。但现在就像卓别林所演绎的《摩登时代》那样,人一辈子被分工为只能拧一颗螺丝钉,人只是现代性大生产线中的一个环节,人被"异化"了。在制度现代性中,人"异化"后,艺术的审美现代性不愿意跟着"异化",就开始反抗"异化"。于是,审美现代性以揭露反抗"异化"为其纲领,其反抗方式是把艺术"审美"转变为"审丑"——不愿意看到过去的艺术歌颂田园生活的美好,而将艺术变成了"反抗"的艺术——艺术表征出来形态的比生活形态更加丑陋:立体派画的人已然成为了三只眼睛;蒙克《呼号》中人站在桥头惊恐至极,以至于眼睛、脑袋都大为变形;"野兽派"绘画在变形夸张中表现出对战争的恐惧和对未来的恐惧,一切都是丑陋的!

传统审美是"天人合一"中的和谐之美,不管是西方的艺术还是东方的艺术,不管是古希腊的艺术还是先秦的艺术,或者是具有文艺复兴时的艺术,大都是张扬美的艺术。人们惊叹于《维纳斯的诞生》、《蒙娜丽莎》、《伏尔加河上的纤夫》的精妙,感动于交响乐中的巴赫、莫扎特、贝多芬音乐的纯粹。但到了现代性艺术——如本雅明所说"悲悯性"艺术、马尔库塞所说"反抗性"艺术时,西方艺术突然蜕变为"丑":绘画和音乐进入现代性以后,变成了非常刺目、刺耳的不和谐形式。究其原因,就在于马尔库塞的"艺术不再是审美,艺术变成了反抗"。

应如何看待西方现代文化好的方面并警惕"丑"的方面呢?如果把所有艺术弄得脏乱差是否可以呢?当然不可以!因为这除了游戏和作秀之外,没有更多的新思想诞生,没有对整个西方文化史和艺术史走向的准确定位。审"丑"是对西方制度性的现代性的一种反抗,用"审美现代性"去反抗"制度现代性"正在走向自己的反面——艺术成为恶心的艺术而丧失自己的价值——丑艺术逐渐被人们所厌恶和抛弃。我想说的是,我们不应该跟在西方后面迈上这条不归路,而应该用生态文化精神去重新审视世界艺术的未来发展的可能性,一方面要求自然生态平衡,另一方面要求人的精神生态平衡。新世纪人类为什么要让自己"分裂",让艺术成为疯狂呢?为什么不能超越西方现代性弊端而正视自我身份呢?为什么不思考避免西方现代性"异化"式制度性断裂的覆辙,而开始修复人类艺术的精神性断裂呢?

生态文化美学必须重新构造简单生活方式。因为消费主义"身体"扩张与全球同质化潜在逻辑,使整个世界的消费主义日渐明显。反对消费主义,张扬绿色生

态生活方式的人认为：现代化或现代生活不是高楼、汽车、病毒、荒漠、沙尘暴，真正的优质生活不需要太多人工的雕饰和过剩的物质炫耀。如今西方许多人已经认识到"拼命生产、拼命消费"生存方式的弊端，中产阶级中更悄然兴起了"简单生活"——把家搬到乡村，自钉木板房，不使用过多电器，挣有限的"薪水"，充分享受大自然中的空气、阳光。社会学家认为：这种返璞归真、回归自然、"少就是多"（less is more）的"简单生活"，在21世纪必将成为一种普遍的风气。也许，简单的生活，简单的消费，也就是像托尔斯泰晚年素朴的生活一样可能会重新呈现出精神的魅力。

新世纪人类文化发展正在逐渐走向清明的理性化，这意味着文化发展的良性化、生态化、新型化、境界化，即抛弃那些"顽主形态"的恶俗趣味和游戏人生的"比矮主义"，而走向与自己心灵对话的独立精神个体追求，重视个体心灵的独处。人都是孤独的，在孤独中，人可以逃离外在世界的喧嚣和肉身化的沉重，回到本心的怡然自得和本真心性之中。应在日常生活中力图弄清个体存在的意义，阐明在物质世界中人的存在的精神性，为人类生存留下反思和回归的空间。

我坚持认为，东方思想、东方经验的缺席是人类的败笔，东方经验的和谐性和东方话语的包容性，可以纠偏西方现代性的单边主义和消费主义，平等地向全球播撒自己的有益经验并造福人类。东方尤其是中国文化中的思想精髓，如绿色和谐思想、辩证思想、综合模糊思想、重视本源性和差异性的思想、强调"仁者爱人"等，这些思想是中国思想对西方的一种滋养或者互动。与现代性强调人对自然的征服和最大限度地榨取剩余价值的经济学完全不同，在"后东方主义"时期，具有东方思想的生态美学和生态文化正在化解人和他人、人和自己、人和自然的冲突。由此，我们就不难理解为什么海德格尔晚年要关注老子《道德经》中的中国思想？为何罗兰·巴特要纵论日本的俳句、书法和天皇在东京中心虚位问题？为什么德里达要到中国大谈"宽恕"问题和中国文化现象？为什么赛义德在病榻上对遥远的东方中国如此神往？是什么使他们对东方发生了兴趣？除了东方经济的重新崛起以外，当然是文化"差异性"。差异性文化使得西方一流思想家开始了对"东方"的全新关注。如果我们什么都"拿来"而不"输出"的话，东西方文化就会出现文化生态平衡问题。可以认为，西方正在吸收东方文化精神而从事人类文化的新整合。换言之，新世纪西方知识界将目光转向东方，必将给西方中心主义的思维模式和社科认识模式以新思维，并将被西方中心主义边缘化的东方知识界，带来重新估价一切价值的勇气和重新寻求人类未来文化新价值的文化契机。

三、生态理论的发生与发展

面对现实的自然生态和精神生态危机，生态文化应运而生。作为学术史的生态文化理论的诞生于何时呢？学术界尚无定论。

"生态学"一词，是由希腊语 oicos（房子、住所）派生而来，最早出现在德语中，即 die Ökologie，英语为 the ecology。生态主义并非横空出世，其思想与18世纪的浪漫主义运动有着分不开的关系。1858年美国作家梭罗在《瓦尔登湖》一书中阐释了自己的人与自然和谐的观念。他从生态平衡的角度反对喧嚣的城市,而赞美树林和溪流的自然世界。

1886年德国动物学家海克尔在《生物体普通形态学》一书中,阐述了动植物关系演化的系统树,认为精神与物质的应该和谐统一:"我们把生态学理解为关于有机体与周围环境关系的全部科学,进一步可以把全部生存条件考虑在内。生态学是作为研究生物及其环境关系的学科而出现的。随着这一学科的发展,现代生态学逐步把人放在了研究的中心位置,人与自然的关系成为生态学关注的核心。"这一说法应是生态理论的滥觞。

《生态批评读本》英译本书影

一般认为,1970年在西方兴起的"生态主义"(Ecologism)开始了生态文化的艰难历程。生态文化和生态批评出现,就是在这样一个大背景下开始的。相对于其他西方文论而言晚出的"生态批评"(Ecocriticism),一旦出现就在世界上迅速引起人们的理论兴趣,并不断加强这一理论的世界化进程。西蒙·C·埃斯托克(Simon C. Estok)认为,生态批评的诞生因为视角不同而有三个不同的时期:作为文化术语的"生态批评"最初由威廉·罗依克特(William Ruekert)1978年发表的文章"文学与生态学:生态批评的实验"中提出,但是并没有引起人们重视;15年后的1993年,帕特里克·墨菲创办《文学与环境跨学科研究》杂志,以其重量级的话语权力,重新阐释生态批评的重要性,引起广泛地关注和响应,标志着生态批评学派的逐渐形成,但是还没有学派的纲领和正式理论出版物;1996年切瑞尔·格罗特菲尔蒂、哈罗德·弗罗姆编《生态批评读本:文学生态学的里程碑》和劳伦斯·布依尔的《环境的想象》的出版,生态批评终于有了自己的理论纲领和重要的美学原则,并在学术界引起深度关注与研究,并不断在辩论中走向成熟的体系构架。

可以说,20世纪60年代以来,生态哲学(Ecophilosophy)、生态神学(Eco-theology)、生态政治学(Ecological politics)、生态经济学(Ecological economics)、生态人文主义(Ecological humanism)、生态女性主义(Ecofeminism)、生态文学(Ecoliterature)、生态艺术(Ecological art)、生态社会学(Ecosociology)、生态伦理学(Ecological)、生态人类学(Ecological anthropology)、生态心理学(Ecological psychology)、生态批评(Ecocriticism)、深生态学(Deep ecology)等研究领域如同雨后春笋,人们在西方文论的"高原平台期"中又发现一个新的研究角度——去掉人类中心主义,坚持

《生态论述》英译本书影

自然中心主义,以人与自然的和谐共处作为生态理论的基本法则,以此消除人类沙文主义狂妄的生态批评。与以前相比,"生态"一词体现出鲜明的价值倾向性和实践意味,"生态"一词所蕴涵的人文精神含义更为深厚。生态哲学把对自然生态危机的根源追溯到现代文明的人类中心主义、二元对立思维模式上,将自然科学研究所提供的生态思维和生态方法渗透到人的世界观和生存体验中,努力把生态精神培育为一种通向全新文明前景的思维方式、价值基础、精神信仰和文化观念。总之,今天的生态文化运动已经变成了一场自然科学研究成果与人文思考相结合、理论研究与实践行动相结合、对现代文明的批判反思与对一种更加健康完善的新文明的建设性思考并重的文化运动。

与其他的西方文论突显形而上理论思辨性不同,生态理论是一种直面人类现实处境的实践理论。生态批评家大都反对雅克·德里达《文字学》中"文本之外一无所有"的文本中心主义看法,他们坚持认为:语言或文本的存在仅仅是实体世界的文化表征,并不能说明物质世界无足轻重,文本之外的重要东西多不胜数,怎能说一无所有?贝特认为:"后现代主义宣称一切尺度都是文本尺度,生态诗学则主张我们必须牢牢把握一种可能性,即某种被称为诗歌的文本尺度可以使我们回忆起人类最古老的知识:没有大地尺度,我们就不复存在。"生态理论反对当代理论陷入"语言唯心主义"或"文化主义"的陷阱之中不能自拔,致力于将人类面临的现实危机和当下困境揭示出来,走出"语言的牢笼"的自我画地为牢,超越语言文本的心造幻影,关注时代的困境。莱德菲尔德在《塞来斯廷预言》和《第十种洞察力》中强调:现代社会的腐败和贪婪是物质中心化和精神边缘化的人性异化造成的,腐败源自于整个世界物质主义弥漫的"有所企求"的贪欲,人们缺乏精神超越维度而处于现实欲望难平的浮躁焦虑中,这一系列现代文明病症导致了人类的整体精神失衡。一言以蔽之,西方人在近400年走上了文化偏执歧途,仅仅关注经济发展和消费水准,这种严重的文化偏执症,导致人痴迷于物质增长而丧失人性深度和人文厚度。当然,这些尖锐的批评,在西方马克思主义的文化批判中也是屡见不鲜的。

第二节 生态文学的特征与价值取向

生态文学是生态文化重要组成部分。生态文化在其制度形态层面被边缘化,如环境问题很晚才进入政治思考和环境保护制度等方面,注重保护物质生产的技术形式转变、能源形式转变,以及人类生活方式转变的生态场景,尽量不使其恶化;生态文化在精神形态层面,努力促进环境教育、科技发展生态化、生态哲学、生态神学、生态文学、生态艺术等领域的发展。

人类文明自从有文字记载以来已经有数千年的历史,而地球上的人类总数从最初的两千万发展到60亿,而已经长眠于地的人已经有百亿之众,与人类同存的其他物种大部分已经灭绝,一部分正在加速消逝。面对这一惨烈的世界性场域,人类思想者在20世纪后期终于打破了西方传统人类中心主义世界观,在张扬生态文化中力求唤起全球性生态意识的觉醒。可以说,生态文学以注重人与自然的和谐和提倡自然中心主义反对人类中心主义为旨归,其文学特征在于以生态思想和生态视角为出发点,将以自然为本的文学和以人为本的文学相并列。哈佛大学教授布伊尔认为:生态文学是"为处于危险的世界写作"的。生态文学在某种意义上为人类防止人类生态灾难亮起了红灯,是全球化时代作家对地球命运的严重关注和无限忧虑在创作中的呈现,也是世界面临危机中的人类生态价值自省。

其实,在海明威的《老人与海》中,人类中心主义表现得非常突出:"人"与"自然"的对立是构成故事的动机和基线,这一层次的关键是显示了杀戮和斗争是宇宙的根本规律。海水里,海母被海龟吃掉,而至弱的海母也能喷射毒汁捕获自己的战利品;海面上,老人捕马林鱼,鲨鱼撕咬老人的捕获品,老人尽全力搏斗:"老头儿对准鲨鱼的扁平的脑顶中央扎去,然后把刀子拔出,又朝同一个地方扎了一下。它依旧闭紧了咬住鱼,于是老头儿再从它的左眼上戳进去,但它还是缠住死鱼不放。老头儿又把刀子扎进它的脊骨和脑子中间去。这一次戳进去很容易,他觉得鲨鱼的软骨断了。……但它们是成群结队来的,他只看到它们的鳍在水里划出的纹路,看到它们扑到死鱼身上去时所放出的磷光。他用棍棒朝它们的头上打去,听到上下颚裂开和它们钻到船下面去咬鱼时把船晃动的声音。凡是他能够感觉到的、听见的,他就不顾一切地用棍棒劈去。他觉得有什么东西抓住了他的那根棍,随着棍就丢掉了。他把舵把从舵上拽掉,用它去打,去砍,两只手抱住它,一次又一次地劈下去,但是它们已经窜到船头跟前去咬那条死鱼,一忽儿一个接着一个地扑上来,一忽儿一拥而上,当它们再一次折转身扑来的时候,它们把水面下发亮的鱼肉一块一块地撕去了。"海明威通过人与非人的对立,指明现实与自然、人与物的关系是互相杀戮的关系,没有强者,也无所谓目的。但到了最后,老人用生命换来的鱼,成了白骨空架,成了飘飘荡荡的垃圾,这宣布了老人的失败。无论人作出了多么惊心动魄的努力,在宇宙规律之中都显得渺小而不值一提,而且,将在潮水(喻时间)的冲刷下,化得无影无踪。海明威一再说明一种人类中心主义之最的"美国精神"——真正的人是不能被摧垮的,尽管他行动上失败了,但在精神上仍保持了人格的完整,立于永远不败之地。人之所以禀有这种康拉德式的破灭后的胜利,关键在于人在失败后面对现实的态度。外在力量只能消灭人的肉体,却不能摧毁人的精神。这体现了海明威式的重压下的优雅风度,保持了人的真正价值和尊严。但是,这种人类中心主义的"美国精神"和个体尊严,在生态文化时代遭到了生态理论家们的质疑。可以说,这种"美国精神"隐含着这样一个潜在话语——人类是万物的主宰,可以对天地万物加以征服改造。然而,面对着大自然生态环境的惨遭破坏,以及自然加倍地报复,人们感到了巨大的生态压力和生态焦虑。人们看到所谓的现代性的全球"进步",带来的却是人类无尽的苦难和这颗不堪重负的星球,于是,征服自然和杀戮的英雄主义逐渐让位于人与自然的和谐相处。

并非所有写自然的作品就可以成为生态文学。有人认为,关于人与自然界的关系文学解决,就是人的生态文学问题。人与自然界的关系表现为人类社会与自然界的关系,涉及人同物理环境、生态环境、社会环境之间的相互关系的研究,人类社会对自然资源利用、人类活动对自然界的作用,环境对人和人类社会的作用。

在我看来,所谓生态文学主要是指那些敏感地对现代世界生态危机加以揭示,对其人类中心主义价值观加以批判,对导致生态危机的现代文明加以反省的作品。生态文学并不将人类看成自然界的中心,也反对将人类的利益作为自然价值判断的绝对尺度。他们从一次次生态灾难的恶果和今后数不清的生态危机预警中体察到,只有将包括自然和精神的整个世界生态系统的整体利益作为人类未来终极前提和最高价值,人类才有可能有效而全面地消除威胁人类存在的生态危机,从而获得重新调整有利于人类的长远利益或根本利益的和谐生存的地球。

在生态文学领域,有广义的生态文学作品,即那些通过具有生态文化意识的传统文学作品,如梭罗《瓦尔登湖》、华兹华斯《序曲》、托马斯·哈代的威塞斯系列小说等。这类作品并未直接提出"生态"这一关键词,甚至也没有将生态危机的后果推导到令人吃惊的程度,但是作品中不乏人与自然相交融的生命和谐意识,不乏对人与自然疏离对立的现代文明的深度批判;狭义的生态文学作品是作家有鲜明的生态文化立场,前卫地反思人与自然的关系,直面现代性生态危机而发出自己的批判之声,如雷切尔·卡森的《海的边缘》、《寂静的春天》①、前苏联作家艾特玛托夫的《白轮船》、美国小说家博伊尔的《地球之友》、日本女作家加藤幸子的《都市中的自然》和《森林的诱惑》等。

在生态文学的视野中,人类不仅与自然相分裂,人也与自我和社会相分裂——如今肉身沉重,而灵魂轻飘,似乎只要肉身安定了,让灵魂飘逝也无所谓。我们可以从俄国女作家拉祖莫斯卡娅的著名戏剧《青春禁忌游戏》中获得启示:在一个风雪交加的夜晚,四个即将毕业的高中生到老师家为她庆祝生日。他们唱起了生日歌并带来了生日礼物和祝福。然而当几个孩子表明了他们真实目的——考试成绩很差而想拿到老师手中的保险柜钥匙调换试卷。女教师在震惊中加以拒绝,明白了自己所信仰的教育已经完全失败,孩子们可以撕下面具为达到自己的目的而不择手段。为了彻底从精神上击垮老师,学生们开始了丑陋的表演:喝酒、摔东西、嘲笑真理和良心、讥讽女教师的处境,男学生竟然当着女教师的面假装强暴女学生。女教师的精神防线崩溃了,她意识到整个俄罗斯教育其实培养的是一群自私自利的小市民,在这场搏斗中她唯一凭借的是人类的起码良知,可是这太单薄了。为了阻止强暴女学生,她交出了钥匙并把自己锁进了卧室。老师的悲伤欲绝使其他的三个孩子突然醒悟,他们把钥匙挂在了女教师的卧室门口。天亮了,他们发现女教师已经吊死在卧室中。这一悲剧震撼人心!可以说,当代教育的失败、精神的无所依靠、价值的漂泊感和金钱至上主义,是因为现代性在强调金钱、速度和时间的同

---

① 其中,尤其需要注意的是雷切尔·卡森(Rachel Carson)的观点。她作为生态文学的创始人和整个生态文化和环境运动的推动者,描写自然环境的恶化,揭示生态困境问题,传播生态思想观念,对生态文学和环保运动的发展、诸多国家环境政策和发展战略产生了重要的影响。

时,抛弃了人类赖以生存的诗意大地和精神拯救维度所致。如何重新回到精神重构的新理性,回到原初生命源头大地之上,进入意义世界寻觅向本源靠拢的可能性,成为生态美学研究的必然使命和心路历程。

生态文学发出的是人类"诗意地栖居"的心灵诉求,其中心维度要把握的是人类与自然的互动生成关系,考量自然如何影响人的生存和心灵。就生态文学创作而言,注重生态哲学的深度思考,加深生态文化的审美体验,获得正确的生态价值判断,探索人在世界中重获"家园"感的新感知方式;就生态文学的作品构成而言,注重文本中的自然中心主义和人与自然的和谐,通过文本叙事加强人对生态人文的素养,在叙事文本的引导下探索走出全球生态危机的可能性,在文本的价值反思中获得生态文学意味对人的心灵的再塑造;就生态文学阅读而言,强调通过阅读提升人从自然母体中生存的内在精神世界观,对自然的颓败和地球的困境有感同身受的危机感,获得正当的生态思维和家园感并激发其热爱生命的天性,恢复人的精神世界和自然关系的内在和谐。"我们在阅读文学作品时,对于文本中揭示的调节人与环境相互作用的复杂机体可以有更新的理解。具有环境意识的文学研究提供了一个更加深广的机会,带着对自然之声的新鲜敏感去阅读文学作品。"①可以说,人们在阅读生态文学作品时,对于文本中揭示的调节人与环境相互作用的复杂机理可以有更新的理解,带着对自然之声的新鲜敏感去阅读文学作品。生态文学的创作和阅读的关键,是对人的自我狂妄的中心思维模式的重新调节,进而向生态中心世界观的不断迈进,获得对非人类生命形式和物理环境的全球整体概念的正确审美感知。

生态文学的特殊性在于,它是人类与自然从对抗—征服—报复的恶性循环中走出来,人与自然重新摆正位置的诉求在文学形式中的表达。不少生态文学作品预测了人类的苦难未来和走出困境的可能性,在生态文化预警中展示人与自然重新融为一体的"远景",力求回归自然以逃避未来生态灾难和人类毁灭。因此,生态文学不是一般地描写自然风光中人与自然的闲适感,而是从文学文本中空前地凸显人类的重大困境,并对这种危及人类整体未来的困境加以审美解答,进而超越对具体问题的思考而直接深入到对智慧的深层关注中去,激发起人类与非人类的自然世界联系的内在情感,寻找人类与自然重归于好的和谐世界的新途径,探索在人与自然发展的互惠型的人类自然新伦理。

第三节 生态批评的发展与基本特征

生态批评是一个言人人殊的话语体。大多数人认同彻丽尔·格罗特费尔蒂的定义:"生态批评是探讨文学与自然环境之关系的批评。"生态批评家们关注到现

---

① Michael P. Branch (ed.), *Reading the earth: new directions in the study of literature and environment*, Moscow, Idaho: University of Idaho Press, 1998, xiv.

代化造成的生态破坏及温室效应已经引起了全球生态恶化,这种恶化的严重程度已经威胁到人类生存环境和未来发展。于是强调一方面从生态文化、生态文学角度进入文学研究,另一方面从文学审美经验角度对遏制生态恶化获得生态平衡达到人类的可持续发展加以深度阐释,已然成为文学思想家和文学创作家在全球化时代必得担当的历史使命。

一般认为,"生态批评"这一概念由美国学者威廉·鲁克尔曼于1978年首次提出,他的《文学与生态学:一次生态批评实验》文章在《衣阿华评论》1978冬季号上刊出,以"生态批评"概念明确地将"文学与生态学结合起来"。1992年,"文学与环境研究会"在美国内华达大学成立。1994年,克洛伯尔出版专著《生态批评:浪漫的想象与生态意识》,提倡"生态学的文学批评"(ecological literary criticism)或"生态学取向的批评"(ecological oriented criticism)。1995年在科罗拉多大学召开了首次研讨会,会议部分论文以《阅读大地:文学与环境研究的新走向》(1998)为书名正式出版。其后,生态批评的著作有如雨后春笋般地充斥文论界[1]。

1996年美国第一本生态批评论文集《生态批评读本》由格罗特费尔蒂和弗罗姆主编出版,其宗旨在于"分别讨论生态学及生态文学理论、文学的生态批评和生态文学的批评",使得生态批评更具有文学批评的特征和范式。在导言中格罗特费尔蒂(Cheryll Glotfelty)给生态批评加以定义:"生态批评研究文学与物理环境之间的关系。正如女性主义批评从性别意识的视角考察语言和文学,马克思主义批评把生产方式和经济阶级的自觉带进文本阅读,生态批评运用一种以地球为中心的方法研究文学。"

格罗特费尔蒂(Cheryll Glotfelty)

1998年英国第一本生态批评论文集《书写环境:生态批评与文学》在伦敦出版,分生态批评理论、生态批评的历史、当代生态文学三个部分。这本由克里治和塞梅尔斯主编的著作认为:"生态批评要探讨文学里的环境观念和环境表现。"

1999年夏季的《新文学史》是生态批评专号,共发表10篇专论生态批评的文章,2000年出版的生态批评著作主要有默菲教授主编的论文集《自然取向的文学研究之广阔领域》,托尔梅奇等主编的《生态批评新论集》,贝特的《大地之歌》等。2001年,布伊尔出版了新著《为危险的世界写作:美国及其他国家的文学、文化与环境》,麦泽尔主编出版了《生态批评的世纪》。2002年年初,弗吉尼亚大学出版社

---

[1] 美国批评家斯莱梅克曾这样惊叹生态批评如此迅速地成为当今文学研究的显学:"从八九十年代开始,环境文学和生态批评逐渐成为一种全球性的文学现象。ecolist 和 ecocrit 这两个新词根在期刊、学术出版物、学术会议、学术项目以及无数的专题研究、论文里大量出现,有如洪水泛滥。"生态批评的主要代表人物有格罗特费尔蒂、劳伦斯·布耶尔、乔纳森·贝特、埃里克·托德、史密斯、莫菲、多默尼克·海德等人。

隆重推出第一套生态批评丛书:"生态批评探索丛书"。美国的格伦·洛夫于2003年末出版了《实用生态批评》、英国的格雷格·加勒德于2004年8月出版了《生态批评》。

劳伦斯·布伊尔(Lawrence Buell)

对"生态批评"的定义,言人人殊,难有定论。米歇尔·P·布兰奇等人在《阅读大地》中说:"隐含(且通常明确包含)在这种新批评方式诸多作为之中的是一种对文化变化的呼唤。生态批评不只是对文学中的自然进行分析的一种手段,它还意味着走向一种更为生物中心的世界观,一种伦理学的扩展,将全球共同体的人类性观念扩大到可以容纳非人类的生活形式和物理环境。正如女权主义和非裔美国文学批评呼唤一种文化变化,即通过揭露早期观点的狭隘性而努力促成一种更具包容性的世界观一样,生态批评通过考察我们关于自然世界之文化假定的狭隘性如何限制了我们展望一个生态方面可持续发展的人类社会的能力而呼唤文化的改变。"

哈佛大学英文系教授劳伦斯·布伊尔(Lawrence Buell)在其著作《环境想象:梭罗、自然书写和美国文化的构成》中将生态精神贯穿到文学和文学理论的更为深入的层面里。在这部堪称"生态文学批评的里程碑"的著作中,布伊尔将其矛头指向了20世纪以来文学和批评中的一个主要倾向:对真实世界的指涉维度的丧失①。布伊尔认为:生态批评通常是在一种环境运动实践精神下开展的。换言之,生态批评家不仅把自己看作从事学术活动的人。他们深切关注当今的环境危机,很多人还参与各种环境改良运动,他们还相信,人文学科,特别是文学和文化研究可以为理解及挽救环境危机作出贡献。生态批评是跨学科的。宣扬美学上的形式主义或是学科上的自足性是成不了生态批评家的。生态批评从科学研究、人文地理、发展心理学、社会人类学、哲学(伦理学、认识论、现象学)、史学、宗教以及性别、种族研究中吸取阐释模型。其结果显然是在不同的生态批评家之间产生了方法论上的巨大差异。随着生态运动的壮大,"生态批评"这一术语的含义也越来越复杂。起初使用它的是研究自然写作及自然诗歌的文学学者,这些作品着眼于非人类世界及其与人的关系。与之相应的是早期的生态批评家的理论假设也比今天简单。比如,许多早期的生态批评家强烈反对现代文本性理论,并宣称生态批评的核心任务是要强调文学应该使读者重新去与自然"接触"。

大致上可以说,"生态批评"是从文学批评角度进入生态问题的文艺理论批评

---

① Lawrence Buell: *The enviroment imagination*: *Thoreau, nature writing and the formation of American culture*, Cambridge: Harvard University Press, 1995。

方式,一方面要解决文学与自然环境深层关系问题,另一方面要关注文学艺术与社会生态、文化生态、精神生态的内在关联。生态批评关注文本如何拒绝、展示或者激发人类热爱生命的天性:"集中在生命进程或者类似生命进程中的内在人类倾向,激发起我们与非人类的自然世界联系的想象和情感。在宗教信仰带来的安全感、现代性的焦虑、后现代的碎片与混乱之后,作家们开始探索人类归属世界的新途径,探索在我们与自然之间发展一种谨慎而互惠型伦理的新途径。因此,生态批评的一个重要驱动力就是定位、敞开并且讨论这种表现在文学形式中的渴求。"① 生态批评运用现代生态学观点考察文学艺术与自然、社会以及人的精神状态的关系,同时运用文学想象等叙事手段透视生态文化,探索人在世界中的诗化生存状态,思考人、自然、艺术与批评三者关系——对人与自然征服与报复关系的反思,对生态艺术批评的人文原则的确定,对现代主体中心问题和多元价值新构造的推演。正是在这一点上,我同意《阅读大地》的编者所说的:"具有生态敏感性的文学批评的一个重要作用就在于它具有一种潜能,推动人类全体成员培养起更加深厚的生态人文素养。"②

在我看来,生态批评有以下几个基本特征。

第一,生态批评以研究文学中的自然生态和精神生态问题为主,力求在作品中呈现人与自然世界的复杂动向,把握文学与自然环境互涉互动关系。生态批评在文学批评中使用频率增加而范围不断扩大,因而生态批评已经作为文学理论的重要术语收入西方文论术语词典。

第二,生态批评亦可从生态文化角度重新阐释阅读传统文学经典,从中解读出被遮蔽的生态文化意义和生态美学意义,并重新建立人与自我、人与他人、人与社会、人与自然、人与大地的诗意审美关系。

第三,生态批评对艺术创作中的人的主体性问题保持"政治正确"立场——既不能有人类中心主义立场,也不能绝对地自然中心主义立场,而是讲求人类与自然的和睦相处,主张人类由"自我意识"向"生态意识"转变。人类与地球是共存亡的生命契合关系,人类不再是自然的主宰,而是大地物种中的一员,与自然世界中的其他成员生死与共。

第四,生态批评将文学研究与生命科学相联系,从两个领域对文学与自然加以研究,注重从人类社会发展与生态环境变化角度进入文学层面,从而使生态批评具有了文学跨学科特性。生态批评是人类面对生态灾难之后的文学反思,是文学艺术家对人类在地球的地位的重新定位,是思想家对西方现代性弊端的重新清算。

第五,生态批评在对生态文化现象进行观照时,继承了绿色革命的意识形态,强调不能背离文学精神和文学话语,而要尽可能在文学文本形式和艺术手法层面

---

① Michael P. Branch (ed.), *Reading the earth: new directions in the study of literature and environment*, Moscow, Idaho: University of Idaho Press, 1998, xii.

② Ibid.

展开话语叙事,通过"文学性"写作的形式美手法去体现出生态文化精神。

第六,生态批评的内容要求从生命本质和地球的双重视野中,考察人类的过去与未来存在状态。这一视角将已经流于形式主义的文学研究与危机重重的地球生存问题联系起来。文学从此可以抛弃形式主义的文字游戏,从语言消解的各种文学批评话语中振作起来,重新审视"人类的"生活意义和"世界的"生态意义。

总体上看,生态批评将文学与自然环境的关系作为自己研究的领域,它一方面必须是"文学性"研究,另一方面又必须触及"生态性"问题。这种"文学性"与"生态性"的整合不同于其他的文学批评或文学理论。生态批评对人类未来充满希望,并不断呼唤着诗意乐观的生存态度,拒斥"对未来的绝望",从而显示出生态批评的乐观主义精神特质。

当然任何一种新的理论出现,都有不完备乃至理论盲点,生态批评也不例外。这种新的批评模式在文学界引起广泛关注的同时,也得到社会的广泛批评。达纳·菲利普斯在《生态论的真相》一书中对生态批评提出若干异议,认为生态批评是旧瓶装新酒,理论上没有什么创新,而是用时髦的术语哗众取宠而已;生态批评仍没有形成自洽的理论体系,其理论根据的匮乏使之只不过成为激情的叙述话语;生态文学批评充满野心,想当然地把相当复杂的进化论及生态理论纳入文学批评之中而难以消化。但不管怎么说,生态批评仍在西方文论的"文本喧哗"、"话语游戏"中走出来,开始俯身生养死葬的大地,直面并关心人类存在的真实困境,这是不可否定的事实。

第四节 深生态学的理论张力与价值

生态文化理论发展,使得人们不仅注意文学与生态的表层关联,而且注意到表层下面掩盖的深层问题①,德国学者施韦兹(Schweiter)和美国学者泰勒(Taylor)提出的"尊重生命"理论,将人的道德范围从有感觉能力的动物扩大到了所有生命物。美国学者莱奥波德(Aldo leopold)的"大地伦理学"则道德主体的范围从个体生命物扩大到了生态系统,大地被看成人类生存的不可毁弃的整体系统。这种系统整体意识为深生态学的诞生提供了地基②。其后,"深生态学"应运而生。

一、深生态学的发展

"深生态学"(Deep ecology)的概念为挪威哲学家奈斯(Arne Naess)1982年首

---

① 深生态学的其他主要倡导者有:George Sessions、Bill Devall、Alan Drengson、Richard Sylvan、Warwick Fox、Freya Mathews、David Rothenberg。

② 深生态学来源还包括自然主义田园牧歌的文学传统、生态科学、"新物理学"、女权主义、一些基督教资源、东方的精神传统,以及海德格尔、罗伯森·杰弗斯、约翰·缪尔等对深生态学有所贡献的思想资源,

次提出,后来以访谈的形式出现在《十个方向》一书中①。奈斯认为,深生态学的核心是从人类精神史的深层生存视角出发提出人类何处去的关键问题。"深"与"浅"相对,意味着在人所不明或为人忽视的地方,才是真正需要拷问和挖掘的场域②。这样"深生态学"就触及现代性弊端中最核心的问题——科学技术的发展更使人在自然面前巨人化,自然从人的平等共处中剥离出来,处在被人类征服蹂躏强制的弱势地位。作为宇宙主宰的人,自感大大优越于自然,在人定胜天的狂妄中肆无忌惮、不计后果地盘剥自然。自然在人类现代性的掠夺下危机四伏——海洋过度捕捞、沙漠迅猛扩展、森林覆盖率下降、淡水资源严重匮乏、物种加速灭绝、城市空气污染等。直面大难临头的世界性生态危机,使人终于认清了自己的浅薄和贪婪。深生态学呼吁切实抛弃"人高于自然"的中心主义等级观念,而提倡人与其他物种"众生平等"的观念,遏制为了个人的贪婪而将地球引向毁灭的境地,从而挽救地球生态和人类未来。唐纳德·沃斯特认为:"我们今天所面临的全球性生态危机,起因不在生态系统自身,而在于我们的文化系统。"这种从社会文化的角度探讨生态问题的思路,已经成为生态文学创作者的文化共识③。

当代西方的困惑在于,这种商业文化、海洋文化、竞争文化、斗争文化遭遇到很大的问题。最近美国副总统戈尔在电影《An In Convenient Truth. 2006》触目惊心的叙述画面中,展示人类在现代性浪潮中遭到空前危机:生态危机、瘟疫层出、温室效应、南北极正在融化,文明最终在人类无止境的现实竞争和消耗资源中正走向自我毁灭。联合国提出三个1%,指出有三种病百人中就出现一人,包括精神病1%、自杀率1%、艾滋病1%④。今天的学者诗人似乎少有思想家诗人灵魂的痛苦,自然科学中心主义将人文科学的人文关怀边缘化! 只有意识到现代性的危害,由穷奢极欲回到尊敬山体、敬畏水脉、爱护地球、和谐公平,这样人类未来才有美好的可能。

比尔·戴维尔(Bill Devall)在《深生态学》中认为:今天需要的则是将生态思维拓展到"生态智慧"中去。智慧这个词来自古希腊,它关系着伦理、准则、实践。生态智慧,或者说深生态学意味着从科学向智慧的转向。深生态学有以下特质。

---

① 奈斯的主要著作《生态学、社会与生活方式》(Ecology, Community and Life Style)1989年被翻译成英语。

② 奈斯在论述深层生态学的体系时给出了一个结构图。图表分成4个层次:第1层次是"最高前提和生态智慧";第2层次是"8点深层生态学平台或原则";第3层次是"普遍规范结论和'事实'假说";第4层次是"具体规则或适用于具体情况的决定"。从第1层次到第4层次是"逻辑推导",从第4层次到第1层次是"追问"。

③ 生态思想史家沃斯特(Donald Worster)认为:在战后年代里,生态学取得了理论上的精深缜密、学术上的突出地位和资金上的完全保证,但也失去了很多内部一致性。它陷入了各分支领域的嘈杂纷争中……他们至少在很长时间内或很广范围内,无法就世界的基本面貌达成一致意见。

④ 根据联合国艾滋病规划署2007年统计数据,全球艾滋病感染者达6 000万,死亡2 500万。根据世界卫生组织统计,全球抑郁症发病率约为11%。全世界目前大约有1亿2 000万人患有抑郁症。目前自杀是第5大死因,而在15岁到34岁死亡人群中,自杀是首位死因。参见王卫红主编:《抑郁症、自杀与危机干预》,重庆:重庆出版社,2006年版,第145页。

第一,拒斥人类中心主义的狂妄,质疑西方伦理传统的人是万物之主的霸权观。重视资源保护与发展运动、动物权利与动物解放运动、人道主义哲学等哲学领域中的改革,并从生态学视角指出这些运动中存在的人类中心主义的不足,坚持应逐渐唤醒民众的生态意识。

第二,深生态学基本原则和理论构想是:"深生态学的基础是构成生态意识对我们自身与自然的直觉与经验,政治以及公共政策方面的立场都从这种意识中自然而然的流淌出来"。它的两个最重要的原则是"自我实现"与"建立在生态中心基础上的平等"。应该用生态中心主义取代人类中心主义,整个世界系统的价值应重估,应摆正自己在地球上的位置。

第三,对世界各种生命形式不分轩轾地加以认同。平等看待所有生命和自然,所有其他生命存在的利益与自己的利益既相关又相依。自然并不与人类利益相冲突,关怀自然是人类个体自我实现的一部分。

第四,发展生态乌托邦理想是人类进行环境教育的重要部分。生态乌托邦为人类提供了一个无法完全实现却让我们始终保持理想的所在,进而培养一种能够理解"自我与他人以及世界的不可分割的联系"的健全人格,实现人的内在自然(心理)与外在自然的和谐。

第五,对工具理性加以批判,强调用精神启蒙或艺术诗意表达的人文理性取代工具理性,从而提升生命质量和精神存在价值。

第六,深生态学不是抽象理论游戏,而是要在社会文化的实践行动中发出真实的声音,人们可以通过根据深生态学理论展开实践行为而变成更加成熟健全的人①。

二、深生态学的现实语境

其一,现代以来,人类文化遭遇到空前的精神困境。

这种困境说明东西方危机的表层是人与环境的自然生态危机,而深层是人的危机、情怀的危机和艺术的危机。在本世纪五十、六十年代兴起的后工业社会所带来的后现代文化,使西方"现代性"遭到质疑。随着人类知识的空前膨胀,科技的霸权和扩张导致了现代性合法化危机。这一状况反过来深刻地规范着人类的心理机制和行为模式,导致一种反文化、反美学、反文学的极端倾向。生命的意义和艺术的深度同时消失,消费意识的渗透使自然与人类意识这两个领域日益商品化,进而,高雅文化与通俗文化的界限逐渐模糊。对这种自现代主义文化以来的文化危机,这种被诗人称为"人不再去度过幽美的心灵生活,人失去精神上的古典与超越的力量,人只是猛奔在物欲世界中的一头文明的野兽"的现象,不仅西方的思想家注意到了,东方的思想艺术家也已体察到了。哲人们为了救赎几近窒息的心灵,解

---

① Eric Katz, Andrew Light, and David Rothenberg (ed.), *Beneath the surface: critical essays in the philosophy of deep ecology*, Cambridge, Mass: MIT Press, 2000, xiii.

放被榨取殆尽的生命,开出的药方竟众口一词:以艺术之气韵给生命以血性,以艺术之意境提升人生的境界,使之摆脱物欲,重返精神家园。

于是,艺术灵性成为诗人哲人追求的目标。正唯此,海德格尔要人们转变向外求索的欲望,凝神静思,体会诗人哲人的灵魂,感受着愁绪,使自己成为趋近诗思的人。这种强调诗意的倾听和本质直观的方式,就是以有限的生命把握人生意义和价值。只有尽心澄情,才能存神见道。这一观点对西方艺术美学影响重大,其后阿多诺、布洛赫、马尔库塞都相当重视通过人的感性审美生成去解救人们被遮蔽的心性。

人过分追逐外在目的,往往不期然地使自己沦为可怜的"手段"。同样,人在过分注意"语言游戏"时会遭遇到思维路断、言语道绝的困境。关心人的心性超越、灵魂安顿,以达到精神的自由解放的维度,在哲性诗学家那里是独有见地的。生态美学重视艺术对灵魂的提升功效。因为美和艺术把未来的理想先行带入历史现实,艺术积淀着人类远古无意识,并从一个更高的存在(道)出发,召唤人们进入审美境界,从纯审美中规范现实向纯存在转换。以艺术之清泉洗涤世俗之尘埃,在宁静的蕴涵中包孕着对人生和世界的一往情深,既超出现实又诗意地返回人生,这就是人与艺术精神的内在契合,或许也是人的超越性的本真写照。就此,比尔·戴维尔认为:"深生态学努力发展个体、社会和所有自然之间的一种新的平衡而和谐关系。它可以从根本上满足我们的深层呼唤:忠诚于并且信任我们的直觉;勇敢的采取直接行动;怀着愉快的自信与感觉的和谐共同舞蹈,这种感觉的和谐是通过与我们身体的节奏、流水的节奏、天气和季节的变化、地球上所有生命的过程的自发而富有游戏精神的对话而被发现的。"①可以说,深生态学力图通过重新陶冶出具有生态意识的个体从事文化更新工作,从根本上铲除导致生态危机的现代文明的病根。

其二,人的断片化使得"精神生态"出了问题。

今天,在全球语境中探讨人在环境危机中精神生态何以可能达到和谐的问题,不仅表明"人的全面发展"成了问题,而且"精神生态"也成了问题。西方现代性的世俗化图景:从人的神话到神死了,大写的人死了,知识精英死了,剩下的是小写的人和比矮的人;从乌托邦到日常生活的合理化,世俗生活成为幸福的别名;从理性中心主义到感觉中心主义,整个世界和知识分子心态发生了整体倾斜,人的片面发展成为时代的标志。大卫·罗森伯格解释说"真正的关联性思维会消解掉建立起关联的作为断点的实体。人不存在了,自然不存在了,只有作为最初追问力量的连续体。这样,某种特定的情感就将光明或者晦暗的影子投注在对运动的观察上,投注在一种召唤的力量上,这种力量似乎来自自然,又似乎是受到我们影响,但实际

---

① Bill Devall, George Sessions, *Deep ecology*, p. 7.

上它谁也不属于,它是看者和被看者的连接。"①事实上,人在这个片断化的时代日益片断化和异化。人们已经从前现代的线性时间观中走出来,进入现代性的当下时间,更进一步进入后现代的时间的空间化——无时间。于是文化远离了贵族化和垄断化,远离了权威性和启蒙性,进入到肉身化、独白化、自恋化、欲望化、比矮化、自贬化、消费化。如何使文化和人的精神的绿色生态化地发展,需要认真地思考和实践。

其三,深生态学是一种激进的深环境主义。

在我看来,深生态学是一种有深度的生态哲学,它在思考人与世界的关系或人类与非人类世界的深度关联中升华为"人类性"思考的生态智慧,这种整体性的高智慧将人与自然的关系作为其思考的核心和根本,从而超越了西方主客体二元对立的哲学传统。"自然本身作为一首具体的诗歌是充满混淆的。节奏和诗节从一个时刻向另一个时刻转变。但我们永远不是只决定我们所见之物的属性。我们希望看到结构,并且决定它在那里。当我们看的时候,世界为我们提供秩序。我们并没有选择栖居地。它允许我们它里面生长繁荣。"②其实,这个世界无限丰富的生命现象背后有一种更为根本和深沉的生命力量存在,它是世界上一切存在物的前提。

《实践生态批评》
英译本书影

深生态学理论家基本认同两个基本原则,"生态中心的平等原则"和"自我实现原则"。从这两个原则出发,深生态学在人与自然关系方面坚持生态系统的整体性思想,反对个体主义独立或外在于整体性。从而与整个西方传统的个人主义和个人至上相对抗。深生态学进而认为整体对个体具有决定性意义,没有任何个体能够脱离开人类整体系统而存在③。

深生态学的平等原则具有"众生平等"的高远性,所有的生命和存在都具有不可剥夺不可替代的内在价值。人类并不比任何物种高,而只是生态系统中平等的一部分。它对那种仅仅从人类利益出发对自然加以盘剥的人类中心主义的立场加以坚决地抵制。同样,深生态学对人类的未来并不悲观,而是在环境危机中对前景充满乐观的理论话语。他们将生态危机与文化远景问题联系起来,力求揭示人类文化心理和制度范式是如何影响地球生态的,并通过深度反思来重新厘定人类文化的重量。

---

① Eric Katz, Andrew Light, and David Rothenberg (ed.), *Beneath the surface: critical essays in the philosophy of deep ecology*, Cambridge, Mass.: MIT Press, 2000, pp. 161-162.

② Ibid.

③ Ibid.

第五节 生态批评对当代文论的意义

西方文化的全球化是人类多元文化丰富性凋敝的开始。人类的政治制度、人权准则、金融体系、科技发展都会全球化,这是人类共同进步的基本保证。但文化形态、审美感性、艺术精神、宗教信仰必须保持各自的身份特色,丢掉这一点人类的精神生态文化生态就会出现重大断裂和本体错位。

一、人类性价值中断与东西方前沿话语整合

生态批评文论既从生态学视野出发研究文学与宇宙生态系统关系,又从生态学角度看文学批评,强调生态学角度高于审美角度,审美之维服从生态之维,使生态与审美获得互动互释。更深一层看人类精神生态谱系:"人类性价值中断"问题困扰着人类,不管是美国还是欧洲,不管是亚洲还是非洲,所面临的共同问题都是——当代价值伦理、审美情趣和心性襟抱与传统的整体中断和大面沦落。传统的"价值中断"造成了人类总是从零开始,对过去创造的巨大物质与精神财富和人类深厚的价值本源加以否定,使所谓"追新逐后"的"唯新主义"成为对传统"釜底抽薪"的借口。其结果使人成了无根、无源、无本、无家之人,于是寻家、归家、精神复归——寻找人类故乡和精神家园成为现代后现代人类精神生命的真实写照。

在生态文化和生态批评问题上,有一个重要的问题必须提出来。生态文化问题的提出,一方面是从现代性内部产生的自我反思,另一方面是东方文化对西方现代性文化的某种程度的纠偏。从历史上看,西方文化源头与东方文化有不解之缘。在相当长一段时间,古希腊被看成是西方文明的本源。事实上,那种将希腊文明看成是西方文明传统的观念在当代受到越来越多的质疑。从某种意义上来讲,这是现代性以来的西方中心主义观念形成的一种文化偏见。希腊是西方文明一度中断而后发扬光大的文化形态。西方文明并不仅仅源于希腊的克里特岛,而且同古代近东地区尤其是底格里斯和幼发拉底两河流域文化紧密相关。

直言之,西方文明受东方文明影响很大。西方人将希腊作为西方文明的开端,并以各种现代性叙事阐释这一文化源头,进而片面地将西方文化看成人类最初的曙光。事实在于,希腊文化作为一种曾经失落的文明,是近代以来因现代性和全球化的需要而被创造出来的一种所谓连贯的文明形态。其实,西方文明既不是一种连续性文明,又不是独立成熟的文明形态,而是深深地受到东方文明影响的文明。美国史学家威尔·杜兰在《世界文明史·东方的遗产》中如是说:"我们之所以由东方开始,不是因为亚洲乃我们所熟知为最古老文明之地,而是因为亚洲文明是形成希腊与罗马文化的背景与基石,而梅因(Sir Henry Maine)却误以为希腊与罗马文明乃是现代文明之源。当我们获知大多数重要的发明、经济与政治组织、科学与文学、哲学与宗教,都是来自埃及及东方时,我们定会惊讶不止。"

两河流域和埃及文明中关于人与人的关系的处理和人与超自然力的神的关

系的处理,启发了西方人。在文字、艺术、宗教等方面,西方文明对近东文明有着诸多借鉴:诸如建筑学、测量学、城建学、军事技术、制造术、雕刻艺术都是从两河流域和埃及传入,而天文学、数学、几何学、修辞学、历法、贸易艺术、钱币使用、国际条约的签订都是由两河流域和埃及的文明开创先河的。在这个意义上可以说,西方文化乃至宗教都有东方的因素,与东方有不解之缘,西方文明是吸收东方先进文明而获得精神能量的。正是将人置于宇宙中心,强调"人是万物的尺度"(古希腊哲学家普罗泰戈拉德语),才使得现代西方人与古希腊人在坚持人文主义,高扬人性中找到了精神共鸣。

因此,今天的生态文化使东方文化又一次对西方前沿文化产生了影响,这一生态话语流动和互动互用,实在是人类走出生态危机和精神危机的福音①。

二、生态文化聆听物种灭绝的警钟

西方艺术家和美学家近些年来大力提倡生态文化和美学,这一方面有对工业社会或后工业社会出现的众多问题的反省,另一方面也有对艺术中近几十年来出现了过多的卑污和血腥的抵制。这种生态美学在全球播撒,得到了人们普遍认同。然而问题在于:"自本世纪以来,已有5 400余种动物在人类统治下而提前灭绝。如今的人类,早已从为生存而有节制地向大自然索取变为无节制地奢求。人类大肆屠杀动物,血腥气充塞天地间。然动物物种有限而人类欲望无穷。这种无节制的疯狂攫取,破坏了自然界的生物链,最终会将人类自己也逼到死亡的境地。"我想,人类无疑成为了这个世界最为凶狠野蛮的动物,这种"现代性"机器所导致的无节制的疯狂虐杀和私欲占有,使得人类亘古未有地陷入了虐杀与自杀的悖论之中。善待动物的吁求是值得新世纪人深思再深思的。

在我看来,在全球化的人与动物的紧张关系中,人的这种嗜血杀戮的本性,这种社会达尔文主义的鼓噪,事实上已经将人与动物的和谐关系彻底扭曲,使得人成为一种不断用各种理由(政治的、经济的、文化的,甚至艺术的理由)心安理得地从事冷漠的杀戮,进而使杀戮操作化、表演化!从而丧失了人与万物同一的人性共识和基本法则。不仅如此,这种血腥感的制造者,事实上是人类中心主义虚拟的人类霸权推进者,虚幻地以为人可以处在动物物种之上,可以任意决定动物的生死,可以将自己的意志无限地强加在动物身上。人类正在滥用上帝权力的徽章,正在为人类从整个生物链条脱节埋下祸根。

生态批评要求人们做到:不断削弱骨髓里的贪婪之欲,不借任何冠冕堂皇的目的从事杀戮,不为了任何理由为自己制造杀戮的口实。那种为了显示富贵而披裘戴貂,在西方世界已经成为一种陋习,一种为环境保护组织看来的近乎犯罪的行为。同样,为了口福贪婪而滥杀动物,已然表明人类短视和疯狂。自然报复的时间

---

① Michael P. Branch (ed.): *Reading the earth: new directions in the study of literature and environment*, Moscow, Idaho: University of Idaho Press, 1998.

表,已经缩短并且排满,5 400余种动物在人类统治下而提前灭绝,为人类难以言说的前景敲响了警钟!

三、生态文化对人的生存意义的新导向

莱德菲尔德在生态美学意义上的"文化寻根",不同于寻根文学以乡土民俗、传统民族性精神的发掘与再现为特色,而是以人类文明的回顾与前瞻为宏观构思框架,试图引导人们觉悟到作者所坚信的某种新世界观——新时代(New Age)运动的思想。因此,西方20世纪后期的寻根文学不仅是文学现象,同时也是代表着西方民间思想运动的重要文化现象。

近几十年来,西方模仿东方生活形态,出现了"慢生活主义",而且大有风靡世界的趋势。1986年意大利作家卡罗·皮逊尼发起并带动了一股全球性的"慢生活"浪潮。1999年,第一届"慢城市国际大会"在意大利奥维托召开。"慢城市"有更多的空间和绿地供人们休闲娱乐,生活速度放慢,在意大利就有30多个小城加入了"慢城市"的行列。近年来,美国的"慢学校"开始出现,加利福尼亚伯克利马丁·路德·金学校就是代表。在这所学校没有拼命的竞争,没有严格的作息时间和所谓的竞争机制,授课时间和课程的安排都按照学生的需要来设置。于是,人们慢慢地运动,慢慢地呼吸,慢慢地吃东西,慢慢地聆听,慢条斯理地工作,温婉地交际,怡然自得,慢慢地享受生活,这是一种很高的境界。

同样,西方人对东方精神的吐纳,导致近年来欧洲出现了"极简单生活主义"。人们认识到,人陷入了一种贪婪"加法"的恶性循环,越干越多,越多越干,节奏越来越快,人生越来越忙,生命力越来越弱,时间越来越少。于是,西方人向东方学习,开始做"生命减法"——老子说"损之又损,以至于无为,无为而无不为"。人们感到生活原来可以如此简单——而事实上生活原本就是如此简单!

总体上说,面对消费主义和文化霸权主义,生态主义提倡具有文化生态意义的简单生活方式和简单消费的方式。消费主义"身体"扩张与全球同质化潜在逻辑,使消费主义日渐明显。一些反对消费主义张扬绿色生态生活方式的人认为:现代化或现代生活不是高楼、汽车、病毒、荒漠、沙尘暴,真正的优质生活不需要太多人工的雕饰和超过需要的物质炫耀。如今许多人已经认识到"拼命生产、拼命消费"生存方式的弊端,中产阶级中更悄然兴起了"简单生活"——把家搬到乡村,自钉木板房,不使用过多电器,挣有限的"薪水",充分享受大自然中的空气、阳光。社会学家认为:这种返璞归真、回归自然、"少就是多"(less is more)的"简单生活",在21世纪它必将成为一种普遍的风气。也许,简单的生活,简单的消费,也就是像托尔斯泰晚年素朴的生活可能会重新呈现出魅力。

事实上,人对外界空间的无尽征服,使人变得越来越渺小。现在科学家们基本达成了一种共识,那就是太阳系不只是一个,而是10万个。我们面对着浩瀚的时空大限,宇宙也不只是一个,而是复数——数十个或上百个。在这个复数的宇宙中,发光的物体只有5%,有95%不发光的物体默默地主宰着宇宙的命运。在其中,人只不过是一粒灰尘,所做的任何事情对于茫茫宇宙来说,都微不足道。

今天西方科学家警告人们:地球环境在恶化,而南极冰层的最终消融,其破坏一方面将使冰川下深冻的数百万年前仍然存活的瘟疫病菌随洋流传播,人类对这种病菌没有任何免疫力;另一方面,南北极的冰层融化后,海平面将升高20米,这意味着沿海国家的日本将沉入海中,威尼斯将在海底,世界很多海边城市都将被淹,人类上万年的富饶的平川都将沉在海底。如果扩大城市和过度消费自然资源,增加温室效应,未来世界将并不美妙。因此,人类的未来应该是东西方所共同来思考的未来,也是在东西方对话中生出新世界蓝图的未来。

四、生态文化的启示与精神价值整体创新

日本科学家江本胜作了一个实验:放置一杯水,然后播放极为纯美的巴赫、莫扎特、贝多芬的音乐,然后将这杯水拿去用仪器透视,发现水分子呈现出极其辉煌亮丽、美妙绝伦的分子结构,充满了生机和活力。同样,把这杯水放到重金属摇滚的嘈杂刺耳声音中,水分子的结构发生了类似癌变的分子结构变化。我们都知道,人体80%都是水,进入反生态的噪音中,怎么不得癌细胞呢? 同样,非艺术成为喧宾夺主的政治波普,真正的艺术就成了病态的艺术。

日本江本胜著
《水知道答案》书影

如今,自然生态观使得西方人将其引入人文价值领域,开始研究生态文化、生态哲学、生态美学、生态艺术。这意味着人类从战胜自然乖戾中,开始学会尊重自然和人性。中西传统文化是大抵遵从"天人合一"中的中庸和谐之美,所以不管是古希腊的文化还是先秦的文化精神,都对中庸之道的生态和谐精神加以提倡。西方古希腊有着"中庸"思想:数学家毕达哥拉斯在他的《金言》中说"一切事情,中庸是最好的";哲学家德谟克利特说"从一个极端到另一个极端的动摇不定的灵魂,是既不稳定又不愉快的";苏格拉底讨论过"中道"问题,柏拉图认为需要"中"的原则,以论证绝对精确的真理,亚里士多德在《政治学》和《尼各马可伦理学》中对"中庸"作深入分析说:"中庸在过度和不及之间,在两种恶事之间。在感受和行为中都有不及和超越应有的限度,德行则寻求和选取中间。中庸是最高的善和极端的美。"可以说,孔子、子思与柏拉图、亚里士多德在"中道"观点上志趣相近、不谋而合,决定了中庸在中西古典伦理思想中的核心地位,更影响了中西方世界两千年来的发展进程。

然而,现代性的二元对立违背了中庸的"一分为三"的多元精神,现代性艺术成为了"反抗"的艺术时,西方艺术已然变"丑"。生态美学呼吁,今日世界不需要用"审美性"的现代性去反抗"制度性"的现代性,而是用生态平衡去要求人的精神生态平

 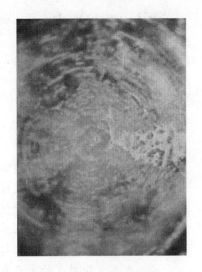

巴赫《咏叹调》　　　　　　　　　　　　重金属摇滚

衡。现代性出现了"异化"制度性的断裂,导致艺术方面也出现了精神性的断裂,只有通过生态文化的调理,才可以避免重蹈覆辙,而寻找人类文化身份的重建之路。

我们必须扬弃西方的现代文化与后现代艺术的低俗性和虚无性,冷静思考人类的未来是否可以将东西方文化中精神相通的要素整合起来,在相互理解消除文化误读发现差异性文化之间心灵相似性。在真正的文化生态整体上创新中,拿出巨大的心智和勇气着手解决人类共同面临的精神生态失衡问题,让人类告别冷战、战争、瘟疫、罪恶,走向新世纪绿色生态的自然和社会,让人性更具有生命的绿色[①]!

关键词:

生态哲学(Ecophilosophy)

生态神学(Eco-theology)

生态政治学(Ecological politics)

生态经济学(Ecological economics)

生态人文主义(Ecological humanism)

生态女性主义(Ecofeminism)

生态文学(Ecoliterature)

生态艺术(Ecological art)

生态社会学(Ecosociology)

生态伦理学(Ecological)

生态人类学(Ecological anthropology)

---

① Laurence Coupe(ed.): *The green studies reader: from Romanticism to ecocriticism*, London; New York: Routledge, 2000.

生态心理学(Ecological psychology)
生态批评(Ecocriticism)
深生态学(Deep ecology)
生态主义(Ecologism)
少就是多(less is more)

思考题：

一、生态文化的现实针对性是什么？

二、试描述生态理论的发展轨迹。

三、生态文学的特征与价值取向是什么？

四、生态批评的发展与基本特征是什么？

五、深生态学的理论主张与现实语境是什么？

六、生态文化对人的生存意义是什么？

阅读书目：

[1] Michael P. Branch (ed.): *Reading the earth: new directions in the study of literature and environment*, Moscow, Idaho: University of Idaho Press, 1998.

[2] Richard Kerridge, Neil Sammells(ed.): *Writing the enviroment: ecocriticism and literature*, London & New York: Zed Books Ltd.

[3] Laurence Coupe(ed.): *The green studies reader: from Romanticism to ecocriticism*, London; New York: Routledge, 2000.

[4] Joanthan Bate: *Romantic Ecology: Wordsworth and the Enviromental Tradition*, London: Routledge, 1991.

[5] Lawrence Buell: *The enviroment imagination: Thoreau, nature writing and the formation of American culture*, Cambridge: Harvard University Press, 1995.

[6] Alan Bleakley: *The animalizing imagination: totemism, textuality and ecocriticism*, New York: St. Martin's Press, 2000.

[7] Eric Katz, Andrew Light, and David Rothenberg(ed.): *Beneath the surface: critical essays in the philosophy of deep ecology*, Cambridge, Mass.: MIT Press, 2000.

[8] Nina Witoszek, Andrew Brennan(ed.) Philosophical dialogues: *Arne Naes and the progress of ecophilosophy*, Lanham, Md.: Rowman & Littlefield, 1999.

[9] Clare Palmer: *Environmental ethics and process thinking*, Oxford: Clarendon Press; New York: Oxford University Press, 1998.

[10] David E. Cooper, Joy A. Palmer: *Spirit of the environment*, London & New York: Routledge, 1998.

[11] David Ray Griffin (ed.): *Scared interconnections: postmodern spirituality, political economy, and art*, New York: State University of New York Press, 1990.

结　语

经过近一个世纪的西方文论流派梳理分析后，可以看到，当代西方文论同整个世界前沿话语相关联，其重要语境是全球化和多元化构成的特殊张力场。我注意到，整个20世纪西方文论流派众多而方法杂出，但大抵上可以规约为三大流派①。

一是德国解释学和接受美学流派。这一流派使文艺研究发生的转折在于从创作转向了阅读，从作者中心转向了读者中心，导致在意义的阐释中已经不再注重作者本身的意义。读者成为阐释的主体，开始了意义的无尽阐释。创作者在创作完成后，作者就已不再重要，作品的意义在读者那里获得生命而逐渐展开。可以说，解释学和接受美学强调的是意义增生和溢出原则。这种对原意丧失的漠视是两次世界大战导致的"上帝已死"造成的，没有神圣原意导致了原创者不再重要，而意义的增生溢出和增补才是重要的，文学研究由原本的意义追求走向了引申义的求索。

二是法国的解构主义文论话语。解构主义话语强调的是"差异性"原则，这是因为欧洲在面对美国的崛起出现与美国同一性对抗的非同一性原则。所以，怀疑与颠覆霸权帝国话语成为整个解构主义的原则。于是，对差异的求索导致了文化上的"无意误读"和"有意误读"，并进一步使得意义的解释成为颠覆性的和反抗性的。如果一战是以德国的解释学为重，二战是以法国的解构主义为重，那么，一战二战之后的冷战时期，则出现了英美的文化研究和大众文化。

三是英美的文化研究强调大众文化和消费主义，利用从作者到读者的解释学原则和从同一性原则到差异性原则的解构主义话语的思想资源，但在媒体的平面上滑行时，文化研究变得浅薄和平庸。美国的大众文化以"三片文化"为代表。其一电影的全球风靡，改造了人们的视觉形态；其二薯片改变了人类的饮食文化结构；其三芯片使人类文化写传播方式彻底改变了。

可以说，当代西方文论与前沿性的西方诸社会思潮密切相关，同时也与全球化浪潮中的科技、制度、文化、宗教息息相关。科技经济一体化和核战争威胁使整个人类休戚相关、荣辱与共。不同的价值立场使得在全球范围内出现了文化宗教层面反全球化的多元文化主义潮流。与全球化相抗争的"多元文化"伴随着人类历史而发展：中国文化传统、希腊文化传统、希伯来文化传统、阿拉伯伊斯兰文化传统、非洲文化传统等多种文化不断消长，此起彼伏地影响着人类社会的进程。当今世界种族间的冲突层出不穷，黑人民权运动、新"左派"运动、同性恋运动、女权运动、反文化运动等此起彼伏，整体性现代社会正在发生大分裂，世界正在走向新的

---

① 参王岳川：《二十世纪西方哲性诗学》，北京大学出版社1998年版。

多样化。无疑,这一切都影响着文学创作和批评的聚焦点,同样也影响着文艺理论透视的折光率。

一、现代性症候与西方文论话语

全球化现代性对西方文论的发展有着重要的导向作用,然而本土化和全球化从来都彼此依存,作为文明载体的民族自身发展不仅在冲突中融合而成,而且在融合中产生新的冲突并进而达到更高的融合。作为强势的西方文论往往成为"文论输出"的高端话语,向第三世界"话语播撒"或"理论旅行"。但是这种单边主义的话语扩散,在20世纪末的多元主义和文化对话主义中开始失去自我中心地位而开始学会倾听不同地区的"文化发言"。这一总体境遇使得西方文论不再在形而上学理论思维中展开,而是具有形而下的多元性、日常性、世俗性、大众性理论旨趣:

其一,西方文论"单一话语"正在让位于"多元文论对话"。"多元文论对话"既不是抹杀各民族自身的特性,也不走向所谓的"本土化"和冲突论,而是坚持通过对话求同存异,从而在本土化和全球化之间达到微妙的谐调,在冲突论与融合论之间获得一种良性互动。多元文论对话强调尊重差异性文论。多元文论的提出和发展取决于一种健康的文化心态,即既不以冷战式的二元对立思维去看走向多元的世界,也不以多元即无元的心态对所有价值加以解构而走向绝对的个体差异,而是在全球文化转型的语境中,重视民族文化中的差异性和特殊性的同时,又超越这一层面而透视到人类某方面所具有的普适性和共通性,重新阐释被歪曲了的民族寓言,重新确立被西方中心话语压抑的国家文化形象。全球化格局下的文学理论将建构多元多样性诗学为己任,这种多元文化观将使东西方学界突破西方文论的单一知识框架,重新审视东方文学传统中的文化理念和文学观念,关注"文学性"在新的世界格局中的现代诗学特征,并通过对差异性文化精神的体认,获得更为宽松多元的文化差异性结论。

其二,在网络传播时代,文化从经典进入非经典和反经典,使速朽的口语写作超过经典书面语写作的价值,日常生活感成为这个时代的合法性标志。文字的魅力不再惊天地而泣鬼神,而是不断生产又不断被覆盖。从珍惜语言到滥用语言,语言成为随波逐流的无思平台;从人的神话到神死了——大写的人死了,知识精英死了,剩下的是小写的人和自足的人;从乌托邦到日常生活的合理化,世俗生活成为幸福的别名;从理性中心主义到感觉中心主义,整个世界和文学知识分子心态发生了整体倾斜,艺术肉身化挤压精神性成为这个时代的标志。

其三,当代西方文化艺术中的世俗化倾向越来越占主导地位,而精英文化却在日常理性中日渐衰颓。如何在经济全球化中为文化艺术和人的精神发展定位,成为文学知识分子的迫切工作。不难看到,人们已经从前现代的"线性时间观"中走出来,进入现代性的当下时间,更进一步进入后现代的"时间空间化"——无时间。于是文学远离了高层化和垄断化,远离了权威性和启蒙性,进入到肉身化、独白化、自恋化、欲望化、比矮化、自贬化、消费化。如何使文化和人的精神生态绿化,使人不坠入"白色写作"的怪圈,而是进入"绿色写作"的良善氛围,需要文学知识分子认真地思考。因为知识分子是问题的提出者,他需要对时代不断提出问题、反省问题,把怀疑和追问放到优先地位。

其四,文字文化式微与视觉文化兴起①。欧美大众传媒改造了世界,带给人们视觉文化的冲击,数码相机千万像素乃至几十亿万像素,追求高清图像使图像魅力正在胜过乃至取代文字。无论说"文图时代",还是"图文时代",图像和文字的关系已经成为当代文化不可忽视的方面,各种图像、影像符号对文字文本形成越来越强烈的冲击②。人类从诗歌乌托邦退回到小说叙事,再由小说虚构退回到散文真实,最后又退回到图像的直白。历史上操持文字的文人常为文字所苦恼、得罪、死亡、涅槃。古人对文字的感情极其深厚,在言、象、意之间不断尝试着沟通的可能性,其间甘苦感人至深。今天,文字正在败给图像,"文字被图像流放"似乎成为一种世界性趋势。从某种角度来看,图片更具有视觉冲击力,它是与生俱来的,是人类视网膜成像机制最直观、最丰满和最具震撼性的体现。图像很表面化,非本质甚至能一叶障目,认知图像不需要中介,而是目击道存的东西。人类是从图像开始的,无论是最早的新疆岩画、西班牙、法国山洞里的壁画,以及中国一些古陶器上面的纹理,都是原始图像。文字的出现比图像晚,恰恰说明了前者比后者高级、深邃、浓缩、更能打动人心。文字在历史中曾经占据了霸权地位,与此同时图像逐渐干瘪,沦为插图、说明图、指示图。直到一百多年前相机的出现,图像插上了机械复制的翅膀,得以飞速发展,最近几年间数码相机突飞猛进,铺天盖地的图像完全淹没了文字,于是文字走向了衰落。正是由于图像的这种虚拟性和仿真性并存的特征,使得今天的大众传媒用"图像"的方式编造出种种幻象。文字是图像的灵魂,是人类理解的密码,没有文字人类将倒退回儿童时代;而图像是文字的升华、丰满和现实化。二者合则双美,离则两伤。

二、西方理论终结与反理论思潮呈现

英美有一种流行的说法:理论死了,理论已经终结。那么,文学理论也死了? 近来,英国文论家伊格尔顿出版《后理论》一书,宣布文艺理论在离我们远去。西方文论出现了危机③,"文学边缘化"、"文学研究者流失"成为一种国际性事态④。

美国所谓的"理论鼎盛"时期已经过去⑤。耶鲁大学斯各尔斯认为:如今,文学

---

① Kevin Robins, ed. Into the Image: Culture and Politics in the Field of Vision, London, New York: Routedge, 1996.

② Joanne Morra and Marquard Smith, ed. Visual Culture, 4 Volumes, New York: Routledge, 2006.

③ 美国现代语文学会主席塞义德认为:如今文学已经从众多人文课程设置中消失,取而代之的是"残缺破碎、充满行话俚语的科目";普林斯顿大学研究生院院长科南(Alvin Kernan)教授以非常刺激人眼球的字眼作为自己新著的标题:《文学之死》(1990),表达了自己对文文学存在本体的危机感。

④ Andrew Delbanco, The Decline and Fall of Literature, *The New York Review of Books*, Nov. 4,1999.

⑤ David F. Bell, "A Moratorium on Suspicion?" Publication of Modern Language Association (PMLA), Vol. 117, No. 3, May 2002, pp. 487-490.

成了与其他符号系统——如时尚、肉体语言、运动等同样的东西,解构主义抽离的是文学思想、道德、情感的价值内涵,而文化研究则在所谓民族、阶级、性属的话语中走向大众化,导致文学研究被进一步"残片化"(fragmentation),文学正在从社会公共性生活中日益退场。米切尔认为:从过去的30年来,由于媒体的红火,文学理论领域开始冷落起来,不少人转向了文化研究领域。事实上,文学以及文学理论仅仅是边缘化了,而并没有完全终结,如弗莱(Northrop Frye)、米勒(J. Hillis Miller)、詹姆逊(Fredric Jameson)等取得的文论研究成果有目共睹。文论的泛化意味着它们从文学域撒播到生活域的各个层面,包括大众媒体、日常生活、个体经验、肉身状态中。

在理论大潮消退之时,更需要反省从精神分析批评、现象学批评、解构主义批评、解释学、接受美学、女性主义批评、新历史主义批评、后现代主义文论、后殖民主义文论、文化研究、生态批评的历史功过。看这些层出不穷的新理论的"问题意识"究竟是什么?其开拓和探讨问题的深度是什么?怎样看待以"解构主义"为主潮的最新西方文论的整体迷茫?以及以"政治正确"(PC)为代表的文论政治化倾向的症候?不少理论家认为:正是由于最新理论的不断膨胀产生了大量的理论泡沫,加之这些新潮文论面对社会和文本时被观念先行的虚无主义所笼罩,导致了人文精神的流失和文学创作的失范,文学在不断翻新的新理论、新思潮、新方法的冲击下,被任意解读分离乃至"误读",使的新潮理论太过重视文学形式创新和肉身状态,文学指涉社会和世界的真实价值进一步消解,文学走向式微呈现出一种加速度轨迹。

当然,说当代西方文论与西方文学的复杂关系导致当今整个世界文学出现精神迷茫和创作失范是不公平的。其实,无论是文学创作与解释批评链条脱节,还是文学理论的自我创新和不断汰变的"理论失语",其背后都有更为深远的政治、经济、军事、文化、宗教等原因,需要在更大的文化语境中加以仔细厘定。

当代西方文论的全球扩张,深层原因是西方现代性与后现代性的全球播撒。现代性使当代西方艺术具有文化霸权的话语平台。现代性与科技发明和殖民主义相关,短短200年就使得西方成为世界霸主。但反过来,现代性也让西方和世界深受其害。因为在现代性发展和大国崛起的几百年历史中,世界告别了"王道"而成就了"霸道",最终导致了两次世界大战。希特勒残忍屠杀了600万犹太人:犹太人赤身裸体走向毒气室时,面对苍穹呼喊上帝,上帝选择了沉默。无辜者因种族和宗教而集体被杀,这一现代性杀戮使艺术家突然醒悟并意识到:上帝没有出现而种族主义正在屠城,于是审美现代性开始放弃价值升华的追求,现代艺术家开始感受世界坠落般的恶心。萨特的《恶心》是里程碑式的,宣布现代性艺术不再让人赏心悦目,而是以血腥恶心为身份标志。从此,艺术家堕入了虚无主义悲观主义和文化失败主义泥潭,对人类未来充满了悲观意绪。

西方乘着全球化的翅膀开始了文化霸权的飞翔。霸权(hegemony)是一种在文化领域中争夺"领导权"或"控制权"的话语。大体上说,"文化霸权"是由葛兰西在

20世纪30年代详细阐述并用于文化研究的概念,主要是指统治者在某一历史时期实施文化权力。文化霸权将历史上属于某个阶级的意识形态扩张化,使之成为人类对西方话语权力的普遍认同。于是,话语权力不是作为强权而是作为权威而得到行施,人们的精神文化生活在不知不觉中被政治化了。丹尼尔·贝尔在20世纪60年代钊对50年代的政治幻灭提出"意识形态终结"说(end of ideology)。在《意识形态的终结》中,他认为:"人们在50年代末发现一种令人困惑的停顿。在西方,在知识分子中间,旧的热情已经耗尽,新的一代由于对那些旧的争论缺乏深沉的记忆,同时由于没有稳妥的传统可以依靠,所以正在一个从精神上已经抛弃了过去那种启示录般的、千年幸福幻想的政治社会体制中寻找新的目标。在探索'事业'的过程中,存在着一种深刻的、绝望的、差不多是忧郁的愤怒情绪。"如此一来,不管现代性审美怎样承诺人类未来美景,物质会如何丰富,都已然无济于事——人类在价值崩溃中彻底绝望并世俗化,不再有人的生命与心灵的同一性快乐,剩下的只是以疲惫身体获得金钱的快乐,不再为心灵焦虑而只为金钱犯愁。于是,"现代性悖论"出现了——从真诚地反对现代性丑恶到假笑式的自我欺瞒,这样的"集体假笑"造成的人的精神灾害波及了被媒体炒红的艺术家,并在近20年类型化艺术中成功地转变为辨认人类精神生态失衡的意识形态符码。

于是,当代文学艺术呈现了后现代价值平面的全球世俗化。西方的后现代主义在解构主义哲学的支撑下,在艺术领域掀起来能量相当惊人的反艺术浪潮。从20世纪60年代开始,欧美的"反文学"、"反绘画"、"反音乐"、"反文化"甚嚣尘上,迅速播撒全球。领风气之先的美术领域大面积出现了现成品艺术、装置艺术、行为艺术、观念艺术、波普艺术、光效应艺术、偶然艺术、极简艺术、大地艺术,终于将传统的架上油画和具象艺术彻底边缘化。人类世界大抵有两种艺术能撼人心魂,一是充满爱心的纯粹超越性艺术,二是被压抑扭曲的反抗性艺术。前者使人心灵净化,后者使人灵肉痛苦,丧失了这种哲学高度的艺术创作只是人文精神的名存实亡,不过是技术和市场操作的冠冕堂皇的浮躁而已。事实上,西方后现代主义既颠覆了前者又压抑了后者,使当代艺术成为颠覆之后废墟上的虚无主义精神的膨胀。于是,观念错位使当代艺术在缺失文化的情况下反文化,在丧失价值底线中反价值,进而造成艺术的视觉暴力和精神盲目。

当视觉暴力化和盲目化后,艺术感受成了问题,无目的无价值操守的艺术表达成为传统经验感受方式的报复行为,这直接导致了当代艺术精神生态危机。于是,理论终结的问题导致了"反理论"情绪的出现,并再次提高到人类精神漂流的高度加以指认。可以说,文学理论对文学的研究已经泛化,向社会各个领域播撒开来,文学理论在终结中,正在寻求新的话语形式和新探究领域。

三、文化冷战与中心话语文论霸权

进一步看,当代西方文论和世界文艺发展同美国全球文化后殖民战略紧密相关。近年来,随着美国政府一批重要文件过了保密期而开始解密,一些让人叹为观止的内幕被披露出来。美国《混合语》(Lingua Franca)杂志曝光说:美国为了完成与苏联争霸的战略目标,由中央情报局一手策划和操纵了文化冷战,而一些闻名全球的作家和艺术家则有意无意地变成了文化冷战的工具。美国中央情报局很会打"文化战",它不遗余力地在第三世界推进"现代性"事实上是文化战争文化霸权的幌子——美国中央情报局长期插手,在1996年后加紧了对第三世界学术界的渗透,从国库拿出巨资唆使一些人游说第三世界,全面进行洗脑宣传而推进全盘美国化。事实上,中情局是美国的文化部宣传部,其怂恿成立的"文化自由大会"在35个国家设有分支机构,主要工作是用自己的新闻社出版社各种著名刊物,举办艺术展览,组织高规格的国际会议,资助学者互访,捐助讲座教授位置,并为音乐家美术家歌颂美国打压欧洲和亚洲而颁奖,从而扩大美国文化的霸权主义和文化殖民空间。

被控制的"文化自由大会"其实不自由,它被美国中情局控制成为没有自由的政治傀儡。它最厉害的武器就是取之不尽的国家银行拨款。为了引诱第三世界知识分子上钩,他们动用了"马歇尔计划"20亿美元的资金来搞文化宣传"心理战",通过"法弗德基金会"、"亚洲基金会"、"福特基金会"、"洛克菲勒基金会"、"卡内基基金会"大量收买本地文化打手。中情局工作人员这样形容:"我们根本就花不完美元,要多少有多少,而且没有人来查账,真是不可思议。"而接受过中央情报局资助的人的名单中,包括历史学家小施莱辛格;理论家阿尔罗、克里斯托、罗素、伯林、阿伦特、屈林夫妇、席尔斯;社会学家贝尔;诗人艾略特、奥顿、洛危尔;小说家库斯特勒、奥威尔、玛丽·麦卡锡;画家罗思柯、帕洛克等等。

近来,弗朗西斯·斯托纳·桑德斯(Frances Stonor Saunders)通过梳理美国政府的解密文件、私人档案材料和对当事人的采访记录写作出版了《文化冷战与中央情报局》①,书中详尽地揭露了令人目瞪口呆的事实:"在国外,中央情报局主要依靠当地的知识人,他们从内部的进攻有利于掩盖美国的黑手,制造出一切源于本地的假象。"美国的博物馆和艺术收藏馆在中情局授意下,大量收藏当代艺术和先锋艺术作品,以此摧毁古典和现代经典艺术。中情局最负盛名的行动当属设在纽约的"现代艺术博物馆",它使之变成自己行动站,该馆负责人中有不少与中央情报局有千丝万缕的联系,他们大量举办"抽象表达艺术展"、"行为艺术展"、"现成品艺术展"。一些中央情报局人员毫不隐瞒地说,"中央情报局是五十年代美国最好的艺术评论家","我们是抽象表达主义运动的真正缔造者"。

美国政府发言人乔治·坎南(George Kennan)很直率地说:"美国没有个文化部,中央情报局有责任来填补这个空缺。"美国国家安全委员会对"宣传"定义为:"有组织地运用新闻、辩解和呼吁等方式散布信息或某种教义,以影响特定人群的思想和行为……一个国家有计划地运用宣传和其他非战斗活动传播思想和信息,以影响其他国家人民的观点、态度、情绪和行为,使之有利于本国目标的实现。"霸

---

① 弗朗西丝·斯托纳·桑德斯:《文化冷战与中央情报局》,北京,国际文化出版公司,2004年版。

权主义宣传和冷战心理战的目的是让第三世界人崇美忘本,其重要性"与空军一样不可或缺"。美国宣传心理战专家克罗斯曼(Richard Crossman)说得更直白:"上乘的宣传看起来要好像从未进行过一样。让被宣传的对象沿着你所希望的方向行进,而他们却认为是自己在选择方向。"为了做到这一点,乔治·坎南认为"必要的谎言(necessary lie)"和欺骗都是允许的。

正如有评论所说,中情局将"艺术成为准军事资产","文化名流成为宣传工具"。中央情报局就是"文化战"或"文化冷战"、"心理战"的别名。艾森豪威尔在一次记者招待会上的解释更明了:"冷战的目的不是占领他国领土或以武力征服他国⋯⋯我们是试图以和平的手段使全世界都相信真理。为了普及这个真理,我们将要使用的方法通常称为'心理战'。所谓'心理战'就是争取人的思想,争取人的意志的一场斗争。"中情局为大型艺术节提供经费。于是,美国多次搞"20世纪杰作"艺术节,为给艺术节提供经费,中央情报局紧急成立了一个虚有其名的"法菲尔德基金会"。当时的艺术节在巴黎热闹开幕,现代音乐名家斯特拉文斯基和"反美学、反悦耳和声"的勋伯格无调性"十二音体系"作品,在艺术节上演奏;还请来了波士顿交响乐团等9个交响乐团,上演了上百部交响乐、协奏曲、歌剧和芭蕾舞。

四、族裔问题与性别政治的文论话语

在文学创作和批评理论中,随着解构主义对中心主义的消解,边缘话语逐渐引起理论家们的关注。诸如少数族文学、族裔散居文学、性别政治、种族修正主义等术语在文论中不断提出新颖的见解,这些都值得研究。

少数族(minority)是一个有争论的术语。吉尔斯·德勒兹和费利克斯·加塔利最初提出"少数人"这一概念。其后,阿卜杜尔·简穆罕默德和大卫·劳埃德等后殖民批评家对这一概念加以改型,并在《论少数族话语的理论:目标是什么》中指出:"一种种族文学是否为少数的决定性因素在于其政治地位,只能根据政治意义定义的主体位置,即由经济剥削、政治权力剥夺、社会操纵诸方面带来的后果,以及在文化上对少数族主体和话语的思想意识统治带来的后果。"换言之,少数族文学(minority literature)并不寻求一种新的文学经典,相反是要消解被西方现代性命名的所谓"经典",从而使典范文学代表人类文化最高成就的看法受到质疑和对抗。在这个意义上可以说,"少数族文学"阻挠那种一统的人类概念,而表达一种与主流话语抗争的立场,化解所谓"人类的"典范形式,还原在经典之外的真正具有生命力的文学原生态。

阿卜杜尔·简穆罕默德和大卫·劳埃德还提出"少数族文化"(minority culture)概念,认为:少数族文化都具有与欲将它们边缘化的主流文化敌对的经历,主流文化系统性地破坏以少数族地位产出的各种文化,使人民脱离自己的传统或大批消灭他们。这种被文化斩断的历史进程,再加上某些未开化的文化残留,即成为文化边缘化的常态标志。当今社会的文化发展,本应有不同的模式,却被西方现代性单一历史发展模式所取代,在这种单一模式盲视中,其他文化都被看做是不发达的、不完善的、幼稚的、非本真的、堕落的、罪恶的文化。在西方中心主义看来,这些边缘文化若要向更高的文化水准前行,就只有同化到欧洲中心主义成就上去。这无疑加速所谓落后的少数族文化向主流文化模式更加迅速地同化,文化正在大量地死去,世界正在单一化中变得怪诞。

与此相关,族裔散居(diaspora)或"移民社群"在西方文论中也频频出现,成为一种重要概念。对漂泊离散者的"漂泊离散意识"的多侧面研究,成为第三世界文学知识分子的新视野。这一概念为斯图亚特·霍尔首先使用,在《文化身份与族裔散居》中认为:族裔散居经验不是由本性或纯洁度所定义的,而是由对必要的多样性和异质性的认可所定义的;由通过差异、利用差异而非不顾差异而存活的身份观念、并由混杂性来定义的。族裔散居的身份是通过改造和差异不断生产和再生产以更新自身的身份。可以说,某些知识分子用权力发言但却认同于无权力性(powerlessness)。这种话语从别人的剥夺中吸取其资本,而同时又拒绝承认已拥有的特权。这实际上有可能将东方主义批评中第三世界知识分子所遭受的压抑,看成一种文化矫情般的诉苦,将对后殖民现象的反抗,当成一种"依凭无权力性"的"权力发言"。这种化约性的表述,甚至有可能成为强权话语的新支点。过去几百年来,帝国主义不断蹂躏非西方文化,因而西方对"现代化"所带来的创伤和灾难的认识,比受它压迫的非西方文化要晚得多。

在当代西方文论研究中,性别政治问题和种族修正主义同样引人关注。性别政治(sexual politics)将性别与政治权力关系加以联系而获得新的话语分析领域。这一概念为奥地利女性主义者威海姆·瑞奇在《性革命》中较早提出,认为:两性间的关系实际上是一种男权和女权之间的权力关系,家庭中权力话语争夺产生了权威意识形态,必须让女性从家庭中彻底解放,才能实现社会和人的真正解放。凯特·米勒特在《性别政治》中通过劳伦斯、米勒、梅勒和热内4位20世纪作家的分析而得出结论:性别支配是当今文化中无处不在的意识形态和权力话语。男性通过性角色的划分为每一性别规定了行为、姿态和态度的详细准则,把女性限定在性和生育之类的事务中,为自己所支配,而且使这些规定看上去显得自然合理。父权制观念使女性依附于男性,在社会及家庭生活中,权力直接或间接地抑制着妇女,所以尽管民主昌盛,妇女却一如既往受着一种性别政治的压迫。因而,"性别政治"就是维护父权制的基本策略。

政治及对父权制与性别歧视的反对,给予了女性主义批评的尖锐性和反抗性特性。一部男权史告诉我们:女人无史——历史规则的制定者是男性,历史的主体是男性,历史的书写者是男性,表现的客体是男性,历史阐释的权力者也是男性。女性只有一个办法,就是变成男性书写语码的一个分子,她只能成为男性叙事话语中的"准男性"——用男性的语气、男性的语感、男性的语言、男性的意象去书写,这才会被男性社会所认可。那么,女性写作究竟以一种什么样的方式进行?以男性话语方式写作,她获得的可能是男性话语所认可的一种指纹和身份;用身体的方式进行写作,她可能获得了身体,但丧失了灵魂。这里凸显的是写作中的性别身份意识。性别身份意识有两种,一种是"看",一种是"被看"。非西方面对西方或者整个东方面对西方话语时,东方被不断女性化而成为被看。事实上无论是过分女性化或过分雄性化都是对女性身份的伤害。更加雄性化或性对抗化所导致的女权主义写作成为一种对抗的方式。但女权主义写作也许不是最佳的女性写作或身份写作方式,而是在另一层面对男权社会的认可式臣服。在我看来,颠覆男权中心写作的另类写作,表明女性艺术是一种良知的艺术。女性政治也许是对权力话语人格面具的撕破,可以不按男权世俗谎言规则出牌。她们的声音撕破了男性的话语中心主义面纱,拆解了男性的游戏规则。

五、后殖民主义与文化帝国主义

在后殖民主义文化理论谱系中,不难看到文化帝国主义、新殖民主义、属下研究、多元文化论、文化身份等新话语。这些话语已然成为当代西方文论的中心话语。

文化帝国主义(cultural imperialism)早就被人谈论过,但是集中论述应是英国学者约翰·汤林森,他在《文化帝国主义》一书中认为:文化帝国主义不是用一个定义所能概全的,而是多种话语的多侧面描述的结果。它既是"媒介帝国主义"的权力话语,又是"民族国家"的话语,既是批判全球资本主义的权力话语,又是现代性的批判话语。其后一些学者在汤林森研究的基础上又推进了一步,蒂珊·奥沙利文等在《关键概念:传播与文化研究》中认为:文化帝国主义在两个方面值得注意,一方面在经济上更利于主控国家系统地扩展对其他国家的经济控制、政治控制与文化控制,导致拜金主义的发达资本主义国家与相对贫弱的欠发达国家之间形成主次支配和附属依附关系。另一方面,为了更好地支配第三世界国家,第一世界利用文化心理、文化产品、时尚风格、名牌样式向依附性市场传输,刺激其产生特定的文化心理需求与消费形态,在这种需求和消费中,西方国家不断灌输欧美的文化价值、精神观念和现代性经验,对第三世界国家的文化价值、精神观念和本土经验加以摧毁。于是,在跨国公司温情脉脉的全球展开中,发展中国家的本土文化越来越遭到西方文化的控制和文化侵略和价值挑战。

排他主义(particularism)是与本质主义相对立的。赛义德在《文化与帝国主义》中认为:把别人的差异性经验贬到低位,就具有排他主义倾向。排他主义表现出双重的占有欲:"根据经验而产生的排他的局内人观念,其次是根据方法而产生的排他的局内人"。赛义德指出:"如果你事先认定,非洲的、伊朗的、或中国的、犹太的、德国的经验基本上是自成一体的、和谐的、与外界分离的,并且因而只为非洲人、伊朗人、中国人、犹太人或德国人所了解,你就首先假定了某个最主要的东西。我认为,这个东西既是历史的产物,又是解释的结果——那就是非洲主义、犹太主义、或者德国主义,或者东方主义和欧洲主义。你可能因此只为那些最主要的东西或历史经验本身辩护,而没有促进对它的充分了解和它与其他知识的关联和依赖。结果,你就会把别人的不同经验贬到较低的地位。"排外主义方法的必然结果是,把后殖民或弱势范围分解为一系列竞争和敌视的社会文化话语，必然导致社会的动荡不安和情绪对立，在文学作品的中权力中心排他主义，会使被歧视的第三世界产生对第一世界产生强烈反抗情绪，甚至是出现极端民族主义倾向。

属下研究(subaltern studies)又称为"贱民研究"，由印度学者拉纳吉·古哈提出并加以研究。"属下"作为底层人民没有自己的话语权，统治者获得话语霸权而虚假地构造了历史。属下研究的目的在于：将印度历史的写作从西化精英主义的控制下解放出来，自主地真实地描述城市贫民和乡村大众这些所谓"属下"人的艰难处境，通过重视属下作为历史主体的作用，给殖民霸权的所谓现代性史学带来叙事危机。当然，这一文化研究在西方霸权中心主义话语中，成果相当有限。

文化多元论(culture pluralism)在文化层面上对抗单边主义文化，坚持世界不应该一元独霸，而应呈现文化和话语的多元多极。文化多元论在文学中的表现颇为疲弱，文学多元论者往往不触及文化与阶级支配的关系、文化与意识形态的关系，文化与中心权力的争夺关系，而将主要范围局限在大众文化研究中，认为大众社会存在多元团体，它们各自独立并且功能有限，提供了稳定的社会基础，让观念不同者得以开放而自由方式竞争领导权；另一方面，民众也因此能够从众多候选人中挑选领导者。无疑，丧失了前沿批判精神而醉心于大众文化神话，使得"文学多元论"逐渐丧失其理论锐气，而成为大众狂欢中的一个弱势理论。

六、后东方主义文论身份透视

文化身份(cultural identity)是当代西方文论出现频率非常高的关键词。一般而言，学界将文化身份看作是一种共有文化体的自我认同。文化身份反映共同体中共同的历史经验和共有的文化符码，这种经验符码给民族提供在现实变化中稳定不变和持续延伸的意义。另有一种看法：文化身份是不断遭遇文化断裂和非连续性，而后又不断重新获得自我新的文化身份，这意味着，文化身份在不变中有变，它沟通了自我的过去现在和未来。

文化身份是在与"他者"(others)文化镜像中对比映照中形成文化差异性的价值认同①。一般而言，文化身份潜在地存在于国内外各种权力抗衡中，其性别、种族、阶级、年龄、语言、圈层、社群等因素使得身份构成形成斑驳陆离的色彩，意味着个体存在价值与其文化身份不可须臾剥离，相反总是受到整体社会和族群的深刻影响。在后殖民主义风靡之时，文化身份又与话语相关联。在赛义德的话语谱系中，身份成为一个重要范畴，如全球化中的"身份存在"、权力话语中的"身份认同"、后殖民的"身份立场"等。如今，人们热衷于谈论"身份危机"、"身份冲突"、"身份认同"、"身份建构"、"身份重建"等话题，表明身份立场在当今世界实际上成为一个绕不开的重大话题，同时说明全球化正在使人们逐渐失去身份认同的基本特征，人们急于形成自己的文化价值共同体，以避免遭遇身份危机的虚无主义话

---

① 参王岳川：《中国镜像》，中央编译出版社，2001年版。

语。可以说，身份危机表征出一个时代的文化精神的总体危机。

从另一个角度看，获取自己的文化身份，已然成为第三世界争取自身合法性并在世界占有一席之地的角色认同积极取向。文化身份不同于身份之处在于，它不仅仅是个体的血缘家族辨识，而是群体、民族或国家人民和"他人"、"他群"、"他民族"、"他国人民"相区别，成为一个具有价值向心力文化共同体。在对自我身份阐释和对当今世界文化阐释的"双重焦虑"中，如何正确书写自我身份？如何清晰地看待自己？使自己获得正确的阐释角度、健康的阐释心理？如何对对象（西方）和自我（东方）的正确定位？怎样才能真正进入"确认身份"时期？

大体上说，"确认身份"时期可以分为三个阶段：一是打破旧文化、旧观念和旧体系的时期。二是重新定位和身份改写时期，即去除旧秩序、旧形象的前现代性，而使自己在身份改写过程中确定真正的民族形象。三是新文化身份确认时期，自我身份确认的重要目的是揭露西方文化霸权的实质，把握自己在后殖民时期与西方对话的权力，建立从冲突到对话，从差异到和谐，从敌对到伙伴的新型世界秩序，使自己从边缘化逐渐走向非边缘化，并重建自己已丧失的地位。

"后东方主义"（Post Orientalism）意味着在东方主义与西方主义的二元对立中走出来，将多元文化精神置于文化身份和文论身份书写中，减少对抗性而增加对话性。就文学理论而言，"文论身份"意味着某种文化只有通过自我文化身份的重新书写，才能确认自己真正的文化品格和文学精神。这种与他者文化相区别的身份认同，成为一个民族的集体无意识和精神向心力，也是拒斥文化霸权主义前提条件。只有禀有了这种文化策略和文化的自我观照力，才可能在"全球化"与"本土化"张力结构中正确自我定位，使自己既不成为西方文化霸权的附属品，也不成为丧失身份的无家可归者，而是在新的多元文化圈中具有自己正当的文化身份。这种和平而非冷战的文化身份文论身份重写书写，有赖于东西方彼此的理解和对差异的尊重。

就个体而言，往往是从文化集体无意识中获得自己的身份记忆的。他在家庭、学校、社会中，逐渐形成自己具有民族烙印的感觉方式、思维方式、行为方式、审美方式、终极关怀方式，当其成长起来成为民族话语的担当者时，其民族身份则上升成为显意识而指导其行为。在民族文化共同体和参与社会物质精神生产的过程中，形成了统一的文化意识。这样，无论他在全球化时代到了任何一个国家和地区，都完全无法放弃自己的集体无意识和母语经验。就群体而言，文化身份包括价值观念和价值体系两个方面。从事思想创新和文化批判的人，大抵能从思想表达中透出该民族对世界进程的看法，其中必然包含着价值观念和价值体系。可以说，据此而形成的伦理观、世界观、人生观、幸福观、终极信仰等都成为其价值体系的核心部分，也是其文化身份的核心部分。丧失了这个核心层面，文化身份的辨识就出现困难。

七、太空文明时代的文化视野

如今地球已经变成了地球村,但是发达国家却没有满足于居于"村"中,而是将视野投向更为深邃的太空飞行和星际交流。在我看来,人类文明的历史可以分为陆地文明、海洋文明、太空文明三个时代。在全球陆地文明形态中,中国是最先崛起的文明之一,并在相当长一段时间成为最强大的国家。在西方处于奴隶制度的时候,中国已经进入封建社会,比西方要先进得多,从而在两种文明相遇的时候进行了中国领先式的对话。作为东方大国,中国不仅发明了纸、火药、印刷术、指南针等,并在哲学、天文、工业、农业、医药、瓷器、园林、航海、茶叶、冶金、制度等远远领先并影响了西方。可以说,如果没有纸,西方的文艺复兴就是不可思议的;没有指南针,西人的航海和地理大发现就不可能实现;如果没有雕版印刷、活字印刷,西方只能在羊皮上印制供贵族阅读的沉重的《圣经》,西方的大学也不会成为平民的知识圣殿。

人类文明没有停滞。如果说,以东方为代表的"陆地文明"成为人类文明最初的强盛的话,以西方为中心的"海洋文明"形成了人类文明中级阶段的全球化强盛,那么,东西方互相促进并曾给对方以新文化种子——东方文明曾经在很大程度上启蒙、影响、推进了西方文明,西方现在反过来传给东方以生命科学、纳米技术、电子技术等高端文明,使东方文明走向现代。进入现代化之后的人类,没有停止探索,于是一种新的文明形态出现了——"太空文明"。

美国未来学家阿·托夫勒曾提出"第四次浪潮"的概念,认为在可以预期的未来,人类将考虑移民太空,人类正在从以信息革命为标志的"第三次浪潮"时代过渡到以人类进入太空居住的"第四次浪潮"时代。太空是继陆地、海洋、大气层之后的人类活动的新领域。航天技术对人类社会的推动作用,包括卫星通信技术对建设信息高速公路和太空对地观测对社会可持续发展的贡献;也包括进入太空和开发太空资源对人类社会发展的影响,以及太空探索对于深化人类对宇宙认识的作用。人类社会发展进步的历程表明,太空将是下一次新工业革命的场所,伴随着航天科学技术的发展,人类对物质世界的认识又产生了划时代意义的变革。据统计,大量早期的空间科学与应用研究成果已经转化为产业,成为空间产业的重要组成部分。美国空间计划获得的技术已经为美国经济增加了 2 万亿美元。在本世纪的头 10 年,预期的高额利润将吸引大批资金注入到全球空间工业,大约为 6500—8000 亿美元。到 2010 年,美国在空间的资产将达到 5000—6000 亿美元,大约相当于现在美国在欧洲的总资产。

从 500 多年前的明朝一个叫万户的中国人第一次勇敢地尝试着飞天,到 50 年前西方人进入太空,到新世纪中国载人飞船上天,使得中国迅速成为"太空俱乐部"第三人。中国作为地球村公民在外太空文明领域作出了艰苦的努力。紧接着中国开始了登陆月球计划及其实施,计划实现三次月球探测后进行载人登月,推动了太空文明的全新发展,为人类文明创新和向未知的新领域挺进迈出了坚实的一步。仅仅卫星通信技术,就为现代社会提供了电话、数据传输、电视转播、卫星电视教育、移动通信、远距救援、远程医疗等上百种服务,通信卫星的电视转播使得地球成为"村落",通过卫视,伊拉克战争、伊朗危机、朝核会谈、印度洋大海啸、奥运会的盛大、世界杯的狂热、非洲灾民的苦难都尽收眼底,真可谓"环球同此凉热"。

可以说,在大陆文明时代,中国是领先者,而西方是落后者;在海洋文明时代,西方是领先者,中国是落后者;在太空文明时代,中国与西方站在了同一起跑线上,向外层空间浩瀚宇宙的广度和深度飞升,为人类文明的明天拓展出新的天地。如果说,中国错失了500年前大航海时代并遭受了两百年的苦难,那么,中国没有错失"太空文明"时代。中西方将在太空文明时代重新审视对方,明白任何一种文明形态都不可能长盛不衰、一统天下。只有不断地本体创新、探索发现、消除误读,才能使中国和平崛起并重振辉煌,才能使大陆文明的优胜者和海洋文明的优胜者在太空文明这一新的文明形态下互体互用、互补互动,获得双赢。

太空文明时代起决定作用的数码、信息和网络技术,已经修改了新一代的文化编码,在此前提下人类思考的问题和入思的方式都需要做相应改动。从太空文明的角度,会使我们重新考虑人类文明的走向。同时,更需对文化的未来创新有所自觉,否则我们将不知身在何方、从何起步、有何危险。当代人文知识分子尤其应该有这份危机意识和责任意识,从本土文明的现状和危机中寻找其孕育的希望。东方并非处在从前现代过渡到现代的过程中,在太空文明时代东方和西方站在了同一条起跑线上,向外层空间浩瀚宇宙的广度和深度飞升,为人类文明的明天拓展出新的天地。西方成为了世界最强大的经济实体和文化身份重新洗牌的场所,成为傲视群雄的经济文化帝国主义中心。当然,现代化不是美国化,现代化是各个国家自身的现代化。现代化也不是全盘西化,而是全世界脱离物质贫穷,脱离思想困境,脱离低下的生产力,是整个人类从陆地文明走向海洋文明的进程。

人类进入太空时代的重大意义在未来岁月中会更清晰地显示出来。进入太空时代意味着创新成为最高的智慧,同时还意味着和平成为最重要的战略。全球文化单一化是文化的颓败,民主社会是的任何人的思想都有表达的空间,个体如此国家也如此。我提倡世界主义(cosmopolitanism),同民族主义划清界限。世界主义要求所有的人摒弃民族国家的狭隘观念,将整个人类看作与自己一体共存。从人类未来出发,摆脱由国家和人种歧视等引起的现代战争,力求达到永久性的和平。就文学和文论而言,太空文明时代和世界主义给予了一种全新宇宙眼光和全球胸襟,只有具备世界主义视野的人,才能真正为人类和平和文化安全开创真正的通天大道。

八、当代西方最新文论的价值考量

在当代社会文化与文论的外部层面诸多关涉问题加以分梳之后,我们回到当代西方文论内部本体层面的厘定。需要弄清的是:研究当代西方最新文论对当代中国文论建设有何意义?通过对其历史脉络的把握和对流派影响的深入研究对我们有何启发？这些思潮进入本土后有怎样的文化过滤和文化移植？这种文化的理论旅行在新世纪中国文论转型中有怎样的意义？

当代艺术被命名为"后现代艺术"，一些艺术家以进入后现代为荣，缺乏本真的文化反思能力，而陷入后现代泥潭之中。可见为艺术设限是人为自己设限的一部分，因为艺术本性与哲学本性本质同一。人类世界大抵有两种艺术能撼人心魄，一是充满爱心的纯粹超越性艺术，一是被压抑扭曲的反抗性艺术。前者使人心灵净化，后者使人灵肉痛苦，丧失了这种哲学高度的艺术创作只是人文精神的名存实亡，是技术和市场操作的冠冕堂皇的浮躁乏味。事实上，西方后现代主义既颠覆了前者又压抑了后者，使当代艺术成为颠覆之后废墟上的虚无主义精神的膨胀。观念错位使当代艺术在缺失文化的情况下反文化，在丧失价值底线中反价值，进而造成艺术的视觉暴力和精神盲目。当视觉暴力化和盲目化后，艺术感受成了问题，无目的无价值操守的艺术表达成为艺术感受方式的报复，这直接导致了当代艺术精神的危机。直面这种危机，则表征出当代西方文论研究的价值之所在。

进行当代西方文论的研究，不仅要分析其近代文学理论思潮的内在承继关系，以及其与西方哲学、社会学、心理学、政治学等的关系，以获得一个比较宽广的学术视野和工作平台，而且要进行20世纪时代精神的基本分类，即把握二战以前的"现代性"西方文学理论精神，进而关注二战以后的整个西学精神的转型，分析其"后现代性"产生播撒的内在原因、基本形态、价值转向等问题。同时还需审理世纪末在冷战结束后的西方文学中的"后殖民性"——东方主义与西方主义问题，并对这一多元文学批评的正负面效应加以阐释。

当代西方文论具有鲜明的时代转型特征，表征出现代性艺术精神向后现代性审美文化价值偏移的重要趋势。这一研究涉及的流派众多，人物思想芜杂，问题面广，更具有多语种特征，使研究具有相当的难度。同样，面对19世纪末的"近代"文论批评，20世纪上半叶的"现代"文论批评，中后期的"后现代"文论批评，世纪末的"后殖民"文论批评，问题出现的周期短，转型快，牵涉面大，特别是在人文科学流派和科学分析流派形成的对峙中，使当代文论研究问题呈现出前所未有的复杂性。诸如：如何将科学精神和人文精神加以整合，对当代语言学、社会学、美学成果加以吸收的问题；如何从对西方的译介和模仿中走出来，以国内文论研究专家的眼光重新看待和分析20世纪西方文论批评中最重要的理论批评，并以古今中外的文学作品加以验证，分析其优劣，发现其内在的文论精神，为创立新世纪文论流派打下基础的问题意识；如何从中国当代文论建设的语境来审理所面对的当代西方文论，同时通过当代西方文论的发生发展的研究，来更新我们文论批评建设和话语言说的方式，进行新世纪审美价值重建。

在我看来，研究当代西方最新文论的关键在于，研究各种西学"主义"时，应力求弄清其思想文化"语境"，追问这些问题是怎么来的？仅仅是西方的问题还是人类的共同问题？是国家民族的本土问题还是全球性的问题？是现代性文论问题还是后现代性文论问题？这些问题的深入探索，将有助于新世纪中国文论批评的借鉴和自我反思,并对我们的文化理论策略和文学理论价值维度的确定有着积极的意义。我们应当在分析审理当代最新西方文论基点上,为新世纪重新"发现东方"的新文化形态,重建新文论体系作出自己全新的价值选择。

跋

写作是与思想家的对话。

思想家以创造思想、更新观念为己任。他们对民族命运,对人类的未来前途,对世界的博爱精神,都表现在他们个体的独立思想上。他们维护人的尊严和价值,对邪恶不懈地抗争,使他们的言述具有了独特的思想魅力。

这部书写作开始于2000年,力求透过"后"与"新"的主义,以及"后"、"新"的文化理论和文艺理论,使我们不再关注那种带着人格面具的虚假宣言和姿态,也不在乎那种在思辨的逻辑语言中使表述艰涩化的东西,而是面对前沿思想的千变万化,关注在世纪之间思考的当代文论家,使我们了解思想家的思想产生的过程,以及他们所遭遇到的当代重要话语困境。当我与后殖民主义和新历史主义批评家对话时,是处在"我与你"而不是"我与物"或"我与语言"的关系中。我在与他们交谈的同时,他们就把问题还给了我,使我通过问题看到了自身的问题和处境。我在阅读他们的时候,毋宁说我在阅读自己和自己的问题。我在阅读文本时,同时在阅读新颖的思想和阅读自己的存在境域。尤其是那些入木三分的言述,更使我感到,我不仅在阅读一种边缘化思想和文论的深度,而且在更深入地把握后殖民语境中文论思想的品格。因此在我的阅读经验中,作者通过"对话"把问题交给了我,进而将一种倾听真实的焦虑也传达给了我。

需要说明的是,我关注"时代问题",但不关注"时尚趣味";关注在当下被遮蔽被遗忘的学术思想和新学术话语的真实根源,而不关注文化作秀。因此,关注当代理论仅仅是在"问题意识"层面上的。事实上,努力超越时代和学科领域的制约,不断扬弃旧的知识结构,寻访历史的思想残片并进行个我问题和历史灵魂的对话,或许是我个人学术调整的真实意图之所在。我似乎总不愿服从于现代科层制度将人命定在一个职业框子中,而是想把自己定位为一位关注当代思想理论问题的意义追问者。

我所理解的真正的思想者,是那些对自我反省和批判,对自己的问题的前提加以质疑,并对历史迷思加以悬搁的反思者,而不是一般意义上的文化批评家。因此,学者与时代、学术与自我的关系就是无可避免的。只有不成为历史的注释者或时代的传声筒的人,才能正当地成为"思想者"。因而,每位学者都无法逃离自我定位问题。

在我看来,自我定位问题,主要包括两个方面。

一是自我身份反省。我们这一代既不同于前几代人,比如"五四"一代,学贯中西,蔚成大家;也不像我们后面一代,时间资源和文化资源都很丰富,可以潜心读好书。我们是处于时代灾难的夹缝中赶上了末班车的一代,被时代的苦难磨掉很多东西,失去了许多宝贵的时间。但同时,时代又给予我们许多可贵的生命财富、许多苦难的馈赠,即对自我知识的审视,对自我"文化身份"的反省。在我们这一代人身上,有明显的批判意识(大理论意向)、精英意向(但不是"精英主义"),对任何问题不以一种世俗化的、语言游戏的、甚至是权力运作的态度去看,相反,更多的是强调不断地向内挖掘而获得自我的生成,在增加文化资本或更新知识结构基础上,建构自己的思想地基,为自己的思想正名。因而,在学术中就少了些话语游戏成分,少了些调侃意味,同时也少了些前几辈学者的异化中的苦涩感,有一种相对的淡然自在的生命态度,追求一种雅致而有个性的学术品格,对"平面化"的无价值一般持拒斥态度。

二是自我立场反省。我们这一代处于两个夹缝中:在治西学时痛感母语在流失,自己的心性状态逐渐为西方精神所渗透。尤其是在后殖民时期跨国资本、经济资本与文化象征资本的"凝视"和"控制下",第三世界文化处于弱势时,作为知识分子的当代学人,其身份认同和立场定位更显示出理论与实践、心态与言述的深刻矛盾。如何在引进新的文论话语机制,激活母语文化的僵化状态的同时,又使东方文化精神不失落于这种"引进"之中,实在是有赖于一批真正的学人清明的理性分析和厚重的价值判断的。在此,自我立场和自我身份界定,成为我们必得正确书写的文化符码。但是另一方面,如果不学西方、拒斥甚至放逐西方话语,置西方文化于自我视野之外,又将使我们面对深刻的"阐释焦虑",而对这个"现代性"乃至"后现代性"的社会丧失阐释的权力与可能性,并对文学文本、艺术文本、社会文本乃至整个文化文本都丧失主体的阐释话语。如果一味地站在中国本位的立场来看问题,又易使人觉得视野不够开放,相对于"五四"精神而言似乎是在走回头路。所以,在西方与中国、个体与社会、本土化与全球化之间,如何找到自己的真实身份和价值立场,而不掉进不中不西、不白不黄(香蕉人)的空当,不使自己处于不尴不尬的境地,的确是一个必得面对的难题。

我关注时代,因为时代曾造成文化的中断并塑造过我,同时,我也对时代作出自己的判断,因为这种伤痛的历史记忆将使我对今天和明天的学术研究产生一种反弹性指认,并对某些历史迷思和误读加以重新厘定。这样一来,又可能出现一种知识杂糅状态,即要么注重学术,要么注重时代,而很难在二者之间找到一种平衡点。不过,我将尽量去作出自己的独特选择。

对于我的学术选择,我以为主要基于自己的心性价值判。我想,一个人能做什么,不在于他做的是什么学问,而在于他怎么去做;不在于他划了怎样一个范围,而在于他为什么去划这样一个范围。学问就是他内心涌出来的或者是他内心深切感受到必须要解决的个体存在性(本体论)问题,并扩大到社会存在性问题和人类存在性问题才成其为问题。否则,纯粹个人的问题将难以成为真正的学术问题。

我想说的是,20世纪西方文化理论和文艺理论的研究是相当重要的,这不仅是弄清西方文化语境的问题,也是我们吸收西方现代性经验和教训的契机。也许,在充满虚妄和误读的价值平面化时代,我们再也不能无视人类所面临或将面临的根本问题，尤其是世界与生命的意义追问和意义解释的重要问题。

事实上，思想尤其是不合时宜的思想，往往是孤独的。然而，思想之魅力在于它以自身为价值指向，在无思处思，在不疑处疑，在沉默时问，是每一代思想者的宿命。海德格尔暮年走进了黑森林，而每个思想者心中，又何尝没有一条"林中路"。蒲松龄有云："知我者，其在青林黑塞间乎？"谨以此与读者诸君共勉。

本书对最新西方文论及其新世纪走向进行了富有学术创新的研究，相信这种探索会对当代中国学术思想产生积极的影响。本书可以作为大学文学理论和美学专业学生的教科参考书，也可以作为当代文学和文学批评研究、二十世纪思想史学术史研究的参考书。

最后，感谢我的博士生徐文贵、时胜勋二君，他们认真校对本书并提出若干修改意见，使这部高校教材更适合于大学教学；感谢本书策划编辑孙晶女士，没有她的催促和耐心等待，这本书在公务繁忙和写作延宕中难以完成，同时感谢责任编辑马晓俊博士的辛勤工作。

是为跋。

王岳川
2006年夏日初稿于北大
2007年12月定稿于海外

图书在版编目(CIP)数据

当代西方最新文论教程/王岳川著. —上海：复旦大学出版社, 2008.12(2017.7重印)
ISBN 978-7-309-05637-2

Ⅰ. 当… Ⅱ. 王… Ⅲ. 文艺理论-西方国家-高等学校-教材 Ⅳ. I0

中国版本图书馆 CIP 数据核字(2007)第 109619 号

当代西方最新文论教程

王岳川 著

责任编辑/马晓俊

复旦大学出版社有限公司出版发行
上海市国权路 579 号　邮编：200433
网址：fupnet@fudanpress.com　http://www.fudanpress.com
门市零售：86-21-65642857　团体订购：86-21-65118853
外埠邮购：86-21-65109143　出版部电话：86-21-65642845
上海浦东北联印刷厂

开本 787×960　1/16　印张 32.75　字数 570 千
2017 年 7 月第 1 版第 4 次印刷

ISBN 978-7-309-05637-2/I·393
定价：50.00 元

如有印装质量问题，请向复旦大学出版社有限公司出版部调换。
版权所有　侵权必究